문장 혁신

문장 혁신

당송팔대가의
글쓰기는
왜 고전이 되었는가

우밍푸 지음 * 김철범 옮김

글항아리

일러두기

1. 이 책은 吳孟復, 『唐宋古文八家槪述』(合肥: 安徽敎育出版社, 1985)을 한국어로 옮긴 것이다.

2. 중국 인명은 몰년을 기준으로 신해혁명(1911) 이전 사람은 우리 한자음, 그 이후는 중국음으로 표기했다. 중국 건국(1949) 이전에 사용된 지명은 우리 한자음, 그 이후는 중국음으로 표기했다.

3. 각주는 모두 역자가 독자의 이해를 돕고자 붙인 것이며, 원서에는 없지만 본문 내용에 어울리는 여러 그림과 사진 자료도 함께 실었다.

4. 저자의 말이 후기로 실려 있어, 독서 가이드를 위해 역자의 말은 서문으로 실었다.

우리 고전문학 연구에서 산문문학에 주목하기 시작한 것이 그리 오래전의 일은 아니지만, 요즘의 연구 동향을 보면 과연 산문의 시대로 착각할 만큼 각별한 주목을 받고 있다. 사실 한문산문이 오랫동안 도외시된 탓도 있었지만, 실로 작가의 수와 작품의 양이 적지 않은 만큼 앞으로도 무한한 연구가 진행될 것으로 본다. 한문산문은 옛 문인들의 글쓰기와 직결된 중요한 문학적 작업의 산물이다. 말하고 싶은 자신만의 깨달음이나 생각, 시비를 따져 밝히고 싶은 논의, 오랜 연구를 통해 밝혀낸 학술 논증, 후대에 전해야 할 인물과 이야기들, 여기에 자신의 감정을 섞어 버무려 토해내고 싶은 것들을 산문이 아니면 담아낼 수 없었던 것이다.

글쓰기는 조선시대 사대부들의 필수 교양이었지만, 그렇다고 모두 훌륭한 산문 작품을 남긴 것은 아니다. 방대한 독서공부를 통한 지력과 문학수련에 의한 필력을 겸해도 평생 인구에 회자될 작품 하나 남길 수 있다면 그나마 행운이었다. 이처럼 어렵지만 그만큼 영예로운 존재가 문인이었다. 이런 사정은 오늘날의 문인이라고 다르지 않을 것이다. 그렇기 때문에 이들 문인은 남다른 포부를 지니고 있었다. 그들은 자신의 시대에 국한되거나 자기 지역에 한정되는 작품으로 만족하지 않았던 것이다. 즉 시공을 초월한 고전을 남기고자 했다. 이런 작품을 당시 그들은 '고문古文'이라 불렀다.

당송고문, 곧 중국 당송시기 산문문학의 높은 사상적·예술적 경지를 이룬 대표 작가들의 저명한 산문 작품은 바로 문인들의 표상이었으니, 이 시기를 대표하는 8인의 작가들을 우리는 '당송팔대가唐宋八大家'로 불러왔다. 후대의 문인들은 이들의 작품을 전범으로 삼아 숱한 본뜨기를 통해 각 문체의 형식을 완전히 체득해냈고, 이를 통해 자기만의 작품세계를 일궈낼 수 있었다. 당송시대의 산문을 식상한 것으로 단정하고 반대했던 문인들에게조차도 당송고문은 필독해야 할 고전이었다. 이처럼 당송고문과 당송팔가는 동양의 고전 글쓰기 역사에 막대한 영향을 미쳤던 것이다.

그러나 무엇보다 당송팔대가의 문학이 갖는 위대한 가치는 자기 시대의 모순을 극복하고, 그 모순에 안주했던 진부한 문학을 혁신시키려고 기획했다는 점이다. 이것을 우리는 고문운동古文運動이라고 부르는데, 이 기획은 문학에서뿐만 아니라 정치·예술·사상 전반에 걸쳐 진행되었기 때문에 감히 '운동movement'이라고 부른다. 이 운동은 이론과 실천 양면에서 기반을 구축하고 한 시대의 문풍을 역동적으로 이끌어갔기 때문에, 이들의 문풍 혁신운동은 후대 중국과 조선에 많은 영향을 미쳤을 뿐만 아니라 오늘날의 문학에도 여전히 귀감이 될 만하다고 본다.

대학원과정에서부터 조선 후기 산문작가와 문학비평에 관심을 가졌던 역자는 조선의 문인들에게 지대한 영향을 미쳤던 당송고문에 대한 이해를 위해 관련 연구서들을 찾아보았다. 그때가 1980년대 초였으니, 우리나라에서는 아직 제대로 된 연구가 이루어지지 않았고, 중국에서도 산문문학사를 다룬 책에서 간략하게 언급한 것 이상은 보지 못했다. 그래도 많은 도움을 얻었던 것이 궈사오위郭紹虞의 『중국문학비평사』였다. 그러던 중 1980년대 후반에 동학의 소개로 우멍푸 선생의 『당송고문팔가개술唐宋古文八家概述』이라는 책을 입수하게 되었고, 부족한 중국문언 실력으로 떠듬떠듬 읽어보면서 당송팔가의 삶과 사상과 문학 전반에 걸쳐 개괄적인 이해에 접근할 수 있었다. '개설'이라는 제목이 붙어 있지만 내용은 단지 개설의 수준에 머문 것이 아니었고, 책의 성격상 비록 상세한 내용을 다루지는 못했지만, 간략한 언급이라도 당송고문에 대한 깊은 연찬이 없다면 감히 말할 수 없는 내용이 담겨 있었다.

이 책은 당송고문 팔가의 삶과 사상을 통해 그들의 산문이 이룩한 예술적 성취를 다채롭게 설명하고 있는데, 여덟 명의 작가와 그 작품을 설명하면서, 한편으로는 이들의 문학세계를 총체적으로 종합하는 해설을 빠뜨리지 않음으로써 당송대 산문문학의 성과가 갖는 역사적 의미를 짚어주고 있다. 또한 저자의 작품 해석은 철저히 역사사회주의 비평 방법을 지키면서, 동시에 문학적 평가에서는 언어 표현과 사용의 측면까지 놓치지 않음으로써 당송팔가의 성과를 균형 있게 설명해주고 있다. 이처럼 당송팔가에 대한 역사전기적 이해에 바탕한 작품 분석과 문학의 예술성에 접근해가는 저자의 심미적 안목은 산문작가와 산문문학을 연구하는 후학들에게 비평방법론에서 시사하는 바가 크다고 본다. 그리고 이 책을 읽으며 느낄 수 있는 미덕은 당송팔가에 대한 필자의 깊은 애정에 있다. 물론 과장되거나 자의적 평가로 흐르는 무턱댄 애착이 아니라, 역사적 상황과 작가의 문제의식에 대한 깊은 이해를 토대로 작가와 작품을 이해하려는 애정이 절절하다. 이런저런 면에서 고전문학을 연구하는 독자라면 꼼꼼히 일독해볼 만한 책이라고 생각하며, 한편 교양의 차원에서 중국 고전문학의 이해에 접근해보고 싶은 독자들에게도 유익하리라고 본다.

우멍푸吳孟復(1919~1995) 선생은 자가 보루伯魯, 호가 시셴希賢인데, 본명은 창다오常燾였으며 필명은 산멍山夢 또는 구웨이샹런古圩鄕人을 사용했다. 동성파의 고장인 안후이 성安徽省 루장廬江에서 태어났으며, 이른 나이에 우시국학전수학교無錫國學專修學校를 졸업한 뒤 탕웨이즈唐蔚芝·첸쯔취안錢子泉·야오융푸姚永樸 등 당대 중국 문학계의 석학들을 스승으로 만났고, 이들의 계도에 힘입어 자신의 학문 방법과 학술 풍격을 일구어나갔다. 초기에 상하이의 여러 대학에서 교편을 잡았으나, 해방 뒤에는 안후이 성 허페이合肥와 화이베이淮北에서 교수를 지냈다. 그는 언어문자학, 문학, 문헌학의 영역을 두루 섭렵했고, 만년에는 고적 정리와 연구에 힘을 쏟아 『안휘고적총서安徽古籍叢書』의 편찬심의위원회 주임을 맡아보기도 했다. 그는 중국학에 권위 있는 학자였으며, 그가 당송고문과 동성문파桐城文派에 대한 해설서를 집필했던 것은 자신의 출신지역이나 스승들의 영향과 관련이 깊다고 본다.

역자가 이 책을 접한 것이 어즈버 25년여 되었는데, 당송팔가에 관심 있는 이들과 공유해볼 가치가 있다고 판단하고 번역을 생각해본 것이 10년 전이었다. 본래 중국문학이 전공이 아닌 탓에 굳이 나설 일인가 하는 생각도 들어 작업을 차일피일 미루어왔다. 그 사이 팔가 가운데 몇 분의 문집이 번역되어 나왔고 평전도 두어 권 나왔지만, 당송팔가 전반에 관한 서적은 아직 소개되지 못했다. 이 책이 이렇게 우리 독서계에 소개되는 데는 글항아리의 산파역이 크다. 강성민 대표와 편집부에 감사드린다. 다만 글이 매끄럽지 못한 부분이 있더라도, 당송팔가에 대한 애정으로 널리 해량해주시기를 독자제현께 바란다.

2014년 1월
수영 남촌에서
김철범

唐宋八大家

제1장

'팔가' 명칭의 유래와
역사적 지위

'팔가' 명칭의 유래

고대의 산문을 이야기하게 되면 특히 당송唐宋시대의 산문을 이야기하게

되고, 그러면 사람들은 으레 '팔대가八大家'를 생각하게 된다.

'팔가八家'란 당송시대의 산문가인 한유, 유종원, 구양수, 증공, 왕안석 및 소

순, 소식, 소철을 가리킨다. 이 명칭이 처음 출현한 것은 명대 중엽 모곤茅坤[1]이

선집한 『당송팔대가문초唐宋八大家鈔』[2]이다. 물론 남송 때 여조겸呂祖謙[3]이

선집한 『고문관건古文關鍵』[4]에 이미 한유, 유종원, 구양수, 소순, 소식 등의

1_ 모곤(1512~1601): 명나라의 고문 작가이자 산문비평가. 자는 순보順甫, 호는 녹문鹿門이다. 가
정嘉靖 17년에 진사가 되었다. 당순지唐順之를 좇아 고문을 배웠고, 한유·유종원·구양수·소
식·증공 등을 추종했다. 청양靑陽과 단투丹徒를 다스렸고, 광서병비첨사廣西兵備僉事와 대명병비
부사大名兵備副使 등을 지냈다. 『당송팔대가문초』를 편집했고, 저서로는 『백화루장고白華樓藏稿』
와 『옥지산방집玉芝山房集』 등이 있다.
2_ 『당송팔대가문초』: 명말 모곤이 당송팔가의 산문을 작가별로 선집한 문선집. 모두 164권이다.
명나라 당송파가 전개한 고문운동의 산물이다.

문장을 수록했는데, 모곤의 책과 비교해보면 여조겸은 왕안석을 뽑지 않았으며 또 장뢰張耒의 글은 실었어도 소철의 글은 싣지 않았다. 그러나 여조겸의 평론에는 왕안석과 소철에 관한 것이 있다. 그래서 『고문관건』을 두고 "뒤에 나올 '당송팔대가'의 명목을 제대로 세웠다"고 말하기도 했으니(팡샤오웨方孝岳,[5] 『중국문학비평』), 잘못된 말은 아니다. 명나라 초에 주우朱右[6]는 『팔선생집八先生集』[7]을 편찬했는데, 처음으로 이 여덟 사람의 작품을 전부 실었다. 그래서 『사고전서간명목록四庫全書簡明目錄』에서 "'당송팔가'의 명목이 실제로 여기에서 비롯되었다"고 했으니, 이 또한 잘못된 말이 아니다. 그뒤에 모곤이 『당송팔대가문초』를 선집하게 되자 '팔가'라는 명칭이 이로부터 확립되었다.

'팔가'에 대해 고금의 평론가들은 대부분 긍정적인 태도를 갖고 있었지만, 수준을 평가하거나 그들을 '문장의 정종正宗'으로 인정하는 문제에 대해서는

3_ 여조겸(1137~1181): 송나라의 학자. 자는 백공伯恭, 호는 동래東萊선생이다. 효종 융흥隆興 원년에 진사가 되고, 다시 박학굉사과博學宏詞科에 합격했다. 저작랑著作郎 겸 국사원편수관이 되어 『휘종실록』과 『황조문감』 등을 편찬했다. 박학다식했으며 주희·장식 등과 교류하여 당시 '동남삼현東南三賢'으로 불렸다. 저서로는 『동래여태사집東萊呂太史集』과 『역대제도상설歷代制度詳說』 등이 있다.

4_ 『고문관건』: 당송대 산문가인 한유·유종원·구양수·증공·소순·소식·소철·장뢰의 산문 60여 편을 모아 엮은 것이다. 당송산문선집으로는 가장 이른 것으로, 상·하 2권이다. 문장의 작법에 대한 편자(여조겸)의 평점비평이 들어 있어 문장학 방면에 중요한 의의가 있는 선집이다.

5_ 팡샤오웨(1897~1973): 본명은 스차오時喬이며 안후이 성 퉁청桐城 사람이다. 어려서부터 가학을 이어 중국 고전문학에 대한 기초를 쌓았다. 1918년 상하이 성요한대학 문과를 졸업하고, 1919년 베이징대학 예과 국문강사를 지냈다. 1920년에 상하이인서관에서 편집을 맡았다. 이후 일본 도쿄대학에 유학하고, 귀국해서 1949년에서 1971년까지 중산中山대학 교수를 지냈다. 저서로 『중국산문개론』, 『중국문학비평』, 『좌전통론左傳通論』, 『한어어음사개요漢語語音史槪要』 등이 있다.

6_ 주우(1314~1376): 원말 명초의 문인학자. 자는 백현伯賢 또는 서현序賢, 호는 추양자鄒陽子다. 사국史局에 초빙되어 진부우장사晉府右長史를 지냈다. 저서로는 『백운고白雲稿』, 『춘추유편春秋類編』, 『진한문형秦漢文衡』, 『삼사구현三史鉤玄』 등이 있다.

7_ 『팔선생집』: 『팔선생문집』이라고도 한다. 원말 명초의 주우가 편찬한 것이지만, 현재 전하지는 않는다.

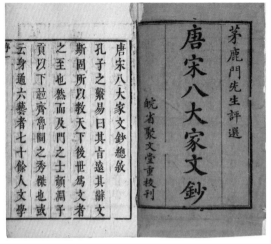

『당송팔대가문초』

견해가 달랐다. '정종'임을 주장하는 사람들의 견해는 봉건적 정통관념에서 비롯된 것이다. 그러나 우리는 생각하기를, 역사 사실과 이 정종이라는 주장은 뚜렷이 상반된다고 본다. 봉건적 정통문학이라고 하면 곧 변려문을 말하는 것이다. 당·송·명·청을 보더라도 모든 왕조가 조정의 제고문制誥文과 관각문장에 사륙변려체를 사용하지 않았던가? 그러나 봉건통치계급들이 가지고 있던 모순은 한편으로는 공덕을 지나치게 떠벌려 태평시대임을 과시하면서, 또 한편으로는 정황을 잘 풀어헤쳐 적절하게 가리켜 보여준다는 것이었다. 전자에서 보면 그들은 변려문이 필요했지만, 후자에서 보면 또 산문을 필요로 하지 않을 수 없었다. 청나라 강희제가 '어선御選'한 『고문연감古文淵鑑』[8]과 『당송문순唐宋文醇』[9]에 '팔가'의 산문을 강조하여 수록했는데, 후자의 목적에서 그런 것이다. 완원阮元[10]과 류스페이劉師培[11] 등은 변려문이 곧 정종이라고 했으니, 이것이 봉건사회의 역사적 실제와 부합된다.

　오히려 우리가 '팔가'에서 취해야 할 점은 그들이 정종이냐 아니냐가 아니라, 진보적인 역할을 얼마나 했느냐에 있다고 생각한다.

8_ 『고문연감』: 중국의 역대 산문집으로, 모두 64권이다. 청나라 성조聖祖(강희제康熙帝)가 선집하고 서건학徐乾學 등이 편집 주석했다. 강희 49년(1710)에 무영전武英殿에서 간행했다. 춘추시대부터 송나라까지의 문장을 수록하고 있는데, 정집·별집·외집으로 나누어 모두 1324편의 글을 실었다. 『좌전』『국어』『전국책』 외에 이소·표表·서書·주奏·소疏·논論·서序 등의 문체를 두루 선집했고, 송나라 진덕수眞德秀의 『문장정종文章正宗』을 참고하여 편집했다.

9_ 『당송문순』: 당송십대가의 문장 선집으로, 모두 58권이다. 청나라 고종高宗(건륭제乾隆帝)이 선집하고, 윤록允祿 등이 편집했다. 건륭 3년(1738) 무영전에서 간행했다. 기존의 당송팔가에 이고李翶와 손초孫樵를 합쳐 '당송십대가'라고 불렀는데, 이들의 산문 474편을 선집한 것이다. 서書·서序·논論·기記 등의 문체별로 분류해서 편집했다.

10_ 완원(1764~1849): 청나라 실학자. 자는 백원伯元, 호는 운태蕓台이다. 건륭 54년에 진사가 되어 편수관이 되었고, 도광 시기에 체인각태학사體仁閣太學士가 되었다. 사관史館에 재직하면서 『유림전』과 『문원전』을 편수했고, 저장 성 등지에 고경학당詁經學堂과 학해당學海堂 등을 세웠다. 『십삼경주소十三經注疏』와 『문선루총서文選樓叢書』 등을 간행했고, 『경적찬고經籍纂詁』와 『양절금석지兩浙金石誌』 등을 엮었다.

11_ 류스페이(1884~1919): 중국 근대 학자이자 문학비평가. 자는 선수申叔, 호는 쭤안左盦이다. 1903년 상하이에서 장타이옌章太炎, 차이위안페이蔡元培 등과 교류하고 '반청선전反淸宣傳'에 참여했다. 1917년 차이위안페이의 초빙으로 베이징대학 교수가 되어, 중고문학中古文學과 훈고학 등을 강의했다. 1919년 황칸黃侃·마쉬룬馬敍倫 등과 함께 '국고월간사國故月刊社'를 만들어 국수파國粹派를 결성했다. 이해 12월 폐결핵으로 36세의 나이로 죽었다. 저서로 『유신숙선생유서劉申叔先生遺書』가 있다.

당 이전의
산문발전

'팔가'의 역사적 지위는 어떠했던가? 나는 당연히 '팔가' 이전의 산문발전을 먼저 보아야 한다고 생각한다.

'팔가' 이전이란 주로 중당中唐 이전을 가리키는데, 그 당시의 산문발전과정은 어떠했던가? 그것은 몇 시기로 나눌 수 있는가? 각 시기의 특징은 무엇인가?

유종원이 이에 대해 일찍이 말한 바 있다. "은·주 이전에는 그 문장이 간결하면서 거칠었는데, 위진魏晉 이후로 방탕하며 어지러워졌다. 적절함을 이룬 때가 한나라인데, 동한東漢 이후로는 쇠퇴해버렸다."(「유종직서한문류서柳宗直西漢文類序」) 이처럼 유종원은 중당 이전의 산문발전을 세 시기로 나누었다.

은·주 이전

실제로는 은과 서주西周 시기를 가리킨다. 은대 이전 우虞·하夏 시기에 지어진 산문은 전하는 것이 없다. 산문과 시가는 서로 달라서 시가는 입과 귀로 전할 수 있지만, 산문은 반드시 문자로 기록해야 한다. 현재 전해오는 『상서』 가운데 「우서」와 「하서」는 모두 후인들이 기록한 것인데, 대부분 전국시기 말년의 "추기追記"다.(주쯔칭朱自淸,[12] 『경전상담經典常談』 「문십삼文十三」) 한유가 비록 "고서의 진위를 알 것"에 주의했지만, 이 부분에 대해서는 명확히 분변하지 못했다. 그가 "위로 우·하의 시대를 본받으니 아득히 끝이 없다"고 했는데, 기실 우·하 시기에는 본래 산문이 없었을 뿐만 아니라, 『상서』 가운데 은나라 초기 부분도 그때의 글이라고 확신할 수 없다.

현존하는 것 중에 믿을 만한 가장 오래된 산문은 『상서』의 「반경盤庚」 이하 여러 편과 몇몇 갑골의 복사卜辭 및 청동기의 명문銘文이다. 복사는 단지 몇 구절뿐이지 장절을 이룬 것은 매우 적으며, 청동기의 명문은 긴 것이 적고 「물정명曶鼎銘」의 경우 약간의 서사가 있지만 매우 간단하다. 『상서』 가운데 「반경」과 「무일無逸」 등의 편은 문장의 뜻이 비교적 훌륭하지만 말투가 "어렵고 난삽하다[佶屈聱牙]."(한유, 「진학해進學解」) 궈모뤄郭沫若[13]가 말하기를 "은·주

12_ 주쯔칭(1898~1948): 중국 현대 산문가이자 시인, 학자. 본명은 쯔화自華, 자는 페이셴佩弦, 호는 추스秋實다. 중국 현대 산문에서 민족적 특색을 살린 풍격을 갖춘 대표적 작가로 평가받고 있다. 학술 방면의 저서로 『신시잡화新詩雜話』『시언지변詩言志辨』『경전상담經典常談』『국문교학國文教學』 등이 있다.

13_ 궈모뤄(1892~1978): 중국 현대 문학가이자 시인, 극작가, 고고학자, 사상가, 고문자학자, 역사학자, 사회활동가. 본명은 카이전開貞이며, 모뤄는 그의 필명이다. 자는 딩탕鼎堂, 호는 상우尙武다. 중국 문화혁명계의 영수이며, 중국공산당 우수당원이다. 저서로 『궈모뤄전집』이 있다.

시대의 고문은 노예주들이 전유했던 것이어서 민간의 어투와는 거리가 아주 멀다. 은대 복사와 은·주 시대 제기의 명문은 물론이고, 『상서』 가운데 은·주 두 시대의 고문誥文들은 문체가 정형과는 달리 딱딱하다"고 했다.(『노예제 시대』, 63면) 그러므로 유종원이 그 글이 "간결하면서 거칠다[簡而野]"고 말한 것이 실제에 부합된다.

서한시기

실제로는 춘추 말년으로부터 보아야 하지만, 주로 전국시기부터 서한시기까지가 된다. 유종원이 『서한문류西漢文類』의 서문을 지을 때 이 시기를 서한이라고 말했기 때문이다. 이 시기의 산문에 대해 궈모뤄는 다음과 같이 설명했다.

춘추 말년 특히 전국시대에 이르러서는 사정이 완전히 달라졌다. 선진시대의 제자들은 별반 차이 없는 우수한 문장가들이었는데, 그중 맹자·장자·순자·한비자 등 사가四家는 더 걸출했다. 전국시대 이전에는 개인의 저술이 없었는데 (…) 개인이 저술하게 된 풍토는 전국 중엽에 와서 부쩍 일어났다. 산문을 보면 문체의 특징으로 어조사를 많이 사용하고 꺾이는 구절이 생동하며 기세가 충만하다. 비록 우리가 그때로부터 2000여 년이 지났지만 오늘날 읽어보아도 오히려 이해하기가 어렵지 않다. 여언如焉·재哉·호乎·야也·자者와 같은 어조사들은 사실 그 무렵 구어체의 성조였다. 고대 음운을 조금만 아는 사람이라면 이해할 수 있다. 전국시대의 고문은 본디 당시의 백화였다. (…) 어떻게 해서 이러한 현상이 발생했던가? 사회제도의 획기적인 변혁의 측면에서 이해하지 않으면 도무지 설명할 방법이 없다. 사회제도가 변하자 노예도 신분이 바뀌고 문인 학자의 신분도 본래 빈천한 출신이 많아졌으며, 인민의 언어와 민간의 형식이 널리 불리게 되었고, 귀족들에게까지 알려지게 되었다. "백성이 귀하기" 때문에 민간 형식 또한 귀해졌던 것이다. 은·주 시대 노예주 정권이 사라져 다시 복귀되지 않았던 것처럼 은·주 시대의 오래되고 묵은 시문들 또한 한번 사라지면 다시 복귀되지 않았다.

- 『노예제시대』, 65면

이 말은 선진고문先秦古文이 융성했던 주요 현상과 근본 원인을 지적하고 있는데, 설명이 매우 적절하고 정확하다. 다시 구체적으로 분석해보자. 간단히 포괄해서 설명하자면, 그 무렵의 산문은 크게 다음과 같이 나눌 수 있다.

(1) 역사가의 기사記事(『좌전』의 경우)와 기언記言(『국어』와 『전국책』의 경우)
(2) 개인의 저술(『논어』와 『맹자』의 경우. 그 가운데 역시 기언이 많다. 다만 『묵자』와 『순자』 등에는 이미 논문으로 구성된 것도 많다)

역사가(모두 사관인 것은 아니다)의 기사와 기언에는 '사령辭令'이 적지 않다. 『좌전』의 '춘추사령'(다만 몇몇 외교적 인물의 언사와는 구별된다)에서부터 전국 시대 종횡가의 유세하는 글에 이르기까지 떠벌려 과장하거나 비유를 끌어와 이야기하는 것이 많고, 역사 사실을 인용하거나 우언으로써 자신의 논점을 증명하기도 하니, 한대 사부辭賦와 잡문들의 선구가 되었다. 개인의 저술은 주로 제자諸子의 문학이다. 의론議論이 종횡무진하고 말은 대부분 유창하며,

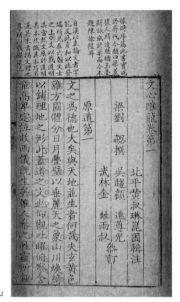

『문심조룡』

그 가운데도 우언과 고사故事가 섞여 있고, 특히 이치를 설명하고 사건을 따질 때에는 논리가 엄밀하니, 후대 의론문의 기초를 다졌다.

물론 전국시기의 고문이 비록 융성했지만, "제자의 글은 대부분 뜻을 세우는 것을 으뜸으로 삼지 글이 능숙한 것을 근본으로 여기지 않았다."(소통蕭統, 「문선서文選序」) 그 나머지도 또한 '경사經史의 부속'이었으니, 문장을 하는 데 뜻을 두지 않았다. 그래서 글의 성격으로 말하자면 모두 학술문이나 응용문이었지 문예문이 아니었다. 『문심조룡』 「잡문」 가운데 거론된 여러 예를 보더라도 단지 「대초왕문對楚王問」 한 편만 전국시기 말년의 송옥宋玉에게서 전해왔을 뿐 나머지는 모두 한대와 그 이후 문인들의 작품이다. 이런 면에서 보면 문예 산문은 오히려 서한西漢 작가들이 더 발전하기를 기다려야 했다. 우리가 보더라도 서한의 문장은 조령詔令과 주의奏議 등의 글이 대부분으로, 곧

"서한인들이 전해온 글"은 "대개 관문서뿐이었으니"(요내姚鼐,14 「여진석사서與陳碩士書」), 여전히 응용정신에서 나온 것이 대부분이었다. 다만 「조굴원문弔屈原文」 「답객난答客難」 「비유선생론非有先生論」 「난촉부로難蜀父老」 「동약僮約」 등의 글은 확실한 문예산문임에 의문의 여지가 없다. 그래서 문학이 "스스로의 영역을 이루는 것"은 비록 건안建安 시기를 기다려야 했지만, 그래도 그것은 서한시대에 이미 시작된 것이 분명하다. 특히 『사기』는 『좌전』의 사건묘사에서 발전해서 "인물묘사로 진일보했으니"(주쯔칭, 『경전상담』 「문십삼」), 산문체 언어의 우수성을 보여주기에 충분했으며, 고문의 장점도 이런 것을 표현하는 데서 가장 두드러진다.

이는 서한이 선진 시기와 멀지 않다는 데서 연유하는데, 지주계급은 아직도 상승하던 때였고, 가의賈宜·매승枚乘·동방삭東方朔·사마상여司馬相如·사마천司馬遷·왕포王褒·양웅揚雄과 같은 당시 일군의 작가들은 대부분 출신이 한미했지만, 사회생활을 비교적 광범위하게 경험하고, 군중의 언어나 민간의 형식도 비교적 많이 이해하고 좋아했다. 또 당시 국가의 강성함과 영토의 확장 및 사회적 안정과 경제적 번영, 나아가 남북 각 지역의 문화교류는 작가로서의 안목을 열어주었고, 아울러 그들이 앞 시대의 문화유산을 정리하고 흡수할 수 있게 했다. 다만 봉건제국의 강성함과 제왕 및 귀족의 부패, 그리고 묘당廟堂에서 공덕을 노래하고자 하는 수요가 사부辭賦를 차츰 "사내장부로서는 하지 않는" "새기고 다듬는 보잘것없는 기예"15로 몰아갔으며, 이로써

14_ 요내(1731~1815): 청나라 문학가이자 산문비평가. 자는 희전姬傳 또는 몽곡夢穀이다. 건륭 28년 진사가 되어 예부주사禮部主事가 되었고, 호남향시고관湖南鄕試考官·회시동고관會試同考官·사고전서찬수관四庫全書纂修官 등을 지냈다. 고문을 학습했으며, 방포方苞·유대괴劉大櫆 등과 함께 동성파를 결성해서 고문의법古文義法을 제창했다. 『고문사류찬古文辭類纂』을 편찬했고, 저서로는 『삼전보주三傳補注』와 『석포헌전집惜抱軒全集』 등이 있다.

배우排偶하는 풍조가 더욱 심해져 훗날 사부로부터 변려문체가 자라나게 되었으니, 결국 묘당의 수요에 적응해버린 것이다.

동한에서 수隋까지

이는 곧 '팔대'(동한·위·진·송·제·양·진·수)의 시기다. '팔가'들의 관점에서 보면 이 시기는 '문장이 쇠퇴하는' 시기다. '쇠퇴'했다고 말하는 데는 이유가 있는가? 분명 그럴 것이다. "문학은 민간의 구술문학에서 기원한다. 계급사회에서 문학은 통치계급을 위해 복무함으로써 차츰 군중과 멀어지고, '아화雅化'되면서 결국 경직된다. 그러다 일정한 단계에 이르면 민간문학으로부터 새로운 자양분을 흡취해서 재생하게 되지만, 또 군중으로부터 차츰 멀어지게 된다. 그리고 다시 '아화'되면 결국 또 차츰 경직된다. 이와 같이 순환해 내려가며 나선형의 발전을 보여준다"고 한다.(『노예제시대』, 248~249면)

앞에서 말한 바와 같이 전국시기에는 "인민의 언어와 민간의 형식"이 "귀족에게까지 알려지게 되"면서 "은·주 시대의 오래되고 묵은 시문들 또한 한번 사라지면 다시 복귀되지 않았다." 서한시대 이후로도 산문은 이러한 기초 위에서 계속 발전했다. 동한이 '쇠퇴'했다고 할 때 '쇠퇴'란 "아화되고 결국 경직되는 것"에 있었다. 동한시대의 산문에 과연 이러한 면이 있었던가? 『문심조룡』「시서時序」에서는 동한시대의 산문에 대해 다음과 같이 평술했다. "애제·평제 때 국운이 기울었다가 광무제가 왕실을 중흥시켰는데, 그는 도참학에

15_ 양웅, 『법언』 권2, 「오자편吾子篇」

깊은 관심을 베풀었지만 문학 방면은 약간 소홀히 했다. 그러나 두독杜篤이 「오한뢰吳漢誄」를 헌상해서 형벌을 면하고, 반표班彪는 두융竇融의 장주章奏 작성에 참여해서 보현補縣의 관리에 임명된 사실이 보여준 것처럼, 널리 문인을 구하지는 않았다 하더라도 버려두고 돌보지 않은 것은 아니었다. 명제·장제에 이르러 치세에 공을 쌓아서 유학을 존숭하고 학문당學問堂에서 예를 배우며 백호관白虎觀에서 경서를 강의했다. 반고班固는 한나라 역사 집필에 붓을 들었고, 가규賈逵는 상서로운 「신작송神雀頌」의 초안을 위해 붓과 종이를 하사 받았으며, 동평왕東平王(유창劉蒼)은 빛나는 문장으로 이름을 떨쳤고, 패헌왕沛獻王(유보劉輔)은 「오경론五經論」으로 이름이 높았다. 황제의 규범과 제번諸藩의 제도가 정비되어 빛나는 광채를 발현했다. 안제·화제에서 순제·환제에 이르는 시대에는 반고·부의傅毅·최인崔駰·최원崔瑗·최식崔寔 또는 왕연수王延壽·마융馬融·장형張衡·채옹蔡邕 등의 당당한 대학자들이 배출되어 인재들이 부족하지는 않았지만, 뽑을 만한 문장을 선별하는 것은 잠깐 유보해두기로 한다."

최식의 「대사부大赦賦」를 예로 들어 동한시대 산문의 아화를 살펴보자. 이 글은 화제和帝 11년의 대사면을 위해 지은 것인데, 만약 산문의 기사문체를 썼다면 3언 2구로 지었을 것이지만, 황제에 대한 찬송이 필요했기 때문에 "나쁜 건 씻어내고 더러운 건 털어버려 해내海內가 다시 새롭도다"라는 말로 뜻을 표현했다. 그러나 이런 표현이 황제의 구미에 맞지는 않았다. 그래서 그는 힘을 다해 늘어놓기를 "(…) 폐하께선 하늘 같은 위대함으로 옛 성현들의 자취를 이으셨으며, 아침이면 만기萬機에 힘쓰시고 저녁이면 신중히 살피시더니, 형벌이 사라지지 않음을 아파하사 천하에 대사면을 내리고자 바야흐로 원운元雲을 헤치고 밝은 별을 비추시니, 강토에선 기름진 곡식을 수확하고 조정에선 명협冀莢을 헤아리셨습니다"라고 했으니, 모두 아부하는 거짓말이다. 또 채옹의 「곽유도비郭有道碑」에서도 "선생은 태어나면서 천심天心에 부응하여 총예가 명철하고, 효성스럽고 우애롭고 온화하고 공손하며 어질고 돈독하고 자애롭고 은혜로웠다. 그의 기량은 넓고 깊으며 자질은 광대했다"고 했으니, 약간의 듣기 좋은 구절을 쌓아둔 것일 뿐이다. 또 채옹의 「진태구비陳太丘碑」에서 "산과 강의 정기를 부여 받아 영요靈曜의 순수함을 띠었다"는 것도 공허한 말일 뿐, 인물의 특징을 제대로 파악하지 못한 것이다. 뒷날 남조南朝 시대에 왕검王儉이 쓴 「저연비문褚淵碑文」에서도 "천독川瀆의 영휘靈暉를 부여 받고, 규장珪璋을 머금어 광채를 드러내었다. 화순함은 안으로 엉겨 있고, 영화로움은 밖으로 드러난다. (…) 효경스러움이 깊고 두터운 것도 이로 말미암아 이룬 것이로다"라고 말했다.(『문선』에서 인용) 말이 사실에 근거하지 않을 뿐 아니라 묘사도 개성을 드러내지 못하고, 약간의 전고와 군더더기 말을 사용한 것이다. 유일한 역할이라곤 거짓말, 떠벌리는 말, 공허한 말을 하는 데 편리하고 아첨을 바치는 데 편하다는 것뿐이다. 만약 황제가 한 쌍의 옥패를 내릴 경우 산문으로 주문奏文을 바친다면 "삼가 감사합니다"라는 두 마디면 될 것인데, 변려문에서는 매우 많은 말로 설명한다. 양나라 간문제簡文帝의 「사사옥패계謝賜玉珮啓」의 경우, "난전蘭田의 아름다운 광경과 괴수槐水 빙판에 아로새긴 무늬같이, 금궐金闕의 구슬로 장식하고, 노반魯班의 솜씨로 다스려, 옷자락 끝으로 색이 비치고, 그림자 밖으로 빛이 난다네. 은혜가 내부內府에서 발하고, 성대히 상을 내려주시네. 신은 바야흐로 은덕에 감사하자니 위세에 비해 명성이 부끄럽고, 깊은 자애를 받자니 기쁨과 부담이 모두 찾아드네"라고 했다.(『초학기初學記』 권26에서 인용)

이러한 문장이야말로 "방탕하며 어지럽다[蕩而靡]"고 말할 수 있지 않겠는가? 그러므로 한유와 유종원이 팔대가 쇠퇴했다고 여겨, 힘써 문풍의 폐단을 개혁하고자 노력한 데도 이유가 있었던 것이다.

그러나 팔대의 산문은 물론이요 변려문도 모두 말살시켜서는 안 된다. 특히 팔대 시기에도 학술사상이나 문장체제나 창작방법에서 없앨 수 없는 면이 있으니, 그것은 언어의 발전이 지닌 역사적인 의미가 매우 크기 때문이며, 한유와 유종원의 산문에 매우 좋은 영향을 미치기도 했다.

우선 분명히 할 것은 팔대 시기의 단계에서 산문에 중대한 발전이 있었는데, 특히 건안시대는 루쉰魯迅이 말한 '문학의 자각시대'로서 산문발전사상 전국시기에 이은 제2의 고조기였다. 건안 시기가 산문사에서 이처럼 중대한 의의를 갖는 까닭은 "민간문학으로부터 새로운 자양분을 흡수해서 재생되었기" 때문이다. 무엇으로 그렇게 말하는가?

『문심조룡』「시서」에서 "영제靈帝시대로 내려오면 영제는 문학을 좋아하여 스스로 「황희편皇羲篇」을 저술하고, 홍도문鴻都門의 도서관을 창작의 장소로 개방했다. 그러나 악송樂松의 무리들은 천박하고 비루한 사람들을 모아들였기 때문에, 양사楊賜는 그들을 환두驩兜처럼 나쁜 사람이라 욕했고, 채옹은 그들을 광대에 비유할 정도였다"고 했다. 또한 『후한서後漢書』「양진전楊震傳·부양사전附楊賜傳」을 살펴보면, 양사가 상서한 글 가운데 "홍도鴻都의 문하에 무리들을 불러모아 부賦와 설說을 짓게 해서 조충전각雕蟲篆刻하는 하찮은 재주로 그 시대의 총애를 얻었다"고 했고, 같은 책 「채옹전」에 다시 밝혀 말하길 "시중좨주侍中祭酒인 악송樂松과 가호賈護는 세력을 좇는 몹쓸 무리들을 끌어다가 홍도의 문하에서 명을 기다리게 하고, 즐겨 시골거리의 하찮은 일을 진술케 하니 황제가 매우 기뻐했다"고 했다. 채옹도 봉사문封事文에서 다시 "아래로는 속어에 닿아 있고 광대의 말과 흡사하다"고 말했다. 우리가 이 몇 가지 자료를 참고해서 보면 악송이 불러모은 것이 일군의 민간예술가들임을 알 수 있으니, 그들은 즐겨 "시골거리의 하찮은 일을 진술"했고, 그 형식은 "속어에 닿아 있고 광대의 말과 흡사한" 것으로, 요즘 말을 빌리자면 고사성과 통속성과 희극성을 갖춘 민간문학이었다. 한나라 영제가 그것을 좋아하고 아낀 것은 영제의 견해가 남달랐던 것이 아니라, 신문학의 예술적 매력이 이미 궁정(고대의 제왕과 제후들은 모두 당시의 음악을 좋아했지 옛 음악을 좋아하진 않았다)을 흔들어놓았던 것이다. 그러면 이것이 건안 시기의 문학과 어떤 관련이 있는가?

류스페이는 "한나라 영제는 배사문俳詞文을 좋아해서, 낮추어 그 풍격을 익히고 화미함을 높였는데, 비록 위나라 초기에 이르러서도 그 풍격은 바뀌지 않았다"고 했다. 이에 우리는 도리어 생각하기를 "위문제魏文帝는 배우의 이야기를 가지고 『소서笑書』를 지었고, 설종薛綜은 연회 때마다 농담조의 말을 했다"(『문심조룡』 「해은諧隱」)고 본다. 이로써 볼 경우 육조의 소설(뒷날 『세설신어世說新語』와 같은 것)과 잡문류(뒷날 심약沈約의 「수죽탄파초문修竹彈芭蕉文」과 같은 것)는 바로 배사문을 계승한 것이며, 인물 묘사와 경물 묘사와 탁물과 "대우를 맞춰 포진하고[排比鋪陳]" "과장하고 두드러지게 묘사하는[渲染襯托]" 수법과 기교는 이로 인해 새로 발전한 것이다. 문학이 "경학에 소속되었던 것"에서 벗어나 "스스로 영역을 이룬 것"은 모두 민간의 신문학이 새로운 소재를 제공한 데서 비롯됨으로써 비교적 큰 진보를 이룬 것이다.

물론 문인들을 문학 개혁에 참여시킨 것에는 사회생활과 학술·사상 방면의 원인이 있었다. 류스페이는 또 말하길 "서한시대에는 집집마다 칠경七經을 익혀 제자사상가도 반드시 경술에 연관되어 있었고, 위무제가 나라를 다스리면서 형명학刑名學에 물들어 문체가 이로 인해 점차 청준清峻하게 된 것이 첫째 변화이다. 건무建武 연간(후한 광무제) 이후로 사족士族과 민이 모두 예를 지켰고, 건안 시기에 이르러서는 점차 통달과 일탈을 높였다. 일탈해 서는 애락의 감정을 넉넉히 펼치고, 통달해서는 더욱 깊은 사상을 표현했으 니, 이것이 둘째 변화이다. 헌제 초기에는 여러 방책이 우뚝 일어나 시대를 엿보는 선비들이 종횡설을 존중하면서 빙사騁詞의 풍격이 여기에서 시작되 었으니, 이것이 셋째 변화이다"(뒤에 "한나라 영제"를 운운하는 것과 연결되는데 이미 앞에서 인용했다)라고 했다.(류스페이, 『중고문학사강의中古文學史講義』) 여기 서 류스페이가 미처 설명하지 못한 것은 한말 농민들이 크게 봉기했던 사실 이다. 당시 농민들이 크게 봉기해서 통치지주들에게 타격을 주었고, 지주계 급이 창도한 명교名敎와 예법(이른바 '경술經術'과 '병례秉禮'이다)에도 타격을 주 어 사람들의 사상을 비교적 활발하게 만들었다. 천인커陳寅恪[16] 선생은 중국 역사상 육조와 송의 사상이 가장 활발했다고 했다.(『한류당집寒柳堂集·논재생 연論再生緣』) 그것은 곧 사람들이 비교적 예법과 명교의 속박을 적게 받았고, 그로 인해 과거에는 일찍이 생각할 수 없었던 사리事理를 생각할 수 있었으며 (가령 '재才와 성性'의 이합, 언어가 뜻을 다 표현하느냐 여부, 소리에 슬픔과 즐거움 이 있는지 여부, '신멸神滅'과 '무군無君'의 문제에 이르기까지), 이와 동시에 "세상 은 난리가 겹쳐 풍속이 쇠퇴하고 원망이 쌓임"(『문심조룡』「시서」)으로 말미암 아 "애락의 감정을 한껏 펼쳤던" 것이다. 봉건예법을 두고 말하더라도 또한 "법도에 지나침"을 면하기 어려웠다. 유종원도 그것이 "방탕했다"고 했으니,

---

16_ 천인커(1890~1969): 중국 현대 역사학자, 고전문학 연구가, 언어학자. 젊어서 일본·독일·프 랑스 등지에서 유학하고 돌아와 칭화清華대학 국학연구원에서 활동했다. 당시 량치차오梁啓 超·왕궈웨이王國維와 함께 '칭화삼거두清華三巨頭'로 불렸다. 저서로 『당대정치사술논고唐代政治 史述論稿』『한류당집寒柳堂集』『진인각문집陳寅恪文集』 등이 있다.

대략 "법도에 지나침"을 가리켜 말한 것이다. 근대의 공자진龔自珍[17]·위원魏源[18]에서 장타이옌章太炎[19]·류스페이 등에 이르기까지 위진魏晉 문학에 대해 긍정적인 것도 그것이 때로 봉건예법의 규범을 넘어서 있어서, 공맹의 도와 정주의 이학에 익숙한 사람들이 그 글을 통해 이목을 일신시킬 수 있도록 했기 때문이다.

　육조시대의 학술문과 정론문을 보면, "방술方術이 명가名家와 법가法家를 겸했고" "명가名家의 이론을 연구하고 익혀서" "자신의 생각과 독창적 견해로 예리하고 정밀했다."(『문심조룡』「논설論說」) 앞선 시기보다도 발전했을 뿐만 아니라 심지어 후대 당송 '팔가'들도 이르기 어려운 것이었다. 장타이옌은 "대개 고아하지만 알갱이가 없어 외우기만 하는데 흡사한 것은 한나라 사람들의 단점이다. 염치는 있되 절제하지 못해 억지로 다물고 있는 것 같고, 펼쳐나가되 누르지 못해 방탕해진 듯하며, 맑기는 하되 근본이 없어 초야와 같이 거친 것은 당송의 허물이다. 이로움이 있고 폐단이 없는 것으로 위진만 한 것이 없다"(『국고논형國故論衡』「논식論式」)고 했으니, 바로 이 점을 가리켜 말한 것이다.

17_ 공자진(1792~1841): 청나라 사상가이자 문학가, 개혁주의자. 자는 슬인瑟人, 호는 정암定庵이다. 38세에 진사가 되어, 내각중서內閣中書와 종인부주사宗人府主事 및 예부주사禮部主事 등을 지냈다. 어려서 외조부 단옥재段玉裁에게서 배웠고, 이후 경세학을 연구했다. 당시 폐정을 개혁해서 외국의 침략을 막을 것을 주장했으며, 시문에서도 '경법更法' '개도改圖'를 주장했다. 저서로 『정암문집定庵文集』이 있다.

18_ 위원(1794~1857): 청나라 계몽사상가, 정치가, 문학가. 자는 묵심黙深 또는 묵생墨生, 호는 양도良圖이다. 25세에 진사가 되어 고우지주高郵知州를 지냈다. 경세치용經世致用의 학문을 종지로 삼아 당시 공자진과 나란히 학명을 떨쳤다. 저서로 『고미당시문집古微堂詩文集』『원사신편元史新編』『노자본의老子本義』등이 있다.

19_ 장타이옌(1869~1936): 청말 민국초 사상가이자 학자, 혁명가. 이름은 빙린炳麟, 자는 메이수枚叔이고, 타이옌太炎은 그의 호다. 차이위안페이 등과 합작해서 광복회光復會를 결성했고, 문자학·역사학·철학·정치학 등을 두루 섭렵해서 연구했다. 저서로 『장씨총서章氏叢書』『장타이옌의 론章太炎醫論』『국고논형國故論衡』등이 있다.

논설문 외에 이 시기의 소설·잡문·우언·산수유기山水遊記 등은 체제가 새롭고 형식도 아름다우며 다양한 색채로 화려하기가 앞 시기보다 월등히 뛰어났다. 먼저 우언에 대해 말하자면, 선진시대의 우언은 단지 제자나 유세가의 말 가운데 일부분이었는데, 이 시기에 와서 독립된 한 편의 글로 이루어졌다. 또 탁물우의託物寓意한 잡문들을 보면, 「전신론錢神論」과 「수죽탄파초문修竹彈芭蕉文」 및 「대람왕구석문大藍王九錫文」 등과 한유·유종원의 「마설馬說」 「제악어문祭鰐魚文」 「증왕손문憎王孫文」 「유복사문宥蝮蛇文」 「매시충문罵尸蟲文」 등의 작품이 앞길을 열었고, 소설에서 『세설신어』의 인물 묘사와 지지地誌에서 『수경주水經注』의 경물 묘사는 앞 시대에는 이루지 못한 예술적 수준에 이르렀다. 당나라 사람 여지고餘知古는 「여구양생논문서與歐陽生論文書」에서 다음과 같이 말했다. "근세에 한유가 「원도」를 지었는데 이는 최표崔豹의 「답우형서答牛亨書」를 본받았고(위자시餘嘉錫[20]는 이 작품이 전하지 않는다고 한다), 「휘변諱辨」을 지었는데 장소張昭가 옛 이름을 논한 글을 본받았고(나는 그것이 장소의 「위구군휘론爲舊君諱論」이라고 생각한다. 『오지吳志』 「본전本傳·주注」를 보라), 「모영전毛穎傳」을 지었는데 원숙袁淑의 「대람왕구석문大藍王九錫文」을 본받았고(『초학기初學記』 권29를 보라), 「송궁문送窮文」을 지었는데 양웅의 「축빈부逐貧賦」를 본받았고(『고문원古文苑』 권4를 보라), 「논불골표論佛骨表」를 지었는데 유주劉晝의 「쟁제왕소諍齊王疏」를 본받았다(나는 유주가 불교를 비난하여 올린 글이라고 보는데, 『광홍명집廣弘明集』 권6을 보라)." 이 예를 보더라도 한위육조시대 문인들이 문학형식 부분에서 이룬 성취가 한유와 유종원의 산문에 큰 영향을

20_ 위자시(1884~1955): 중국 근대 목록학자, 고문헌학자. 자는 지위季豫, 호는 쥐안안狷庵이다. 푸런輔仁대학원 원장과 국문계 교수, 중국과학원 언어연구소 전문위원 등을 역임했다. 저서로 『사고제요변증四庫提要辨證』 『목록학발미目錄學發微』 『고서통례古書通例』 등이 있다.

미쳤음을 알 수 있다.

다시 언어 부분을 보면, 우선 어휘가 풍부하다. 선진과 서한시대에는 한어 가운데 단음사가 비교적 많았는데, 당대에 이르러서는 "말을 겹쳐 쓰지 않은 것이 없게" 변했다.(탕란唐蘭,[21] 『중국문자학』) 당나라 사람이 편찬한 『일체경음의一切經音義』를 보면 거기에 나오는 것은 모두 다음사多音詞이다. 이는 당연히 육조시기 민족 간의 융합 및 외국과의 교류(특히 중국과 인도의 교류)로 말미암아 언어가 비교적 크게 발전했기 때문이다. 육조시대 작가들은 구어를 제련하고 새로운 말을 조합하는 데 뛰어난 공로가 있었으니, 『세설신어』에서 충분히 볼 수 있다. 그 다음은 구句의 확대발전이다. "서한시대의 보통문자는 구가 매우 짧았으니, 가장 짧은 것은 두 글자로 된 것도 있었다. 동한시대의 구는 조금씩 길어져 가장 짧은 것이 넉 자였다. 위나라 시대엔 더 길어져 종종 위 구절은 넉 자 아래 구절은 여섯 자이거나, 위 구절은 여섯 자 아래 구절은 넉 자인 두 구 형식으로 뜻을 완성시켰다."(주쯔칭, 『경전상담經典常談』 「문십삼文十三」) 유신庾信의 「애강남부哀江南賦」에 "어찌 백만의 의로운 군사가 하루아침에 갑옷이 해제되고 칼에 베이기를 초목이 잘리듯이 되었는가?[豈有百萬義師一朝解甲芟夷斬伐如草木焉]"의 경우는 기실 한 구가 열여덟 자에 이른 것이다. 한유의 글 중에는 수십 글자가 한 구인 것도 있다. 이 또한 언어발전의 한 현상이다. 그 다음으로는 성조聲調를 강구했다. 완원이 이르길 "양나라 때에 늘 말했던 운이란 분명 압운을 가리키는 것이지만, 또한

21_ 탕란(1901~1979): 중국 현대 문자학자. 호는 리안立厂이다. 탕페이란唐佩蘭이라고도 하며, 필명은 쩡밍曾鳴이다. 20대에 『설문해자』와 『이아』를 깊이 연구해 『고궁학도론故宮學導論』 『중국문자학』을 발표하는 등 고문자 연구에 조예가 깊었다. 40대 이후로 전국시기 문자와 역사에 관심을 가져 『전국종횡가서戰國縱橫家書』 『서주청동기명문사증西周靑銅器銘文史證』 등을 저술했다.

장구 가운데 음운을 말하는 것이기도 하다"고 했고, 또 "팔대 시기에 압운하지 않은 글도 그 안에는 전구前句와 대구對句가 서로 상생하며 돈좌억양頓挫抑揚하고, 감탄과 감정을 읊는 것이 모두 음운의 궁성宮聲과 우성羽聲에 합치된다"고 했다.(「문운설文韻說」) 그래서 '영명체永明體'가 어구 안에서 평측이 고를 것에 주의했던 것이 시에 영향을 미쳤을 뿐만 아니라 문장에도 영향을 미쳤고, 변려문에만 영향을 미쳤을 뿐만 아니라 산문에도 영향을 미쳤다. 한유의 「원도」와 범진范縝의 「신멸론神滅論」을 비교해보면, 「원도」는 현저히 어기가 시원하고, 음조가 고르며 아름다운 것이 많다. 그러므로 '팔가'들이 변려문을 흡수해서 성률의 특징을 강구했고, 언어의 원숙미에 주의를 기울였다는 것을 알 수 있다. 궈사오위[22]는 "변문가의 문장은 실사實詞의 구성과 수사에 중점을 두었기 때문에 성률을 강구하는 데 적용될 수 있었고, 고문가들은 허사의 운용에 중점을 두었기 때문에 기세를 강구했던 것이다"라고 했다.(『어법수사신탐語法修辭新探』 하책) 사실 기세는 음절 안에 깃들어 있으니, 유대괴劉大櫆[23]가 이 점에 대해 매우 정밀하게 말한 바 있다.(『논문우기論文偶記』를 보라) 이처럼 육조시대 사람들이 음조를 강구한 것이 고문에도 영향을 미쳤다는 것을 알 수 있다.

22_ 궈사오위(1893~1984): 중국 현대 언어학자이자 문학가, 문학비평가. 본명은 시펀希汾, 자는 사오위紹虞이다. 20대 초에 마오둔茅盾·예성타오葉聖陶 등과 함께 '문학연구회'를 창립했고, 이후 푸단復旦대학 중문계 주임과 상하이문연上海文聯 부주석, 상하이작협上海作協 부주석 및 『사해辭海』 편찬 부주편 등을 지냈다. 저서로 『중국문학비평사』 『조우실照隅室고전문학논집』 『조우실언어문자논집』 『조우실잡저』 등이 있다.

23_ 유대괴(1698~1779): 청나라 산문작가이자 문학비평가. 자는 재보才甫 또는 경남耕南, 호는 해봉海峰이다. 방포·요내 등과 함께 동성문파의 대표 작가이다. 문론에서 '의리義理, 서권書卷, 경제經濟'를 강조하며, 작품에서 정주이학程朱理學을 천양할 것을 강조하고, 예술형식에서는 고인의 '신기神氣, 음절音節, 자구字句'를 본받을 것을 주장했다. 저서로 『해봉海峰문집』과 『해봉시집』 『논문우기論文偶記』 『고문약선古文約選』 등이 있다.

이상의 서술을 통해 '팔대' 시기 문학의 '쇠퇴'는 군중에서 이탈하여 묘당으로 달려간 데서 비롯되었고, 이로 인해 고상해지고 경직되어버린 데 있었다는 것을 알았다. 다만 그중에 누군가 있어서, 한편 민간의 새로운 형식을 흡수하며, 대중의 구어를 흡수해서 더욱 제련하고, 또 한편 고대의 유구한 예술적 성과를 흡수해서 더욱 새롭게 발전시켰던 것이다. 후자에 대해 '팔가'들이 입으로 말한 것은 없지만, 실제로 흡수한 것이 있었다.

'팔가'들이 혁신코자 했던 핵심은 앞 시대 사람들을 가리켜 말한 것이었으니, 그것이 이른바 "팔대 문학의 쇠퇴함을 일으킨다"는 것이었다. 다만 후자의 것만 그들이 흡수했던 것이다. 이것이 이른바 '고문운동'이다.

'팔가'와 고문운동

당대의 '고문운동'은 하나의 문학 혁신운동이다. 이 점에 대해서 근래의 연구자들 사이에 이론은 없다. 그러나 아직 그 전모를 파악한 것도 아니고, 의견이 모두 일치하는 것도 아니다. 예컨대 (1) 많은 사람이 한유와 유종원이 "팔대의 쇠퇴함을 일으켜 세웠다"고 말하지만 그들이 "팔대의 성대함을 계승했다"는 것은 모른다. 그것은 '팔대' 시대에 대해서도 공평하지 못할 뿐만 아니라, 한유와 유종원의 혁신운동이 승리할 수 있었던 이유도 제대로 파악하지 못한 것이다. (2) 한유와 유종원을 진자앙陳子昻이나 소영사蕭穎士 등과 동일시함으로써 문학과 비문학의 구별을 혼란시키고 말았다. (3) 그러나 문학만 설명하고 언어에 대해서는 말하지 않아 '팔가'들의 공적의 절반을 말살시켰고, 또 언어에 대해 설명하지 않음으로써 우리가 참고할 만한 내용이 줄어들고 말았다.

당대 '고문운동'이 이미 하나의 문학 혁신운동이었다고 본다면, 무엇보다 그들이 한결같이 개혁의 대상으로 삼은 것은 바로 변려문이었다.

변려문의 특징은 구句가 반드시 대우가 되는 것이다. 사어詞語와 구가 서로 대우가 되게 할 뿐만 아니라, 음운의 조화도(산문도 성음의 조화를 요구하지만, 변려문처럼 금기가 심하지는 않다) 요구한다. 그러므로 미사여구로 다듬고 전고를 많이 사용할 것을 요구한다. 비록 그중에 비교적 좋은 작품들이 있긴 하지만, 전체적으로 보면 묘사가 전중典重하고 성대해서 "환히 빛나고 소리가 낭랑한 것"이 일종의 '묘당문학'이다. 앞에서 이미 설명했듯이 이것은 봉건 통치계급들이 공덕을 노래하거나 현실을 아름답게 꾸미려 하는 데 적합하며, 그래서 이런 글은 거짓말이나 빈말을 늘어놓기에 매우 편리하다. 이런 형식으로 문장을 지으면 분명 "한 운자의 기이함을 겨루고, 한 글자의 교묘함을 다투기만" 할 것이며, 반드시 서로 모방해서 천편일률이 되어 "수많은 글도 달밤의 이슬에 불과하고, 책상 위에 쌓이고 서랍에 가득 찬 것도 바람에 사라지는 구름일 뿐이로다"(수나라 이악李諤의 말)24라는 조롱을 받게 된다. 이런 문장은 당연히 사실을 분명히 반영하지 못하고, 나아가 사상과 감정을 충분히 표현하기도 어렵다. 그래서 비록 변려문이 번성하던 시기에도 약간의 기개가 있었던 학자와 문인들, 가령 도잠陶潛이 글을 짓거나 범엽范曄이 역사서를 저술하거나 범진이 논문을 지을 때에는 기본적으로 산문체를 사용했던 것이다. 수당 시절 비교적 원대한 식견을 가진 황제(가령 수문제)와 대신(가령 위징魏徵)들은 변려문에 만족하지 않았다.

그러나 한유와 유종원 이전에는 몇 차례 개혁이 모두 실패했다. 그리고 그

24_ 이악, 「논문체서論文體書」(『수문기隋文紀』 권7)

들의 실패는 우연이 아니었다. 가장 주요한 원인은 바로 봉건 제왕과 대신들이 민간의 새로운 형식을 흡수해서 묵은 형식에 대체시키지 못했던 것이다. 그래서 "당나라 정관과 개원 시대의 번성한 때를 거치면서 방현령房玄齡·두여회杜如晦·요숭姚崇·송경宋璟과 같은 인물의 보필로도 폐단을 구하지 못했으니"(소식, 「조주한문공묘비潮州韓文公廟碑」) 그리 괴이한 것도 아니며, 당태종 스스로도 이미 제齊·양梁의 여습에 젖어 있었던 것이다. 그가 지은 『진서晉書·왕희지전론王羲之傳論』을 보면 그 사실을 증명할 수 있다. 수문제도 제·양의 문체에 불만이 있었고, 그의 대신 소작蘇綽이 고아古雅한 『상서』를 모방해서 변려문을 대체했지만, 일종의 모방으로 다른 모방을 대체한 것이었으니, 자연히 좋은 결과를 얻을 수가 없었다. 당 초기에 부가모富嘉謨·오소미吳少微·소영사蕭穎士 등이 개혁할 것을 생각했으나, 부가모와 오소미는 "글을 지을 때에 모두 경전을 바탕으로 삼았고"(『구당서舊唐書』「문원전文苑傳」), 소영사도 "위진 이후의 것은 일찍이 생각하지 않았다"고 했으니(소영사, 「증위사업서贈韋司業序」), 분명 한유와 유종원의 개혁과는 본질적으로 구별되는 것이다. 부가모, 오소미, 소영사보다 앞에 진자앙이 있었는데, 그는 시가 부문에서 성취한 바가 있다. 한유도 "국조에 문장이 번성했으니, 자앙이 처음으로 높은 경지에 올랐네"25라고 했다. 그러나 진자앙은 산문에서는 성취가 높지 못했다. 그 한 예로 그가 자신의 아버지를 위해 묘지명을 지었는데, 자기 아버지에 대해 "성품은 영웅스럽고 뜻은 현묵을 숭상했으며, 여러 책과 비술들을 보지 않은 것이 없으셨다"고 묘사했다. 사실은 그의 아버지가 아직 스무 살도 안 되었던 때의 일이니 분명 지나친 칭찬이다. 또 이런 대목도 있다. "일찍이 한가

25_ 한유, 『창려문집』 권2, 「천사薦士」

히 앉았을 때에 그의 아들 자앙에게 말하길, '내가 큰 운세를 가만히 살펴보았더니 현자와 성인들은 태어나면서 싹을 지니고 있다가 세상을 위해 특별히 키워 무성하게 만든 것이니(본집과 『당문수唐文粹』에는 '적절할 때에 키워 무성해지니'라고 했다), 지력으로 도모할 것이 아니다. 기상은 매우 비슷하더라도 우연히 합하는 부분에서는 같지 않으며, 비슷하게 되려고 해도 실패하고 마니, 옛날에도 합치됐던 사람은 백에 하나도 없었다.'"(『문원영화文苑英華』「진명경묘문陳明經墓文」에서 인용) 도무지 무슨 말인지 모르겠다. 그의 사촌동생을 위한 「진자묘지명陳孜墓誌銘」에서는 "타고난 자질을 크게 갖췄고, 빼어남이 홀로 왕성하며, 엄격하고 간결한 성품에 매이지 않는 기이함을 높이고, 청렴하고 곧기를 아껴 고고한 절개에 구속되지 않았다"고 했으니, 이 또한 채옹과 왕검의 필치이다. 그래서 마단림馬端臨[26]이 말하길, 진자앙은 "시어가 높고 묘하여 제·양에 비해 월등하지만 (…) 그의 문장은 변려문의 비약한 문체를 벗어나지 못했으니, 왕충王充·양웅·심전기沈佺期·송지문宋之問과 다른 점을 볼 수 없다"(『문헌통고文獻通考』「경적고經籍考」)고 했다. 우리가 이런 것을 번거롭게 거론할 수밖에 없는 것은 사람들로 하여금 초당 시기를 이해하도록 하자는 데 있으니, 이 시기의 뜻있는 혁신적 작가들조차도 아직 육조시대의 구습을 벗어버리지 못해 인물의 특징을 제대로 묘사하지 못했으며, 심지어 글이 뜻을 제대로 전달하지도 못했던 것이다. 이상의 설명을 통해 소작蘇綽으로부터 소

26_ 마단림: 13세기 후반 중국 남송 말 및 원 초기의 역사가. 자는 귀여貴與이며, 장시 성江西省 러핑樂平 출신이다. 주자학을 배우고 군서에 정통했다. 송 멸망 후에는 저술에 전념하여 원조의 부름을 받았으나, 아버지가 노령임을 빙자하여 고사하고 뒤에 자호서원慈湖書院과 가산서원柯山書院 원장, 태주台州 교수를 역임했다. 대표 저작으로 유명한 『문헌통고』 348권은 20여 년의 세월을 들여 완성한 것이다. 두우의 『통전通傳』을 보충할 목적으로 지은 유서로 『통전』의 8개 부문을 다시 19개 부문으로 세분하고, 새로이 경적經籍, 제계帝系 등의 5개 부문을 추가했으며, 시대는 『통전』에 이어 남송의 개희開禧 연간에 이르는 방대한 저술이다. 특히 송의 제도가 상술되어 있다.

영사와 진자앙에 이르기까지 개혁에 실패했던 데에서 하나의 교훈을 찾아낼 수 있으니, 그것은 만일 "팔대의 성대함"을 계승하지 못한다면 민간의 것을 학습하지 못해 결국 "팔대의 쇠퇴함을 일으켜 세울 수" 없을 것이라는 점이다.

이 교훈을 뒤집어놓으면 바로 한유와 유종원이 혁신을 성공하게 된 경험이 된다. 물론 이것은 대부분 '안녹산安祿山·사사명史思明의 난' 이후에 비롯되었으니, 농민봉기와 번진藩鎭의 할거割據 및 사회모순의 격화가 일부 비교적 안목 있는 지식인들로 하여금 현실을 직시하게 해서 묘당문학이나 산림문학에 만족하지 못하게 만들었으며, 경제 발전과 도시의 번영 및 민간 문학의 흥성은 또 지식인들로 하여금 새로운 문학양식에 접할 수 있게 만들었던 것이다. '고문운동'과 '신악부' 운동은 거의 동시에 일어났는데, 이는 결코 우연이 아니었다. 말하자면 시대는 한유와 유종원을 등장시켰고, 한유와 유종원은 이러한 고문 혁신운동에서 중대한 역할을 했던 것이다.

먼저 한유와 유종원이 모두 『주역』 『시경』 『상서』 등을 거론했던 것은 단지 "문장의 정수를 음미한다[含英咀華]"는 것으로, 육기陸機가 "육예의 아름다운 윤기를 마신다[漱六藝之芳潤]"고 말한 것과 같다. 이는 비판적으로 흡수했다는 뜻이지 한낱 모방한다는 것이 아니다. "함含"과 "수漱"는 분명 씹어서 소화하는 과정을 표현한 말이다. 사실을 놓고 보더라도 한유와 유종원은 양웅과 달리 『주역』과 『논어』를 모방하지 않았으며, 속석束晳[27]이 "사라진 시[亡詩]"를 보완했던 것과도 달랐다. 그들이 지은 「모영전」이나 「종수곽탁타전種樹郭橐駝傳」 등의 경우, 하·은·주 삼대나 양한 시대에도 이러한 문체가 있었던가? 유종원의 산수유기의 경우도 「우공禹貢」 가운데 이런 묘사가 있었던가? 고염무顧炎武[28]는 한유와 유종원의 문집에서 "우언으로 지어놓고 전이라 일컬었으니 (…) 모두 패관(소설)에 견줄 만하다"[29]고 지적했다. 증국번曾國藩[30]과 야오 융가이姚永概[31]도 한유의 왕적王適 묘지명과 「남전현승청기藍田縣丞廳記」는 소설에 가깝다고 했다. 요내도 "자후(유종원)는 간혹 『수경주』의 경물형상을 사용했다"고 했다.(야오융푸姚永樸,[32] 『문학연구법』에서 재인용) 구체적으로 말하자면, (1) 그들은 소설의 인물묘사 기법을 산문에 사용했으니, 「장중승전후서張中丞傳後序」와 「단태위일사장段太尉逸事狀」이 그렇다. (2) 육조 문인들의 산수 시문에서 경물묘사 기법을 섭취했으니, 「영주팔기永州八記」 등이 그렇다. (3) 양

27_ 속석(261?~300?): 서진西晉의 학자. 자는 광미廣微다. 『진서晉書』의 「제기帝紀」「십지十志」를 지었고, 관직이 상서랑尚書郎에 이르렀다. 무제武帝 태강太康 시기에 급군인汲郡人들이 전국시대 위양왕魏襄王의 묘를 파헤쳐 죽서竹書 수십 거루를 발견했는데, 그가 당시 저작랑으로서 이것을 고증하고 논증하는 일에 참여해, 『죽서기년竹書紀年』과 『목천자전穆天子傳』 등을 밝혀냈다. 저서로 『오경통론五經通論』과 『발몽기發蒙記』 등이 있고, 『속광미집束廣微集』이 전하고 있다.

28_ 고염무(1613~1682): 명말 청초의 고증학자. 본명은 계곤繼坤이고, 자는 영인寧人이며, 호는 정림亭林이다. 청년시절에 경세치용의 학문에 뜻을 두었다. 일찍이 쿤산昆山에서 항청의군抗淸義軍에 가담했다가 패했으나, 요행히 빠져나와 중국 남북을 유랑했으며, 호걸지사들과 만나 명나라의 회복을 계획하곤 했다. 경사經史와 병농兵農, 음운音韻과 훈고訓詁 및 전장제도典章制度에 두루 해박했던 그는 여행 중에도 많은 책을 가지고 다니며 산천과 민풍토속을 살피고 틈틈이 많은 저술을 하기도 했다. 대표적인 저서로 『일지록日知錄』이 있다.

29_ 고염무, 『일지록』 권19, 「고인불위인립전古人不爲人立傳」

30_ 증국번(1811~1872): 청나라의 정치가이자 서법가書法家, 이학가理學家, 문학가. 초명은 자성子城이며, 자는 백함伯涵, 호는 조생滌生이고, 시호는 문정文正이다. 청나라의 중신重臣으로서 상군湘軍을 창설하고 통솔했다. 태평천국의 난을 진압했으며, 만청晚淸의 산문파인 '상향파湘鄉派'를 창립했다. 벼슬은 양강총독兩江總督, 직예총독直隸總督, 무영전태학사武英殿大學士 등을 지냈다. 저서로 『치학논도지경治學論道之經』과 『지가교자지술持家教子之術』 등이 있다.

31_ 야오융가이(1866~1923): 중국 근대 교육자이자 문학가. 자는 수제叔節, 호는 싱쑨幸孫이다. 안후이 성 통청 사람이며, 가학의 훈도를 받았다. 23세에 향시에 합격했으나 회시에 낙방한 뒤 귀향해서, 오여륜吳汝倫을 스승으로 학문을 익혔다. 1903년 통청중학당桐城中學堂이 세워지자 총감總監이 되었고, 1906년에는 안후이사범학당의 감독(교장)이 되었다. 1907년 일본에 가서 학제를 시찰하고 온 뒤 교육개혁을 주장했다. 대표적인 편서로 그의 형 야오융푸와 함께 『역조경세문초歷朝經世文鈔』를 편찬했다.

32_ 야오융푸(1861~1939): 청말 동성문파의 후기 인물. 자는 중스仲實, 호는 투이쓰라오런蛻私老人이다. 1894년 향시에 오른 이후 같은 고을의 방존지方存之·오설보吳挚甫·소경부蕭敬孚 선생의 문하에서 고문사를 익혔다. 그는 시문에 능통하고 경전에도 해박해서 일가를 이루었다. 저서로 『사학연구법』 『문학연구법』 『구문수필舊聞隨筆』 등이 있다.

한과 육조의 서정적 소부小賦와 잡문의 특징을 융합하고, 게다가 인도의 우언 예술을 흡수해서 「송궁문」 「진학해」 「제악어문」 「매시충문」 「증왕손문」 등의 글을 지었다. (4) 이치를 설명하고 사건을 논하며 편과 구를 짜나가는 데 있어 분명 선진시대의 산문과 계승적 관계가 있다. 다만 분석이 정밀하고 조리가 엄격하며, 의미가 깊은 것은 육조시대의 현언玄言 및 불교의 인명학因明學과 약간의 관계가 있다. (5) 그들 시 작품의 일반적 언어들은 분명 '영명永明' 시체와 당나라 근체시의 영향을 받은 것이며, 근체시의 언어 예술이 없었다면 「송이원귀반곡서送李愿歸盤谷序」와 같이 문맥이 용어에 맞게 순조롭고[文從字順] 정감과 운치가 무궁한[情韻不匱] 산문을 이루어내기 어려웠을 것으로 생각한다.

한 가지 보충하고 싶은 말은 한유가 변려문을 잘 알고 있었고, 소설을 애호했다는 점이다. 당시 사람들은 그가 "글로 장난을 친다"고 힐책했고, 그의 문인인 장적張籍도 그에게 충고했지만, 다만 유종원은 글을 지어 그를 위해 변론해주었다. 이를 통해 두 사람의 민간 문학에 대한 태도가 비교적 일치한다는 것을 알 수 있다. 우리가 알 수 있는 것은 육조시대에 "기이한 것을 찾고" "생각이 특이한" 소설이 있었는데, 특히 『세설신어』 등의 예술 성취는 대단히 높았으며, 당나라 초기에는 또 '전기' 소설이 유행했고, 뒤에 다시 설창說唱문학인 '변려문'이 나타났는데, 한유가 이런 것을 애호했다면 창작에서 자연히 조금의 영향이라도 받지 않을 수 없었을 것이다.

한유와 유종원의 개혁 방향은 비교적 분명했으며, 그들의 생활 경험과 예술학습은 그들이 지은 산문에서 실제적인 성과로 나타났다. 그리고 한유와 유종원은 모두 인재를 기르는 데 관심을 두었는데, 특히 한유는 당시 사도師道를 자임하여 배우려는 자들을 위해 도를 전하고 학업을 전수하고 의혹을 풀어주었고, 황보식皇甫湜·장적·이고李翱·이한李漢 등과 같은 많은 작가를 배출했다. 그밖의 시인 문사들도 대부분 한유·유종원과 왕래했으니, 이를 통해 '고문운동'이 역량을 배양하고 영향을 확대시켜 끝내 성공을 거두게 된 것이었다.

한유와 유종원의 '고문운동'이 비록 성공은 했지만, 그렇다고 변려문이 이 때문에 자취를 감추고 사라졌던 것은 아니다. 당나라 말엽부터 송나라 초에 이르기까지 변려문은 날로 번성했다. 송나라 초의 문풍에 변려체의 기미綺靡한 것 외에도 일종의 기이한 현상이 나타났으니, 그것은 옛날의 난해한 글자와 기이한 구법을 사용해서 난해한 문장을 짓는 것이었다. 괴벽하기를 말하자면 한유도 그 책임을 면할 수 없다. 그가 돈을 받고 지어줬던 '유묘諛墓'는 거짓말과 빈말을 하지 않을 수 없었으며(「조성왕비曹成王碑」과 「오씨가묘비烏氏家廟碑」의 경우), 그는 변려체를 쓰고 싶지 않았지만 여기서는 부득불 「요전堯典」과 「순전舜典」의 글자를 따다 고치고, 「청묘淸廟」와 「생민生民」의 시 구절을 도용했던 것이다."(이상은李商隱, 「한비韓碑」) 이처럼 옛 글자나 '딱딱한 말'을 사용함으로써 '기기괴괴'하게 되었지만, 그래도 그의 주요 작품들은 "문맥이 용어에 맞게 순조로운[文從字順]" 것들이다. 구양수는 한유 문장에서 기괴한 부분은 버리고 용어에 맞게 순조롭게 써 내려간 부분을 발전시켜, 은은히 반복해서 읽고 한 번 읽 적마다 세 번 감탄하다보니, "풍신風神이 솟아나고 흥취가 넘쳐나게 되었다."(요범姚範, 『원순당필기援鶉堂筆記』) 구양수는 왕안석과 증공과 세 소씨 등을 교육시키고 단결시키며 함께 노력했다. 이렇게 해서 송대 문학의 혁신이 다시 성취되었다.

구양수와 소식은 한유와 유종원을 계승했지만 그 안에서 또 변화가 있었다. '팔가'들은 각자 자기의 특색이 있었지만 공통된 면도 있었다. 그들은 중국 고대 산문의 발전에 매우 큰 공헌을 남겼고, 우리에게 풍부한 유산을 남겨주었다.

'팔가'가
산문에 남긴 공헌

문예만을 위한 문예를 하지 않는다

'팔가'들의 철학사상과 정치사상이 서로 같지는 않았지만, 그들은 모두 정치에 관심을 가졌고, 민중에게 동정적이어서 특정한 시기와 방면에서 혁신을 주장했다. 유종원·구양수·왕안석 등은 영정혁신永貞革新 경력신정慶歷新政 희령변법熙寧變法의 시행에서 중요한 인물들이었다. 한유는 당시 번진들의 할거를 반대하고, 불교와 도교를 배척했으며, 유종원처럼 재직기간에 일부 노예들을 풀어주었다. 세 소씨와 증공도 경세와 개혁에 뜻을 두었는데, 특히 소식은 일찍이 "당세를 개혁하려는 뜻을 분발시켰고", 이후 다시 민생의 질고에 관심을 가져, 재해를 구제하고 홍수를 다스리고 땔감을 구하는 등의 문제에 적지 않은 관심을 가졌다. 후세 사람들도 "그의 성정과 학문과 포부는 대개 꿈에서나 볼 수 있는 것을 따라갔던 것은 아니다"라고 여겼다.(『반당유고半塘遺稿』33) '팔가'들은 모두 글을 쓰는 것이 "세상에 보탬이 되어야 한다"(왕안석, 「상인서上人書」)고 여겼다. 구양수도 학자는 "모든 일을 버려둔 채 무관심해서는" 안 된다고 여겼다.(「답오충수재서答吳充秀才書」) 소순 또한 옛 성인의 문장은 모두 "스스로 그만둘 수 없는 것이 있어서 지어졌다"고 했다. 소식 형제 두 사람도 "글을 지은 것이 매우 많았지만, 일찍이 작문 그 자체에 뜻을 두지는 않았다"(소식, 「남행전집서南行前集序」)고 한다. 그들은 문장의 사회적 기능을 중시해서 목적을 두고 지을 것을 주장했으며, 정치와 현실로부터 이탈하는 경향을 반대했으니, 이 때문에 후세에 미친 영향이 매우 컸다.

문장의 예술적 표현을 중시하다

한유는 글을 짓는 것은 "반드시 자신이 능한 것을 숭상한다"34고 했는데, 그가 이른바 "능하다"는 것은 "스스로 수립하는 것이며 남을 따라가지 않는 것"이니, 이는 답습을 반대하고 창신創新을 주장한 것이다. 소식도 "도는 있는데 예술적이지 못하면, 비록 대상이 마음에는 형성되어 있으나 손으로 형상되지 못하고",35 또 "이미 마음으로는 그 원인을 깨달았지만 그것을 설명하지 못하는 것은 안팎이 일치하지 못하고 마음과 손이 서로 호응하지 못하는 것이니, 이는 배우지 못한 탓이다"36라고 했다. 그들은 이렇게 예술학습과 표

33_ 『반당유고』: 청말의 문인인 왕붕운王鵬運(1849~1904)의 저서다.
34_ 한유, 『창려문집』 권18, 「답유정부서答劉正夫書」
35_ 소식, 『동파문집』 권93, 「서이백시산장도후書李伯時山莊圖後」

현능력을 중시했다. 이는 이학가理學家인 정이程頤 등이 문학에 종사하는 것을 완물상지玩物喪志하는 것으로 본 것과는 매우 대조적이다. 물론 그들이 문예학습을 강조했다고 해서 법도에 구애되었던 것은 아니다. 소식은 "법도 가운데서 신의神意를 창출하고, 호방한 것에다 깊은 이치를 담을 것"[37]을 요구했다. 모곤이 '팔가'를 받들어 '정종'으로 삼고, 지나치게 '법도'를 강조했지만, 사실 이것은 '팔가'의 정신에 위배되는 것이다.

분석이 명쾌하고 어휘가 평이하다

어체語體를 말하자면, 문예어체와 과학어체와 응용어체가 있다. 그런데 변려문이 사용에 적합하지 못한 것은 먼저 표현이 사물을 사실대로 반영하지 못하여 사리를 설명하는 것이 명료하지 못하기 때문이다. 위징 등이 변려문에 반대했던 것도 바로 이 문제에서 비롯되었다. 문예의 측면에서 보더라도 변려문은 결함이 있으니, 변려문 작가인 육기도 스스로 "항상 뜻이 사물에 맞지 않고, 글이 생각에 미치지 못할까 근심한다"(『문선文選』「문부文賦」)고 말했다. 사물의 개성과 특징을 잘 표현할 수 없다는 것이다. 그러나 '팔가'의 문장은 이와 달라서, 한유의 「사설師說」과 「간불골표諫佛骨表」나 유종원의 「봉건론封建論」, 구양수의 「붕당론朋黨論」, 왕안석의 「상황제서上皇帝書」와 「답사마간의서答司馬諫議書」 그리고 세 소씨의 책론策論과 사론史論 등의 글에서 그들

36_ 상동서 권36, 「문여가화운당합언죽기文與可畵篔簹合偃竹記」
37_ 상동서 권93, 「서오도자화후書吳道子畵後」

은 복잡한 사물의 이치를 설명하면서 조리 있게 풀어나가고, 논리가 근엄하며 기운은 성하고, 표현은 적당하며 말 속에 정감을 지니고 있어, 학문과 정치를 논평하는 데 적합하다. 또 다른 면에서 그들은 간결한 묘사법을 사용하는 데 뛰어나, 인물형상을 생동감 있게 그려내며, 사람의 정신을 잘 드러내 보여준다. 한유의 「송이원귀반곡서」나 유종원의 몇몇 유기遊記와 구양수의 「추성부秋聲賦」 및 「취옹정기醉翁亭記」, 소식의 「전적벽부前赤壁賦」와 「후적벽부後赤壁賦」 등은 그야말로 생동감 있고 유창한 산문시散文詩로서, 남송과 북송 시기에 이미 여러 차례 사람들이 그 글을 본떠 사詞를 지었다.

'팔가' 가운데 특히 소식의 문장은 "마치 풍부한 샘물의 원천과 같아서 어떤 땅에서든 솟아나 평지 위를 도도히 흘러, 하루에도 천리를 무난히 흘러가며, 산골바위를 따라 굽어져 상황에 따라 모양을 지어내고, (…) 마땅히 가야 할 곳으로 변함없이 나아가고, 그쳐야 할 곳에선 그쳤으며"(「자평문自評文」), "문리가 자연스럽고 자태가 넘쳐났으니"(「답사민사서答謝民師書」), 산문예술의 묘한 경지에 도달했다.

그 가운데 주목할 만한 것은 무엇보다 구어의 숙련이다. 한유와 유종원의 문장에는 구어를 사용한 것이 적지 않았으니, 앞 사람들도 지적한 것이다. 예를 들자면, 유종원의 「단태위일사장」에서 단태위를 묘사하기를, "곽희郭晞(곽자의郭子儀의 아들로 당시 좌상시左常侍이자 영행영절도사領行營節度使였다)의 집에 이르렀다. 갑옷을 입은 자가 나오자 태위가 웃고는 들어가서 말하기를, '늙은 병졸 하나 죽이는데 웬 갑옷이오? 내가 내 머리를 이고 왔소이다'라고 했다"고 했다. 이러한 표현은 생동감 있게 묘사한 것으로, 분명 구어에서 왔으며 또한 숙련을 거친 것이다.

'팔가'는 인물묘사에 뛰어났을 뿐만 아니라, 사리를 분석하는 데도 탁월했다. 가령 구양수는 「여고사간서與高司諫書」에서 귀양을 가게 된 범중엄을 "비난하여 꾸짖은" 고약눌高若訥의 행동에 대해 그 동기가 "그의 죄가 아님을 변론할 수 없었고, 또한 아는 사람들이 자기를 책망할까 두려워한" 데서 비롯되었다고 지적함으로써 고약눌의 은밀한 마음을 남김없이 폭로하고 있다. 소식도 사리 분석에 뛰어났으니, 「가의론賈誼論」에서 "재능을 얻기 어려운 것이 아니라, 스스로 기용되기가 실로 어렵다는 점"을 분석하는데, 명쾌하게 설명하기 쉽지 않은 사리를 이치에 맞게 설명함으로써 사람들이 알 수 있게 하고 있다. 이는 "뜻을 다 표현한[盡意]" 경지에 도달한 것이라고 할 수 있다.

요컨대 "뜻을 다 표현한다"는 것은 사리를 원만하게 설명하여 사람들로 하여금 "그 빈틈을 볼 수 없게 하는" 것이다.(『문심조룡』 「논설論說」) 가령 한유의 「유자후묘지명柳子厚墓誌銘」에 "그러나 자후가 배척당한 것이 오래되지 않고 지극히 궁핍하지 않았더라면, 비록 남보다 뛰어난 것이 있더라도 그의 문학 작품이 지금처럼 자력으로 후세에 전해질 수 없었을 것이 분명하다"고 했는데, 만일 "비록 있다"는 구절과 "자력으로"나 "지금처럼" 등의 말을 생략해버린다면, 자못 뜻은 통할 듯하지만 실상 빈 '틈'을 남기게 된다. 왜냐하면 고인 중에 귀양을 가지 않았더라도 후세에 전한 사람도 있었기 때문에 "비록 있다"는 구절을 삽입했던 것이고, 또 고인 중에 귀양을 가고도 성취한 것이 없는 사람도 많았고 성공과 실패의 원인이 자기의 노력 여하에 있었기 때문에 한유는 "자력"이라는 말을 보태넣은 것이며, "반드시 후세에 전한다"는 말은 작가가 가능할 것을 추측한 말인데, "지금처럼"이란 말을 보탬으로써 어기가 더욱 긍정적이게 되었다. 한유는 사유가 치밀하고 조어造語도 정밀해서 참으로 사람을 감탄하게 한다.

또한 "표현은 의미 바깥에 있다[言在意外]"고 하겠으니, 가령 증공은 「묵지기墨池記」에서 왕희지가 "못가에서 글씨를 익혔는데, 연못의 물이 모두 검어졌다"고 기록했으니, 그는 "왕희지의 글씨는 만년에 뛰어났는데, 그가 잘 쓰게 된 것은 대개 노력으로 이룬 것이지 타고난 것이 아니다. 그러니 후세에 그만도 못한 자가 어찌 배우기를 저만도 못해서야 되겠는가? 배움을 정녕 하찮은 것이라 할 수 있겠는가? 하물며 도덕을 이루려는 사람은 어떠해야 할까?"라고 지적하고 있다. 여기에는 서너 겹의 의미가 담겨 있지만 작가는 단지 몇 구절로 표현했으니, 사람들이 쉽게 이해하도록 할 뿐만 아니라 다시 깊은 생각에 잠기게 한다.

'팔가'가 사용한 언어를 선진先秦·양한兩漢·육조六朝시대와 비교하고, 후대 한위漢魏시대를 모방한 사람들과 비교해볼 경우, 대체로 더욱 통속적이며 간결하고 명백하고 정확하며, 심지어 고대 문언문 가운데 가장 평이하고 잘 통하면서도 규범화된 언어에 가깝다고 하겠다. 우리가 오늘날 말하는 '고대 한어'의 어법은 기본적으로 '팔가'의 문장에 기초해서 종합해낸 규칙이며, 사용된 언어로 보나 편장의 언어로 보아도 '팔가'의 역사적 공로는 사라질 수 없다.

의론과 서사를 자연스럽게 결합시켜 표현력을 높인다

이것이 '팔가'의 또 다른 공헌이다. 예컨대 한유의 「장중승전후서張中丞傳後敍」는 줄곧 의론과 서사가 결합된 전형으로서 인식되었지만, 사실 그 가운데는 서정도 있다. 그 글의 서사 부분에는 기본적으로는 서술법을 사용하고 있지만 묘사 부분도 있다. 앞의 몇 단락은 허원許遠을 위해 무고를 변호하고 있는데, 이것은 의론이지만 허원의 마음과 공로가 의론 가운데 서술되어 나타나고 있고, 뒤의 몇 단락은 남제운南霽雲의 사적을 서술하면서 아울러 장순張巡의 일화를 보충하고 있는데, 이것은 서사이지만 서사를 통해 인물의 충성스러움과 용맹함을 잘 표현하고 있어, 의론하지 않더라도 의론이 드러나고 있다. 또한 글 전체가 말에 감정을 지니고 있는데, 특히 "소인이 성인成人의 아름다움을 즐거워하지 않음이 이와 같구나"라는 말은 서정적 요소가 더욱 농후하다.

서사 부분을 보면, 가령 수양睢陽 땅 "성이 함락되자 적들이 장순을 칼로 위협했지만 장순이 굴복하지 않자 끌고 가서 목을 베려 했다. 또 남제운을 항복시키려 했지만 남제운이 응하지 않았다"고 묘사했는데, 이것은 서술이다. 그러나 이어서 "장순이 남제운을 부르며 '남팔南八아! 사나이는 죽을지언정 불의에 굴복할 수는 없다'고 했다"고 하는데, 이 짧은 한 마디는 장순이 죽음 앞에서도 늠름했음을 그려냈으니, 이는 또한 묘사이다. 또 "장순이 죽임을 당할 때 안색이 차분하고 평상시처럼 의기양양했다"고 묘사함으로써 죽음을 마치 본래로 돌아가는 것처럼 여긴 장순의 초연한 태도를 그려냈다. 서술과 묘사가 안에서 결합된 것이 자연스럽고 얼마나 긴밀한가!

또 지적해둘 것은 의론은 실제로 서사와 분리되지 않는다는 점이다. 그 이유는 다음과 같다. (1) 의론은 반드시 사실과 맞아야 한다. 소식의 「범증론范增論」에서 먼저 매우 간결한 언어를 사용해서 개괄적으로 서술하기를, "한나라가 진평陳平의 계책을 써서 초나라 군신을 이간질시켰다. 항우는 범증과 한나라가 내통하고 있다고 의심해서 점차 그 권한을 빼앗았다. 그러자 범증이 크게 노해 '천하의 일이 확실히 정해졌습니다. 군왕께서 스스로 그렇게 하셨으니, 제가 죽거든 제 해골이나마 병졸로 돌아가게 해주십시오' 하고 물러가다가 팽성彭城에 이르기도 전에 등창이 나서 죽었다"고 했다. 이런 다음에 그의 의론이 출발할 수 있다. (2) 의론하는 가운데 사실을 인용해서 증명하기도 한다. 소순은 「육국론六國論」에서 "조나라가 일찍이 진나라와 다섯 번 싸워 두 번 지고 세 번을 이겼다. 뒤에 진나라가 조나라를 두 번 공격했지만 이목李牧이 연이어 물리쳤다"고 했다. 여기서 서사는 증거로 활용된 것이다.

반대로 서사문 가운데 또한 의론이 있기도 하다. 유종원의 「고무담서소구기鈷鉧潭西小丘記」는 그 끝부분이 의론이다. 왕안석의 「유포선산기遊褒禪山記」에서 중간의 큰 한 단락도 의론을 일으킨 것이다. 이러한 의론의 특징은 묘사한 경물과 서술한 사실이 매우 밀접하게 관련되어 있다는 점이다. 또 증공의 「월주조공구재기越州趙公救災記」도 서사한 뒤에 바로 이어서 "베푼 것이 비록 월나라에 국한되었지만 그 어짊은 천하에 보여준 것이요, 그 일은 비록 한 때에 행한 것이지만 그 법은 후세에 전할 만하다"고 했다. 이는 조공이 재난을 구제해준 사실을 평가한 것이지만, 다시 하나의 경험이 보편적 의의를 지녔음을 지적하고 있다. 이어서 또 "백성이 병든 다음에야 계획하는 것과 사태에 앞서 계획을 세우는 것 사이에는 차이가 있고, 익숙하지 않은데도 행동하는 것과 본래 터득하고 있는 것 사이에는 차이가 있다"고 한다. 이는 의론을 통해 사실을 서술하는 중요한 의의를 설명한 것이다. 그러므로 의론과 서사가 본래 분리된 것이 아니라는 것을 알 수 있다. 서사가 이미 의론과 결합되어 있기 때문에 반드시 간결 정련해야 하고, 지나치게 과장되어서는 안 된다. 다만 생동감 있게 묘사되어야 하는데, 그것은 서술과 묘사가 반드시 결합되어야 하기 때문이다.

'팔가'의 서사와 의론에는 종종 감정이 녹아 있는데, 가령 앞서 인용한 한유와 유종원이 장순, 남제운, 단수실段秀實을 묘사한 경우와 유종원이 영주

산수를 기록한 경우, 그리고 증공이 구재에 관해 의론한 경우 모두 작가의 감정이 표현 밖으로 넘쳐나고 있다. 바꾸어 말하자면, 서정 또한 사실에 의거해야 하니, 한유의 「제십이랑문祭十二郎文」의 경우, 그가 십이랑에 대한 감정이 지나간 많은 일의 기억을 통해 표출되기도 하고, 부음을 듣고 긴가민가 의심하는 의론을 통해 표출되기도 한다.

실용성과 예술성을 두루 갖추다

산문을 창작할 때에는 '점차 분명한 설명[層次淸晰]'과 '긴밀하게 이어지는 구성[銜接緊密]'과 '처음부터 끝까지 일관된 주제의식[首尾一貫]'이 요구된다. 그래서 좋은 문장은 "나타났다 사라지며 뒤집히고 이어지는 사이"에 도리어 "예측할 수 없는" 부분이 있으니, 옛 사람들은 심지어 그러한 글을 "빼어난 기운이 있다"고 여겼다.(유대괴, 『논문우기』) 이런 설명이 현묘한 듯이 보이지만 실제로는 이해하기 어렵지 않다. 객관적 사물의 이치는 본래 복잡하게 변화하는 것이므로, 산문 역시 서사와 의론과 서정이 섞여 결합되면 자연히 꾸밈없이 있는 그대로 서술할 수[平鋪直敍]는 없고, 반드시 변화를 집어넣게 된다.

한유의 「사설」을 예로 들어보자. 우리가 「사설」을 읽어보면, 층층의 파도가 번갈아 물결치고[層波迭浪], 바람이 불어 구름이 솟는 듯한[風起雲涌] 것을 느끼게 되지만, 그의 설명은 매우 합리적이고 논리도 매우 단단하다. 다만 자세히 보면, 한유는 일반인들이 구상하는 것처럼 '기승전합'의 방식으로 서술하지 않았다는 것을 알 수 있다. 게다가 문장의 단락과 단락 사이에 비약된 말이 없음을 알 수 있으며, 또한 매번 한 단락이 끝난 뒤에 그 다음 단락의 설명은 사람들의 의중을 벗어나기도 한다. 가령 제1단락의 끝에 "의혹이 있으면서 스승을 따르지 않는다면, 그 의혹은 끝내 풀리지 않을 것이다"라고 했는데, 정황으로 미루어보면, 그 다음에 "스승을 따르지 않는 것"과 "스승을 따르는 것"의 득실을 증명하는 어떤 예시가 있어야 한다. 그러나 작가는 이에 대해서는 한 글자도 제시하지 않는다. 그는 이 부분을 내버리고 다시 별도로 '나이의 선후' 문제를 이야기한다. 또 가령 "도가 있는 곳이 스승이 있는 곳이다"라는 구절 뒤에 이치대로라면 "공자는 염자剡子와 장홍萇弘과 사양師襄과 노담老聃을 스승 삼았다"라는 구절로 이어져야 할 것인데, 도리어 "아하!"라는 말을 끼워넣어 감격스러움을 표현하고 있다. 문장이 용이 치솟고 호랑이가 버텨선[龍騰虎躍] 듯하고, 변화무궁해서 독자들로 하여금 마음으로 놀라고 눈앞이 아찔해서 눈을 뗄 겨를이 없게 한다. 우리는 평소 문장을 지을 때 꾸밈없이 있는 그대로 서술하지만[平鋪直敍], 한유와 소식이 어떻게 글을 구성하고 배열하는지를 보면서 그러한 결점을 극복하는 데 도움을 받을 수 있다.

물론 '팔가'가 산문에 남긴 가장 큰 공헌은 문풍에 있다. 그것을 '고문'이라고 이름했다고 해서 고인의 글을 모방한 것은 아니며, 그것이 비교적 통속적이긴 하지만 '방언문학'과는 다르고, 그것이 문예문이긴 하지만 또한 설리說理나 서사에 적용된다. 질박하되 속되지 않고, 다채로우면서도 내용이 있으며, 빼어나나 괴상하지 않고, 평범하나 보잘것없지 않고, 새겨 다듬거나 난삽하지 않으며, 미사여구를 사용하지도 않고, 문법도 통하지 않는 이상한 구절은 짓지 않으며, 알기 어려운 옛 글자나 이해하기 어려운 전고를 쓰지도 않는다. 이는 문예적 산문에서부터 설리와 서사를 주로 하는 학술문과 응용문에

『고문사류찬』

이르기까지 비교적 좋은 문풍을 다져놓은 것이다.

　문예문과 학술문·응용문의 관계에 대해서는 약간의 설명이 필요하겠다. 과거 어떤 사람들은 문예를 경시해서 '팔가'가 지닌 문예산문가로서의 특성을 보지 못한 채 단지 학술문과 응용문에 대한 요구에서 '팔가'를 평가했으니, 경학과 사학의 관점에서 '팔가'의 글을 보면 당연히 만족스럽지 못하다. 지금도 어떤 사람들은 이른바 문예의 범주에 구애되어, 이치를 설명하고 사실을 논평하는 '팔가'의 일부 문장을 문학 범주 밖으로 배척하고 있으니, 이것도 온당한 태도는 아니다.

　주광첸朱光潛[38]은 말했다. "문학의 매개는 언어이고, 언어는 사회교제의 도구이다. 언어를 운용하는 사람은 가장 먼저 화설(내용)이 있어야 하고, 그 다음 화설을 좋게 다듬어야 할 것인데, 사람들에게 말했을 때 알아듣게 해야 할 뿐만 아니라 듣기 편하게도 해야(형식) 하니, 이 두 가지는 실용문과 예술문이 모두 이루어야 할 점이다. (…) 실용성과 예술성은 상호 배척해야 할 것이 아니라, 서로 보완해서 이루어야 하는 것이다. 실용적인 문장도 미적인 감각을 생산할 수 있어야 하는데, (…) 일부 사람들은 문학을 시가·소설·희극과 같은 공인된 유형의 테두리 속에 국한시키고 있으니, 이것은 문학을 협소하게 이해하고 있는 것이다."(『만담설리문漫談說理文』)

그리고 그는 서양의 고금의 예를 들고, 이어『고문사류찬古文辭類纂』[39]을 거론하고 있다. 우리는 그가 '팔가'들의 설리문과 논설문을 두고 이야기한 것임을 알 수 있다. 그들의 문장에는 화설도 있고[言之有物], 또 그 설명이 사람들로 하여금 알아듣기 쉽고 듣기 편하도록 하며[言之有序], 실용성이 있으면서 또한 예술성도 있다. 이것이야말로 좋은 문풍임이 분명하다. 이 문풍은 적용 범위가 매우 넓어서 문예산문을 창작하는 사람들만 참고할 것이 아니라, 학술문과 응용문을 창작하는 사람들도 유익한 점을 받아들여야 할 것이다.

38_ 주광첸(1897~1986): 중국 현대 미학가이자 문예이론가. 안후이 성 퉁청 사람이며, 필명은 멍스孟實 또는 멍스盟石이다. 1928년 독일과 프랑스 등지에 유학하고 돌아와 베이징대학 교수를 지냈고, 이후 중국사회과학원 학부위원, 전국 정협政協 상무위원, 민맹民盟 중앙위원, 중국문학예술계연합위원회 위원 등을 역임했다. 저서로『주광첸선집』『문예심리학』『비극심리학』『무언지미無言之美』등이 있다.

39_『고문사류찬』: 청나라 요내가 편찬한 중국고대 산문총집으로, 모두 75권이다. 전국시기부터 청대까지의 고문을 주로 수록하고 있는데,『전국책』과『사기』, 양한兩漢의 산문가와 당송팔대가 및 명대의 귀유광歸有光과 청대 방포·유대괴 등의 고문을 주로 실었다. 전체 13개의 문체로 나누어 설정해서 분류하고 있는데, 논변論辨·서발序跋·주의奏議·서설書說·증서贈序·조령詔令·전장傳狀·비지碑誌·잡기雜記·잠명箴銘·송찬頌贊·사부辭賦·애제哀祭다. 분류마다 문체의 특징과 원류源流 및 의례義例를 약술하고 있다.

제2장

기기묘묘한 한유와
의기양양한 한유

시대를 견디며
문장의 칼을 갈다
-소평전

　한유韓愈(768~824)의 자는 퇴지退之이며,『구당서舊唐書』에는 창리昌黎 사람
이라 했고,『신당서新唐書』에는 등주鄧州 남양南陽(지금의 산둥 성山東省 펑라이
蓬萊) 사람이라 했는데, 주자는 하양河陽(지금의 허난 성河南省 멍저우孟州) 사람
으로 고찰했다. 이부시랑吏部侍郎을 지냈기 때문에 '한리부'라 불렸고, 시호가
'문공文公'이므로 '한문공'이라고도 불렸다. 저작에는『한창려집韓昌黎集』이 있
는데, 그가 지은『순종실록順宗實錄』도 문집에 실려 있다. 별도로『논어필해論
語筆解』가 있는데, 그와 이고의 합저라고 써두었기에 다른 사람의 위작이라고
여기는 사람도 있다.

　한유는 집안이 비록 명문이지만, 그의 조부나 부친은 모두 크게 알려진 바
없다. 게다가 그는 어릴 때 부모를 여의고, "오직 형수에게 의지"했다. 그의
형 한회韓會는 자못 포부가 커서 당시 이른바 '사기四夔'[1]의 한 사람이었으며,

영남에 유배되어 죽었다. 한유는 여덟 살에 그의 형을 따라 영남으로 갔고, 뒤에 또 형수를 따라 "강남(지금의 안후이 성 쉬안청宣城)에서 먹고 살았다"고 한다. 당시 강남지역은 경제적으로 발전하고 있어 한유의 문학적 성장에 영향을 주었다.

정원貞元 2년(786)에는 그의 나이 열여덟 살이었는데, 비로소 강남을 떠나 장안長安(지금의 산시 성 시안西安)으로 갔다. 그후 10년 동안은 줄곧 뤄양洛陽(동도東都)과 장안(수도)에 머물며 과거에 응시해 정원 8년(792)에 진사에 합격했다. 당나라 과거제도의 규정에 의하면, 진사에 합격하면 다시 이부吏部의 복시復試를 거쳐 비로소 관직에 나가게 된다. 그러나 한유는 "이부에서 세 번 시험을 쳤지만 끝내 합격하지 못했다." 부득이 진로를 바꾸어 막부의 관직에 나갔다. 이즈음 변주汴州(지금의 허난 성 카이펑)와 서주徐州(지금의 장쑤 성江蘇省 쉬저우徐州 등지)에서 동진董晉과 장건봉張建封에게 의탁했으며, 한동안 부리휴상符離睢上에 머물렀다. 그래서 스스로 "한 세월 추위와 주림에 시달려, 벼슬길은 필경 적막한 데 떨어졌네"[2]라고 노래하기도 했다. 어렵게 전전하는 동안 그는 "길거리엔 주려 죽은 시체 즐비하고"[3] "밭 갈고 누에치기 날로 때를 놓치는"[4] 사회현실을 보았다. 이때 비록 '안녹산·사사명의 난'은 평정되었지만, 주차朱泚와 이희열李希烈이 차례로 "난을 일으켜, 전쟁이 끊이질 않았다."(『자치통감』) 연이어 번진이 할거하여 반란이 수시로 일어났으며, "징병은 날로 늘어나고, 세금도 날로 불어났다."(『자치통감』에서 인용한 육지陸贄의 말) 늙

1_ 사기: 당대에 걸출한 인물로 불렸던 네 사람. 최조崔造, 한회, 노거미盧車美, 장정칙張正則.
2_ 『창려집』 권5, 「장귀증맹동야방촉객將歸贈孟東野房蜀客」
3_ 『창려집』 권2, 「귀팽성歸彭城」
4_ 『창려집』 권2, 「송영사送靈師」

한유

은 백성들이 부역을 피해 달아나 대부분 불교나 도교에 몸을 담아 노동력은 점차 감소했고, "세금을 내는 호구"는 겨우 천보天寶 연간의 "사분의 일"에 지나지 않았다.(이길보李吉甫, 『원화회계부元和會計簿』5) 이는 곧 백성들의 부담이 몇 배로 가중되었음을 의미한다. 이러한 상황으로 인해 청년 한유는 "나라에 보답코자 마음은 맑아지고, 시절을 근심하니 눈물이 흐르네"(「착착齪足齪足」)라고 읊조렸으니, 당시 상황의 개혁을 절실하게 희망했던 것이다. 당시 그는 그 희망을 황제에게 기대했기 때문에 곧 "구름을 헤치며 임금께 호소하고, 가슴을 열어 젖혀 충간을 바치노라"(「착착」)고 생각했다. 이러한 현실에 직면

5_ 『원화회계부』: 흔히 『원화국계부元和國計簿』라고 부른다. 당나라 재상인 이길보李吉甫(758~814)가 편찬한 통계자료집. 원화 3년(808)에 당나라 산둥·허베이·허난 등지 15도 71주 지역에 대한 통계자료를 모은 것으로, 모두 10권이다.

하여 갖게 된 정치적 관심은 한유 시문의 특징을 이루었는데, 이는 자신의 생활과 그 시대가 그렇게 만든 것이다.

정원 18년(802)에 한유는 비로소 관직에 나갔다. 벼슬살이 20여 년 가운데 그가 학관學官(박사 및 좨주)으로 지낸 시간은 비교적 길었으며, 이 밖에 어사·현령·사관·자사 등을 거쳐 시랑의 직책에 이르렀다. 중간에 양산현령陽山縣令으로 좌천되었고, 또 한 번은 조주자사潮州刺史로 좌천되었으니, 모두 "가슴을 열어 젖혀 충간을 바친"[6] 까닭이었다. 그가 양산현령에 좌천되었던 일을 『신당서』와 『구당서』에서는 궁시宮市[7]의 폐해를 따졌기 때문이라고 말하고 있지만, 그의 문집을 살펴보면 재난을 숨긴 채 백성을 해치는 이실李實을 탄핵했기 때문이다. 사실 이 두 가지 원인이 동시에 작용했다고 해도 무방하다. 그가 조주로 좌천된 것은 "불골을 모신 것을 간언"했기 때문이다. 이 몇 가지 사건으로 보자면, 한유의 언행은 모두 백성들에 대한 동정심에서 비롯된 것이었다.

한유는 언행에 있어 몇 가지 일로 사람들의 비방을 받은 일이 있었다. 첫째는 환관 구문진俱文珍과 관련된 일이다. 한유는 젊었을 때 구문진에게 서문을 지어주었는데, 자못 아첨하는 말이 있었다. 둘째는 승 대전大顚과 관련된 일이다. 한유는 불교를 배척해서 조주로 좌천되었는데, 조주에 도착한 후 오히려 승 대전과 교유했던 것이다. 셋째는 조주로 좌천되었을 때 황제에게 상소문을 올렸는데 동정을 구하는 말이 많았고, 심지어 봉선封禪에 관한 일로 황제를 꾀었던 일 때문이다. 넷째는 영정혁신이 실패로 돌아간 후(유종원

6_ 『창려집』 권2, 「착착」
7_ 궁시: 궁궐 내부에 설치된 시전市廛.

을 다룬 제3장을 보라) 시를 지어 왕숙문王叔文 등을 공격했는데, 왕숙문 등을 두고 "소인들이 때를 틈타 국권을 훔쳤다"[8]고 했던 일 때문이다. 우리가 알다시피 한유는 본래 봉건 사대부의 일원이었다. 당나라에서는 사대부가 환관이나 승려들과 교유하는 것을 일상적인 것으로 여겼는데, 다만 한유는 성현으로 자처하면서 환관을 반대하고 불교와 도교를 배척함으로써 명예를 얻었다. 그러므로 그의 이런 모순된 행위에 대해 사람들이 용납하지 못한 것은 지극히 자연스러운 일이다. 영정혁신 때 한유는 조정에 있지도 않았으며, 혁신에 대해 찬성하지도 반대하지도 않았고, 다만 혁신에 참여했던 유종원이나 유우석劉禹錫 등과 개인적 교유를 가졌을 뿐임은 사람들이 모두 아는 사실이다. 영정혁신이 실패한 뒤, 그가 일련의 무책임한 말을 한 것은 자기를 드러내기 위한 행위로 보이며, 그밖에도 오히려 유종원과 유우석을 위해 누명을 벗겨주려는 의도가 담겨 있다. 특히 그는 어명을 받들어 편찬한 『순종실록』에서 영정혁신에 대해 오히려 공정한 말을 하기도 했다. 다만 한유는 조주로 좌천당한 이후 날로 의기소침해 있었으며, 만년에는 벼슬길이 비교적 트여, 관직이 높아갈수록 인민과의 거리도 멀어져갔다. "원림에선 더 없이 성대한 자리, 악기로 그 맑음을 즐기던 때로다"[9]라는 구절은 당시 현실을 반영하는 작품이 못 된다. 또 통속적인 묘도문墓道文과 부귀공명을 미끼로 삼은 「시아示兒」와 같은 시가 도리어 많이 지어졌다. 이는 사대부들의 일상적인 행태였다.

한유가 일생토록(특히 조주로 좌천되기 이전의 시기) 당시의 중요한 정치문제에 대해 보인 태도에는 오히려 진보적인 의의가 있다. 나는 「한유의 정치사상

8_ 『창려집』 권3, 「영정행永貞行」
9_ 『창려집』 권10, 「화복야배상공감은언지和僕射裵相公感恩言志」

시론試論韓愈的政治思想」(『신건설新建設』, 1964년 8월)에서 이렇게 지적한 바 있다. "요컨대 한유의 정치사상을 연구하려면 마땅히 당시에 발생한 사회문제와 정치문제로부터 출발해야 한다. 그것은 (1) 환관의 전권, (2) 번진의 할거, (3) 불교·도교의 성행이다. 이는 단지 통치계급 내부의 모순이라고 하겠지만, 오히려 사회질서를 혼란시키고 인민의 부담을 더욱 가중시킴으로써, 인민이 착취와 압박을 더욱 심하게 받게 했다. 그러므로 당시 인민에게 관심을 갖고 동정했던 사람들은 이러한 문제를 살펴보지 않을 수 없었던 것이다." 이제 열거할 몇 가지 실례를 통해 한유의 태도를 살펴볼 수 있다.

환관이 왜 문제인가

궁궐 내에 설치된 궁시는 환관들이 황제의 비호 아래에서 인민의 재물을 약탈한 것이다. 당나라 덕종은 환관을 보내어 장안에서 민간의 물건을 구매하게 했는데, 환관들은 돈을 아주 적게 지불하거나 아니면 전혀 지불하지 않기도 했다. 백거이의 「매탄옹賣炭翁」 등의 시는 궁시를 풍자해서 지은 것인데, 시에서 "백성을 학대하고 재물을 해치니 승냥이와 이리로다"라고 배척했다. 한유도 감히 공공연히 궁시의 폐해를 따지는 글을 올렸으니, 이는 물론 아무나 할 수 없는 일이었다. 당시 환관들은 신책군神策軍 등의 군대(어림군御林軍)를 통솔하면서 백주대낮에도 노략질을 일삼았다. 한유가 경조윤京兆尹(수도 시장에 해당된다) 재임 시절 법을 집행하면서 "육군六軍의 장사將士들은 감히 금령을 어기지 못한다"(「역관기歷官記」)고 했으니, 이런 조치는 그 자체가 인민을 유익하게 한 일이었다.

교만해진 번진들

번진의 할거는 국가의 통일을 무너뜨리고, 생산력을 떨어트렸으며, 인민의 부담을 가중시켰다. 당나라 덕종 때 번진에 대해 지나친 관용정책을 채택했는데, 그 결과 "방종은 더욱 심해지고, 번진은 더욱 교만해졌다."(『이십이사차기二十二史箚記』) 한유는 병사를 일으켜 번진을 평정할 것을 일관되게 주장했는데, 헌종이 "회서淮西 지방을 평정"하기 전까지 그는 여러 차례 용병 건의를 제출했다. 뒤이어 그는 배도裴度 휘하에서 행군사마行軍司馬의 직임을 맡아 배도가 회서 지방을 평정하는 것을 도왔다. 회서가 평정된 후에는 또 승기를 타서 이사도李師道를 항복시킬 것을 건의했다. 뒤에 진주鎭州의 왕정주王庭湊가 반란을 일으켰을 때 한유는 왕명을 받고 가서 '선위宣慰'하기도 했다. 그는 개인의 안위를 돌보지 않고 위험한 곳으로 들어가 "군민을 모아 순리와 역리로 타일렀는데, 그 사정辭情이 절실하고 지극해서 왕정주는 그가 두려워 부담스럽게 여겼다."(『구당서』) 소식이 "용맹스럽게 삼군을 빼앗을 만한 장수"[10]라고 칭송한 것은 바로 이 일을 가리킨다. 이로 보건대 한유는 번진의 할거를 일관되게 반대했으며, 그 태도도 매우 분명했음을 알 수 있다. 그는 군주의 권한을 고취시키고자 「구유조拘幽操」에서 주나라 문왕이 말하는 것으로 설정해서, "신의 죄로 죽어 마땅하나, 천왕께서 거룩히 밝히시리라"고 했는데, 그 의미는 군신관계에 있어서 단지 명분을 말할 뿐 시비를 반드시 묻지는 않겠다는 것이니, 이는 맹가孟軻가 "한 사내일 뿐인 주紂를 죽였다고 들었다"고 한 말과 비교해보면, 오히려 크게 퇴보한 것이다. 다만 번진

10_ 소식, 『동파전집』 권86, 「조주한문공묘비潮州韓文公廟碑」

에 대한 이해가 분명했기 때문에 당시 번진의 위상을 은·주 시대 제후의 지위와 비슷하게 여겼던 것이다. 한유는 중앙집권을 강조함으로써 군주권을 강조했는데, 이러한 이해는 대개 실제에 부합된다고 하겠다.

불교·도교, 왜 반대했나

한유가 "불가와 도가를 배척한 것"은 모두 알고 있는 사실이다. 화상이나 도사들은 "밭을 갈지도 않고 먹으며" "베를 짜지도 않는데 옷을 입었다." "승려 한 명의 의식衣食으로 한 해에 대략 3만여 냥이 드는데, 다섯 장정이 생산하는 것도 이에 미치지 못했다."(『당회요唐會要』에서 인용한 이숙명李叔明의 말) 당시 승려와 도사의 수는 어림잡아 40만 명에 달했으니, 다섯 장정이 한 명에게 공급하는 것으로 계산하면, 당시 200만 명의 농민이 그들을 먹여 살린 것이다. 더구나 승려와 도사들은 오히려 "재물을 불려 생활을 경영하고, 친한 이에 의지해 당파를 세워 (…) 전체 천하의 재물 가운데 불가가 일곱이나 여덟을 소유하고 있었으니, 백성들은 무슨 먹을 것이 있었겠는가?"(『당회요』에서 인용한 신체부辛替否의 말) 그러므로 불교와 도교는 당시 사람들의 사상과 의식에 해독을 끼쳤을 뿐만 아니라, 중대한 사회정치적 문젯거리였다. 한유가 불가와 도가를 반대한 것은 곧 사회경제적 문제에서 출발한 것이었다. 그가 부처의 사리를 가져오는 것을 반대하는 간언으로 좌천된 후에 "성조聖朝를 위해 폐정을 없애고자 하나, 쇠잔하고 늙어가니 남은 생이 애석하다"[11]고 읊

11_ 『창려집』권10, 「좌천지람관시질손상左遷至藍關示姪孫湘」

었으니, 이러한 정신은 자못 사람을 감동케 한다.

　이상의 서술에서 알 수 있는 것은 한유의 일생에서 그가 벼슬살이했던 20여
년 동안은 줄곧 환관을 반대하고, 번진의 할거를 반대하고, 불가와 도가를
반대했다는 것이다. 그 출발점은 국사에 관한 관심과 인민의 질고에 대한 동
정에 있었다. 그는 「진사책문進士策問」에서 지적하기를, "사람이 태어나 우러
러 받드는 것은 곡식과 의복이다. 곡식과 의복이 풍성해야 의식 근심이 없어
지고, 그런 후에 인의의 길을 가고 평안한 곳에 머물 수 있다"고 했다. 「원도原
道」에서는 인·의·도덕을 설명하면서, 최종적으로는 "홀아비와 과부와 고아
와 독신자와 병든 자가 부양되는" 단계로 귀결하고 있다. 이로써 알 수 있는
것은 한유의 관심은 인민의 의식문제였다는 것이다. 이는 뒤에 등장하는 이
학가理學家들과는 근본적으로 다른 면이며, 또한 한유의 사상 가운데 긍정적
가치가 있는 측면이다.
　다음은 한유의 철학사상과 학술사상에서 연구해볼 만한 가치가 있는 것
들이다.

태어나기를 세 종류가 있으니

　그는 "성性이란 태어남과 동시에 갖추어지는 것"이라고 하여 "성"을 선천적
인 것으로 여겼는데, 이는 주관적[唯心]이며 잘못된 것이다. 왕안석과 소식
은 이에 대해 모두 비판했다(왕안석의 「성정」과 소식의 「한유론」을 보라). 한유는
"상품자上品者는 선할 뿐이고, 중품자中品者는 상품이나 하품으로 끌릴 수 있

으며, 하품자下品者는 악할 뿐이다"라고 했다. 과거 사람들은 이러한 성삼품의 설명을 대지주, 중소지주, 노동인민을 가리켜 말한 것으로 이해했는데, 이는 본뜻에 꼭 부합되는 것은 아니다. 왜냐하면 한유는 단지 『논어』에서 공자가 "오직 지극히 지혜로운 자와 어리석은 자는 변화시킬 수 없다"고 말한 것에 덧붙여서 주장한 것이기 때문이다. 그가 "어리석은 자[下愚]"의 예로 거론한 사람이 요임금의 아들인 단주丹朱와 순임금의 아들인 상균商均, 문왕의 아들인 관숙管叔과 채숙蔡叔 그리고 『좌전』에 등장하는 숙어叔魚·양식아楊食我·월초越椒 등이다. 이들은 모두 제왕과 공경의 자식들이다. 이로써 한유가 노동인민을 하우로 여기지 않았다는 것을 알 수 있다. 또 그는 "상품의 성은 학문으로 더욱 명철해지고, 하품의 성은 위엄을 두려워하여 죄를 덜 짓게되니 그러므로 상품은 가르칠 수 있고, 하품은 제어할 수 있다"고 여겼다.(이상 「원성原性」) 이런 점에서 보면, 한유의 뜻은 교육과 법치의 작용을 강조하는데 있었던 것이다.

하늘이 도를 모르는구나

유종원은 「천설天說」에서 한유의 말 한 단락을 인용하고 있는데, "지금 질병으로 아프고 피곤하며, 추위와 배고픔이 심한 사람이 우러러 하늘에 외치기를 '백성을 해치는 자는 번창하고, 백성을 돕는 자는 재앙을 받는구나!' 하고, 또 우러러 하늘에 외치기를 '어찌하여 이같이 지극히 흉포함에 이르게 하는가?' 하니, 이러한 자는 하늘을 알기에 부족하다. (…) 들과 밭을 개간하고, 산림을 베고, 샘을 파서 우물물을 마시며, 무덤을 파서 죽은 이를 보내더라도 (…) 그것이 원기元氣와 음양에 화가 된다면, 벌레의 행위보다 심하지 않겠는가! 내 뜻은 이 백성을 해치는 자가 날로 줄어들어 원기와 음양에 화가 되는 자가 더욱 적어지게 하는 데 있다"는 말이다. 이 말을 가지고 한유가 인류의 생산발전을 반대했다고 여기는 사람이 있는데, 이는 당연히 "허물을 더하려 하는" 말이다. 유종원은 이 글에서 "한유는 진실로 격발된 것이 있어서 이런 말을 하지 않았을까? 참으로 분명하고 미덥다"고 했으니, 유종원도 한유가 "격발된 것이 있어서 그랬다"고 생각한 것임을 알 수 있다. 한유가 본래 한 말을 보면, 먼저 "백성을 해치는 자는 번창하고, 백성을 돕는 자는 재앙을 받는다"는 말을 제시하고 있으니, 분명 분노해서 "천도가 알아주지 않음[天道無知]"을 비난한 것이 아니겠는가?

공자 이후 맹자, 맹자 이후 한유

한유는 「원도」에서 "요가 이것을 순에게 전하고, 순은 이것을 우에게 전하고, 우는 이것을 탕에게 전하고, 탕은 이것을 문왕·무왕·주공에게 전했으며, 주공은 공자에게 전하고, 공자는 맹가에게 전했다"고 했는데, 이것은 하나의 도통이다. 그는 공맹을 계승한 자로 자처하여 맹자를 펼치고 순자를 억눌렀으니(순자는 "매우 도탑지만 조금 허물이 있다"고 말했던 것이다), 그의 유심론적 관점을 반영하고 있으며, 그는 또 이런 관점으로 불교와 도교를 반대했다. 이에 판원란范文瀾[12]의 지적을 들자면, 한유는 일종의 '신유학'을 세웠던 것이다. 우리가 보건대, 이러한 신유학은 한대의 경학이나 위진시대의 현학과 다르며, 또 인도에서 전래된 불교와도 다르다. 그것은 중국화된 것이고,

신이나 부처를 믿지 않는 것이며, 일상 윤리를 탐구하고, 민생의 질고를 생각하며, "행동은 생각하는 데에서 이루어진다"[13]는 점을 제창한 신유학이다. 이러한 신유학은 종교를 억제하는 측면에서는 비교적 좋은 작용을 했고, 경학의 질곡을 깨뜨리는 측면에서는 파란을 일으킴으로써 송대 학자들의 회의적 사상을 여는 선로先路가 되었다. 이 '도통설'이 송대 이학가들에게 끼친 영향은 매우 크다. 정이는 한유를 두고 "만년에 지은 글은 얻은 바가 매우 많았으며, (…) 또 호걸한 선비이니, 가령 「원도」의 말은 비록 병통이 있지만, 맹자 이후로 능히 큰 식견을 찾아서 구한 자를 겨우 이 사람에게서 볼 수 있다"고 했다.(『문헌통고文獻通考』「경적고經籍考」에서 인용) 한유가 진덕수眞德秀 등으로부터 '문장정종'으로 인정받았던 주된 이유가 바로 여기에 있다. 그의 본래 의도는 경학의 질곡을 깨뜨리는 데 있었지만, 송대에 이르러서는 이 신유학이 오히려 새로운 질곡이 되었다. 근대 사람들이 "한유를 물리치고자" 하는 것은 바로 이 때문이다.

가르치는 일이란 의혹을 푸는 것

그는 당시 사도師道를 자임하며 공개적으로 강학함으로써, 교육의 역할을 강조하고 인재의 발굴과 양성에 힘썼으니, 이는 매우 긍정적인 일이었다. 가

12_ 판원란(1893~1969): 중국 근대 역사학자. 자는 중원仲雲이다. 난카이南開대학과 베이징대학 및 베이징사범대학의 교수를 역임했다. 『중국통사간편中國通史簡編』의 주편을 지냈고, 주요 저서로 『중국근대사』 『문심조룡주文心雕龍注』 등이 있다.
13_ 『창려집』 권12, 「진학해」

령 「사설」과 같은 글에서는 교사의 역할을 "도를 전하고, 학업을 전수하며, 의혹을 풀어주는" 데 있다고 지적했다. 이것이 의미하는 바는 교사는 글을 가르치고 지식을 전수할 뿐만 아니라, 이론이나 사상의 측면에서 학생을 계발시켜야 한다는 것이다. 주지하는 바와 같이 당나라 "태종과 고종은 『오경정의五經正義』를 산정해서 과거시험의 표준으로 삼으니, 응시자들은 『오경정의』를 초월해서 자신을 발휘시키지 못했다."(판원란, 『중국경학사中國經學史의 연변演變』) 후대 사람들은 이러한 사실을 "천하의 눈을 멀게 하고, 천하의 귀를 막는"(류스페이, 『국학발미國學發微』) 것으로 여겼다. 한유 이전의 왕원감王元感·위지고魏知古·유지기劉知幾 등도 이에 대해 이미 불만을 표시한 바 있다. 그후에 담조啖助·조광趙匡·육순陸淳·시사개施士丐·노동盧仝 등은 "모두 스스로 자기의 학문을 이름 짓고, 구설을 따르지 않았다."(『당서唐書』 「유림전儒林傳」) 한유는 바로 육순, 시사개, 노동 등과 같은 입장이었다. 그가 "거만한 얼굴로 스승이 되었던 것"[14]은 당송 이후 학자들이 강학하던 기풍에 영향을 끼쳤다. 그가 "도가 있는 곳이 스승이 있는 곳"이라고 말함으로써, 사람들은 "서로 스승이 되는 것을 부끄러워하지 않게[不恥相師]"[15] 되었으며, 또 "학업은 부지런한 데에서 정밀해지고 노는 데에서 황폐해지며, 행동은 생각하는 데에서 이루어지고 마음대로 하는 데에서 무너진다"(「진학해」)고 함으로써, 학문과 실천을 모두 중시하고 성실성과 사고력을 제창했으니, 당연히 적극적인 의의가 있다고 할 것이다.

14_ 유종원, 『유하동집柳河東集』 권34, 「답위중립서答韋中立書」
15_ 『창려집』 권12, 「사설」

이외에 언급해둘 만한 것은 한유는 일생동안 "후진을 가르치며 독려했는데"(『구당서』「본전」), 좌천되었을 때에도 인재 양성에 노력한 점이다. 양산陽山과 조주潮州는 당시 문화적으로 낙후된 지방이었지만, 그는 선진적인 중원의 문화를 그곳에 전파함으로써 영남의 문화발전에 일정한 역할을 했다. 그의 일생에서는 "후진을 성공시킨 일"이 아주 많았는데, 장적·이고·황보식 등과 같이 이름난 문인이나 시인들은 모두 그가 직접 가르친 사람들이며, 이하李賀나 가도賈島는 또한 그에 의해 발굴된 이들이다. 이하는 당시 열 살 남짓한 아이였는데, 한유는 뜻밖에도 직접 그를 찾아가 격려해주었으며, 가도는 길가에서 고심하며 시를 읊고 있었는데, 한유가 그의 시적 재능을 발견하고는 지도해주었다. 또 맹교孟郊와 노동에 대해서는 일찍이 관심과 지지를 보냈다. 그밖에 유종원·유우석·백거이와 같은 문인들도 모두 한유와 교유한 이들로서 그의 도움을 받았다. 그는 공개적으로 이백과 두보를 칭송하기를, "이백과 두보가 남긴 문장은, 그 빛나는 광채 길이 장구하리라"[16]고 했으니, 이는 당시에나 후대에도 중대한 역할을 했다. 중당 시기에는 학풍·시풍·문풍에 매우 큰 변화가 있었는데, 한유는 이러한 변화에 가장 큰 역할을 했던 것이다. 물론 그의 이론에는 폐단도 있었으니, 특히 '도통론'이 그것으로, 봉건통치자의 요구에 영합함으로써 그들이 인민을 속박하는 도구가 되었으며, 후대에 다소 좋지 못한 영향을 끼쳤다. 다만 구체적인 문제에 대해서는 정밀한 분석이 요구되지만, 당시의 실제상황과 관련해서 살펴보면 한유의 주장과 행동은 당시로서는 진보적인 의의가 있었다.

한유는 독서와 학문에 매우 부지런했고 식견도 넓었다. 그 스스로 "입에는

16_『창려집』권5,「조장적調張籍」

육예의 문장을 읊조리기가 그치지 않았고, 손에는 백가의 책을 펴는 일이 멈추지 않았다"[17]고 했고, 맹자를 추숭하고 또 순자를 칭송했으며, 게다가 "공자와 묵자는 서로 쓰임이 있으며" "서로 쓰이지 않으면 공자와 묵자 되기에 부족하다"고 생각했다.[18] 그는 또 "일을 기록하는 자는 반드시 그 요점을 끄집어내야 하며, 언행을 편집하는 자는 반드시 그 깊은 뜻을 찾아내야 한다"[19]고 했으니, 이는 매우 좋은 독서법이다. "농후한 맛에 깊이 잠기고, 문장의 정수를 음미하는 것[沈浸醲郁, 含英咀華]"[20]은 시문을 학습하는 좋은 방법이기도 하다. 양경楊倞은 『순자』 주석에서 한유의 주장을 인용하여, 「권학」편에서 "입과 귀 사이는 네 치에 불과하다[口耳之間則四寸耳]"는 구절의 "즉則" 자는 마땅히 "재財"가 되어야 하니, "재才"와 쓰임이 같다고 했고, 또 「비상非相」편의 "사람을 만나면 도지개를 쓴다[接人則用枻]"의 "설枻"에 대한 주석에서는 "도지개이다. 활과 쇠뇌를 바루는 것이다"라고 했는데, 이로써 한유의 훈고학訓詁學와 교감학校勘學에 대한 조예가 정밀하고 깊다는 것을 알 수 있다.

『논어필해論語筆解』는 그와 이고가 지은 것으로 전하는데, 이 책은 대담하게 옛 설을 의심하고 즐겨 새로운 설을 창안하고 있어, 여기에서 그의 학풍을 볼 수 있다.

한유는 또한 당나라의 위대한 시인이다. 그는 스스로 "종횡으로 생경한 말을 얽어내어, 적절하면서도 힘은 장사도 밀어내네[橫空盤硬語, 妥帖力排奡]"[21]라고 했는데, 후세 사람들은 이 시가 "선생께서 스스로를 두고 말씀하신 것"

17_ 『창려집』 권12, 「진학해」
18_ 『창려집』 권11, 「독묵자讀墨子」
19_ 『창려집』 권12, 「진학해」
20_ 위의 글.
21_ 『창려집』 권2, 「천사薦士」에서 맹교를 두고 읊은 대목이다.

으로 볼 수 있다고 여겼다. 사실 그의 시는 오히려 문맥이 용어에 맞게 순조로운[文從字順] 것이 많다. 그 가운데 민생의 질고를 반영한 「귀팽성歸彭城」에서는 "천하의 병사가 또 움직이니, 태평세월 그 언제던가? (…) 작년 동쪽 고을 강물에, 백성의 주검이 흘렀네"라고 했다. 또 가난한 선비의 심정을 묘사하기를, "장안에 많은 집 있어도, 문을 나서면 갈 곳 없도다"²²라고 했고, 자신의 지취志趣를 서술한 「추회秋懷」에서는 "세월은 저리도 급급하지만, 내 뜻은 어찌 이리 느긋한가"라거나, "장부가 생각에 젖어 있으니, 사업은 끝날 날이 없구나"라고 했다. 정경을 묘사한 「합강정合江亭」 같은 시에서는 "앞을 내다보니 아득히 드넓고, 맑고 푸르러 침도 뱉을 수 없다네"라고 했고, 영물시인 「유화榴花」에서는 "오월의 석류꽃 눈을 밝게 비추네"라고 했다. 탁물우의托物寓意한 「초수楸樹」에서는 "어느 세월에 자라 큰 나무 되겠나, 하루아침 등나무에 휘감겨 고달프네. 누가 같이 푸른 꿈의 장막을 풀어주어, 수만 겹 높이 핀 꽃"이라 했고, 풍유시諷喩詩인 「만춘晩春」에서는 "초목은 봄을 알아 돌아가지 않고, 갖가지 붉은 꽃들 향기를 다투네. 버들개지 느릅 꼬투리는 아무 생각 없는지, 오직 하늘 가득 눈이 되어 날리네"라고 했다. 「사자연시謝自然詩」나 「답영철答靈徹」과 같이 도가와 불가의 신비함을 드러낸 시를 제외하고, 단편인 「제목거사題木居士」에서는 "우연히 만든 나무 거사, 그래도 무궁토록 복을 구하는 이 있다네"라고 했다. 이런 종류의 시로 보아 한유는 당나라 시인 가운데에서도 뛰어난 사람이다. 장편시에서도 "가로로 펼쳐져 있으며[橫鋪]" "웅장하고 괴상한 것을 스스로 좋아했고[雄怪自喜]" "크게 일어났다가 크게 떨어지는데[大起大落]" "바른 점도 있고 기이함도 있으며[有正有奇]" "진부한

22_『창려집』 권2, 「출문出門」

말을 힘써 제거했기 때문에 하늘에 의지해서 땅을 뽑는 형세가 있다."(유희재
劉熙載,[23] 『예개藝槪』 「시개詩槪」) 그는 고문의 작법을 시에 도입했는데, 시 창작
에서 일종의 새로운 경지를 개척해냈다. 구양수는 한유가 "담소를 바탕 삼
고, 해학을 보조로 삼아, 인정을 펼치고 물태를 형상지어 하나같이 시에 담
았다"(『육일시화六一詩話』)고 했다. 우리는 이를 통해 한유는 한편으로는 문장
처럼 시를 지었고, 또 한편으로는 시처럼 문장을 지었다는 것을 알 수 있다.
「진학해」 「송궁문」 「송이원귀반곡서」는 모두 시적인 맛이 특히 농후하다. 송
나라 사람들은 일찍이 「송이원귀반곡서」를 각색해서 사詞를 짓기도 했으니,
이 작품이 곧 시화詩化된 산문이라는 것을 알 수 있다.

23_ 유희재(1813~1881): 청나라 문학가. 자는 백간伯簡이고, 호는 융재融齋이다. 도광道光 때에 진
사가 되어, 춘방좌중윤春坊左中允과 광동학정廣東學政 등을 지냈고, 상해용문서원上海龍門書院에
서 주강主講을 지냈다. 저서로 『예개藝槪』와 『작비집昨非集』 등이 있다. 『예개』는 그의 대표 저술
인데, 이 책은 문학비평서로서 「문개文槪」 「시개詩槪」 「부개賦槪」 「사곡개詞曲槪」 「서개書槪」 「경의
개經義槪」의 모두 6권으로 구성되어 있다. 대체로 논술문·시·부·사·서법·팔고문 등의 체제와
그 변화과정, 성질과 특징, 표현기교 및 중요 작가와 작품에 대한 평론 등의 내용으로 되어 있다.

이론으로
창작을 밀고나가다
-문장비평

한유의 문학이론은 그의 창작과 밀접한 관계가 있기 때문에, 그의 산문을 설명하려면 먼저 그의 문학이론을 설명해야만 한다. 그는 유협과 달리 하나의 정리된 이론서를 쓰지는 않았지만, 그의 논문을 통해 몇 가지 점을 개괄해볼 수 있다.

일단 생각이 풍부해야 한다

한유는 「진학해」에서 다른 사람의 입을 빌려 자신의 문장을 평론하며 결론짓기를, "선생은 문장에서 그 생각[中]은 풍부했고, 그 필치[外]는 호방했다고 할 만하다"고 했다. 우리는 여기에서 "생각이 풍부하고 필치가 호방한 것"

이 그의 문학이론의 핵심임을 알 수 있다. 그는 「답위지생서答尉遲生書」에서 "대개 문이란 것은 반드시 그 내용에 달려 있다. 그러므로 군자는 그 내실을 신중히 한다. 내실의 선악은 그것이 드러나게 되면 또한 숨길 수 없다"고 했고, 또 「답이익서答李翊書」에서는 "뿌리가 무성한 것은 그 열매가 알차고, 살이 기름진 것은 그 광채가 빛난다"고 했다. 이 말은 문장이란 감정으로부터 생겨나기 때문에 문장은 그 사람됨과 같다는 것이다. 그러므로 "그 내용에 달려 있을" 뿐만 아니라 "그 생각"을 "넓혀야" 하는데, 이는 풍부한 생활경험과 폭넓은 지식과 높은 식견이 필요하며, 특히 도덕적 수양이 요구된다. 동시에 또 "필치가 호방한 것"도 요구된다. 황종희는 "이른바 문이라는 것은 마음이 밝히는 것을 그려내는 것이다. (…) 그것이 밝히는 것이 콸콸 땅으로부터 솟아나는 것과 같다"[24]고 했다. 이 말은 바로 "호방함[肆]"에 대한 가장 적합한 설명일 것이다. 물론 도덕과 식견 등은 모두 구체적인 계급적 내용이어서 한유가 설명한 것과 우리가 설명하는 것이 같은 것은 아니지만, 그래도 그가 문장의 사상을 강조한 것은 긍정적 가치가 있다고 하겠다.

진부한 말을 힘써 제거하라

그는 "옛날에는 말이 반드시 자기로부터 나왔는데, 후대로 오면서 그렇지 못해 표절하고 말았다"(「번소술묘지명樊紹述墓誌銘」)고 했으며, 또 "오직 진부한 말은 힘써 제거해야 한다"(「답이익서答李翊書」)고 했다. 앞서 거론한 채옹과

24_ 황종희, 『금석요례金石要例』 「논문관견論文管見」

왕검의 글은 어휘에 개성이 부족하고 말은 인습에 젖어, 천인일모千人一貌로 서로 부화뇌동했던 것이니, "뒤에는 모두 앞사람을 서로 모방하게 되었다"[25]는 말이 바로 이런 것을 지적한 것이다. 그러나 진부한 말이라는 것은 이에 그치는 것이 아니다. 유희재는 해석하기를, "이른바 '진부한 말'이란 반드시 옛사람의 말을 훔쳐와서 자기 것으로 만드는 것만이 아니다. 식견과 의론이 범속하고 천근한 곳으로 떨어져 한층 높이 오르거나 한 단계 더 깊이 들어가지 못하면, 지극한 생각을 글로 구성하는 사람의 입장에서 볼 때 모두 진부한 말이다"(『예개』「문개文槪」)라고 했다. 이는 "생각이 풍부하고 필치가 호방하다[閎中肆外]"는 것과 일치되는 말이다. 물론 그 말에는 언어의 측면에서 "앞사람을 답습하지 않았다"는 뜻이 내포되어 있다. "답습하지 않는다"는 것은 고인들의 학문을 배우지 않는다는 것이 아니라, 단지 자구를 모방하거나 종이 가득 부화한 구절로 채우지 않는다는 것이니, 이 점은 뒤에 다시 설명하겠다.

딱 들어맞는 말 골라내기

한유는 또 한 걸음 더 나아가서 "기운이 성대하면 말의 장단과 성조의 높낮이가 모두 적합해진다"(『답이익서』)고 한다. 이 또한 "생각이 풍부하고 필치가 호방하다"는 것과 일치한다. "생각이 풍부하다"는 것은 스스로 "지극한 생각[至思]"이 있다는 것이다. 이미 "지극한 생각"이 있으면 "이치가 곧고 기상

25_ 『창려집』 권34, 「남양번소술묘지명南陽樊紹述墓誌銘」

이 굳세어져[理直氣壯]" 그것이 흘러넘쳐 나오게 되니, 마땅히 대우를 사용해야 할 곳에는 대우를 사용하지만 억지로 대우의 기교를 사용하지는 않으며, 마땅히 단구를 써야 할 곳에는 단구를 쓰고, 장구를 써야 할 곳에는 장구를 쓰지만 모두 사륙구를 쓰지는 않으며, 성조의 높낮이나 어기의 속도를 정감의 자연스러움에 맡겨야지 억지로 성운에 구애될 필요는 없다. 반대로 만일 변문처럼 "한 글자의 기이함"을 추구하다가 혹 "이해하기 어려운 글로 천박하고 비루함을 꾸미는 것"도 당연히 좋지 않다. 또 이와는 달리 지나치게 평이함을 추구하다가 아무 꾸밈없이 질박하게 되어 경박해서 겉만 미끈한 것도 당연히 좋지 않다. 한유가 "오직 적합함"을 강조한 것은 내용과 체재體裁에 근거해서 각기 다른 창작 방법을 터득해야 한다는 뜻이다. 이런 문제제기는 큰 의의를 지닌다. 이것도 뒤에 가서 다시 설명하겠다.

쉬지 않고 전통을 읊조린다

한유는 지적하기를, 고인을 배우려면 "그 정신을 본받아야지 그 말은 본받지 말아야 한다"[26]고 했는데, 「진학해」에서 『주역』 『시경』 『장자』 『이소』와 사마천·사마상여·양웅을 열거하고 있으니, 기본적으로 문학사의 우수한 전통을 반영하고 있다. 그러므로 "그 정신을 본받는다[師其意]"는 것은 곧 이런 전통을 계승하는 것을 말한다. 그가 "그 말은 본받지 않는다[不師其辭]"고 한 것은 표절과 답습을 하지 말라는 것인데, 그런 태도는 창의적이지 못하기 때문

26_ 『창려집』 권18, 「답유정부서答劉正夫書」

이다. 한유는 "입에는 육예의 문장을 읊조리기가 그치지 않았고, 손에는 백가의 책을 펴는 일이 멈추지 않았으며", 심지어 "많은 것을 탐내어 터득하기를 힘써 작고 큰 것을 가리지 않았다."(「진학해」) 매우 많은 독서를 했던 것을 알 수 있는데, 다만 기계적으로 모방한 것이 아니라 "농후한 맛에 깊이 잠기고, 그 정수를 음미했으며[沈浸醲郁, 含英咀華]", 그런 다음 "문장으로 발현시켰던" 것이다. 이런 점은 분명 우리를 계발시켜주는 바가 있다.

잡스러운 이야기를 즐기다

이 점은 한유가 말한 것이 아니고, 장적이 그에게 보낸 편지에서 한유가 "잡스럽고 실속 없는 이야기"를 좋아해서 "손뼉을 치며 웃곤 한다"[27]고 말했던 것이다. 그 글에서 말한 "잡스럽고 실속 없는 이야기"란 전기소설傳奇小說이나 변문變文(일종의 설창說唱문학 형식으로 경변經變과 속강俗講 두 종류가 있었다)[28]을 가리킨다고 본다. 한유의 「화산녀華山女」라는 시에 변문강창變文講唱에 대한 아주 자세한 묘사가 나오는데, 이를 통해 그가 확실히 변문을 접했다는 사실을 입증할 수 있다. 그의 친구인 원진元稹과 심아지沈亞之도 모두

27_ 장적, 『장사업집張司業集』 권8, 「여한유서與韓愈書」
28_ 변문: 당나라 때 유행한 설창說唱문학 양식이다. '변變'이란 '전변轉變'이라는 설창예술을 일컫는 것인데, 표연表演할 때 종종 도상圖相을 같이 사용한다. 한쪽에 그림을 전시해놓고, 한쪽에선 고사를 설창한다. 이때 그림을 '변상變相'이라 하고, 설창하는 저본을 '변문變文'이라고 한다. 설창하는 고사는 주로 불경의 고사이거나, 아니면 역사전설 혹은 민간고사다. 변문의 형식은 산문과 운문이 섞여 있거나, 아니면 전체가 산문으로 이루어져 있다. 이 가운데 주로 불교의 교의를 설파하기 위해 연변되었던 것을 '경변經變'이라고 했고, 또 정식 불강佛講이 열리기 전에 대중을 사로잡아 안정시키기 위해 연변되던 것으로, 불교 교의에 근거하고 고사의 요소를 가미해서 연변되던 것이 '속강俗講'이다.

소설 작가이다. 특히 그의 「모영전」과 같은 작품은 그 자체가 소설이다.

한유의 문학사상이 비교적 진보적이었기 때문에 그가 흡수한 예술적 자양분도 비교적 풍부했으며, 그의 필력 또한 자신의 사상과 감정을 왕성하게 쏟아낼 수 있게 했다. 그래서 산문창작을 새로운 방향으로 발전시킴으로써, 중국 산문의 발전에 아주 큰 공헌을 했던 것이다.

다음으로 한유 산문 작품의 새로운 면모에 관해 몇 가지 점을 들어 말하고자 한다.

인물이 곧 개성이다

산문은 인물묘사가 중요하고, 인물묘사에는 개성의 묘사가 중요하다는 것은 상식이다. 그러나 한유 이전의 산문(주로 비지碑誌와 전장傳狀)은 대부분 그렇지 못했다. 류스페이는 일찍이 한위육조漢魏六朝 시기 사람들의 묘지문과 묘비문을 비교하면서 "한나라의 비문은 글이 대부분 같고", 당나라 비문의 자구는 "또한 답습한 것이 많다"고 지적했다.(『좌암외집左庵外集·문례거우文例擧隅』) 이렇게 "공공연히 서로 답습하면",[29] 자연히 인물의 개성을 묘사해낼 수 없게 된다. 다만 한유 이전에 사마천은 인물의 성격을 잘 묘사했으며, 『세설신어』 등의 필기소설도 일부 세부묘사를 통해 인물을 생동감 있게 묘사했다. 한유는 사마천의 전통을 계승하고, 『세설신어』와 당나라 전기소설의 인

29_『창려집』 권34, 「남양번소술묘지명」

물묘사 기법을 흡수하여, 전과 비지에 창조적으로 운용함으로써 인물을 묘사한 산문 작품을 진정한 문예작품이 되도록 했다. 그가 인물을 묘사할 때는 어떤 때는 세밀하게 묘사하고, 어떤 때는 구어를 사용하여 생동감 있게 형상함으로써 간혹 소설과 같은 경우도 있다. 「국자조교하동설군묘지명國子助教河東薛君墓誌銘」에 다음과 같은 구절이 있다. "(설군이) 봉상부鳳翔府의 좌군佐軍이 되었는데, 군수軍帥는 무인이었다. 설군이 서주書奏를 지었는데, 군수는 읽어도 글귀를 알지 못하니, 온 군막에 소문이 퍼져 웃음거리가 되었다. 그러나 설군은 안색에 변함이 없었다. 그뒤 9월 9일에 활쏘기가 크게 열렸는데, 표적을 백여 척이 넘는 높이에 설치하고는 명령하기를 '맞히는 자에게는 비단과 약간의 금을 하사하겠노라'고 했다. 그러나 모든 군인이 맞히지 못했다. 그러자 설군이 활을 잡고 두 대의 화살을 허리에 찬 다음 한 대의 화살을 쥐고 일어나 군수에게 읍하고 말하기를, '청컨대 공을 기쁘게 해드리겠습니다' 하고는 드디어 활 쏘는 곳으로 가니 모두 일어나 그를 따랐다. 세 발을 쏘았는데 연이어 세 발이 적중했고, 표적이 너덜거려 다시 쏠 수 없게 되었다. 적중할 때마다 온 군대가 크게 환호하며 웃으니, 연이어 세 번 크게 환호했다. 군수는 더욱 기분이 나빠 바로 자리를 피해버렸다." 이 글은 문무를 겸한 주인공의 재능을 묘사했을 뿐만 아니라, 그의 기상과 함께 군수가 그의 재능을 시기하는 것을 묘사하고 있는데, 소리와 낯빛까지 묘사해내고 있다.

또 「하중부법조장군묘지명河中府法曹張君墓誌銘」의 경우, 주인공이 죽는 순간을 묘사하는데, "울면서 말하기를, '내 뜻은 고인만 못하지 않은데, 내 재능은 어찌 오늘날 사람들만 못해서 이런 지경에 이르러 이렇게 죽게 되는가?'"라고 하니, 이는 눈물을 흘리며 하소연하는 상황을 사람들이 직접 보는 것처럼 만든다.

「시대리평사왕군(적)묘지명試大理評事王君(適)墓誌銘」에서는 인물의 개성이 더욱 잘 나타나도록 묘사하고 있다. 묘사하기를, 헌종이 "처음 즉위하자 사과四科로 천하의 선비를 모으니" 왕적은 "곧장 자신이 지은 글을 들고 길을 따라 노래를 흥얼거리며, 직언직간과直言直諫科 시험장으로 달려갔다"고 하는데, "길을 가며 노래를 흥얼거렸다"는 말은 곧 왕적이 "특이한 기질을 지니고 있는" 특성을 묘사해낸 것이다. 이어서 또 그가 "합격하지 못했음"을 서술한 다음, "금오위金吾衛의 이장군李將軍이 젊고 선비를 좋아한다는 말을 듣고" "이내 군문에 이르러 말하기를, '천하의 기남자 왕적이 장군을 뵙고 사업을 말씀드리고자 합니다'라고 했다"고 하니, 마치 그 소리가 들리는 듯하다. 더욱 특이한 것은 이 글 전체의 사분의 일이 왕적이 후씨侯氏의 집에 속이고 장가든 일을 서술하고 있는 점이다. 그 후씨 영감은 "기사畸士"였는데, 일생 궁벽해서 단지 하나 있는 딸을 "관인"에게 시집보내리라 다짐하고 있었다. 왕적은 "아내를 찾고 있은 지 오래였는데", 그가 생각하기를 "오직 이 노인이 뜻에 맞을 것 같고, 그 딸도 어질다고 하니 놓칠 수 없다"고 해서, 이에 "매파를 속이기를, 자신은 명경과明經科로 급제했고, 앞으로 선임되어 관인이 될 것이니, (…) 만약 노인이 자신을 사위로 허락하게 해준다면 매파에게 백금을 사례로 주겠다고 했다." 그 매파가 받아들여 노인을 찾아갔더니, 후씨 노인은 도리어 합격문서를 증거로 가져오라고 했다. 왕적은 결국 "대책이 없어 사실대로 실토하니, 매파가 '걱정 없소. 그 어른은 남이 속여도 의심하지 않습니다. 내가 아무 책이나 구해서 대략 직첩인 것처럼 만들어 소매에 넣고 가리다. 노인이 보더라도 직접 보지는 않을 것이고, 다행히 내 말을 믿을 것이오'라고 했다. 가서 그 계획대로 하니, 노인은 문서가 소매 속에 있는 것만 보고는 과연 의심하지 않고 믿고는, '좋소!' 하고 딸을 왕씨에게 주었다." 이 대목은 그야말로

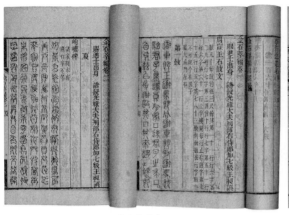

『금석췌편』 『비판광례』

소설이자 희극이다. 『금석췌편金石萃編』30이나 『비판광례碑版廣例』31를 봐도 이런 비문의 예는 찾아볼 수 없다. 그러나 이런 방식이라야 평범하지 않은 장인과 사위의 특성을 표현할 수 있는 것이다.

서정문에 있어서 육조 시기의 사람들은 인물의 개성에 주의하는 이가 대단히 적었다. 예를 들어 서비徐悱의 「제부문祭夫文」은 매우 유명한 작품인데, 그 가운데 유명한 두 구절이 있으니, "제기는 비거나 차 있어도, 술잔 술은 넘쳐나네[祭俎空盈, 奠觴徒溢]"라는 말은 아버지 제사나 스승의 제사나 아내의 제사나 벗의 제사가 아니라 해도 하나같이 이 구절을 사용할 수 있지 않겠는가? 그러나 지금 한유의 「제십이랑문祭十二郞文」을 다시 보면, 단지 한유가 조카를 추도한 것이지만, 이것은 한노성韓老成이라는 조카를 애도한 것일 뿐 한

30_ 『금석췌편』: 왕창王昶이 편찬한 중국 청대 금석학 서적이다. 모두 160권으로 1805년에 완성되었다. 석각石刻문자와 동기명문銅器銘文을 주로 모았는데, 대략 1500여 종에 이른다. 비문 뒤에 각 금석서나 문집의 관련 제발문을 붙여두었고, 끝에 편자의 고석考釋이나 안어按語를 제시해놓았다.

31_ 『비판광례』: 청 왕기손王芑孫이 편찬한 비문 모음집으로, 모두 10권이다.

노성 이외에는 누구에게도 사용할 수 없다.

주지하는 바와 같이 인물묘사는 그 인물과 흡사하게 표현해야 하는데, 단지 인물의 외모와 생활경력뿐만 아니라 마땅히 그의 독특한 정신적 면모도 표현해서, 그 인물의 목소리와 웃는 모습과 그 사상과 성격이 하나하나 독자 앞에 드러나게 해야 한다. 그러나 산문은 희극이나 소설처럼 세부적인 정밀묘사를 하지는 않지만, 소묘적인 수법과 정련된 언어를 많이 사용한다. 이러한 면에서 한유는 후대 산문가들에게 전범을 수립해주었으니, 구양수·왕안석·귀유광·방포와 같은 이들은 모두 한유에게서 방법을 배웠다고 하겠다.

익숙한 사물을 활용하라

한유는 소설의 인물묘사 방법을 산문에 적용했을 뿐만 아니라 자신도 소설을 지었으니, 「모영전」이 바로 그것이다.

우리가 알고 있듯이 「모영전」의 '모영'은 '붓'인데, 그는 붓을 인격화함으로써 하나의 인물로 만들었다. 또 모영과의 조우를 가차해서 자신의 감정을 서술했다. 그러므로 표현수법으로 보자면 탁물우의인 것이다. 그리고 거기에는 이야기 줄거리가 있고, 인물의 모습과 태도와 대화가 있으며, 또 어느 정도 인물성격도 묘사하고 있으니, 이는 한 편의 전기소설이라고 하겠다. 한유 이전에 "괴상한 이야기가 육조시대에 성행함으로써"(『소실산방필총少室山房筆叢』32) 이미 '지괴소설志怪小說'이 있었지만, 당나라 초기에 이르러 전기소설 가운데 『백원전白猿傳』 등과 같은 것은 취할 만한 사상적 내용이 없다. 그러나 한유의 「모영전」은 『백원전』에 비해 현격히 진보한 것이다. 그의 묘사는 장중하면서도 해학적이며, 또 해학 가운데 다시 풍자를 붙여두었다. 특히 한유는 당대의 문호로서 소설을 지었기 때문에, 자연히 소설의 발전을 추동시키는 하나의 유력한 힘이 되었다. 당나라 초기에 비록 전기소설이 있었지만, 소설이 성행하게 된 것은 중당 시기이니, 한유 등의 문인들이 고문을 창도한 것과 또한 관계가 있다.

「오자왕승복전圬者王承福傳」은 사물에 가탁한 것은 아니지만, 특정 인물의 특정한 일에 가탁한 것이다. 이 글에는 줄거리는 적고 의론이 많은데, 만일 "일에 가탁해서 의론을 붙인 것[托事寓議]"이라고 해도 실제에 부합된다고 하겠다. 이 글에서 그는 맹자의 "힘을 쓰는 자는 남에게 부림을 당하고, 마음을 쓰는 자는 남을 부린다"는 황당한 논리를 되풀이해서 사용함으로써 일부 동지들의 비난을 야기하기도 했다. 그러나 한유의 주된 의도는 "먹기만 하고 일을 태만히 하는" 사람을 비판하는 데 있었으며, 특히 당시 어떤 "부귀한 가문"을 드러내어 풍자했던 것인데, "재능"이 그 지위에 "걸맞지" 않으며, "공적은 적은데" "후하게 누리고 있으니" "올바른 값을 취해 비록 수고롭지만 부끄럽지 않고" "마음이 편안한" 노동자들만 못하다고 했으니, 여기에는 오히려 진보적인 의미가 있다고 하겠다.

「악어문鰐魚文」역시 한 편의 '탁물우의'한 잡문이다. 『신당서』와 『구당서』는 『선실지宣室志』[33](소설)의 내용으로 잘못 알고 그 이야기를 정말 "악어를 몰아내는" 그런 일이 있었던 것으로 만들었으니, 이는 문인들이 기이한 것을 좋아

32_『소실산방필총』: 명나라 호응린胡應麟(1551~1602)이 지은 문학사료집. 정집 32권과 속집 16권으로, 문학에 관련된 고거考據와 잡설雜說을 수록하고 있다. 1589년에 간행되었다.
33_『선실지』: 장독張讀(834~?)이 편찬한 당대唐代 전기소설집으로, 모두 11권이다. 여기에 한유에 얽힌 이야기가 두 편 수록되어 있는데, 그 이야기를 두고 말하는 듯하다.

하는 과실이며, 또한 역사가들의 무지한 표현인 것이다. 이 글은『한창려집』 (함분루涵芬樓 영인 원간본)에 실려 있는데, 제목에 '제祭'자가 없어서 「송궁문」 「모영전」 등과 함께 '잡문雜文'으로 분류하고, 제문에 속해 두지 않았다. 이한 (한유의 사위)도 「창려선생집서昌黎先生集序」에서 말하기를, 그가 한유의 유문 을 수집해서 분류하고 통계를 내면서 "필筆(「모영전」을 가리킨다)·연硯·악어문 鱷魚文이 3편이다"고 하고, 그 역시 이 글을 제문에 넣어두지 않았다. 한유의 글을 편집한 이한 역시 「악어문」을 제문으로 여기지 않았다는 것은 이 글을 우언으로 인식했다는 것을 알려준다. 우리는 한유가 원화元和 14년 정월에 부 처사리를 들이는 것을 간언하다가 조주로 좌천되었으며, 당시 조정에는 토벌 에 항명하던 번진 이사도가 있었다는 것을 알고 있다. 당시 사회모순의 핵심 이 번진 문제였다. 번진 할거의 특징은 한 지방을 무력으로 점거해서 "공물과 부세를 내지" 않으며, 조정의 "명을 받은 관리"에 항거하고, 부자간에 세습함 으로써 인민에게 해를 끼치는 것이었다. 「악어문」에서 악어를 질책하여, "백 성과 가축, 곰과 멧돼지, 사슴과 노루를 잡아먹어 그 몸을 살찌우고, 자손들 을 번식시켜 자사刺史에게 항거하여 우두머리가 되기를 다툰다"고 했으니, 이 의론은 명백히 번진의 할거를 겨냥해서 말한 것이다. 또『자치통감』을 보면, 회서 지방을 평정할 때, "선비인 백기柏耆가 한유에게 방법을 아뢰기를, '오원 제吳元濟가 이미 잡혔으니, 왕승종王承宗이 크게 두려워할 것입니다. 원컨대 승상의 편지를 가지고 가서 설득하면, 군대를 일으키지 않고도 굴복시킬 수 있을 것입니다'라고 하니, 한유가 배도와 상의해서 편지를 써서 보냈다"고 했 다. 왕승종은 과연 두 아들을 조정에 보내어 인질이 되게 하고, 아울러 "덕 주德州와 체주棣州의 도서와 인장을 보냈다." 이를 통해 알 수 있는 것은 한유 가 이 글에서 기한을 정해 악어에게 멀리 떠나라고 꾸짖은 것이 바로 왕승종에게 대처한 방법으로서, 곧 먼저 예를 갖추고 뒤에 군대를 쓰는 것이었으니, 그 목적은 "군대를 일으키지 않고도 굴복시키는" 것이었다. 그러나 만일 말을 듣지 않고 "굴복"하지도 않았다면, "분명 모두 죽인 다음에야 그쳤을" 것이다. 그리고 이것은 이사도(당시 당나라 조정에서는 그를 토벌하고자 했다)와 같이 "천자의 명을 받은 관리에게 오만하게 굴고" "인민의 재물을 해치는 것"에 대한 경고였던 것이다. 이 글에는 문구가 긴 것은 30여 자에 이르고 짧은 것은 두세 자에 그치지만, 한 겹 한 겹 번갈아 출렁이듯 억양돈좌抑揚頓挫하는데, "장강의 큰 물결이 크게 넘실대며 흘러가듯[長江大河, 渾浩流轉]"(소순이 한유의 문장을 평가한 말)34 참으로 이치가 곧고 기운이 당당하며 성대해서 말이 적절하니, 이것이 한유 문장이 성취한 가장 높은 경지다.

또 「송궁문」은 "본래 그런 일이 없었지만" "일에 가탁해서 뜻을 펼친" 잡문이다.(여기서 말하는 '잡문'은 『문심조룡』 「잡문雜文」에서 말하는 '잡문'이며, 현대의 개념과 꼭 일치하는 것은 아니다) 당나라 사람 여지고餘知古는 이 글이 양웅의 「축빈부逐貧賦」를 모방했다고 하지만, 사실은 『초사』의 「어부漁父」나 「복거卜居」 및 매승의 「칠발七發」(이 글의 "오귀五鬼"는 "오발五發"을 확대한 것이다)과 동방삭의 「답객난答客難」 그리고 「두책자우문頭責子羽文」과 「수죽탄파초문修竹彈芭蕉文」 등과 당대唐代의 속부俗賦(「연자부燕子賦」) 등을 융합한 것이다. 그는 변려문과 산행散行, 운韻을 넣는 것과 넣지 않는 것을 결합시키고, 색물탁사素物托事(비比)와 배비포진排比鋪陳(흥興)을 조합시킴으로써, 문채가 매우 아름답고 음절이 잘 조화되며, 문기文氣가 가득하고 문단의 전환이 자연스러워서, 매승·동방삭·양웅·반고와 비교해도 한층 뛰어나다.

34_ 소순, 『가우집嘉祐集』 권12, 「상구양내한제일서上歐陽內翰第一書」

한유의 이러한 산문은 후대에 지대한 영향을 미쳤다. 명나라 방효유方孝孺의 「문대蚊對」, 패경貝琼의 「토우대土偶對」와 「어초대漁樵對」 등은 곧 이 작품을 (유종원에게도 같은 작품이 있다) 본받은 것들이다.

의론문의 격을 끌어올리다

의론문은 옛날에는 '필筆'에 속하는 것으로, 문학의 범주에 속하지 않았다. 그러나 한유의 의론문은 오히려 문학적 색채가 매우 짙다. 이 점을 주목할 필요가 있다.

가령 「마설馬說」[35]에서 그가 말하고자 하는 것은 천하에 인재는 늘 있지만, 문제는 인재를 알아보고 제대로 기용하느냐 못 하느냐에 있다는 것이다. 이런 논의는 고인들이 일찍이 이야기했던 것이다. 한무제武帝와 조조曹操는 일찍이 "비상한 인재"는 일반적인 안목으로 보아서는 안 된다고 지적했다. 한유의 주장이 이들의 주장보다 뛰어난 것은 아니라 하더라도, 한유는 탁물유의托物喻意, 곧 '비유'의 기법으로 표현함으로써 오히려 글이 더욱 절묘해졌다.

그는 인재를 '말'에 비유하고, 인재를 잘 알아보는 이를 말을 잘 고르는 백락伯樂에 비유했다. 이 또한 옛 사람들이 사용했던 비유이다. 다만 그는 첫머리에 "세상에 백락이 있은 다음에 천리마가 있다"고 하여, "얻었다"고 말하지 않고 "있다"고 말했으니, 이는 옛사람들도 일찍이 하지 못했던 말이다. 이러한

35_ 문집에는 「잡설사수雜說四首」로 되어 있다.

설명은 깊이 생각하게 만든다. 「송온처사부하양군서送溫處士赴河陽軍序」의 첫 머리에서 "백락이 기주冀州 북녘 들판을 한 번 지나가니, 말떼가 마침내 사라졌다"고 했는데, 「마설」과 의도는 서로 같지만 어휘의 선택이 같지 않으니, 비교해볼 만하다. 그 글은 이어 "말이 없다는 것이 아니라, 좋은 말이 없다는 것이다"라고 하는데, 문세文勢가 비교적 평이하다. 그러나 「마설」의 본문에서는 "천리마는 항상 있지만 백락은 항상 있질 않다. 그러므로 비록 명마名馬가 있어도 노예의 손에 곤욕을 당하며 마구간에서 죽어버려 천리마로 불리지 못한다"고 하니, 문자가 크게 일어났다가 크게 떨어지며, 문세는 더욱 준쾌駿快하다. 이는 첫 구절의 말을 해석한 것이고, 동시에 은연중 다음 글을 유도하고 있다. 그는 이어 한편으로는 "천리마"의 특성을 설명하고, 또 한편으론 "말을 먹이는 사람"들이 "말을 알아보지 못하는" 것을 설명하는데, 일상생활에서도 "배불리 먹이지 않으면" 말이 "힘이 부족"한 현상을 흔히 볼 수 있으니, 사용하는 것이 합당하지 않으면 "재능이 훌륭해도 드러내지 못함"을 비유하고 있다. 비유가 매우 적절해서 독자들에게 세세하게 설명하지 않아도 믿게 만든다. 또 이어서 "채찍을 잡고 '천하에 쓸 만한 말이 없구나' 한다"고 하여, 묘사에 뜻을 다 드러냈다. 그러고는 마지막 구절에서 "아아! 정말 말이 없는 것일까? 진정 말을 알아보지 못하는 것이로다!"라고 하여, 개탄하는 필치로 주제를 밝히고, 여운을 잔잔히 남겨 더욱 깊은 맛을 느끼게 한다. 그가 말하는 것은 '알아봄'과 '알아보지 못함'의 문제이지만, 도리어 '있음'과 '없음'으로 설명하고, 마지막에 가서야 비로소 "없는" 것이 아니라 "알아보지 못할 뿐"이라고 지적했다. 논증하는 과정에 한 구절이 한 절을 이루고, 한 절이 한 단락을 이루며, 말은 간결하되 필력은 굳건하다.

그 외에 「송고한상인서送高閑上人序」의 경우, 서법書法을 배우는 문제를 거론한 글인데, 본래 이런 글은 무미건조하기 쉽다. 그러나 이 글은 먼저 여덟 가지 예를 연이어 제시하고, 성취한 바가 있는 사람은 전업으로 삼아 "종신토록 싫증내지 않지만", 반면에 "겉으로 좋아해서 업을 바꾸는 사람은 모두 수준에 오르지도 못하고, 그 맛도 제대로 보지 못하는 자들이다"라고 했다. 이어 서법가인 장욱張旭의 예를 들어, 장욱은 "기쁘거나 화나고, 어렵거나 힘들며, 슬프거나 유쾌해서" "마음이 움직이면 반드시 초서로 드러내었다"고 하며, 또 "사물을 관찰하면서 산수·애곡崖谷·조수鳥獸·충어蟲魚를 보며 기뻐하거나 놀랄 만한 것이 있으면 하나같이 글씨로 표현했다"고 한다. 또한 고한高閑은 장욱의 서법을 배웠기 때문에 '장욱의 마음'을 배우는 것이 중요하다고 한다. 그래서 "이利와 해害를 반드시 밝히고, 사소한 것도 놓치지 말며, 마음에서 감정을 유동시켜 이욕이 다투어 드러나게 하되, 얻는 것도 있고 잃는 것도 있겠지만 왕성해서 놓아버리지 않아야 서법을 이루게 될 것이다"라고 했다. 이는 불교도들이 고취했던 '색공色空'설36을 겨냥하여 비판한 것이다. 회화이론으로 비유했지만, 여기서 말하는 것은 바로 "겉으로는 조물주를 스승 삼고" "안으로는 심원心源을 본받는다"는 것이다. 그는 이렇게 해야 비로소 "종신토록 싫증나지 않아, 겉으로 사모할 겨를이 없게 된다"고 여겼다. 이것은 본래 매우 심오하고 복잡한 이론상의 문제이지만, 그는 오히려 깊이 들어가서 얕은 데로 끌어내고, 간편한 것으로 복잡한 것을 제어했으며, 또 묘사는 완곡하되 다분히 풍자적이며, 함의도 매우 은미하다.

「원도原道」「원성原性」「원귀原鬼」 같은 이론적인 문장은 서술이 질박하여 딱

36_ 색공설: '색'은 유형유상有形有相의 사물을 가리키고, '공'은 불교의 '비유非有'와 '비존재非存在'에 관한 개념으로 공 개념에 주안을 둔 불교의 교의이다.

딱해지기 쉽다. 그러나 한유는 추상적인 이치를 사람들이 감지할 수 있는 사실을 통해 설명해 나간다. 가령 불교와 도교의 폐해에 대해 그는 철학적으로 분석하지 않고, 단지 성인이 성인되는 까닭은 성인이 사람들에게 "서로 살게 하고 서로 길러주는 도리"를 가르쳐주고, 의식주와 필요한 기물 등의 문제를 해결해주었다는 데 있다고 지적한다(물론 한유는 일체의 발명과 창조의 공을 성인에게 돌리고 있지만, 이는 역사적 사실과는 다르다). 또 불교와 도교가 성행하여 승려와 도사가 날로 늘어나면, "농사짓는 집은 하나인데 곡식을 먹는 집은 여섯이고, 장인의 집은 하나인데 기물을 쓰는 집은 여섯"이 되는 꼴이 되어, 이는 필연적으로 "백성이 곤궁해져 도둑이 되는[民窮且盜]" 데에 이르게 된다고 지적했다. 기효람紀曉嵐[37]은 송유들의 벽불辟佛 논의는 정밀하고 한유의 논의는 거칠지만, 오히려 승도들은 한유를 두려워하지 송유를 두려워하지는 않는다고 했다. 그 이유는 명백하다. 송대의 이학가들은 유심론으로 유심론을 반대했기 때문에 승도들은 자연히 그들을 두려워하지 않았지만, 한유는 사회생활 문제에서 출발하여 승도들의 폐해가 깊음을 지적했으니, 사람들이 모두 이해할 수 있어 자연히 그 영향력이 매우 컸던 것이다. 그 글을 두고 설명하자면, 그는 먼저 "두루 사랑함을 일컬어 인이라 한다"고 하고, "의" "도" "덕"은 모두 "인"에서 파생되어 "인"을 체현한 것이니, "인"은 곧 "서로 살게 하고 서로 길러주는 도리"이며, 이것은 "환과고독鰥寡孤獨한 사람이 봉양 받게 하는 것"이라고 한다. 글 전체가 수미일관하고 맥락이 정연하며, 그러한 가운데 또한 크게 펼쳤다가 크게 거두고[大開大合] 차례차례 펼쳐나가

37_ 기효람(1724~1805): 청나라 학자. 이름은 윤昀이고, 자는 효람曉嵐이며, 호는 석운石雲이다. 시호는 문달文達이다. 주요 저서로 『사고전서총목제요四庫全書總目提要』와 『열미초당필기閱微草堂筆記』 등이 있다.

며[排比鋪張], 묘사가 매우 분방하다.

한유의 두 모습

앞에서 우리는 '당송팔가'의 산문 언어상의 공헌에 관해 살펴보았는데, 여기에는 자연히 한유의 산문도 포함된다. 한유는 '당송고문'을 창도했으니 그의 공헌은 더욱 빠뜨릴 수 없다.

한유 산문의 언어에는 두 가지 측면이 있는데, 하나는 "기기괴괴奇奇怪怪" 38하고 "종이 위에 펼쳐진 문자가 모두 의기양양하다"39는 점이며, 다른 하나는 "말은 반드시 자기에게서 나오고[詞必己出]"40 "문맥이 용어에 맞게 순조로워 각기 그 쓰임에 맞다"41는 점이다. 사실 「조성왕비曹成王碑」 등과 같이 아유하는 묘지문을 제외하면, 일반적으로 이 두 가지 점이 서로 융합되어 "적절하면서 힘은 장사도 밀어낼[妥貼力排奡]"42 정도이니, 이는 곧 유려하고 조리 있는 작품에 "광기光氣"를 더한 것인데, 다만 그것을 잘 "감추었을" 따름이다(소순의 말).

좀 더 구체적으로 말하자면, 우선 어휘가 적합하고 풍부하며 논리가 정밀하다. 손 가는 대로 『사부총간四部叢刊』본 『한창려집韓昌黎集』 제1책을 펼쳐보

38_ 『창려집』 권36, 「송궁문」
39_ 『창려집』 권5, 「노낭중운부기시송반곡자시이장가이화지盧郎中雲夫寄示送盤谷子詩二章歌以和之」
40_ 『창려집』 권34, 「남양번소술묘지명」
41_ 위의 글.
42_ 『창려집』 권2, 「천사薦士」

자. 우리가 오늘날 사용하고 있는 허다한 어휘와 성어들이 직간접적으로 한유의 글에서 유래되었다는 사실을 발견할 수 있다. 가령 "복리福利" "이익利益" "경심經心[주의하다]" "유의留意" "부수첩이俯首帖耳[비굴하게 굽실거리다]" "요미걸련搖尾乞憐[아첨하고 동정을 구함]" "숙시무도熟視無睹[자세히 보아도 분변이 안 됨]" "만만무차리萬萬無此理[결코 그럴 리 없다]" "일거수일투족지로一舉手一投足之勞[자잘한 노력]" "백공천창百孔千瘡[만신창이]" "일발인만균一發引萬鈞[위기일발]" "화성명성和聲鳴盛[걸출한 인물들이 서로 모이다]" "길굴오아佶屈聱牙[글이 매우 어려워 읽기 힘듦]" "불평즉명不平則鳴[불공평한 일에 분개함]" "낙정하석落阱下石[엎친 데 덮치다]" "쟁연취련爭妍取憐[아름다움을 다툼]" "회포이기懷抱利器[재능을 지니다]" "곽기유용廓其有容[비워야 받아들일 수 있음]" "이조명춘以鳥鳴春[새가 봄을 알린다]" "수이강壽而康[건강하게 오래 살다]" "대방궐사大放厥詞[쓸데없는 공론을 펴다]" 등이 모두 그런 어휘들이다. 그 외에 "학업은 부지런히 하면 발전하고 놀면 황폐해지며, 행실은 사유하면 이루어지고 방종하면 무너진다[業精于勤荒于嬉, 行成于思毁于隨]"[43]라는 글은 한 구절이 하나의 덕목을 설명하고 있는데, 매 구절마다 정·반 두 측면을 포괄하고 있다. "정精"과 "황荒" "근勤"과 "희嬉" "성成"과 "훼毁" "사思"와 "수隨"는 서로 상대가 되며, "업業"자와 "행行"자는 다른 글자로 바꿀 수 없다(가령 "업業"을 "학學"으로 바꾸면 그 의미가 협소해진다). 그중에 "근勤"자의 용례는 당시로서는 새로운 것인데, 이는 구어에서 만들어진 것임을 알 수 있다. 또 "외전공사外纏公事[밖으로 공사에 얽매이다]"에서 "전纏"자의 경우도 오늘날의 구어인데, 명청시대의 시문에서도 드물게 사용되던 것이다. 그 외에 "설학풍도雪虐風饕[날씨가 몹시 추움]" "수기결괴搜

43_『창려집』권12, 「진학해」

奇抉怪[기괴한 것을 찾아 들춤]" "여고함금茹古涵今[옛 것을 머금은 채 지금 것에 젖음]" "수부육주水浮陸走[물에 뜨고 육지에서 달림]" "침침농욱沈浸醲郁[농후한 맛에 깊이 잠김]" "함영저화含英咀華[문장의 정수를 음미함]" "괄구마광刮垢磨光[비벼서 때를 없애고 닦아 윤이 나게 함]" 등과 같은 성어는 함의가 정밀할 뿐만 아니라, 표현에 힘이 있어 빛이 사방으로 빛난다.⁴⁴

한유는 글쓰기에서 논리의 정밀함에 주의를 기울였는데, 이 점은 앞 절에서 이미 설명한 바 있다. 여기서 다시 두 가지 예를 들어보자. 「송맹동야서送孟東野序」의 경우, 고대와 당나라 시대의 시인을 열거한 다음, "그후 살아 있는 인물로는 동야東野 맹교가 비로소 시로 이름을 떨쳤다. 고상하기가 위진魏晉을 뛰어넘으니, 부지런히 하면 옛스러움의 경지에 도달할 것이며, 차츰 한씨漢氏의 경지에 빠져들 것이다"라고 했다. 당시 시인이 맹교 한 사람만이 아니었으니, "그후"라는 두 자를 사용함으로써 여지를 남겨두었다. 또 "옛스러움의 경지에 도달할 것"이라는 말 앞에 "부지런히 하면"이라는 말로 조건을 붙여둠으로써, 장래를 염두에 두어 칭찬이 지나치지 않도록 했다.

또 「여악주유중승제이서與鄂州柳中丞第二書」를 보면, "각하께서 과연 그 말을 충실히 실천하여 게으름 없이 지속하신다면, 형세가 편리한 땅을 얻게 될 것이며, 군사를 쓰기에도 충분케 될 것이니, 비록 나라에서 예전에 잃어버린 땅도 10년이면 쉬이 되찾게 될 것입니다"라는 구절이 있는데, 여기서는 주관과 객관 양쪽으로 조건을 달아, 이 말이 허언虛言이나 아첨하는 말이 아님을 느끼게 한다. 왜냐하면 한 사람이 "자기 말을 충실히 실천할" 수 있고, 아울러 게으름 없이 노력해 나간다면 또한 조정의 신임을 얻게 되고, 마침내 하나의

44_ 이 단락의 [ ] 안 풀이는 역자가 붙인 것이다.

맹교

사업을 성취해낼 것이기 때문이다. 그러므로 한유의 글을 자세히 분석해보면 사고를 발전시켜주며, 특히 창작에서 수사와 조구造句에 큰 도움을 준다. 우리가 잘못된 문구를 이야기할 때면 종종 어법의 성분이 잘못된 것은 아닌지, 어휘의 조합이 적당한지에만 주의를 기울이는 반면 논의의 전개가 이치(논리)에 맞는지에 대해서는 비교적 주의를 기울이지 않는 편인데, 한유의 문장을 읽어보면 분명히 계발되는 바가 있다.

한유 문장의 독특한 점은 구와 구, 단락과 단락 사이가 끊어진 듯하지만 실상 이어져 있어, 그 변화를 헤아리기 어렵다는 점이다. 「송동소남서送董邵南序」를 예로 들어보면, 글머리에서 "연나라와 조나라에는 예로부터 감개하여 슬픈 노래를 부르는 선비가 많다고 한다"고 하는데, 이 구는 허공을 가로지르며 나타나 그 자리에서 갑자기 멈춘 것이며, 이어 다시 새로운 단서를 열어나간다. "동선생董先生은 진사에 응시했으나 연이어 유사有司에게 인정받지 못해, 결국 뛰어난 재능을 안고 답답한 심사로 그곳으로 떠나간다"고 말한 다음, 곧바로 "나는 그가 반드시 의기투합할 때가 있을 것을 안다"고 하여, 비로소 두 내용을 '합치'시켜놓았다. 다만 어째서 "반드시 의기투합할 때가 있을 것"인지는 아직 설명하지 않았기 때문에 이어서 말하기를, "그대가 때를 만나지 못했기에, 진정 의義를 사모하고 인仁에 힘쓰는 자들이 모두 애석해 하거늘, 하물며 연나라와 조나라의 선비로서 그 성정이 출중한 자야 오죽하 겠는가?"라고 하여, 비로소 "반드시 의기투합할 때가 있을 것"의 이유를 보 충해주고 있다. "때를 만나지 못했다"는 것은 "연이어 유사에게 인정받지 못 했다"는 말을 이은 것이며, "그 성정"이란 "감개하여 슬픈 노래를 부르는 것" 을 이은 것이니, 여기에서 우리는 비로소 그가 앞에서 무엇을 말하고자 했 는지를 이해할 수 있으며, 그가 한 글자 한 구절을 허투루 쓰지 않았다는 것 을 알 수 있다. 물론 이로써 모든 것이 설명된 건 아니다. 가령 제1구에서 그 는 "고칭古稱[예로부터 ~한다]"이라는 두 글자를 썼고, 제2구에서는 "울울적 자토鬱鬱適玆土[답답한 심사로 그곳을 떠나간다]"라는 말을 했지만, 오히려 다음 문장에 가서야 비로소 그 말의 의미를 볼 수 있게 한다. 그 아래에 묘사하기 를 "그러나 내 일찍이 풍속은 교화를 통해 바뀐다고 들었으니, 오늘날도 그 곳이 옛사람들이 말한 것과 다르지 않다는 것을 어떻게 알 수 있겠는가?"라 고 하니, 문장이 여기에서 한 번 크게 전환되었다. 그중에 "고지소운古之所云 [옛사람들이 말한 것]"과 "고칭"이 서로 연결되니, 여기에서 비로소 "고칭"이라 는 두 글자가 결코 사소한 것이 아니었음을 알 수 있다. 그리고 거듭 "동선생, 힘내십시오"라고 말하니, 말이 간절하고 의미심장하다. "면勉"은 『설문해자說 文解字』에서 "강彊[힘씀]"이라고 풀이했으니, 곧 "면강勉强[힘써 노력한다]"의 뜻 이고, "노력"의 뜻도 내포하고 있으며(『방언方言』), 또한 "근신勤愼[삼가 신중을 기하다]"의 의미도 있다(『시경』 「시월지교十月之交」에서는 "부지런히 종사한다[黽勉 從事]"고 했고, 『한서漢書』 「유향전劉向傳」에는 "힘씀[密勿]"이라고 했다). 여기에서 분명 할 말이 아주 많았겠지만, 그는 아무 말 하지 않고 곧장 "나도 그대로 인 해 느끼는 바가 있으니, 그대는 나를 위해 망저군望諸君(악의樂毅)의 묘소에 조 문해주오. 그리고 그곳 저자에 가서 그 옛날 개를 잡던 이(고점리高漸離)가 다 시 있나 보시오"라고 한다. 이는 "그곳으로 떠나간다"는 말뿐 아니라 "감개하 여 슬픈 노래를 부르는 선비"라는 말과 연결되지만, 중점은 "나를 위해 '현명 한 천자가 위에 있으니, 나와 벼슬해도 될 것이다'라고 말하라"는 말에 있다. 연나라와 조나라의 선비들이 조정에 와서 벼슬하기를 권하는 것으로 크게는 번진이 항복하기를 권하는 것이며, 작게는 동소남에게 범의 창귀倀鬼가 되지 않도록 권하는 것이니, 이 또한 "면지勉之"의 "면"자에 대한 의미에 구체적인 내용을 보충하고 있다. 종횡으로 변화하고 있어 깊이 음미할 만한 글이다. 그 러나 이 글은 문장묘사가 '평탄하게 직서하는[平鋪直敍]' 것과 맞지 않는다는 것을 알 수 있다. 덧붙여서 말하자면, 한유의 문장에는 "문을 열어 산을 바라 보는[開門見山]" 듯한 것이 많으니, "문을 열어 산을 바라본다"는 것의 "견見" 은 "유유히 남산을 바라본다[悠然見南山]"의 "견"과 같아서, 멀리 바라보는데 있는 듯 없는 듯하며 가까운 듯 먼 듯한 것이니, 본문에서 "연조고칭燕趙古稱 [연나라와 조나라에는 예로부터]······"과 같은 것이 바로 그것이다. 어떤 사람은 이 글을 '일하상제一下上題'한 것으로 오해하기도 했는데, 그렇다면 그 다음 내 용을 어떻게 설명할 수 있겠는가. 당연히 각각의 문체에는 각기 구체적인 요 건이 있기 마련인데, 여기서 상세히 설명할 수는 없다.

한유 산문의 또 다른 특색은 여러 종류의 어체와 문체에 주의하면서 각기 다른 언어를 사용했다는 점이다. 가령 「평회서비平淮西碑」는 공적을 돌에 새

「평회서비」

긴 것으로 웅혼雄渾하고 장려壯麗하게 묘사했고, 또 「진학해」는 학문을 논하고 뜻을 말하는 작품이어서 전아典雅하고 청신淸新하게 묘사했으며, 「논불골표」는 이치를 설명하고 인정에 호소하는[說理陳情] 글이어서 명백하고 통창通暢하게 묘사하고 있다. 「논황가적사의장論黃家賊事宜狀」과 「응소재전첩양인남녀장應所在典貼良人男女狀」은 인민을 동정하고 시사를 자세히 진술하는 글이므로 공문서의 전문용어를 많이 사용했고, 「제십이랑문祭十二郎文」은 가족 간의 골육지정을 이야기한 것이기에 순전히 집안의 일상적인 용어를 사용해 눈물로 호소하는 듯 묘사하니, 언어가 소박하고 유창하며 풍격이 자연스럽다. 그러나 「송이원귀반곡서」의 경우는 자신을 깨끗이 지키기를 좋아하는 자의 지조와 행실을 부귀한 자들의 방종이나 부귀를 추구하는 자들이 수단과 방법을 가리지 않는 모습과 대조해서 반곡에서의 생활을 묘사했는데, 청준淸儁하고 한원閑遠해서 송조宋朝의 어떤 이는(임정대林正大) 이를 사詞로 각색하기도 했는데, 이 작품을 사로 각색할 수 있었던 것은 이 작품이 본래 한 편의 시였기 때문이다.

이상의 설명을 통해 한유가 "몸에 맞게 옷을 짓는 것[量體裁衣]"에 능했음을 알 수 있으니, 언어의 풍격을 다양하게 사용함으로써 자기만의 특색을 갖추었다. 그는 들쑥날쑥한 문체를 변려문체로 대체시켰고, 또한 대비법의 사용에도 능했으며, 심지어 대구를 확장시켜 단락이 정돈된 대우체로 발전시켰다. 그는 '해박한 비유[博喩]'를 즐겨 사용했는데, 가령 「송석처사서送石處士序」나 「위시랑성산십이시서韋侍郎盛山十二詩序」의 경우는 세 가지 비유를 번갈아 사용했으며, 이보다 더 많이 사용한 경우도 있다. 변려문체과 산문체가 번갈아 나타나고, 장구과 단구가 같이 사용되고, 대우를 맞춰 포진하며[排比鋪陳], 또 변화가 요동치고[變化跳宕], 들쑥날쑥 뒤섞이며[參差歷落], 자유롭고 분방하며[酣暢恣肆], 힘차게 펼치되 표현이 적절해서[排奡妥貼], 한유 자신만의 언어특색을 이루었다. 그러나 그 역시 단점이 있었으니, 예를 들어 그는 경물 묘사에 뛰어나지 못했기 때문에 경물을 묘사하는 제목의 글에서도 자신의 단점을 피하고 장점을 살리고자 했는데, 「중수등왕각기重修滕王閣記」를 보면 경물 묘사를 피하고 있다. 그 외에도 「조성왕비曹成王碑」 등에서는 기이하고 어려운 것을 추구해서 고자古字를 많이 사용하여 알아보기 어렵게 만들었으니, 이는 "아유하는 묘지문[諛墓]"의 당연한 결과다.

유희재는 한유가 "팔대의 쇠퇴함을 일으켜 세웠을" 뿐만 아니라 "팔대의 성과를 집대성했다"(『예개藝概』「문개文概」)고 하는데, 이 말에는 일리가 있다. 한유가 성취한 주된 점은 그가 이전 사람들(선진에서 육조까지)의 경험을 흡수하고, 동시에 당시 민간예술에서 양분을 흡수하여, 취할 것은 취하고 버릴 것은 버림으로써 자기만의 예술적 특색을 형성했다는 것이다.

제3장

핍진한 묘사의 대가,
유종원

좌천 이후
사회 하층민의 삶에 눈뜨다
-소평전

　　유종원柳宗元(773~819)은 자가 자후子厚이며, 하동(지금의 산시 성山西省 융지
永濟) 사람이다. 유주자사柳州刺史를 지냈기 때문에 사람들이 유유주라 불렀
다. 그의 시문을 후세인들이 『유하동집柳河東集』으로 엮었다.

　　유종원은 한유에 비해 겨우 다섯 살이 적었기 때문에 그들은 같은 시대 사
람이라고 하겠다. 그들은 모두 이미 쇠락한 명문 사족에서 성장했다. 한유의
형 한회는 유종원의 아버지 유진柳鎭의 친구였다. 한회는 "청담을 잘하고 문
장에 능했으며" "명성이 높았지만" "비방이 많아"(유종원, 「선우기先友記」) 귀양
가서 죽었고, 유종원의 부친 유진도 "권세에 아첨하지 않고" "강직하다고 불
린" 사람이었다.(한유, 「유자후묘지명柳子厚墓誌銘」) 그러므로 두 사람이 집안의
영향을 받은 것도 크게 비슷했다.

　　유종원이 네 살 때에 그 어머니가 "고부古賦 14수를 가르쳐주니 모두 외웠

다"(「선태부인노씨구부지先太夫人盧氏舊袝志」)고 한다. 열두 살 때에는 남 대신 표문表文을 지어주었는데, 당시 사람들이 그를 두고 "비로소 동자로서 정원貞元(당덕종의 연호) 초기에 빼어난 이름을 남겼다"고 했다.(유우석, 「유하동집서柳河東集序」) 정원 9년(21세)에 진사에 합격했고, 스물네 살 때에 굉사과宏詞科에 응시했다. 스물여섯 살 때에는 시험에 합격해서 교서랑校書郞에 임명되었고, 집현전 정자正字가 되었으며(황제교장서皇帝校藏書로 교체됨), 후에 발탁되어 난전현위蘭田縣尉에 임명되었다. 서른한 살 때에는 감찰어사이행監察御史裏行에 승임되었다("이행"이란 청나라 때의 "××상행주上行走"와 같으니, "시용試用한다"는 뜻이다).

유종원은 매우 열심히 공부해서 스스로 "일찍부터 고서 보기를 좋아했다"고 한다.(「여여공론묘중석서與呂恭論墓中石書」) 다만 고서를 맹종하여 믿지 않고 더러 자신의 견해를 제시했다. 그는 "장차 다른 것이 있으면 반드시 먼저 그 책들을 연구해야 한다"고 인식했으니, 책 속의 말에 "옳지 않은 것이 있으면 고쳐야 한다"고 보았으며, 한바탕 지껄여대는 '도청도설道聽塗說'에는 반대했다.(「여유우석논주역육구서與劉禹錫論周易六九書」) 우리가 알 수 있는 것은 유종원 이전 한유漢儒들이 강조한 사법師法은 대부분 묵묵히 지켜나가는 데 있었지만, 유종원 이후의 송유宋儒들은 왕왕 억측에 의지하여 논설에서 증거를 중시하지 않는다는 것이다. 유종원의 이러한 태도를 본받아 부지런히 독서하고 깊이 사고하며 신중한 태도를 갖춘다면 실사구시 할 수 있을 것이니, 분명 칭송받을 만할 것이다. 다만 한 가지 지적할 것은 당시의 독서는 모두 '오경'을 읽었고, 시와 부를 짓는 것을 학습하는 것이었지만(당시 조정에서 선비들을 선발할 때는 명경과明經科와 진사과進士科를 요구했다), 유종원은 도리어 선진제자先秦諸子들을 연구하는 데 주력했다는 점이다. 그의 문집을 보더라도 『열자列

子』『문자文子』『귀곡자鬼谷子』『안자춘추晏子春秋』『항상자亢桑子』『갈관자鶡冠子』
를 모두 공부했다는 것을 알 수 있다. 그래서 그는 진위를 살펴 분별하는 것
과 학술의 원류를 분별하는 데 나름의 견해가 있었다. 예를 들면『열자』『문
자』『갈관자』 등의 책은 위작임을 지적했고,『안자춘추』는 "묵자의 제자 중에
제나라 사람이 지은 것이므로" "묵가에 두는 것이 옳지" 유가에 두어서는 안
된다고 지적했으며, 더욱이『논어』는 증삼曾參의 제자들에 의해 이루어졌다
고 했으니, 모두 세심하게 독서했다는 것을 보여준다.『묵자』와『장자』와 굴원
의 부賦 등에도 자연히 힘을 많이 기울였으며, 불서佛書 가운데서도 특히 선
종의 저작을 연구한 바 있었다. 그의 독서를 한유와 비교해보면 좀 더 넓고
정밀했다고 하겠다. 근대의 평보청平步靑[1]은『하외군설霞外攟屑』에서 "그는 널
리 인용하고 번거롭게 지칭했지만 말은 결단 있게 했으니, 참 고문과 참 고증
을 어느 누가 소유한 것이겠는가!"라고 했으며, 책의 지식을 제외하고도 그는
실제의 것에 주목해서, "성인이 되고부터 변방을 돌아다니길 좋아하고, 고로
故老와 이졸吏卒들을 찾아"[2] 방문했던 것이다.

그는 또 스승을 가까이 하고 벗을 사귀는 데 주력했다. 그는 「사우잠師友
箴」한 편을 지었는데, 다음과 같이 말했다. "스승이 아니면 어떻게 내 무엇으
로 이룰꼬? 친구가 아니면 어떻게 내 무엇으로 더할꼬? (…) 도리에 맞거든 본
받고 부끄러움이 느껴지거든 벗 삼아, 이 두 가지를 신중히 하여 너의 뒷일을
두려워하라. 진실로 도를 지니고 있거든 인부나 거지라도 어울리고, 도에 어

1　평보청(1832~1896): 청나라의 장서가. 산양山陽(지금의 저장 성 사오싱紹興) 출신이며, 자는
　경손景蓀이다. 1862년에 진사가 되었고, 강서양도江西糧道를 지냈다. 장서가 2만 권에 이르렀다고
　하며, 이를 바탕으로 고의古義를 고증하고 경적經籍을 정보訂補해서『사부고四部考』를 편찬하기
　도 했다. 그의 대표적 저서인『하외군설』은 청대 필기류의 하나로, 모두 10권이다.
2　『유하동집柳河東集』권31, 「여사관한유치단태위일사서與史官韓愈致段太尉逸事書」

굿난 사람이거든 공후라도 피하라. 안으로는 옛일들을 살피고 밖으로는 여러 사물을 살펴, 본받고 벗하기를 너는 신중히 하여 소홀히 하지 말라!" 이는 한유의 「사설」과 뜻은 서로 같지만, 스스로 유익한 것을 취하려는 점에서는 말이 더더욱 절실하다. 그는 일찍이 육순陸淳[3]을 따라 『춘추좌씨전』을 연구했다. 우리는 앞에서 육순을 경학사經學史에서 의고疑古에 뛰어나고 창신創新에 탁월한 학자라고 설명했다. 이 점에서 보면 유종원은 그의 영향을 매우 많이 받았다. 예를 들어 유종원은 과감히 『국어國語』를 비판했으며, 『좌전』에서 공자가 "도를 지키는 것이 벼슬을 지키는 것과 같지 않다"고 말한 것과 『맹자』에서 말한 "천작天爵" "인작人爵"에 대해 경전과 사서에는 이처럼 서로 전해온 이미 오래된 설법이 있다고 주장했다.("동엽봉제桐葉封弟"[4]와 같다) 모두 색다른 견해를 과감히 제출한 것인데, 이것은 당시로서는 무척 대담한 것이었다. 그는 친구들이 대단히 많았는데 그중에 출신은 미천하되 뜻있는 개혁 인사인 왕숙문王叔文[5]과는 "절친하여 비로소 그의 능력을 높이고, 함께 인·의를 세우며 교화를 도울 만하다고 여겼으며" "중정과 신의로 뜻을 삼고 요순과 공자의 도를 일으켜, 늙은 백성들을 이롭고 편안하게 할 것으로 임무를 삼았으니"(「기허경조맹용서寄許京兆孟容書」), "생각한 바를 실행에 옮겨 시대를 도와 만물에 미칠 것을 도리로 삼았던 것"[6]이다. 뒤에 그가 영정혁신에 참여했던 것

<hr />

3_ 육순(?~806): 당나라 경학가. 자는 백충伯冲이다. 좌습유를 거쳐 신주信州와 태주台州의 자사를 지냈다. 일찍이 담조와 조광을 사사해서 춘추학을 전수 받아 춘추대의를 설파했는데, 공양씨나 곡량씨와 그 내용이 달랐다. 저서로 『춘추집전찬례春秋集傳纂例』 『춘추미지春秋微旨』 『춘추집전변의春秋集傳辨疑』 등이 있다.

4_ 동엽봉제: 주 성왕成王과 주공周公 단旦의 고사. 성왕이 어릴 적에 동생 숙우叔虞와 놀면서 오동잎으로 책봉해준 것에 대해 주공이 왕이 되어 그 약속을 지킬 것을 요구했던 일이다.

5_ 왕숙문(753~806): 당나라 개혁정치가. 한림학사, 탁지 및 제도염철운부사諸道鹽鐵運副使, 호부시랑 등을 지냈다. 영정개혁이 실패한 후 유주사호渝州司戶가 되었다가 사사되었다.

6_ 『유하동집』권31, 「답오무릉논비국어서答吳武陵論非國語書」

유종원

도 우연이 아니었다. 영정혁신의 실패로 말미암아 유종원을 두고 "왕숙문에게 꼬여 불의한 곳에 빠지고 말았다"[7]고 말한 사람도 있었고(왕안석의 말), 한유는 그에 대해 "어려서 사람 됨됨이가 용맹스러워 스스로 귀중히 여기지 않았다"[8]고 했는데, 이는 유종원의 혐의를 벗기려는 데 뜻을 둔 것이어서 실제 사실과 부합되지 않는 말이다. 이런 점에서 우리는 영정혁신에 대해 설명할 필요가 있다.

정원 21년(805) 즉 영정永貞 원년 정월에 덕종이 죽고 순종이 즉위했다. 이때 왕숙문이 집사가 되어 개혁을 실행했는데, 유종원을 "몰래 궁궐로 불러

7_ 왕안석, 『왕임천집』 권71, 「독유종원전讀柳宗元傳」
8_ 한유, 『창려집』 권32, 「유자후묘지명柳子厚墓誌銘」

들여 일을 도모하고 상서예부원외랑尙書禮部員外郞에 임명했다."(『구당서』「본전本傳」) 이 개혁은 몇 개월밖에 걸리지 않았는데 이룬 일이 제법 많았다. 민간이 부담했던 관청의 각종 결손을 덜어주고, 진봉進奉과 염철사鹽鐵使의 월진전月進錢을 정지시켰으며('진봉'은 관료들이 정액 이외의 것을 착취하여 황제의 내고內庫로 보내는 것이다), 장화이江淮 지방의 소금값과 북방 지염池鹽의 소금값을 낮추었고, 궁시를 없앴으며, 내쫓은 옛날 재상인 육지陸贄와 원임간관原任諫官인 양성陽城 등 저명한 정치가들을 불러들였고, 경조윤京兆尹 이실李實(한유를 탄핵했다)의 탐욕스런 죄상을 밝혀 내쫓고자 했고, 저명한 경제학자인 『통전通典』의 작자 두우杜佑를 기용해서 염철사로 삼고, 아울러 왕숙문을 담임 부사副使가 되게 해 재정을 정비하게 했으며, 노장 범희조范希朝를 기용해서 좌우신책군경서제성진행영절도사左右神策軍京西諸城鎭行營節度使로 삼고 한태韓泰를 행군사마行軍司馬로 삼아, 환관들이 빼앗은 병권을 회복토록 준비시켰다.(『순종실록』 및 『통감』 등 참조) 이는 판원란이 말한 "반포한 정령은 모두 잘못된 정치를 개혁하여 민중을 이롭게 하고 또한 조정도 이롭게 했다"는 것과 같다.(『중국통사간편中國通史簡編』 제3책) 이는 역사를 돌이켜볼 때 진보적 의의가 있다는 것이다. 유종원의 친구 한태와 유우석 등은 이 혁신운동에 적극적으로 참여했다. 그러나 애석하게도 이 운동은 환관들의 반발에 의해 실패했다. 순종은 내선內禪을 강요받았고(그 아들 헌종에게 자리를 양보했다), 오래지 않아 죽었다. 유종원과 유우석 등 여덟 명도 이로 인해 좌천되었다. 유종원이 먼저 소주자사邵州刺史로 좌천되었다가 내직으로 재기용되지 못하고 다시 영주사마永州司馬로 좌천되었으며, 나머지 일곱 명도 자사에서 사마로 좌천되었으니, 이것은 역사에서 '팔사마八司馬 사건'9으로 불린다.

유종원은 좌천된 후 먼저 영주사마란 이름으로 영주永州에 안치되었고,

후에 한번쯤 경성에 불려왔으나 또 쫓겨나 유주자사柳州刺史가 되었으며, 원화元和 14년(819)에 이르러 유주柳州 관저에서 죽으니, 나이가 겨우 마흔일곱 살이었다. 유종원은 15년이라는 굴욕적인 유배 생활을 경험했는데, 이 15년은 그의 생활을 변화시키고 사상을 성숙시켰으며, 문풍을 변화시켜 그를 왕성한 창작으로 이끈 시기였다.

여기에서 주목해야 할 점은 유종원은 어려서 세족世族 가정에서 자랐으며, 자신이 과거를 준비하거나 벼슬에 있을 때에도 순풍에 돛을 단 듯했고, 사회 하층민과 접촉한 일이 매우 적었다. 그래서 현존하는 초기 작품 중에는 현실을 반영한 작품은 극히 적고, 오히려 황은을 칭송한 일종의 표문表文이 많다는 것이다.(예를 들어 「위기로청복존호표爲耆老請復尊號表」) 그러므로 옛사람들은 그를 두고 "조정에 있을 때 지은 글에는 아직 육조문의 규범이 있다"고 했으니(「하동집서설河東集敍說」에서 인용한 진장방陳長方의 말), 이는 곧 제·양 시기의 구습을 벗어버리지 못한 것이다. 그러나 좌천된 후에는 생활이 변화되었고, 사상과 문학에서도 큰 변화를 겪었다.

먼저 그는 인민에게 접근했고 민생의 질곡을 이해했으며, 조금이라도 인민에게 유리한 일을 했다. 그가 좌천되어 영주에 있을 때 이름은 비록 관직에 있었으나 실제로는 "안치"된 것이었으니, "농지 가까이 거주하며" 농민들과 "완곡하게 사정을 나누었다." 그곳의 인민들은 그를 "고통을 함께"하고 "괴로움을 나누었다"고 여겼고 그 또한 인민을 동정했는데, 특히 그는 농민들이 일찍 일어나 늦게 자면서 한 해 내내 부지런히 일해도 배부르게 먹지도 못하

9_ 팔사마: 영정혁신이 실패한 뒤 왕숙문·왕비王伾 두 왕씨와 한태·진간陳諫·유종원·유우석·한엽韓曄·능준凌准·정이程異·위집의韋執誼 등 여덟 명이 각각 8주의 사마司馬로 좌천됨으로써 불린 이름이다.

고, 조금이라도 "세금 납부가 늦어지면" 곧 "매질을 당하여" 혈육이 "낭자"해 지는 것을 보았고(「전가田家」), "못된 관리가 우리 마을에 오면" "닭과 개도 편안할 수 없게" 난리를 피우는 것을 보고는 가혹한 정치는 사나운 독사보다도 무섭다고 인식했다.(「포사자설捕蛇者說」)

유주자사로 좌천되었을 때에 그는 먼 유배지라고 해서 마다하지 않았으며, 또한 "정치를 한번 해볼 때가 아닌가?" 생각했다. 그래서 힘이 미치는 범위 내에서 폐단을 혁신하고 편리토록 해서 "실제적인 일로 시행했다." 그중 더욱 드러난 일은 (1) "풍습에 따라 금령을 세우니, 고을 사람들이 믿고 따랐으며", (2) 일부 노비들을 해방시켰고, (3) "형주衡州와 상주湘州의 이남에서 진사가 된 사람들은 모두 유자후를 스승으로 삼았기 때문에, 그가 지도해준 글은 모두 법도가 있어 볼 만했던" 것이다.(이상 한유의 기록10) 그가 죽었을 때 그 지역의 늙은 백성들은 그가 신선이 되었다고 전하고 있으니(한유, 「유주나지묘비柳州羅池墓碑」), 이는 비록 미신이라고 하겠지만 늙은 백성들의 그에 대한 사랑을 반영하고 있다.

다음으로 그는 진지하게 독서한 뒤 분석 비평까지 했고, 이를 통해 유물적 철학사상과 진보적 역사관을 수립했다. 그가 영주로 좌천된 후에 "경사제자서經史諸子書 수백 권을 구했는데 (…) 이때 통독을 하여 성인의 마음을 살폈고, 성인의 마음과 현사 군자들이 뜻을 세운 일을 살폈으며, 저서 또한 수십 편을 남겼다."(「여이한림건서與李翰林建書」) 물론 그는 "본 것을 기록하는 것만 문장이라"11고 여기지 않고 이론적인 면에서도 흡취하고 비판했으니, 이런

10_ 『창려집』 권32, 「유자후묘지명」
11_ 위의 글.

특별한 표현이 그의 「비국어非國語」라는 비평 저작에 담겨 있다. 이 글들에서 그는 "천지, 음양, 산천의 변화는 모두 사물의 성품이 지닌 원기의 자연스러운 운행이지 사람의 의지로 변하는 것은 아니다"(런지위任繼愈,[12] 『중국철학사』 제3책)라는 점을 주장했는데, 이는 천지와 귀신이란 "아득하고 의혹스럽다"는 주장에 도전해서 자신의 무신론적 역사관을 드러낸 것이다.

「비국어」와 성격이 비슷한 글로서 「천대天對」 「천설天說」과 「답유우석천론서答劉禹錫天論書」 등이 있는데, 여기서 하늘과 사람은 서로 간섭하지 않는다는 관점을 다방면으로 논증하고 있다. 예를 들면 「천설」 중에 "천지는 열매이고, 원기는 큰 혹덩어리이며, 음양은 큰 초목이니 어떻게 공을 상주고 화를 벌줄 수 있겠는가?"라고 했으며, 「시령론時令論」에서도 "성인의 도는 괴이하지 않더라도 신령스럽고 하늘을 끌어오지 않더라도 높아 사람을 이롭게 하고 사업에 보탬이 되는 것일 뿐이다"라고 했다.

우주 본원의 문제와 우주 무한성 문제 및 자연계의 변화란 사람의 의지로 변화시킬 수 없다는 문제에 대해 유종원은 당시 과학 지식에 근거하여 유물론적인 답변을 만들었다. 예를 들면 「천대」 중에 "태초의 아득함에서 태어난 것이 전하고 있다. 넓고 신령스러우며 아득하고 어지러운 것을 어찌 말할 수 있겠는가? 캄캄하고 아득한 데서 혼돈을 오가며 크게 혼미한 것을 변화시킨 것은 오직 원기가 있었던 것이니 어떠했겠는가?"라고 해서, 신령스런 조물설을 황당한 말이라고 지적하면서 원기를 우주의 시원으로 삼았으니, 이는 소

12_ 런지위(1916~2009): 중국 현대 철학자, 역사학자. 산둥 성 핑위안平原 출신으로 자는 유즈又之이다. 베이징대학 철학계를 졸업해서 베이징대학 교수를 역임했고, 중국사회과학원 연구생, 중국철학사학회 회장 등을 지냈다. 주요 저서로 『중국철학사론』 『노자전역老子全譯』 『중국불교사』 『중국철학사』 등이 있다.

박한 유물론적 관점이다.

또 "저 아득한 하늘가에 우주는 어디에 놓여 있고 어디에 속하는가?"라는 질문에 답하기를, "중심도 없고 가장자리도 없는데, 어떻게 하늘가에 놓일 수 있겠는가?"라고 했으며, "동서남북 가운데 그 길이가 어디가 더 긴가?"라는 질문에 대해 "동서남북은 그 끝이 일정한 것이 없다"라고 했고, "날이 밝기로부터 어둡기까지 그 거리가 몇 리나 될까?"라는 질문에 대해 "날이 밝아지게 되면 어두운 데에까지는 미치지 못한다. 먼 것을 재는 데는 리里 단위로는 불가하다"고 했다. 이는 모두 우주의 무한함을 설명한 것이다.

또 "용이 어떻게 그림을 그렸으며, 황허 강은 어디를 거쳐 흐르는가?"라는 질문에 답하기를, "성인이 뭐가 부족해서 도리어 용의 지혜를 빌렸겠는가? 삼태기와 삽질을 열심히 했던 것이지, 용의 꼬리로 길을 그렸다고 속인단 말인가!"라고 했으니, 우왕이 치수한 것이 인민 군중의 노동에 의한 결과임을 지적한 것이며, "신령스런 용이 꼬리로 땅에 그림을 그려 물이 흘러가도록 이끌었다"는 신화를 믿지 않았던 것으로 "사람의 뜻이 하늘을 이긴다"는 사상을 제시한 것이다. 「답유우석천론서答劉禹錫天論書」에서는 거듭 말하길, "생식과 재앙은 모두 하늘에 달려 있고, 다스림과 어지러움은 모두 사람에게 있는데 그 일들은 각자 행해져 예측할 수 없어, 흉년과 풍년, 다스림과 어지러움이 나타난다"고 했다. 이는 제왕은 하늘과 상서로운 징조로부터 명을 받았다는 신학사관神學史觀 및 정권신수政權神授사상과 관련해서 왕위의 계통을 비판함으로써 인류의 화복과 사회의 치란은 사람에게서 결정되지 신에 의해 결정되지 않는다는 주장을 제시했다.

유종원은 「봉건론」과 같은 저명한 글을 지었는데, 고대 봉건시대의 사회제도에 대한 면밀한 분석을 통해 일정한 사회의 역사는 하나의 자연스런 발전의 과정임을 제시했다. 그것은 그 자체 고유한 것으로 인간들의 주관으로는 변화되기를 기대할 수 없는 객관적인 필연의 추세라는 데에서 착안한 것이다. 당나라 시대에 이런 진보 사상가는 극히 드물었다.

또한 그는 경력의 변화에 따라 문장도 더 이상 궁정에 복무하지 않고 진리를 천명하며 현실을 반영했다. 이러한 변화는 자연히 다시는 '육조시대의 법칙'에 따라 글을 지을 수 없었고, 반드시 혁신이 필요했다. 따라서 그의 문풍에 매우 큰 변화가 있었다. 그가 한유와 더불어 "하늘 가운데 나란히 우뚝하게" 고문운동의 영수 중의 한 사람이 될 수 있었던 것은 바로 이 때문이다. 그는 "마음 가는 대로 나아가고" "의지한 곳이 없었기"(방포, 「서유문후書柳文後」) 때문에 그의 산문도 독창성을 드러냈던 것이다.

산문 이외에 시가 방면에서도 유종원은 많은 성과를 남겼다. 현존 작품을 보면 그가 젊은 시기에 지은 작품은 거의 전하는 것이 없지만, 좌천된 후에 오히려 좋은 시를 적지 않게 창작했다. 소식이 평가하기를 "간결하고 예스러움 속에서 섬세하고 농후함을 드러냈으며, 담박함 안에 지극한 묘미를 붙였으니, 다른 사람들이 미칠 바가 아니다"[13]라고 했고, 또 "유자후의 시는 도연명보다는 아래에 있으나 위소주(응물)보다는 위에 있다. 한퇴지(한유)는 호방하며 기이하고 험벽하기는 유자후보다 낫지만, 부드럽고 고우며 평온하고 깊은 것은 미치지 못한다"[14]고 했다. 사람들이 유종원의 시를 칭송할 때, 대부분 산수 풍경시를 거론하며 '위류韋柳'로 병칭하는데, 어떤 평자는 "왕마힐王摩詰(유維)·위응물韋應物과 서로 비길 만한데 그에게는 도연명과 사영운謝靈運

13_ 소식, 『동파집』 권93, 「서황자사시집후書黄子思詩集後」
14_ 『오백가주유선생집五百家注柳先生集』 부록 권2, 「논유자후시論柳子厚詩(소식)」

의 기풍이 있다"고 했다.(『직재서록해제直齋書錄解題』15) 사실「전가田家」3수 등의 작품은 현실을 반영하고 인민을 동정하는 시이며, 그 유명한「강설江雪」도 어민을 동정한 작품이다. 사물에 뜻을 붙인 작품도 있는데 마치 우언과 같기도 하며, 영사시詠史詩와 감우시感遇詩에도 자신의 회포를 드러내고 있어 모두 "느낀 바가 있어 지은 것"이면서 "옛것을 참신하게 했고, 속된 것을 우아하게 만든 것들이다."16

다시 말해서 유종원은 사회생활에서 경험한 것이 비교적 넓고 깊었으며, 정치에 관심이 있었을 뿐만 아니라 직접 혁신에 참여했으며, 게다가 유물적 사상과 진보적 역사관을 갖추고 있었다. 문학 방면에서도 대단히 뛰어난 소양을 지녀 주·진·한·위·육조의 모든 문장가의 장점을 두루 갖추고 있었으니, 그의 산문의 성과를 이루는 단단한 기초가 되었던 것이다.

15_『직재서록해제』: 남송 진진손陳振孫(1186?~1262?)이 편찬한 장서목록 및 해제. 원본은 모두 56권이라고 하나, 현재 전하는 것은 22권이다. 『군재독서지郡齋讀書志』와 함께 송대 목록서로서 쌍벽을 이루는 책이다. 서책을 53류로 분류하고, 경사자집 순서로 배열하고 있는데, 해제의 내용이 풍부해서, 편찬자의 사적과 학술원류의 논평, 진위득실의 고찰 및 전적의 판본을 명시하고 있다.
16_『오백가주유선생집』부록 권2,「평유자후시評柳子厚詩(소식)」

唐宋八大家　**柳宗元**

하늘의 도를
지상의 문장으로
-문학론

유종원 문학의 성취를 이야기하기 전에 먼저 그의 문학론에 대해 언급할 필요가 있겠다.

화려한 문풍을 버려라

유종원은 자신의 젊은 시절 문풍에 대해 비판을 하면서 동한 이후 특히 육조 시기의 화려한 문풍을 비판하고, 한유와 같이 문학혁신의 기치를 높이 들었다. 그는 어려서부터 문장에 이름이 있어 시험을 통해 진사과와 박학굉사과博學宏詞科에 합격했으며, 벼슬이 "상서랑에 이르러 모든 관리의 장주문章奏文을 전담했다." 그러나 뒤에 가서 그는 그 시절에는 아직 "문장을 짓는 도를 깊이 알지 못했다"고 생각했고, 단지 "좌천되어 일이 없어지게 되어서야 백가의 서적을 읽고 상하를 섭렵하여 비로소 문장의 이익과 해로움을 조금 알게 되었다"고 한다.(이상 「여양경조빙서與楊京兆憑書」) 그는 오히려 젊은 시절의 착오를 지적하기를 "문장을 지을 때 문사를 다듬어 나간 데 있었다"고 하고, 뒤에 가서야 깨닫기를 "글이란 도를 밝히는 것이지 구차히 환하게 채색에 힘쓰거나 소리를 떠벌림으로써 잘한다고 여길 것이 아니라는 것을 알았다"고 한다.(「답위중립론사도서答韋中立論師道書」) 자신에 대한 비판은 곧 육조의 화려한 문풍에 대한 비판이었다.

그는 또 말하길, "은과 주 이전에는 문장이 간결하고 거칠었지만, 위진 이후로는 방탕하고 화려했으니, 그중 적당한 것을 얻은 것은 한나라이다. 한나라도 동쪽으로 옮긴 뒤에는(동한을 가리킨다) 쇠퇴해졌다"(「유종직서한문류서柳宗直西漢文類序」)고 했다. 그가 '팔대' 문장이 '쇠퇴하는' 상황을 보았을 때, "옛 것일수록 더욱 좋다"고 생각하지도 않았고, "지금이 옛날 것만 못하다"고 생각하지도 않았다. 그는 "정원貞元 시기에 문장이 특히 번성해서"(앞의 글) "예로부터 문사가 많기로는 오늘날 같은 적이 없다"고 여겼으며, "오늘날의 후생들이 글을 하는 것을 두고" 분석하기를, "굴원과 사마천이길 바라는 자가 여러 명이요, 왕포와 유향(한나라 작가)의 무리가 되기를 바라는 자도 열 명은 된다. 반악과 육기(진晉나라 사람)에 비길 사람은 끊임없이 이어지고 있다"고 했다.(「여양경조빙서」) 그는 "굴원과 사마천이 되기를 바라는 자"를 첫째 자리에 둠으로써 혁신적 취향을 명백히 드러냈고, "여러 명"이란 자연히 한유와 자기 자신을 가리키는 말이다. 그의 말은 분석적이면서 지양적이고, 또 설명은 한유에 비해 더욱 전체적이고 명백하다.

그는 도리어 일련의 '문학하는 선비'를 비판했는데, "이전의 작품을 그물질해서 문사文史를 해쳤고" "붉은 빛을 흐리고 단아함을 어지럽혀 피해가 이미 심해졌다"고 했다.(「여우인론위문서與友人論爲文書」) 이는 한유가 "시대가 내려올수록 표절"하고, "뒤에 가서는 모두 앞사람들을 따라 서로 답습한 것"을 지적하여 배척한 것과 일치한다. 그러면 "이전 작품을 그물질한다는 것"은 무얼 두고 한 말인가? 양형楊炯이 그의 사촌동생인 양거영楊去盈에게 지어준 묘지명을 보면, 양거영이 죽었을 때가 겨우 스물여섯 살이었으니, 그 학문을 가히 짐작할 만하다. 그런데 양형은 그를 두고 "장화張華처럼 사해 안을 마치 손바닥에 두고 가르친 듯하고, 반고와 같이 백가의 말을 궁구하지 않은 게 없다"고 했으며, 심지어 "천지를 움직여 귀신을 감동시키고, 인륜에 밝아 효경孝敬을 이루었네"[17]라고 했으니, 사실이 어떤지는 따지지도 않고 임의대로 앞의 사서史書 가운데 멋진 표현을 따다 써서 글을 이루어나가 천편일률이 되었으니, 이것이 공공연히 모방한 것이 아니겠는가? 물론 육조시대의 문체도 제대로 답습하지 못했을 뿐만 아니라, 선진시대의 문장도 제대로 표절하지 못했다. 유종원도 지적하기를, "『장자』와 『국어』의 문자를 사용한 것이 대단히 많고" 또한 "도리어 정기를 해쳤다"고 했다.(「여양회지제이서與楊誨之第二書」) 이 것도 한유가 "힘써 진부한 말을 없애야 한다[務去陳言]"고 말한 것과 완전히 일치한다.

어떤 사람들은 유종원이 "주·진·한·위·육조 시대의 여러 문장가의 글을 섞었다"[18]고 하면서 그를 폄하하려고 했지만, 그것은 근본적으로 착오이다. 유종원은 문풍을 혁신하려는 점에서는 그 주장의 기치가 분명했다. 그래

17_ 양형, 『영천집盈川集』 권9, 「종제거영묘지명從弟去盈墓誌銘」
18_ 방포, 『망계집望溪集』 권3, 「서유문후書柳文後」

서 그는 "주·진·한·위·육조의 여러 문장가"에 대해서는 확실하게 모두 흡수했다. 우리는 앞서 한유의 문장에 대해 말하면서 지적하기를 "팔대 시기의 쇠퇴한 문풍을 일으킨" 동시에 "팔대 시기 문학을 집대성했다"고 했다. 그러나 유종원은 "팔대 시기의 문학을 집대성하는 데에 있어" 특별히 한 방면의 문학 표현에 두드러진 면이 있었으니, 그것은 산수유기 문학을 표현하는 것이었다. 이것은 장점이라 할 것이지 결점이라 할 수는 없다. 왜냐하면 문장의 표현에는 전신傳神하는 묘사도 필요하지만, 채색하여 바르는 것도 필요하기 때문이다. 자연스레 묘사하는 점에서 산문 문체는 전신하기에 가장 용이한데, 더욱이 세부 묘사와 대화체의 표현에서는 산문이 아니면 안 된다. 다만 약간의 청아하고 수려한 구절 또한 적어서도 안 되지만, 경물 묘사에서는 글을 수식해서 물들이지 않으면 안 된다. 변려문의 폐단은 전적으로 대구만을 사용하는 데에 있으니, 상하가 둘로 잘려 내용을 전환시키기가 불편하며, 또 어조사를 사용하지 않아 어기語氣를 체현하기가 쉽지 않다. 그러나 글 가운데에 약간의 대구를 삽입하는 것은 어떤 문장에서도 피할 수 없다. 한유의 「진학해」에서는 "흉사한 무리를 뽑아 제거하고, 준량한 인물을 등용해 높인다[撥去凶邪, 登崇俊良]" "벌어져 새는 곳을 채워 막고, 그윽이 아득한 것을 펼친다[補苴罅漏, 張皇幽眇]"고 했으니, 이것은 모두 멋진 대구들이다. 유종원의 문장은 "빛나고 곱기[光艶]" 때문에(이치李覯, 「하동선생집후서河東先生集後序」) 경물을 묘사하는 글은 '팔가' 중에서도 특히 걸출하다. 이전에 동성파들이 한유를 높이고 유종원을 낮추었는데, 이는 편벽된 견해로 그 근거가 부족하다.

현실에 뿌리를 둔 문장의 힘

유종원은 몇 가지 문학이론에 대한 견해에서 한유의 주장과 맞아 떨어지지만, 한유에 비해 치밀한 점이 있다.

(1) 그는 "문이라는 것은 도를 밝히는 것이다[文者以明道]"라고 했는데, 이것은 한유의 주장과 같으나, 그는 거기에서 더 나아가 "도가 이르는 곳은 사물에 이르는 것일 뿐이다"라고 주장했다.(「보최암수재서報崔黯秀才書」) 그는 "도"를 "사물에 이르는 도[及物之道]"라고 해석했는데, 창작이란 인민에게 이익이 되어야 한다는 의미로서 문학의 사회적 효과를 강조한 것이다. 이는 뒤에 송대 이학가들이 말한 "문이재도文以載道"(실제로는 일에서 벗어나 이치만을 말하고 부질없이 심성心性을 논하는 것)와는 엄연히 다르다. 부질없이 심心과 이理를 말하는 것을 "도"라고 한다면, 유심론적인 수렁에 빠져 생활과 실제에서 벗어나게 된다. 어떤 사람은 "고문은 이를 설명하는 데에 적합하지 않다"고 했으니, 역시 그것을 지적한 말이다. 반대로 "급물及物"을 "도"라고 한다면 현실에 뿌리를 두고 정치에 복무하는 것이니, 이러한 문장이야말로 비로소 충실한 내용을 담게 되는 것이다.

유종원은 "명도明道"와 "급물及物"을 강조함과 동시에 그것을 문사文辭를 통해 전해야 한다고 주장했으니, 이미 "의미가 넓고 클 것"을 강조했고, 또 "문채가 번창할 것"[19]에 주목했다. 그는 문학이 갖는 특성과 언어의 작용을 인식해서 내용과 형식의 통일에 주목했던 것이다. 이는 송대 이학가들이 문학 창작을 완물상지玩物喪志라 생각한 것과 근본적으로 구별된다. 이 두 가지 특

19_ 『유하동집』 권34, 「답공사소찬구위사서答貢士蕭纂求爲師書」

징은 한유가 모두 일찍이 말했던 것인데, 다만 유종원이 다시 분명하고 확실하게 말한 것이다.

(2) 그는 "문은 실천이 근본이므로, 먼저 자기 마음을 성실히 해야 한다"고 여겼으니(「보원군진수재피사명서報袁君陳秀才避師名書」), 이것은 한유가 "사상내용이 크고 형식은 자유롭고[閎中肆外]" "뿌리가 무성하면 열매가 맺히며[根茂實遂]" "인의한 사람은 그 말도 풍성하다"고 말한 것과 완전히 일치한다. 그는 또 "도에 뜻을 둔" 사람이기를 요구하여, "신중히 해서 괴이하게 하거나 잡스럽게 하거나 성급하게 드러나는 것에 힘쓰지 말라"(앞의 글)고 했다. "성급하게 드러나는 것에 힘쓰지 말라"는 것과 "잡스럽게 하지 말라"는 것은 한유도 일찍이 말한 것이지만, "괴이하게 하지 말라"는 것은 한유가 말한 "기기괴괴함"과는 다른 것이다. 한유도 일부 글에서 특이한 글자와 어려운 말을 즐겨 사용했고, 그의 친구 번종사樊宗師와 그의 문도 황보식은 어렵고 기이한 말로 난삽한 경지에 이르렀다. 유종원의 이런 말은 번종사 같은 사람들의 정곡을 찌르는 말이다. 또 한유의 말 가운데 치우치거나 잘못된 점을 바로잡아주는 주장이기도 하다.

(3) 그는 한유가 "문맥이 용어에 맞게 순조로워 각기 그 쓰임에 맞을 것[文從字順各識職]"을 강조한 것과 같이 언어가 명확하고 어법이 완전하기를 요구했다. 그러나 유종원은 또 특별히 "어조사의 사용"이 반드시 "법칙에 맞을 것"(언어규율에 맞추는 것)을 주장했고, 동시에 "이른바 '호乎' '여歟' '야耶' '재哉' '부夫'는 의문어조사이고, '의矣' '이耳' '언焉' '야也'는 종결어조사이다"라고 주장했다.(「복두온부서復杜溫夫書」) 이는 허사의 성격에 따라 분변한 것으로 중국어 어법사에서 중요한 자료이다. 우리가 알다시피 선진시대 이래로 허사를 많이 사용했으니 이는 문장이 크게 발전한 것이고(궈모뤄, 『노예제시대』), 한위

시대 이후로 허사를 많이 사용하게 된 것은 산문이 변려문과 구별되는 표현 방법 중의 하나이다(변려문은 허사를 거의 쓰지 않는데, 특히 어미조사는 쓰지 않는다). 허사의 성격을 분별하여 정확한 사용을 요구하는 것은 산문언어 발전에서 중대한 의미를 갖는다. 앞에서 설명하기를 우리가 현재 알고 있는 고대 한어의 어법은 기본적으로 '팔가'들이 사용한 언어에서 나온 것이라고 했고, 언어 사용에 있어 '팔가'의 공적을 지적했다. 여기에서 그 점이 명확히 입증된다. 그리고 이 작가들은 어법에 주의할 것을 요구하고 있는데, 여기에 우리를 계발시켜주는 점이 있다.

(4) 그는 한유를 매우 존중하여 "한퇴지의 재능은 나보다 몇 등급 더 뛰어나다"고 했는데, 사마천과는 "서로 비슷하다"고 했고, 양웅보다는 월등하게 낫다고 했다.(「답위형시한유상추이문묵사서答韋珩示韓愈相推以文墨事書」) 한유를 매우 높게 평가한 것은 그에게 "문인들이 서로 경시했던" 습관이 조금도 없었기 때문이다. 특히 그는 「모영전」을 두고 "그 글이 매우 기이하니, 세상 사람들이 비난할까 염려스럽습니다. 이제 내가 수백 마디의 글을 지은 것은 옛 성인들도 반드시 배우체(소설을 가리킨다)의 글을 나무라지 않을 것임을 알기 때문입니다"라고 했으니(「여양회지서與楊誨之書」), 이는 한유에 대해 또 고문운동에 대해 그리고 신흥 전기소설에 대해 적극 지지한 것이었다. 유종원의 문학 이론은 현실주의의 빛을 발하면서 산문 혁신운동의 이론적 기초를 마련했고, 후대의 산문 발전에도 일정한 작용을 했으니, 오늘날에도 참고할 만한 가치가 있다.

(5) 그는 "요즘 사람을 가볍게 여기지 않으면서 옛사람을 좋아해서", 옛사람들이 주장한 것에서 각기 그 장점을 취했다. 그는 『곡량전』을 참고하여 기상을 다졌고, 『장자』와 『노자』를 참고하여 그 단서를 펼쳤으며, 『국어』를

참조하여 그 지취를 넓혔고, 『이소』를 참조하여 그 깊은 곳에 이르렀다"고 했고(「답위중립론사도서答韋中立論師道書」), "『좌전』과 『국어』, 장주와 굴원의 글은 조금만 취하고, 곡량자와 태사공은 매우 준결해서 배울 만하다"고도 했다.(「보원군진수재서」) 그는 "더욱 많은 스승을 두었을" 뿐만 아니라, 또 "두루 사귀고 통하여"[20] 거기서 나은 것을 선택해 좇았다. 여기서 그의 문학론을 볼 수 있을 뿐만 아니라, 그의 문장이 힘을 얻은 근원지를 볼 수도 있다. 여조겸은 "유주의 문장은 『국어』에서 나왔다"고 했는데, 이는 한쪽으로 치우친 견해로서 그 전모를 개괄하지 못한 것이다.

20_ 『유하동집』 권34, 「답위중립서答韋中立書」

정밀한 분석과
적확한 묘사
-예술적 성취

명분과 이치를 세밀하게 엮어 정곡을 찌르다

우선 그는 진보적 사상가였기 때문에 대담하게 생각하고 과감하게 말했으며, 의론이 독창적이고 분석이 정밀했다. 가령 「수도론守道論」에서는 『좌전』에 있는 공자의 말을 두고 "성인의 말이 아니다"라고 지적했으며, 「천작론天爵論」에서는 맹자의 말을 가리켜 "끝을 다했다"고 지적했으니, 의론이 지극히 대담했다. 또 「육역론六逆論」의 서두에서 논지를 펴기를, "『춘추좌전』에서는 위주우衛州吁의 일을 언급하면서 육역설을 실었는데, '천한 사람이 귀한 사람을 막고, 젊은이가 어른을 능멸하고, 요원한 사람이 가까운 사람을 이간질하고, 새것이 옛것을 헐뜯고, 작은 것이 큰 것을 업신여기며, 음탕한 것이 의로운 것을 깨뜨리는 것'으로, 이 여섯 가지는 국란을 일으키는 근본이다"라고 했다. 여기에서 말해둘 것은, 『좌전』은 경서의 하나이고, '육역'이란 원래 '육순六順'(군의君義·신행臣行·부자父慈·자효子孝·형애兄愛·제경弟敬)에 상대해서 말한 것이며, '육순'이란 봉건 종법제도의 핵심으로서 유종원 이전에는 아무도 의심하지 않던 것이었다. 하지만 유종원은 지적하기를 "나는 '젊은이가 어른을 능멸하고' '작은 것이 큰 것을 업신여기며' '음탕한 것이 의로운 것을 깨뜨리는 것' 이 세 가지는 참으로 어지러운 일이라고 본다. 그러나 이른바 '천한 사람이 귀한 사람을 막고' '요원한 사람이 가까운 사람을 이간질하고' '새것이 옛것을 헐뜯는 것'은 비록 다스림의 근본이라 해도 좋다"고 했다. 이것은 대담한 의론임이 분명하다. 그러나 그가 이렇게 말한 이유는 다음과 같다. "대개 '천한 사람이 귀한 사람을 막는다'는 것은 '자식은 어머니로 인해 귀해진다'는 후사를 선택하는 도리를 배척하는 것이다(이는 곧 '자식을 세워 적통을 삼는 것'인데, 봉건 종법제도의 중요한 점이다). 만약 귀인이지만 어리석고 천인이지만 지혜롭고 어질어서 이것 때문에 막았다면, 다스림의 근본됨이 크다. 그런데 이런 경우를 외면한 채 그 말을 따를 수 있겠는가? 분명 그럴 수 없다. 대개 '요원한 사람이 가까운 사람을 이간질하고 새것이 옛것을 헐뜯는다는 것'은 사람을 임용하는 도리를 말한 것이다. 만약 친하고 오래된 자가 어리석고, 요원하지만 새로운 사람이 지혜롭고 어질어서 이것 때문에 멀리했다면, 다스림의 근본됨이 크다. 또한 이런 경우를 외면한 채 이 말을 따를 수 있겠는가? 반드시 이 말을 따른다면 천하를 어지럽게 만들 것이니, '옛 가르침을 본받아라'고 말하는 것이 옳겠는가?"

지금 영정혁신의 실패 원인을 살펴보면, 수구파들이 왕비王伾와 왕숙문의 출신이 미천하고, 유종원과 유우석은 신진세력이라 하여 "요원한 사람이 가까운 사람을 이간질하고 새것이 옛것을 헐뜯는다"고 지적한 탓이었다. 그러므로 육역설은 곧바로 수구파가 혁신파를 공격하는 이론적 근거였기 때문에 유종원의 이 의론은 매우 큰 현실적 의의를 갖고 있다. 문장을 살펴보면, 단도직입적이고 분석이 매우 세심하며, 또한 이치를 이처럼 투철하게 설명하고 있으니, 분석하고 개괄하는 작가의 능력이 돋보인다.

또 『관자』에서 "예禮·의義·염廉·치恥"를 "사유四維"라고 하는데, 얼핏 보면 따질 것이 없어 보인다. 그러나 유종원은 오히려 민첩하고 예리하게 "악을 은폐하지 않고[不蔽惡]" "구차하게 차지하지 않는[不苟得]" "염廉"과 "그릇된 것을 좇지 않고[不從枉]" "옳지 못한 것을 부끄러워하는[羞爲非]" "치恥"는 실상 "의義"의 범주에 속하는 것이므로, "나는 그것이 이유二維라고 보지, 사유四維가 되는 이유를 모르겠다"고 단언했다.[21] 그는 또 더 나아가 분석하기를, "불폐악不蔽惡"과 "불구득不苟得"은 "폐악蔽惡"과 "구득苟得"이 의롭지 못한 데서 말미암은 것이므로, "제거하고" "하지 않는" 것이며, "부종왕不從枉"과 "수위비羞爲非" 또한 "종왕從枉"과 "위비爲非"가 실제로 의롭지 못한 것에서 말미암기 때문에, 그는 명학名學[22] 가운데 대명大名과 소명小名의 관계를 이용해서 (곧 논리학상의 개념 범주) "염치"가 "의"와 동일시될 수 없음을 분석했다. 『문심조룡』 「논설」에서 "논하기를 장작 가르듯 할 것이니, 이치를 쪼개어가는 것이 중요하다"고 했는데, 유종원이 바로 쪼개어 분석하기를 잘한 것이다. 그는 다시 한 걸음 더 나아가 지적한다. "성인이 천하를 세운 까닭"은 기실 오직 "인

---

21 『유하동집』 권3, 「사유론四維論」
22 명학: 중국 고대 논리학. 공손룡公孫龍이 대표적 학자다. '대명大名'과 '소명小名'은 논리학상의 상대적 개념으로, '대명'이 오늘날의 속屬개념이라고 한다면, '소명'은 종種개념에 해당한다. 청나라 유월兪樾의 『고서의의거례古書疑義舉例·이소명대대명례以小名代大名例』를 보면, 삼추三秋란 곧 3년을 말하는데, 한 해에는 사시四時가 있는데도 가을만 언급한 것이 곧 '소명'인 '가을'을 들어 '대명'인 '해'를 대신하는 것이라고 한다.

의"에 있었으니, 그 때문에 "인은 은혜를 주로 하고, 의는 결단을 주로 한다. 은혜로운 사람은 친숙하고, 결단 있는 사람은 옳아서, 치도가 갖추어진다"고 했다. "도道·덕德·예禮·신信"에 대해서는 "모두 그것이 나아가는 바에 따른 서로 다른 이름이다"라고 한다. 여기서 더 나아가 사유설은 "아마도 성인께서 세운 것이 아닐 것이다"라고 결론지었다. 그가 말한 것은 비록 많지 않으나 그야말로 정곡을 찌른 것이며, 의론이 매우 통창명달通暢明達해서, 『문심조룡』에서 이른바 "내용은 원만하며 통쾌한 것이 좋고, 말은 지루하고 번쇄한 것을 꺼려야 한다"는 말이 이러한 특징을 정확하게 말한 것이다. 말한 것이 원만해졌지만 그는 다시 진일보해서 『관자』에서 "첫 번째 유維가 끊어지면 나라가 기울고, 두 번째 유가 끊어지면 위태롭고, 세 번째 유가 끊어지면 전복되고, 네 번째 유가 끊어지면 멸망한다"고 한 말에 대해 다음과 같이 반문을 제기한다. "만약 의가 끊어지면 염과 치가 과연 남아 있겠는가? 염과 치가 남아 있다면 의가 과연 끊어지겠는가? 사람이 이미 악을 은폐하고 구차하게 차지하며, 그릇된 것을 좇고 옳지 못한 짓을 하고도 부끄러워할 줄 모른다면, 의는 과연 존재하는 것인가?" 이것은 "상대의 창으로 상대의 방패를 찌르는" 방법으로서 이치가 어긋나 말이 궁색한 것을 반박하고, 자신의 논점을 더욱 철저하게 설득시키는 것이다. 또한 "미봉하여 그 틈을 보이지 않음"으로써, "상대가 빈틈을 노리지 못하도록"[23] 하는 것이다. 류스페이가 유종원을 두고 "말을 탐색하여 논점을 세우는 것이 아주 적합하고 새김이 깊어서" "명가의 문장"에 비길 만하다고 했으니(『논문잡기論文雜記』), 이는 사실에 부합되는 말이다.

---

[23]_ 유협劉勰, 『문심조룡文心雕龍』 제18 「논설論說」

유종원은 학술문도 적지 않게 남겼는데, 특히 고서를 고증하고 변석辨析하는 몇 편의 문장은 증거가 충실하고 간결하며 힘차고 명쾌해서 더욱 귀감이될 만하다. 「논어변論語辨」 상편을 예로 들어보자. 이 글은 주로 『논어』라는책을 만든 사람을 고증하는 한 편의 글이지만, 유종원은 명백하고 생동감 있게 써내려가 털끝만큼도 무미건조하지 않게 했다. 그는 먼저 문제를 제기한다. "어떤 사람이 묻기를, '유자들은 『논어』가 공자 제자들이 기록한 것이라고 하는데 믿을 만합니까?'" 그는 즉시 "그렇지는 않다"고 단정한다. 이런 형식은 분명하게 문제를 돌출시킴으로써 주제를 명백하게 만든다. 바로 이어서그는 몇 가지 이유를 서술하여 밝혀 나간다. (1) "공자 제자 중에 증삼이 가장어렸는데 공자보다 마흔여섯 살 적었고" "증자는 늙어서 죽었다." (2) "이 책은증자의 죽음을 기록하고 있다." (3) 그러므로 이 책이 완성된 것은 "곧 공자로부터 한참 뒤의 일이다"라고 단언할 수 있다. 그는 다시 상식적인 이치로 추론하기를 "증자가 죽을 때 공자의 제자들은 거의 남은 사람이 없었다"고 하고, 그러므로 말하지 않더라도 이 책은 결코 공자 제자들이 기록한 것이 아니라고 한다. 이는 사실을 근거로 합리적인 추론을 통해 판단 내린 것이므로믿을 만하다.

그러나 문제는 아직 해결되지 않았다. 필경 이 책은 누구의 손에 의해 완성되었는가? 그는 바로 단언한다. "나는 증자의 제자들이 완성했다고 생각한다." 그 근거는 무엇인가? "또 이 책은 제자들을 기록할 때 반드시 자字를적었는데, 증자와 유자만은 그렇지 않으니, 이로 보자면 제자들이 그들을 호칭한 것이다." 논증이 여기에 이르면 비교적 면밀해서 세심한 사람이면 이런생각을 갖게 된다. 그러면 왜 유약有若은 "자"자를 붙여 불렀을까? 이는 유자의 제자나 그 재전제자들이 그렇게 한 것이 아닐까? 그는 독자들이 이런 의심을 가질 수 있다고 예상하고 다음과 같이 설명한다. "그렇다면 유자는 왜 '자'자를 붙여 불렀는가? 공자가 죽은 뒤 여러 제자가 유자가 선생님과 흡사하다고 해서 그를 스승으로 세웠으나, 그뒤에 제자들의 질문에 대답하지 못하자 비난을 피해 물러났다. 그래도 아직 스승의 호칭이 남아 있었던 것이다. 지금 기록된 바로는 증자가 최후에 죽었다고 하니, 나는 이것으로 그 사실을 안다."

　이런 대답은 사람들을 설득시킬 수 있다. 그래서 "악정자樂正子 춘春과 자사子思의 무리들이 함께 만든 것이다"라고 단언했다. 그러나 사람들은 오히려 이렇게 생각할 것이다. 증자의 제자들도 이미 "공자로부터 한참 먼데", 그렇다면 그들은 또 어떻게 공자의 말씀을 알았을까? 그래서 유종원은 다시 보충해서 말한다. "어떤 사람이 이르길, '공자의 제자들이 일찍이 말씀을 기록해두었지만, 마침내 그 책을 완성한 것은 증씨의 무리들이다'라고 한다." 이런 보충 설명은 "그 틈을 볼 수가 없도록 미봉하는 것"일 뿐만 아니라 한편으로 여운을 남겨 사람들이 음미하도록 해준다. 당송시대로부터 지금에 이르기까지 사람들이 『논어』를 완성한 사람을 말할 때 이 설명을 참고했으니, 유종원의 탁견을 볼 수 있다. 언어 사용에 대해 말하자면, 그는 질문을 잘 설정함으로써 독자들의 주의를 일깨웠고, 또 사실을 끌어와 분석과 증명에 활용했으며, 인용한 사실들도 모두 적절하고 간단명료하다. 또 말을 층층이 쌓아나가 말은 연결되지 않는 듯해도 의미는 연결되어, 문장이 간결하고 준엄하도록 만들었다.

　그의 「변갈관자辨鶡冠子」는 진위를 분변하는 성격의 학술문이다. 그는 『갈관자』의 내용과 가의賈誼의 「복조부鵬鳥賦」에서 같은 부분과 나머지 부분이 "유사하지 않은" 점을 들어 문제를 제기하고, 다시 사마천이 인용할 때 단지

"『가자』라고 일컬었지" "『갈관자』라고 일컫지 않은" 사실을 들어 위작한 자가 "「복조부」를 가져다 채워넣은 것"이지 가의의 말이 "『갈관자』에서 나온 것"이 아님을 논증했으니, 이것은 진위를 변별하는 방법을 능히 구현한 것이다. 한 유 역시 「독갈관자」 한 편을 지었는데, 거기서 이렇게 말했다. "그 내용은 황로黃老사상과 형명학刑名學이 섞여 있는데, 「박선편博選篇」 가운데 '사계四稽'와 '오지五至'의 설이 그것이다. 그 사람이 때를 만나 자기 도를 가지고 국가에 시행했더라면 그 공덕이 어찌 적었겠는가? 「학문편學問篇」에서 이르길, '적賊은 쓰이지 못하는 데서 생기며, 강 한가운데서 물에 빠지면 바가지 하나도 천금에 값한다'고 했으니, 나는 이 말을 세 번이나 읽으며 비통해했다."

소제小題를 빌려서 감정을 펼치고, 그 감정으로 사람을 감동시키는 점은 명리名理가 정밀한 학술문과는 다르다. 우리는 한유와 유종원이 당나라에 있었던 것이 선진시대에 맹자와 순자가 있었던 것과 같다는 것을 알 수 있다. 『맹자』의 문장은 "매우 간결하고 쉬워", 기氣를 위주로 하며, 명리의 정교함과 칼끝처럼 치밀함은 『순자』와 같지 않다(『순자荀子』 「비십이자非十二子」에서 맹자를 비평하기를 "거짓되어서 계통이 없다"고 했다). 학술가와 문학가가 다르듯이 학술문과 문예문도 다르다. 맹자와 한유는 비록 학문을 논하더라도 문학적인 의미가 더 강하고, 순자의 글은 학술적 성격이 강하되 문예적인 성격은 약하며, 유종원의 논문은 이론적으로는 정밀함에 주의하지만 언어에서는 생동감 있는 형상에 주의하고 있다. 주희가 말하길, "한퇴지는 의론이 바르고 규모가 넓고 크나, 유자후의 정밀함만 못하다"[24]고 했고, 유희재는 "학자가 한유와 유종원의 글을 탐독해서는 안 되지만, 그래도 한유를 높이고 유

24_ 주희, 『주자어류朱子語類』 권139, 「논문 상論文上」

종원을 낮춘다면, 가장 큰 누습이 될 것이다"(『예개』「문개」)라고 했으니, 더욱 본 바가 있다. 「사조일설祀朝日說」[25] 등의 경우, 근대 사람들은 왕응린王應麟·고염무·대진戴震·전대흔錢大昕·왕염손王念孫의 선구자라고 여긴다.(『하외군설하外攟屑』)

밑바닥 인생이 직접 말하듯

유종원은 사회 하층의 인물을 적잖게 묘사했는데, 가령 약장수 송청宋淸, 악사 곽쟁사郭箏師, 광사狂士 이적李赤, 목동 구기區寄, 소녀 뇌오雷五 등이며, 심지어 음부淫婦를 묘사한 「하간전河間傳」도 지었다. 물론 이름난 학자인 양성陽城, 여온呂溫, 양응楊凝, 능준淩准 같은 사람 것도 있다. 그 가운데 어떤 것은 우언체이고, 어떤 것은 소설에 가깝다. 예술적 묘사에 있어서 그는 "사람을 말할 때는 반드시 거의 같게 할 것"[26]에 주의하여, 형상을 새기고 묘사하는 데에 힘썼다. 앞 장에서 거론했던 「단태위일사장」과 같은 경우, 형상이 선명하고 개성이 드러나 살아 있는 것처럼 생동감이 있어 유종원의 산문이 이 방면에서 최고의 성취를 이루었음을 보여준다. 그는 이런 글들을 사관史館에 바쳤고, 사관史官이었던 한유에게 서신을 보내어 정중하게 설명했으니, 그 자신도 이 글들을 매우 아꼈다는 사실을 알 수 있다. 또 그가 지은 「처사단홍고묘지處士段弘古墓誌」에서는 다음과 같이 묘사하고 있다.

25_ 『유하동집』 권16
26_ 『유하동집』 권34, 「복두온부서復杜溫夫書」

양양襄陽절도사 우적于頔이 뜻이 큰 사람의 이야기를 좋아한다는 것을 듣고, 드디어 병책兵策을 가지고 찾아가니 한 번 보고 매우 기뻐했다. 그러나 한 달 남짓 지나 우적이 끝내 함께 공을 세울 수 없음을 보고는 피해 떠나갔다.

우적은 단지 "뜻이 큰 사람의 이야기를 좋아했을 뿐", 결국 "함께 공을 세울 수가 없었다." 단홍고가 먼저 "병책을 가지고 찾아간" 것은 호협한 선비가 세상에 쓰이고자 한 것이고, 우적이 "한 번 보고 매우 기뻐한 것"은 단홍고가 재능이 있어 사람을 감동시켰던 것이며, "한 달 남짓 지난" 뒤 단홍고가 "우적이 끝내 함께 공을 세울 수 없자 피해 떠나갔으니", 이는 단홍고가 사람을 알아보는 것에 밝고 구차하게 부합하지 않는다는 것을 나타낸다. 이어서 또 이렇게 묘사하고 있다.

농서隴西 이경검李景儉과 동평東平 여온呂溫은 기절을 높이고 도예道藝를 숭상했다. 그들의 명성을 듣고 찾아가서는 크게 기뻐했다. 한 번 찾아가면 1년 또는 반년씩 그 집에 머물렀는데, 날이 밝는지도 모르고 이야기를 나누었다.

이경검과 여온은 우적과는 달랐다. "명성을 듣고 찾아가" 서로 만나보고는 "크게 기뻐했고", 1년 또는 반년씩 밤을 지새우며 이야기를 나누었으니, 그들의 의기투합이 깊었음을 알 수 있고, 또한 단홍고도 기절과 도예가 있는 선비임을 보여준다. 아주 평이한 말과 매우 경제적인 필치로 단홍고의 됨됨이를 개괄하고 있다. 그런 다음 특별히 그는 이렇게 묘사한다.

계桂 땅을 지나게 되었는데 계 땅 태수는 옛부터 군을 알았으나 거절하여 예우하지 않았다. 군이 분노하여 병이 들었으나 치료하려고 하지 않았다. 이르길 "내 평생 대인을 뵈었을 때 서로 업신여긴 적이 없었거늘, 이젠 이곳에서 다되었구나! 나이는 더욱 늙어가니 받아주는 곳 없고, 세상 비웃음에 더욱 힘이 드니, 내 어떻게 살아가리오. 길가에나 묻어주오!"라고 했다.

인물 자신의 행동과 말로 그 사람의 비참한 생활을 개괄하고, 그 사람의 강직한 성격을 표현함으로써 독자로 하여금 그 소리를 듣고 그 사람을 보는 듯한 느낌을 갖게 하며, 그의 마음을 알 듯하게 만들어 동정심을 일으키고 생각에 잠기게 한다. 이는 한유의 「왕적묘지명王適墓誌銘」 등과 같은 글에서 묘사하는 방법과 흡사하다.

「동구기전童區寄傳」에서는 열한 살의 목동 구기가 사람을 납치하는 호적豪賊 두 명을 기지로 죽이는 사건을 묘사하고 있다. 그는 먼저 구기가 "두 호적에게 위협당해 손을 뒤로 묶이게 된" 상황을 묘사하는데, 이때 "구기가 거짓으로 아이처럼 울며 두려워하는 모습을 보여" 도적들이 아무런 대책도 없게 만들었던 것이다. 도적 가운데 "한 사람은 장보러 가고 한 사람은 누워 길가에 칼을 내려놓았을" 때 "목동은 조용히 그가 잠들기를 기다렸다가 묶인 팔로 칼을 등지고 위아래로 힘을 써 끊은 뒤, 칼로 그를 죽였다." 세부묘사가 매우 자세하다. 그러나 구기가 "아직 멀리 달아나지 못했을 때 장보러 간 자가 돌아와" 다시 잡혀 묶였고, "장차 목동을 죽이려 하는데", 이 부분에서는 줄거리가 아슬아슬하여 독자로 하여금 긴장된 마음을 갖게 한다. 그렇지만 구기는 오히려 교묘한 말로 적을 속인다. 곧 한밤중이 되자 구기는 또 한 번 "묶인 채 화로에 다가가 끈을 태워 끊고" "다시 칼로 장보고 온 자를 죽였다." 줄거리가 짜임새 있고 묘사가 생동적이어서 한 편의 전기소설 같다.

「이적전李赤傳」은 이적이 측간 귀신에게 유혹되는 장면을 묘사하고 있는데, 측간 귀신이 자기의 처라고 여겨 "내 처가 거처하는 곳이 상제가 거처하는 균천청도鈞天淸都(천당)와 다르지 않구나" 하고 끝내 측간 안에서 죽었다. 내용의 묘사가 무척 세밀한데, 사람들로 하여금 "이욕利慾과 호오好惡로 귀신에 현혹되어 돌아서지 못하는 일이 없도록" 권면하는 의도가 있다. 「하간전河間傳」에서는 묘사하고 있는 것이 비록 음부淫婦이고, 심지어 외설적인 묘사도 있지만, 원래 그 여자는 "절조가 있는데도 스스로 시집가지 않은 것은 여러 족척族戚들이 난잡한 것이 싫어서였고", 이미 시집갔어도 또한 "정순하고 정결한 것을 예로 여겼는데", 단지 "강포한 짓에 한 번 꺾이자" 마침내 음부로 변해 "돌아와 남편에게 대적하기를 오히려 도적이 원수 갚듯이 했다"고 한다. 글의 말미에 밝히기를 "친구 사이도 진실로 이와 같거늘 하물며 군신 사이에도 두려워할 일이다"라고 했으니, 여기에는 우의寓意의 뜻이 담겨 있다.

「재인전梓人傳」「종수곽탁타전種樹郭橐駝傳」「송청전宋淸傳」의 우의는 더욱 분명히 드러난다.

「종수곽탁타전」은 나무를 잘 심는 곽탁타를 묘사하고 있는데, 그가 심었거나 옮겨 심은 나무 가운데 "살리지 못하는 나무가 없었고, 또 무성하여 일찍 열매를 가득 맺어" 다른 사람들이 "비록 엿보고 모방했지만 같이 할 수가 없었다." 어떤 사람이 그에게 무슨 방법이 있는 것인지 묻자, 그는 단지 자신이 "나무의 천성을 따라 그 본성을 이루도록" 했을 뿐이라고 했다. 그는 여기서 하나의 도리를 이야기하는데, 곧 그가 "시골에 살" 때 "관장官長들을 보니 귀찮도록 명령내리기를 좋아하는데, 마치 불쌍히 여기듯 하지만 결국은 화가 되었다"고 말한다. 이 글은 "반드시 사물의 객관적 성질과 규율을 따라야 비로소 사물의 발전을 촉진할 수 있다"(런지위의 말)는 점을 지적하는데, 이런 사상에는 유물주의의 색채가 빛나고 있다.

「재인전」은 솜씨 좋은 어떤 장인을 묘사하고 있다. 그는 자기 스스로 일을 하는 것이 아니라, 단지 "목재를 잘 다루고" "많은 장인을 지시하여 부리는 것"뿐이라고 한다. 문장은 그가 많은 장인을 지휘하여 제작하는 과정을 생동감 있게 묘사하고, 아울러 재상의 도리는 "규칙을 재정하여" "법대로 잘 다스리는 데" 있지, "능력과 이름을 자랑하고, 수고가 적은 사람을 가까이해서 많은 관직을 침범하여" "대신과 원신을 버려서는" 안 된다고 지적한다. 이는 「종수곽탁타전」과 같이 모두 고사에 붙여 이치를 설명하고 정치를 논한 것이다.

「송청전」은 송청이 "이익을 취하는 것에서 멀고, 멀기 때문에 위대한" 점을 묘사하는데, 그는 "시장에 살아도 시장의 도리를 따르지 않으며" "그러나 조정과 관청과 학교와 향당에 머물며 사대부로 자처하는 자들은 도리어 다투기를 그치지 않으니 슬프다!"고 한다. 한유가 「유자후묘지명」에서 말한 것과 결부시켜 보면, 이는 어떤 "불난 데 부채질하는" 무리들을 겨냥해서 말한 것이다. 장돈이張敦頤[27]는 "융저우에 있을 때 지은 것으로 다소 격하게 말한 면이 있다"고 했는데, 이는 어긋난 판단은 아니다.

소설 「용성록龍城錄」도 있는데, 송나라 때 위중거魏仲擧[28]가 이것을 유종원의 문집에 편입시켰다. 그러나 후대인들은 이름을 위탁僞托한 것으로 의심

27_ 장돈이: 남송 사람으로 장시 성 우위안鄧源 출신이다. 자는 양정養正이며, 소흥紹興 8년에 진사가 되었다. 남검주교수南劍州教授를 역임했다. 편찬서로 『육조사적편류六朝事迹編類』 14권이 있다.

28_ 위중거: 송나라 건안建安(지금의 푸젠 성 젠어우建區) 출신으로, 『한유연보韓柳年譜』와 『오백가주음변창려선생문집五百家注音辨昌黎先生文集』과 『오백가주음변유선생집五百家注音辨柳先生集』 등을 편찬했다.

「용성록」

했다. 여기서 그것이 진짜인지 가짜인지는 막론하고 우리는 그 글에 유종원
의 이름을 붙이게 된 것에 어떤 이유가 있다고 본다. 왜냐하면 사람들의 심
정이나 눈에 유종원은 한 명의 소설가였기 때문이다. 위에서 열거한 여러
글로 증명해보더라도 그러한 점을 믿을 수 있겠다.

냉혹한 비판이 담긴 우언

우언은 선진제자先秦諸子들의 말과 유세하는 글에서 흔히 볼 수 있다. 다만
글 안에서 부분적으로 비유했을 뿐이다. 그러다 불경이 수입됨에 따라 인도
의 우언(예를 들어 『백유경百喻經』『잡비유경雜譬喻經』)들도 중국에 잇달아 전해

졌다. 육조 이후에 문인들 또한 점점 우언을 쓰기 시작했는데, 유종원이 우언을 사용하여 가장 성공을 거둔 작가라고 말할 수 있다. 그는 우언으로부터 확산해서 글을 완성하되, 아울러 깊이 있는 사회적 내용을 다루고, 구성이 완전하고 문학적 의미가 있으며 비판적 성격을 지닌 풍자 문학이 되게 했다. 가령 「삼계三戒」(「임강지미臨江之麋」 「검지려黔之驢」 「영모씨지서永某氏之鼠」 포함)와 「비설羆說」 「편고鞭賈」 「부판전蝜蝂傳」 등의 작품은 탁물우의해서 말은 간략하나 뜻은 깊다.

그중에서도 「삼계」는 더욱 묘하게 표현하고 있다. 가령 「검지려」는 글이 비록 짧고 간결하지만 구성은 완전하며, 고사가 상세하고 묘사는 비교적 생동감 있다. 여기서는 독특한 형상으로 깊은 함의를 그려내고 있다. 우리가 오늘날 사용하고 있는 "방연대물龐然大物"(내실 없이 크기만 한 물건)과 "검려기궁黔驢技窮"(검 땅의 졸렬한 나귀의 재능 없음)이란 말이 이 우언에서 유래한 것이다. 우리가 제국주의자들을 "방연대물"인 검려에 비유해본다면, 또한 그들에게도 반드시 "재능이 모자라는[技窮]" 때가 있을 것임을 알 수 있는데, 이것은 분명 이 우언으로부터 계발되는 것이다. 물론 이러한 인용과 비유는 작자의 원래 의도가 아니지만(작자의 본 의도는 해당 글의 서언에 설명되어 있다), 그것이 사람들에게 읽힘으로써 다시 생각을 불러일으키게 되는 것이다. 이것은 문학적 형상으로부터 말미암아 사상으로 커져가는 것인데, 다만 작가가 이러한 형상을 묘사해내기란 매우 어렵다.

「비설」이 의도하는 것은 "안으론 착하지 않으면서 힘만 믿는 것은 바로 큰곰이 식탐하는 것임"을 지적하는 것이다. 「부판전」은 "모으기를 즐기는 자"(탐관)들이 "재물을 보면 피하지 않아 자기 집을 부유하게 하지만, 자신에게 해가 된다는 것을 모름"을 폭로하고 경고하고 있는데, 여기에는 진취적인 의

의가 담겨 있다.

그의 몇몇 탁물우의적 잡문 가운데 「증왕손문憎王孫文」 등은 감정이 강렬하고, 우의가 심각하다. 그는 "잔나비와 왕손"(원숭이류이면서 작은 것)을 대비하면서 "악한 자는 왕손이요, 선한 자는 잔나비"로 묘사하고 있다. 잔나비는 "작물과 채소 심은 것을 밟지 않으며, 열매가 익지 않았을 때는 눈치 보며 삼가고, 이미 익은 (…) 후에 먹는다. (…) 그러므로 잔나비가 사는 산은 항상 풍성하다." 그러나 왕손은 "농작물 밟기를 좋아해서 그가 지나간 곳은 낭자하게 파괴되며 (…) 산의 작은 초목도 반드시 잡아당겨 꺾어놓아 시들게 만든 뒤에야 그친다. 그러므로 왕손이 사는 산은 항상 메마르다." "잔나비 무리들이 많으면 왕손을 쫓아버리겠지만, 왕손의 무리들이 많으면 잔나비를 물어뜯을 것이니", 결국 "잔나비가 버리고 떠나가 끝내 대적하지 않았다." 이 글은 백성들을 학대하며 사물을 해치는 소인들을 질책하고, 아울러 군자와 소인이 서로 용납되지 못함을 지적하고 있는데, 의사가 매우 명백하며, 거듭 "산의 정령이시여, 어찌 홀로 듣지 못하시나이까?"라고 부르짖는 대목에는 굴원이 하늘에 대고 부르짖었던 의미가 담겨 있다. 「유복사문宥蝮蛇文」에서도 또한 "조물주께서는 어찌 이리도 인자하지 못하십니까?" 하며 책망하고서 이렇게 묘사한다. "내 어찌 너를 탓하여 죽이고 매질하랴? 너를 들판에 놓아줄 테니 스스로 살 길을 찾아라." 다만 "저 나무꾼이 낫을 들고, 농부가 쟁기를 메고 오다가 불행하게도 만나게 되면 장차 너의 해를 제거하리라. 남은 힘으로 한번 휘둘러도 손길 닿는 대로 너는 부수어지고 말리라. 내 비록 너를 살려주니 그 은혜가 실로 크다. 그러나 사람들은 마음이 다르니, 누가 너의 죄를 용서하겠는가!"라고 한다. 조보지晁補之[29]는 일찍이 이 부분을 취하여 『변소變騷』에 포함시켜두고 말하길, "『이소』에서는 규룡과 난새와 봉황을 군자에 가탁하고, 나쁜 새와 냄새나는 사물은 소인을 가리켰다. 왕손과 시충尸蟲과 독사는 아첨하는 소인의 부류이다. 그를 증오하고 꾸짖는 것은 '쫓아내어 둥지는 것'이고, 그들을 놓아주는 것은 소인은 멀리하되 미워하지 않으며 엄하게 다루려는 뜻이다"라고 했다. 지금 생각건대 이는 아첨하는 것을 지적하는 것일 뿐만 아니라, 백성들을 학대하고 사물을 해치는 "승냥이와 이리" 같은 짓을 배척하고 있다. 군자는 그렇다고 "같이 더불어 대적하지 않고" 혹 "들판에 너를 놓아주지만", 나무꾼과 농부들은 그를 그냥두지 않을 것이라고 한다. 말은 관대한 듯하지만 뜻은 더욱 엄정하니, 감정이 강렬하다.

유종원의 문장은 이소체離騷體에 가까운데, 이 같은 '부賦'와 '문問'과 '대對'도 있다. 그의 「유고황질부愈膏肓疾賦」를 두고 어떤 사람은 솜씨가 떨어져서 그의 작품답지 않다 하고, 또 어떤 사람은 유종원의 어릴 적 작품이라고 의심하고 있지만, 실제로 이 글은 "내가 화를 변화시켜 복으로 만들고 굽은 것을 바꾸어 곧게 만들 것이니, 어찌 천명과 관계 있겠는가? 우리 사람들의 힘에 달려 있다"는 것을 주장하고 있다. 마지막에 의사의 입을 빌려 말하기를, "나는 치국은 하늘에 달려 있다고 보지만 그대는 현자에게 달려 있다고 보며, 나는 목숨을 연속시킬 수 없다고 보지만 그대는 연장시킬 수 있다고 본다" 하니, 그 사상이 「비국어非國語」나 「천설天說」과 서로 비슷하다.

「우부牛賦」는 농지개간을 위해 노력하는 소를 묘사하고 있다. "해가 높이 떠오르면 날마다 백 이랑을 일구며, 오고감이 곧아서 심는 것은 벼와 기장

---

29. 조보지(1053~1110): 자는 무구無咎이며, 원풍元豐 2년에 진사가 되었다. 신종 때 국사편수관을 지냈기 때문에 조태사晁太史라고 불렸다. 도연명을 사모해서 호를 귀래자歸來子라고 했다. 어려서 재능이 뛰어나 왕안석·소식 등에게 인정을 받기도 했다. 송대 사부를 연구하고 이소체 작품을 정리했다. 편서로 『중편초사重編楚辭』(16권), 『속초사續楚辭』(20권), 『변이소變離騷』(20권)가 있고, 저서로 『제북조선생계륵집濟北晁先生鷄肋集』(70권)이 있다.

이라네. 스스로 심고 스스로 거두어 상자 수레 지고 달려와 관창에 실어넣어도 스스로는 입도 대지 않는다네. 부와 가난, 배부름과 고픔, 공로마저 소유하지 않는다네." 그러나 여윈 나귀와 게으른 말은 "밭을 갈지도 않고 짐도 지지 않으면서" 도리어 "콩과 곡식을 차지하고 사방 길을 뛰어다니며 멋대로 들락거리고 (…) 문호를 잘 알아서 종신토록 두려워하지 않는다." 이는 자연히 벼슬에 실의한 '탄식의 말'로서, 굴원과 가의와 한가지로 봉건사회에 대해 시비를 뒤집어서 호소하는 말이다. 소에 대한 묘사에서도 농민은 분명 죽을 때까지 노동하지만, 도리어 한 번도 배부르게 먹을 수 없는 사실을 동정하고 있다. 그는 "못난 것을 좋아하게 태어났다"고 말하지만, 이는 응당 감정이 북받쳐서 한 말이지 본래 그런 뜻이라고 보아서는 안 된다. 소식이 하이난海南에 있을 때 이 글을 베껴 그 지방 사람들을 설득시켜 소를 죽이지 말 것을 권했는데, 비록 유종원이 이 글을 지은 본래의 뜻은 아니었지만, 이 글이 사람을 감동시키는 힘을 보여주고 있다.

그의 「초해고문招海賈文」은 특히 주의해볼 만하다. 이 글은 해상무역상을 제재로 삼고 있는데, 이것은 당시 해상교통이 발달한 데서 비롯되었으며, 해외를 왕래하며 장사하는 사람이 이미 적지 않았음을 알 수 있다. 그리고 유종원은 오랫동안 영남에 거주하며 직접 보고 듣다가, 비로소 해상무역상을 제재로 생각했던 것이다. 그 글에 "상당上黨(지금의 산시 성 창즈長治)의 평야는 고요히 펼쳐져 있고" "나가는 것 없이 들어오기만 하니 백화가 갖추어졌네" "그대는 돌아오지 않으니 욕심은 누구를 위한 것인가?"라고 묘사하고 있다. 어떤 사람은 "유종원은 험난한 상황에서 이익을 얻고자 멀리 가서 돌아오지 않는 것이 고향에서 농사짓는 즐거움만 못하다고 여기고, 또한 세인들이 위험을 무릅쓰고 요행을 노리는 것이 안전하게 머물며 천행을 기다리는 것만 못함을 풍자했다"고 하며, 또 어떤 사람은 그가 북쪽으로 돌아가고 싶은 갈망을 붙인 글이라고도 한다. 우리는 그가 해상무역상들에게 고향 땅을 떠나지 말라고 권고한 것으로 보는데, 이는 굴원의 "새는 날아서 고향으로 돌아가고 여우는 반드시 고향 언덕에 머리를 둔다"[30]는 글과 같은 뜻이다. 그는 「조굴원문弔屈原文」에서 말하길 "도성에 의지하여 이익만을 좇으니 선생께서도 참지 않을 것임을 아노라"고 했으니, 바로 이것과 꼭 맞는 말이다. 그는 굴원의 애국정신을 계승하여 발전시켰으며, 지금 읽어봐도 사람을 깊이 감동시킨다.

그의 「진문晉問」은 "대개 「칠발七發」을 모방한 것이다." 그는 진나라 사람이기에 진나라의 명물에 대해 이야기하고 있다. 첫째는 "진나라의 산하로서 안팎이 험하며 견고하고", 둘째는 "진나라의 금과 철로서 갑옷이 견고하고 칼은 날카로우며", 셋째는 "진나라의 명마로서 그 강건함이 믿을 만하고", 넷째는 "진나라의 북산으로서 그 목재를 취할 만하며", 다섯째는 "진나라의 황허강 물고기로서 웅장하여 볼 만하고", 여섯째는 "진나라의 소금으로서 백성들에게 유용하게 쓰이고 있고", 일곱째는 "먼저 진문공의 패업이 성행함을 말한 다음 요임금의 유풍으로 끝맺고 있다." 고향 산천의 성대한 산물을 자세히 진술하고 있으니, 여기에는 애국적인 요소가 담겨 있다. 그래서 마지막에 "일상적인 것에 안주하며 바라는 바를 얻고, 가르침에 복종하여 자신을 편하게 하고, 백화가 유통되어도 어디서 오는지 모르며, 늙은이 어린이 친척들이 서로 보양해도 덕을 베푼 사람이 없고, 전쟁이나 형벌로 인한 고통이 없으며, 과다한 세금으로 앓지 않으며, 이른바 민리民利라는 것을 백성들 스스로 이

30_ 굴원, 『초사楚辭』「구장九章」의 '애영愛郢'

롭게 만드는 것이다"라는 말로 결론짓고 있으니, 그가 백성들을 동정하는 생각을 그대로 드러내고 있다.

그는 「천대天對」라는 글을 지었는데, 더욱 기발하다. 그는 굴원이 「천문天問」에서 제기한 문제에 대해 하나하나 답하고 있다. 특히 우주 기원 등의 문제에 대해 유물론적인 해석을 하고 있다. 이러한 점은 이 절의 첫머리에서 약간 소개했다. 문학 형식을 이용하여 과학 원리를 설명하고 있으니, 이러한 것은 하나의 독창적 형식이다.

뒤에 신기질辛棄疾[31]이 「목란화만木蘭花慢」('송월送月')에서 사람들로 하여금 "달이 지구 주위를 도는 이치를 깨닫게 했지만", 이 글처럼 해박하지는 못하다. 유종원의 이런 종류의 잡문(일부 부賦와 문問과 대對도 있다)은 진실로 굴원의 부로부터 빌려온 것이 확실하나, 다만 한위 육조 시대 잡문의 묘사 경험들을 흡수했고, 특히 참된 지식과 명철한 견해와 진실한 정감을 기초로 했기에 양웅 등이 모방한 글과는 역시 다르다. 이것은 한유의 「진학해」 「송궁문」 「악어문」과 비슷하지만 감정이 더 강렬하며, 또 이소체를 사용하고 있어 표현에서는 한유의 유창함만 못하다.

31 　신기질(1140~1207): 남송 시인. 자는 탄부坦夫 또는 유안幼安이며, 호는 가헌稼軒이다. 스물한 살에 항금抗金 의군義軍에 참가하고 돌아와 후베이湖北·장시江西·푸젠福建·저둥浙東 등지의 안무사를 지냈다. 「미근십론美芹十論」과 「구의九議」 등을 통해 군사적 능력을 발휘했고, 특히 사詞에 뛰어나 우국적 비분을 노래했다. 저서로 『가헌장단구稼軒長短句』가 있다.

사진을 찍은 듯 생생한 경물묘사

유종원의 경물묘사는 '팔가' 중에서 가장 뛰어나다. 한유는 변려문에 반대해서 화려한 문체를 쓰지 않았기 때문에 경물묘사의 멋진 표현은 부족하다. 그는 「등왕각기滕王閣記」를 지을 때에도 서사와 서정으로 경물묘사를 대체했다. 그뒤 왕안석의 「유포선산기遊褒禪山記」와 소식의 「석종산기石鐘山記」는 유기遊記 안에 의론을 드러낸 것이다. 이는 그들이 부족한 면은 피하고 장점은 살려 쓴 것으로 산수유기의 정격은 아니다. '팔가' 가운데 유종원만이 경물묘사에 뛰어났는데, 이는 그가 젊은 시절에 "육조의 규범을 익힌" 데서 말미암은 것으로, 육조시대 경물을 묘사한 시문의 기교와 언어에 매우 익숙했기 때문이다. 그의 작품 가운데 가령 "구비 계곡에 달빛 난간 우뚝하고, 대숲 속에 바람 정자 솟아나 있네"라는 표현은 곧 변려문의 구법이며, "모든 산은 안으로 향하며 겹겹이 강은 협소하게 엮여 있고, 남기가 연이어 광채를 머금으니 둘러보기에 모두 좋다"(「계주배중승작자가주정기桂州裴中丞作訾家洲亭記」), "붉은 꽃 어지럽히고 푸른 잎 흩으니, 향기 가득하구나"(「원가갈기袁家渴記」)는 여도원酈道元의 『수경주水經注』나 사영운의 산수시와 거의 구별되지 않는다. "손으로 거문고를 켜며 눈으로는 먼 구름을 본다. 서산의 상쾌한 기운이 내 옷깃에 담겼다"(「마퇴산모정기馬退山茅亭記」)는 표현은 다분히 위진 육조시대 사람들의 어투이다. 「지소구서소석담기至小丘西小石潭記」에서는 "담수어는 백여 두 정도 되는데 모두 허공에서 놀며 머무를 곳이 없는 듯하다" 했고, 어떤 글에서는 "노는 고기를 내려다보니 허공을 오르는 듯하다"고 했는데, "내려다본다"는 말은 『수경주』에 원 구절이 있다. 물론 유종원이 육조시대를 표절했다고 말하는 것이 아니다. 그는 육조시대에 대해 비판도 하고 수용도 했으며,

혹 물태物態를 모사하는 기교를 취하기도 하고, 혹 청신하고 활발한 어휘들을 선택해서 녹이고 변화시켜 스스로의 모양을 이루어냈던 것이다. 수용하고 채취하는 것은 표절과 다른 것이다. 한유는 고인에 대해 "그 뜻을 본받아야지 그 말을 본받아서는 안 된다[師其意, 不師其詞]"고 말하고 글자와 구절마다 반드시 새로운 말을 만들어냈지만, 생명력 있고 표현력이 매우 강한 어휘들을 모조리 배척함으로써 결과적으로 자신의 문장을 무미건조하게 만들곤 했으니, 목이 멘다고 식음을 전폐한 꼴이었다. 왕안석부터 청대 동성파 작가들에 이르기까지 모두 이러한 잘못을 밟았다. 그러나 유종원은 "사물의 실정을 잘 말하고 형용하는 말을 만들어냈으며" "영주와 유주의 모든 기문은 만물의 실정과 흡사했고, 형상을 낱낱이 살펴 모양을 거의 같게 묘사했으니, 사진과 다름이 없었다"고 한다.(류스페이, 『논문잡기』) 중요한 것은 그가 서남 지방의 산수가 빼어난 곳에서 장기간 생활했던 것이고, 세밀한 관찰과 절실한 체험을 통해 특징을 파악하는 데 뛰어났으며, 동시에 어휘가 풍부하고 그 사용이 적절했던 점이다.

그의 산수유기는 단지 객관 경물만 묘사하는 것이 아니라, 그 가운데 자기의 감정을 붙여두고 있다. "태양은 부상에서 떠오르고 구름은 푸른 오동나무 위로 흐르며, 바다 노을과 섬 안개는 떠도는 사물들과 어울린다"(「계주배중승작자가주정기桂州裴中丞作訾家洲亭記」)거나, "여러 산이 와서 조문하니 형세가 북극성 같고, 푸른빛으로 우뚝한 형상은 비단 조각을 아름답게 꿰맨 듯하다"(「마퇴산모정기馬退山茅亭記」)거나, "푸른빛을 두르고 흰빛에 감겼으니, 바깥 하늘가는 사방을 둘러봐도 한결같다"(「시득서산연유기始得西山宴遊記」)라는 구절들에서는 작가의 흉금과 기개를 볼 수 있다. 특히 「영주철로보지永州鐵爐步志」에서는 이렇게 말했다. "근래에 자기 가문을 등에 업고 세상에 선 자가

'우리 집안의 문호는 커서 다른 사람들은 우리의 적수가 못 된다'고 한다. 그 래서 그 지위와 덕에 대해 물으니 '오래전 선대 때의 일이지요'라고 한다. 그래 도 저들은 우리 집안은 위대하다 말하고 사람들도 역시 모씨 집안은 위대하 다고 한다. 이렇게 이름을 모칭하는 것이 이 철로보[32]와 다를 수 있을까?" 이 이야기는 당나라에서 성행했던 '문벌' 관념을 부정한 것인데, 당시로서는 그 의의가 매우 크다. 특히 유종원은 자신이 이름난 고문高門에서 태어났기 때 문에, 이러한 인식을 갖기란 쉽지 않은 일이었다.

　종합하면 유종원의 산문 성취는 다방면에서 이루어졌는데, 내용의 사상 과 예술적 수준에서 보면 모두 그 당시로서 도달할 수 있는 최고의 경지에 이 르고 있다. 한유는 그를 "웅장하고 심후하며 전아典雅하고 건실한 점이 사마 천과 비슷하고, 최인과 채옹도 미치지 못하는 면이 많다"고 했는데, 서사문 에 대해서는 이 평론이 합당하다. 유우석은 "가의의 「복조부」와 굴원의 「천 문」"(「위악주이대부제유원외문爲鄂州李大夫祭柳員外文」)에 비유했으며, 섭몽득葉夢 得이 "유자후의 「진문」「천대」 같은 글은 위진시대의 글보다 뛰어나 후대의 비 루한 기운이 없고, 부 작품에서는 굴원과 송옥을 답습하지 않았다"[33]고 말 한 것은 그의 사부와 잡문에 대한 합당한 평이다. 유희재는 "유유주가 산수 를 기록하고 인물을 묘사하며 문장을 논평한 것이 형용을 다하지 않은 것이 없으니, 스스로 '온갖 형태를 잡아 가두었다[牢籠百態]'고 말한 것이 참으로 옳다"[34]고 했다. 이는 그의 산수유기 등의 작품을 두고 한 말이다. 또 여조겸

32　철로보: '보'는 강가에 배를 매어놓고 오르내릴 수 있도록 만든 선창을 이른다. 영주 북쪽에 있던 보가 '철로보'였다고 한다.

33　섭몽득, 『피서록화避暑錄話』 권상

34　유희재, 『예개』 권1 「문개文槪」

이 그의 글이 '웅변'이라고 말한 것은 곧 그의 논설문을 두고 말한 것이다. 한 명의 대작가는 이렇게 풍격이 다양한 것이다.

물론 유종원에게도 한계는 있다. 젊은 시절의 문장에는 "아직 육조시대의 규범이 남아 있으며", 뒤에 지은 비지문에도 적지 않게 육조의 흔적이 남아 있다. 또 영정혁신이 실패하면서 비방하는 말이 두려워 불교에 의탁하여 위안을 삼았고, '은둔자와 도사와 불승에게 지어준 서문' 외에도 '불가의 비명碑銘'을 적지 않게 지었으며, 그 외의 시문에도 약간 의지가 약한 작품이 있다. 그러나 그가 문학에서 이룬 성취는 분명 중요하다. 한유와 비교해볼 때, 필력이 웅건하고 표현이 유창한 면에서는 한유가 유종원보다 낫지만, 이치를 분석하는 것이 정밀하고 경물묘사가 시원하며 아름다운 면에서는 유종원이 한유보다 낫다. 유희재가 "한창려의 글은 물과 같고, 유유주의 글은 산과 같다. 넘실넘실 콸콸 쏟아붓고 툭 트인 듯 깊고 그윽한 듯하니, 두 공은 거의 각자 깨달은 바가 있었던 것이다"(『예개』)라고 말한 것은 곧 이 점을 가리켜 한 말이다. 두 사람은 하늘 가운데 나란히 우뚝해서 서로 비교할 수 없다.

제4장

일상어에서
혁신을 시작한 구양수

唐宋八大家

과감한 성품으로
정치와 학문의 새 길을 열다
-소평전

구양수歐陽修(1007~1072)는 북송시대의 문학가이며 사학가이다. 자는 영숙永叔, 호는 취옹醉翁, 만년엔 육일거사六一居士라고 불렸으며, 송나라 여릉廬陵(지금의 장시 성江西省 지안吉安) 사람이다. 인종仁宗 천성天聖 8년(1030)에 진사가 되었으며, 벼슬이 참지정사參知政事(부재상副宰相에 해당)에 이르렀고, 물러난 후 영주潁州(지금의 안후이 성 푸양阜陽)에 머물다가 거기서 죽었다. 시호는 문충공文忠公이다. 그의 시문은 후인들에 의해『구양문충집歐陽文忠集』으로 엮였고, 저서에『역동자문易童子問』『시본의詩本義』『신당서新唐書』(송기宋祁와 함께 편수함)『신오대사新五代史』『육일시화六一詩話』및『취옹금취외편醉翁琴趣外編』(사집詞集)『귀전록歸田錄』이 있다.

구양수는 인종·영종·신종 시대를 살았다. 당시 송 왕조는 전국을 통일한 지 이미 100여 년이 되어 사회경제는 일정한 발전을 이루었고, 도시는 비교적

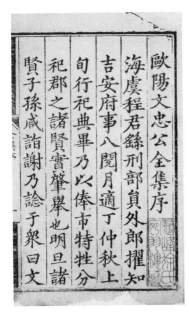

『구양문충공전집』

번영했으며 과학기술도 진보해 있었다. 그러나 북방족과 중국이 "싸운 결과 중국이 백만금을 매해 바쳤건만" 송 왕조는 "은혜가 모든 관리에게 내려도 부족한가 걱정했고, 재정을 온 백성들에게서 거두었지만 그 많은 것을 남기지 않았다."(『이십이사차기二十二史箚記』) 이 때문에 인종 때에는 사회모순이 이미 첨예해져서 농민들이 봉기하여 "1년이 다른 1년보다 더 길고, 병화兵火가 다른 병화보다 강해지고 있었다."(구양수 주소奏疏 중의 말[1]) 그러나 송 왕조의 "관리들은 게으르고 구차해서 맡은 일을 다 하지 않아, 일이 어긋나도 위에서 몰랐으며" "병사들도 교만하고 나약해서 쓸모가 없고, 불러모아도 날마다 텅비고, 일을 맡겨도 힘이 되지 못하며" "재정이 나오는 것엔 한계가 있으나 지

1_ 양사기楊士奇, 『역대명신주의歷代名臣奏議』 권317, 「재론치병어적차자再論置兵禦賊箚子」

출엔 끝이 없어" "쓸모없는 관료"와 "쓸모없는 병사"와 "쓸데없는 지출"은 결국 "나약함이 누적되고" "가난이 누적되는" 지경을 이루었다.(소철, 「신론新論」) 다만 그 시기는 "어지러워도 위태로운 지경에 이르진 않았기에"(소철의 말) 일부 사대부는 도리어 "태평"한 시대라고 여기며(안수晏殊[2]의 말) 그럭저럭 편히 지냈다. 범중엄范仲淹은 사람들에게 "천하의 근심을 먼저 근심할 것"[3]을 요구하며 개혁할 것을 힘써 계획했는데, 구양수는 이 점에서 범중엄과 함께 비교적 일찍 개혁을 주장했던 사람 중의 한 명이다.

구양수는 네 살 때 아버지를 여의었으니 집안 형편이 어려웠음을 짐작할 수 있다. 진사에 합격한 뒤로 서경(뤄양) 유수의 추관推官에 보임되었는데, 같은 일을 맡았던 윤수尹洙와 매요신梅堯臣도 모두 정사에 관심이 있었고, 시문의 개혁에 뜻을 둔 사람들이었다. 그는 이 무렵 시인 석연년石延年·소순흠蘇舜欽 등과 사귀었다. 그들은 수시로 어울려 시사를 의론하고 시문을 연구했다. 북송시대의 시문 혁신운동은 매요신·소순흠·석연년·윤수 등에 의해 시작되었고, 구양수를 통해 이루어졌다. 구양수는 이때 약간의 사회 경험을 지니고 있었고, 군사와 정치, 경제 등의 위기에 대해서도 비교적 명료한 인식을 지니고 있었다.

몇 년 뒤 구양수는 경임관각교감京任館閣校勘(황제를 위해 장서를 교정하는 일)으로 옮겼다. 그는 범중엄도 이곳으로 옮겼다는 사실을 알고 있었다. 범중엄

2_ 안수(991~1055): 북송 전기 완약파婉約派 사인詞人 중의 한 사람이다. 자는 동숙同叔이며, 열네 살에 진사가 되어 비서성秘書省 정자正字를 지냈고, 인종 때 집현전 학사가 되었다. 인재발탁에 뛰어나 범중엄과 구양수 등이 그의 문하에서 배출되었다. 저술도 풍부해서 문집이 140권에 이르며, 양·진梁陳 이후 명신들의 저술을 산정해서 『집선集選』 100권을 편찬했다. 주요 저작으로 「주옥사珠玉司」가 있고, 「완계사浣溪沙」는 그의 대표되는 사詞 작품이다.
3_ 범중엄, 『범문정집范文正集』 권7, 「악양루기岳陽樓記」

歐陽文忠公修像

구양수

은 이때 개봉부開封府(북송의 수도)를 맡고 있으면서 당시의 시정을 의론했는
데, 재상 여이간呂夷簡의 불만을 사 요주饒州로 좌천되었다. 구양수는 간관諫
官인 고약눌이 감히 직언하지 않았을 뿐만 아니라 도리어 범중엄을 좌천당
하게 한 것을 보고 마침내 그에게 "편지를 보내어 꾸짖었다." 고약눌이 이 편
지를 임금에게 올려 이 때문에 구양수도 이릉夷陵으로 좌천되었다. 이로부터
구양수는 범중엄 등 혁신파의 일원에 포함되었다. 그뒤로 범중엄, 두연杜衍,
한기韓琦, 부필富弼 등이 집정했을 때 10가지 혁신안을 건의했는데, 이를 '경
력신정'이라고 한다. 구양수도 이때 간관이 되어 신정을 힘써 지지했다. 이것
은 '신정'의 일부 내용이 구양수가 주장했던 무농務農(농업생산을 발전시킴), 절
용節用(국가의 지출을 줄임)의 내용과 같았기 때문이다. 신정 가운데 실행되었
던 '출척黜陟을 분명히 함'과 '요행을 막음'의 두 조목은 목적이 모두 절용에 있

었다. 그러나 이것들은 귀족관료의 이익에 부딪혀 반대됨으로써 결국 신정은 실패하고 말았다. 그래도 결국은 한 차례 혁신의 시험을 겪은 것인데, 특히 범중엄과 구양수 등이 과감히 생각하고 주장할 수 있었던 공정하고 강직한 면은 송나라 기풍에 비교적 큰 영향을 미쳤다. 판원란이 "송나라 사람들이 기절氣節을 익혔다"(『경학강연록』)고 말했는데, 이런 기풍은 주돈이나 소옹이 창도한 것이 아니라 구양수 등이 일으킨 것이었다. 왕안석도 구양수를 애도한 제문에서 그의 '강직함'과 '과감함'이 "늙어서도 쇠퇴하지 않았다"고 격찬했다.

구양수가 이릉현감으로 좌천되었을 때, "마침 장년의 나이로 학문을 좋아해서 『사기』와 『한서』를 보고자 했으나, 공가와 사가에도 없었다. 그래서 시렁에 있는 오래된 공문서를 가져다 반복해서 보았다. 그 안에는 틀리고 잘못된 곳이 이루 다 셀 수 없었는데, 문법을 어긴 채 마음을 따라 적어두어 생각은 없고 뜻도 잘못된 데가 없는 곳이 없었다. (…) 당시 하늘을 우러러 맹세하기를, 이제부턴 사물을 대할 때 소홀히 하지 않겠노라"[4]고 했다.(『능개재만록能改齋漫錄』[5]) 이 일은 정치에 임하는 구양수의 태도에 영향을 준 것이 분명하다. 그가 뒤에 추저우滁州로 귀양 갔을 때 비록 귀양지에 있었지만 "민사에 마음을 다했으며", 아울러 매요신에게 편지를 써서 보내기를, "고인들이 낮은 직

4_ 오증吳曾, 『능개재만록』 권13, 「구양공다담리사歐陽公多談吏事」
5_ 『능개재만록』: 남송의 오증吳曾이 편찬한 필기집. 소흥紹興 24년(1154)에서 27년(1157) 사이에 편찬되었다. 소희紹熙 원년(1190)에 중간되었으나, 지금 전하는 것은 명대 비각祕閣 초록본으로, 모두 18권본이다. 전체 13문門으로 구성되어 있는데, 사시事始·변오辨誤·사실事實·연습沿襲·지리地理·의론議論·기시記詩·기사記事·기문記文·유대類對·방물方物·악부樂府·신선귀신神仙鬼神 등이다. 역사와 전고 및 명물제도 등에 대한 귀중한 자료를 담고 있어, 문학과 역사 연구에서 소중한 자료로 여겨진다.

책도 소홀히 하지 않았던 것에는 이유가 있었음을 비로소 알았습니다"[6]라고 했다. 그는 전후로 양저우揚州·영주潁州·개봉부開封府·남경南京(지금의 허난 성 상추商邱)·보저우亳州·칭저우靑州·채주蔡州(지금의 허난 성 루양汝陽) 등의 지방 관리를 맡았는데, 비록 중대한 개혁은 없었지만 그래도 "너그럽고 간결하게" 다스렸다. 소철이 그를 두고 "살피되 가혹하지 않았고, 너그럽되 느슨하지 않았다"고 말했다.(「신도비」) 비록 실상보다 지나친 칭찬이긴 하지만 당시의 사대부 중 구양수는 그래도 일을 처리하는 데 비교적 진상을 잘 파악했고, 자신을 지키는 데서도 청렴했던 것이다. 그는 평생 "매번 정사는 과장해서 말해도, 문장은 과장하지 않았다"[7](『송패류초宋稗類抄』[8])고 하는데, 그 당시 사람들은 그가 "부족하면 떠벌리는"(앞의 글) 성향이 있다고 생각했던 것이다. 그러나 어떻게 이해하지도 못하면서 정사에 관심을 둘 수 있었겠는가? 육조시대 사람들이 깊은 이치를 공허하게 이야기하거나 당나라 사람들이 "알현 요청을 부끄러워하지 않았던 것"과 비교해보면, 송나라 이후 일부 지식인은 실제 정치문제에 관심을 갖는 일이 비교적 많았고, 기절氣節을 강구하는 것도 더 많았으며, 감히 "임금 앞에서 직간하는 일"도 더 많았다. 이런 것은 구양수가 창도했다 해도 무방할 것이다.

그에게는 하나의 특징이 있었는데, "선비 좋아하기가 천하제일이었고, 공북해孔北海(융融)의 '자리엔 손님들 항상 가득하고 술병엔 술이 마르질 않았네'라는 구절을 즐겨 외웠다"(『시화총귀詩話總龜』)는 사실이다. "더욱 문인을 장려

6_ 『문충집文忠集』 권149, 「여매성유與梅聖兪 경력칠년慶歷七年」
7_ 반영인潘永因, 『송패류초』 권22, 「사명辭命 제삼십육」
8_ 『송패류초』: 송대의 패관야사집으로, 모두 36권이다. 저자는 청초의 이종공李宗孔 또는 반영인潘永因이라고 한다. 모두 19문으로 구성해서 패관필기류의 글을 발췌 분류해서 편집했는데, 송대의 사회상을 엿볼 수 있는 자료이다.

해서 하나라도 잘하는 것이 있으면 반드시 극구 칭찬했다"(소철, 「신도비」)고 한다. 시인 매요신·소순흠·석연년과 학자 유반劉攽·유창劉敞은 그의 친구이고, 증공과 소철은 그의 학생이었다. 소순과 왕안석도 그의 격려를 통해 이름이 알려졌다. 당시의 많은 학자와 문인은 일찍이 모두 그의 도움과 격려를 받았다. 그는 왕안석이 한림학사가 되도록 추천했을 뿐 아니라 또 일찍이 왕안석·사마광·범온范溫 세 사람을 추천했는데, 그들에게 재상의 자질이 있다는 것을 알았던 것이다.(『피서록화避暑錄話』[9]) 그는 왕안석에게 준 시에서 이렇게 말했다. "이백의 풍월시 같은 시가 삼천 수요, 한유의 문장이 이백 년 뒤에 이어졌네. 늙어감이 가여워도 마음은 아직 남았으니, 후배인들 그 누가 그대와 견주리오.[翰林風月三千首, 吏部文章二百年. 老去自憐心尙在, 後來誰與子爭先]"[10] 왕안석을 이백과 한유에 비교했으니 이는 매우 높은 평가이다. 왕안석은 이에 화답한 시에서 "여러 학생 뒷자리에 뽑아주심도 감사한데, 도리어 많은 좌중 가운데 후한 대접 해주시네[摳衣最出諸生後, 倒屣常傾廣坐中]"[11]라고 하여, 후배로 자처하며 아울러 감격의 뜻을 표현했다. 왕안석의 화답시에서 "다른 날 어쩜 맹자를 엿볼지라도 어찌 감히 한공을 바라리오?[他日若能窺孟子, 終身何敢望韓公]"라고 한 대목은 곧 장래의 학문이 나아진다 하더라도 구양수보다 높지는 못할 것이라는 말이다. 한유는 맹자 이후의 독보적 존재로 자처했고, 구양수는 스스로 한유라고 자처했기 때문이었다. 『피서록화』에서 이 사실을 가리켜 왕안석이 "스스로 맹자가 될 것을 기대했고, 구양수

9_ 『피서록화』: 송대 섭몽득이 편찬한 역사필기류로, 모두 4권이다. 섭몽득이 그의 대표적 필기류인 『석림연어石林燕語』를 편찬한 뒤에 엮은 것이다.
10_ 『문충집』 권57, 「증왕개보贈王介甫」
11_ 왕안석, 『임천문집臨川文集』 권22, 「봉수영숙견증奉酬永叔見贈」

를 한유로 인정했다"고 했는데, 이는 억지로 갖다 붙인 말이다.

다만 왕안석이 집정해서 변법을 시행했을 때 구양수는 도리어 일부 반대하는 의견을 제시했다. 첫째, 왕안석의 변법이 구양수가 상상했던 개혁의 범위를 아주 벗어난 것이었기 때문이고, 둘째, 구양수와 가까웠던 한기와 부필 등이 한때 변법에 반대되는 위치에 있었기 때문인데, 특히 구양수도 이때는 관직이 이미 높아 자연히 대관료와 대지주의 자리에 이르렀으므로 청년 시기의 그와 달랐던 것이다. 그렇지만 구양수가 죽은 뒤 왕안석은「제문」에서 도리어 그를 매우 높게 평가했다.

구양수의 사상에는 그래도 한 가지 언급할 만한 것이 있으니, 그것은 그가 한유와 같이 불교에 반대한 점이다. 이것은 그의「본론本論」등의 글을 통해 알 수 있다. 그는 "예의가 불교를 극복하는 근본이다"라고 여겼다. 여기에 무슨 의미가 담겨 있는 것일까? 판원란이 지적하길 "송학의 흥기는 안녹산의 난과 오대五代의 난에서 비롯되었는데, 윤리와 강상이 무너졌기 때문에 송학의 목적은 윤리강상과 도덕을 정돈하는 것이었다"고 했다.(『경학강연록』) 구양수가 말한 "근본" 또는 "예의"가 바로 윤리강상과 도덕이다. 그는 윤리강상과 도덕을 정돈함으로써 불교와 같은 미신적 종교를 억제했는데, 그가 말하는 윤리강상과 도덕이란 바로 "임금이 임금답고 신하가 신하답고 아비가 아비답고 자식이 자식다운" 것이니, 그는『오대사기五代史記』에서 오대 시기에는 "임금은 임금답지 못했고, 신하는 신하답지 못했으며, 아비는 아비답지 못했고, 자식은 자식답지 못했던" 것을 깊이 개탄했다. 그러나 구양수와 이학가 사이에는 차이가 있다. 판원란은 "초기엔 도통道統과 문통文統이 구별되지 않아 힘을 합쳐 불교와 도교와 서곤파西崑派[12]를 공격했다. 그러나 구양수와 주돈이에 이르러 문과 도의 경계가 점차 드러났다. 구양수는 고문을 주로 삼고 도학을 부수적인 것으로 여겼으며, 주돈이는 도학을 주로 삼고 고문을 부수적인 것으로 여겼다"(『중국경학의 연변』)고 했는데, 이는 실제와 부합되는 분석이다.

구양수는 학술사의 위치에서도 거론할 만하다. 우선 경학 부문으로, 그가 표방했던 회의 정신은 주목할 만하다. 당나라 "태종과 고종은 『오경정의五經正義』(곧 『역』『시』『서』『좌전』『예기』 등 다섯 책의 『주소注疏』)를 정리해서 시험의 표준으로 삼았다. 그래서 응시생들은 『오경정의』에서 해설하고 있는 것을 벗어날 수 없었다."(판원란의 말) 근세에 류스페이는 이것을 가리켜 "천하의 눈을 어지럽게 하고 천하의 귀를 막았다"고 지적했다.(『국학발미國學發微』) "송초의 경학은 대부분 당나라 사람들의 구습을 준수했으며"(마쭝훠馬宗霍,[13] 『중국경학사』, 109면), "부화뇌동해서 당나라 사람들의 범위를 벗어나지 않았다."(앞의 책) 구양수는 우선 이견을 세워 "인용한 것은 넓지만 선택한 것이 정밀하지 못하고, 참위서를 많이 인용해서 뒤섞어두었으며, 기괴한 궤변은 '정의正義'라는 이름에 걸맞지 않다"고 지적하며 산정刪正할 것을 요구했다.(「논경학차자論經學箚子」) "이로부터 풍기가 일변했다."(마쭝훠의 말) 당시 사마광이 "근래 사대부들이 고상한 논설에 힘쓰던 것이 신진 후배들에게 파급되어, 『역』을 읽고도 괘효를 모르고, 『십익十翼』이 공자의 말이 아니라고 여긴다"고 했

12_ 서곤파: 양억楊億·유균劉筠·전유연錢惟演 3인이 대표작가였던 송대 시파의 하나다. 이들이 엮은 『서곤수창집西崑酬唱集』에서 유래한 명칭이다. 당대 이상은을 사표로 표방하고, 작품은 연회생활과 영물·영사詠史 및 남녀애정과 관련된 것으로, 진지한 정감이나 심각한 생각은 없다. 반면 시가예술적 미를 추구했다.

13_ 마쭝훠(1897~1976): 현대 중국의 학자. 후난 성 형양衡陽 출신이다. 후난 난루南路사범학당을 졸업하고, 지난暨南대학·진링여자대학·상하이중국대학·후난국립사범학원 교수를 역임했다. 중화서국 편집위원으로 『이십사사』 교점작업에 참여했다. 『설문해자』를 집중 연구했고, 저서로 『음운학통론』『문자학발범文字學發凡』『중국경학사』 등이 있다.

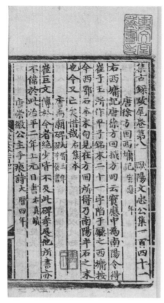

『집고록』

으니, 사마광의 말을 살펴보면 바로 구양수를 지적한 것인데, 구양수는 정말 먼저 『십익』에 회의를 품어 그것이 반드시 공자가 지은 것이라고 할 수는 없다고 말했다. 남송 때 육유陸游가 "그 이후로 여러 유생이 주장한 경전의 뜻은 앞사람들이 언급했던 것이 아니다. 그러나 『계사繫辭』를 배척하고 『주례』를 허물고 『맹자』를 의심하고 『상서』의 「윤정胤征」과 「고명顧命」편을 비난하고 『시』의 '서序'를 배척하며 경전을 따지는 것도 어려워하지 않는데 하물며 주석쯤이야?"라고 했다. 육유가 말하는 "『계사』를 배척하고" "『시』의 '서'를 배척한다"는 것은 구양수를 가리켜 한 말이다. "구양수는 『하도河圖』와 『낙서洛書』를 믿지 않았고, 또 『계사』와 『문언』과 『설괘』 이하는 모두 성인이 지은 것이 아니다"고 했고, 또 "『시서詩序』는 자하가 지은 것이 아니라고 여겼기" 때문이다.(마종휘의 말) 구양수가 이렇게 주장했던 의도는 우선 "경전을 의심하고[疑經]" "경전을 따져보는[議經]" 풍기를 강조하는 데 있었으니, 이는 송나라 사람들의 사상에 일정한 영향을 미쳤다. 그뒤 몇백 년 동안 학자들의 논증을 거친 결과, 구양수가 의심하고 논의했던 것이 거의 사실에 부합되는 것이었다. 왜냐하면 『하도』와 『낙서』는 "그 설이 도사집단에서 나온 것이며, 소옹의 선천지학先天之學[14]과 유파는 달라도 근원은 같은" 것이기 때문이다.(『사고전서간명목록』) 청초의 학자인 황종희黃宗義[15]와 황종염黃宗炎[16] 그리고 호위胡渭[17]는 이런 주장을 힘써 배격했지만, 이미 정론이 되어 있었다. 『십익』이 공자의 저작이 아니고 『시서』가 자하의 저작이 아니라는 것은 오늘날 사람들이 모두 믿고 있는 사실이다. 청대 고증가들은 구양수가 옛 주석을 믿지 않은 것으로 만족하지 않았다. 그러나 만일 단지 억측에 의거한 것이었다면 무단했음을 면하기 어렵겠지만, 다만 옛 설을 묵수하지 않았다는 것만도 가히 취할 만한 점이라는 것을 우리는 안다.

14_ 선천지학: 송나라 소옹邵雍이 『황극경세서黃極經世書』에서 제시한 상수학 이론이다. 복희씨의 괘도를 근본으로 삼아 이것을 선천역先天易이라 하고, 문왕의 『주역』을 후천역後天易이라고 한다. 후천역은 선천역에서 유래한 것이므로, 선천은 제일성第一性이고 후천은 제이성第二性이며, 선천은 '명기절明其切'이고 후천은 '명기용明其用'이다. 그러므로 선천지학은 심법心法이고, 후천지학은 심법이 현현하는 외재된 형적이라고 한다. 그래서 역학은 선천지학을 중요한 연구대상으로 삼아야 한다고 주장한다.

15_ 황종희(1610~1695): 명말 청초의 경학가이자 역사가이며 사상가이다. 자는 태충太冲, 호는 남뢰南雷 또는 이주노인梨洲老人이다. 학문이 박식하고 사상이 심오하며 저술도 많다. 고염무·왕부지王夫之와 함께 명말 청초 3대 사상가에 꼽히며, 동생 황종염·황종회黃宗會와 함께 '절동삼황浙東三黃'으로 불리기도 했고, 중국 사상계몽의 아버지로 칭송된다. 저서로 『명유학안明儒學案』『송원학안宋元學案』『명문해明文海』 등이 있다.

16_ 황종염(1616~1686): 자는 회목晦木, 자고鷓鴣선생으로 불렸다. 형제들과 함께 모두 유종주劉宗周의 제자가 되었으며, 그의 학술사상은 형 황종희와 비슷하다. 저서로는 『주역상사周易象辭』『육서회통六書會通』이 있고, 문집으로 『이회집二晦集』이 있다.

17_ 호위(1633~1714): 청대 경학가이자 지리학자. 초명은 위생渭生이고, 자는 비명胐明, 호는 동초東樵이다. 염약거閻若璩와 함께 서건학徐乾學을 도와 『대청일통지大淸一統志』를 편수했다. 「역도명변易圖明辨」을 지어 송유들이 주장한 하도낙서의 오류를 고증했다. 그의 주요 저서인 『우공추지禹貢錐指』는 중국 고대지리 연혁의 중요 참고서다.

구양수는 사학 부문에서도 공헌한 것이 있다. 우선 그는 사학에서 금석고고학을 개척했다. 그의 『집고록集古錄』은 중국 금석고고학 부문에서는 최초의 전문 저술이다. 그가 "금석문을 모아 기록한 것이 많게는 천 권이나 되는데 그 가운데 발미跋尾가 있는 것을 기록하여 책을 만들었다. 고증한 것이 비록 홍매洪邁[18] 등에게는 미치지 못하지만, 그 당시로는 자득한 것이 있었다." (『사고전서간명목록』) 우리는 그가 창시한 공로는 아무나 이루기 어렵다고 본다. 후대 학자들은 금석을 중시해서 역사를 살피는 자료로 활용하고 있는데, 이러한 방법은 구양수가 개척한 것이다. 그는 또 『신당서』와 『신오대사』를 썼다. 이 책의 득실에 대해서는 후인들 사이에 자못 이론이 있지만, 다만 그는 글을 간결하게 쓰기 위해 노력했다(이른바 "사건은 전보다 더 늘어도 글은 옛 것보다 간략하다"[19]는 것이다). 또 역사를 저술할 때도 문학적 의미에 주의했으니, 자신의 특색을 담았던 것이다. 이런 부분에서도 역시 일종의 독창적 정신을 표현했다. 이상에서 보았듯이 구양수의 학문은 비교적 박식하다. 다만 역사적으로는 "구양수는 책을 읽지 않았다"는 이야기가 전해오고 있다. 그러나 그 당시 일부 학자는 기억하는 것을 학문이라 여겨 오직 많이 읽고 많이 기억했으며, 특별히 어떤 난해한 전고典故를 기억하는 것을 해박하다고 여겼는데, 이것을 기준으로 구양수를 평가하면 자연히 그는 손색이 있다. 우리도 알다시피 문인은 당연히 독서를 하지 않을 수 없다. 다만 독서는 책을 읽음으로써 이루어지지, '책상자[書籠]'[20]는 아무 쓸모가 없다.

---

18 홍매(1123~1202): 남송의 문학가. 자 경로景盧, 호는 용재容齋다. 『만수당인절구萬首唐人絕句』를 편찬했고, 필기류인 『용재수필容齋隨筆』을 남겼다.

19 『사고전서총목제요』 권42, 「사부史部 이二·정사류正史類 이二·신당서新唐書」

20 서록: 비록 책을 많이 읽기는 했으나 그것을 제대로 운용하지 못하는 사람을 비유하는 말로 쓰인다.

문학은 현실을
비추는 거울이다
-문학론

쉬운 말로 뜻을 펼친 시가

송대 초기에 시가 부문에는 몇 가지 유파가 있었다. 하나는 위야魏野와 임포林逋 및 '구승九僧'으로 대표되는데, 만당 시기의 요합姚合과 가도賈島를 계승해서 "바람·꽃·눈·달 등 자연의 풍관을 자잘한 기교로 읊어대는 것"(『영규율수瀛奎律髓』)을 특색으로 삼았기에 '만당체晩唐體'라 부른다. 그들은 "산山·수水·풍風·운雲·석石·화花·조鳥" 등의 글자를 벗어나서는 한 구절도 묘사해내지 못했다.(『육일시화六一詩話』) 또 하나는 이른바 '백체白體'로, 그들은 백거이를 모방해서 우국우민하는 모습을 띤 듯했지만, 현실을 반영하는 백거이의 태도를 잃음으로써 역량을 발휘하지 못하고 심지어 사람들의 웃음거리가 되었다. 또 하나는 관각문인인 양억楊億·유균劉筠·안수晏殊·전유연錢惟演으로 대표되는 '서곤체西崑體'로, 그들은 이상은과 온정균溫庭筠이 화려한 글을 강구한 점을 발전시켰는데, 그중에는 시사에 기탁한 경우도 있었지만, "고사를 많이 쓰고 말이 어려워 깨닫기 어려운"(『육일시화』) 것을 특색으로 삼았기 때문에 "이백과 두보의 호방한 격조를 회복하지는 못했다."(『육일시화』)

이때 이백과 두보를 기치로 송대 시풍을 열어간 사람은 구양수와 그의 친구 소순흠·매요신이었다. 그들의 공통된 특징은 현실과 정치에 관심을 두었던 것이다. 다른 점이라면 소순흠은 낭만적인 색채가 비교적 강하여 이백과 가깝고, 매요신은 "평담平淡"하고 "청절淸切"해서 두보에 가깝다. 다만 예술적인 면에서 한편으론 거칠고 호탕함을 면치 못했으며, 또 한편으론 "평이하여 빼어나지 못하고 담백해서 맛이 적었다." 그러나 구양수는 두 사람의 장점을 아우르고 있어 예술적 성취도 소순흠·매요신에 비해서 높았으며, 또 왕안석과 소식 등 일군의 시인들을 모으고 교육시킴으로써 송시로 하여금 스스로의 면모를 드러내게 했다. 송시에 관해 말하자면, 설리說理와 의론議論이 진실로 예술적 형상을 손상시킨 면이 있지만, 그러나 구양수의 솜씨는 비교적 좋았다. 예를 들면 그는 그의 스승이자 재상인 안수晏殊와 앉아서 눈을 감상하며 시를 지었는데, 그 시에 "주인은 나라와 함께 고락을 같이하는 법이니, 풍년이라고 기뻐할 것은 아니라네. 철갑옷은 추위가 뼈에까지 이르니, 사십여만 변방 병사들을 생각하소서[主人與國同休戚, 不惟喜樂將豊登. 應怜鐵甲寒至骨, 四十餘萬屯邊兵]"라고 했다. 불 밝혀 술을 마실 때도 국가대사를 생각해서 감히 "태평시대의 재상"에게 귀에 거슬리는 말을 했으니 쉬운 일이 아니다. 또한 눈앞의 일에 의론을 부쳐 "평이하고 유창하게"(『석림시화石林詩話』21) 묘사하고 자연스럽게 논의를 전환시켜 형상이 생동하는 작품이 되기에 손색없다. 이러한 형태의 설리와 의론은 분명 긍정적인 가치를 지닌다. 구양수는 매요신이 "표현하기 어려운 경치를 마치 눈앞에서 보는 듯 묘사하고 다 표현할 수 없는 생각을 언외言外로 드러낸다"고 한 말을 매우 좋아했다.(『육일시화』) 그의 시 가운데 「별척別滌」의 경우 "꽃빛은 짙게 들고 버들가지 하늘한데, 꽃을 두고 술을 치며 내 앞길 전송하네. 나 또한 평소처럼 취해 있고 싶으니, 악기들아 이별노래 연주하지 마라[花光濃爛柳輕盈, 酌酒花前送我行. 我亦且如常日醉, 莫教弦管作離聲]"고 한 것은 확실히 표현하기 어려운 감정을 묘사한 것이다. 그의 사詞도 경물에 부쳐 감정을 말하는 것이 뛰어난데, "누각 너머 푸른 버드나무 위로 그네가 솟고[綠楊樓外出鞦韆]"22 "거친 평원 다한 곳이 청산이요, 나그네는 또다시 청산을 넘어간다[平蕪盡處是靑山, 行人更在靑山外]"23는 구절은 분명 말로 다할 수 없는 의미를 품고 있다. 또 시험삼아 만사慢詞24를 지으면서 구어를 많이 써서 창의적인 정신을 드러냈다. 그는 특히 구어를 주목했는데, 가령 『귀전록』에는 "타打"자의 의미 변화를 분석한 대목도 있다. 물론 그의 사에도 일부 건강하지 못한 묘사가 있으니, 이것은 "사로써 법을 꾸미는[詞爲艷科]"25 영향을 받은 것이다. 이것은 소식이 "학문으로 시를 짓는다[以學問爲詩]"는 것과는 다르니, 그는 산문과 시와 사를 창작할

21_ 『석림시화』: 섭몽득(1077~1148)이 편찬한 송대 시화집으로, 『섭선생시화』라고도 한다. 북송 시단의 장고掌故와 일사軼事를 수록했고, 작가들에 대한 심미비평을 수록했다. 1권본과 3권본이 있다. 시화에서 청신淸新하고 자연스러운 시가 풍격을 제시했으며, 왕창령王昌齡과 소식의 미학사상을 계승 발전시켰고, 시가의 함축적 의경意境을 중시했다.

22_ 『문충집』 권133, 「완계사浣溪詞」

23_ 『문충집』 권131, 「답사행踏莎行」

24_ 만사: 송사의 주요 형식의 하나로, 소령小令과 함께 송대 사인들이 가장 상용하던 곡조 양식이다. 이 명칭은 '만곡자慢曲子'에서 유래했는데, 곡조는 길면서 박자가 느린 형태이다.

25_ 사위염과: 사詞문학이 발전해서 오대 시기에 이르러 온정균·황보송皇甫松·위장韋莊을 대표로 하는 화간사인花間詞人들에 의해 새로운 문학풍조가 형성되었는데, 주로 사춘기 소녀와 우수에 젖은 여인들의 심리를 반영하고, 남녀 애정문제를 다루었다. 이에 사풍詞風이 '기미완약綺靡婉約'해져 '사위염과'의 전통을 이루게 되었다.

때 빼어나거나 박식한 것을 자랑하지 않았기에, 송나라 사람들이 "구양수는 책을 읽지 않았다"고 했던 말이 여기에서 비롯되었을 수 있다.

통속적 어투를 사용해 산문의 외연을 넓히다

한유와 유종원은 고문운동을 창도해 일정한 성과를 얻었지만, 그렇다고 변려문이 이로 인해 소리 없이 사라진 건 아니었다. 왜냐하면 봉건시대에는 조정에서부터 관료에 이르기까지 모두 과장된 말과 빈 말을 하는 것이 불가피해서 필연적으로 변려문을 쓸 수밖에 없었다는 것은 앞에서 이미 설명했다.

특히 이는 만당과 오대 시기의 현상으로, 사대부 생활이 더욱 부패되어감에 따라 이러한 종류의 경직된 문예형식을 더욱더 애호하게 되었던 것이다. 물론 한유를 추종한 사람도 일부 있었지만, 피일휴皮日休나 사공도司空圖와 같은 사람들은, 물론 그 수는 매우 적었지만, 괴이하고 험벽하며 난삽한 길로 달려가기도 했다. 오대 시기에는 산문을 짓는 사람이 더욱 적었다. 남당南唐과 서촉西蜀에서 사詞가 지어졌던 것이 오히려 특색이 되고 있다.

송대 초기의 산문은 오히려 만당과 오대의 유습에서 벗어나지 못했는데, 특히 변려문이 발전해서 '사륙체'가 된 뒤로 구속이 더 많아지고 섬세한 기교가 더 심해졌다. 당시 문단의 대표적인 인물은 곧 '서곤시파西崑詩派'의 대표인 양억과 유균이었는데, "양억과 유균의 작품을 일러 시문時文이라고 했다."[26] 이외에 비록 유개柳開와 목수穆修 등이 한유와 유종원을 제창하여 "고

26_ 『문충집』 권73, 「기구본한문후記舊本韓文後」

문에 능하다고 일컬어졌지만", 그들은 기괴한 것에 치달아 억지로 어색하게 글을 지었다. 유개가 "학문은 반드시 경전을 높였고"(조공무晁公武, 『군재독서지郡齋讀書志』[27]), 목수는 도사인 진박陳搏을 사사했다. 사상적인 면에서는 그들의 성취가 높지 않았다는 것은 분명하다. 문학적인 면에서도 그들은 "당시의 글이 대우와 변려로 꾸미는 것을 숭상한다고 보고, 고의로 짧은 산문체로 졸박하게 하는 것을 고상하게 여겼지만" "괴상하고 우둔해서 성과가 깊지 못해 단지 케케묵고 조잡한 것을 이루었을 뿐이다."(『문헌통고·경적고』에 실린 섭적葉適[28]의 말을 인용함) 구양수가 당시 직면했던 것은 형식의 구속과 섬세한 기교 그리고 "궤이詭異한 것을 높이는 것", 이 두 가지의 왜곡된 풍조였다.

구양수는 이런 왜곡된 풍조를 변화시켰는데, 이는 한유를 추종함으로써 비롯된 것이었다. "한유의 문장은 당나라 시대에는 그렇게 중시되지 못했다. 후인들이 이렇게 한유를 추종한 것은 사실 송조의 구양수에게서 시작된 것으로, 그래서 진선陳善은 『문슬신어捫虱新語』[29]에서 '한유의 문장이 오늘날 중

27_ 조공무: 남송의 저명한 목록학자. 고종高宗 대의 인물로(생몰년 미상), 자는 자지子止, 호는 소덕昭德선생이다. 소흥 2년에 진사가 되었고, 영주수永州守와 예부시랑 등을 지냈다. 저서로 『소덕문집』 60권과 『군재독서지』 20권이 있다. 특히 『군재독서지』는 현존하는 가장 이른 개인 서목 해설서로, 후대 목록학에 큰 영향을 미친 저술이다. 남송 이전의 각종 주요 저술들을 포함하고 있으며, 저록 도서는 모두 1492부(중복 제외)로, 당송대의 서적을 완비하고 있다.

28_ 섭적(1150~1223): 남송의 사상가이자 문학가. 자는 정칙正則, 호는 수심水心이며, 시호는 충정忠定이다. 순희淳熙 5년(1178)에 진사가 되었고, 효종·광종·영종 삼조를 거쳤으며, 관직은 공부시랑과 이부시랑 겸 직학사원直學士院을 지냈다. 도학파, 심학파와 함께 남송의 3대 학파로 불리는 영가학파永嘉學派의 대표로서 공담성리空談性理를 비판하고, '사공지학事功之學'을 제창했으며, 상업을 중시하기도 했다. 문학에서는 한유의 '무거진언務去陳言'과 '사필기출詞必己出'의 정신을 계승해서 독창적인 정신을 표현하고자 했다. 주요 저서로 『수심문집』 『수심별집』(16권), 『습학기언서목習學記言序目』(50권)이 있다.

29_ 『문슬신어』: 송나라 진선(1147 전후)이 편찬한 필기잡류다. 진선의 자는 자겸子兼, 호는 추당秋塘이며, 생애는 자세히 전하지 않는다. 이 책은 경사經史·시문詩文 등의 평설과 잡사를 다루고 있는데, 상·하 양집의 8권으로 구성되어 있으며, 모두 200조의 기사가 수록되었다. 상집은 1149년에 완성되었고, 하집은 1157년에 완성되었다.

시되고 있는 것은 대개 구양수가 처음 창도한 것이다'라고 했다."(펑샤오웨,『중국문학비평』) 구양수는 「서한문후書韓文後」에서 "내가 어릴 적에 한수이 강漢水 동쪽에 살았는데, 이씨 성을 가진 집이 있어 그 아들 요보堯輔는 넉넉하고 학문을 좋아했다. 내가 그 집을 들락거리다가 상자 속에 고서가 쌓여 있는 것을 보고 꺼내어 살펴보다가 당나라 『창려선생문집』 6권을 찾았는데, 떨어지고 뒤섞여 차례를 알 수 없었지만 빌려와서 읽었다. 이때 세상에서 한유의 문장을 말하는 자가 없었다. 내가 뒤에 뤄양에서 벼슬할 때 윤사로尹師魯(수洙)의 무리들이 있어서 서로 어울려 고문을 지었다. (…) 그뒤에 세상의 학자들이 점점 고문에 힘쓰게 되자 한유의 문장도 세상에 알려지게 되었다"고 했다. 물론 그가 한유를 배우는 데만 전념했던 것은 아니고 아울러 여러 장점을 받아들였는데, 예를 들면 요내가 그의 작품을 두고 "밝고 유창하기가 『순자』와 같다"고 했고, 방포도 그의 "서사문"이 "『사기』의 격조를 닮았다"고 말했던 것이다.(『고문약선古文約選·서례序例』[30])

아울러 지적하자면, 당송시대에는 두 종류의 새로운 문체가 있었다. 하나는 '어록語錄'으로, 구어를 '아언雅言'에 섞어서 서술하는 것이다. 불교의 선종에서 먼저 시작되었다. 송대의 유자들은 강학할 때도 이러한 형식을 사용했다. 또 하나는 '변문變文'과 '전기傳奇'와 '화본話本'이다. 변문은 앞 장에서 이미 말했다. 화본이란 이야기꾼의 대본으로, 이는 일종의 강창講唱문학이다. 한편 창唱도 하고 한편 강講도 하기 때문에 문언도 있고 백화도 있다. 이 두 가

30_ 『고문약선』: 청대 동성파의 방포가 편찬한 고문선집이다. 그가 국자감의 학생이던 시절에 편찬했다고 한다. 선진 시기의 문장과 『사기』는 제외하고, 주로 양한兩漢과 당송팔가의 문장을 수록했다. 평어를 붙였는데, 작품 창작의 연원과 풍격의 관계 그리고 고문 창작의 득실에 대해 논평하고 있다.

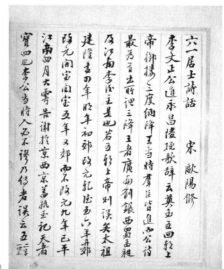

『육일시화』

지를 보면 고문과는 어떤 관련도 없으며, 고문가들도 이것을 거론하지 않았
다. 그렇다고 고문에 영향이 없었다고 할 수 없으니, 이후의 '시화詩話'가 한 편
의 글 안에 시도 있고 이야기도 있게 되었던 것이다. 최초의 화본은 시화라
고 불렸는데, 『대당삼장취경시화大唐三藏取經詩話』가 그것이다. 송나라 최초의
시화는 구양수의 『육일시화六一詩話』이다. (원명은 단지 『시화』였지 "육일"이란 두
자는 없었다.) 시화의 어투는 대체로 통속적이며 그 가운데 구어도 있다. 가
령 『육일시화』에 "(…) 『시경』을 노래한 것 중에 '종일토록 찾아도 얻지 못하더
니, 때론 도리어 저절로 온다네'라는 구절이 있는데, 본래 시의 좋은 구절은
알아듣기 어렵다는 뜻이지만, 어떤 사람이 '이는 인가에서 고양이 새끼를 잃
고 지은 시다' 하여 모두 웃었다"고 했다. 어록은 물론 이학가들이 많이 사용
했지만, 고문가들도 필기문과 제발문을 지을 때 때때로 구어를 사용했으니,
송 이후 필기류의 글에 이런 현상이 두드러졌다. 구양수의 『귀전록』도 비교

적 시기가 이른 필기의 하나이다. 구양수는 시화와 수필의 창작에 선구가 되었다고 하는데, 일종의 새로운 형식을 창출해서 사람들의 공인을 받았던 것이다. 그러나 이것과 화본 및 어록의 관계에 대해서는 인정치 않을 사람도 있다. 더 멀리 본다면 소식의 일부 산문을 보면 알 수 있듯이, 관련성이 없다고 하지는 못할 것이며, 소식의 이러한 산문은 또 구양수의 저작 안에서 그 조짐을 볼 수 있다. 문학양식은 영원히 발전하는 것이기 때문이다. 이상의 서술에서 우리는 문학에 있어서 구양수의 혁신적 정신을 볼 수 있었다.

글은 생활에서 비롯되어야 한다

(1) 그는 "도가 탁월한 사람은 문학도 어려움 없이 저절로 이룬다"고 생각했지만, 또한 "문학에서 말하고자 하는 것은 다듬어 기쁘게 하긴 어렵지만, 즐거워 스스로 만족하기는 쉽다"고 했고, 특히 "세상사를 팽개쳐 마음에 두지 않는" "문학가"를 비판했다. 다시 말하면 그가 말하는 "도"란 "세상사"와 관련된 것이고, "문학가"란 단지 "문학에 종사할 뿐"이어서는 안 된다는 것이다.(「여오충수재서與吳充秀才書」) 주둥룬朱東潤[31]이 편찬한 『중국역대문론선』에서 말하기를 구양수의 말은 문학을 논하려면 도에서 근원을 찾고, 도의 학습을 논하려면 현실 생활 속의 "세상사"에 관심을 두어야 하니, 현실 생활 속의 "세상사"에 관심을 두면 도가 그 안에 있게 된다는 것인데, 이런 주장은 문학

31_ 주둥룬(1896~1988): 현대 중국 고전문학연구가. 장쑤 성 타이싱泰興 출신이다. 중국 문학비평사의 기초를 놓았으며, 중국 현대전기문학의 개척자이기도 하다. 주요 저술로 『중국문학비평론집』(1947), 『중국문학비평사대강』(1957), 『중국역대문학작품선』(1979~1981) 등이 있다.

가들에게 현실에 관심을 두는 태도를 제시하고, 또 문학이란 현실로부터 벗어날 수 없음을 설명하고 있다고 했다.

(2) 인물묘사는 "부질없이 미화하지 않고 지나치게 악평하지 않아야 하며" "사실은 믿을 만하고 말은 잘 표현될 것"을 요구한다. 구양수는 「논윤사로묘지論尹師魯墓誌」와 「여두흔논기공묘지서與杜訢論祁公墓誌書」 두 글에서 이에 대해 비교적 상세하게 설명하고 있다. 그의 제자 증공은 그에게 보낸 서신에서 주장하기를, 문장을 짓는 일이란 반드시 "도덕을 쌓아야 문장에 능하고",[32] 그래야 비로소 현세에 알려지고 후세에도 전한다고 했다. 고문가들은 창작에서 주로 인물묘사에 힘을 쏟았다. 그들과 "팔대"시기의 문인인 채옹이나 왕검과 다른 점이 주로 이러한 면에 있었다. 이 점은 앞에서 이미 설명했다. 주목할 것은 구양수는 글을 쓸 때 "주된 내용을 적되 사소한 내용은 생략하고[紀大而略小]" "글은 간략해도 뜻은 깊게[文簡而意深]" 할 것을 제시했다는 사실이다. "주된 내용을 적되 사소한 내용은 생략한다"는 것은 취사선택을 말한다. 작자가 소재를 선택할 때는 진실과 거짓을 분별해야 할 뿐만 아니라, 실상보다 지나치게 과장해서도 안 되며, 게다가 설령 모두 사실이라 하더라도 기록 대상의 정도에 따라 취할지 버릴지를 분별해야 한다. 어떤 중요한 인물이라도 만일 큰 일 작은 일(설령 모두 사실이라 해도) 할 것 없이 모두 묘사한다면 분명 산만하고 지루할 것이다. 소식은 사마광을 묘사할 때 1만~2만 자를 썼고, 주희는 장준張浚을 묘사할 때 4만 자를 썼지만, 이것들은 문학작품이 되지 못했다. "글은 간략해도 뜻은 깊게 한다"는 것은 기실 거짓 묘사와 사실 묘사에 대한 문제이다. 주둥룬이 편찬한 『중국역대문론선』에는 이 문

32_ 증공, 『원풍류고元豐類藁』 권16, 「기구양사인서寄歐陽舍人書」

제에 대해 해석하기를, "간략히 한다는 것은 취사선택하는 것이고, 깊게 한다는 것은 어렵게 하는 것이 아니라 함축적인 뜻과 언외言外의 의미를 두어 사람들로 하여금 찾아서 이해하도록 하는 것이다"라고 했으니, 뜻이 어긋나지 않는다.

(3) 변려문과 서곤체에 대한 논평이 비교적 공평하다. 어떤 사람은 구양수를 단순히 고문가로 여기면서, 아울러 북송의 시와 문의 혁신에 비교적 큰 역할을 했기 때문에 그가 변려문과 서곤체를 힘써 반대했다고 말한다. 이는 사실과 어긋난다. 그는 명백히 이렇게 말한 적이 있다. "대우와 변려의 문장이라도 이치에 합당하다면 분명 잘못된 것이라 할 수 없다. 그래서 이것이 옳다고 저것을 그릇되게 여겨서는 안 된다."(「논윤사로묘지명서論尹師魯墓誌銘書」) 또한 『육일시화』에서도 다음과 같이 명백히 말했다. "양대년楊大年(억億)과 전유연錢惟演과 유균劉筠 등 여러 공이 창화唱和했다. 『서곤집』이 나온 뒤로 당시 사람들이 다투어 본받아 시체가 일변했다. 선생이나 선배들은 고사를 많이 사용할 것만 근심했지, 말이 어려워 깨닫기 어려운 경우는 이것을 배운 사람(서곤체를 배운 사람을 말한다)의 폐단에서 비롯된 것임을 모른다. 가령 자의子儀(유균)가 「신선新蟬」에서 읊기를, '바람이 옥우玉宇에 이르니 새는 먼저 날아가고, 금경金莖에 이슬이 내려도 학은 알지 못하네'라고 했는데, 비록 고사를 쓰고 있지만 아름다운 구절이 아닌가? 또 '뾰족한 돛 빗겨 걸린 것은 관교 위의 버드나무요, 빠른 북소리에 놀라 날아가는 건 해안의 갈매기라'는 구절은 고사를 쓰지 않았지만 아름답지 않은가? 대개 뛰어난 문장과 박식한 학문으로 필력이 넘쳐나기 때문에 펼치는 것마다 좋지 않은 것이 없으나, 앞 시대에 시인이라 불리던 자만 못한 것은 바람·구름·초목 등의 사물에 얽매인 탓이니, 허동許洞[33]에게 비난당했던 것이다." 이로써 그가 서곤체를 한마디로 무

시하지 않았다는 것을 알 수 있다. 이 글에서 말한 "허동에게 비난당했던 것"은 '구승시九僧詩'³⁴를 가리키는데, 같은 책에서 "마방이 하강한 땅이요, 조반이 싸웠던 곳이라네[馬放降來地, 鵰盤戰后云]" "봄 기운은 계령 너머에서 일어나고, 인간은 해문 서쪽에 놓여 있네[春生桂岭外, 人在海門西]"라는 구절을 소개하며 "그 아름다운 구절들이 대부분 이와 같다"고 했다. 구양수는 비록 "당나라 만년에 시인들이 이백과 두보의 호방한 풍격을 회복하지 못했다"고 하고, 또 "그러나 또한 정밀한 뜻으로 서로 높이기를 힘썼다"고 했다. 이렇게 장단점을 구별해서 다루는 태도는 분명 좋은 방법이다. 위대한 작가란 여러 장점을 두루 취하지, 하나의 견해만 지니지 않는 법이다.

(4) 맹자와 한유를 모방하지 않았으며, "그 자연스러움을 취할 것"을 주장했다. 증공이 왕안석에게 보낸 편지글에 구양수가 왕안석을 두고 지적한 의견이 전달되고 있는데, "구공께선 그대(왕안석)가 차츰 자신의 문장을 넓혀나갈 것이지, 이미 만들어진 말을 쓰지 말고 앞사람을 모방하지 않기를 바라십니다. 맹자와 한유의 문장이 비록 뛰어나지만 그와 흡사하게 할 수는 없으니, 자연스러움을 취할 뿐이라고 하십니다"라고 했다.(「여왕개보서與王介甫書」)

알다시피 구양수는 『맹자』와 한유의 문장을 추앙했지만, 단지 사람들에게 시야를 넓힐 것이지 맹자와 한유를 모방하지 말고 "그 자연스러움을 취할

33_ 허동(976~1015): 자는 동부洞夫. 송 진종眞宗 함평咸平 3년(1000)에 진사가 되었으나, 평생 중용되지 못했고 오강현烏江縣 주부主簿를 지냈다. 병학兵學에 뛰어났고 문재도 있어, 구양수가 준일俊逸한 선비라고 칭찬한 바 있다. 저서로『호령경虎鈴經』(100권)과『춘추석유春秋釋幽』(5권)가 있다.

34_ 구승시: 구승은 송대 초기의 시승詩僧이었던 희주希晝·보섬保暹·문조文兆·행조行肇·간장簡長·유봉惟鳳·우소宇昭·회고懷古·혜숭惠崇 등 9인을 가리킨다. 당시 유행했던 서곤체의 부화한 시풍을 반대하여, 가도賈島와 요합姚合을 계승해서 퇴고를 반복하는 창작 태도를 가졌으며, 작품 내용은 청수淸邃하고 유정幽靜한 산림의 경색景色과 고적枯寂하고 담박한 은일생활을 노래하고 있다.

것"을 요구했다. 방이지方以智[35]가 말하길, 한유도 "때론 쪼개는 것이 생소할 경우 뜻을 새겨 다듬고 옛것을 쪼아 돌을 다듬되 흔적 남기는 것을 면치 못했는데" "그 흔적을 제거하여 한결같이 평평하게 한 사람은 구양수와 증공이다"라고 했다.(『문장신화文章薪火』) 요중실姚仲實(야오융푸)도 말하길, "구양수는 한퇴지(한유)의 기굴奇崛함을 변화시켜 평이하게 했다"고 했다.(야오융푸, 『문학연구법』) 이러한 변화는 매우 중요한 것으로 산문사상 일단의 발전을 의미하는 것인데, 곧 "유려하고 쉬움流易"은 송나라 산문과 한·당 산문이 서로 구별되는 점이다. 후인들 중에는 이에 대해 약간 다른 견해를 가진 사람도 있는데, "송나라 산문의 유창 평이함은 한·당 산문의 중후함만 못하다"고 한다.(『소매첨언昭昧詹言』[36]) 우리는 "유려하고 쉬움"은 결코 결점이 아닐 뿐만 아니라 분명 산문사상 하나의 큰 발전이라고 본다. 물론 이러한 변화는 소식에 와서야 완성되었다.

35_ 방이지(1611~1671): 명말 청초의 사상가. 자는 밀지密之, 호는 만공曼公·녹기鹿起·용면우자龍眠愚者 등이다. 안후이 성 퉁청 출신으로, 숭정 13년(1640)에 진사가 되었고, 한림원 검토檢討를 지냈다. 명나라의 회복을 위해 노력해서 '명계사공자明季四公子'로 칭해졌다. 명나라가 망하자 승이 되었고, 법명은 홍지弘智다. 그는 학문에 해박하고 여러 장점을 널리 받아들였으며, 유·불·도 3교를 합일시키는 사상을 주장하며 많은 저술을 남겼다.

36_ 『소매첨언』: 청 방동수方東樹(1772~1851)가 지은 시평론집이다. 모두 10권으로, 도광道光 19년(1839)에 완성되었다. 이 책에서는 오언고시만 다루고 있는데, 그뒤에 저술한 『소매첨언속록』(2권)에서는 칠언고시를 다루었고, 또 1841년에 편찬한 『속소대첨언』(8권)에서는 칠언율시를 다루었다. 저자는 동성문파의 일원으로 요내에게서 고문을 배웠다. 이 평론집에서도 '의리義理'를 중시하는 고문창작법에 준해서 시를 평론하고 있는데, 작가의 사상과 작품의 관계를 중시하고 있다.

唐 宋 八 大 家　**歐 陽 修**

말의 이치로
세상의 논리를 파헤치다
- 예술적 성취

일상적 언어에 실은 곡진한 뜻

육기陸機가 말하길, "의미가 대상과 맞지 않고, 말이 의미를 다 표현하지 못할까 늘 근심한다"고 했는데(「문부文賦」), 특히 곡절 심오한 사리와 복잡 미묘한 정의情意로 묘사하면 뜻을 전달하지 못할 것이 없고, 감정을 다 묘사하지 못할 것이 없으며, 더 어려운 것도 이루어낼 수 있다. 육조시대 사람들은 성률과 사조詞藻를 빌려서 과장하고 돋보이게 하며, 때로는 실상을 벗어나 지나치게 떠벌리기도 했다. 어떤 사람은 성률과 사조로 서로 뽐내지는 않았지만, 오히려 꽉 막혀 토로하지 못하는 경우도 많았다. 한유는 여러 층으로 구절을 복합시켜 구절의 의미를 엄밀하게 만들었고, 구성을 크게 잡아 문기가 돌출하도록 했으며, "말은 반드시 자기에게서 나오게 해서[詞必己出]" 글을 쓸 적마다 사람을 놀라게 했다. 의론에서는 힘있는 구절로 분출하듯 토해내어 기운으로 사람을 복종시킨다. 가령 「원도原道」에서 "널리 사랑함을 인이라 하고, 인을 행하여 마땅하게 함을 의라 하고, 여기에서부터 가는 것을 도라 하고, 자신을 채우고 남에게 기대하지 않는 것을 덕이라 하는데, 인과 의는 정해져 변하지 않는 이름이요, 도와 덕은 유동적인 자리이다. 그래서 도에는 군자와 소인의 차이가 있고, 덕에도 흉함과 길함의 차이가 있다"고 했다. 기운이 성대하고 말이 마땅하기 때문에 사람들이 읽으면 당연히 그렇다고 믿게 된다. 그러나 자세히 따져보면 이러한 개념에 대한 해석이 반드시 근거가 있는 것은 아님을 발견할 수 있다. "정해져 변하지 않는 이름"과 "유동적인 자리"란 무엇인가? 이것과 노자의 이론은 무슨 관계가 있는가? 사실 모두 투명하게 논증된 것은 아니다. 그래서 "기굴함"을 변화시켜 "유창하고 쉽게 하는 것", 이것이 산문의 발전에 필연적인 것이다.

구양수 문장과 한유 문장의 같은 점은 자유롭고 소박한 언어로 설명하는 것인데, 다만 구양수의 이야기는 조용하고 급하지 않으며, 한 구절 한 구절 한 단락 한 단락 시원하게 풀어가고, 곡진해서 훤히 펼쳐지며, 평이해서 이해하기 쉽다. 「붕당론」의 경우 "대개 군자와 군자는 같은 도로 벗이 되고, 소인과 소인은 같은 이익으로 벗이 됩니다"라고 하는데 이것은 이해하기 어렵지 않다. 그는 또 나아가 "그러나 신은 소인은 벗이 없고 오직 군자만이 있다고 생각합니다"라고 하는데, 이러한 제시법은 독자의 생각을 끄집어내어 스스로 사고하게끔 한다. 구양수는 마치 어떤 한 가지 결론을 미리 생각하고 있는 듯, 바로 이어 "그 까닭은 어째서일까요?"라고 하면서 곧장 분석해 들어간다. 그는 먼저 소인이 "좋아하는 건 이록利祿"이고 "탐내는 건 재화"라고 말하고, "같은 이익을 만났을 때"는 비록 "잠시 서로 무리지어 벗이 되지만" "이익을 보면 먼저 취하려고 다투고" "혹 이익이 없어져 교유가 멀어질" 때에는 "도리어 서로 해치게 된다"고 한다. 그래서 "신은 소인은 벗이 없는데 잠시 벗을 이루는 것은 거짓이라고 생각합니다"라고 했다. 반면에 군자는 "지키는 건 도의요 행하는 건 충신이요 중시하는 건 명절입니다. 이것으로 수양하면 도가 같아져서 서로 보탬이 되고, 이것으로 나라를 다스리면 마음이 같아지고 함께 다스려" 군자의 사귐은 "시종 한결같다"고 한다. 그는 사조를 쓰지 않거니와 어떠한 과장도 하지 않고, 기이한 글자와 괴상한 구절을 쓰지 않았다. 그는 통속적이고 이해하기 쉬운 언어로 도리를 설명함으로써 사람들이 그렇다고 믿게 할 뿐 아니라 그렇게 된 까닭도 알게 한다. 그는 또 여기에 만족하지 않고 상고시대부터 만당시대에 이르기까지의 역사 사실 가운데 몇 가지를 예로 들어, "임금 된 사람은 소인들의 거짓 사귐을 물리치고 군자들의 참된 사귐을 써야 한다"는 것을 증명했다. 또 이와 관련된 역사 사례를 대개 요점을 간추려 서술하고 있는데, 인용한 내용들은 옛 책을 조금만 읽어본 사람이라면 능히 알 수 있는 역사 사실이어서, 전고를 인용하는 방식도 다르다. 특별히 주목할 만한 것은 그가 정반正反의 양면을 따라 많은 역사 사건을 들어 증명한 다음, 바로 이어서 "전대의 임금 중에 사람마다 마음을 다르게 품어 벗이 되지 못하게 한 사람은 주紂만 한 이가 없고, 선한 사람들이 벗이 되는 걸 금절禁絕한 사람은 한 헌제獻帝만 한 이가 없으며, 청류清流의 벗들을 죽인 것은 당 소종昭宗 시대만 한 때가 없었습니다. 그러나 모두 나라를 어지럽혀 망하게 했습니다"라고 한 점이다. 아울러 순과 주 무왕의 정반대되는 사실로 비교하며 "서로 칭송 찬미하고 추천하고 양보하며 스스로 의심하지 않은 이로는 순의 스물둘 신하만 한 이가 없어 순 또한 의심하지 않고 모두를 기용했습니다"라고 했으니, 이로써 이미 명백해진 듯하다. 구양수는 덧붙여 말하길 "후세 사람들은 순이 스물두 명의 붕당에게 속임을 당했다고 꾸짖지 않고 오히려 총명한 성인이라고 일컫는 것은 그가 군자와 소인을 구분했기 때문입니다"라고 했다. 이 글에는 종합도 있고, 분석도 있고, 대비도 있다. 비교하고 분석하는 가운데 어기가 매우 평화롭고, 또 곡절하게 뜻을 다 표현하면서도 감정을 지니고 있으며, 이치로써 사람을 감복시키고 있다. 후인들의 일련의 우수한 의론문들은 사법詞法·구법句法·장법章法 할 것 없이 대체로 이런 방식과 유사하다.

이런 언어는 의론문에 적용될 뿐만 아니라 서사문와 서정문에도 적용된다. 구양수의 「상강천표瀧岡阡表」가 바로 유창하고 쉬우면서 서정과 서사에 곡진한 글이다. 구양수는 네 살 때 아버지가 돌아가셨기에 아버지의 인물됨과 행적에 대해서는 아는 것이 많지 않았다. 그는 또 채옹이나 왕검처럼 부화한 사조로 아버지를 찬양하는 걸 원하지 않았기에 단지 어머니의 추억에 근거해서 아버지의 인물됨과 행적을 그렸다. 다만 아버지가 '바깥에서 했던 일'은 어머니도 말해줄 수 없었다. 그래서 어머니가 들었던 소문을 가지고 아버지의 심경을 곡진히 그려내고 그 행적을 추상하고 있다. 가령 아버지는 "마음가짐이 인에 두터우셨다"고 하는데, "네 아버지가 관리가 되었을 때 늘 밤에 등불을 밝혀 공문서를 보시곤 했는데 자주 그것을 덮고서 탄식하셨다. 내가 왜 그러느냐고 물으면 '이는 사형에 처할 옥사요, 나는 이들의 목숨을 구해주고 싶은데 그럴 수 없구려!' 하셨단다"라고 했으니, 과연 이렇게 묘사하니 "관대하고 두터운 듯"하지만, 이런 "관후함"은 분명 다시 따져볼 만한 면이 있다. 그래서 그는 이것으로 그치지 않고 이어서 묘사해나간다. "내가 '목숨을 구해줄 수는 있나요?'라고 묻자, '목숨을 구해주려다가 결과를 얻지 못해도 죽는 이나 나나 모두 한이 없을 텐데, 하물며 구해서 살릴 수 있다면 어떻겠소? 그러나 살릴 수 있다면 구해주지 않아 죽은 자가 억울해질 것이오. 대개 항상 살리려고 해도 오히려 잘못되어 죽는데, 세상은 늘 죽는 길만 찾는구려'라고 말씀하셨단다"라고 했다.

이로써 마음가짐이 인자한 것과 법의 집행이 공평한 것이 하나로 결합되었다. 이 점만 들어도 그의 아버지가 평소에 처신하던 것을 모두 추상할 수 있으며, 특히 이야기의 전개가 파란만장하게 변화하는 가운데 인물의 심정을 곡진하게 전달하고, 형상이 선명하고 성격이 우뚝 드러나, 읽고 있노라면 그 사람을 보는 듯하고 음성을 듣는 듯하다.

이런 글은 언어가 소박하고 진실되며[朴實] 간결 정련하고[簡煉] 통속되어야 하며, 허자를 잘 사용해서 묘사가 생생해야[傳神] 한다. 예를 들어 어머니가 "네 아버지가 죽은 뒤 생계를 꾸려나갈 집 한 칸 밭뙈기 하나 없었으니, 내가 뭘 믿고 스스로를 지킬 수 있었겠느냐?"라고 말씀하신 것을 묘사했는데, 이 구절은 평이한 것처럼 보이지만 남송 이후의 고문가들에게 이런 묘사가 드문 것은 이 고문가들이 그의 어머니가 개가할 생각을 가졌던 것을 감히 말할 수 없었기 때문이다. 그러나 구양수는 도리어 시시콜콜 말함으로써 기실 한 과부의 어기를 진실하게 표현했다. 또 그의 아버지가 "제사 풍성한 것이 봉양 박한 것만 못하다"라고 하신 말은 심상한 말인 것 같지만, 효자가 어버이를 생각하는 한없는 심경을 개괄하고 있으니, 이는 진실한 마음에서 잘 다듬어진 말이다. 송나라 사람의 필기에 강의 용왕이 이 비를 빌려가 이 구절 옆에 권점을 쳤다고 하는데,[37] 이는 물론 억지로 지어낸 말이지만 사람들이 이 구절에 찬탄했음을 말해주고 있다. 이런 말은 아주 통속되면서 구어에

37_ 강고거사江皐居士, 『고문경훈古文經訓』

가깝지만 그렇다고 방언은 아니다. 고금을 막론하고 남북의 지역 구분 없이 읽었을 때 음절이 조화롭고 문기가 유창하면 사람마다 쉽게 알아듣는다. 그는 허자를 사용해서 어기를 드러내는 것을 잘했는데, 위에서 인용한 "그러면 죽는 이나 나나 모두 한이 없을 것이다"에서처럼 어조사 "야也"를 넣음으로써 읽을 때 정감을 더욱 풍부하게 해준다. 또 "내 뭘 믿고 스스로를 지킬 수 있겠느냐"에서 만약 "야耶"자를 생략해버리면 어구는 통하겠지만 음조音調와 정운情韻은 완전히 달라진다.

때로는 감추고 때로는 드러내는 변화의 조화

과거 사람들이 산문을 말할 때 종종 오해가 있었으니, 한편으로는 기굴崎崛한 것을 괴려怪麗하다고 생각했고, 또 한편으로는 평이한 것을 꾸밈없이 있는 그대로 서술하고[平鋪直敍] 질박해서 문채가 없다[質木無文]고 여겼다. 그러나 실은 그렇지 않다. 구양수의 평이 유창한 문풍과 그 정운情韻은 바로 그가 "느긋하게 풀기를 잘하고"(『예개藝概』), "유순함을 얻었으며"(『예개』), "탄토억양吞吐抑揚하는 변화가 조화로워" "사람들을 절창케 한" 데서 말미암았다.(요범姚範,[38] 『원순당필기援鶉堂筆記』) 예를 들어 「여고사간서與高司諫書」는 그가 의분으로 꽉 차 있을 때 지은 것으로 "보수파에 대한 분노와 책망"이었지만, 다만 "글을 쓸 때는 도리어 조용조용하고 큰소리 치거나 낯빛이 사납지

---

38   요범(1702~1771): 청대 문학가. 자는 사동巳銅 또는 남청南青이고, 호는 강오姜塢 또는 궤봉노인几蓬老人이다. 안후이 성 퉁청 출신으로, 건륭 연간에 진사가 되어 편수관을 지냈다. 저서로는 『원순당시집』(7권), 『원순당문집』(6권), 『원순당필기』(50권) 등이 있다.

않았으니"(중국사회과학원문학연구소, 『중국문학사』), 이것은 한유처럼 기세가 드높아 기운으로 사람을 앗아버리는 것이 아니라, 반복 곡절해서 이치로 사람을 굴복시키는 것이다.

세상의 사리란 모두 어지럽고 번잡해서 단지 이쪽 면만 말하고 저쪽 면을 말하지 않으면 빈틈을 남기게 된다. 예컨대 구양수는 「여고사간서」에서 단지 범중엄의 현명함을 말하고 고약눌이 범중엄의 유배에 대해 함구하여 간언하지 않은 것을 책망하는 것으로도 글이 되었을 것이다. 그러나 고약눌이 도리어 "범중엄이 본래 현명하지 않았다"고 해명하자, 구양수는 더 나아가 "과연 범중엄이 현명하지 않다"고 가정해두고 고약눌에게 질문하기를, "그렇다면 그를 등용할 때 어째서 천자를 위해 그가 현명하지 않다는 것을 따지지 않았느냐"고 하니, 이것은 고약눌로 하여금 변명할 수 없게 만들고 문장의 논리도 더욱 엄밀해서 "자신의 주장을 남겨두지 않았던" 것이다. 한 단계 한 단계 구석구석 모두 말하고 난 뒤 그는 실제 "인간들에게 수치스러운 일이 있음을 다시는 알지 못한다"고 거듭 지적하니, 이는 노발대발하며 꾸짖는 것보다 더 힘이 있다. 그래서 유순한 것은 유약한 것이 아니며, "탄토억양하며 변화하는 것"은 일부러 자태를 짓기 위해 비비꼬는 것이 아니다.

문장은 또한 "자태가 변화하고[姿態變化]" "정운이 모자라지 않아야[情韻不匱]"한다. 『좌전』과 『사기』의 서사 가운데도 이따금 잡다하게 서술하고 의론하는 경우가 있으며, 서정과 결합하기도 하고, 더러는 세밀한 묘사를 집어넣음으로써 형상을 풍부하게 하여 글과 감정이 모두 무성하기도 하다. 이것은 구양수 문장의 표현방식에서도 특히 두드러지는 면이다. 예를 들면 『오대사五代史』 「영관전서伶官傳序」는 첫머리에 강개한 필치로 논점을 열어나간다. 이어서 즉시 서사로 들어가는데, 서사 가운데 세밀한 묘사를 집어넣기도 하고(진왕晉王이 세 개의 화살을 장종莊宗에게 하사하는 대목), 또한 의론과 서정을 결합하기도 한다.("당당하다고 하겠다" "어찌 그리 쇠약한가"의 경우) 그리고 다시 이어서 바로 결론을 내리진 않고 먼저 "아니 얻는 것은 어렵고 잃는 것은 쉬워서인가? 아니면 본래 성패의 자취가 모두 사람에게서 말미암기 때문인가?"라고 한다. 자못 "반전되는 필치와 분방한 자태와 오열하는 소리와 변화하는 경지"(중국번의 말)를 이루어, 독자들로 하여금 음미하게 하면서 깊은 생각으로 끌고간다. 그런 다음 다시 정면으로 "근심과 노력은 나라를 흥하게 하고, 안일과 즐거움은 몸을 망하게 한다"고 하는데, 이것이 결론이다. 방포는 구양수가 『사기』의 "풍신風神"을 얻었다고 하고, 유희재는 "태사공의 문장에서 (…) 구양수가 그 빼어난 경지를 얻었다"고 했다. 이른바 "풍신"과 "빼어난 경지"라는 것도 이런 면을 가리키는 것이고, 이른바 "유순함"도 이런 면을 가리키는 것이다. 바로 이와 같기 때문에 "생각이 이르는 곳에 말은 이르지 못하고, 생각이 다한 곳에 말은 다하지 못한다"고 하니, 이른바 "정운이 모자라지 않다"는 것이다. 장유검張裕劍[39]이 일찍이 야오융푸 선생에게 말하길, "이른바 '정운이 모자라지 않다'고 하는 것은 곁갈래가 다양하기 때문이다"라고 했다. 곁갈래란 곧 변화가 끼어드는 것을 가리킨다. 이 설명으로 명백해졌듯이, 이는 어떤 "헤아릴 수 없이 신비로운 것"도 아니며, 또한 우리가 글을 지을 때 귀감이 될 만하다.

앞에서 이미 설명했듯이 허자는 산문에서 묘사를 생생하게 하는 역할을 한다. 장유검은 "문장에서 어려운 것은 무엇보다도 허자를 사용하는 데 있

39_ 장유검(1823~1894): 청대 산문가이자 서법가. 자는 염경廉卿이며, 후베이 성 우한武漢 출신으로, 도광 시기에 진사가 되었다.

다"고 했다. "무엇보다도"라고 하면 과장된 말이지만, 글 속의 신기神氣가 변려문에서는 음률에 있다면 산문에서는 허자에 있으니 이 또한 사실이다. 구양수는 허자를 사용해서 묘사를 생생하게 하는 데 더욱 뛰어났다. 가령 「취옹정기」는 21개의 "야也"자를 연이어 사용하고 있는데, "야"자는 옛날의 "혜兮"자에 해당되며, 출토된 한나라의 죽간에는 "예殹"로 나와 있고, 오늘날 백화문의 "아啊"자에 해당된다. 또한 21개 "아啊"자를 사용함으로써 독자들로 하여금 작자가 직접 산천을 가리키며 명승지를 소개하는 것을 보고 있는 듯이 만들어 실감을 더해준다. 그리고 "야"자의 사용은 문장 음절을 아름답게 조화시켜준다. 만약 「취옹정기」의 첫머리 몇 구절에서 "야"자를 생략했다고 가정해보자. "추저우를 둘러싸고 있는 것 모두가 산, 그 서남쪽의 여러 산들, 숲과 골짝 더욱 아름답다[環滁皆山, 其西南諸峯, 林壑尤美]"가 되는데, 문장은 비록 그런대로 통하지만 어기가 급하고 유창하지는 못하다고 생각된다. 구양수의 글 중에 「취옹정기」만 "야"자를 많이 쓴 건 아니고, 「상강천표」에서도 "야"자를 많이 쓰고 있다. "야"자의 쓰임이 많다는 것은 가만히 멈춘 곳이 많다는 뜻인데, 이는 사람들로 하여금 마치 읍소하는 듯한 정감을 느끼게 한다. 대개 글을 지을 때 마음이 격동하면, 말을 하다가도 멈추고 또 멈추게 된다. 가령 「주금당기晝錦堂記」의 첫머리 두 구절에 "벼슬이 장상에 이르고, 부귀해져 고향으로 돌아가리[仕宦而至將相, 富貴而歸故鄕]"라고 했는데, 만약 두 개의 "이而"자를 빼버린다면 정감이 확 줄어들 것이다. 왜 그런가? 알다시피 일반적으로 한어는 두 글자가 하나의 음절을 이룬다. 두 개의 "이"자를 보탬으로써 매 구가 여섯 자가 되어 세 음절을 이루며, 어기가 느긋해져 비로소 일창삼탄一唱三嘆(말은 완곡하지만 깊은 의미를 담음)하는 효과가 생겼다. 이상의 세 가지 예문을 통해 구양수는 허자를 사용할 때에 무척 신중을 기했다는 것을 알 수 있으며, 이 또한 우리로 하여금 감상할 만하고 참고하게끔 만든다.

시적 정취를 품은 산문

『시인옥설詩人玉屑』[40]에 황정견의 「서학선瑞鶴仙」 한 수가 실려 있는데, "추저우를 둘러싸고 있는 것은 모두가 산이요, 바라보니 울창하게 깊고 빼어난 것은 낭야산琅琊山이로다. 산길을 6~7리 가니 샘가에 날 듯한 정자가 있으니 취옹정醉翁亭이로다. (…)"라고 했고, 또 임정대林正大의 「하신량賀新涼」도 구양수의 「취옹정기」를 본떠 지었다. 한 편의 산문이 어떻게 보태지고 깎여서 사詞가 될 수 있었을까? 이는 분명 그 글 자체에 시적인 맛이 있었기 때문이니, 어떤 사람은 그 글은 본래 시가 된 산문이라고 했다. 구양수는 본래 시사詩詞에 이름난 작가로 "시부의 장점을 산문체 속에 삽입시켜" 산문에 시적인 맛이 풍부하게 했으니 자연스러운 일이다. 가령 사람들이 즐겨 외는 「취옹정기」 「상강천표」와 『오대사』 「영관전서」는 의론·서정·서사를 막론하고 정취가 서려 있지 않은 곳이 없으니 일창삼탄할 만하다. 이 작품을 두고 몇 가지 분석을 해보자. 산문의 시가화는 주로 함축미와 의미의 언외미에서 비롯된다. 「취옹정기」는 "산수를 모방해서"[41] "형체가 흡사하도록 꾸민"[42] 말이 아니다.

40_ 『시인옥설』: 남송 위경지魏慶之가 편찬한 시화집. 모두 20권으로, 송 이전 제가들의 시비평을 모은 것이다. 송 이전 시가사의 주요한 자료집이다.

41_ 유협, 『문심조룡』 권10, 「물색物色」

42_ 소통蕭統, 『문선文選』 권50, 「송서사영운전론宋書謝靈運傳論(심약沈約)」

"(산수의 낙을) 마음에 얻어 술에 붙인 것"이란 말이 이 점을 밝혀준다. 분명 이 글은 "사철의 경관"을 묘사하고 유객의 낙을 묘사하는데, 다만 "사람들은 태수를 따라 놀면서 즐거워할 줄만 알지, 태수가 그 낙을 즐거워하는 줄은 모른다"고 하고, 그 "낙"을 글 속에서 분명하게 말하지 않아 독자들로 하여금 상상하게 만든다.

구양수가 그 무렵 매요신에게 서신 한 통을 보냈는데, 스스로 "여기에 머무는 것이 오랠수록 더 즐겁다"고 말했다. 앞에서 말한 대로 그는 추저우로 좌천되어 온 것이니, 이치상 "낙"이 있을 리 없다. 다만 글 속의 경치는 "들엔 향초가 만발하여 향기 그윽한 (⋯)" 것이고, 경치 안의 사람은 "앞선 자 노래하고 뒤에 가는 자 화답하는 (⋯)" 것이며, 자신을 "창안백발로 그 가운데서 취해 쓰러져 있다"(그때 그는 아직 마흔이 채 안 되었다)고 묘사했고, "산과일 들나물"에 "현악 관악도 없으니" 여느 태수들처럼 "꽃 사이에서 껄껄거리며 이야기하는" 것과는 분명 다르다. 그는 추저우 사람들의 낙을 자기의 낙으로 삼았으니 이른바 "즐거움을 함께한다"는 것이다. 이것이 이 글의 언외의 뜻이다. 명백하게 말하자면, 그는 자신의 이상인 "다스림이 너그럽고 간결한" "어진 태수"의 형상을 빚은 것이다. 특별한 점은 본래 자신이 유산遊山한 일을 기록한 것인데, 도리어 3인칭 화법을 사용함으로써 문장에 풍미를 더해주고 있다.

풍경 묘사만 그런 것이 아니라 구양수는 사람을 묘사하는 문장에서도 항상 시에서 상용하는 '배경을 통해 돋보이게 묘사하는[渲染襯托]' 수법을 사용했다. 그는 「하남부사록장군묘표河南府司錄張君墓表」의 경우 장군의 사실에 대해서는 아주 조금 묘사하고, 오히려 "하남은 또한 이름난 산수가 많은데, 대숲이 무성하고 예쁜 꽃과 괴석이 평평한 대와 맑은 연못 그리고 위아래로 황량한 터와 초원 사이에 있다. 나는 시간 있으면 현인과 어른을 따라 시를 짓고 술 마시는 것으로 즐거움을 삼았다. 장군은 사람됨이 과묵하고 덕이 있어 관청에 앉아 일을 다스리고 문서를 살피며 송사에 더욱더 마음을 다했다"고 묘사했다. 앞의 첫대목은 장군과는 전혀 관련이 없는 것인데, 다만 이런 배색을 그림으로써 부지런히 일하는 장군의 모습이 더욱 돋보이게 하고 있다.

「석만경묘표石曼卿墓表」에서도 "만경은 어려서도 기가 절로 호방해서 책을 읽어도 장구章句 풀이를 따지지 않고, 오직 고인의 빼어난 절개와 위대한 행위와 비상한 행적을 흠모하며, 세속은 자질구레해서 족히 그의 뜻을 움직일 것이 없다고 보았다"고 묘사했다. 이것은 기상을 공허하게 모사해서 분출해낸 것이니, 그야말로 이것이 서정시의 묘사법이다.

특히 「제윤사로문祭尹師魯文」과 같은 서정적 작품에서는 "아! 사로여. 그대의 논변은 만물의 이치를 다했으니, 일개 옥리로 그치기엔 아깝도다. 뜻은 사해를 품을 만하지만, 자기 한 몸 둘 곳 없었네. 깊은 산 벼랑, 들녘의 물가, 원숭이 동굴, 사슴의 무리에도 오히려 용납되지 못했으니, 마침내 온갖 귀신들과 이웃이 되었구나!"라고 했다. 감정이 강렬해서 마치 『이소』를 읽는 듯하다. 「제석만경문祭石曼卿文」에서도 "내가 그대를 보지 못한 지 오래지만, 그래도 자네의 평생이 보이는 듯하다. 훤칠하여 활달하고 우뚝하니 높아서 지하에 묻히게 되더라도 썩은 흙덩이가 되지 않고 정교한 금옥이 되리라 생각한다. 그렇지 않으면 천척의 소나무를 자라게 하고, 아홉 줄기 영지를 낳겠지"라고 했으니, 상상력이 풍부해서 더욱 사람들을 놀라게 한다. 왕안석은 구양수의 글을 두고 "그 맑고 그윽한 음운은 강풍과 소낙비가 질주하여 이르듯 처연하다"(「제구양문충공문祭歐陽文忠公文」)고 했으니, 그 평설이 잘 표현된 것이다.

능숙한 언어 운용의 묘

전해오길 어떤 사람이 구양수에게 글 짓는 방법을 묻자, 그는 "단지 능숙해지면 될 것이니, 변화자태는 모두 능숙함에서 나온다"고 대답했다고 한다.(양장거梁章鉅,[43] 『퇴암수필退庵隨筆』에서 재인용) 구양수의 문장이 쉽고 유려한 것은 언어를 제어하는 것이 상당히 능숙한 정도에 도달했기 때문이다.

언어가 숙련되었음을 구체적으로 설명하자면 대략 다음과 같이 몇 가지로 말할 수 있다.

(1) 어휘가 정련精鍊하다. 한유는 "옛날엔 오로지 말이 반드시 자신에게서 나왔다"고 했는데, 자신에게서 나왔다는 말은 새로 만든 것이 아니라 주로 구어를 정련한 것을 가리킨다. 구양수의 「준조언사상서準詔言事上書」에서 몇몇 어휘를 예로 들어보자. "점병點兵된 없는 이름은 있어도 병사를 얻은 실수實數는 없다"에서 "점병"과 "실수"라든가, "새로 모집한 병사를 교습토록 한 것"의 "교습"이라든가, "공장의 작업에서 이미 백성들을 고달프게 했고, 수레로 옮길 때도 길에서 힘들게 했다[工作之際, 已勞民力, 輦運搬送, 又苦道塗]"에서 "반송搬送"이라든가, "단지 애써 수를 채우기에 급급했지 수요를 감당치 못함을 생각지 못했다[但務充數而速了, 不計所用之不堪]"에서 "충수充數"와 "속료速了"라든가, "힘으로 다투긴 어려워도 계략으로 이길 수 있다[尤難以力爭, 只可以計取]" "그 일을 감당할 사람은 없다[無人敢當事]" "걸핏하면 전례를 들먹

43_ 양장거(1775~1849): 청대 문학가. 자는 채중茝中 또는 굉림閎林이며, 호는 채린茝鄰 또는 퇴암退庵이다. 가경(1802)에 진사가 되었고, 강소순무사江蘇巡撫使를 지냈다. 많은 책을 읽어 장고掌故에 능숙했으며, 필기소설 짓기를 즐겼다고 한다. 저서로 『문선방증文選旁證』 『제의총화制義叢話』 『귀전쇄기歸田瑣記』와 『퇴암수필退庵隨筆』 『영련총화楹聯叢話』 등이 있다. 이 가운데 『퇴암수필』은 모두 20권으로, 청대의 사회풍기를 소개하는 책이다.

이다[動拘成例] "현인 우부가 혼잡되다[賢愚混雜]" 등등으로, 오늘날까지 구어인 것도 있다. 구양수가 사용한 어휘는 구어를 정련한 것에만 한정되지 않고 오히려 스스로 조합하기도 했으니, 이른바 "스스로 멋진 말을 만들었던"[44] 것이다. 「취옹정기」의 "울창하여 깊고 빼어난[蔚然深秀]" "봉우리가 돌고 길이 굽어[峯回路轉]" "샘물이 시원하여 술이 향기롭다[泉洌酒香]" "석양이 산에 놓였고[夕陽在山]" "우는 새소리 오르락내리락[鳴聲上下]" 등의 말이나, 「유미당기有美堂記」의 "사방으로 트여 있는 길[四達之衢]" "배와 수레가 모여들고[舟車之會]" "호수와 산으로 둘려 있어 좌우에 그림자 드리웠네[環以湖山, 左右映帶]" "강의 물결은 넓고 아득하여 안개와 구름 무성하다[江濤浩渺, 煙雲杳靄]" 등의 말과 「상주주금당기相州晝錦堂記」의 "태평하나 위험하나 절개가 한결같고[夷險一節]" "말소리와 얼굴빛을 조금도 움직이지 않고[不動聲色]"라거나, 「추성부秋聲賦」의 "갑자기 뛰어오르며 팽배해져[奔騰砰澎]" "풍우가 갑자기 몰려오는 듯[風雨驟至]" "별과 달이 맑고 깨끗하며 밝은 은하수가 하늘에 있는데[星月皎潔, 明河在天]" "안개와 구름이 걷히고[煙霏雲斂]" "하늘이 높고 해가 빛나며[天高日晶]" "아름다운 나무가 울창하여[佳木葱籠]" "봄은 돋아나고 가을에 열매를 맺게 한다[春生秋實]" 등등, 모두 손 가는 대로 집어왔지만 수려하기가 이를 데 없다.

(2) 구법은 변려체와 산문체가 어울리고 장단長短이 섞여 있다. 구양수는 산문가이면서 사륙문四六文의 명수이다. 그의 사륙문은 양억과 유균에 비해 발전해 있었는데, 그는 고문의 작법을 변려문에 도입함으로써 언어의 운용이 능숙하여 자유자재로 변화시키고 있다. 가령 「답호수재계答胡秀才啓」의

44_ 유협, 『문심조룡』 권1, 「변소辯騷」

"진실로 종신토록 돌이키지 않는다면 비록 한 번의 잘못이 무슨 해가 되겠는가[苟終身之不回, 雖一眚其何害]"라는 구절은 단숨에 읽어보면 무슨 군더더기나 막힘을 느낄 수 없다. 그의 산문은 물론 산행散行의 문구를 많이 쓰고 있지만, 더러 대우의 구절을 섞어 쓰기도 한다. 평보청平步靑은 『하외군설霞外攟屑』에서 구양수의 「사영시후서思穎詩後序」를 들어, "짝을 잃어 고달프게 나는 새라야 돌아갈 것을 알고, 억지로 끌려가는 것이 두려운 마음이라야 세속을 향한 수레를 돌리게 된다[不類倦飛之鳥, 然後知還, 惟恐勒移之靈, 却回俗駕爾]"는 구절은 "산문에 변려문의 어법을 사용한 것"이라고 했다. 이렇게 우아하고 화려한 구절을 지나치게 산문에 집어넣는 형태는 분명 적절하지 못하다고 할 수 있다. 그러나 가끔 말을 질박하게 해서 기세를 변화시켜주거나, 혹은 대우를 맞춰 포진시키거나, 혹은 한 층 한 층 전개하면서 변려체인 듯하면서 변려체가 아니고 산문체인 듯하면서 산문체가 아닌 어구를 산문 특히 서경이나 서정문에 사용함으로써, 언어에 성세聲勢와 색채色彩를 증가시켜주는 것은 적절하다. 가령 「취옹정기」의 "들꽃이 피니 그윽한 향기 풍기고, 아름다운 나무 빼어나 그늘이 무성하다[野芳發而幽香, 佳木秀而繁陰]"는 구절과 「주금당기」의 "벼슬이 장상에 이르고, 부귀해져 고향으로 돌아가리[仕宦而至將相, 富貴而歸故鄉]"는 구절과 「유미당기」의 "대개 저기선 물외에 마음을 풀어두더니, 여기선 번화한 것에 생각을 즐긴다[盖彼放心於物外 而此娛意于繁華]"는 구절에서 "이而"자와 "어於"자를 생략하면 곧 대우구가 된다. 「논적청論狄靑」의 경우 "신이 듣건대 신하로서 충성을 다하는 사람은 말하기 어려운 일을 감히 피하지 않고, 임금으로서 아랫사람을 잘 부리는 사람은 말하기 어려운 말을 항상 들으려고 한다. 그런 뒤에야 아랫사람은 숨긴 생각이 없고, 윗사람은 귀를 막는 일이 없을 것이며, 간교한 자가 나타나지 않고 화란이 생기지 않는다[臣聞人臣之能盡忠者, 不敢避難言之事, 人主之善馭下者, 常欲聞難言之言. 然後下無隱情, 上無壅聽, 奸宄不作, 禍亂不生]"고 했고, 『오대사』「일행전一行傳·서序」에서는 "남의 녹봉을 먹으며 머리를 숙이고 부끄러운 낯빛으로 살 바에야 마음에 부끄러움이 없이 자유롭게 자득하며 사는 게 낫다[與其食人之祿, 俯首而色羞, 孰若無愧於心, 放身而自得]"고 했는데, 뒤의 예문은 그야말로 사륙체이다. 다만 첫째로 사조詞藻와 전고典故를 쌓아두지 않았고, 둘째로 대우에 얽매이지 않았기 때문에, 원숙하여 유창하고 쉬우며 표현도 힘이 있다. 문장의 멋에는 정돈된 멋[整齊美]과 자유분방한 멋[參差美] 두 가지가 있는데, 이것이 융합되어 하나가 되어야 한다. 가령 구양수「길주신락기吉州新樂記」의 "향악의 노래를 듣고, 헌수하는 술을 마시노라[聽鄕樂之歌, 飮獻酬之酒]"라든가, 「진주동원기眞州東園記」의 "구름을 열어젖힌 정자를 바라보고[望以拂雲之亭]""허공에 또렷한 누각을 내려다보며[俯以澄虛之閣]""그림 그린 배를 띄워 타고[泛以畫舫之舟]"라는 구절이 그렇다. "화방지주畫舫之舟"에서 "방舫"은 "주舟"와 중복되는 말인데, 그가 군이 이렇게 묘사한 것은 정돈된 멋을 얻으려고 했기 때문이다. 우리는 구양수의 글에서 그가 변려문과 산문을 섞어 쓰는 데 뛰어났음을 알 수 있으며, 자유분방한 가운데 정돈된 멋이 있으니, 이는 언어가 숙련되었음을 보여주는 것이다.

그런데 변려체와 산문체의 문제를 제외하고도 '구의 장단'이라는 문제가 있다. 고문은 변려문에 비해, 송대 고문은 당대 고문에 비해 편폭이 긴 것이 많다. 편폭이 길다는 것은 그 안의 구절도 길다는 뜻이다. 선인들은 이것이 송대 고문의 단점이라고 여겼다. 그러나 우리는 이것이 언어발전의 자연스런 현상이라고 생각하며, 오늘날 구어문은 역시 송대 고문에 비해 더 길다. 이렇게 하지 않으면 어의를 엄밀하게 하거나 어기를 유창하게 소통시키지 못하기 때문이다. 가령 구양수의 「집현원학사유공묘지명集賢院學士劉公墓誌銘」에 "2년 8월 거란에 사신으로 갔다. 공은 본래 북노의 산천과 길을 잘 알았다. 북노 사람들은 고북구에서 꺾어 돌아 천여 리를 가면 류허 강柳河에 이른다고 말했다. 공이 묻기를 '고송정에서 유하로 가는 길은 매우 곧고 가까워서 며칠 안 걸려 중경에 도착할 수 있는데, 어째서 저 길로 가지 않고 이 길로 가는가?'라고 했다. 대개 북노 사람들은 항상 일부러 길을 우회시켰으니 땅이 험하고 먼 것으로 사신에게 자랑하고, 또 자국의 산천지리를 익히지 못하도록 했던 것인데, 공의 질문을 예측하지 못했던 터라 서로 놀라 돌아보며 부끄러워하고 사실대로 실토하기를 '참으로 공의 말씀이 맞습니다'라고 했다"고 했다.

이 문장의 목적은 유창하고 해박함을 표현하는 데 있기 때문에, 만약 "항상 일부러 길을 우회시켰으니 (…) 자국의 산천지리를 익히지 못하도록 했던 것인데"라는 말을 빼버려도 목적을 이룰 수 있다. 그러나 이렇게 하지 않으면 거란의 접반사가 이렇게 행동한 원인이 드러나지 않으며, 그럼으로써 이처럼 완곡하고 유창한 작가의 문풍을 체현할 수 없다.

또 「논연도감등종량사장황태과論燕度勘滕宗諒事張皇太過」에서 "다만 신이 등종량 사건이 일어났다는 말을 처음 들었을 때 특별히 따져 아뢰어 일찍이 국문을 시행할 것을 요구했었습니다. 신이 만약 앞서 아뢴 것을 고집한다면 결국 그릇되고 말았겠지만, 오직 바랐던 것은 종량의 죄가 크다는 것을 살피시어 신이 전부터 말한 것이 옳다는 사실을 알리려는 것입니다. 그러나 신이 끝내 이렇게 마음먹지 못한 것은 차라리 전날 불합리한 망언으로 임금께 죄를 얻을지언정 오늘날 일을 그르쳐 나라에 잘못된 일이 생기게 해서는 안 되기 때문입니다[只如臣初聞滕宗諒事發之時, 特有論奏, 乞早勘鞠行遣. 臣若堅執前奏, 一向遂非, 唯願勘得宗諒罪深, 方表臣前來所言者是, 然臣終不敢如此用心, 寧可因

前來不合妄言得罪於上, 不可今日遂非致誤事於國]"라고 했다. "신이 만약[臣若]" 이하 60여 자가 한 구가 되는데, 구의 뜻을 두 개의 층으로 양분하고 "연然" 자를 써서 전환시키고 있다. 첫째 층을 살펴보면 다시 세 개의 층으로 나뉘고 ("앞서 아뢴"부터 "말았겠지만"이 한 층, "오직 바랐던"이 한 층, "신이 전부터"가 또 한 층이다), 둘째 층에도 몇 개의 층이 있는데 어떻게 봐도 무방하지만, 가령 "차라리 전날 (…) 오늘날 일을 그르쳐" 등의 말은 생략해도 글의 뜻은 통하지 만, 반드시 이렇게 말해야 비로소 심경을 극진하고 분명하게 설명할 수 있다. 더욱 주목할 것은 구절이 비록 길어도 정돈된 곳이 많고, 게다가 "견집전주堅 執前奏"와 "일향수비一向遂非" "유원唯願 (…)"과 "표신表臣 (…)" "불합망언不合妄言 득죄어상得罪於上"과 "금일수비今日遂非" "오사어국誤事於國"은 모두 대략 글자 수가 같고 말도 대우에 가까우며, 음운 또한 비교적 조화롭다(가령 "유원감득 종량죄심唯願勘得宗諒罪深"에서는 본래 "죄대罪大"라고 해야겠지만 아랫구절 끝 한 자 가 측성이기 때문에 여기서는 평성자로 바꾸어 쓴 것이다). 이것으로 구양수는 언 어를 사용할 때 구의 장단을 깊이 고려했음을 알 수 있다.

언어가 유창하려면 음절의 조화가 중요하다. 여기에는 설명해야 할 몇 가 지 점이 있다. 첫째, 한어는 기본적으로 두 개의 글자가 하나의 음절을 만든 다. 그래서 구양수는 「풍락정기豊樂亭記」 중 "높은 곳에 올라 청류관을 바라 보네[登高以望淸流之關]"에서 "청류관淸流關"(지명이다) 가운데에 "지之"자를 넣 어 구절을 4개의 음절로 만들어놓았다. 그렇지 않으면 칠언고시의 구절 모양 이 되었을 것이다. 둘째, 앞과 뒤의 구절이 서로 크게 차이나지 않게 해야 한 다. 가령 「현산정기峴山亭記」의 "한때 이 산의 아래에 있었다가, 또다시 한수이 강의 연못에 놓였다. 능곡이 변천하는 것은 알았지만, 돌은 때로 마멸된다는 것을 몰랐다[一置茲山之下, 一投漢水之淵. 是知陵谷有變遷, 而不知石有時而磨滅

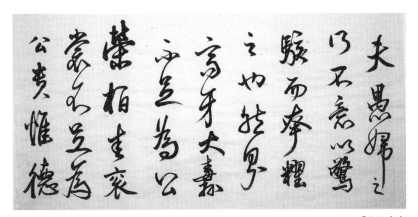

也]"는 대목에서 "~의 아래[之下]"와 "~의 연못[之淵]"은 본래 생략해도 좋은
말이지만, 만약 생략한다면 앞 구절은 너무 짧고 뒤 구절은 너무 길어져서,
읽어보면 순조롭거나 유창하지 못하다. 셋째, 구문 끝 한 자의 운조韻調에 주
의하는 것이 좋다. 가령 "지하之下"의 "하下"자가 측성이면 "연淵"자는 평성인
데, 평성과 측성이 서로 바뀌면 어기가 저절로 고르게 된다(산문은 변문과 달
라서 매번 대구의 구문 끝의 평측을 바꿔야 하는 건 아니지만, 그렇게 하면 입으로
읽기에 자연스럽다). 넷째, 구문 안의 모든 글자도 평측을 따진다. 가령 "봉회
로전峯回路轉"은 평평측측이고, "환이호산環以湖山"은 측측평평이며, "일치자
산지하一置玆山之下"는 측측평평측측이고, "일투한수지연一投漢水之淵"은 측평
측측평평이다. 물론 산문의 문장은 들쑥날쑥하고 음조도 변화무쌍하다. 어
떤 사람은 예스럽고 산만한 것을 추구해서 일부러 변문의 음률과는 다른 것
을 추구하는데, 그것은 적절치 못하다. 구양수는 「주금당기」에서 "무강의 절
도사로 와서 상주를 다스렸다[以武康之節來治於相]"고 했는데, 본래 문맥이
용어에 맞게 순조롭고[文從字順] 음조도 조화롭다(그러므로 "이以"자는 개의치

않아도 된다). 그러나 한기는 그 구절을 고쳐 "이무강지절래치상以武康之節來治相" 또는 "이무강절래치어상以武康節來治於相"이라고 해야 한다고 했으니(『소계 어은총화苕溪漁隱叢話』), 이는 예스럽고 산만함을 지나치게 추구한 것이다. 오히려 구양수 산문의 언어와 음절이 자연스럽고 원숙하다는 것을 이 일례를 통해 살펴볼 수 있다. 이것이 그의 글을 감상할 만하게 만드는 점이니, 우리도 구어문을 지을 때 어조와 음절에 주의할 필요가 있다.

　물론 말을 숙련되고 유창하게 하려면 진지한 원고 수정이 필요하다. 구양수는 글을 지을 때 매우 진지했다. 예를 들어 앞에서 보았던 「주금당기」에서 첫머리 두 구에 있는 두 개의 "이而"자가 그렇다. 듣건대 그의 처음 원고에는 "이"자가 없었다고 한다. 글을 지은 뒤 괜찮아서 보내고 나서야 그는 비로소 생각이 났다. 한번 생각이 나자 곧장 사람을 보내어 다시 가져오게 하고, 두 개의 "이"자를 보탠 뒤에 다시 보냈던 것이다. 또 「취옹정기」의 시작도 처음 원고에서는 추저우 사면의 여러 산을 묘사했는데, 대략 100여 자나 되었다. 그러나 뒤에 붓으로 지워 없애고 "환저개산야環滁皆山也" 다섯 자로 고쳤다. 전하는 말에 의하면, 그는 만년에 이르러 도리어 자신의 문장을 쉬지 않고 고쳤는데, 때때로 늦도록 잠들지 못했다고 한다. 그의 부인이 선생의 꾸지람이 두려워서 그러냐고 묻자, "선생의 꾸지람이 두려운 게 아니라 후생들이 웃을까봐 두렵소"[45]라고 했다 한다. 이러한 일들은 모두 그의 창작 태도가 진지했음을 말해준다. 문장이 유창한 것은 바로 진지하게 단련한 결과였다. 왕안석이 장적을 평가한 시에 "평범한 듯 보여도 아주 특출하고, 쉽게 이룬 듯해도 매우 힘들었다네"[46]라고 했는데, 이 말로 구양수의 문장을 그대로 평가

45_　심작철沈作喆,『우간寓簡』권8

해도 좋을 것이다.

구양수의 문풍은 또한 그 인품의 체현이다. 사람들은 흔히 "글은 그 사람이다"고 하는데, 이는 바로 문품이 곧 인품이라는 것이다. 증공은 구양수가 "도덕이 쌓여서 문장에 능하다"고 했다. 증공이 말한 "도덕"이란 자연히 봉건적 도덕을 가리킨다. 그래서 약간 비판받아야 할 문제점을 안고 있다. 하지만 그것은 문학과 실천의 관계를 설명한 것이다. 그리고 증공의 말에 구체적인 설명이 있다. 증공은 「기구양사인서寄歐陽舍人書」에서 구양수를 "도덕이 쌓여서 문장에 능한" 사람이라고 추앙했다. 증공은 이 서찰에서 문학과 도덕의 관계에 대해 설명하는데, "사람의 행실 중에 실정은 선한데 현상이 잘못된 경우가 있고, 생각은 간악한데 겉으론 착한 경우가 있으며, 선과 악이 현저한데 실상을 지적할 수 없는 경우도 있고, 실상이 명성보다 큰 경우도 있으며, 명성이 실상보다 지나친 경우도 있습니다. 사람을 기용하는 것도 이와 같으니, 도덕을 쌓은 사람이 아니면 어떻게 분변하는 것이 분명하며 의론이 사사롭지 않을 수 있겠습니까? 분명하고 사사롭지 않으면 공변되며 옳은 법입니다. 그러나 그 말이 다듬어지지 않으면 세상에 전하지 못하므로 또한 문장도 아울러 뛰어나야 합니다"라고 했다.(「기구양사인서」)

"분변하는 것이 분명하다"는 것은 유지기劉知幾[47]가 『사통史通』에서 말한 "역사가의 식견[史識]"이요, "의론이 사사롭지 않다"는 것은 또한 장학성章學

46_ 왕안석, 『임천문집』 권31, 「제장사업시題張司業詩」
47_ 유지기(661~721): 당나라 역사가. 자는 자현子玄이다. 영륭永隆 연간에 진사가 되었고, 저작랑 중서사인中書舍人이 되어 기거주起居注를 편찬했으며, 20여 년간 국사를 편수했다. 그뒤 관직에서 물러나 개인적으로 역사를 정리했다. 아들 유황劉貺의 죄에 대해 신원을 하다가 현종玄宗의 노여움을 사서 안주安州에 좌천되어 그곳에서 죽었다. 그의 대표저술인 『사통』(내편 39편, 외편 13편)은 당 왕조 이전의 역사 전적에 대해 전체적으로 분석하고 비평하고 있다.

誠[48]이 『문사통의文史通義』에서 말한 "역사가의 덕[史德]"이며, "문장도 아울러 뛰어나야 한다"는 것은 유지기가 말한 "역사가의 재능[史才]"이다. 자료를 더 얹어 보태면, "덕德·식識·학學·재才"와 서로 부합하는 것이다. 우리가 알다시피 문학과 사학은 같은 것으로서, 덕·식·학·재의 '사장四長'을 겸비하고 있어야 한다.

물론 위에서 말한 바와 같이 구양수의 "덕"은 봉건시대의 덕이다. 장타이옌은 지적하기를, "구양수는 한번 명분을 따지게 되면, 대를 위해 소를 희생하지 않았다"고 하면서 아울러 "백성을 좀먹는 학문"을 했다고 배척했는데(『학고學蠱』), 죄를 씌우려고 한 말은 아니다. 앞서 말한 대로 한유가 "신의 죄죽어 마땅하오나 천왕께선 성명聖明하십니다[臣罪當誅, 天王聖明]"라고 한 것은 맹가孟軻가 "백성을 귀히 여기고 임금은 가벼이 여긴다[民貴君輕]"라고 한 것에 비해 오히려 한 걸음 물러선 것인데, 구양수는 한유의 노선을 따르면서 한걸음 더 나아갔다. 여기에는 당연히 시대적 원인이 있었으니, 송은 오대의 뒤를 계승했기 때문에 군주집권을 애써 강조했던 것이다. 당시는 군주집권으로 말미암아 오히려 "문을 중시하고 무를 경시하는[重文輕武]" 정책을 취했다. 구양수는 사병이며 군관 출신인 명장 적청狄青에 대해서도 마음을 놓지 않았으며, 공개 상서문에는 적청을 추밀사樞密使로 임명해서 지방직으로 전근시킬 것을 요구했다. 구양수는 농민봉기를 크게 염려했으며, 심지어 농민봉기를 적대시했다. 그는 주소奏疏에서 이러한 생각을 거듭 표현했다. 그의

48_ 장학성(1738~1801): 청대 역사가이자 문학가. 자는 실재實齋, 호는 소암少巖이다. 건륭 43년 (1778)에 진사가 되어 국자감전적國子監典籍을 지냈다. 그는 '육경개사六經皆史'의 이론을 제창해서, 경전과 사서연구에 뛰어났다. 그가 지은 『문사통의』 9권(내편 6권, 외편 3권)은 청대 중엽 학술이론에 대한 저명한 저술이다.

개혁사상도 이런 모순을 완화시키는 데에서 출발하고 있다. 그의 「풍락정기豐樂亭記」도 송 왕조의 은덕을 선양하는 글이다. 그는 풍락정 훈련궁수로 있으면서 농민봉기를 만났다. 당시 이름난 농민봉기의 영수인 왕륜王倫은 장화이를 전전하고 있었고, 최후에는 환남영국皖南寧國에서 포로로 잡혀 희생되었으니, 『영국현지寧國縣志』「매정신전梅正臣傳」의 기록을 보면 매정신이 "구양수의 격문을 받아보고서야" 그를 잡으러 나서게 되었다고 한다. 이러한 사실은 모두 그의 계급적 본질을 판단케 하는 대목이다.

바로 이와 같기 때문에 그의 시문 속에 표현된 사상 감정도 유가사상과 봉건예교 안에 비교적 엄격하게 제한되어 있다. 사방득謝枋得[49]이 그를 "문장의 일대 종사一代宗師"라고 부르는 것도 바로 이 때문이다. 그의 "창끝과 칼끝을 감추고 빛과 향을 숨기는"(사방득, 『문장궤범文章軌範』) 것은 한유가 창끝을 모두 드러내는 것과 다르며, 사상이 심각한 것도 또한 유종원이나 왕안석과도 다르다. 뒤에 등장하는 몇몇 고문가도 구양수과 증공을 많이 본받아 종종 "말이 도덕과 성명性命에서 벗어나지 않는다"고 하는데, 고문이 사람들에게 책망을 받는 까닭에는 구양수도 일정한 관련이 있다.

49_ 사방득(1226~1289): 남송의 문학가. 자는 군직君直, 호는 첩산疊山이다. 보우寶祐 4년(1256)에 진사가 되어, 강동제형江東提刑과 강서조유사江西詔諭使를 지냈다. 원나라가 침범하자 건녕建寧 당석산唐石山에 은둔하다가 송이 망하자 민중閩中에 우거했고, 원조元朝에서 자주 불렸으나 응하지 않았다. 복건의 참정參政 위천우魏天祐가 억지로 끌고 가 베이징에 도착했으나, 민중사憫忠寺에 머물며 정조를 굽히지 않았으며, 결국 절식해서 죽었다. 저서로『첩산집』16권과『문장궤범』이 있다.『문장궤범』은 문장을 유별로 선집하고 평점을 붙인 것으로, 남송대의 중요한 평점 선집이며, 송대 평점학을 대성한 것으로 칭송받았다.

제5장

진보적 정치가 왕안석의
정치적 글쓰기

"고집불통" 개혁가
-소평전

　　왕안석王安石(1021~1086)은 자가 개보介甫요, 만년의 호는 반산노인半山老人이라 했으며, 무주撫州 임천臨川(지금의 장시 성 푸저우) 사람이다. 진사로 출세해서 관직이 "동평장사同平章事"(재상)에 이르렀고, 형국공荊國公에 봉해졌기 때문에 왕형공王荊公이라고도 불렸으며, 사후에는 문공文公의 시호가 내려졌다. 저술로는 『시경신의詩經新義』 『상서신의尚書新義』 『주관신의周官新義』(합쳐서 『삼경신의三經新義』라고 하는데, 『시경신의』 『상서신의』는 없어졌고 『주관신의』는 편집본이 남아 있다) 『노자설老子說』 『자설字說』(『노자설』과 『자설』은 유실되었다) 등이 있고, 그의 시문과 사詞를 후인들이 『왕문공문집王文公文集』으로 엮었다.

　　왕안석은 문화적 교양이 있는 가정에서 태어나, 그 스스로 "부형들의 학문을 사람들이 알았으니, 못난 나도 짓는 시가 절로 빼어났다네"라고 했으며, 그의 세 여동생도 모두 시에 뛰어났다. 그는 이른 나이에 당시 저명한 문인인 증공과 시인 왕령王令·왕회王回 그리고 진보적 사상가인 이구李覯 등과 교우를 맺었는데, 증공을 통해 구양수를 알게 되었고, 구양수를 통해 대시인인 매요신을 알게 되었으며, 역사가인 유창劉敞·유반劉攽 등과도 교유했다. 서로 절차탁마하며 보탬이 되었던 것이다. 대략 말하자면, 그의 유물사상과 대범하게 '이利에 관해 말했던' 것은 이구와 비슷하고, 앞사람의 낡은 설에 얽매이지 않고 과감하게 '옛것을 의심'했던 것은 유창과 구양수에 가깝고, 박문강기博聞強記해서 고서를 많이 읽었던 것은 또 유창이나 유반과 흡사하며, 사실적인 시풍은 매요신과 비슷하고, 낭만적인 색채는 왕령과 흡사하며, 산문에서는 구양수·증공과 함께 북송의 대가이기도 했다.

왕안석이 다른 사람들의 장점을 흡수해 모아 자신의 학문으로 이루어가는 것을 잘했음은 이미 위에서 서술했지만, 그에게는 하나의 두드러진 특성이 있었다. 곧 학문을 좋아하고 부지런히 했으며, 특히 독서에 노력했다는 점이다. 송나라 사람들의 필기에서 그를 두고 "비록 침식 중에도 손에서 책을 놓지 않았다"(『묵객휘진墨客揮塵』[1])고 했다. 밤늦은 시각에도 "매번 독서하다가 동이 트곤 했다"(『소씨문견록邵氏聞見錄』[2])고 하며, 심지어 "일 년 내내 머리를 감지 않았고, 의복이 다 헤어져도 빨거나 벗지 않았으며", 친구들이 "집에서 각자 새 옷을 지어서" 그에게 갈아입으라고 주면, 그는 "새 옷을 보면 입되 어디서 난 것이냐고 묻지 않았다"(『석림연어石林燕語』)고도 한다. "매번 식사 때에

1　『묵객휘진』: 송나라 팽승彭乘(1068?)이 지은 필기집.『묵객휘서墨客揮犀』라고도 하는데, 모두 10권이며, 속집이 10권이다.
2　『소씨문견록』: 북송 소백온邵伯溫(1037~1134)이 지은 것으로, 모두 20권이다. 소강절의 아들인 저자는 초년에 왕안석의 변법 시대를 살았고, 중년에는 원우元祐 당쟁을 겪었으며, 만년에는 정강靖康의 화를 경험해 견문이 매우 풍부했다. 이 책에는 주로 왕안석의 변법에 관한 기록이 많고, 북송 초기의 조장朝章 제도와 일문 기사도 실려 있다.

도 가리는 것이 없었는데", 어떤 사람이 그가 노루 육포를 즐겨 먹는다고 했으나, 그 사람의 부인이 이 말을 믿지 않고 다른 음식을 바꾸어 그 앞에 놓아도 그는 과연 한결같이 그것만 씹어 먹었다고 한다.(『곡유구문曲洧舊聞』[3]) 송나라 사람들은 그를 "죄수 머리에 상주 얼굴을 하고 시서를 이야기했다"(「변간론辨奸論」[4])고 하는데, 기실 그것은 그가 일심으로 독서했던 사실을 설명하는 것에 불과하다. 이외에 몇 가지 전하는 일화가 있다. 가령 그가 황제를 모시고 꽃놀이와 낚시를 한 다음 황제가 잔치를 열자 그는 지렁이(미끼)를 잘못 먹었다고 했다거나, 평소 연희구경을 좋아하지 않았는데 하루는 연희를 보다가 웃었다고 한다. 그는 원래 『역경』의 어떤 문제를 생각하다가 "깨달은 것이 있으면 스스로 기뻐하며 자신도 모르게 웃음이 나왔다"고 하고, 또 글을 지을 때 자신의 손을 잘못 물어서 피가 나기도 했다고 한다. 일화의 동기야 어떠하든 상관없이 사실은 모두 그가 학문하는 데 진지하고 엄숙했으며, 전심으로 뜻을 다했음을 말해주고 있다. 물론 그는 죽은 독서를 했던 것은 아니다. 그는 조사연구에도 남다른 관심을 가졌다. "제자백가의 책에서부터 『난경難經』 『소문素問』 『본초本草』 등의 잡설에 이르기까지 읽지 않은 것이 없었으며, 농부나 여공에게도 묻지 않는 것이 없습니다"(「답증자고서答曾子固書」)라고 했다. 그래서 견문이 넓었고, 식견도 역시 날로 높아갔다. 유반은 일찍이 "구양수는 책을 읽지 않는다"고 힐난했지만, 왕안석의 학문에 대해서는 도리어 매우 탄복했으며, 이학가인 정이도 왕안석을 "견문이 넓고 식견이 높다"고 인정하지

---

3 『곡유구문』: 남송 주변朱弁(?~1144)이 편찬한 문언소설집으로, 모두 10권이다. 저자가 금나라에 억류되어 있을 때 기억을 더듬어 기록한 것으로, 북송과 남송 초기의 조야유사朝野遺事와 사회풍정 및 사대부 사회의 일문軼聞을 기록했는데, 특히 왕안석의 변법에 대한 기술이 많다. 작품의 내용이 풍부하고 정감이 생동적이며, 표현이나 풍취가 뛰어나 문학적 가치와 사료적 가치가 높다.
4 소순, 『가우집』 권9

않을 수 없었다.(『이정유서二程遺書』) 송나라 사람들의 화본에 왕안석이 소동파를 세 번 곤란하게 만들었다는 고사가 실려 있는데,[5] 내용은 비록 허구이지만 왕안석의 학문이 넓고 박식하다는 것을 당시 사람들이 공인했음을 보여주고 있다.

그러나 왕안석은 또 유창·유반 등과 함께 암송의 범위가 넓기로 이름이 났지만 그들과 다른 면이 있었으며, 심지어 이백이나 한유와 같이 시문으로 저명한 이들을 달갑게 여기지 않기도 했다. 구양수가 그에게 써준 시에 "한림(이백)의 풍월시가 삼천 수요, 이부(한유)의 문장이 이백 년이라네. 늙어갈수록 마음에 아련한 게 아쉽지만, 뒷날 그 누가 그대와 선편을 다투리오"[6]라고 했으니, 그는 이백이나 한유와 같은 일류의 인물이 되기를 희망했던 것이다. 이는 대단히 높은 평가이자 아주 크게 기대한 것이다. 하지만 왕안석은 답시에서 "다른 날 만약 맹자를 엿본다면, 종신토록 어찌 감히 한유만 바라리오"[7]라고 했다. 이를 두고 그가 구양수를 경멸했다고 하는 사람이 있지만, 그것은 사실이 아니다. 이 시의 아래에서 분명히 "예를 표하며 제생들의 가장 뒤를 따르리"라고 했고, 또 "이로 인해 헛된 이름 얻을까 두렵네"라고 했으니, 그 스스로 후배로서 구양수에게 크게 감격하고 있으며, 단지 그 속에 큰 포부를 담았던 것임이 명백하다. 그의 포부는 곧 "직稷·설契과 함께 멀리서 서로 밝히리"(「억작행시제외제憶昨行示諸外弟」)라는 것이었으니, 곧 두보가 "등신설직等身契稷"(요임금 시대 전설상의 두 대신으로, 직은 "백성들에게 농사를 가르쳤다"고 하고, 설은 교육을 담당했다고 한다)이라고 말했던 것과 같다. 명백

5_ 풍몽룡馮夢龍, 『경세통언警世通言』 권3, 「왕안석삼난소학사王安石三難蘇學士」
6_ 구양수, 『문충집』 권57, 「증왕개보贈王介甫」
7_ 『임천문집』 권22, 「봉수영숙견증奉酬永叔見贈」

히 말할 수 있는 것은 그의 뜻은 사상가와 정치가가 되는 것이었다. 사실 그는 분명 진보적인 사상가이자 과감하고 혁신적인 정치가였다.

사상가로서 보자면 왕안석의 사상에는 소박한 유물론과 변증법적인 요소가 갖추어져 있다. 이는 한유나 구양수와는 다른 면이지만, 유종원과는 가까운 점이기도 하다. 북송시대에 이러한 사상가로 그와 이구·장재張載 등 여러 사람이 있었다. 런지위는 『중국철학사』에서 그에 대해 따로 장을 마련해 소개하고 있는데, 간략히 설명하면 이렇다. 그는 자연과 천도天道를 "보아서 알 수 있고, 들어서 생각할 수 있다"[8]고 여겼으니, 곧 인식 가능한 것으로 보았으며, 자신의 인식과 객관사물이 반드시 서로 부합되어야 한다고 여겨 "시대와 함께 추이하고, 사물과 함께 운용된다"고 했다. 또 "양이 있고 음도 있어 새것과 옛것이 서로 없애가는 것이 하늘이고, 처處도 있고 변辨도 있어 새것과 옛것이 서로 없애가는 것은 사람이다"라고 했다. "새것과 옛것이 서로 없애가는 것"은 곧 신진대사이다. 이러한 사상은 그를 혁신적인 진보의 입장에 서도록 했고, 또한 그의 변법 혁신의 이론적 근거가 되었다. 그러나 그는 다시 "정靜은 동動의 주인이다"라고 하여, 운동은 상대적이고 정지는 절대적인 것이라고 인식해서, 변화하는 가운데서도 불변하는 것임을 주장했다. 이것이 그의 계급적 입장을 결정하고 있다. 그가 말하는 불변하는 "정"이란 바로 봉건통치의 근본제도를 가리킨다. 그는 변법의 혁신을 봉건제도가 허락하는 범위 안으로 제한했으며, 아울러 이런 제도에 복무할 것을 다졌다. 그래서 그의 철학사상은 그의 개량주의적 정치주장과 서로 부합되는 것이었다.(런지위, 『중국철학사』 제6편 제2장 참조)

8_ 『임천문집』 권56 , 「진자설표進字說表」

정치상에 있어서 그는 혁신을 주장하며 일찍이 희령변법을 주관했다. 그는 진사에 합격한 뒤 장기간 지방직에 나가 있었는데, 한때 은현鄞縣(지금의 저장성 닝보寧波) 지사와 서주舒州 통판을 지냈다. 거기서 민생의 질고와 관치官治들의 득실에 대해 비교적 깊고 절실하게 알게 되었다. 은현에서는 "제방을 쌓아놓고 둑을 터놓아 수륙의 이로움을 마련하고, 백성에게 곡식을 빌려주고 이자를 놓아 갚게 함으로써 새것과 묵은 것을 서로 바꾸면서 읍인들을 편리하게 했다."(『송원학안宋元學案』 권98) 서주에서도 그는 "시장에 굶주린 아이가 버려져 있고" "모든 집이 하나도 채워진 것 없는"9 상황을 보고는 "육식도 꺼리지 않는 후안무치가 있음"10을 시로 묘사해서 견책했다. 특히 그는 대지주들의 "토지 겸병兼併은 곧 간사한 짓"11이라고 인식하고, 인민들은 "풍년에도 배불리 먹지 못하니, 홍수나 가뭄 땐 어디 남아 있겠는가"라고 생각했다.(「감사感事」) 그는 부호들의 착취가 결국 농민들의 반항을 불러일으킬 것이라고 염려해 겸병을 억제하는 변법사상을 차츰 형성하도록 만들었다. 뒤에 그는 제점강동형옥提點江東刑獄에 임명되었다가 임기를 마치고 조정으로 돌아왔을 때 인종仁宗에게 만언서萬言書를 바치게 되는데, 거기서 법을 바꿀 것을 주장하고 있다. 인종은 받아들이지 않았지만 왕안석의 명성은 도리어 이 일로 더욱 높아지게 되었다. 영종英宗 때에 구양수 등이 재차 추천해서 왕안석이 한림학사에 임명되자 그 주장은 중시되지 못했다. 뒷날 신종神宗이 '소년천자'로 즉위해서 '희령熙寧'으로 연호를 바꾸고 국세가 오랫동안 빈약해진 것을 살피고는 한번 진작시켜보리라 생각해 명성이 자자한 왕안석을 한림학사에서 참지정사參知

9_ 『임천문집』 권12, 「발름發廩」
10_ 『임천문집』 권24, 「서주칠월십일일우舒州七月十一日雨」
11_ 『임천문집』 권4, 「겸병兼併」

왕안석

政事(부재상)로 승격시켰다. 이때서야 왕안석은 그의 변법 주장을 실시할 수 있었다. 이것을 '희령신법熙寧新法'이라고 부른다. 주요 내용은 방전법方田法·모역법募役法·청묘법靑苗法·균수법均輸法·시역법市易法·보갑법保甲法·보마법保馬法·농전수리법農田水利法·면행전免行錢 등이다. 이외에도 과거제를 개혁해서 경의經義로 시부詩賦를 대체하고, 아울러 주현州縣에 학교 설립을 독촉하는 등등의 일을 조치했다.

왕안석 변법의 의도는 대지주와 대상인의 겸병을 억제함으로써 농민과 지주 사이의 모순을 완화하는 데 있었다. 또 재정 정리를 통해 "세금을 더 부과하지 않아도 국가 재정이 충분하게" 되고, 이로써 국방의 역량을 증강시켜 서하西夏에 대응하고자 했으니, 의도가 부국강병에 있었던 것이다. 당시 비록 집행하는 데에서 약간의 폐단이 발생했지만, 인민들에게는 좋은 면이 있어 "민들이 모두 편리했으며", 재정도 크게 호전되어 "왕성에는 7년 먹을 식량이 비축되어 있었으며",[12] 군사적으로도 서하와의 희하熙河 전투에서 승리를 거두었다. 다만 신법은 대관료와 대지주들의 이익에 손해가 되어 면행전의 시행은 황족과 귀족, 대감들의 분노를 샀다. 때마침 가뭄이 닥치자 반대자들이 이 기회를 틈타 공격을 가하니 신종도 동요했다. 왕안석은 이로 인해 재상에서 파면되었다. 이듬해에 다시 재상이 되었으나, 1년도 되지 않아서 재상 자리를 떠나 강녕江寧(지금의 난징)으로 물러나지 않을 수 없었다.

왕안석은 변법을 주도하면서부터 대지주와 대관료들의 공격을 받았다. 그가 죽은 뒤에도 오래도록 그에 대한 공격이 계속되었고, 억지로 흠을 찾기를 그치지 않았다. 그러나 시종 "찾아"보았으나 어떤 "흠"도 나오지 않았고, 단지 그를 "고집불통"이라고만 말할 수 있었다. "고집불통"이란 실은 그가 자기의 주장을 견고하게 지켰다는 뜻이다. 그의 절조와 문장론에 대해서는 그의 정적인 사마광마저도 탄복하지 않을 수 없었고, 남송의 진진손陳振孫[13] 역시 왕안석을 가리켜 "빛나고 준걸하여 흠잡을 수 없다"[14]고 했다. 전하기를, 왕안석이 강녕 사상使相(재상의 직함으로 지방장관을 맡는 것)으로 관직을 사퇴할 당시, 나무 침대 하나를 빌려 쓰고 있었는데 아전이 와서 돌려달라고 했으나 그의 부인이 돌려주지 못하고 있었다. 그는 부인의 성품이 청결한 것을 좋아한다는 것을 알고 있었기 때문에 바로 침상으로 달려가 발길로 걷어차 더럽혀버렸다. 그러자 부인은 침상이 더럽혀진 것을 보고는 얼른 가져가라고 했

---

12 소식, 『동파문집』 권90, 「사마온공행장司馬溫公行狀」
13 진진손(1183?~?): 남송의 장서가이자 목록학자. 자는 백옥伯玉이며, 호는 직재直齋다. 어려서부터 많은 책을 접했던 그는 가정嘉定 말년 무렵에 강서와 강남 등지의 현관을 지내면서 도서를 수집했다. 그뒤 흥화군통판興化軍通判이 되고, 다시 저장에서 지방관을 지냈으며, 1238년에는 국자감國子監 사업司業을 지내는 동안 장서가가 되었다. 이 장서를 토대로 목록해제집인 『직재서록해제直齋書錄解題』를 저술했다.
14 진진손, 『직재서록해제』 권17, 「별집류중·임천집일백권」

다고 한다. 이런 작은 일화를 통해 그의 절조가 청렴했다는 것을 알 수 있다. 또한 그는 인정이 많은 사람이었다. 아들이 불치병에 걸리자 결국 며느리에게 다른 상대를 찾아서 시집가도록 놓아주었다. 당시 그를 공격하던 사람들은 유언비어를 만들어 어떻게 "왕태축王太祝이 살아 있는데 며느리를 시집보내나"[15]라고 했다. 하지만 며느리가 과부로 수절하기를 강요했던 사람과 비교하면 인정스러운 일이 아닌가? 그를 "인정머리 없다"고 말하는 것은 단지 그가 "죄수나 상중인 사람 꼴로 시서를 이야기했던" 것에 근거하고 있다. 그는 청결을 중시하지 않았으니, 당연히 그것을 유익한 일이라고 여기지 않던 것이다. 또한 역으로 그가 학문을 부지런히 했다고 볼 수 있지, 설마 이것이 '큰 간신'이라고 할 만한 증거가 되겠는가? 소식은 일찍이 신법을 반대했지만 소식이 황주에서 강녕으로 돌아왔을 때, 왕안석은 직접 강변에서 영접하여 함께 산을 유람하며 시를 읊었다. 소식이 시 짓기를 "나에게 한 몸 맡길 집을 찾으라 권하지만, 십 년 늦게야 공을 만난 게 한스럽구려"라고 했다. 왕안석은 소식의 재능을 아꼈고, 소식은 왕안석의 선덕善德에 감복했던 것이니, 그의 인정이 진지해서 사람을 족히 감복시킬 만했다. 왕안석은 이처럼 후배들에게 매우 우호적이었다. 과학자인 심괄沈括과 언어학자인 육전陸佃, 시인인 곽상정郭祥正은 모두 그가 발견하고 길렀던 이들이며, 황정견黃庭堅과 진관秦觀도 그의 감식을 거쳤던 인물들이다.

왕안석은 사상가이자 정치가일 뿐 아니라 시인이자 산문가였다. 그의 변법은 실패했지만 그의 시문은 오히려 중국 문학의 보고寶庫 안에서 찬란한 광채를 뿜어내고 있다.

15_ 증조曾慥 편, 『유설類說』 권16, 「송창잡록松窓雜錄」

문장의 쓸모는
세상의 쓸모다
─문학론

사상가이자 정치가인 왕안석이 문학이란 "세상에 보탬이 되어야 한다"거나 "적용을 근본으로 삼는다"[16]고 주장한 것은 쉽게 이해할 수 있다. 그러나 어떤 학자들은 이것이 이학가들의 '문이재도文以載道'설과 모두 한가지라고 보는데, 그것은 합당하지 않다. '문이재도'는 이학가인 주돈이가 주장한 것인데, 그가 말하는 도는 곧 유심주의 이학理學의 도이며, '이제삼왕二帝三王'이 서로 전수한 '유정유일唯精唯一'한 도로서, 실제에서 벗어나 있으며 복고를 공상하는 도다. 그러나 왕안석 역시 도에 대해 말했는데, 그가 말하길 "성인은 도를 대개 마음에서 터득해서 작용시켜 정치교화의 정령으로 삼으면, 곧 본말과 선후가 있고 권세와 제의制義가 있어 한결같이 극진한 데로 나아간다"

16_ 『임천문집』 권77, 「상인서上人書」

(「여조택지서與祖擇之書」)고 했다. "권세와 제의"를 말한 것은 곧 객관적 형세에 근거해서 시대에 맞게 규정하는 것이고, "마음에서 터득"한다고 말한 것은 '이제삼왕'의 옛 시대로 돌아가자는 것이 아니며, '인정仁政'과 '왕도王道'라는 낡은 기조를 주창하자는 것도 아니다. "작용시켜 정치교화의 정령으로 삼고" "베풀어 천하의 백성들에게 입힌다"고 말한 것은 현실에서 벗어난 부질없는 이야기가 아니다. 왕안석이 말한 실상은 변법의 개혁이론과 대책을 가리키는 것이다. 이것과 이학가들의 '문이재도'는 서로 다른 측면이 있으니, 그는 '적용'을 강조하는 동시에 또한 "아로새기고 그려서 형용하려" 했는데(「상인서上人書」), 곧 형식과 내용을 서로 결합시킬 것을 요구했던 것이다. 그러나 이학가들은 문학에 종사하는 것을 완물상지玩物喪志하는 것으로 여겨, "시를 짓는 것은 도를 해치는 일[作詩害道]"로 인식했다. 또 지적할 점은 이 말을 두고 왕안석이 문채를 중시한 것으로 이해하는 사람이 있는데, 그것은 결코 정확한 것이 아니다. '서곤파'가 문채를 주장했기 때문에 왕안석은 유균과 양억을 "분묵粉墨과 청주靑朱가 뒤섞여 어지럽다"고 일찍이 호되게 비판한 적이 있었다.(「장형부시서張刑部詩序」) 우리는 그가 "깎고 새기기[刻鏤]"를 주장한 것은 아주 세밀하게 묘사하는 것을 가리킨다고 보는데, 그것은 "추하고 고우며 크고 세밀하기가 천만 배나 다른" 사물을 사실적으로 표현해내는 것이다(「두보화상杜甫畫像」에서 말한 "조수雕鎪"는 "각루刻鏤"와 동의어이다). 다만 이런 묘사는 두각을 그리는 것이 아니라 형상의 비슷하기[形似]를 구하는 것이다. 그는 일찍이 화가가 그림을 그리기에 가장 좋은 때를 "뜻이 안정되고 정신이 한적해서[意定神閑]" "쓸어버리듯이" "임하는" 때라고 생각했다. 또한 기를 위주로 삼을 것을 주장하기도 했는데, 이는 정신이 흡사하기[神似]를 요구하는 것이다. 왕안석의 산문은 대부분 학문을 논하거나 정치를 논하는 작품이어서 묘

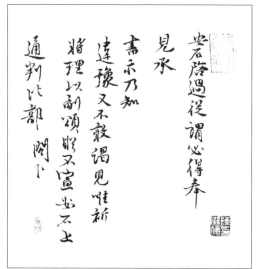

왕안석 필적

사가 매우 적으며, 그의 시가 가운데는 이런 주장을 인정할 만한 것이 있다. 가령 「호도虎圖」에서 그림 속의 호랑이를 묘사하기를, "어슬렁어슬렁 꼬리를 끌며 두려워 쫓을 줄 모르고, 눈을 두리번거리며 가려고 하다가 멈칫하네[橫行拖尾不畏逐, 顧盼欲去仍躊躇]"라고 했는데, 정말 살아 있는 것처럼 생동감 있다. 이어서 자신이 그림을 보는 장면을 묘사하기를, "얼핏 내가 보았을 땐 마음으로 놀랐고, 한참을 보다가 점점 수염을 만져보네[卒然我見心爲動, 熟視稍稍摩其鬚]"라고 했으니, 지극히 형상에 바탕을 두어 세밀하게 묘사함으로써 정신을 잘 전달하고 있다. "한참을 보다가 점점 수염을 만져보네"라는 구절만을 가지고 설명하자면, 이 일곱 글자 속에는 "한참을 보다"와 "수염을 만져보다"라는 두 가지 동작이 있는데, 한참 보다보면 이 그림이 실물이 아니라는 것을 알기 때문에 만져보고 싶어도 감히 만지지는 않았지만, 다시 본 뒤에는 비로소 "점점" 만져보고야 말았으니, 그 그림이 아주 핍진하다는 것을 알 수 있다. 세밀한 묘사는 분명 다양하게 변화하는 가운데서 이루어진다. 이것이 왕안석의 시가예술이 갖는 특색의 하나이며, 그래서 그의 산문도 '초절峭折'하기로 유명하다.

왕안석이 문이재도를 주장하는 사람들과 서로 다른 점은 요즘 사람이라고 반드시 "옛사람만 못하다"[17]고 할 수는 없다고 공공연히 외쳤던 데 있다. 그는 혜숭惠崇과 최백崔白의 그림을 논평하면서 이러한 생각을 제시했는데, 그의 이런 생각은 주돈이 부류와 다를 뿐만 아니라, 한유나 구양수도 일찍이 말하지 않았던 것이다. 물론 그가 문장에 대해 이야기할 때는 이렇게 말하지 않았지만, 다만 글이 이미 "권세와 제의가 있어" "마음에서 터득한" 데서 나오게 되면, 자연히 "변화"하게 되고 "새롭게" 되어 반드시 "옛사람만 못하지" 않게 되는 것이다.

왕안석의 문예사상 가운데 또 설명해야 할 것이 있는데, 그것은 그가 작가의 도덕적 수양 및 흉금의 포부와 문예창작의 관계를 특히 강조했다는 점이다. 그는 두보를 숭배해서 『당사가시唐四家詩』를 선집할 때 두보를 제일로 꼽았다. 그가 두보를 숭배했던 이유는 바로 두보가 "지닌 마음"에서 연유했던 것이었으니, "차라리 내 집이 무너져 얼어 죽을지언정, 사해의 아이들이 추워서 벌벌 떠는 것은 차마 보지 못했기"(「두보화상」) 때문이다. 왕안석이 안진경의 서체를 논평할 때도 안진경이 "용맹하면서도 어진 것"과 그의 "휘호가 탁월한" 것을 관련지어 보았고, 심지어 "단지 기교 안에 천득天得이 있는지 의심스럽지만, 그렇다고 억지로 통신通神할 필요는 없으리"(「오장문신득안공괴비吳長文新得顔公壞碑」)라고 말했다. 당연히 여기에는 기교를 경시할 생각은 없고,

17_ 『임천문집』 권1, 「순보출석혜숭화요여작시純甫出釋惠崇畫要子作詩」

서체가 그 사람과 같음을 강조하려는 데 주안점이 있다. 왕안석의 문예관과 미학관은 여러 방면에서 깊이 연구해볼 만하지만, 여기에서 모두 서술할 수는 없다.

두터운 학문과
너른 사상의 붓
-문장비평

　　왕안석의 산문은 그의 학행과 사상이 무르익어 피운 꽃이며, 또한 그의 문예이론이 결실을 맺은 열매다. 선인 중에 그의 산문을 "순결"하다고 말한 사람이 있는데(여조겸, 『고문관건』), 곧 수양이 성숙되었음을 지적한 것이며, 또 "입론이 매우 엄격해서 그 사람됨과 같다"고 말한 사람도 있다.(류스페이, 『논문잡기』) 이런 평어는 기본적으로 적합하다고 본다.

　　왕안석은 주장하기를 문장은 "적용을 위주로 해야 한다"고 말했는데, 그의 작품에는 이론을 설명하거나 정치를 논평한 글이 많다. 그래서 "적용"과 "실용"을 같은 말로 혼동하는 사람들이 있는데, 사실 그것은 오해다. 이론을 설명하거나 정치를 논평하는 글을 문학의 범주 밖으로 내몰아버리면 중국 문학전통의 실제에 부합되지 않는다. 그의 작품을 참고로 살펴보면, 왕안석이 말하는 "적용"된 문장이란 우리를 크게 깨우쳐주는 것으로, 특히 언어의

운용에 있는 것임을 알 수 있다. 예를 들어서 더 자세히 밝히고 분석해보도
록 하겠다.

간결한 필치의 예리한 분석

왕안석의 정론문은 성취한 바가 가장 뛰어나다. 류스페이는 그가 "법제에
관해 다양하게 언급한 것이 시대를 따라 적절히 대응하고 있고, 문사가 빼어
나고 예리해서 깊이 추론해 들어가고 있다"(『논문잡기』)고 했는데, 그의 산문
이 지닌 특색을 아주 잘 설명했다. 다만 이런 성취는 주로 그의 마음과 포부,
학문과 견식에서 비롯된 것이다. 청나라 초기에 안원顔元[18]도 일찍이 그의
「상인종황제언사서上仁宗皇帝言事書」를 예로 들어, "왕형공이 근심했던 것은 사
마광·한기·범순인의 무리들이 근심할 줄 몰랐던 것이며, 왕형공이 본 것은
주돈이·정호·정이·장재·소옹의 무리들이 미처 보지 못했던 것이며, 왕형공
이 행동한 것은 당시 모든 은거하거나 현달했던 서생들이 차마 하지 못하고,
감히 하지 못하고, 능히 할 수 없었던 것이다"(『습재기여習齋記餘』)라고 했다. 이
런 설명은 매우 구체적이고 적절한 것으로, 이 안에는 '지智·인仁·용勇' 또는
'덕德·식識·재才·학學'을 포함하고 있는데, 이것은 '문장 밖'의 공부로서(육유
가 일찍이 "네가 지금 시를 배우고자 한다면, 그 공부는 시 밖에 있노라"[19]고 했으니

---

18 안원(1635~1704): 청초의 사상가. 자는 이직易直 또는 혼연渾然이며, 호는 습재習齋다. 일생
의술과 교육을 업으로 삼았다. 공자의 교육사상을 발전시켜 '습동習動' '실학實學' '습행習行' '치용
致用' 등을 중시했다. 송명 이학가들의 '궁리거경窮理居敬' '정좌명상靜坐冥想'의 태도를 비판하고,
문무를 겸비한 경세치용적 인재양성을 적극 주장했다. 주요 저서로 『사존편四存編』(11권), 『사서
정오四書正誤』(6권), 『습재기여習齋記餘』(10권), 『습재선생벽이록習齋先生辟異錄』(2권) 등이 있다.

참고할 만하다) 문학의 근저가 되는 것이다. 안원이 아니면 이런 평어를 낼 수 없으며, 왕안석이 아니면 이런 평어에 해당되지 않는다. 바로 이 점은 책을 읽고 글을 짓는 우리에게 무척 중요한 문제를 깨우쳐주고 있다.

물론 문장을 엮고 언어를 운용하는 데는 공부가 필요하다. 왕안석은 "아로 새기고 그려서 형용하는 것"에 관심을 두었는데, "형용"이란 특히 필요한 것이다. 다만 그것은 연지와 분을 바르는 것이 아니라 "목소리와 낯빛과 말을 환하게 드러내는 것"이지만, 본래 "마음으로 터득한" 것이 없으면 결국 화장으로 남을 속이는 기교와 같은 것이 되고 만다. "생각이 풍부하고 필치가 호방한" 문장가라면 높은 곳에서 아래를 내려다보며 쓸모없는 것은 쓸어내어 버려 진부한 말을 표절하지 않으며, 미사여구를 늘어놓아도 번잡하거나 세쇄하지 않으니, 일상적인 공문서를 쓸 때도 이와 같다. 「걸제치삼사조제乞制置三司條制」라는 글을 보자. 이 글은 이재理財에 관련된 짧은 문장으로, 특히 균수법均輸法을 다룬 봉건시대 의정서이다. 왕안석은 첫머리에서 지적하기를, "천하의 사람을 모으자면 재물이 없을 수 없고, 천하의 재물을 다스리자면 법도가 없을 수 없습니다. 대개 법도로 천하의 재물을 다스리자면, 물자를 수송하는 수고로움과 편안함이 균등해야 하며, 용도가 많은 곳과 적은 곳이 서로 통해야 하며, 재화가 있고 없는 것이 다스려져야 하는데, 가볍고 무겁게 하거나 모으고 흩어버리기를 고르게 하는 것에 방법이 없어서는 안 됩니다[聚天下之人, 不可以無財, 理天下之財, 不可以無義. 夫以義理天下之財, 則轉輸之勞逸不可以不均, 用度之多寡不可以不通, 貨財之有無不可以不制, 而輕重聚散之權不可以無術]"라고 했는데, 이 얼마나 생각이 깊고 식견이 있는 말인가. 또한

19_ 구조오仇兆鼇, 『두시보주杜詩補註』권상, 「시자율示子聿(육유)」

몇 구절 문자만 놓고 말해도 이미 언어를 구사하는 왕안석의 예술성을 볼 수 있다. 분석해보자. 첫째, 어휘를 보면 괴상하고 어려운 글자나 화려한 말은 없으며, 전고를 사용하지 않아 난해한 구절이 없다. 그중에 "취인聚人" "이재理財" "전수轉輸" "용도用度" 등의 용어는 본래 구어이거나 구어에 가까운 말이어서, "전수지노일轉輸之勞逸" "경중취산지권輕重聚散之權" "이의이재以義理財" 등의 표현은 구어에 비해 오히려 더 익숙하다. 만일 구어를 쓴다 해도 이런 구절보다 몇 배 더 명확하게 설명하지는 못할 것이다. 둘째, 수사적인 면을 보더라도 비유나 의인법을 사용하지 않고, 과장된 것도 없이 단지 평순하고 사실적인 말로 실제 사정을 나타내고 있다. 셋째, 변려문과 산문이라는 체제에서 보면, 아래에 "원방유배사지노遠方有倍蓰之勞, 중도유반가지육中都有半價之鬻"(먼 지방에선 몇 곱절의 고생이 있지만, 도성에선 반값에 팔리고 맙니다) "사귀취천徙貴就賤, 용근역원用近易遠"(귀한 것을 천한 곳으로 옮기고, 가까운 것을 먼 것과 바꾸는 것입니다) 등의 표현은 모두 변려문의 구형과 흡사하다. 다만 이 단락들은 모두 산문체의 문구이지만 단락 중간에 어미조사를 하나도 쓰지 않았기 때문에 변려체의 문구에 가까운 것이다. 그러므로 이 글은 산문체를 위주로 하고 있다고 하겠지만, 변려문이 지니는 약간의 장점을 흡수하고 있다. 이러한 장점은 언어를 간결하고 세련되게 만들며, 대구법을 통해 문기를 높인다. 다만 변화가 유연한 것은 본래 고문의 장점이다. 넷째, 어구의 단계를 보면, "취인"으로부터 "이재"에 이르고, "이재"로부터 "이의이재"에 이르며, 다시 "이의이재"라는 주제사상으로부터 "전수" 등 네 방면의 이재의 원칙에 이르는데, 차례차례 올라가 긴밀하게 맞물릴 뿐 아니라 자연스럽고 원만하다.

다시 이 구절과 뒤 문장의 관계에 대해 말해보자. 우선 응당 주목해야 할 것은 "이의이재"의 중요성을 지적하는 일이다. 왜냐하면 맹자와 동중서 이후로 송나라에 이르기까지 일부 유생은 "인과 의만 있을 뿐이지, 이익을 말해서야 되겠는가?"라는 인식을 갖고 있었고, 또 일부 "속리들은 방도를 모르고, 야박하게 세금 걷는 것을 재능이라 생각해서"(왕안석의 시어이다),[20] 지독하게 세금 걷는 것을 능력이라 여기며, 이익만 말하지 의리를 몰랐던 것이다. 그러나 "이의이재"는 이 둘과 구별된다. "물자수송을 균등하게 해야 한다"는 말은 곧 "이의이재"의 표현으로, 유생들의 논조나 속리들의 행동과는 다르다. 이런 주제사상과 구체적인 원칙이 왕안석 변법의 근거가 되었고, 또한 그가 유생과 속리들보다 높은 점이니, 먼저 이 문제를 내세움으로써 문장에서도 유리한 형세를 차지하게 되었다.

요컨대 법을 바꾸려면 자연스럽게 당시 "법폐法弊"의 정황을 말해야 한다. 그래서 그는 이어서 "지금 천하의 재용이 남은 게 없어 매우 궁핍하게 되었는데, 법령을 담당한 관리들은 폐법에 매여 있습니다"라고 말해, 재물이 없는 것이 법의 폐단에서 말미암았다는 것을 지적하고 있다. 이것은 위의 글과 상응할 뿐 아니라 "변법"을 설명하기 위한 복선이기도 하다. 뒤이어 당시 "법폐"의 정황을 두루 묘사하는데, 모두 위 글에서 설명한 네 가지와 대조해보면 당연히 변해야 함을 말하지 않아도 당연히 변해야 하는 것이 자명해진다.

주목할 점은 조목조목 기계적으로 묘사하지 않는다는 것이다. "지금 천하의 재용"이란 말로 글을 시작해서 이어 "여러 지방에서 바치는 공물"에서부터 "삼사발운사三司發運使"에 대해 언급하고, 조정에 대해 말하고 다시 부상대고富商大賈에 대해 말하니, 사실에 입각해서 논하고 자유자재로 글을 쓰지만, 물자를 수송하는 수고로움과 편안함이 균등하지 못하고, 용도가 많은 곳과

20_ 『임천문집』 권4, 「겸병」

적은 곳이 서로 통하지 않으며, 재화가 있고 없는 것이 다스려지지 않고, 가볍고 무겁게 하거나 모으고 흩어버리기를 고르게 하는 방법이 없는 사실과 심지어 "고생과 낭비"와 "과중한 세금"과 농민들의 곤경이 모두 그 글 속에 들어 있으며, 앞의 글을 잇고 있을 뿐만 아니라 다시 뒤의 내용을 열어주기도 한다.

그는 확실히 "진부한 말을 힘써 제거[力去陳言]"[21]하고 있다. 가령 당시의 정황을 이야기한 뒤에는 논리상 결론을 맺으면서 반드시 변법을 제시해야 하는데, 그는 한마디도 꺼내지 않았다. 문장 가운데 전환하거나 이어지는 곳에서도 연접하거나 전환하는 어구를 매우 드물게 사용한다. 그는 종종 "한두 마디 말만 써도 다른 사람들의 몇 개의 큰 단락을 다 쓸어버리니"(유희재, 『예개』), 사방득이 그를 가리켜 "필력이 간결하고 웅건하다"[22]고 한 말을 잘 새겨봐야 할 것이다.

다시 「상인종황제만언서」를 보자. 그는 전체 국면을 두루 살피고 옛일을 인용해서 현재를 살피는데, 목적은 법을 변화시키는 데 있고, 대책은 인재를 양성하는 데서 출발하고 있다. 실제 내용을 살펴보면 이 글은 "인재학人才學"에 관한 한 편의 논문이다.

앞서 말한 바와 같이 인종의 시대는 태평스런 때였지만 왕안석은 도리어 변법을 주장했는데, 어떻게 황제로 하여금 신임하게 했을까? 송나라가 들어선 지 이미 100여 년이 되었고 각종 법령이 생겼는데, 무엇을 위해 변화를 요구했던 것일까? 왕안석은 이런 점을 예상하고 먼저 이 문제로 입론하고

---

21 『임천문집』 권34, 「한자韓子」
22 사방득, 『문장궤범文章軌範』 권5, 「독맹상군전讀孟嘗君傳(후평)」

있다.

그는 우선 황제의 "덕"과 "재능"과 "백성에게 인자하고 만물을 사랑하는 생각"을 공경하지만, 다만 "집집마다 풍족하고 사람마다 넉넉해져 천하가 잘 다스려지지" 못하고, 게다가 "안으로는 사직에 근심이 될 만한 일이 없다고 할 수 없고, 밖으로는 외적에 대한 걱정이 없다고 할 수 없으며, 천하의 경제는 날로 곤궁해져가고, 풍속은 날로 쇠퇴해가며", 이어 "사방의 뜻있는 인사"들은 "늘 천하가 오랫동안 평안하지 못한 것을 불안해하고 있다"고 하니, 태평한 시절을 믿을 수 없음을 설명하는데, 말이 은미하고 뜻이 절실해서 능히 사람을 감동시킬 만하다. 다시 여기서 한마디로 요점을 지적하기를 "문제는 법도를 모르는 데 있다"고 한다. 그리고 이어서 "지금 조정은 법을 엄격히 지키고 법령이 잘 갖추어지지 않은 것이 없는데도 신이 법도가 없다고 말하는 것은 어째서일까요?"라고 해서 질문을 설정함으로써 한층 분명하게 끌어들이고, 여기서 곧장 그 관건이 "선왕의 정치에 합치되지 못하기 때문"이라고 지적한다. "선왕의 정치를 행하는 것"은 쓸모없는 유생들이 늘 하는 말이지만, 그는 고금이 시변時變하는 차이를 잘 알고 있었기 때문에 "그 정신을 본받아야 한다"고 주장했다. 이것은 "이의이재"에서와 같이 똑같이 옛일을 인용해서 현재를 살피는데, 목적은 혁신해서 법을 바꾸는 데 있었다. 그래서 당시의 일부 유생과 속리들보다 한층 더 뛰어났던 것이다. 문맥을 놓고 보더라도, 그는 말을 듣는 사람이 가질 수 있는 의심을 예상하고 사전에 그것을 배제했으니, 서술하는 기교를 주의해볼 만하다.

법을 변혁하려면 먼저 인재를 양성해야 한다고 하니, 이것은 왕안석의 탁견이다. 다만 인재를 양성하려면 또 "선비를 가르치고, 양성하고, 선발하고, 기용하는 법"을 바꾸어 진정으로 "길러서 육성해야" 할 것이니, 그래야 실제로 법을 변혁하는 첫걸음을 내딛게 된다. 어떻게 "길러서 육성하느냐"가 이 글 전체의 핵심이며, 이 작품이 특별히 상세하게 쓰인 이유이다.

눈여겨봐야 할 점은 이 글과 앞서 인용한 「걸제치삼사조제」가 비록 같이 변법을 논하고 있지만, 한편 다른 면이 있다는 것이다. 「걸제치삼사조제」는 기구를 설치해서 개혁의 방안을 강구하고 설계하기를 요청하는 글이어서 반드시 개혁해야 하는 이유와 개략적 구상을 설명했을 뿐이며, 구체적인 문제를 토론하는 일은 기구가 설치된 이후로 미루었기 때문에 생략해서 말하지 않았다. 그러나 이 글에서는 선비를 가르치고 양성하며 선발하고 기용하는 구체적인 문제를 이야기하고 있기 때문에 반드시 조목조목 분석해야 한다. 다만 이 글의 장법은 앞의 글과 매우 비슷하다.

그는 먼저 "이른바 길러서 육성한다는 것이 무엇이겠습니까? 이것은 가르치고 양성하며 선발해서 임용하는 일을 옳은 방법으로 하는 것뿐입니다"라고 제기한다. 이른바 "옳은 방법으로 한다"는 것은 "선왕을 본받는다"는 의미이며, 이는 곧 그가 선비를 가르치고 양성하고 선발하고 기용하는 문제의 이론과 원칙에 있었던 것이다. 각 부분의 논술이 모두 매우 치밀하고, 묘사도 매우 간결하고 세련되었다.

가령 "선비를 양성하는 방법"에 대해서 그는 "재물을 넉넉하게 해주고, 예도禮度로 단속하게 하며, 법으로 제재하는 것"에 있음을 지적한다. 어째서 그렇게 해야 하는가? "사람의 성정이 재물이 부족하면 탐욕스럽고 비루하게 가지려고 하기" 때문에 "재물을 넉넉하게 해주는 것"이 "그들로 하여금 염치를 기르며, 탐욕스럽고 비루한 행실에서 벗어나게 한다." (그는 "그 녹봉이 자손들에게까지 이르게 해야 한다"고 하는데, 이는 자신의 지주계급으로서의 본질을 반영한 것이다.) 다만 "재물을 넉넉하게 해주되 예도로 절제하도록 하지 않으면,

송나라 인종이 왕안석의 상서를 읽는 장면

방탕하고 편벽되며 사악하고 사치스런 짓을 하지 않는 자가 없을 것이니", 예도로 제한해야 한다는 것이다. 예도란 단지 그들을 "가르치는 것"이지만, 만약 "가르침을 따르지 않는" 일이 있으면 "법으로 제재하게" 되는 것이다. 그 외 세 부분에서도 이와 같은 묘사법으로 조목조목 조리 있게 분석하고 옛일을 인용하며 현재를 살피는데, 이로써 사람으로 하여금 당연한 것으로 믿게 만든다.

아랫부분에서는 또 당시의 정황을 묘사하는데, "선왕의 법정신"에 맞지 않은 점을 지적하고, 거듭 각종 폐단과 그것이 초래한 폐해를 드러낸다. 가령 선비를 선발하는 부분에서 그는 "현재 선비의 선발"은 단지 "기억이 뛰어나 많은 것을 암송하며 문사를 대략 통달한" 사람을 선발한다고 지적한다. 그가 생각하기로 이런 방식은 "선왕들이 선비를 선발했던 방법"에 맞지 않으며, 그 결과 "모자라는 사람도 글귀 다듬는 공부를 익혀 공경의 지위에 오르고" "재능이 공경이 될 수 있는 사람"은 도리어 "아무 도움도 되지 않는 공부를 익혔다 해서 내쫓겨 초야에서 죽는다"고 한다. 이는 송나라 과거제도의 폐단을 지적한 것이다. 송나라 때 선발방법으로 임자任子 제도가 있었는데, 그는 또 "은택을 받은 대신의 자제들의 경우, 학교에서 그들에게 도덕과 기예를 가르치지 않았고 관부에서는 그들의 재능을 시험하지도 않았으며 부형들도 그들의 행의行義를 보증할 수도 없는데 조정에서는 덥석 그들에게 관직을 주어 일을 맡긴다"고 지적하고, 이는 상주商紂가 "세가世家라고 벼슬을 주었던 것"과 같으니, "이것이 바로 주紂가 나라를 어지럽혀 망하게 했던 이유였다"고 한다. 또 유외流外 제도가 있었다. '유외'라고 칭하는 것은 "조정에서도 이미 염치에서 벗어난 자들을 배제하는 것"인데, "그들이 백성을 맡아 다스리면서 방탕하고 편벽되며 사악하고 사치스런 짓을 하는 것은 본래 이치가 그렇다"고 한다. 매우 심각한 상황을 폭로하는데, 말이 대단히 솔직하고 격렬하며, 표현은 간결해도 뜻이 분명하고, 시원하고 단호한 것이 한유와 구양수의 웅혼기려雄渾奇麗하며 느긋한 것에 비해 실용하기에 적합하다.

마지막 단락에서는 인재가 없어 걱정스럽다는 것과 인재를 육성하는 일이 매우 쉽다는 점을 지적하면서, "대책을 깊이 생각하고, 헤아려서 계획하고, 점진적으로 시행하며, 또 부지런히 육성하고 과감하게 결단하면" 반드시 "천하의 인재를 육성하게 된다"고 한다. 이는 그의 높은 안목을 보여주는데, 이미 생각이 모두 갖추어져 말에 근거가 있으며, 문기가 왕성하고 말이 적절하다.

이렇게 보니 왕안석은 분석하고 종합하는 데 뛰어나다. 그는 분분하고 복잡한 상황으로부터 몇 가지 중요한 문제를 짚어내고, 그것들 사이의 관계를 밝혀내어 본질을 드러낸다. 또 그것을 몇 개의 부분으로 나누어 논의하는 것에도 뛰어난데, 거기에는 이론도 있고 실제도 있으며, 비교도 하고 방책도 있다. 다시 그의 「상오사서上五事書」를 보면, "경장更張하고 개조한 수천 수백 가

지 일" 가운데 "그 법이 가장 중요하고, 그 효과가 가장 늦게 나타나며, 그 논
의가 가장 많았던" 화융和戎문제·청묘법青苗法·면역법免役法·보갑법保甲法·시
역법市易法 등 "다섯 가지 일[五事]"을 뽑아서 이야기하는데, 이 "다섯 가지 일"
가운데 "화융정책은 이미 효과가 나타났고" "청묘법령은 이미 시행되고 있으
니", 논의할 것은 단지 면역법과 보갑법과 시역법이다. 그는 먼저 다음과 같
이 개괄해서 지적한다.

이 세 가지 일은 크게 이롭거나 해로울 수 있기 때문에 적임자를 찾아 시행
하면 크게 이로울 것이지만, 적임자가 아닌 사람이 시행하면 크게 해롭게
될 것입니다. 그리고 느긋하게 계획을 세우면 크게 이로울 것이지만, 성급
하게 이루려고 하면 크게 해로울 것입니다.

어째서 이렇게 말하는 것일까? 그는 다시 조목조목 분석해나간다. 여기서
는 면역법을 예로 들어보자.

구주九州의 백성들은 빈부가 균등하지 않고 풍속도 다르며 호적상 신분의
고하도 믿을 것이 못 됩니다. 그러나 하루아침에 바꾸게 되면 집집마다 하
나같이 균등해지고, 천하의 모든 부역에 모든 사람을 모집해서 고용한다
면 세상의 농민들을 논밭으로 돌려보낼 수 있습니다. 그러므로 그 적임자
를 찾아 시행하지 않는다면 다섯 등급으로 나눈 것이 분명 공평하지 못하
고, 부역을 모집하는 것도 분명 균등하지 못할 것입니다.

이해를 분석하는 것이 마치 손바닥에 놓고 보는 것 같으며, 동시에 사람들

로 하여금 "면역법이 완성되면 농사철을 빼앗기지 않고 노동력도 고르게 될 것임"을 믿게 만든다.

그의 「답사마간의서答司馬諫議書」는 사마광司馬光에게 보낸 답신이다. 사마광의 편지는 방대한 분량이지만, 왕안석은 어떤 구체적인 문제를 놓고 논쟁하질 않고 단지 "명실名實"에 초점을 두고 있다. 그래서 "군주로부터 명령을 받아 법도를 의론하고 조정에서 수정해서 담당 관서에 보냈던 것이니 고유 업무를 침범한 것이 아니며, 선왕의 정치를 다시 일으켜 이익이 되게 하고 폐단을 제거하려는 것이니 민생에 분란을 일으킨 것이 아니며, 세상을 위해 재물을 다스리는 것이니 사리를 추구한 것이 아니며, 거짓된 주장을 물리치고 간사한 사람을 내쫓은 것이니 충간하는 사람을 내쫓은 것이 아닙니다. 원망과 비방이 많이 일어나리라는 것을 이미 전부터 예상하고 있었습니다"라고 날카롭고 강직하게 말하는데, 가장 본질적인 문제를 파악했기 때문에 논지가 곧고 어기를 씩씩하게 할 수 있었던 것이다.

"원망과 비방이 많다"고 말하면서 "이렇게 되리라는 것을 이미 전부터 예상하고 있었다"고 하고 잠시 말을 멈춘다. 그리고 이어서 "사람들이 구차한 것에 익숙해진 것이 오늘 하루의 일이 아니다"라고 제기하면서, "사대부들이 대부분 국사는 돌보지 않으면서 속세에 동화되어 대중에 스스로 영합하는 것을 선이라고 여긴다"고 하고, 자신은 "대적할 자들이 많은지 적은지 생각하지 않고 힘을 다해 군주를 도와 맞서고자 하니", 이 때문에 사람들의 의론이 "흉흉하다"고 한다. 이 단락은 서정과 의론과 서사가 하나로 융합되어 묘사가 강개하고 격앙된 점이 더욱 사람을 감동시킨다. 뒤이어 또 "반경盤庚이 천도하려 할 때 서로 모여 원망한 자는 백성들이었고", 그렇다고 반경도 "그 계획을 바꾸지 않았다"고 하여, 역사 사실과 비교함으로써 "사람들의 말에 근심하지 않는 것"이 옳다는 것을 보여주고 있다. 게다가 "의리를 따져보고 난 뒤에 행동했기 때문에 후회할 만한 일이 없었다"는 말은 자신감을 보여주기에 충분하고, 또한 "사람들의 말에 근심하지 않는 것"이 고집을 부려 남의 말을 듣지 않는 게 아니라는 것을 보여주는데, 필력은 아주 간결하면서 생각이 굳건하다.

마지막에 "만일 군실君實(사마광)께서 내가 오랫동안 자리에 있으면서 황상께서 크게 계획하는 일을 제대로 도와 백성들에게 은택이 이르도록 하지 못했다고 책망한다면 제가 그 죄를 인정하겠지만, 만일 오늘날 일체의 일을 담당하면서 일도 하지 않고 전에 하던 일을 지키고만 있다고 하신다면 제가 감히 인정할 수 없습니다"라고 하니, 뜻이 바르고 말이 엄격할 뿐만 아니라, 한편 완곡하면서도 풍자가 많고, 문장이 기복변화하며 질탕해서[波瀾跌宕] 기색은 더욱 훌륭하다.

왕안석의 정론문에는 훌륭한 글이 매우 많아 일일이 다 거론할 수 없지만, 앞서 인용한 몇 가지 예문만 보더라도 그의 글은 확실히 성공적이다. 그는 한유처럼 생동감이 넘치거나 웅장하며 고고하지[騰挪跳躍, 雄奇高古] 않고, 또 소식처럼 평이하고 유창해서 남김없이 한번 쓸어버린 듯[平易疏暢, 一灑無餘] 하지는 않지만, 이 둘의 장점을 겸해서 평이하고 조리가 뛰어난[平易條達] 가운데 강건하면서 맑고 명석한[剛勁廉悍] 아름다움이 있다. 후대의 진량陳亮과 섭적처럼 "조리가 뛰어난 점은 넉넉하지만, 간결하고 세련됨은 부족한" 것과 비교해봐도 또한 다르다. 그의 문장은 "글은 단아하되 기운이 맑고, 말은 간결하지만 사실을 다 표현한"(요내의 말이다) 경지를 이루었다. 우리가 이해하기로 "단아하다[雅]"는 것은 글은 반드시 평범하고 말에는 차례가 있는 것을 가리키며, "맑다[潔]"는 것은 범속한 말을 쓰되 진부한 말은 완전히 제거한 것을 가리키는데, 색채가 짙지도 않고 옅지도 않으며, 어기는 높지도 않고 낮지도 않은 것이다. "간결하다[簡]"는 것은 최소한의 언어로 아주 풍부한 사상을 표현하는 것이며, "다 표현한다[盡]"는 것은 사리가 맑고 투명하며 명백해서 의심할 데가 없는 것을 가리키니, 곧 언어가 평범하고 순결하며 간결하고 세련되며 맑고 명징하다는 것이다.

철학적 문장에 문학적 의미를 담다

왕안석이 학술을 논한 글은 주의해 볼 만하다. 그는 진보적인 사상가이면서 박식한 학자였기 때문에 말에 근거가 있고 또 독창적인 견해가 많다. 그는 또 뛰어난 문인이기 때문에 비록 학문을 논하는 글이라도 "사기詞氣가 맑고 훌륭하며 풍미風味가 그득하다"(방포의 말이다).

그는 구체적이고 비근한 사실을 잘 이용해서 심오한 도리를 구체적으로 설명한다. 가령 「태고太古」라는 글은 하나의 추상적 이론인 사회진화를 설명하는데, 의도는 "태고로 돌아가려는" 복고사상을 비판하는 데 있다. 그는 첫머리에서 "태고시대 사람들이 금수와 어울리지 않은 것이 그 얼마인가?"라고 말해, 복고주의자들이 추구하는 태고시대는 사실 금수와 어울려 지내던 시대라는 사실을 지적한다. 그리고 이어서 사회문명은 성인들이 이처럼 금수와 구별이 없는 생활을 했던 태고시대에 대한 불만에서 비로소 "제도를 만들어 구별했던" 것이라고 한다. 평범하고 간단한 말처럼 보이지만, 문명진화의 과정을 수긍하는 말이다. 그는 "제도를 만든 것"을 성인들의 일로 여겼는데, 본래 『주역·계사』에 근거한 것이지만, 이렇게 함으로써 충분한 힘을 얻었다. 복고주의자들은 성인을 숭배했기 때문에 오히려 "성인이 싫어했다"고 지적함으로써 태고시대는 사모할 것이 못 된다는 것을 아주 분명하게 만들었다. 그러면 무엇 때문에 사람들은 "태고로 돌아가려" 했던 것일까? 그는 "후대로 내려와서는 의상이 사치스럽고, 궁실이 웅장하며, 이목으로 보는 것을 성대하게 해서 세상을 번거롭게 한다. 군신·부자·형제들이 모두 옳은 관계를 갖지 못하고 있다. 인의는 본성을 윤택하게 하지 못하고 예악은 감정을 붙들어두지 못하며 형정은 악행을 바로잡지 못하니, 엉망이 되어 다시 금수와 어울리게 되었다"고 하는데, 사람들은 당시의 정황에 불만스러웠던 것이다. 이것은 향락을 즐김으로써 윤리기강이 무너졌지만, 교화도 이루어지지 않고 형벌도 두려워하지 않으니, 금수와 아무런 구별이 없다는 것이다. 사람들이 불만으로 여긴 것이 금수와 구별이 없다는 점에 있다는 것을 알 수 있다. 이 몇 구절은 서사이면서 또한 의론인데, 아주 간결하면서 생각이 굳건하다. 이런 정황은 물론 좋지 않은 것이어서 당연히 개혁되어야 한다. 다만 "변화시키는 방법"이 있어야 한다. 그러나 어떤 복고주의자들은 "변화시키는 방법"을 몰라 순박한 곳으로 돌아가는 것을 잘못 생각해서 "태고로 돌아가려" 했던 것이다. 이런 논조가 맞는 것일까? 왕안석은 먼저 "태고시대의 도를 과연 만세토록 행할 수 있다면, 성인이 그 사이에 잘못 제정했던 것인가"라고 반문하고, 이어서 한 걸음 더 나아가 "반드시 그 사이에 제도를 만든 것은 태곳적의 것을 시행할 수 없었기 때문"이었다고 지적하고, 다시 나아가 논단하기를 "끌어다 태고로 돌아가는 것은 금수를 벗어나 금수에게 가는 것"이라고 한다. 앞과 뒤가 같은 기맥으로 일관되어 있고, 글 전체에서 한 글자 한 구절도 허투루 들어가지 않았다는 것을 알 수 있다. 이 세 구절이 펼쳐지고 전환하는 가운데 점점 심각해져 문장도 강건하고 필치도 정밀하더니, 특히 마지막 구절에서 "나는 치란에 대해 아는 사람이 변화시키는 방법을 말하면서 태고로 돌아가야 한다고 말한다면 어리석은 것이 아니면 망령된 것이라고 생각한다"고 하면서, 자신의 주장과 비판 두 측면을 총괄하고는 말을 멈추어버림으로써 깊이 생각하게 만드니, 철학적 문장에 풍부한 문학적 의미를 남기고 있다. 이는 한 예에 불과하다.

다시 「성정性情」이란 글을 보자. 이 글은 철학적 논문으로 "성은 선하고 정은 악하다[性善情惡]"는 주장에 맞서 지은 것이다. 왕안석과 같은 시대의 소옹邵雍은 "정이 사람을 빠뜨리는 것이 물보다 심하다"(「이천격양집서伊川擊壤集序」)고 주장했는데, 현학玄學의 '망정忘情'설23과 불교의 절욕絶欲을 혼합해서 이것으로 '존천리存天理 거인욕去人欲'의 근거로 삼았던 것이다. 그들의 시각에서 보면, 사람의 희로애락은 대개 모두 '악'한 것이어서 당연히 존재하지 않아야 한다. 그러므로 착취를 당하는 사람은 착취당하는 것에 편안해야 하고, 착취하는 사람도 제멋대로 빼앗는 것을 전혀 꺼릴 것이 없다. 사람들은 이로운 일을 만들고 해로운 것을 없애는 일 따위는 말할 필요가 없으며, 또 시를 짓거나 글을 쓸 필요도 없다. 이것은 하나의 매우 중요한 철학적 명제임을 알 수 있는데, 한 편의 짧은 글로 명쾌하게 설명하려 해도 당연히 쉽지 않지만, 철학 강의로 하기는 쉽다. 그래서 왕안석은 단도직입으로 제시하기를 "성과 정은 하나다"라고 하고, 다시 이어서 "성은 정의 근본이고, 정은 성의 작용이다"라고 말한다. 아울러 유심론자들이 '성'과 '정'을 나누어 전혀 다른

23_ 망정설: 당나라 현종 때 도교의 현학자인 오균吳筠이 성명쌍수설性命雙修說 등과 함께 제창한 도교사상이론의 하나다. 망정이란 완전한 무정의 상태가 되는 것을 의미하는 것으로, '태상망정太上忘情'이라고도 한다. 이는 위진시대의 현학에서부터 유정有情과 무정無情을 거쳐 망정에 이른다는 주요 토론주제의 하나였다.

두 가지로 다른 잘못된 관점에 맞서서 비판을 전개하고 있는데, 이는 문제의 실제를 틀어쥐고 있는 것이다. 이어서 그는 정이 악한 것인지 아닌지에 역점을 두고 분석을 진행하는데, 이 선택은 적절한 것이다. 그래서 "성은 선하고 정은 악하다"는 주장에 대해 중점을 "정은 악하다"는 부분에 두고 있다. 왕안석은 지적하기를, 사람의 칠정은 "태어나면서 지니는 것이요, 대상에 접촉한 뒤에 움직이는 것"이므로, 선과 악, 성현과 소인의 구별은 "움직이는" 것이 "이치에 합당한지" 여부에 있는 것이며, "무정한 것이 선하다"고 할 수 없는 것이라고 한다. 이는 누구든지 이해할 수 있는 이치이지만, 다만 일부러 심오하게 하거나 아무것도 아닌 것을 모호하게 만드는 엉터리 논리에 대해서는 도리어 아주 강력하게 비판하는 것이다. 역으로 그는 다시 하나의 질문을 제시한다. 가령 정이 악하다고 한다면 사람은 모두 정을 제거해야 하는데, 그렇다면 사람은 "마음에 아무런 감동도 없는" 목석이 되지 않겠는가? 이 질문은 정곡을 찔러 "무정한 것이 선하다"는 그릇된 논리는 기필코 사람을 목석으로 바꾸고 마는 나쁜 결과를 만든다는 사실을 지적한다. 실제 송명시대 이학가들은 대부분 감정이 메말라 무디고 "고통을 모르는" 사람들이었으니, 남송시대 진량陳亮[24]과 청대 고염무·안원·대진과 같은 사람들도 이런 점을 자주 지적했다. 문장에 대해 말하자면, 왕안석은 통속적이고 간략한 말을 사용하는 데 뛰어나며, 심오하고 복잡한 철학적 논리를 천명하는 데에서도 이치를 파악하는 것이 비교적 진실되고 분석하는 능력도 탁월하며, 중점을 제대로

---

24 진량(1143~1194): 남송의 사상가, 문학가, 시인. 자는 동보同甫요, 호는 용천龍川이다. 광종 소희紹熙 4년(1193)에 진사가 되어 건강군절도판관청공사建康軍節度判官廳公事에 임명되었으나, 부임 전에 사망했다. 그는 이학가들의 공리공담을 비판하고, '실사실공實事實功'을 제창하며 국계 민생을 위한 공리사상을 제창했다. 그의 정론을 담은 글로서 「상효종황제서上孝宗皇帝書」 「중흥오론中興五論」 「작고론酌古論」 등이 있다.

파악해서 점층적으로 분석하기 때문에 도리를 설명하는 것이 분명하고 명쾌하다. 그래서 말은 간결해도 의미가 충분해서 사람들로 하여금 믿고 감복하게 만든다.

학술문 가운데는 일종의 '의소義疏'라고 하는 것이 있는데, 이것은 고서와 고인의 말을 풀어서 설명하는 것이다. 한나라 때 사람들은 고서에 주석하는 것을 별도로 '고故' '해解' '전傳' '주注' '설說' '징徵' 등으로 불렀다. 뒤에 남북조와 당나라 시대에는 주석한 글이 간략하고 개괄적인 것이 싫어서 더러 사실을 보충하거나 말과 의미를 추론해서 풀이하게 되었는데, 곧 주석에 대한 주석으로서 의소가 이루어졌다. 언어사용의 측면에서 보면 이것도 학술문 가운데 상용되는 하나의 형식이다. 왕안석의 「홍범전洪範傳」이 바로 이런 종류의 글이다. 그가 「홍범」(『상서』 중의 한 편이다) 가운데 "팔정八政: 첫째 식食, 둘째 화貨, 셋째 사祀, 넷째 사공司空, 다섯째 사도司徒, 여섯째 사구司寇, 일곱째 빈賓, 여덟째 사師"에 대해 해설한 것을 보자.

음식과 재화는 사람을 낳고 기르는 것이다. 그래서 첫째가 식食이요, 둘째가 화貨다. 서로 낳고 기르는 도리를 보존하려면 귀신에게 효성을 드려 그 근원되는 것을 잊지 않았음을 드러내지 않을 수 없다(이것은 고대 종법宗法 관념이다). 그래서 셋째가 사祀다. 서로 낳고 기르는 도리가 있고, 그 근원되는 것을 잊지 않아야 함을 알고 있은 다음에 능히 그 거처를 보전할 수 있다. 그래서 넷째가 사공司空이다. 사공은 민을 거주하게 하는 것이다. 민들이 자기 거처를 보전한 다음에야 그들을 가르칠 수 있다. 그래서 다섯째가 사도司徒다. 사도는 민들을 가르치는 것이다. 가르치되 따르지 않을 때에는 형벌을 준비해서 기다린다. 그래서 여섯째가 사구司寇다. 식과 화로부터 사구에 이르러 나라 안을 다스리는 일이 갖추어졌다. 그래서 일곱째는 빈賓이요, 여덟째가 사師다. 빈객은 외교에 응접하는 것이요, 군사는 외적에 대응하는 것이다.

여기에서는 "팔정"의 차례를 해석하는 것에 주력하고 있는데, 다만 풀이에서 왕안석은 "낳고 기르는 도리"인 식과 화를 중시하고 있음을 표명하고 있다. 이것은 그의 '언리言利'와 '이재理財' 사상의 이론적 기초가 되는 것이다. 간략한 어구를 사용해 고서를 명료하게 해설하고, 지루하게 끌거나 천착하지 않음으로써 학풍의 근엄함을 체현하고 있다. 여기에는 도리어 사람들이 놓쳐버리기 쉬운 문제가 있는데, 그것은 바로 식과 화와 사 등은 사물에 대한 명칭이지만, 사도와 사공은 관직 명칭이라는 사실이다. 어째서 이것들을 병렬했던 것일까? 왕안석은 이 점을 예리하게 관찰하고 이어서 이렇게 지적한다.

식과 화로부터 빈과 사에 이르기까지 관직을 두어 다스리지 않을 수 없는 것인데, 유독 사공과 사도와 사구를 거론한 이유는 관직을 말하면 사물에 해당 관직이 있음을 알 수 있고, 사물을 말하면 관직에 해당 사물이 있음을 알 수 있기 때문이다.

그는 세심하게 글을 읽고 명석하게 해설함으로써 깨달음을 준다.

왕안석은 또 노자·장주·양맹楊孟 등의 학술사상을 평론하는 글도 남겼다. 『노자』에 대한 평론을 보자.

대개 바퀴통과 바큇살의 용도는 진실로 수레의 무용함에 있다. 그러나 장인이 깎고 다듬는 일이 일찍이 무위에 이르지 않는 것은 대개 무無가 자연의 힘으로부터 나와야 무와 어울릴 수 있기 때문이다. 오늘날 수레를 만드는 사람은 바퀴통과 바큇살을 만들 줄 알지만 일찍이 무위에 이르지는 못한다. 그래서 수레가 완성됨에 대개 바퀴통과 바큇살이 갖추어져 있으면 무는 반드시 유용하게 된다. 만일 그가 무가 유용하게 될 것을 알아서 바퀴통과 바큇살을 만들지 않았다면 수레 만드는 기술은 분명 이미 사라졌을 것이다.

복잡다단하게 뜻을 펴고 있지만 유창하고 원숙한 멋이 있다. 왕안석의 학술사상은 심각하면서도 독특한 견해가 있는 것이 유종원과 비슷하지만, 언어를 구사하는 것이 능숙하기는 유종원에 비해 한 등급 높은 것 같다.

사유의 맥락을 열어주는 관점

「독맹상군전讀孟嘗君傳」 같은 글은 첫머리부터 허공을 가르듯이 서술하기를, "세상이 모두 말하기를, 맹상군이 선비를 얻을 수 있었기 때문에 선비들이 그에게 귀의했고, 마침내 그들의 힘에 의해 사나운 진나라로부터 벗어날 수 있었다고 한다"고 했다. 세 구절이 같은 기운으로 전개되었지만, 그 속에는 원인, 행위, 결과가 포함되어 있어, 종합적으로 전체 글의 의론에 논제를 제시하고 사실을 설명한다. 이어서 그는 이에 대해 분석을 진행하지 않고, 논지를 비약시켜 개탄하는 표현으로 아주 단호하게 그것을 부정한다. "아아! 맹상군은 단지 닭 울음 울고 좀도둑질 할 줄 아는 자들의 영웅일 뿐이니, 어떻게 선비를 얻었다고 말할 수 있겠는가?" 일반적인 경우로 보자면, 이 아래에 "어째서 그렇게 말하는가?"라는 말을 하고는 그에 대해 분석과 논증을 진행하기 마련이다. 그러나 사람들의 의도를 벗어나 왕안석은 이어서 "그렇지 않다면 강성한 제나라를 통틀어서 옳은 선비 하나만 얻었더라면, 분명 왕이 되어 진나라를 제압했을 것이니, 무엇하러 닭 울음 울고 좀도둑질 하는 자들의 힘을 빌렸겠는가?"라고 한다. 분석과 논증을 반문하는 긴 문구 안에 응결시켜두었으니, 이 얼마나 강건한 필력인가! 자세히 생각해보면, 이 긴 문구 중에 "강성한 제나라를 통틀어서"라는 말은 조건을 설명한 것이고, "옳은 선비 하나만 얻었더라면"이라는 말은 다시 가설적인 조건을 설정한 것이며, "분명 ~했을 것이니"라는 구절은 응당 나타나게 될 결과를 추론한 것이다. 세 개의 짧은 구절에 세 가지 생각이 들어 있는데, 이것이 종합되어 아래 구절의 전제가 되고, 읽어보면 참으로 옮길 때마다 형상이 바뀌며 사람으로 하여금 적응하기에 겨를이 없게 만드는 감흥이 있다. 특히 "세상"과 다른 그의 관점은 사람으로 하여금 감복하게 할 뿐만 아니라, 또한 사람들의 사유의 맥락을 열어주기도 한다. 그러나 작가의 진정한 의도가 바로 본문의 주요 논점인데, 그것은 맹상군을 평가하는 데 있는 것이 아니다. 왜냐하면 뒤이어서 필치를 또 바꾸어 "닭 울음 울고 좀도둑질 하는 자들이 그의 문을 출입하니, 이 때문에 옳은 선비가 오지 않은 것이다"라고 했다. 이것이 바로 작가가 진정 말하고자 하는 것이다. 이 결어가 함축하고 있는 것이 풍부하고 심각해서 표현이 사람을 크게 감동시킨다. 결구에 변화의 기교를 집어넣음으로써 전환되고 변화무쌍한 묘미가 있으니, 한유의 「송동소남서送董邵南序」와 작품은 달라도 수법이 같다고 하겠다.

그의 또 다른 단문인 「독유종원전讀柳宗元傳」은 비록 평론이 아주 합당한 것은 아니지만, 그래도 문장이 매우 정밀하다. 그 글에서 먼저 "내가 여덟 명의 사마司馬를 보니 천하의 기재奇才들인데, 한 번 왕숙문에게 꾀이어 결국 불의에 빠지고 말았으니, 지금도 군자가 되려는 사대부들이 모두 도를 부끄럽게 여겨 그들을 비난하기를 즐긴다"고 했다. 이것은 「독맹상군전」과 같은 방식으로, 먼저 사실을 서술함으로써 의론을 전개하기 편리하도록 한 것인데, 의론하고자 하는 것이 바로 그 사실이기 때문이다. 다만 이 단락을 다시 세분해볼 수 있다. 먼저 찬탄하는 어기를 사용함으로써 여덟 사마가 기재라는 것을 인정하지만, 다시 꾀임을 당해 "불의에 빠지고 말았다"고 지적한다. 그래도 끝내 꾀임을 당한 곤경을 겪지 않은 점과 "세속을 쫓아 어울린다"는 비난을 드러내고, 다시 일부 "군자가 되려는" 사람들을 지적함으로써 그 사람들이 "도를 부끄럽게 여겨 그들을 비난하기를 즐긴다"는 점에 대응하고 있다. 이어지는 글에서 '연然'자를 사용해 다시 전환시켜 "이 여덟 사람이" "스스로 노력해서 후세에 판별되기를 구해 그 이름이 끝내 사라지지 않았다"고 하고, 반면 이른바 "군자가 되려는 사람"(곧 "여덟 사마"를 비난하는 사람)들이 "마지막에는" "세속을 쫓아 어울리지 않음으로써 스스로 소인과 구별되었던 자"가 매우 적었다고 하니, 이는 그들이 도리어 "여덟 사마"만 못하다는 것을 말하고 있다. 그리고 마지막엔 바로 "다시 무엇으로 저들을 비난할 수 있으랴!"고 하는데, 이는 왕안석 스스로에게 해당되는 것으로, 여혜경呂惠卿이 먼저 왕안석을 공격하고 오충吳充 등이 암암리에 그를 배제해서 상처를 입혔으며, 특히 만년에는 원래 "쫓아 배우던 자들도" 결국 "사람마다 그의 문생이라 말하기를 꺼렸던 것이다." (『민수연담록澠水燕談錄』[25]에서 인용한 장운수張蕓叟의 시) 또 그가 죽었을 때도 태학의 학생들이 "재실을 마련해서 제사를 드리고자 했으나", 사업司業이 결국 허락하지 않았다.(『산당고색山堂考索』[26]) "세속을 쫓아 어울리느라" "스스로 소인과 구별되지" 못하는 그런 사람이 틀림없이 있었던 것을 알 수 있으니, 왕안석은 당시 이유가 있어서 이 글을 지었던 것이다. 이 글은 한 편의 풍자소품이다.

왕안석은 또 우언적인 단문도 몇 편 남겼는데, 「사의使醫」 같은 글은 환자가 의사를 찾아가는 것에 가차해서 "한 사람이 병이 들었는데 의사가 열 명"이라고 전제하고, 다만 열 명의 의사 가운데 "그중 뛰어난 한 사람"에게 가게 된다고 하니, 곧 사람을 쓸 때는 전문인을 써야 함을 말하고 있다. 게다가 다시 "의사는 의술을 펼치되 유감스러운 일이 없어야" 하는 것이 중요하다고 하는데, 곧 대담하게 기용하되 앞을 가로막아서는 안 된다는 것이다. 이것은 그 자신이 관직생활의 과정에서 유감스런 경험이 있었기 때문에 송대의 폐단을 지적해서 말한 것이며, 문장도 훌륭해서 맛이 있다. 그밖에 「용설龍說」이란 작품은 운문인데 역시 색다른 품격을 지니고 있다. 또한 「상중영傷仲永」 등의 작품에서는 교육적 의미를 풍부하게 묘사하기도 했다. 선인들이 왕안석의 문장을 굳세고 강마르며[堅瘦](요범의 말) 고준高峻하다(유대괴의 말)고 했는데, 그의 "단문이 더욱 굳건하고 날카롭기가 탁월한[悍厲絕倫]"(류스페이의 말) 점을 두고 말한 것으로, 실제에 부합되는 말이다.

---

25 『민수연담록』: 북송의 왕벽지王闢之(1031~?)가 편찬한 역사필기류다. 북송시대 사료필기 중 대표되는 저술이다. 모두 10권으로 360여 사실을 수록하고 있는데, '제덕帝德' '당론讜論' '명신名臣' '지인知人' '기절奇節' '충효忠孝' '재식才識' '고일高逸' 등 전체를 17류로 분류하고 있다. 저자가 지방관으로 지내면서 견문한 풍부한 자료를 토대로 정리했다.

26 『산당고색』: 송의 장여우章如愚가 편찬한 필기다. 『산당선생군서고색山堂先生群書考索』 또는 『군서고색群書考索』이라고도 한다. 송명대 간본은 전집 66권, 후집 65권, 속집 56권, 별집 25권 등 전체 212권으로 구성되어 있다. 경經·사史·자子·예禮·악樂·율律·역曆·관제官制·식화食貨·병兵·형형·지리地理 등으로 분류해서, 선진시기로부터 송대에 이르는 많은 자료를 수록하고 있다. 특히 송대의 정치문제에 대한 것이 상세하다. 인용 자료의 출처와 원문이 자세해서 당시 문사文士를 연구하는 데 풍부한 자료를 제공한다.

군더더기 없는 인물묘사

왕안석의 서사문은 특히 인물을 묘사한 전지류傳誌類들인데, 후대 동성파에 미친 영향이 크다.

근엄함은 무엇보다 표현상 인물묘사를 그 성격과 흡사하게 하는 데 있다. 가령 심구沈遘는 당시 명성이 높았으며, 일찍이 장원급제해서 한림을 지냈다. 왕안석은 "문통文通(심구)의 묘지문을 지었는데(곧 문집에 있는 「심내한묘지명沈內翰墓誌銘」이다), 거기에서 '공은 비록 일찍이 책을 읽지 않았다'고 했더니, 누가 '그가 장원을 했는데 이 말은 너무 심하지 않습니까' 하자, 이내 '책을 읽다'를 '책을 보다'로 고쳤다"(『노학암필기老學庵筆記』[27])고 하니, 진지하고 엄격한 그의 창작태도를 엿볼 수 있다. 다른 작품을 보자면 「사봉원외랑비각교리정군묘지명司封員外郎祕閣校理丁君墓誌銘」의 경우, 정군은 당시 명성이 있었지만 단지 이 글에서는 "어려서 그의 형 종신宗臣과 함께 문행으로 향리에서 칭송되어 '이정二丁'으로 불렸다. 경우景祐 시절에 모두 진사가 되어 집안을 일으켰다. 군은 협주峽州(지금의 후베이 성 이창宜昌)의 군사판관軍事判官이 되어 여릉廬陵 구양공과 서로 좋게 지냈다"고만 말하고, 문학과 관련해서는 한 글자도 거론하지 않았다. 그러나 자세히 생각해보면 우리는 정보신丁寶臣이라는 이름을 본래 구양수의 시를 통해 익히 알고 있다. 그리고 왕회나 왕봉王逢도 모두 당시의 문인으로서 왕안석의 절친한 친구였다. 왕안석이 그들의 묘지문을 지어주었는데, 한편으로는 "내 친구 심부深父(왕회)는 글은 자신의 말을 충분히 전

27　『노학암필기』: 남송의 육유가 지은 필기작품으로, 모두 10권이다. 당 효종으로부터 광종 소흥 초기에 이르기까지 저자가 직접 보고 듣고 경험한 내용과 독서의 느낌들을 시인의 필치로 기술한 것이다. 내용이 사실적이고 문학적 풍취가 높아 송대 필기문학의 진수라고 한다.

달하고 있고, 말은 끝내 자신의 뜻을 이뤄내고 있다"[28]고만 하고, 한편으로는 "보지 않은 책이 없는데, 특히 『주역』을 좋아해서 『역전易傳』 10권·『건덕지설乾德指説』 1권·『복서復書』 7권을 지었으니, 명사 대부들이 대부분 그 책을 좋아했다"[29]고 했다. 칭송 위주의 일반적인 묘지문으로 보자면 걸맞지 않은 점이 있지만, 가만히 생각해보면 문인으로서 책을 많이 읽었고 집필도 했으며 그 책을 사람들이 좋아한다고 했다. 게다가 문장은 생각을 전달하고 말은 뜻을 이루었다고 했으니, 이는 아주 이루기 어려운 것을 경험한 것이다. 그리고 이 이야기가 실제에 부합되는 것은 말한 것이 단지 "자신의 말"과 "자신의 뜻"이기 때문인데, 그가 몇 가지 책을 저술하기도 했으니(물론 "보지 않은 책이 없다"고 한 것은 과장된 면이 있다), 말에 타당한 점이 있다.

「우부랑중조군묘지명虞部郎中刁君墓誌銘」의 경우, 단지 그 사람의 성명과 관직만 기록하고 있다. 왕안석은 스스로에게 아주 너그러웠고 자신의 문장이 후대에 전하리라 믿었다. 그래서 역사가들이 인물을 평론하는 기준으로 자기가 묘사하는 인물을 살폈으며, 묘사가 그 인물의 성격과 흡사하도록 노력했다. 이 점을 한유의 통상적인 묘지문과 비교해 보면 현격히 뛰어난 면이 있다. 인물의 성격과 흡사하게 묘사하는 것은 법도를 근엄하게 하는 표현의 하나이며, 또 다른 표현방법은 지엽적인 것을 잘라내고 사소한 것을 제거해버리는 것이다. 가령 전공보錢公輔가 그의 어머니 묘지문에 대해 첨가해주기를 요구한 것이 두 가지였는데, 하나는 그가 "갑과甲科에 합격해서 통판通判이 되었으며, 통판의 부서에는 연못과 누대와 죽림의 빼어난 풍경이 있었다"는 것

28_ 『임천문집』 권93, 「왕심부묘지명」
29_ 『임천문집』 권93, 「왕회지묘지명王會之墓誌銘」

이고, 또 하나는 그의 어머니에게 일곱 명의 손자가 있다는 것이었다. 그러나 왕안석은 이런 것들은 모두 서술할 것이 못 된다고 생각했다. 그가 "내 글은 스스로 의의가 있는 것이기 때문에 고칠 수 없다"(「답전공보학사서答錢公輔學士書」)고 말한 것을 보면, 왕안석은 소재의 취사선택에 뛰어났던 것이다. 물론 소재를 취사선택하는 것은 사소한 대목을 일체 생략해버리는 것이 아니라, 인물의 특성을 개략적으로 뽑아내는 데 중점이 있다. 「광서전운사손군묘비廣西轉運使孫君墓碑」의 경우 첫머리에 이렇게 묘사하고 있다.

군은 어려서 부지런히 공부했는데, 산중의 사찰에 기식하며 수백 리를 걸어가서 책을 빌려왔으며, 누각에 올라 책을 읽을 땐 사다리를 치워버리곤 했다. 대개 수년 만에 많은 경서를 본 뒤에는 다시 세상의 책을 널리 보았다. 글을 지을 때는 붓을 잡고 종이를 펼쳐 생각을 펼치면 수만 마디의 말이 이루어졌다.

세부묘사가 개괄적인 서술 가운데 녹아들어 있는데, 간결하면서도 생동감이 있다. 또 「갈흥조묘지명葛興祖墓誌銘」에서는 이렇게 묘사하고 있다.

흥조는 아는 게 많고 능력도 좋아 여러 차례 진사에 뽑혀 높은 자리에 올랐으며, 행실을 닦는 데 노력해서 친우와의 관계가 돈독했고, 분발해서 세상에 모범이 되고자 했다. 나이 사십여 세에 비로소 진사로 주현州縣에 벼슬을 살았는데, 십여 년 만에 마침내 인정받지 못한 채 지내다 죽었다.

필치가 간결하고 매우 개괄적이다. 뒤이어 또 이렇게 묘사한다.

홍조는 벼슬을 지낼 때 구차하지 않아서, 남의 고통을 들으면 마치 자기에게 있는 것과 같이 여겨 없애주려고 했다. 그가 맡아보는 일이 비록 사소해서 사람들이 관심두지 않는 것에도 반드시 자기 마음을 다했다. 논자들이 대부분 괴이하게 여겨, "홍조가 늙어서 주현에 묻혀 지내다보니 부지런하기가 이와 같아졌는가?"라고 하는데, 나는 "이 점이 내가 홍조에게 바라던 바이다. 대개 큰 벼슬을 살면 분발하고 작은 벼슬을 살면 게으르고 소홀해져 잘 다스리질 않는다면, 지덕知德한 사람이 아니다"고 했다. 홍조가 이 말을 듣고는 내 말이 옳다고 했다.

이 대화를 살펴보면, 인물의 마음을 묘사하는 데 있어 관직이 낮은 것에 근거하지 않았다면 진지한 작업이 되지 못했을 것이며, 이것이 결국 큰 칭찬이 되었다. 이는 왕안석이 인물묘사에 뛰어나다는 것을 보여준다.

앞에서 열거한 예를 통해 알 수 있는 것은 왕안석이 묘사한 문장은 소재의 취사선택이 적절할 뿐 아니라, 또한 필치도 간결하고 준엄하다는 사실이다. 특히 「광서전운사손군묘비」가 그러한데, 첫머리에 그가 학문을 좋아한다는 점을 서술하면서 어떤 터무니없는 말도 쓰지 않았다. 「금계오군묘지명金溪吳君墓誌銘」에서도 첫머리에 그의 성격과 학문을 묘사하고, 이어 다시 그의 생몰년과 장지葬地와 자녀들을 대략 서술하고 약간의 감탄으로 끝맺고 있는데, 이름과 자는 모두 명문銘文 속에 적어 두었다. 「태주천태현령왕군묘지명台州天台縣令王君墓誌銘」에서는 먼저 성명과 출신과 관력을 서술하고, 이어서 다시 "왕군이 사는 곳은 학자들이 모이는 곳으로, 학사 대부들이 모두 서로 사모하며 노닌다. 그러나 군은 합치되는 것이 적어 항상 문을 닫은 채 책을 읽었는데, 오로지 나와 말을 나누면 거슬리는 게 없었다"고 하니, 문자가 간결해서 도무지 다시 더 빼야할 것이라곤 없다. 서두부터 바로 본론을 거론하며 단락 사이에 건너뛰는 일이 없어, 특별히 준엄한 면모가 드러난다. 그는 역사가의 기사문이 지닌 근엄하고 간결한 수법을 자신의 것으로 만든 것이다.

「신주홍조기信州興造記」와 「월주여요현해당기越州餘姚縣海塘記」와 「통주해문홍리기通州海門興利記」와 같은 그의 다른 기사문들도 모두 적용適用과 기실紀實의 원칙을 엄격하게 준수하고 있다. 「은현경력기鄞縣經歷記」는 단지 경력을 기술하는 것이지만, 여기서는 의론을 제시하는 데 중점을 두고 있다(「여요현해당기」와 같다). 「건주학기虔州學記」와 같은 글은 학문을 논술하는 글이다. 유기游記는 매우 적은 편인데, 「유포선산기遊褒禪山記」는 또한 의론에 중점을 두고 있다. 왕안석은 한유와 같이 경물을 묘사하는 데 뛰어나지 못하다. 그래서 경물을 묘사하는 것과 관련 있는 제목의 작품을 봐도 경물묘사는 피하고 온통 의론을 일삼으며, 또한 감정을 서술하는 일도 아주 드물다. 제문에도 좋은 대목이 적다. 그는 구양수와 함께 범중엄의 제문을 지어주었는데, 서로 비교해 보면 구양수의 제문은 감정이 무척 그윽한 데 반해 왕안석의 작품은 단지 평론에 머물고 있다. 이렇게 보면 그는 의론에 뛰어나고 서사에 엄격하지만, 경물묘사나 감정의 서술에는 뛰어나지 못한 것이다. 이는 그가 성현이 되기를 자처했던 데서 연유하는데, "웅걸찬 문장으로 성학聖學의 진체眞諦를 이루기를"(「양웅揚雄」) 바랐던 것이며, 한편으로 한유를 두고는 "힘써 진부한 말을 제거하여 말속末俗과 겨뤘지만, 아무런 보탬 없이 정신만 허비한 게 아쉽다"(「한자韓子」)고 비판했던 것이다.

소식이 일찍이 말하기를, "왕안석의 문장이 좋지 않은 것은 아니지만, 남이 자기와 같아지는 것을 좋아하는 것에는 문제가 있다"(「답장문잠서答張文潛書」)고 했다. 왕안석은 "남이 자기와 같아지는 것을 좋아해서"인지 자신의 작

「유포선산기도」

품도 종종 비슷비슷한데, 특히 비지문은 대부분 대동소이해서 일종의 고정된 격식을 이루고 있다. 동성파들이 이 법도를 칭송했던 것은 기실 이런 격식을 지향했던 것인데, 이런 격식은 본받기가 쉽기 때문에 일부 작가가 모범으로 받들었던 것이다.

왕안석의 시 역시 "좋지 않은 것은 아니지만", 역시 비슷비슷한 것이 많다. 가령 역사를 논평한 절구에서 어떤 것은 의견이 매우 강한데, 「맹자」 시에서 "온 세상이 우활함을 싫어한들 어떠한가, 그래서 이 사람이 적막함을 위로하네[何妨擧世嫌迂闊, 故有斯人慰寂廖]"라고 노래하거나, 「범증范增」 시에서 "백성을 위로할 방법 있으면 하늘이 즉각 도울 텐데, 무엇하러 양치기 아이를 이용하는지 모르겠네[有道弔民天卽助, 不知何用牧羊兒]"라고 노래한 것과 같은 것이다. 그러나 이런 형태의 수법은 쓸모가 많아 매끄럽게 보이지만, "요즘 사람들 상앙을 가볍게 보지 않는 것은, 그는 정무에 맞으면 반드시 실행하기 때문이라네[今人未可輕商鞅, 商鞅能合政必行]"(「상앙商鞅」)와 같은 것은 조금도 시의 맛이라곤 없다. 만년에는 이런 경향을 바꾸어 '정려精麗'하려고 노력했는데, 특히 의인법을 운용하는 데 주목했다. 가령 "한 줄기 강물이 밭을 감싸며 푸르게 휘어 감고, 두 산은 열어젖히듯이 푸른 기운 보내주네[一水護田將綠繞, 兩山排闥送靑來]"와 같은 구절은 참으로 생동감 있고 또한 기백도 있다. 다만 이런 종류의 시구는 매우 많기 때문에 결국 모방을 면치 못했다. 이외에 그는 유수처럼 이어지는 대구를 즐겨 사용하는데, 가령 "다른 날 만약 『맹자』를 살펴볼 수 있다면, 종신토록 어찌 감히 한공을 바라리오[他日若能窺孟子, 終身何敢望韓公]"와 같은 경우, 대구되는 말에 유연한 아름다움이 있어서 참으로 구절이 좋다. 다만 흔한 표현이어서 "문장이 가득한들 누가 나를 흠모하랴, 그대와 같이 정의를 행한다면 사람들 입에 전파되리[文章滿世吾誰慕, 行義如君衆所傳]"(「수정굉신酬鄭閎申」)와 같은 구절도 일종의 수응酬應하는 형식적인 말투가 되었는데, 근래 "광선시인光宣詩人"[30] 가운데 몇몇 사람이 이런 방식을 부지런히 배우기도 했다.

왕안석의 문장이 경물묘사에는 뛰어나지 못해도 경물을 묘사한 좋은 구절들이 있으니, "산들은 수림 밖으로 다투듯 푸르고, 강물은 모래톱을 향해 푸른빛이 반쯤 잠기네[山從樹外靑爭出, 水向沙邊綠半涵]"(「도서차운답평보到舒次韻答平甫」)라든가, "이미 배들은 사라져도 피리소리 들리고, 멀리 보이는 누대에 비로소 등불이 반짝이네[已無船舫猶聞笛, 遠有樓臺始見燈]"(「차운평보금산회숙기친우次韻平甫金山會宿寄親友」)와 같은 구절은 매우 아름답다. 자신의 심정을 묘사한 경우, 가령 "세상 모든 백성은 큰비를 바라지만, 용이 이곳에 숨

30_ 광선시인: 청말 민국초 중국근대시풍을 주도한 시인을 지칭한다. 유월 같은 이가 대표적인 시인이다. 청말의 광서光緖·선통宣統 시기에 태동한 작가들인데, 왕궈웨이안王國垣의 「광선시단점장록光宣詩壇點將錄」과 「광선이래시단방기光宣以來詩壇旁記」에 이 무렵의 시풍과 시인들에 관한 내용이 정리되어 있으며, 명칭도 여기에서 유래한 것으로 보인다.

었는지 모르겠네[天下蒼生望霖雨, 不知龍向此中藏]"라든가, "절개가 곧으면 수척해짐을 사람들은 가련해하지만, 재능이 뛰어나면 늙어도 강건함을 스스로 안다네[人憐直節生來瘦, 自許高材老更剛]"와 같은 구절은 자신의 회포를 바로 서술하고, 흉금에 있는 것을 묘사하고 있다.

그는 고문의 작법으로 시를 짓는 데 뛰어나 의론을 시 속에 삽입시켰다. 「겸병兼幷」「독산禿山」「우언寓言」「수염收鹽」「성병省兵」「하북민河北民」「백구행白溝行」 등과 같은 작품은 견식이 탁월해서 지평을 힘차게 열었고, 간혹 지나치게 질박한 것도 있지만, 철학가나 정치가의 시와 같이 되지는 않았다. 그중 「명비곡明妃曲」에서 "명비가 처음 오랑캐에 시집가니, 융단 수레 백 대에 모두 오랑캐 여인이었네. 애틋한 마음으로 말하려는 궁중 사정, 비파 곡조에 실려 절로 그 마음 알겠네. 황금 한발 낀 손 위로 바람이 불고, 연주 끝에 기러기 보며 술을 권하네. 한궁漢宮의 시녀들은 몰래 눈물 흘리고, 강가의 행인들은 머리를 돌린다. 한나라의 은혜는 얕아도 오랑캐는 깊었으니, 인생의 낙이란 서로 마음 알아주는 것이라. 가련타! 푸른 무덤은 이미 무너졌건만, 애잔한 곡조는 지금까지 남았네"라고 읊었는데, 고문의 작법을 시에 적용한 것이 탁월해서 명비(왕소군王昭君)의 애국사상을 곡진하게 전해주고 있다. 그러나 황정견이나 왕회조차도 제대로 이해하지 못하고, 도리어 "이 말은 옳지 못하다"(『시림광기詩林廣記』[31]를 보라)고 했다. 살펴보면 "수레 백 대"로 영접한 것은 오랑캐들이 왕후를 맞이하는 예로 왕소군을 대접한 것이므로 "오랑캐의 은혜는 깊었다"는 것이 사실이다. 그리고 "인생의 낙이란 서로 마음 알아주는 것

31_ 『시림광기』: 송말의 시인인 채정손蔡正孫(1239~?)이 편찬한 시문평론집이다. 전집 10권, 후집 10권이다.

이라"는 것은 인지상정이다. 하지만 명비는 "한나라의 은혜가 얕다"는 이유로 한나라를 잊지 않았으며, 또 "오랑캐의 은혜가 깊다"는 이유로 오랑캐 땅에서 즐거워하지도 않았다. 비록 "오랑캐의 술을 권해도" 마음은 한나라를 향하고 있었고("기러기를 본다"는 것은 곧 "눈으로 기러기를 전송하는 것"이니, 마음은 남방을 향하고 있는 것이다), 연주하는 곡은 "슬픈 곡조"였기에 "한궁의 시녀들이 눈물 흘리고" "강가의 행인들은 머리를 돌리는" 감동을 일으켰으니, 그것은 즐겁지 않고 슬픈 상황으로서 명비가 진지하고 순결하다는 것을 나타내고 있으며, 이것은 바로 개인적으로 얻으면 감사하고 잃으면 원망하는 그런 애국적 감정에서 비롯된 것이 아니다. 두보는 "천년 동안 비파로 오랑캐 노래 불렀지만, 분명 원한이 곡 안에 있었으리[千載琵琶作胡語, 分明怨恨曲中論]"32라고 했는데, 이런 생각을 갖고 있으면 어떤 묘사법도 한계가 있으며, 묘사할 때도 뜻을 다 펼 수 없다. 왕안석은 고문의 작법으로 시를 지었는데, 변화가 풍부하고 사정을 곡진하게 묘사함으로써 시경詩境을 확장해 "시가의 표현력"을 증진시켰으니, 이것은 매우 주목할 만한 것이다.

유희재는 이렇게 말했다.

왕형공은 「유포선산기遊褒禪山記」에서 "더 깊이 들어갈수록 앞으로 가기는 더 어렵지만, 보이는 것은 더 기이하다"고 했는데, 나는 "깊다" "어렵다" "기이하다"는 세 글자야말로 공의 학술과 문장이 지닌 득실을 보여준다고 생각한다.

— 『예개藝槪』 「문개文槪」

<hr>

32_ 두보, 『두시상주』, 「영회고적오수詠懷古跡五首」

왕안석은 학문에서나 정치에서나 당시의 일부 문인과 비교해서 한 단계 높다고 생각되는데, 앞에서 인용한 안원의 말은 바로 이 점을 말한 것이다(물론 안원은 단지 정치 부분을 두고 말했던 것이다). 그의 시문도 역시 이처럼 한층 더 깊은 생각을 표현해내려고 노력했는데, 이것은 물론 많이 얻어지는 것이 아니다. "생각이 허공을 날면 기이해지기가 쉽다"[33]고 하는데, 이는 터무니없는 생각을 해도 좋다는 말이 아니고, "생각을 다 말하는 것[盡意]"이 쉽다는 것도 아니다. 먼저 앞사람들이 들어가지 못했던 깊은 곳으로 진입해 들어가, "보이는 것이 더 기이한" 그런 "기이함"을 보아야 한다. 동시에 말하기 어려운 생각과 드러내기 어려운 감정을 언어로 표현해야 자신이 본 기이한 것을 묘사하게 된다. 이 방면에서 진일보했을 때 칭송할 만한 가치가 있다. 왕안석이 진전시킨 바가 있다는 것은 그가 터득한 것을 두고 말하는 것이며, 그것은 틀림없다. 다만 현재의 관점에서 보면 그가 진전시킨 것이 많지는 않은데, 그것은 역사적 한계로서 실패했다고 할 수는 없다. 황종희가 말했다.

소동파는 황모백위黃茅白葦로 왕안석의 문장을 비유했는데, 나는 유독 왕안석만 그렇다고 보지는 않는다. 주돈이와 정이천 형제가 우뚝 나타난 뒤로 많은 선비가 남의 울타리 안에 몸을 맡겼는데, 내가 그의 문집을 읽어보니 도덕 성명에서 벗어나지 못해 말하는 것은 모두 아무 쓸모없는 것들뿐이었다.

왕안석이 염락지방의 선비들에 비해 깊은 곳으로 들어갔으므로, 그는 "남

33_ 유협, 『문심조룡』, 「신사神思」

의 울타리 안에 몸을 맡긴 것"은 아닌 셈이니, 이것이 왕안석이 터득한 것이다. 다만 그가 아직 "도덕 성명에서 벗어나지 못한 것"은 봉건적 도덕 범주를 벗어나지 못했던 것이니, 이는 자연스런 일이며 피할 수 없는 것이었다. 만일 이것을 두고 그가 실패한 것이라고 한다면, 왕안석을 염락지방의 선비들과 같이 퇴보시키는 것이니, 그러면 결국 "아무 쓸모없는 것"이 될 뿐이다.

제6장

소싯적 협객 소순의
추상같은 문장

세상과 학문을 편력하다
- 소평전

　　소순蘇洵(1009~1066)의 자는 명윤明允이고, 미주眉州의 미산眉山(지금의 쓰촨성 메이산眉山) 사람이다. 스스로 말하기를 "젊어서는 특이한 행적을 좋아해서, 말을 타고 대담하게 돌아다녔네. 눈을 놓아 세상을 살폈으니, 우주가 넓은 것을 좋아했다네"[1]라고 했다. 소순은 일찍이 민산岷山 산과 어메이 산峨眉山 정상에 올라 "얼굴 들어 구름과 안개에 말 걸고, 손을 드리워 온 산을 어루만지네"라고 했다. 또 "형저荊渚를 유람하고" "한수이 강에 이르렀으며" "말을 몰아 서울로 들어갔지만"(송나라 수도는 변량汴梁으로, 지금의 카이펑開封이다) "여러 해 동안 관직을 얻지 못해" 다시 "환원산轘轅山으로 달려가" "쑹산嵩山 산을 알았고" "화산華山 산 아래에 이르러"(쑹산 산과 화산 산은 각각 '오악五岳'의 하나다) 루

1_　『가우집』권16, 「억산송인오언칠십팔운憶山送人五言七十八韻」

산廬山으로 들어갔다.(「억산송인憶山送人」) 젊은 시절의 생활은 이백의 의협한 삶이나 두보의 호방한 유람 생활과 비슷했다. 그는 스스로 "어릴 때는 글을 배우지 않았다가 스물다섯 살이 되어서야 비로소 독서를 하기 시작했다"고 했다(구양수의 「소명윤묘지명蘇明允墓誌銘」에는 "스물일곱 살에 비로소 크게 발분해서, 평소 친하게 어울리던 소년들과 헤어져 문을 닫고 독서와 문사에 힘썼다"고 했다). 소순은 일찍이 진사와 무재이등茂材異等(특별과) 시험에 응했으나, 모두 합격하지 못했다. "이로부터 전날 지었던 글 수백 편을 모두 불살라버리고, 『논어』『맹자』(당시 이 책들은 아직 경서가 아니었다)와 한유의 글과 그 외 성현들의 문장을 가져다 7~8년 동안 꼿꼿이 앉아 종일토록 읽었다."(「상구양내한제일서上歐陽內翰第一書」) 이런 각고의 학습 자세는 실로 사람을 감동시켜, 주희朱熹와 왕응린王應麟[2] 등으로부터 칭송을 받았다. 다만 주희는 그가 관심을 둔 것은 단지 고문의 '성조聲調'를 익히는 것이었다고 했고, 왕응린은 그가 과거문을 포기했다는 것은 말하지 않고 경세치용의 학문을 익혔다고만 했다. 그 결과 그들은 소순의 일생을 전·후 두 시기로 나누었고, 심지어 그를 이록利祿을 위해 죽은 독서를 한 부패한 유학자로 묘사했다. 그러나 이것은 사실과 부합되지 않는다. 오히려 구양수의 다음과 같은 설명이 비교적 믿을 만하다.

진사시에 두 번 응시했으나 합격하지 못했고, 다시 무재이등과에도 응시했으나 합격하지 못했다. 물러나서 탄식하기를 "이는 내가 배울 만한 것이 못 된

2_ 왕응린(1223~1296): 남송의 관료이자 학자. 자는 백원伯原, 호는 심녕거사深寧居士 또는 후재厚齋다. 이종理宗 원우元祐 원년에 진사가 되었고, 보우寶祐 4년에 박학굉사과에 합격했다. 태상시주부·동관태주·비서감사인·예부상서 겸 급사중 등을 역임했다. 위인이 정직하고 직언을 잘해 권신들에 의해 내쫓겨 낙향해서 20여 년간 오직 저술에 힘썼다. 저서로『곤학기문困學紀聞』『옥해玉海』『삼자경三字經』 등이 있다.

다" 하고, 자신이 지은 글 수백 편을 모두 모아서 불살라버렸다. 이때부터 더욱 문을 닫아걸고 독서했으며, 절필하고 글을 짓지 않은 것이 5~6년쯤 되었다. 이에 육경과 백가의 학설을 널리 연구하여 고금의 성패와 득실, 성현들의 궁달과 출처에 관해 살펴 그 정수를 터득했는데, 함축된 것이 흘러 넘쳤으나 억눌러 드러내지 않았다. 오랜 시간이 지나 개연히 "이제 됐다!" 하고는 이때부터 붓을 들면 잠깐 사이에 수천 자를 지었다. 글이 종횡으로 오르내리고 들고 나며 치달려, 반드시 깊고 은미한 것을 이룬 뒤라야 그만두었다.

　　　　　　　　　　　　　　　　　　　　　　　－「소명윤묘지명」

이 말에 비록 지나치게 칭송한 점이 없진 않지만, 그래도 소순이 불살라버린 것은 일종의 과거문자요, 또 전심을 다해 연구한 것은 "육경과 백가의 학설"이며, "고금의 성패와 치란"(곧 정치와 군사상의 역사적 경험)과 "성현들의 궁달과 출처"(개인의 품격과 지조)를 중하게 여겼음을 설명하고 있다. 증공도 다음과 같이 말했다.

(소순이) 문을 닫고 독서한 5~6년 동안 익힌 것이 풍부했고, 그것을 다시 글로 지으니 대개 짧게는 백여 자요, 길게는 천여 자에 이르렀다. 사실을 지적하고 이치를 분석하며, 사물에 가탁하여 비유하고, 화사한 것은 줄여서 검약하게 하고, 먼 것은 살펴서 가깝게 하고, 큰 것은 미미하게 하며, 작은 것은 드러나게 했으며, 번잡해도 어지럽지 않고, 멋대로인 듯해도 절제되게 했다. 글이 웅장하고 준결하기가 강과 하천이 터져 흘러내리는 듯하고, 찬란하며 명백하기는 별을 가져다 쏘아올린 듯하다.

　　　　　　　　　　　　　　　　　　　　　　　－「소명윤애사」

소순은 비록 지주 집안에서 태어났지만 대대로 농사를 지었으며, 그 자신도 진사에 합격하지 못해 그뒤로도 제대로 관직을 갖지 못했다. 그래서 그의 아들 소식이 자칭 '세농世農'이라고 했다. 젊은 시절 소순의 의협심과 호방함은 세상 경험을 비교적 넓게 하게 만들었으며, 사회인식도 깊이 있게 만들었다. 그뒤에 비록 과거공부에 종사했지만(과거를 준비해서 응시했다) 시간이 아주 짧았고, 다른 진사 출신의 사람들과 비교해볼 때에도 그가 과거공부에 들인 시간은 비교적 적었다. 그는 육경을 읽고 제자백가도 읽었는데, 이것이 그의 안목을 넓혀주고 사상도 비교적 활달하게 만들었으니, 당시 다른 문인들에 비해 유가사상에 속박된 바가 적었다. 특히 의협적인 생활은 제자백가의 영향이었으며, 게다가 당시 요와 송이 서로 침략하던 현실은 그의 '중문경무重文輕武'(문을 중시하고 무를 경시하는 것) 사상을 일변시켜 군사학 연구에 관심을 갖도록 했다. 그가 국방과 정치에 대해 이야기할 때는 의기가 종횡으로 오르내리고, 쓰는 글도 "대개 병법과 임기응변의 말들"[3]이었다.

한때 웅주雄州(지금의 허베이 성 바오딩保定 슝 현雄縣)를 다스렸던 뇌간부雷簡夫의 추천을 받은 뒤로 소순은 성도成都의 윤尹(쓰촨四川지방 장관)인 장방평張方平의 눈에 들게 되었고, 다시 장방평의 추천으로 진출해서 구양수의 추천을 받았다.

구양수의 추천으로 황제는 명령을 내려 시험을 보게 했다. 소순은 이때 나이가 이미 쉰 살이었다. 그는 본래 자신이 '기걸奇傑'하다고 자부했기 때문에 황제가 자신을 파격적으로 등용해주기를 기대했다. 그러나 황제는 상례대로 시험에 응하게 했던 것이고, 그는 부름에 응할 의향이 없어 조금은 "편하지 못

3_   조공무,『군재독서지郡齋讀書志』권4하,「소명윤가우집십오권蘇明允嘉祐集十五卷」

소순

했지만" 친구들의 권유를 받고 결국 "수레를 몰아 서울로 들어가게 된다."⁴ 그
리고 구양수의 거듭된 추천으로 비로소 패주覇州 문안文安(지금의 허베이 성
랑팡廊坊 원안) 주부主簿라는 일개 작은 관직을 얻게 된다. 그는 왕명을 받고 서
울에 머물면서 『태상인혁례太常因革禮』⁵의 편찬에 참여했다. 책이 완성된 지
얼마 뒤 그는 서울에서 죽었다. 그래서 그는 일생 제대로 된 관직을 지내지 못
했다고 말하는 것이다.

　그가 죽었을 때는 왕안석이 아직 집정하지 않았기 때문에, 소순은 왕안석
과 그의 신법에는 털끝만큼도 관계하지 않았다고 할 수 있으니, 찬성도 반대
도 할 수 없었다. 왕안석과 소순은 분명 서로 만났을 것인데, 두 사람의 시문
에는 이야기를 나누었거나 대면한 장면이 도무지 없다. 그러나 왕안석의 변

4　『가우집』 권16, 「도차장안상도조부간의途次長安上都漕傅諫議」
5　『태상인혁례』: 구양수와 소순 등이 참여해서 편찬한 송대의 예전禮典이다. 모두 100권으로,
영종英宗 치평治平 2년에 완성되었다.

법이 실패한 뒤 일부 사대부는 애써 왕안석을 비난했는데, 그래서 그들은 소순이 일찍이 왕안석이 '간특'할 것이라고 예견했다는 말을 지어내어 「변간론辨奸論」이라는 글을 위조해서, 소순이 지은 것이라고 했다. 그 글에서는 왕안석을 두고 "죄수 머리에 상주 얼굴을 하고서 시서를 이야기한다"고 했으며, "인정에 맞지 않는다"고 지적하며 왕연王衍[6]과 노기盧杞[7]에 비유해서 왕안석이 필경 나라를 그르칠 것이라고 했다. 게다가 소식이 장방평에게 보내는 편지를 만들어서 그 방증으로 삼았다. 이 일은 본래 "인정에 맞지 않는 것"이니, 왜냐하면 "죄수 머리에 상주 얼굴을 하고서 시서를 이야기한다"는 것이 또한 "인정에 맞지 않는다"고 할 수도 없으며, 더욱이 그것이 간특한 짓이라고 단언하기도 어렵다. 남송 사람들의 말에 의하면, 소순과 왕안석 두 사람이 구양수를 모시고 운을 나누어 시를 지었는데, 소순이 '이而'자를 잡게 되어 "시를 짓는 것이 이자而字에서 막혔네[談詩究乎而]"라고 했으나, 왕안석이 "또 '이' 자를 가지고 두 구절의 시를 짓자", 이 일로 왕안석과 소순 사이에 유감이 생겼다고 여겨 "이 문제로 원한이 쌓인 것이 아니라고 할 수 없을 것이다"고 한다.(『개은필기芥隱筆記』[8]) 이것은 근거 없는 억측이다. 「변간론」의 진위 문제에 대해서도 청나라 사람인 채상상蔡上翔[9]이 『왕형공연보고략王荊公年譜考略』에서

6_ 왕연(256~311): 서진西晉의 대신. 자는 이보夷甫이며 상서령과 태위 등을 지냈다. 당대의 명사로서 현담을 즐겼다고 한다.
7_ 노기(?~785?): 당의 대신. 자는 자량子良이며 어사대부·문하시랑·중서문하평장사 등을 지냈다. 위인이 음험하고 교활해서 능현能賢한 인재들을 질시했다고 한다. 삭방朔方절도사 이회광李懷光의 상소로 탄핵되어 신주사마新州司馬로 좌천되어 가다가 죽었다.
8_ 『개은필기』: 송나라 공이정龔頤正이 저술한 필기로 1권이다.
9_ 채상상(1717~1810): 청대 문학가이자 역사학자. 자는 원풍元風이고 호는 동서東墅다. 건륭 26년(1761)에 진사가 되어 사천동향四川東鄉의 지현知縣을 역임했다. 당송고문을 깊이 연구해서 시문으로 일가를 이루었다. 저서로 『동서문집』(20권), 『불구심해록不求甚解錄』(4권), 『왕형공연보고략』(25권) 등이 있다.

『가우집』

후인들의 위작이라고 논증했는데, 이는 분명 사실에 부합된다. 이 문제는 『송사』와 『송원학안』에서 똑같이 진본이라고 오인하고 있으므로 분명히 설명해야 된다. 우리는 왕안석과 소순 두 사람은 학술사상에서 공통점이 있고, 국사에 대한 관심에서 혁신을 주장한 것으로 안다. 다만 다른 점이 있다면, 왕안석은 유가의 입장에 서 있었고, 소순은 병가와 종횡가의 입장에 서 있었던 것이다. 그래서 왕안석은 법제를 이야기했지만 소순은 인재등용을 이야기했으며, 왕안석은 학술에 심오했지만 소순은 인정에 밝았던 것이다.

소순의 아들인 소식과 소철도 모두 유명해서 당시 사람들은 소씨 부자를 합쳐서 '삼소三蘇'라고 불렀는데, 그중 소순을 '노소老蘇'라고 했다. 소순이 죽자 소식 형제는 그를 미산眉山의 노인천老人泉에 장사지냈는데, 소식은 이 때문에 '노천老泉'이라 자호했다. 남송 때부터 소순을 '노천'이라고 잘못 부른 이가 있었는데, 명청시대에도 이 호칭을 답습한 사람들이 있었으니, 사실은 잘 못된 것이다. 소순의 저술 가운데 『태상인혁례』를 제외하면, 일찍이 『역경』에 주석을 달고자 했으나 완성하지 못했지만, 『동파역전東坡易傳』[10] 안에 부분적인 해설이 남아 있다. 세상에 전하는 주된 저술은 『가우집嘉祐集』이다.

소순은 북송의 인종仁宗과 영종英宗 시기를 살았다. 인종 재위 40년 동안은 겉으로는 천하태평한 시대였으나, 실제로는 모순이 매우 첨예하게 드러나 있었다. 본래 조광윤趙匡胤[11]이 "술에 취해 병권을 놓은" 뒤, 다시 정사당政事堂(재상)과 추밀원樞密院(군사軍事를 관장함)을 분리시킴으로써 군정의 대권이 황제 한 사람의 손에 집중되었다. 황제의 권력이 역사상 최고도로 발전해서, "재상에게 무례하게 굴고"(소순, 「임상任相」), "가벼운 권한만 주었으며"(「원려遠慮」), 무관들은 홀대와 제재를 받아 "장수는 병사들을 모르고" "병사들은 장수를 모르는" 지경에 이르렀다. 조정에서도 사대부들을 농락하여 "품계를 더해주고 관직을 임명하기를 걸핏하면 제멋대로 하며", 관직을 받은 자들은 도리어 "모두 자기 힘으로 이룬 것으로 여겨 힘을 다해 임금의 은혜에 보답할 줄을 몰랐다."(「상황제서上皇帝書」) 게다가 "북로北虜(요遼 이외에 서하西夏 지역이 있었다)들은 오만방자"해서 "해마다 보내는 금과 비단(세폐歲幣)이 수십만 냥에 이르렀다." "뇌물(세폐)이 더 늘어나면 세금도 부득불 무거워지고, 세금이 무거워지면 백성들도 힘들지 않을 수 없다."(「심적審敵」) 그런데도 북송의 군주는 "윗자리에서 편안히 지내고" "백관들은 아래에서 빈둥거렸다."(「원려」) 사대부들도 국익을 논하고 병법에 관해 말하는 것을 부끄럽게

10_ 『동파역전』: 소식의 저술로, 모두 9권이다.
11_ 조광윤: 송 태조의 이름.

여겼으며, 병무를 잘 안다는 범중엄도 병법을 이야기하는 청년학자(장재)에게 권하기를 "명교名教가 낙토에 베풀어지고 있으니, 무엇 때문에 병법을 말하겠는가?"라고 했다. 범중엄의 「악양루기岳陽樓記」에 묘사되고 있는 등자경滕子京(종량宗諒)도 몇 가지 행동을 취하려고 하다가 결과적으론 "도리어 문관들에게 곤경을 치렀다."(『송사宋史』「등전滕傳」 및 소순의 「양재養才」) 시의생施宜生이나 장원張元 등과 같이 방자한 선비들의 경우, 마침내 요와 서하로 달아나 호랑이의 창귀 노릇을 했다. 명장 적청狄靑은 북송 왕조를 도와 농지고儂智高의 봉기를 진압하고 이로 인해 추밀사로 승진되었다. 그러나 곧 의심을 받게 된다(『야로기문野老記聞』12에서 문언박文彦博의 말을 인용한 것이다. 구양수도 일찍이 적청을 추밀사에서 파직시킬 것을 요구하는 상소를 올렸으나 그대로 보전되었다). 이는 바로 소순이 "재상들은 혐의를 피하고 비난을 두려워하기에도 겨를이 없으니, 어느 틈에 마음을 다해 사직을 걱정하겠는가?"라고 한 말과 같다.(「원려」) 이러니 문인들은 고상하게 성명性命와 도리道理를 이야기하기도 하고 시사詩詞에 탐닉하기도 했으며, "말을 부드럽게 하는 것을 인이라 여기고, 홀로 도도한 것을 의라 여기며, 일상적인 말을 어기지 않는 것을 신의라 여기고, 작은 이익을 탐내지 않는 것을 청렴이라 여겼다."(「양사養土」) 두려워 우물쭈물하며 구차하게 하루하루를 지냈던 것이다. 당시 사대부 가운데 사상과 견식을 갖추고 국가 대사에 관심을 가졌으며 다른 사대부들의 태도와는 달리 힘써 분발한 사람으로 이구와 왕안석을 제외하면 아마도 소순을 손꼽을 수 있을 것이다.

12_ 『야로기문』: 송나라 왕무王楙(1151~1213)의 부친인 왕대성王大成이 저술한 필기로, 모두 39조의 내용이 수록되어 있다. 왕무가 편찬한 『야객총서野客叢書』의 끝에 부록으로 실려 전했다.

다음으로 소순 사상의 몇 가지 특징에 대해 이야기해보겠다.

왜 의리만 논하는가

의리 문제는 앞에서 이미 대략 이야기했다. 맹자는 "어째서 이익을 말씀하십니까? 인과 의만 말씀하셔야 합니다"라고 했고, 동중서는 한 걸음 더 나아가 "의리를 바로 세우면 이익을 꾀하지 않고, 도리에 밝으면 결과를 따지지 않는다"고 했는데, 송대 사마광으로부터 정이와 주희에 이르기까지 모두 이 논리에 근거해서, 사물에서 벗어나 이치를 말하고 일과 결과를 경시했다. 그러나 소순은 도리어 "의리란 세상을 바르게 만드는 것이지만, 또한 세상 사람들의 마음에는 위배되는 것이다"라고 생각했다. 그는 무왕이 "곡식을 풀고 재물을 흩는 데" 급급했지만 "무왕 역시 한낱 의리만으로는 세상을 도울 수 없었다는 것"을 알 수 있으며, 그래서 "군자는 이익을 말하는 것을 부끄러워하고, 또한 부질없는 이익(이것은 단지 이익에 대해서는 잘 말하면서 의리를 말하지 않는 것인데, 어떤 사람은 의롭지 못한 이익이라고 한다)을 말하는 것을 부끄러워했을 따름이다"고 생각했다. 그는 명확하게 "군자가 일을 실행하려면 반드시 이익에 임해야 한다. 의리에 임하면 힘쓰기가 쉽지만, 이익에 위배되면 힘쓰기가 어려워진다"고 했고, 결론적으로 "의리와 이익, 이익과 의리는 상호작용해야 세상을 다스리기가 쉽다"고 했다.(「이자의지화론利者義之和論」) 이는 정신과 물질적 이익을 통일된 관점에서 본 것인데, 당시 왕안석과 이구와 소순이 서로 일치하는 점이다. 사상사를 연구하는 동료들이 이구와 왕안석은 매우 높게 평가하면서 소순에게는 주의를 기울이지 않는 점이 애석하다.

경전은 필요 없다

소순의 관점은 여느 문인들과는 다르다. 그는 「육경론六經論」을 지었다. 소순은 『예기』에 대해서는 군주가 사람을 속박하려는 것으로 보아 사람의 본성에 위배되는 것이라고 여겼고, 『주역』은 "성인도 세상의 완전한 신으로 말미암지 않으면 그 가르침을 펼칠 수 없는 것"이어서, 일부러 "신과 같이 오묘하고 하늘과 같이 높게 만들어" 사람들로 하여금 "탐구해도 아득하고 찾아봐도 어두워서, 어려서부터 익히지만 백발이 되도록 근원을 알 수 없게 만든 것"이라고 여겼다. 『시경』에 대해서는 "나에게 호색을 허락해도 음란해지지 않는 것이 가능하며" "내가 나의 군주와 부형을 원망하는 것을 책망하지 않지만, 저들이 비록 나에게 포악하게 해도 내가 분명히 비판하고 분명히 원망하여 세상이 분명히 알게 만들면 나의 원망도 역시 타당함을 얻게 될 것이니, 반란하지 않는 일이 가능하다"고 한다.(「예론禮論」「역론易論」「시론詩論」) 그의 관점에서 보자면 육경은 모두 성인의 통치술이라는 것이다. 주희는 "소순의 「육경론」을 보면 성인은 하나같이 술수로 천하를 기만한 사람이라고 한다"고 했다.(『주자어록』) "경전을 존중하던" 시대에 소순의 이러한 주장은 그야말로 도리에 어긋나는 면이 있으니, 이는 실로 대담한 논의였다.

형기를 벗어날 순 없다

소씨 삼부자와 주돈이·정이의 시대는 곧 이학理學이 흥기하던 때였다. 뒤에 소식과 정이는 촉蜀과 낙洛의 두 파로 나뉘어 대립했다. 그러나 가장 먼저 이학에 반대한 사람은 소순이었다.

소식의 회고에 의하면, 그의 아버지는 "서울로 가셨는데 (…) 돌아와 나에게 말씀하시기를 '지금 이후로 문장이 장차 날로 쇠퇴하고 도도 장차 흩어질 것이다. 선비들은 원대한 것만 사모하여 비근한 것은 홀대하고, 화려한 것을 귀중히 여기되 실질적인 것은 천박하게 여기니, 내가 이미 그 조짐을 보았다'고 하셨다"고 한다. 여기에서 이학을 명시해서 말한 것은 아니다. 다만 그 아래 단락에서 "그로부터 20여 년 뒤 선친께서 돌아가시자 그 말씀이 현실이 되었다. 문학을 하는 선비들은 초연히 형기形器 밖으로 벗어나지 않는 자가 없어, 은미한 말과 고상한 의론이 이미 한당漢唐시대도 낮추어 얕본다"(「부역선생문집서鳧繹先生文集序」)고 했는데, "초연히 형기 밖으로 벗어났다"는 말과 "한당시대도 낮추어 얕본다"는 말은 분명 이학을 지적해서 한 말로, 소순이 "원대한 것만 사모하여 비근한 것은 홀대한다"고 비판한 말이 이학을 가리킨 것임을 알 수 있다.

이학가들은 고고하게 성리에 관해 이야기하고, 이가 기에 우선한다고 주장한다. 소식은 『동파역전』에서 "원元의 덕됨은 볼 수 없고, 볼 수 있는 것은 만물이다"라고 했고, 또 "옛 군자들은 성性이야말로 밝히기 어려운 것이라 염려해서 볼 수 있는 것을 통해 성을 이야기했다"고 했다. 앞에서도 말했듯 이 『동파역전』에는 자기 아버지의 사상이 들어 있다고 했다. 이런 점으로 보더라도 분명 이학가들의 논점과는 다르다. 주희는 말하기를 "소순 집안의 사람들은 단지 『맹자』를 통해 글쓰기를 배웠기에 다른 도리는 모르고 있다"고 했으며(『주자어록』), 그래서 소씨의 『역설易說』을 비판하기 위해 「잡학변雜學辨」을 짓기도 했다. 그러니 소씨들의 문학은 이학과 다르며, 소순 부자가 비교적 일찍 이학에 반대했다고 말하는 것은 사실에 부합되는 것이다.

잃음으로써 더 크게 얻는다

소순은 「항적론項籍論」에서 말하길, "버리는 것이 없으면 천하의 형세를 얻을 수 없다"고 했고, 「강약强弱」에서는 "나의 강점으로 약점을 공격한다"고 했으며, 또 "적은 손실은 잊고 큰 소득에 뜻을 두라"고 했다. 「공수攻守」에서도 "공략을 잘하는 사람은 견고한 성을 공격하는 데 병력을 다 사용하지 않고, 수비를 잘하는 사람은 적의 공격으로부터 지키는 데 병력을 다 사용하지 않는다"고 했는데, 이는 분명 변증법적인 시각이다. 소순은 "병모兵謀·권리權利·기변機變"을 이야기하면서, 전쟁에서는 형이상학적 이론으로 승리할 수는 없고, 군사전략가라면 변증적인 방법을 익혀야 한다고 했다. 또 그는 문장에 대해 말하면서 "손무와 오기의 간결하고 절실함"[13]을 칭찬했는데, 이로써 그가 손무와 오기의 영향을 받았다는 것을 알 수 있다. 그래서 그의 사상 가운데 변증법적 요소는 유래하는 바가 있었던 것이다.

13_ 『가우집』 권1, 「상전추밀서上田樞密書」

"자신도
어쩌지 못해서" 지은 글
-문학론

문학이론에 관련된 소순의 글은 겨우 「중형문보자설仲兄文甫字說」한 편뿐
이고, 그 외에 소식의 회고를 보면 한두 가지 서술된 것이 있다. 간략하게 설
명하겠다.

현실은 현실적이어야 한다

소식이 말하기를 "가군家君께서 문장을 논평하신 말씀을 들었는데, 옛 성
인들은 자신도 어쩌지 못해서 글을 지은 경우가 있었다고 하셨다. 그래서 나
와 아우 철은 많은 글을 지었지만, 일찍이 감히 글 지을 뜻을 품지 못했다"고
했다.(「강행창화집서江行唱和集序」) "자신도 어쩌지 못해서 글을 지은 경우가 있

었다"는 것이 무슨 말일까? 그의 생각은 사람들이 객관사물에 접촉할 때, 어떤 사물이 자신을 촉발시키면 표현을 하지 않고는 못 배기는 기분을 느끼게 된다는 것이다. 소식은 또 이렇게 말한다. 그의 부자 형제들의 작품은 "수려한 산천이나 질박한 풍속, 현인군자의 유적이나 모든 이목이 접촉하는 것에서 아무것이나 마음에 촉발되면 감탄으로 터져나오는 것"에서 비롯되며, "억지로 지어내는 것"이 아니라고 한다.(앞의 글) 이렇게 볼 경우 그들은 글을 지으려고 해서 지은 것이 아니었고, 그들의 글은 "마음에 촉발되어" 말로 터져나오는 것이었다.

소식이 "이목이 접촉하는 것"으로 말한 것은 『강행창화집』에 수록된 시를 두고 말한 것으로, 그 의미는 "사물에 감응되어 뜻을 노래하는 것[感物吟志]"과 같다. 다만 소식은 시를 많이 짓지 않았으며, 설령 지었다 해도 대부분 전하지 않는다. 그가 중점을 두고 지은 작품은 주로 논문 종류였으며, 특히 병무와 정치에 관한 내용들이다. 그러므로 그가 말하는 "자신도 어쩌지 못한" 경우란 산천이나 풍속 등에 대해 그가 격발한 것이 아니라, 분명 당시의 정치적·군사적인 어떤 사정이 그를 격동시켰으며, 그것이 그로 하여금 자신의 생각을 토로하도록 만들었다고 여긴 것이다. 이것은 또 그 시대를 위해 지은 것이며 그 사실을 위해 지은 것으로, 곧 어떤 동기가 있어서 지었다는 생각이다.

앞에서 말했듯이 소순은 당시 어떤 사람들을 두고 "원대한 것만 사모하여 비근한 것은 홀대하고, 화려한 것을 귀중히 여기되 실질적인 것은 천박하게 여긴다"고 하며 비판했다. 그는 비근한 것에 힘쓰고 실질적인 것을 귀중히 여기기[務近貴實]를 주장했던 것이다. 비근한 것에 힘쓰고 실질적인 것을 귀중히 여기는 태도는 당시의 실제로부터 비롯된 것이며, 실용에 적합한지 묻는 것에 유념한 것이다. 이처럼 시대를 위하고 사실을 위하는 것은 또한 동기가 있어서 글을 짓는 것과 바로 일치하는 것이다.

소순의 작품을 보면 바람과 꽃과 눈과 달의 감상에 빠진 것을 묘사하는 글 귀는 없을 뿐 아니라, 상서上書나 증서贈序와 같이 응수해서 지은 작품도 적고, 한유·구양수·왕안석이 늘 지었던 비지문碑誌文이나 전장傳狀류의 글도 문집에서 한 편도 찾아볼 수 없다. 유종원이나 왕안석이 '봉건'과 '태고太古'와 '성정'과 같은 차원 높은 이론문제를 담론했던 것과는 달라서, 그가 이야기하는 것은 온통 당시 현실의 실제 문제와 직간접으로 관계되는 것들이며, 설령 역사를 논하는 글인 경우에도 「육국론六國論」과 같이 고사를 인용해서 현재를 따져보는 것들이다. 그의 문장은 확실히 비근하고 실질적이며, 어떤 동기를 갖고 지었다고 하겠다.

바람과 물이 서로 만나듯이 자연스러워야 한다

소순은 「중형문보자설仲兄文甫字說」에서 이렇게 말했다.

(…) 이 물은 실제 바람이 일으키는 것이요, (…) 이 바람은 실제 물이 형상지어주는 것이다. 이제 바람과 물이 큰 호숫가 언덕에서 서로 만나 휘감겨 몰아치니, 물결이 출렁 파문을 일으켜 안온하면 서로 밀어주고 노하면 서로 부딪히며, 느긋할 땐 구름 같고 찡그리면 비늘 같으며, 빠를 땐 말 달리듯 느릿할 땐 빙빙 돌듯 한다. (…) 평탄한 흐름을 타고 내달려 푸른 바다에 이르면, 넘실대며 용솟음치고 서로 부딪혀 울부짖는다. (…) 소용돌이치는 것

은 바퀴 같고, 둘러치는 것은 허리띠 같으며, (…) 모양과 형상이 각기 달라 바람과 물의 온갖 모습이 다 갖추어진다. 그래서 "바람이 물 위로 불면 흩어진다"(『주역·환괘渙卦』의 상사象辭이다. 공영달은 풀이하기를, "바람이 물 위로 불면 파도가 격동해서 흩어지는 형상이 된다"고 했다)고 하니, 이 또한 천하의 지극한 문장이다.

그러나 이 두 사물이 언제 문장을 요구한 적이 있었던가? 서로 찾으려고 생각한 적은 없지만, 약속도 없이 서로 만남으로써 문장이 생기는 것이다. (…) 대개 옥은 온화하게 아름답지 않은 것은 아니지만 꾸며서 그런 것은 아니며, 깎고 새기며 짜는 것이 아름답지 않은 것은 아니지만 자연스럽다고 할 수는 없다. 그러므로 세상에서 경영하지 않아도 문장이 생겨나는 것은 오직 물과 바람뿐이다.

이 글 다음에 또 "부득이해서 말을 한다"고 했으니, 앞서 인용했던 소식이 회고한 말과 의미가 같은 것이어서 여기서 다시 말하지 않겠다.

이 글에 대해서는 "문학창작에서 천인합일의 문제를 상세히 설명하고 있다"고 생각하는 사람도 있었다. 그 사람은 "물은 창작의 원천과 예술적 수양을 비유하고 있고, 바람은 창작 충동이 말을 그만두지 못하게 하는 어떤 상태를 비유한 것으로, 은번殷璠[14]의 「하악영령집서河岳英靈集序」에서 '정이 솟고, 흥이 나고, 신이 난다'고 한 말이 바로 이런 뜻이다. (…) 둘이 서로 합치되

---

14 은번: 당나라 문학가. 행력은 자세하지 않다. 일찍이 『하악영령집河岳英靈集』 2권을 편찬했는데, 당나라 개원 2년에서 천보 12년(714~753)에 이르기까지, 상건常建·이백李白·왕유王維·고적高適·잠삼岑參·맹호연孟浩然·왕창령王昌齡 등 24인의 234수의 시를 수록하고, 각 시인에 대한 평어를 실었다. 대체로 제량시기 형식주의 시풍을 비판하며, 내용과 형식을 모두 중시하고 성률과 풍골을 겸비할 것을 주장했다.

소순 필적

어야 비로소 문장의 웅장한 모습을 다할 수 있다. 소순의 이 이론은 육기陸機
가 『문부文賦』에서 '감응이 모이며, 통하고 막히는 실마리다'고 말한 것에 비
해 일면 전면적이고 구체적으로 설명한 것이며, 한유가 「답이익서答李翊書」에
서 '마음에서 얻은 것을 손으로 쏟아내는 것이 거침없이 나온다'고 한 것에
서 역시 진일보한 것이다. 한유는 단지 학문과 수양의 성과가 깊으면 마음에
서 얻어 손으로 나타나며 얻는 것도 마르지 않는다고 말했을 뿐이지만, (…)
소순은 '(…) 매우 깊은 근본과 넉넉한 흥회가 서로 하나가 되어 하나라도 빠
뜨릴 수 없다'고 하여 비교적 전면적으로 지적했다"(주둥룬 주편, 『중국역대문
론선』 제2책, 270면)고 한다. 우리가 생각하기에 "신이 나는" 것으로 지나치게
강조하는 것은 아마도 소순의 본의는 아닌 듯하다. 당나라 사람들이 시 창작

을 형용하기를 "종일토록 찾아도 구하지 못하더니, 때가 되니 문득 저절로 오네[終日覓不得, 有時還自來]"15라고 했는데, 그것은 "찾는다[覓]"는 의미로 설명한 것이다. "찾는다"는 것이 바로 소순이 비판한 "애써 억지로 한다"는 것이다. 게다가 시인이 경물에 촉발되어 감정이 생기면, 재능이 뛰어난 사람은 한 장 한 연마다 좋은 글귀가 생각나게 되는 것이다.

문장, 특히 소순처럼 병무와 정치를 논한 글이라면 "우연히 얻기"가 어려울 것 같다. 당연히 마음에 작품 구상이 되어 있어야 하며 흥취가 솟아나야 한다. 이렇게 흥취가 솟아나는 것이 바로 "기운이 성대한 것"을 표현한 것이다. "기운이 성대한" 이유는 우선 학문적 소양이 있어 이미 쌓인 식견이 있고 지기가 높고 크기 때문이며, 또 한편 국가와 민족을 위해 걱정하고 즐거워하는 것이 진실해서 일이 있으면 일어나는 감정이 강렬하기 때문인데, 이 둘이 결합되어 "문장이 그 사이에서 나온다." 물론 작가들이 기운을 말할 때는 구분되는 바가 있다. 하나는 마음이 평온하고 기운이 온화할 것을 강조하는데, 구양수와 증공이 여기에 속하는 편이다. 누약樓鑰16과 조병문趙秉文17도 구양수가 "조용하고 한아하다[從容閑雅]"고 칭송했으니, 그들도 이런 면을 중시했던 것이다. 다른 하나는 힘차게 분출해내어 뜻이 미진한 것이 없게 하는 것인데, 소순이 이런 부류에 속한다.

15_ 구양수, 『육일시화』

16_ 누약(1137~1213): 남송시대 문학가. 자는 대방大防, 호는 공괴주인攻媿主人으로, 명주明州 은현鄞縣(지금의 저장 성) 출신이다. 관직은 온주교수溫州教授와 한림학사, 이부 상서 겸 한림시강 등을 지냈다.

17_ 조병문(1159~1232): 금金의 학자. 자는 주신周臣, 호는 한한거사閑閑居士로, 자주磁州 부양滏陽(지금의 허베이 성 츠 현磁縣) 출신이다. 세종 대정大定 25년(1185)에 진사가 되어 평정주자사平定州刺史, 예부상서 등을 지냈다. 애종哀宗 때에는 한림학사가 되어 국사를 편수했다. 시문에 능했으며 초서를 잘 썼다고 한다. 저서로 『한한노인부수문집閑閑老人滏水文集』이 있다.

구체적 사물에서
추상적 사유로
-예술적 성취

唐 宋 八 大 家　　蘇 洵

소순의 작품에는 논설문이 많다. 그래서 그의 산문의 예술적 성취도 논설문 창작의 예술성을 체현하는 데 있었다. 당연히 그는 다른 문체의 작품도 남겼다. 다만 그 글들 속에도 논설적인 성격이 들어 있으니, 여기에서 모두 거론해보겠다.

기본으로 돌아가라

육기는 "논論은 정밀하고 시원하다[精微而朗暢]"(「문부」)고 했는데, 정밀하다는 것은 곧 논리적 분석을 가리키는 말이다. 논설문은 추상적인 사유를 다루는 것인데, 좋은 논설문이란 사실에 입각해서 일을 논하는 것이 아니라,

구체적인 사물을 통해 깊고 은밀한 이치를 추상해내는 것이어야 한다. 그러므로 이치가 온전히 깊고 은미하면 표현도 분명하고 쉬울 것이니, 이것이 논설문의 기본이 되는 요소이다. 소순의 논설문이 바로 여기에 해당한다.

「명론明論」을 예로 들어보자. 『한비자』「난사難四」편에서는 "은미한 것을 아는 것을 현명하다고 한다"고 했고, 『회남자』「병략兵略」편에서는 "사람들이 보지 못하는 것을 보는 것을 현명하다고 한다"고 했으며, 『순자』에서는 "현인을 알아보는 것", 『관자』에서는 "능력 있는 사람을 시키는 것"으로 현명함을 풀이했다. 이것을 어떻게 설명해야 할까? 소순은 먼저 지적하기를, "세상에는 큰 지혜가 있고 작은 지혜가 있으며, 사람의 지혜에는 이르는 것이 있고 이르지 못하는 것이 있다"고 한다. 이 말의 의미는 사람이 일마다 모두 알 수는 없으며, 또한 '현명함'에 이르지 못하는 것이 반드시 있다는 것이다. "은미한 것을 아는 것"은 어려우며, "현인을 알아보는 것"도 "능력 있는 사람을 시키는 것"도 쉽지 않다. 소순의 이 말은 선진제자들의 생각에 비해 한층 자세한 편인데, 다만 이것이 서로 어떻게 다른 것일까? 그는 또 지적하기를, "성인은 큰 지혜로 작은 지혜의 성과를 겸하고 있으며, 현인은 이르는 것으로 이르지 못하는 것도 해결한다"고 한다. 그는 또 "성인의 현명함을 내가 알 수는 없지만, 나는 현자의 마음씀씀이는 간략하되 그 성과는 큰 점을 유독 좋아한다"고 했으니, 그는 현인의 현명함에 중점을 두고 있음을 알 수 있다. 현인의 현명함이란 "이르는 것으로 이르지 못하는 것도 해결하는 것"이며, "마음씀씀이는 간략하되 그 성과는 큰 것"이다. 이 생각이 말하는 바는 그가 밝게 관찰해서 터득한 것으로, 두루 미치지 못했던 곳도 밝힐 수 있도록 도움으로써, 사람들로 하여금 남들이 보지 못하는 것을 그는 볼 수 있고 남들이 알지 못하는 것을 그는 알 수 있다고 생각하게끔 한다는 것이다. 깊고 은미하게 보이는 이치도 그는 도리어 훤히 드러나게 한다. 그는 일월과 번개와 천둥을 비유로 들기를, 일월의 밝음은 "크게는 사해를 덮기도 하고, 작게는 방 한 칸에도 들어가지 못하기도 하지만", 그것이 "방 한 칸에도 들어가지 못해도" "천하가 일월의 광채를 보기를" 곧 "엄연히 군부君炎의 위엄과 같이 여긴다"고 한다. 그리고 당시 미신의 주장은 "부모를 거역하고 신명을 더럽히면 번개와 천둥이 내리친다고 하지만, 번개와 천둥은 진실로 세상을 위해 이런 무리들을 모두 내리치지는 못한다." 그래도 세상 사람들은 모두 "두려워 감히 어기지 못하니", 물론 그것을 "때로 예측할 수 없기" 때문이다. 이처럼 사물의 비유를 통해 이른바 "이르는 것으로 이르지 못하는 것을 해결함"으로써 비교적 분명해졌다. 그러나 세상사를 놓고 보면, 어떻게 해야 "이를 곳에 이를" 수 있을까? 어떻게 해야 "마음씀씀이는 간략해도 성과는 크게" 될 수 있을까? 그는 한 걸음 더 깊이 분석한다.

이를 것을 오로지 하나로 집중해서 이르게 되면, 그 이른 것이 반드시 정밀해지지만, 이를 것을 둘 이상 겸해서 이르게 되면, 그 이른 것은 반드시 조잡해진다. 이른 것이 정밀하면, 사람들은 "단지 이르려고 하지 않았기에 이른 것이 정밀하다"고 할 것이다.

한 가지 문제에 매달려 철저하게 이해하면 사람들은 그가 그 일에 밝다는 것을 인정하게 되고, 따라서 그밖의 다른 일에도 반드시 밝을 것이라고 믿게 된다는 것이다. 이 말은 분석이 정밀하고 이치도 깊으며, 설명도 자세하고 곡진해서 쉽게 전달된다. 다만 그는 의미가 분명하지 못할까 염려해서 역사 사례를 인용함으로써 "마음씀씀이는 간략해도 성과는 크다"는 증거로 제시하고 있다. 그리고 마지막에는 다시 생활상의 사례를 들어 다음과 같이 말한다.

세상의 일을 물건이 열 개 있는 것으로 비유해볼 경우, 내가 그중 하나를 집어올리면 사람들은 내가 나머지 아홉 개를 모른다는 사실을 모른다. 그러니 수를 세다가 아홉에 이르러 나머지 하나를 모르는 것이 하나를 집어올렸을 때 사람들이 예측하지 못하는 경우만 못하다.

그의 생각을 아주 분명하게 설명하고 있다. 그의 말 속에는 약간의 임기응변의 뜻이 들어 있는데, 소순은 본래 임기응변도 꺼리지 않았다(「간론상諫論上」에서 "나의 설명은 임기응변이 들어 있지만 궁극에는 바른 것으로 돌아간다"고 했다). 이런 점에서 보면, 문장은 확실히 그의 사상을 표출하고 있다. 우리가 그의 문론을 통해 생각해볼 수 있는 것은 소순은 분명 깊이 분석해들어가는 데 뛰어나며, 사리를 설명하는 것이 명백하고 투철하다는 점이다.

그의 「관중론管仲論」은 설명이 더욱 명쾌하다. 첫머리에서 이렇게 말한다.

관중이 환공을 도와 제후들의 으뜸이 되게 하고 이적을 물리쳐 그가 죽을 때까지 제나라가 부강해서 제후들이 감히 배반하지 못하게 했다. 관중이 죽자 수조豎刁·역아易牙·개방開方을 기용함으로써 환공이 난으로 죽고 다섯 공자가 서로 쟁립하더니, 그 화가 번져 간공簡公 시기에 이르기까지 제나라는 편안한 시절이 없었다.

첫머리부터 제나라의 치란과 이 치란에 관련 있는 사람들을 서술한 다음

관중

논술을 이어가니, 처음부터 쉽고 명백하다. 소순의 글 가운데는 역사 사실을 인용한 것이 많지만, 역사를 모르는 사람도 이해할 수 있으니, 그의 글이 변려문에서 전고를 사용하는 것과는 달리 사실 그대로 소개하고 있기 때문이다. 또 주목할 만한 점은 서술이 간단명료하고 유창하다는 것인데, 이것은 말을 구사하는 능력에 힘입은 것이다. 그가 여기 소개하고 있는 사실은 관중을 평론하기 위한 것이지만, 단지 관중 한 사람만을 평론하려는 것은 아니다. 그래서 그는 이어서 이렇게 말한다.

대개 공로가 이루어지는 것은 이전에 반드시 비롯되는 기미가 있으며, 화가 발생하는 것도 이전에 반드시 비롯되는 조짐이 있다.

이것은 허다한 역사 사실로부터 추상해서 개괄해낸 것으로 철학적인 의미가 크니, 이는 규칙이 담긴 사리를 설명하고 있기 때문이다. 이 글을 두고 말하자면 관중 한 사람을 깊이 분석하고 있지만, 동시에 이 한 사람을 통해 역사적 경험을 종합하는 것을 전제하고 있다. 글은 다음으로 이어진다.

> 그러므로 제나라가 다스려졌던 것을 두고 나는 관중 덕분이 아니라 포숙鮑叔 덕분이라고 생각하며, 다시 어지러워졌던 것을 두고 나는 수조·역아·개방 때문이 아니라 관중 때문이라고 생각한다.

이는 관중을 거론했을 뿐만 아니라, "앞을 여는 말로 글 속의 의도를 미리 싹틔우듯이"(『문심조룡』), 인재를 얻고 잃는 것이 치란의 원인이 된다는 것을 암시하고 있다. 이 글 전체에서 논증하려는 것이 바로 이 문제였기 때문에 끝에서 다시 "나라는 한 사람으로 인해 흥하고, 한 사람으로 인해 망한다"고 명확하게 밝힘으로써 인재의 중요성을 강조하고 있다. 이를 통해 소순이 글을 쓸 때 주제를 운용하는 것이 깊고 정밀하다는 것을 알 수 있는데, 그래도 서술해나가는 말이 유창하고, 격식에 매여 다 토로하지 못하는 병폐는 없다.

장작을 쪼개듯 사리 분석이 명료하다

이 말은 유협의 『문심조룡』 「논설」에 있는 것이다. 장작을 쪼개는 일[析薪]은 나뭇머리의 결을 따라 쪼개는 것인데, 솜씨가 있으면 힘이 적게 든다. 문장을 짓거나 분석하는 일도 일정한 이치에 따라야 한다. 이는 사물의 모순을 분석하는 데 뛰어나야 하고, 아울러 이를 통해 모순된 과정을 해결해야 하는 것이다. 소순의 「심세론審勢論」을 보면 그가 살피려는 것은 북송시대의 시세時勢이다. 앞에서도 설명했듯이, 당시에 이미 허약해진 당대의 형세를 파악한 몇몇 사람이 있었다. 그러면 이 허약한 것을 강하게 변화시킬 수 있을까 없을까? 약해진 이유는 무엇인가? 이런 문제들에 대해 소순은 모순을 분석하는 데에서 출발하는데, 그는 '형세'를 추상적으로 설명하지 않고 '정치'와 구별해서 보고 있다. 북송의 제도는 "현령이 있고, 군수가 있고, 전운사가 있어, 큰 직책으로 작은 직책을 잇고 실과 끈처럼 엮어서 위로 군주에게 통합되니, 비록 땅이 만 리 밖에 있으며 사방 수천 리가 되고 거느린 병사가 백만이나 되어도, 천자가 대전에서 한 번 호령하면 미천한 노복들이 내달려 명령을 전하고 부르면 서울로 돌아오니, 관인官印도 풀어놓고 급히 달려와도 제때 이르지 못할까 두려워한다"(「심세론」)고 지적했는데, 그는 북송의 국세가 강대하기 때문에 북송의 정권도 공고하다고 보았다. 다만 정치 방면에 적지 않은 문제가 있었기 때문에 허약하게 되었던 것이다. "상을 남발해서 공이 없는데도 주고" "형벌이 느슨해서 군대가 정비되지 않으며" "관리들은 게을러 시간이나 보내고 직무는 거행되지 않는데도 관료사회가 썩은 죄를 엄격히 다스리지 않으며, 대부분 보석으로 사면시켜 그 죄를 묻지 않고, 법과 형벌이 제대로 시행되지 않는다. 쓸모없는 군사들이 무례하게 날뛰고, 힘을 믿고 상을 바라지만, 원칙 없이 관대하기만 한 은혜가 절제되지 않으며, 장수는 군대를 전멸시켜 한 필의 말도 돌아오지 못해도 패전의 책임에 벌을 내리지도 않는다. 오랑캐들이 강성해져 중국을 능멸하며 압박해와 금과 비단을 요구하고 폐백을 바치는 치욕을 당해도 분노하지 않으니, 이런 것이 크게 약해진 실상이다"(「심세론」)고 한다. 그래서 그는 "약해진 원인이 정치에 있지 형세에 있는 것이 아니다"라는 결론을 내린다. 이 결론은 매우 중요한데, "약해진 원인이 형

손무

세에 있지 않기" 때문에 그는 다시 진작시키기 쉽다고 생각하며, "약해진 원인이 정치에 있기" 때문에 허약해진 것을 바꿀 수 있는 방법이 있다고 생각했으니, 그것은 "한결같이 위엄을 행하는 데 유념하여 형법을 엄하게 적용해서 죄인을 용서하지 말고, 과감한 결단을 결행해서 사람들의 시비에 끌려 다니지 않으며, 예측할 수 없는 벌도 내리고 예측할 수 없는 상도 내리면, (…) 천하의 형세를 다시 강하게 만들 수 있다"(「심세론」)는 것이었다. 물론 그가 계급적 관계의 문제를 통해 분석할 수 없었던 것은 아니지만, 자신의 논점을 명백하게 드러내기 위해 그의 분석방법이 이치에 따라서 저절로 글로 이루어진 것이었다.

논설이란 "그러한지 그러하지 않은지를 변정辨正하는"(『문심조룡』) 것이다. 작자는 자신이 "그러하다"고 생각하는 바로 논지를 세운 다음, 반드시 "그러하지 않다"는 논리로 반박해야 한다. 이때 모순을 잘 파악해야만 하며, 저절로 글이 이루어지도록 서술해야 한다. 소순의 「손무孫武」편은 표현이 더욱 뛰어난 글이다. 손무는 역사상 인정받는 명장으로, 그의 저술로는 『무경武經』이라는 책 하나가 있다. 그에 대해 누가 감히 의문을 품겠는가? 의문을 품는다 해도 말에 논리를 갖추기가 쉽지 않다. 그러나 소순은 도리어 하나하나가 모두 이치에 맞게 설명하는데, 그의 구상은 실로 기묘하다.

　그는 우선 "병법을 말하는 것[言兵]"과 "병법을 행하는 것[用兵]"을 비교해서 지적하기를, 누구도 자신은 병법을 쓸 줄 모른다고 말하진 않지만, 병법을 쓸 줄 알되 "쓰는 것에 무궁한" 재능이 있어야 진정한 "기재奇才"라고 할 만하다고 한다. 이것은 그가 논지를 세우기 위해 정해둔 기준이다. 오늘날 방식으로 말하면, 말은 실천으로 검증해야 한다는 것이다. 이것은 또한 손무에 대한 이전 사람들의 견해를 깨뜨리고자 제시한 것이다. 그래서 그 다음에 "손무가 병법을 써도 반드시 이길 수 없었다"는 사실을 들어, 그의 말과 행동이 모순되므로 결국 손무는 "기재"가 아니라는 것을 입증하고 있다. 하지만 손무의 말에 본받을 가치가 있지는 않을까? 소순은 "상대의 창으로 상대의 방패를 찌르는" 방법을 취해 그 역시 "손무의 글로 손무의 실책을 꾸짖는데", 사실을 열거하며 증명하기를, 손무는 자신도 자신의 말을 실천하지 못했기 때문에 "결국 패배를 당했다"고 지적한다. 말로 표현하지 않았지만, 무슨 본받을 가치가 있느냐는 뜻이다. 손무 자신도 오히려 이러했거늘, "옛 지혜가 남긴 의론을 배우는 사람"(곧 그 책을 읽는 사람)들은 자연히 병법을 "잘 부릴 수" 없을 것이다. 이 글에서 그는 말과 행동, 이론과 실천의 모순을 파악해서 변증해나가며 반박도 하고 주장도 하는데, 설명에 조리가 있어 자연스럽고 합리적이다.

논리가 빈틈없이 꿰맨 듯하다

이 또한 『문심조룡』에서 한 말이다. 그러나 변려문체의 원만함과 산문체의 그것이 서로 완전히 동일한 것은 아니라는 점은 지적해야 한다. 변려문은 산문의 경우와 같이 깊이 분석하고 뜻을 곡진하게 표현하는 것이 불가능하기 때문에 대부분 성세聲勢나 정운情韻으로 사람을 감동시킨다. 변려문은 말을 그럴듯하게 꾸미는 데 중점을 두고 있어, 비록 "여러 말을 얽어두었어도" 근거를 찾아 살피거나 시비를 따질 수 없다. 『문심조룡』에서 "꿰맨 곳에 빈틈을 볼 수 없다"고 하는 말도 스스로 모순되어서는 안 된다는 것일 뿐, 다른 사람이 엿볼 틈이 있어도 상관없다. 그러나 산문체는 단행으로 이루어지기 때문에 한 구의 글자가 길고, 전환하기가 편리해서 사상이 깊고 투철하고 온전하다. 또한 설명도 원만하고 두루 통해서 독자들로 하여금 의심스러운 대목을 생각하게 할 수 있고, 아울러 다른 사람들이 이 문제에 대해 반박할 수도 있으므로, 사전에 그 설명이 분명해야 하고 약점 잡힐 만한 곳이 없도록 노력해야 한다. 가령 소순의 「심적론審敵論」의 경우, 우선 "옛날엔 이적으로 인한 근심이 바깥에 있었지만, 오늘날엔 이적으로 인한 근심이 내부에 있다"고 지적하는데, 이는 사람들이 미처 말하지 않은 것을 말함으로써 깊이 생각하게 만든다. 그러나 이 말은 도리어 독자들을 믿게 하기는 어렵다. 왜냐하면 '이적'은 분명히 바깥에 있기 때문이다. 그런데 어째서 "근심거리가 내부에 있다"고 말하는가? '오늘날'과 '옛날'이 어째서 달라졌는가? 소순은 독자들이 이런 의문을 품을 수 있다고 예측하고, 바로 이어서 "오랑캐들이 날로 교만해져서 공물(송나라가 요遼와 하夏에 보낸 세폐를 가리킨다)은 날로 늘어나고, (…) 공물이 많아질수록 세금도 늘어나지 않을 수 없으며, 세금이 늘어나면 백성들이 힘들어지지 않을 수 없다"고 지적하니, 그래서 "명분은 바깥이 근심스럽다고 하지만, 실상은 근심이 내부에 있는 것이다." 이렇게 설명하면 설득력이 있다. 다만 문제는 그것이 그렇게 간단하지만은 않다는 점이다. 왜냐하면 (1) 송나라와 요가 '단연澶淵의 맹약' 이후로 수십 년간 요인들이 대거 "국경을 침범한" 적이 없었으며, (2) 만약 요와 하에 뇌물을 주지 않았다면 요와 하가 즉각 침범해와 백성들은 안녕을 얻지 못했을 것이기 때문이다. 당시 타협파들은 "백성을 편하게 한다"는 것으로 구실을 삼아 "적에게 공물을 주는" 정책을 실행했다. 소순은 이런 문제에 봉착할 것을 고려해서 신중하게 지적하기를, 이는 "명분은 백성을 편하게 한다고 하지만, 실상은 죽음이 아까워서 산 사람을 해치는 것이다"라고 한다. 요가 "국경을 침범하지" 않은 것은 "우리를 무서워해서"가 아니라 "그들의 뜻이 국경을 침범하려고 하지 않았던" 것이며, 그것은 힘을 비축해서 송을 멸망시키려는 의도였기 때문이다. 그래서 "느긋한 데서 일이 터져 화가 큰 것보다 가까운 곳에서 일이 터져도 화가 작은 게 낫다"고 한다. 이어서 다시 "가까운 곳에서 일이 터지는 것"이 "화가 작은지" 아닌지를 분석해나간다.

사상을 주조하는 방법

이것은 소순 작품의 특색이며, 또한 그가 한유·유종원·구양수·왕안석과 대동소이한 점이기도 하다. '생각이 탁월하고 의기 분발한[踔厲風發]' 점으로 말하자면 한유나 유종원과 비슷하지만, 명백하고 시원한 점은 그 자신만의 특색이다. 또 명백하고 시원한 것은 쉽고 유창한 것과 서로 관련이 있어 구양수나 증공과 크게 비슷한 점이지만, 준쾌하고 의기 분발하기는 구양수와 증공이 일창삼탄할 만한 것과는 다르다. 바로 이런 면모로 인해서 그는 자신의 풍모를 이룰 수 있었다. 문학의 풍모는 작가의 정신적 면모를 체현하는 것이다. 소순은 종횡가縱橫家이자 병가兵家로서의 면모를 보여주고 있다. 그는 「간론諫論」에서 말하기를, "유세하는 선비(종횡가)들은 기지와 웅변으로 속임수를 이루지만, 나는 (…) 기지와 웅변으로 충忠을 이룬다"고 했으며, 다른 사람도 "소명윤의 글은 매우 훌륭한데, 대개 군사전략과 권세와 임기응변에 관한 말이다"[18]라고 했다. 이것은 왕안석이 성현으로 자처했던 것과 같이 하는 말이 온통 "선왕을 본받는 뜻"이지만, 고사를 끌어와 현재를 살피는 점에서 또 다르다.

그러면 소순은 어떻게 문장을 시원 명백하고 준쾌하며, 생각이 탁월하고 의기 분발하게 지었을까?

주제에 미치는 데 주저함이 없다

그의 「육국론」은 한 편의 명작이다. 이 글은 첫머리에 "육국이 파멸한 것은 병력이 불리했거나 전투를 제대로 못 해서가 아니라, 진나라에 뇌물을 쓴 것에 잘못이 있었다"고 말하고, 바로 이어서 "진나라에 뇌물을 바치느라 국력이 소진되었으니, 그것이 자멸하는 길이었다"고 한다. 첫머리에서 논점을 제시하고, 곧바로 주제로 들어간다. 그의 「공수편攻守篇」도 첫머리가 역시 이렇다. 훗날 소식도 「가의론賈誼論」을 쓸 때 첫머리에서 이 방법을 사용했다. 이

18_ 조공무, 『군재독서지』 권4하, 「소명윤가우집십오권」

런 서술법은 요점이 선명하고 주제도 분명해서 내용을 구성하는 것이 일목요
연하다. 소순의 문장은 사람들에게 시원 명백하고 준쾌한 느낌을 주는데, 그
것은 그가 글의 논점을 아주 선명하게 제시하며, 설명도 명쾌하게 단도직입
해서 조금도 모호하지 않으며, 조금도 시원하게 설명하지 않는 적이 없기 때
문이다. 문장을 시원 명쾌하게 쓰는 것은 구성 요건의 하나이다. 훗날 '팔고
문八股文'에서 이런 방식으로 일종의 서두 형식을 만들어 '파제破題'요 '승제承
題'라고 불렀다.[19] 이렇게 정형화하고 형식화한 것은 소순과 무관하며 상반되
는 것이지만, 소순의 이런 서술법은 한어에서 어휘를 사용하는 모종의 규율
에 부합되기 때문에 사람들이 받아들였던 것이라고 말할 수 있다. 우리가 지
금 설명하려는 "개문견산開門見山"도 이것을 두고 이르는 말이다.

  문을 열어 산을 보듯이 단도직입한다[開門見山]는 것은 일반적으로 문장
의 서두를 가리켜 하는 말이지만, 사실 꼭 그런 것만은 아니다. 소순의 「관중
론」의 경우는 먼저 서사로 서두를 열고, '개문견산'하듯 단도직입하는 의론
은 서사 뒤에 놓았다. 「장익주화상기張益州畫像記」의 경우도 문체로 말하자면
제발문에 속하지만, 서술방법은 서사와 의론을 뒤섞어두었으며, 의론 부분
도 "소순왈蘇洵曰" 다음에 시작하고 있다. 그는 "난이 일어나지 않았을 땐 다
스리기 쉽지만, 난이 일어나도 다스리기 쉽다. 난의 조짐은 있으나 난의 실상

---

19 팔고문: 명나라 시험제도에서 규정한 특정 문체다. 시문時文·제예制藝·제의制義·팔비문八
比文·사서문四書文 등으로 불리기도 했다. 사서四書에서 제목을 취해서 먼저 제목의 뜻을 게시하
는데, 이것을 '파제破題'라고 한다. 그리고 파제에 이어서 내용을 전개하는데, 이것을 '승제承題'라
고 한다. 그런 다음 의론을 펼치고('기강起講'), '입수入手'로 정리한다. 이어서 '기고起股' '중고中股'
'후고後股' '속고束股'의 네 단락으로 나누어 내용을 전개한다. 매 단락마다 한 쌍의 대우 문자를
사용해야 한다. 이렇게 모두 8개의 단락으로 조성되기 때문에 팔고문이라고 한다. 그 내용은 주희
의 『사서집주』에 근거하여 성인을 대신해서 논설하는 것이어야 하며, 자유로운 주제나 형식은 허
용되지 않는다. 청나라 광서光緖 말에 와서 폐지되었다.

이 없는 것을 '장란將亂'이라고 한다. 장란은 다스리기 어려우니, 난이 일어났다고 조급하게 굴어도 안 되며, 또한 난이 없다고 해이해져서도 안 된다"고 분석했다. 게다가 "장란은 다스리기 어렵다"고 지적함으로써 장익주가 촉蜀 땅을 다스리기가 쉽지 않았다는 것을 부각시켰고, 다시 장익주가 "제齊와 노魯 지역 사람들을 대하듯이 촉 땅 사람들을 대하니 촉 땅 사람들 역시 제·노 지역 사람들처럼 자신을 대하더라"고 함으로써 장익주의 방법을 인정할 뿐만 아니라 장익주의 마음을 드러내 보여주고, 또 촉 땅 사람들의 처지에서 생각해봄으로써(작자 자신이 촉 땅 사람이다) 훗날 촉 땅을 다스릴 사람들에게 경험을 제공하고 있다. 이 글의 묘미는 "장란은 다스리기 어렵다"는 점을 단도직입으로 제기하는 데 있다. 우리는 소순의 글을 통해 개문견산의 의미를 정확하게 이해할 수 있었고, 이것이 서두의 특징에 국한된 것이 아님을 알았다. 또 이것이 문장이 명쾌해지는 것과 관련이 있으며, 글을 짓는 방법을 계발시켜준다.

내용 전개의 강약을 조절하라

「관중론」으로 말하자면, 서두에서 "대개 공로가 이루어지는 것은 이전에 반드시 비롯되는 기미가 있으며, 화가 발생하는 것도 이전에 반드시 비롯되는 조짐이 있다. 그러므로 제나라가 다스려졌던 것을 두고 나는 관중 덕분이 아니라 포숙 덕분이라고 생각하며, 다시 어지러워졌던 것을 두고 나는 수조·역아·개방 때문이 아니라 관중 때문이라고 생각한다"는 말로 앞머리를 설명하는데, 서술법이 「육국론」의 서두와 완전히 일치한다(이 점을 잘 감상해둘 필요가 있기 때문에 특별히 다시 인용해서 참고로 제시해둔다). 이 말은 예상 밖이어서 반드시 논증이 필요하다. 그래서 그는 "어째서 그런가"라는 말로 질문을 던지고 해답을 끄집어내는데, 이는 일상적인 서술방법이다. 다만 그는 "수조·역아·개방 세 사람은 분명 사람과 나라를 어지럽힌 자들이지만, 그들을 기용한 사람은 환공이다"라고만 말한다. 세심한 독자는 이 말을 살펴보면 책임이 환공에게 있지 관중에게 있는 것이 아니라고 생각하게 된다. 소순도 역시 이 점을 생각하고 있었기에 즉시 "대개 순이 있었기 때문에 사흉을 내쫓을 줄 알았으며, 중니가 있었기 때문에 소정묘少正卯를 제거할 줄 알았다. 저 환공은 어떤 사람인가? 환공으로 하여금 그 세 사람을 기용하게 한 사람이 관중이다"라고 말한다. '세 사람'이 제나라를 어지럽힌 것은 환공이 세 사람을 기용한 데서 비롯되었고, 환공이 이 세 사람을 기용한 것은 또 관중에게서 비롯되었으니, 자연히 관중이 제나라를 어지럽힌 책임을 져야 한다는 것이다. 그러나 만약 직접 "환공으로 하여금 그 세 사람을 기용하게 한 사람이 관중이다"라는 말을 바로 했더라면, 어떻게 이처럼 명쾌해질 수 있었겠는가? 하지만 관중이 환공에게 "이 세 사람은 인정에 맞지 않으니 가까이해서는 안 됩니다"라고 분명하게 권고했는데 어떻게 "환공으로 하여금 기용하게 했다"고 할 수 있는가? 그래서 그는 일필로 써내려 순과 공자가 요와 노 애공을 도와 "사흉을 내쫓고" "소정묘를 제거했다"는 사실을 인용함으로써 제 환공도 도와줄 사람에게 의지했다는 점을 지적하고 나서야 비로소 관중을 압박할 수 있었던 것이다. 이렇게 한 번 열고 한 번 닫는 방법[一開一合]은 매우 요긴한 것이다. 그래도 여기에 아직 미흡한 점이 남아 있으니, 환공이 도대체 어떤 형편이었기에 관중의 권고가 아무런 영향을 미치지 못했던 것인지를 명료하게 설명하지 않았다. 그래서 그는 이어서 먼저 관중이 장차 죽을 무렵에 환공과 나눈 대화를 서술하고, 아울러 "관중은 환공이 과연 세 사람을 기용하지 않을 것으로 여겼을까?"라는 말로 마무리한다. 다시 "관중과 환공이 같이 지낸 것이 몇 년인가?"라는 말로 환공의 사람됨을 끌어내어 환공의 사람됨을 관중이 본래 알고 있었다고 설명하고, 또 일필로 써내려 환공이 지난날 세 사람을 기용하지 않았던 것은 관중이 있었기 때문이며, 관중이 죽자 환공은 결국 세 사람을 기용했던 것이라고 지적한다. 이로써 위에서 말한 문제를 명료하게 설명하게 되었다. 다만 그는 여기에서 그치지 않고, 다시 붓을 들어 "대개 제나라는 이 세 사람이 있는 것을 걱정할 것이 아니라, 관중이 없는 것을 걱정할 일이다"라고 하고, 아울러 "그렇지 않다면 세상에 어찌 세 사람의 무리에 그치고 말겠는가?"라고 하여, 위에서 말한 생각을 보충할 뿐 아니라, 진일보해서 '관중이 없는' 경우의 문제로 들어가 "천하의 현자를 천거해서 자신을 대신하게 했어야" 한다고 지적하고, 다시 진일보해서 "대신의 마음씀씀이"가 이래야 한다고 한다. 한 번은 열었다가 한 번은 닫으며 변화의 기복이 번갈아 일어나, 생각이 탁월하고 의기 분발함이 드러난다. 따라서 말이 준쾌해서 남김없이 모두 설명한 것은 아니어도 깊이 음미해볼 만한 가치가 있다.

비유를 활용하되 절제할 것

문장이 명쾌해서 쉽게 전달되는 것은 사물에 기대 비유하는 것과 관련이 있다. 사물에 기대 비유하는 것은 표현하기 어려운 사리를 보다 분명하게 설명할 수 있기 때문이며, 동시에 사물과 비유를 삽입시켜 물결치듯 기복하게 해서[波瀾起伏], 뛰어오르고 내달리며[騰挪跳宕], 종횡으로 변화하는 것[縱橫變化]을 돕는다. 소순이 사물에 기대 비유할 때에는 늘 두 가지를 사용했는데, 그 하나가 역사적 사실이다. 「광사廣士」에서는 관중이 제나라의 재상이 되었을 때 "두 명의 도적을 천거했던" 일과 목공穆公이 진나라의 패왕이 되었을 때 "유여由餘를 기용했던" 일 외에도 한나라 시대의 허다한 사례들을 인용했다. 이런 예들 중에는 반대되는 사례도 있으니, 가령 평진후平津侯와 낙안후樂安侯 등은 "유종儒宗으로 불렸지만" "끝내 한나라를 위해 불세출의 큰 업적을 세우지 못했다"는 것이며, 꼭 맞는 사례로는 가령 서리 출신인 조광한趙廣漢과 윤옹귀尹翁歸와 장창張敞과 왕존王尊은 모두 "웅걸한 준재로서 명석하고 해박해서" "재상이 될 만했고" "장수가 될 만했다"는 것을 들었다. 역사 사실을 인용할 때에는 서술하기도 하고 분석하기도 하지만, 이 모두 의론 안에 융합된다. 둘째로 생활에서의 사정을 비유로 사용하는데, 「중원重遠」편의 경우는 질병과 "치료술"을 비유로 들었고, 「어장御將」편은 호랑이와 표범, 말과 소를 비유로 들었으며, "천리마를 기르는 것"과 "매를 기르는 것"을 비유로 들었다. 다만 이 두 가지를 칼로 자르듯이 나눌 수는 없다. 가령 「어장」의 경우 "천리마를 기르는 것"과 "매를 기르는 것" 등을 비유로 들면서, 동시에 한 고조가 한신韓信과 경포鯨布와 팽월彭越 등을 대접한 역사 사실을 거론하고 있다.

특히 주목할 만한 점은 소순이 다층적 비유를 잘 사용한다는 것인데, 「간론諫論」 상편에서 "설득의 기술 가운데 간언하는 방법이 되는 것이 다섯 가지인데, 논리적으로 깨우쳐주는 것, 형세로 금지시키는 것, 이익되는 것으로 꾀는 것, 격분해서 노하는 것, 은근히 풍자하는 것이다"라고 말한 다음, 촉방觸尨·감라甘羅·조졸趙卒·자공子貢·노련魯連·전생田生·주건朱建·추양鄒陽·소진蘇秦·범저范雎·역생酈生·소대蘇代·초인楚人·괴통蒯通 등의 사실을 열거한다. 다만 그는 이 사람들의 사실에 대해 아주 간략하게 개괄하고, 다시 반복해서 "이것이 논리적으로 깨우쳐주는 것이다" "이것이 형세로 금지시키는 것이다" "이것이 이익되는 것으로 꾀는 것이다" "이것이 격분해서 노하는 것이다" "이

것이 은근히 풍자하는 것이다"라고 일일이 설명하고 있으며, 아울러 "이 다섯 가지는 서로 비뚤어져 있는 논의이지만, 그래도 충신들이 이 기술을 사용하면 성공한다"고 함으로써 글의 줄기를 모아주고 있다. 그래서 "번거로워도 어지럽지 않고, 거리낌 없어도 도를 넘지 않았다[煩而不亂, 肆而不流]."

　여기서 주의해볼 만한 점은 사물에 기대 비유하되, 말 속에 정감을 품고 있다는 것이다. 가령 「심적」에서 "천하의 형세가 낡은 배에 앉아 점점 깊은 곳으로 들어가는 것과 같다. 아직 얕은 곳에 이르지 않았어도 놓아주면 스스로 살 길을 구해야 할 것인데, 발이 젖을 것을 핑계 삼는 것은 참으로 배가 뒤집혀 빠져죽는 길이다"라고 했다. 이런 서술은 형상이 선명하고 감정이 풍부해서 사람을 설득시킬 뿐만 아니라, 사람을 감동시키기도 한다. 근대에 공자진·위원·캉유웨이康有爲·량치차오 등이 이런 방법을 많이 사용했다.

　물론 단지 비유하는 말에만 정감을 품고 있을 뿐만 아니라, 논단하는 말에도 역시 정감을 품고 있다. 가령 「심적」에서 비유를 인용한 다음에 이어서 "성인은 아직 싹이 트지 않았을 때 근심을 제거하는데, 그런 뒤에야 전화위복시킬 수 있다. 지금은 불행하게도 화를 키워 이 지경에 이르렀으니, 작고 가까운 근심거리도 꺼려 해결하지 못한다면 멀고 큰 근심거리는 끝내 제거하지 못할 것이다"라고 하니, 다시 사람을 감동시킨다.

　그는 문장의 결말에서 감탄하는 표현을 자주 사용하는데, 「심적」의 끝에서도 "오호라! 이것이 칠국의 형세로다"라고 했고, 「용간用間」편의 끝에서도 "오호라! 이 또한 이간질이로다"라고 했으며, 「자공子貢」편의 끝에서도 "애석하도다! 단목사端木賜는 여기에서 벗어나지 못했구나"라고 했고, 「어장御將」편의 끝에서는 "오호라! 고제高帝는 가히 대계大計를 안다고 할 만하다"라고 했고, 「시론詩論」의 끝에서는 "아! 성인은 일을 생각하는 것이 자상하구나"라고 했으니, 문장과 정감이 모두 풍부할 뿐 아니라, 또한 여운도 남는다.

물론 소순의 산문은 결점도 적지 않다. 우선 그는 어떤 문제를 보기는 했지만, 그것을 해결할 방안을 제시하지는 못했다. 가령 「전제田制」와 「병제兵制」에서 제시하고 있는 방법은 실제로 훌륭한 것이 아니며, 그의 「상황제서」를 왕안석의 글과 비교해봐도 내용이 현저하게 허술하다. 이는 그의 학문과 경험이 모두 왕안석만 못하기 때문이다. 다음으로 그의 문집 속의 문장은 단지 한 가지 문체이며(일부 편지글도 태반이 한유의 「상재상서」와 비슷한 형식이다), 내용도 대부분 중복되고 서술방법도 역시 일률적이어서, '팔가' 가운데 한유·유종원·구양수·왕안석·소식과 비교해볼 경우 다채롭고 풍부한 면에서 부족함을 면치 못한다. 다만 일부 문제에 대한 견해가 독특해 연구해볼 만하며, 그의 논설문은 비교적 배우기가 쉬워서 글쓰기를 처음 배우는 사람들에게 도움이 되는 바가 있으니, 이 또한 주목할 만한 것이다.

제7장

사학자 증공의
주도면밀한 문학

唐宋八大家　**曾鞏**

문장은 도덕수양과
학문수련의 결과다
-소평전

　　증공曾鞏(1019~1083)의 자는 자고子固요, 건창군建昌軍 남풍현南豐縣(지금의 장시 성 난펑) 사람으로 가우嘉祐 2년에 진사가 되었다. 일찍이 사관史館과 집현각集賢閣(황제의 장서보관소)에서 교리校理 등의 직책을 맡다가 밖으로 월주越州(지금의 저장 성 사오싱紹興)·퉁저우通州로 나간 뒤 제주齊州(지금의 산둥 성 지난濟南)·샹저우襄州·홍주洪州(지금의 장시 성 난창南昌)·푸저우福州의 수령을 두루 거쳐 다시 명주明州(지금의 닝보寧波)·보저우亳州·창저우滄州의 수령으로 옮겼다. 뒤에 왕경으로 들어와 국사를 편수했고, 관직은 중서사인中書舍人에 이르렀다. 저서로는『남풍류고南豐類稿』『융평집隆平集』(북송사北宋史) 등이 있다. 후세 사람들은 그를 '증남풍曾南豐'이라 불렀다.

　　증공은 구양수에 비해 열두 살 아래, 소순에 비해 열 살 아래이며, 왕안석에 비해서는 두 살 많았다.

스무 살에 태학에서 독서하다가 구양수에게 편지를 올렸는데, 그로 인해 구양수의 심중을 얻었다. 이로부터 그는 구양수를 섬겨 "말은 구양공의 가르침으로, 행실은 구양공의 인솔로 말미암았다"[1]고 했다. 그의 입신과 처사, 학문과 문학 모두 구양수를 모범으로 삼았던 것이다. 소식이 말하길, "취옹 醉翁(구양수)의 문하 선비들, 하도 많아 분간하기 어렵네. 증자 유독 빼어나, 홀로 그 아름다움이 뭇 자태들을 초라하게 만들었네[醉翁門下士, 雜遝難爲 賢. 曾子獨超軼, 孤芳陋群妍]"라고 했고, 조공무晁公武 역시 "구양공 문하의 선비 중에는 세상에 알려진 사람이 많았지만, 사람들이 유독 증자고가 그 적전嫡傳을 얻었다고 여겼으니, 불승들이 이르는 적사嫡嗣와 같다"[2]고 했다. 그래서 후세 사람들은 매번 '구·증'으로 병칭했다.

증공은 이른 나이에 왕안석과 교제했는데, 구양수가 왕안석을 알게 된 것도 증공의 추천으로 말미암은 것이었다. 왕안석의 친구인 왕회와 동생인 왕안중王安中도 모두 증공과 교제했다. 이러한 사우 간의 절차탁마는 증공으로 하여금 비교적 일찍 학문적 성취를 이루도록 했다. 왕안석이 증공에게 증여한 시에 이르길, "증자의 문장은 세상에 보기 드문 것이니, 강으로는 양쯔 강과 한수이 강이요 별로는 북두성이네[曾子文章世希有, 水之江漢星之斗]"[3]라고 했으니, 그에 대해 비교적 높게 평가한 것이다.

그는 이른 나이에 비교적 각 지역을 광범위하게 유람했다. "서북으론 진陳·채蔡·초譙 지방(지금의 허난 성과 안후이 성 일대)과 수睢·변汴·회淮·사泗 유역(지금의 허난 성, 장쑤 성, 산둥 성 일대)을 거쳐 왕경으로 나갔으며, 동쪽으론 강

1   『원풍류고元豐類藁』 권38, 「제구양소사문祭歐陽少師文」
2   조공무, 『군재독서지郡齋讀書志』 권4하, 「증자고원풍류고오십권」
3   왕안석, 『임천문집』 권13, 「증증자고贈曾子固」

을 건너 운하를 타고 오호五湖를 건너고 봉우산封禺山과 후이지 산會稽山(저장성에 있다)을 넘어 동해로 나갔으며, 남쪽으론 큰 강을 타고 하구夏口(지금의 우한武漢)에 이르러 둥팅 호洞庭湖를 바라보고, 팽려彭蠡(포양 호鄱陽湖)를 지나 경령庚嶺에 올랐으며, 상수瀧水(산둥 성에 있다)를 거쳐 남해에 이르렀다.”(「학사기學舍記」) 그가 읽은 책도 매우 많은데, “육경·제자서·역사 전적과 전소箋疏(경서를 주해한 각종 고서)의 글과 찬미 풍자하거나 은미한 일에 감동하여 원대한 것에 가탁한 글(시문을 가리킴)이나 산을 깎고 무덤에 새긴 것(마애와 묘비문 같은 석각문자를 가리킴)과 부질없이 괴이한 문장(소설이나 잡문 등)이며, 아래로는 병권(병권지모兵權智謀, 즉 병법)·역법(역曆과 산算)·성관星官(천문)·산농야포山農野圃(농예)·방언方言·지리 그리고 불가와 노가에서 전하는 것에까지 이른다.(「남헌기南軒記」)

그 스스로 말하길, “나의 배움은 비록 넓지만, 지키는 것은 간략하다 할 수 있다”고 했다. 그가 지키는 것은 “충으로 내 마음을 기르고, 묶어 지킴으로써 용서하고, 잘못은 고치되 용기로 추진하여 이르지 못할 곳에 이르는 것”[4]이었다. 곧 도덕수양에 주력하는 것이다. 영서리寧瑞鯉[5]가 그를 두고 “치지致知와 성의誠意의 학문으로 먼저 길을 열었다”(「집서集序」)고 했는데, 북송대의 이학이 흥기함에 있어서 그는 가장 이른 시기의 학자임을 의미하는 것이다. 그의 「희령전대소熙寧轉對疏」를 보면, “그 근본이 바른 자를 폐하께서는 마음에 담아두셔야 한다”고 했으며, 또 “『대학』의 성의·정심·수신·치국·

4_ 『원풍류고』 권17, 「남헌기」
5_ 영서리: 생몰년 미상. 자는 수경壽卿이며, 안후이 성 광더廣德 출신이다. 명나라 만력 23년(1595)에 진사가 되어, 남풍지현南豐知縣·지성도부知成都府 등을 지냈다. 당시 청관淸官으로 이름이 나 절강안찰사浙江按察使·광서염사廣西廉使 등의 직책에 발탁되어 혜정惠政을 베풀었다고 한다. 남풍지현 때 「중각증남풍선생문집서重刻曾南豐先生文集序」를 썼다.

평천하에서 요컨대 그 시발이 되는 것은 치지이다"라고 했다. 「자복주소판
태상시상전차자自福州召判太常寺上殿箚子」에서는 "마음에 있는 것을 내 안의 주
인으로 여긴다. 천하의 일이란 비록 그 변화가 무궁하지만 내가 기대하는 것
은 그 반응이 한량없는 것이다"라고 했고, 「의황현학기宜黃縣學記」에서도 "학
문의 큰 요점은 사람들로 하여금 자신의 본성을 배우도록 힘쓰는 데 있으니,
못되고 편벽되며 방자한 생각을 막는 데에만 있는 것은 아니다. 비록 강하고
부드러우며 느리고 급한 차이는 있지만, 모두 마음 가운데로 나아갈 수 있으
니, (…) 화복과 죽음이 앞에 있더라도 그 뜻을 움직일 수는 없다"고 했다. 이
러한 발언들은 분명 심성心性을 말한 것이요, 치지와 성의를 말한 것으로, 이
학가들과 유사한 면이다. 다만 그는 "시대의 변화를 알아 말미암고, 필연적
인 이치를 살펴 따르면, 일이 비록 무궁하더라도 쉽게 대응하게 되고, 비록
잘 현혹되더라도 쉽게 다스려진다"(「사정당기思政堂記」)고 했다. 또한 학자는
"천지 사물의 변화와 고금 치란의 이치를 깨닫고 손익과 폐치와 선후와 시종
의 요점에 이르기까지 깨닫지 못하는 것이 없어야 한다"(「의황현학기」)고 인식
했다. 이것은 사물에서 벗어나 이치만 말하고, 학문은 하지 않으면서 공연히
심성만 말하는 것과는 다르다. 이학은 본래 학술영역상의 명사일 뿐이지 관
학關學(장재)이나 염락학濂洛學·민학閩學6과는 본질적으로 다른 것이다. 증공
과 왕안석이 성과 정에 관해 말하는 것이 동일한데, "치심양성治心養性"을 즐
겨 말하면서(「서간중론목록서徐幹中論目錄序」) 도리어 "선왕지정先王之政"을 즐겨
이야기한다. 주희는 이 때문에 "말이 엄정하고 이치가 바르다"고 했지만, 실
상 낙민洛閩의 학문과는 서로 다르다. 그래서 주희는 "견해가 철저하지 못한

---

6   염락학은 주돈이와 정호·정이의 학문을 가리키고, 민학은 주희의 학문을 가리킨다.

것은 본래 근본된 공부가 없기 때문이다"(『주자어류』)라고 했던 것이다. 그가 "선왕지정"을 이야기할 때 그것은 곧 "선왕의 뜻을 본받는 것"이니, 왕안석의 주장과 같다.

그가 지향하는 것은 "때를 만나 행하는 것이지 심산유곡을 지키며 나서지 않는 것이 아니며, 그때를 만나지 못하면 그칠 것이지 번거롭게 도를 행하기를 구하는 것 또한 아니다."(「남헌기」) 이는 유가들이 "궁벽하면 홀로 자기 몸을 선하게 하고, 현달해지면 천하와 함께 선해진다"는 정신에 근거한 것이다. 지조와 기절을 강구하는 것이 증공과 구양수와 왕안석이 서로 비슷하며, 혁신적인 정치를 희망하는 사상 또한 서로 비슷하다. 「희령전대소」를 보면, 증공은 "오늘날 세상은 풍속이 날로 나빠져가며 기강도 날로 느슨해져 백관들의 여러 사무가 일체 문서에만 갖추어져 있을 뿐이며, 안팎으로 일을 시키려니 인재가 부족하고, 공사 계획에는 재물이 부족하며, 가깝게는 도적을 걱정하지 않을 수 없고, 멀리는 이적을 근심하지 않을 수 없게 되었으니, 세상의 지모 있는 선비들은 늘 천하의 형세가 오래가지 못할 것을 근심하고 있다"고 했는데, 이는 왕안석이나 소순이 말하는 것과 같으며, 심지어 사용하는 용어도 거의 같다. 「이창주과궐상전소移滄州過闕上殿疏」에서는 "민은 아래에 붙어 있으니, 위에서 권력을 신중히 하면 권세를 유지하기가 아주 편하다"고 했는데, 소순이 "세력이 강하면 정치는 약해진다"고 말한 것과 역시 같다. 이 두 편의 글은 모두 신종의 변법이 시행된 후를 묘사한 것으로, 그들은 신종이 "제도를 고치고 풍속을 변화시키는 것"을 긍정적으로 여겨 "수천 년 동안의 위대한 뜻에서 나왔다고 하겠으니, 변역시키면 따르고 호령하면 반드시 믿어 세상에 보고 듣는 이들로 하여금 분기시키지 않음이 없고, 아래에서는 직분을 지키며 뒤처지는 것을 부끄럽게 여기니 시행한 효과가 있다고 하겠으며,

증공

이제 손익을 짐작해서 폐단을 개혁하고 무너진 것을 일으키니 법도를 만드는 일이 날로 갖추어져, 비루한 것을 따라 모자라는 데로 나아가고 일상적인 것에 얽매이던 시대에는 이를 수 없는 것입니다"라고 했다.(「이창주과궐상전소」) 말하는 태도가 자못 밝다고 하겠다.

왕안석은 집정한 뒤 희령신법을 실행했다. 증공의 아우인 증포曾布와 증조曾肇는 모두 왕안석 지지자였지만, 증공은 오히려 왕안석을 추종하지는 않았다. 그것은 희령 이후로 증공이 상당히 장기간 외직에 나가 있는 경우가 많기 때문이다. 그러나 증조가 지은 「행장」에 의하면, 증공이 "제주에 있을 때 마침 조정이 법을 바꾸고 사방으로 사신을 보냈다. 이때 공(증공)은 시행하는 데 있어 방법을 마련해서 민용이 어지러워지지 않았다"고 했다. 이로써 그가 신법을 추진했다는 것을 알 수 있다.

증공이 지방관을 맡고 있을 때에는 일련의 성과도 있었다. 가령 제주에 재임했을 때에는 드센 호족들을 꺾었는데, "재물로 고을에서 힘깨나 쓰면서" "음란한 짓을 멋대로 하고" "평민을 죽이기도 하고" "부녀자를 겁탈하기도 하며" "권귀들을 움직일 수 있었던" 주고周高라는 자를 법으로 다스렸으니, 당시로서는 그리 쉽지 않은 일이었다. 샹저우에 있을 때에는 억울하게 감옥에 갇힌 100여 명의 사람을 석방시켰다. 홍주에 있을 때에는 "마침 큰 전염병이 돌았는데", 증공은 사람들에게 "주州에서 현縣·진鎭·정亭·전傳에 이르기까지 모두 약을 쌓아두고 병자들에게 주라고" 호소했다. 명주에 있을 때에는 조선 사신의 선물을 받지 않았고, 오히려 황제에게 글을 올려 조선은 소국이니 이러한 부담을 가중시켜서는 안 되며, 연도沿道의 주현州縣들도 이러한 선물을 받아서는 안 된다고 요청했다.[7]

증공이 푸저우에 있을 때에는 농민봉기를 진압했고, 또 다른 지방에 있을 때에는 농민봉기를 도적떼와 같이 여겨 극력 방비하기도 했다. 다만 그는 "관에서 핍박해서 민들이 반항한" 경우에 대해서는 병사를 보내어 진압하는 것이 온당한 방법이 아니라고 생각해서, "용맹한 군사 수만 명을 어찌한단 말인가? 다달이 부질없이 천금을 허비하네"라고 노래했다. 당연히 좋은 "수장守長"을 선발해서 "그들의 마음을 품어줘야 한다"[8]고 여겼던 것이다.(「상구湘寇」)

증공은 인민들의 생활고에 대해서도 비교적 관심을 가졌다. 그는 「추조追

7_ 『원풍류집』 부록, 「행장」

8_ 『증공집』 권4, 「湘寇」: "較然大體著方冊, 唯用守長懷其心."

租」라는 시에서 묘사하기를, "올해로 아홉 번째 여름 가뭄, 붉은 해가 만 리까지 사르네. 저수지 말라 먼지 날리고, 벼이삭 메마른 땅에서 죽어가네. 사람들은 반드시 덜어주리라 기대했지만, 이치상 덜어줄 리 만무하네. 분명히 창고 털어 진휼해주고, 추조각追租閣 그만두리라 생각했다네. 우리 사정은 절박하건만, 이런 희망 애당초 아득하다네. 그래도 않는 소리로 호소하다가, 마침내 곤장 맞고 내쫓겼다네. 초췌한 모습 구해줄 걸 생각하겠나, 도리어 조그만 양까지도 따져든다네. (…) 건장한 몸이라도 팔아야 하겠지만, 형편은 쇠약한 몸 보존도 못 하리라"고 했다. 결국 침통해하며 "고통 중에 모진 명령 내리니, 멋대로 죽이고 해치는 것이라네"라고 했다. 송나라 시 가운데 이처럼 현실을 잘 반영한 시는 많지 않다.

부연하자면 선인들 가운데 "증자고가 시에 능하지 못한 것이 아쉽다"[9]고 말한 사람이 있는데, 이는 정확한 평가가 아니다. 증공의 시 가운데 "파도는 구름처럼 갔다 다시 돌아오고, 북풍이 불어오니 그 소리 뇌성 같네. 붉은 누각 사방으로 성긴 발 걸려 있고, 뭇 산들 위로 내리는 소나기 누워서 바라본다"고 노래한 「서루西樓」 같은 시는 오랜 가뭄에 단비를 만났을 때를 묘사한 것으로, 경쾌하고 즐거운 곡조로 여민동락하는 기쁜 심정을 반영하고 있다. 그는 추저우 낭야산琅琊山 귀운동歸雲洞에 붙인 시의 중간에 "세상은 우러러 장대비를 바라보지만, 구름이 이곳에서 나오는 줄 어찌 알리오"[10]라고 했는데, 이는 자신의 포부를 드러낸 것이다. 당연히 증공은 시인일 뿐 아니라 중요한 학자이자 산문가였다.

9_ 진사陳思, 『해당보海棠譜』 권상. 유연재劉淵材가 평생에 다섯 가지 아쉬운 것을 이야기하는 대목에 들어 있다.
10_ 『원풍류고』 권2, 「봉화저주구영구수奉和滁州九詠九首 귀운동歸雲洞」

증공은 젊은 나이에 사관과 집현각(황제의 장서각)에서 교서로 일했는데, 문집에 "~목록서"라고 된 글들을 보면 교정에도 매우 뛰어났음을 알 수 있다. 역사상 이름난 선본인『미산칠사眉山七史』[11]도 거의 그의 손에서 교정된 것이다. 교감학校勘學은 서한의 유향劉向[12]으로부터 시작된 것으로 역사가 유구한 학문이며, 중국의 교감학은 세계에서도 가장 이르다. 증공이 이런 학문의 발전에도 일정한 공헌을 했다는 사실은 의심할 것이 없다.

그는 금석문을 수집하고 연구하기도 했다. 증조의 말에 의하면, 그는『금석록金石錄』500권(이것을 의심하는 사람도 있으나, 역시 확실한 근거는 없다)을 남겼다고 한다. 책이 비록 전하지는 않지만, 그의 문집에 한 권이 남아 전한다. 그 가운데에는 구양수가 엮은『집고록集古錄』을 정정하고 보충한 부분도 있다. 금석학은 북송시대에 시작되었는데, 증공과 구양수는 가장 일찍 이 금석학을 개척한 인물들이다.

증공은 일찍이 왕명을 받고『오조국사五朝國史』를 편찬했는데, 책이 완성되지는 못했지만 그가 편수한『융평집隆平集』의 일부는 북송의 별사別史의 하나가 되어 뒤에『송사』를 편찬할 때 중요한 근거가 되었다(다만 다른 사람이 이름을 가탁한 것이라고 여기는 사람도 있다). 한 개인이 혼자 힘으로 사서 일부를 편찬했다고 할 때, 그가 들인 노력을 가히 상상해볼 수 있겠다.

11_ 『미산칠사』: 송대 소흥紹興 연간에 정도井度(자 헌맹憲孟)가 미산에서 출판한 칠사로,『송촉각칠사宋蜀刻七史』라고도 한다.『송사宋史』『남제사南齊史』『북제사北齊史』『양사梁史』『진서陳書』『위서魏書』『주서周書』의 칠국사다. 원래 증공 등이 교정해 송 휘종 때 반포했으나, 정강靖康의 난 때에 거의 사라져버렸다. 사천四川 천운사轉運史였던 정도가 다시 수집해서 간행한 것이다.

12_ 유향(기원전 77~기원전 6): 서한시대 경학가이자 목록학자. 본명은 경생更生이고 자는 자정子政이다. 한나라 선제宣帝·원제元帝·성제成帝에 이르기까지 30년간 벼슬했고,『춘추곡량전』을 정리했다. 당시 여러 책을 교열한 것을 계기로 이 책들의 서록을 남겼는데, 이것이 중국 최초의 목록학 저술인『별록別錄』으로 엮였다. 그 외『신서新序』『설원說苑』『열녀전列女傳』『홍범오행전洪範五行傳』『오경통의五經通義』등 많은 편저술을 남겼다.

그래서 나는 증공을 역사상 한 사람의 교정학자요 금석학자며 역사학자라고 보는 것이 실제에 부합된다고 생각한다. 물론 그는 한 사람의 산문가이기도 하다. 그가 구양수에게 보낸 편지에 "도덕을 쌓아 문장에 능할 것"[13]을 요구했는데, 이는 그가 스스로 힘썼음을 보여주는 것이다. 그는 "책을 통해 배우되 수신과 치인과 세용世用의 손익에 대해 두루 살피고 익히는" 동시에 "힘과 생각을 다해 문장을 다듬어 관찰하기 어려운 자기 마음속의 감정을 표현하면서 고금의 작가들을 좇아 어울렸다."(「학사기學舍記」) 증공은 문장을 도덕수양이나 학술적 수련과 연계해서 자신의 독자적인 견해를 낼 것을 요구했으니, 이는 "말하기 어려운 정리情理를 드러내는" 것이었다. 그는 학술가와 역사가로서의 문장을 이룩했던 것이니, 이 때문에 '팔가' 가운데서도 독특한 풍격을 보여주고 있다.

13_ 『원풍류고』 권16, 「기구양사인서寄歐陽舍人書」

엄밀한 기록,
풍성한 문장
-예술적 성취

　조공무가 「군재독서지」에서 증공은 "구양영숙(구양수)을 스승으로 섬겨 일찍이 문장으로 세상에 이름이 있었다. 장년이 되어서는 그 문장이 날쌔고 분방하며 웅혼하고 크게 빼어나, 유향과 비슷할 것으로 자부하며 한유 이하로는 가볍게 여겼다. 만년에는 (…) 넉넉하게 여유가 있고 단아하게 무게가 있어 스스로 일가를 이루었다"고 했다. 주희도 이르길, "남풍의 문자는 확실하여, (…) 문자가 도리에 기대어 헛된 말을 하지 않으니, (…) 소동파와 비교해보면 또한 실질적이면서 이치에 가깝다"(『주자어류』)고 했다. 지금 살펴보면 증공에게 "날쌔고 분방한" 문장은 아주 적고, 넉넉하게 여유가 있어 온화하고 유연한 면에 뛰어난 문장이 비교적 많다. 이상에서 설명한 바와 같이 그는 논학문과 기사문에 뛰어났는데, 이는 학자나 사학자의 문장으로 그가 지니고 있던 풍부한 문학 주제들을 묘사한 것이다.

설교가 아닌 설명으로 이치를 밝힌다

송나라 왕진王震이 「남풍집서南豐集序」에서 증공을 두고 평하길 "유향과 비슷할 것으로 자부했다"고 했다.

유향은 한나라 때의 경학가이자 문학가로, 그의 가장 뛰어난 학술적 공헌은 목록학과 교감학 방면에 있다. 그는 세계 최초의 목록학자이자 교감학자이며, 그의『별록別錄』역시 세계 최초의 목록학 저술이다.『별록』은 유실되었지만 그 일부분이 전해 내려온다. 양梁나라의 완효서阮孝緖[14]가 "옛날 유향이 서적을 교감하여 하나의 기록을 남겼는데, 그 의미를 논하고 오류를 밝혀 마침내 왕께 아뢰고 올린 것이 모두 이 책에 수록되어 있다. 당시에 또한 여러 기록을 별도로 모아『별록』이라고 불렀다"(「칠록서七錄序」)고 했다. 청나라 장학성은 "교감의 의미는 대개 유향 부자(아들은 유흠劉歆)가 단락별로 나누어 학술을 분류해서 천명하고 그 원류를 고찰했던 것이니, 깊고 은미한 도술과 숱한 말들에 담긴 득실의 연고에 아주 밝지 않으면 이런 학문을 할 수 없다"(「교수통의서校讎通義序」)고 했다. 사람들은 증공이 유향과 유사하다고 인정했는데, 주된 이유는 일찍이 '목록서目錄序'를 남겼기 때문이다. 목록서는 서적에 대한 개요와 평론을 담고 있다. 다만 "그 의미를 논하는" 면에서는 청대 학술의 원류가 되었으니, 이는 풍부한 학식을 필수로 한다. 증공은「전국책목록서戰國策目錄序」에서 먼저 이렇게 말했다.

14_ 완효서(479~536): 행적이 전하지 않는다. 저서로『칠록서목七錄序目』1권과『문자집략文字集略』1권이 있다.

유향이 정리한『전국책』33편은『숭문총목崇文總目』[15]에서 11편이 누락되었다고 했는데, 신이 사대부들의 집을 방문해서 비로소 이 책을 모두 얻게 되어 그 오류를 바로잡고 상고할 수 없는 것은 의심을 둔 채『전국책』33편을 다시 완성했습니다.

이것은 목록서의 통상적인 글로서 증공은 간략하게 묘사했지만, 또한 수집하고 정리한 노력을 볼 수 있으니, 유향이 "그 오류를 밝혔던 것"과 성격이 서로 같은 점이다. 이어서 서문으로 들어간다. 먼저 "유향은 이 책을 정리함으로써 주나라 선대에는 교화가 밝혀지고 법도가 마련되어 크게 다스려졌지만, 그후에는 무사군들이 등용되어 인의를 향한 길이 막혀 크게 어지러워졌음을 말하고자 했습니다"라고 하고는 "그 설이 이미 아름답다"고 인식했다. 다만 유향이 "이 책은 전국시대의 모사들이 당시 군주들이 할 수 있는 것을 살펴 부득불 그렇게 한 것이다"고 말한 것에는 동의하지 않고, 유향이 "시속에 현혹되어 자신이 믿었던 것에 독실하지 못했다"고 생각했다. 얼핏 보면 증공이 유가의 '선왕의 도'를 맹목적으로 믿은 듯이 보이지만, 사실 그는 공맹은 "선왕의 도를 밝혔지만 그것으로 개혁할 수는 없다고 여겼으니, 어떻게 후대에 할 수 없는 것을 가지고 천하의 주인을 강하게 만들 수 있었겠습니까? 또한 만난 시대와 겪은 변화를 계기로 당시의 모범이 되어 선왕의 뜻을 잃지 않도록 했던 것뿐입니다"라고 생각했다. 그는 도리어 "시대에 맞게 변해야 한다

15_『숭문총목』: 송대 관찬의 도서목록으로 모두 66권본이다. 인종 경우景祐 원년(1034)에 한림학사 장관張觀·이숙李淑·송기宋祁 등에게 명해서 1차 교정 정리하게 하고, 다시 뒤에 왕요신王堯臣·섭관경聶冠卿·구양수 등이 조목을 교정하고 편차를 논의해서 최종 정리한 것이다. 수록된 전적이 모두 3445부 3만669권이다. 경사자집 4부로 분류했다.

[因時適變]"고 주장한 것을 알 수 있다. 특별히 지적할 것은 이 글 전체의 중심 사상은 "스스로 믿는 것에 독실해야 한다"는 점이다. 증공은 "전국시대의 유세가"들이 "일체의 계략을 좀도둑질 한 것"은 "스스로 믿는 것에 독실하지" 못한 것이라고 비판했고, 반대로 공맹은 "스스로 믿는 것에 독실했다"고 여겼다. 그러나 맹목적으로 믿은 것은 아니다. 아래의 글에서 그는 더욱 명백하게 말한다.

이제二帝(요순) 삼왕三王(하·상·주)의 정치는 그 변화가 참으로 다르고 그 법도 참으로 다르지만, 천하국가를 위하는 뜻은 본말과 선후가 일찍이 다르지 않았습니다. 법이란 때에 맞게 변하는 것이니 모두 똑같을 필요는 없으며, 도란 근본을 세우는 것이니 하나이지 않을 수 없습니다.

증공이 말하는 도란 물론 봉건사회의 질서와 윤리도덕을 가리키는 것이다. 이것은 바뀔 수 없는 것이라고 생각했으니, 이는 그의 계급적 입장에 의해 결정된 것이었다. 다만 그가 "법"은 "때에 맞게 변하는 것"이라고 생각한 것은 어느 정도 진보적 의의가 있는 것이다.

그가 "전국시대의 유세가"에 대해 비판적이었던 것은 그들이 "도란 것이 믿을 만한 것임을 알지 못하고 설이 쉽게 합치되는 것을 즐겼는데, 그들이 마음을 일으켜 생각하는 것은 모두 일체의 계략을 좀도둑질 하는 것일 뿐"이라고 생각했기 때문이다. 대개 "당시 군주들이 할 수 있는 것을 살폈던" 것은 실제 "자신의 설이 쉽게 합치되는 것을 즐겼던" 것이다. 물론 이것은 전국시대의 제자사상가를 가리키는 것도 아니고, 또한 전국시대의 모사謀士들을 묶어서 가리키는 것도 아니다. 유향이 사용한 "전국시대의 모사"란 말을 증공은 도리어 "전국시대의 유세가"라고 고쳐 사용했는데, 이런 변화는 우연이 아니라고 본다. 여기서 또한 증공이 어휘를 사용하는 데에 신중을 기했다는 사실을 알 수 있다.

증공은 "사설邪說을 금지시키"되 "반드시 그 책을 없애버려야" 할 것은 아니라고 했으며, 단지 "세상에 그 설을 밝혀 당시와 후대 사람들이 그 설은 따를 수 없는 것이며 행할 수 없는 것임을 알게 해야 한다"고 했는데, 그는 특별히 『전국책』을 가리켜 "위로는 『춘추』의 시대를 잇고 아래로는 초한이 흥기하는 시기에 이르기까지 240~250년간을 기록하고 있어 그 사실은 분명 없앨 수 없다"고 했다. 이러한 인식태도는 배울 만하다.

문장에서는 분석하는 논리적 방식을 쓰는데, "학술을 분류해서 천명할" 뿐만 아니라, 한 권의 책을 통해 한 시대의 풍기風氣를 이야기하게 되고, 이 풍기를 통해 그 당대 사람들이 "마음을 일으켜 생각했던 것"을 분석하며, 이로 말미암아 "도"와 "법"의 관계와 "구차하거나"("스스로 믿는 것이 독실하지" 못한 것) "자신 있는"(이상도 있고 신념도 있는 것) 두 가지 태도를 논리적으로 분석한다. 작은 것에서부터 큰 것에 미치고, 현상으로부터 실질에 이르며, 서적을 설명하면서 학술을 설명하고, 다시 인품에까지 이르는데, 그는 한결같이 소박하고 사실적으로 묘사해서 문사를 꾸미는 일을 하지 않으며, 또한 어떤 설교도 하지 않고 자세하고 곡절하게 설명해서 이치로 사람을 감복시킨다. 다만 사람들로 하여금 그의 학문이 넓다고 생각하게 하며, 전국시대의 정황과 당시의 풍기를 손바닥에 놓고 보듯이 보게 해주니, 조금의 식견만 있으면 원류를 분별하고 득실을 분명히 알게 해준다. 이로써 "사리를 궁구하게[窮盡事理]" 되며, 아울러 서두르지 않고 차분하게 설명하게 된다.

우리가 분명하게 알 수 있는 것은 증공은 "시속의 유행에 빠지지 않고" "스스로 믿는 것에 독실한" 사람이라는 것이다. 그는 이야기하는 가운데 감정을 드러내기도 한다. 그의 목록서들은 간단하거나 단조로운 개요나 서평이 아니라 문학작품이 될 만한 근거를 갖고 있다. 다음은 「열녀전목록서列女傳目錄序」이다.

후세에 학문한다는 선비들이 대부분 외물(사리私利를 돌보는 것 등을 가리킴)을 따르고 지키던 것에 편안하지 못해(염치를 무릅쓰는 것), 그 집안의 부녀들도 이미 본받을 만한 것을 보지 못하고 사치하는 데 이르게 되니, 어찌 서로를 완성시켜주는 도리가 없어서 그렇겠는가? 선비가 스스로를 용서하는 일(자신에 대한 요구가 엄격하지 못한 것)에 구차하고, 이익을 탐내고 염치를 무릅쓰며 자신을 반성할 줄 모르는 것은 왕왕 집안의 부녀들과 연루되어 있기 때문이다. 그래서 "몸소 도를 실천하지 않으면, 처자에게도 행세하지 못한다"고 했으니, 믿을 만하다.

증공은 남자가 "이익을 탐내고 염치를 무릅쓰는" 것이 그 집안의 부녀들에게 "본받을 만한" 것을 보여주지 못함으로써 "사치"로 이어지게 하고, 부녀자들의 "사치"는 다시 남자들에게 영향을 주어 이런 사대부들이 "스스로를 용서하는 일에 구차하고 이익을 탐내고 염치를 무릅쓰게" 되니, 이런 것들은 종종 "집안에 연루되기" 때문이라는 것을 지적하고 있다. 매우 진중하며 감동적이다. 이는 "왕정은 반드시 안(후비后妃)으로부터 비롯된다"는 것을 천명할 뿐 아니라, 황제와 세인들에게 "권계勸戒"가 된다. 그는 남자와 부녀자의 상호 영향관계를 분석함으로써 필봉이 춤추듯 살아 있고 사리가 곡진해서 유연하고 완곡한 장점이 되었다. 물론 이 유연하고 완곡함은 그가 함양한 바에서 나온 것이다. 작가가 함양한 것이 심후하면 비로소 유연하고 완곡한 필치를 구사하게 되고, 심오한 사상을 그려내게 된다.

「양서목록서梁書目錄序」는 불학佛學를 비판한 한 편의 논문인데, 그는 먼저 "불교도들은 스스로 자신들이 터득한 것은 내적인 것인데, 세상에서 불교를 논하는 자들은 모두 외적인 것을 두고 이른다고 여기기 때문에 굽히지 않으려고 한다. 그러나 저들이 성인의 내적 세계를 어떻게 알겠는가?"라고 말한다. 한유가 불교를 배척한 것은 불교도들이 "농사짓지 않으면서 먹고, 베를 짜지 않고도 입는 것"[16]을 두고 말했던 것이므로, 말하는 것이 "모두 외적인 것"이지 "내적인 것"은 언급하지 않았다. 만일 불교교리로 논박했더라면 철학 강의가 되었을 것이다. 그러나 증공은 그렇게 하지 않았다. 그는 먼저 "성인의 내적 세계"를 말한다.

생각이란 지식에 이르는 것이다. 그 지식에 이를 수 있는 자는 삼재三才의 도를 관찰하고 만물의 이치를 분변하여, 크든 작든 거칠거나 정밀한 것에까지 이르지 않는 것이 없으니, 이를 일러 이치를 궁구하는 것이 지식이 지극해지는 것이라고 한다. 지식이 지극하면 나에게 있는 것이 귀하지 남에게 있는 것은 완상할 것이 못 되지만, 능히 밝히지 못하는 것이 없다.

증공이 말하는 것은 곧 송유宋儒들의 '내중외경內重外輕'의 설이다. 말하자면 사람은 그의 도덕적 품격을 중시할 뿐, 관직이나 모습은 가볍게 여겨야 한다는 것이다. 그는 또 말한다.

16_ 한유, 『창려문집』, 「논불골표」

생각이 없어도 도달하는 것은 이치를 따르는 것뿐이요, 행위가 없어도 움직이는 것은 사물에 응하는 것뿐이다.

이는 송유들이 말하는 "사물로써 사물에 부합되고" "사물에 순응하는" 것이다. 말하자면 사람이 수양이 잘되면 선입견을 지니지 않아도 사정은 어떻게든 오고 또한 어떻게든 이루어진다는 것이다. 사회실천의 문제를 떠나서 이렇게 말한다면 유심주의의 웅덩이에 빠지는 것을 면치 못할 것이다. 유심주의의 유학으로 유심주의의 불학을 반대하는 것은 실제 한유가 불교를 반대하여 얻은 효과만도 못할 것이다. 기윤紀昀도 『열미초당필기閱微草堂筆記』[17]에서 이 점을 거론한 바 있다. 그래서 증공은 마지막에 "내면에서 터득한 것이 있는 자는 겉으로 행할 수 없는 것이 없으며, 겉으로 행하지 못할 것이 있는 자는 내면에서 터득할 수 없다"고 한다. 그의 반불反佛은 여재呂才[18]나 한유가 큰소리로 꾸짖었던 것과는 다르게 이치를 설명함으로써 제압했으니, 곧 학술문과 문예문을 하나로 결합시켜 사리를 모두 설명하는 것에 뛰어났으며, 문론문에서도 그의 특색을 드러냈다. 물론 결함도 드러났다. 방포[19]가 이르길, "증남풍의 문장은 옛것을 말하는 데 뛰어났다. 그래서 고서들의 서문이 더욱 좋다. 『전국책』『열녀전』『신서』 등의 목록은 순전히 예스럽고 맑아서 구

17_ 『열미초당필기』: 청나라 기윤(1724~1805)이 명청대 문언 단편소설류를 필기형식으로 정리해서 편찬한 책이다. 건륭 54년(1789)에서 가경 3년(1798) 사이에 정리했다. 당시 귀신·신선의 이야기와 인과응보·권선징악류의 유전하는 야담들과 편자가 직접 듣고 본 사실들을 수록하고 있다.

18_ 여재(606~665): 당대 철학자이자 자연과학자. 박주博州 청평淸平(지금의 산둥 성 린칭臨淸) 출신이다. 그는 한미한 집안에서 태어나 사승전수 없이 자성한 사상가이자 학자다. 육경과 천문·지리·의약·제도·군사·문학 등을 두루 섭렵했으며, 특히 악률에 뛰어났다고 한다. 현존하는 글로 「서택경敍宅經」「서장서敍葬書」「서록명敍祿命」이 있다. 또한 당시 현장玄奘을 비롯한 불승들을 상대로 불학에 관한 격렬한 논쟁을 벌이기도 했다.

양수나 왕안석에 견줄 만하다"고 했다. 요내는 유향의 글에 대해 평가하기를, "충용沖溶하고 혼후渾厚한 것이 아무 의도 없이 글을 쓴 듯하지만 저절로 뜻을 다 드러내었다"고 했는데, 증공에게도 이러한 특징이 있다.

정확한 자료에 기반한 역사가의 서사

역사가의 글과 문학가의 글은 서로 다른 면이 있으니, 문학은 간략한 묘사로 정신을 전달하지만 역사학은 반드시 자세하고 풍성하게 하는 데서 구별되며, 특히 '전典'과 '지志'에서는 사실을 완비하고 자료가 매우 정확할 것을 요구한다. 『한서漢書』의 '팔지八志'는 『사기史記』의 '십서十書'보다 더 자세한데, 문학을 공부하는 사람들은 『사기』를 즐겨 보지만, 역사와 학술을 공부하는 사람은 『한서』를 중요시하는 것이 바로 이런 이유에서다. 물론 역사가의 서사문도 내용을 재단해서 간결하면서도 개괄적일 필요가 있지만, 상대적으로 더욱 자세하고 풍성할 것을 중시한다는 것이다. 당송팔대가 가운데 서사가 자세하고 풍성한 작품은 매우 적다. 소식이 지은 사마광과 범진范鎭의 신도비는 글의 길이가 1만 자 이상이지만, 자세하긴 해도 풍성하지는 않으니, 내용의 재단이 정밀하지 않고 자세함과 간략함이 합당하지 못하기 때문에 "자

19_ 방포(1668~1749): 청대 산문가. 자는 영고靈皐이고, 호는 망계望溪다. 청대 요내·유대괴와 함께 동성파의 창시자이다. 강희 45년(1706)에 진사가 되었고, 모친 병환으로 전시殿試에는 응하지 않았다. 뒤에 한림원 시강학사에 추천되고, 옹정 11년에는 내각학사가 되고 예부시랑을 지냈다. 학문으로는 정주이학程朱理學을 근본으로 표절과 모방을 반대하여 의법義法을 제창했다. 저서로 『주관집주周官集註』(13권), 『의례석의儀禮析疑』(17권), 『예기석의禮記析疑』(46권), 『춘추비사목록春秋比事目錄』(4권), 『문집』(18권) 등이 있다.

세하고 풍성한[詳贍]" 글은 아니다. 야오융푸는 문학가의 글 가운데 전典과 지志에서 요구하는 형식에 맞는 작품으로 증자고曾子固의 「월주조공구재기越州趙公救災記」와 「서월주감호도序越州鑑湖圖」 두 편이 있다고 했다.(『문학연구법』)

「월주조공구재기」를 보면, 먼저 조공이 아직 "민들이 굶주리기 전"에 대비했던 것을 묘사한다. 곧 월주 소속의 각 현에 조사를 진행했던 것인데, 이에 조사 항목을 열거한다. (1) "재난을 입은 곳이 몇 고을인가?" (2) "민 가운데 자급할 수 있는 자가 몇이며, 관에서 곡식을 받는 자가 몇인가?" (3) "도랑과 축대 중에 민을 고용해서 일할 만한 곳이 몇 곳인가?" (4) "금고의 돈과 창고의 곡식 가운데 풀어놓을 수 있는 것이 얼마인가? 부자 가운데 곡식을 출연하여 모을 수 있는 집이 몇 집인가? 승과 도사들이 먹고 남은 곡식 중 장부에 기록된 것이 얼마나 남아 있는가?" 생각해보면 한유나 구양수 그리고 훗날 동성파 작가들의 솜씨라면 이것을 한 마디 말로 표현할 수 있었을 터이지만, 증공은 도리어 이렇게 상세히 묘사했으니, 이는 깊이 생각해볼 만하다(사실 뒤를 읽어보면 명백해진다). 이어 그는 일련의 숫자로 재난 구제의 조치와 효과를 표현한다. 가령 "민 가운데 늙어 고단하거나 병약하여 자급할 수 없는 자가 2만1900여 명이다"와 같은 숫자는 구휼을 기다리는 사람과 조치하기 어려움을 반영하며, 동시에 재난 구제의 효과를 암시하고 있으니, 살도록 구제해야 할 사람이 최소한 2만여 명이면, 많게는 거의 10만 명에 이른다는 것이다("자급할 수 있는 자"는 최소한 "관에서 곡식을 받는 자"의 10배는 되기 때문인데, 이는 상식적으로 알 수 있다). 그래서 위에 서술한 조사 항목 가운데 제2번이 허투루 설정한 것이 아님을 알 수 있다. 관에서 식량을 기다리는 사람이 이미 이렇게 많다면 그 곡식은 어디에서 나오겠는가? 그는 또 열거하기를, (1) "한 해에 궁민窮民을 위한 공급이 쌀 3000석 주는 것으로 그친다." (2) "부자에게 거두어 실어온 것과 승과 도사들이 먹고 남은 것으로 쌀 4만8000여 석을 모았다"고 했으니, 이로써 조사 항목 제4번 역시 허투루 설정한 것이 아님을 알수 있다. 재난을 구제하기 어려운 것은 곡식이 나올 곳이 없기 때문이다. 여기에서 바로 "구황정책" 가운데 중요한 경험의 하나를 말하고 있다. 단지 곡식이 있다 하더라도 일련의 방법이 있어야 민들이 실제 혜택을 받을 수 있으니, 작가는 이에 곡식을 나눠주는 수량과 시간과 "남자와 여자가 날짜를 달리하는" 방법 등으로 하나하나 상세히 기록함으로써, 조공이 일을 근심하는것이 주도면밀하며 그 방법도 실행하기에 절실하다는 점에서 사람들로 하여금 감동케 한다. 또한 "자급할 수 없는 자"를 구제하는 데 있어 사람 수가 "자급할 수 있는 자"의 열 배 백 배가 된다면 어떤 방법이 있겠는가? 그는 또 열거한다. (1) "부자들에게 일러 쌀 팔기를 그치지 않게 한다." (2) "관청의 곡식을 내놓아" "그 값을 고르게 하여 민들에게 준다." 이때 값을 고르게 하기 위해 내어파는 곡식의 수량과 "쌀을 내어파는 장소"의 숫자를 상세히 기록한다. (3) "민을 고용해서 성곽을 보수하는데", 공사 노임으로 진휼하고 그 숫자를 상세히 기록한다. (4) 빚을 진 자의 상환 연기를 규정한다. (5) 버린 아이를 거두어 기른다. 큰 재난은 큰 역병을 일으키기 쉬운데, 이에 대해 조공이 일정한 대책을 마련했고, 작가도 일부 기록을 남겼다.

다음 「서월주감호도」를 보면, 이 글에서는 호수의 물로 "밭에 물을 대어주는" 범위를 상세히 기록하고 구체적인 숫자로 그 이점을 설명하고 있다("황폐해지는 밭이 없고 홍수가 나거나 가뭄이 드는 때가 없다"). 이어 "송나라가 일어난" 이후를 묘사하는데, 호강豪強한 지주들이 "호수를 절도해 밭을 만들어" "호수가 거의 없어질 지경"에 이르렀으니, 결국 "매해 비가 적으면 밭이 병들기도 전에 호수가 먼저 말라버렸던 것이다." 이어 각종 건의를 상세히 기록하고 있지만, 사실상 "밭은 멈추지 않고 날로 많아졌으며, 호수는 더 준설하지 않아 날로 사라져갔던 것이다." 그는 "호수가 사라져가는" 원인을 분석하기를, "법령은 시행되지 못하고 구차한 풍속이 기승을 부리는 데"서 말미암는다고 지적했다. 그의 설명이 명백하니, 곧 지주들의 세력이 너무 크고, 관리들은 "감당하기 어려운 원성을 사거나 책임만 지기 쉬운 일을 함으로써 미연에 공로를 이루려고 하지" 않는다는 것이다. 그는 또 "호수는 분명 회복되지 못한다"고 생각하는 잘못된 말들을 반박하면서, 단지 "말을 반드시 행하고 법을 반드시 시행하면 무슨 공로인들 이루지 못하겠으며, 어떤 이익인들 회복되지 못하겠는가!"라고 한다. 이런 주도면밀한 조사와 자세한 분석은 문제를 매우 잘 설명해가도록 한다. 그러므로 그는 호수 하나의 흥폐와 이해를 말하는 데 그치지 않고, 이 문제로 말미암아 그 당시 "관리들의 인습"과 "적당주의"가 일을 해치는 문제임을 지적하고 있으니, 송대에 이것은 대단히 적실한 폐단이었던 것이다.

이처럼 자세하고 정확한 몇몇 문자로 상세하고 확실하게 묘사할 수 있으며, 풍성한 기록으로 문제를 설명하거나 경험을 알릴 수 있다. 그래서 이러한 표현법은 주의를 기울일 만하다.

인물을 객관적으로 묘사한다

앞에서 증공의 서사가 상세하며 풍성하다고 했는데, 그는 간결한 문장도 잘 지었다. 물론 문장의 번잡함과 간결함이 정해져 있는 것은 아니지만, 주제와 체재에 따라 적절하도록 헤아려야 하는데, 그러려면 간결하면서 법도가 있어야 한다.

증공의 문장은 인물 묘사에 있어서 대체로 간결한 데 장점이 있다. 가령 「손적묘지명孫適墓誌銘」에는 "나이 열네 살에 부모 곁을 떠나 강동에 가서 공부했는데, 거기서 이미 사람들에게 알려졌다. 또 임천의 왕안석에게 가서 수학했는데, 왕안석이 칭찬했다"고 적고 있다. 손적은 왕안석의 학생이었고, 왕안석이 일찍이 "칭찬했다"고 하니, 그 됨됨이를 대략 알 만하다. 물론 "학문과 실행에 스스로 노력했고" "학문에서는 치란득실의 학설을 좋아했으며" "작문에서는 고문을 귀결처로 삼았다"고 기록하고 있다. "스스로 노력했다"거나 "좋아했다"거나 "귀결처로 삼았다"고 하는 것은 단지 주관적 희망을 말한 것이지 객관적인 경지를 말한 것이 아니어서, 어휘의 표현에 한계가 있는 것이다. 전기문에서 이른바 "법도가 있다"는 것은 "헛되이 미화하지 않고 단점을 숨기지 않는 것[不虛美不隱惡]"과 "사람을 묘사하면 반드시 그 사람처럼 그리는 것[寫人必如其人]"을 두고 말한다.

증공은 "사람을 묘사하면 반드시 그 사람처럼 그리는 것"에 대해 비교적 주의를 기울였다. 그가 말한 "도덕을 쌓으면 문장을 잘하게 된다"는 것이 실제로는 이런 문제를 말한 것이다. 훗날 장학성도 "사덕史德"(『문사통의』)을 말한 바 있는데, 그 또한 이것을 두고 말한 것이다.

증공은 또 「잡지雜識」 두 편을 지었는데, 제1편에서는 부필과 범중엄과 손보孫甫와 석개石介 등의 인물을 묘사하고 있다. 이들은 당시 명류로서 증공도 아는 사람들이었다. 그는 글 가운데서 표현하기를, 송 인종이 "두연과 범중엄과 부필과 한기를 기용해서 정사를 맡겼고, 구양수와 채양蔡襄과 손보를 간관으로 삼았으며, 여러 사무를 경장更張해서 태평성대의 공로를 이루고자 했다. 범중엄 등도 역시 모두 힘을 다해 스스로 본보기가 되어 군주의 대우에 보답고자 했다"고 했으니, 이들을 칭송한 것이다. 그러나 그들은 "좋아하는 것은 같으나 미워하는 것이 달라, 텅 빈 듯 마음에 가능한 것도 불가능한 것도 없을 수 없었다"고 하여, 그들의 결점도 숨기지 않는다. 그의 묘사에서 중요한 부분은 "등종량滕宗諒이 경주慶州의 수령으로 있으면서 공직을 통해 돈을 횡령해서 벌을 받게 되었을" 때, 두연은 "반드시 종량을 중법으로 다스리고자 했고", 범중엄은 "그의 죄를 가볍게 해주고자 하여", 부필이 좌우에서 곤란하게 되어 "어찌할 바를 모르는" 대목이다. 이에 석개가 이 일을 손보에게 호소했다.

손보가 "수도守道(석개의 자)는 어떠하다고 생각하시오?" 하고 묻자, 석개는 "저도 역시 늘 걱정하는 바입니다"라고 답했다. 손보가 탄식하며 "법이란 군주께서 쥐고 있는 자루입니다. 지금 부공富公께서는 종량을 중죄로 다스리자니 범공을 거스르게 되고 죄를 가볍게 하자니 두공을 거스르게 될까 근심하고 계십니다. 그러나 이는 법이 있음을 모르는 것입니다. 수도는 평생 의론을 좋아했고, 스스로 정직하다고 여기는데 어떻게 그렇게 말씀하십니까?" 하고는 이렇게 말했다. "저는 어려서부터 학문을 좋아했지만, 세상에 쓰이기 어려울 것이라고 스스로 헤아리고 있습니다. 그래서 물러나『당사기唐史記』를 지어 자신을 드러내려고 하지만, 여러 공께서 만류해서 간관이 되었습니다. 또한 일찍이 어떤 사람과 거취문제를 의론하게 되었는데, 그 의론한 사람이 마침 출세를 좋아하는 사람인 까닭에 결국 여기에 있게 되었지요. 지금 여러 공의 생각이 이와 같으시다면 제가 다시 무엇을 희망하겠습니까?" 이때부터 한 달여 동안 그는 잠을 이루지 못했다.

등종량에 관련된 사건에 대해 서술한 사람은 있었어도 감히 두연과 범중엄과 부필을 폄하하는 말을 한 사람은 없었으며, 또한 "법"의 차원에서 본 사람도 없었다. 증공은 이 두 사람의 대화를 통해 이들 "명신"의 일면을 사실대로 묘사했는데, 또한 시세와 연관지어볼 만하다. 그가 두 사람의 일차 대화를 통해 중시했던 것은 여러 인물의 마음을 그려냄으로써 우리로 하여금 "경력慶歷[20] 명신"들의 또 다른 면을 볼 수 있게 하고, "경력신정"이 실패한 내적 원인의 하나를 보게 한다. 이는 분명 간결하면서도 법도가 있는 것이다.

설명이 간결한 중에도 구체적이고 치밀하게 묘사하지 않을 수 없는데, 선택을 합당하게 하는 것이 중요하다. 증공의 「잡지」 제2편은 명장 적청狄靑이 명령을 받고 가서 광서廣西에서 봉기한 농지고儂智高를 타파한 고사를 적고 있다. 적청이 광서에 도착한 뒤 단지 한 번 싸움을 붙었을 뿐인데 농지고가 물러났으니, 이것을 어떻게 묘사했을까? 그는 먼저 적청이 왕명을 받들어 출정하는 것을 그리고 있다. 서울을 떠나기 전에 한림학사 증공량曾公亮이 그 방략을 묻자, 적청은 "군제軍制를 바로 세우고 상벌을 밝히는 것일 뿐"이라고 말하고, 다만 농지고를 "만나지 못할까" 염려하며, 또한 농지고의 "표패標牌 부대가 기병을 당하지 못할 것"이라고 말한다. 지나고 보니 과연 하나하나가 그가 예고한 대로 된다. 증공은 먼저 증공량과 적청의 대화를 통해 기사 내용의 중요점을 암시한 것이다. 이어 몇 가지 구체적인 사실을 묘사하며 기사 내용으로 들어가고, 그 다음 자기 논평을 붙이기를 "적청이 먼저 증공량에게 말한 것이 (…) 모두 예견한 대로 되었다. 적청이 마루 위에 앉아 수천 리 바깥

20_ 경력: 송 인종의 연호 중 하나(1041~1048).

의 일을 따지는데 말은 약소하되 생각이 밝았으니, 비록 옛날의 명장이라도 어떻게 이보다 낫겠는가?"라고 했으니, 모두 앞의 내용과 서로 조응된다. 글의 구성이 엄정하고, 장법이 정연하다고 하겠다.

서사 가운데 먼저 조정에서 앞서 파견했던 효장驍將 장지張志와 장해蔣偕는 "사졸들을 어루만져주지" 못했고, "수비병을 세우지" 않고 경솔하게 진격하다가 끝내 "기세에 눌려 퇴주하고 말았으며", 이어 파견한 선무사 양전楊畋과 여정餘靖도 "청탁을 크게 받아" "함께 간 자들이" "모두 비뚤고 생각이 모자라서 의지할 수 없어", 결국 광서에 이르지도 못한 채 "관망만 하며 나아가지 못하고" 말았음을 보충 서술하고 있다. 이러한 보충 서술은 모두 적청을 돋보이게 하기에 좋다. 그래서 적청이 취한 몇 가지 행동에 각별한 의의가 있다는 것을 드러내준다.

증공은 적청을 그리면서 먼저 출병하는 장면을 묘사한다.

마침 귀인을 통해 적청을 따라가기를 요청한 자가 있었다. 적청이 그를 만나 이르길 "그대가 나를 따라가기를 바라는데, 이는 내가 구하던 바이니 어찌 하필 사람을 넣어 말씀하시오? 그러나 농지고는 작은 도적인데 나를 보내게 된 것을 보면 사태가 급하다는 것을 알 수 있소. 그러니 나를 따르는 사람은 적을 쳐서 공로를 세우면 조정에서 후한 상을 내릴 것이니, 나도 감히 요청하지 않을 수 없을 것이오. 만약 가서 적을 쳐 이기지 못하면 군중의 법이 엄중하니, 나도 감히 사사로이 봐줄 수 없을 것이오. 그대는 잘 생각하시오. (…)" 이에 이 말을 들은 자는 크게 놀라 다시는 감히 적청을 따라가겠다고 나서지 않았다. 그가 데리고 간 자들은 모두 자신이 본래 어울리던 쓸 만한 자들이니, 인망이 이미 그에게 돌아갔다.

적청이 청탁을 거절한 것을 묘사하고, 또 그가 법을 집행하는 데 사심이 없음을 보여주고 있는데, 묘사가 늠름하고 생기가 있어 우리로 하여금 이런 대장은 반드시 성과가 있을 것임을 믿게 한다.

이어 다시 행군할 때를 묘사하는데, "하루에 한 역참을 지나지 못하고, 주에 이르러서는 곧 군사들을 하루 동안 쉬게 했다. 탄저우潭州에 이르러서야 대열을 만들고 약속을 하되, 군대가 행진할 때와 멈출 때 모두 행렬을 이루도록 했다. 삽을 관리하거나 식량을 싸들거나 수비하는 경우는 구역을 관장하게 했다. 군인 가운데 객사에서 나물 한 다발이라도 훔치는 자가 있으면 그 자리에서 참수하여 돌리니 온 군대가 숙연해지며 감히 소리도 내지 못했다. 1만여 명의 사람이 행군하는데 일찍이 원성 하나 없었다"고 하니, 한편으론 사병을 어루만져주고 한편으론 군기를 엄정하게 했던 것이다. 이런 군대는 필연적으로 적을 물리쳐 이기게 마련이다. 사람들은 생각하기를 『좌전』에서 전쟁을 묘사하는 것이 싸우기 전을 묘사해서 승부를 판가름하는 조짐을 드러내는 데 뛰어나다고 한다. 증공은 바로 싸우기 전의 상황을 묘사하는 데 비교적 많이 할애하고 있다. 소식이 말하길, "붓이 아직 이르지 않아도 기운은 이미 삼켰다네"[21]라고 했으니, 글 속에 바로 이러한 묘경이 담겨 있다.

문장의 결말에서 또 보충 서술하기를, 경력 연간에 갈회민葛懷敏이 광천廣川에서 패배한 뒤에 "상벌이 제대로 행해지지 않아" "이로부터 군사들이 자주 그 장수를 버리고 죽기로 싸우지 않았다"고 했는데, 이처럼 글 속에서 미진한 부분을 보충했을 뿐 아니라, 상벌이 엄격하고 분명한 것이 중요함을 밝히고 있다. 적청은 바로 상벌을 엄격하고 분명히 해서 "군중軍中의 사람마다

21_ 소식, 『동파전집』 권1, 「왕유오도자화王維吳道子畫」

분발해서 싸우다 죽을 마음이 들도록" 했던 것이다. 물론 그는 적청이 "밤에 곤륜관을 넘은 것"과 적청의 기마대가 농지고의 "표패군標牌軍"을 쳐서 물리친 일을 서술하는데, 묘사에 또한 나름의 스타일이 있다. 여기서 잠시 설명할 것은, 이 글의 결미는 말은 간결하지만 뜻이 깊다는 점이다. 여기서 말하고자 하는 것은 송대에는 나약함이 이미 오래 쌓였는데, 나약함이 쌓인 원인의 하나가 곧 상벌이 분명치 않은 데 있었다는 것이다. 옛 사실을 빌려와 적청을 돋보이게 했고, 또한 작가가 글을 지은 의도를 명확하게 밝히고 있다. 『사기』 열전의 찬에 항상 이런 묘사법이 있으니, 그가 『사기』를 본받은 것이 분명하다.

간결한 문장을 세밀하게 조직한다

산문가가 되려면 반드시 문장의 미적인 부분에 주의해야 한다. 요내는 문장의 미를 '양강陽剛'과 '음유陰柔' 둘로 나누었는데, 한유에게 양강의 미가 있다면, 구양수와 증공에게는 음유의 미가 있다고 했다. 유희재도 말하길, "창려(한유)의 문장은 경직硬直함을 터득했고, 구양수와 증공은 유완柔婉함을 터득했다. 경직함은 본성을 드러내지만, 유완함은 함양된 것을 드러낸다"고 했다. 증공의 문장은 유미柔美한 것에 뛰어난데, 이는 대개 평론가들이 공인한 바이다. 그의 「묵지기墨池記」는 이런 특징을 매우 잘 체현하고 있는 작품이다.

이 글에서 기록하고 있는 '묵지'는 임천에 있는데, 왕희지王羲之가 '임지학서臨池學書'한 '고적'으로 전해오는 곳이다. 문장을 시작하면서 이 점을 명확하게 밝히고 있다. 다만 여기에는 문제가 하나 있는데, 왕희지의 "묵지"라고 전해오는 지방이 매우 많기 때문이다. 임천의 이곳 외에도 저장 성 후이지 산과 융자永嘉, 장시 성 루산廬山, 후베이 성 치수이蘄水 강 등 여러 곳이 있다. 만일 학술문을 짓는 것이라면 일일이 고증하는 것이 필요하겠지만, 작가는 이 글에서 지리지를 서술하려는 것이 아니므로 그럴 필요가 없다. 그렇다고 또 당장 이곳이 진짜라고 말할 수도 없다. 작가는 이 문제를 무척 교묘한 방법으로 처리하고 있다. 그는 먼저 "왕희지의 묵지라고 말한 것은 순백자荀伯子가 「임천기臨川記」에서 말한 것이다"라고 한다. 이것은 이 말은 근거가 있는 것이지만 언외言外에는 반드시 믿을 만한 것은 아니라는 생각이 담겨 있음을 뜻하고 있다. 이어 설명한다. "왕희지는 일찍이 장지張芝를 사모해서 연못에 임해서 글을 배웠는데, 연못의 물이 모두 검어져 이 때문에 고적이 된 것이다." 이는 「임천기」 안의 말을 인용한 것으로 이 글 전체의 논의의 근거인데, 이 설명이 없다면 아래 글에 "정력을 다해 스스로 이루었다"는 말은 근거 없는 이야기가 되고 만다. 그리고 문장의 묘미 또한 고도로 개괄하고 있는 점에 있는데, 번잡함이 없이 간략하게 말하고서 다시 즉시 뿌리쳐 털고는 "참으로 그런가?"라고 말한다. "참으로 그런가?"라는 말은 반드시 믿을 것은 아님을 밝히려는 것인데, 그 묘미 또한 의문문을 활용하면서 즉시 결론을 내리지 않는 데 있다. 이어서 "왕희지는 억지로 벼슬 살지 못했으며, 일찍이 동쪽에 이르러 푸른 바다로 나가 산수 간에서 자신의 뜻을 즐겼는데, 어떻게 자기 멋대로 떠돌며 지내면서 스스로 이곳에 머물렀겠는가?"라고 한다. 역사적 기록을 보면, 왕희지의 행적은 저장 성 후이지 산 일대에 있었지 일찍이 임천에 이르렀다는 기록은 없다. 이런 점에서 보면, "참으로 그런가?"라는 말의 근거를 보충해주고 있다. 그러나 산수유람을 좋아해서 "자기 멋대로 떠돌며 지냈으니" "스스로 이곳에 머물렀을" 가능성도 없지 않다. 이는 또한 순백자의 말을 부정할 수 없는 이유를 설명하는 것이다. 이렇게 한 구절의 말이 두 가지의 의미를 내포하고 있으면서 직접적으로 말하지 않고 독자들이 스스로 생각하도록 맡겨둠으로써, 필치가 완곡하고 자태가 분방하게 되었다. 다만 여기에 문장의 주제가 있는 것은 아니다. 그래서 그는 즉시 이 문제를 털어버리고 다시 "왕희지의 글은 만년에 좋아졌는데, 그가 능하게 된 것은 모두 정력을 다해 스스로 이룬 것이지 자연스레 이루어진 것이 아니다"라고 서술한다. 이 몇 구절과 "연못에 임해서 글을 배웠는데, 연못의 물이 모두 검어졌다"는 등의 말은 멀리서 서로 이어져 있지만 연결시킨 흔적을 볼 수 없어 세심한 사람이 아니면 소홀히 지나치고 만다. 그래서 세세하게 살펴보면 곧 위아래가 아주 긴밀하게 연관되어 있음을 볼 수 있으니, 이것이 전체 글의 중심이다. 이어서 묘사하기를, "그러나 후대에는 그에 이를 자가 없으니, 배움이 저만 못해서 아니겠는가? 그러니 배움을 어찌 가벼이 할 수 있겠는가? 하물며 도덕을 깊이 이루고자 하는 자야 오죽하리오?"라고 했다. 이 구절에서는 한 구절마다 한 번 전환되면서 전환될수록 더욱 심오해지는데, 특별히 주의를 기울여 일창삼탄—唱三嘆의 필치를 이룬 대목으로 사람들로 하여금 신중히 살피게 할 만하다. 세심한 독자는 이미 발견했을 터이지만, 여기에는 허다한 이야기가 생략되어 있는데, 가령 "하물며 도덕을 깊이 이루고자 하는 자야 오죽하리오?"라는 구절 위에는 "하나의 예능도 응당 이렇게 하는데 (…)"라는 말이 생략되어 있다. 또 알 수 있는 것은 이 구절 아래에 역시 어떤 이야기가 생략되어 있는데, 만일 졸렬한 작가가 썼다면 한바탕 의론을 일으켰을 것이 분명하다. 물론 그렇고 의론이 없는 것은 아니지만, 그는 이 단락의 의론을 "군왕의 마음을 미루어보면"이라는 구절 이하에서 서술해가는데, "추론"하는 가운데서 의론을 펼쳐 일창삼탄의 필치를 마무리 짓고, 다시 독자들로 하여금 무궁

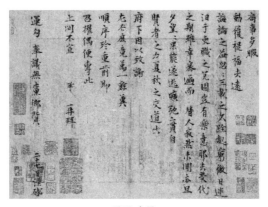

증공 유묵

한 의미를 느끼도록 했다.

이 작품은 최소한의 문자로 매우 심오하고 풍부한 사상을 그려냈으며, 비약하고 전환하며 끝없이 계속 드러내는 것이 사람들의 이성에 호소할 뿐 아니라, 사람들의 감정에 영향을 미쳐 깊은 생각을 불러일으킨다. 이는 학술문이나 응용문이 사실을 일일이 들어가며 설명하는 것과는 다르며, 양강한 문장이 용솟음치듯 솟아오르고 높은 파도가 넘실거리듯 남김없이 다 표현해나가는 것과도 구별된다. 이것은 깊이 음미할 만한 가치가 있다.

문체가 유순한 것과 "세심한 뜻이 적절하고[細意熨貼]" "평이박실平易朴實하고 적합한 것[平實愜適]"은 나뉠 수 없는 것이다. 여기서 "세심한 뜻이 적절하다"고 말하는 것은 주로 어휘의 사용과 조어造語가 사려 깊고 적당한 것을 가리킨다. 자구마다 안배가 적절해야 비로소 주제의식을 남김없이 완곡하게 설명할 수 있다.

증공의 「송이재숙지유주送李材叔之柳州」를 예로 들어보자. 당시의 관리들은 유주柳州를 "구석지고 먼" 지방이라 해서 그 고을로 가기를 바라지 않았으며,

그 고을로 가더라도 일에 전념하지 못하고 "그 자리를 하찮게 여겨 일할 것이 없다고 둘러대며" "염려하고 노력하려는 마음조차 없었다." 증공의 이 글은 이런 정황을 지적함으로써 이재숙李材叔이 길을 떠남에 즈음하여 그에게 자신의 직분에 충실을 기할 것을 권유하려는 것이다. 그는 말한다. "그곳의 풍기를 나도 아는 바이지만, 중주中州(허난 성의 옛 이름)에 비해 크게 다르지 않다. 일상생활도 범절에 어긋나지 않으니 일찍이 싫어할 것도 없다. 만약 범절을 어긴다면 중주인들 어떻게 싫은 마음이 없을 수 있겠는가?" 여기서 "나도 아는 바이지만"이라는 구절은 생략해도 될 것 같은데, 다만 설득력을 더하기 위해 덧붙인 것이다. 또한 "일찍이 싫어할 것도 없다"는 말로 뜻이 이미 완전하게 설명된 듯하지만, 다시 반문하는 구절을 더함으로써 의도한 생각을 완벽하게 설득하고 있다. 이런 설명은 변방의 먼 지역을 싫어하는 사람들로 하여금 그것이 우스운 일임을 깨닫게 해준다. 우리는 이런 말을 통해 미루어 생각해볼 수 있으니, 증공이 이 글을 지으면서 일찍이 긍정적인 면과 부정적인 면을 일일이 다 고려했고, 두 사람이 대면해서 이야기하는 형태로 문장을 묘사함으로써 친구에게 작은 것까지도 놓치지 않는 관심을 보여주고 있다. 이어서 또 유주의 풍부한 물산과 순박한 풍속을 묘사한 다음 단언하기를, "오직 오래 머물 마음이 없기 때문에 불가하다고 하지만, 만일 오래 머물 마음이 생기면 어떻게 불가하다고 하겠는가?"라고 했다. 반복되는 변화가 풍부해서 정이 매우 깊음을 보여준다.

그러나 이야기가 여기에 이르렀지만 글의 분위기는 도리어 격앙되지 않고 있다. 그는 깨달은 바를 이야기한다. "옛사람들은 한 마을이나 한 고을을 다스리더라도 그 덕의德義와 은혜가 향을 피운 듯 점차 은택이 스며들도록 하는데, 오늘날 크게 한 주州를 오롯이 다스리는데 어떻게 그 자리를 하찮게 여겨

일하지 않는단 말인가?" 이런 말은 그 입지점이 높다고 하겠는데, 이는 한 개인을 통해 착안된 것이 아니라 인민을 이롭게 하는 데서 착안되었고, 풍속을 바로잡는 데에서 착안되었기 때문이다. 그래서 이상적인 "옛사람"(고인)이 되기를 친구에게 기대하고 있고, 친구가 "천여 년 동안 표상이 될 만한" 아름다운 일을 해주길 희망하고 있다. 말은 매우 너그럽고 부드럽지만 의리를 밝히는 것이 아주 높으며, 정감도 있고 이치도 있어 사람을 크게 감동시킨다.

변려문의 장점을 취하다

그러나 큰 작가는 언어와 풍격 또한 언제나 다양하다. 가령 요범이 일찍이 말하기를, 한유는 글을 지을 때 "벽두에 솟아오르는 듯해서" 첫머리가 "엄격하여 우뚝 서 있는데" "구양수와 증공 이후로는 이런 작품이 없었다"고 했다. 하지만 실제로 반드시 그런 것만은 아니다. 증공의 「제왕평보문祭王平甫文」은 첫머리를 이렇게 시작한다. "슬프다! 평보여. 강하江河를 터놓아도 그대의 고담과 웅변이 되기에 부족하며, 운몽雲夢을 삼켜도 그대의 박학강기가 되기에 부족하다네. 붓을 잡고 글을 써나가면 종이 위에 천 자를 적었고, 멋대로 여기저기 거닐되 궁색하지 않으며, 비장하고 괴이하며 황홀한 것이 어디 매이지 않았으니, 모두 고금을 높은 데서 바라볼 수 있어 같은 무리보다 걸출했던 것이다." 불현듯 돌출해서 단숨에 써내려가 솟아오르듯이 나오니, 이는 양강의 미덕을 지닌 것이다.

양강의 미덕을 지닌 작가는 종종 나열법을 많이 사용하고, 혹은 비유를 즐겨 쓰기도 한다. 증공 역시 이러한 문구가 있으니, 가령 「도산정기道山亭記」에서 푸저우로 가는 도중을 묘사하기를, "그 길은 혹 담장을 타고 오르듯 비탈을 거슬러오르고, 혹 일촉즉발과 같이 벼랑 끝에 서기도 하며, 혹 좁은 샛길이 헤아릴 수 없는 계곡 사이로 굽이쳐 나오며" "그 계곡은 물이 모두 높은 곳에서 쏟아져 내린다. 바위가 그 사이에 여기저기 솟았는데, 마치 빽빽한 숲 같기도 하고 기병이 들판에 가득한 듯도 하며, 위아래도 천리나 되니 머리와 꼬리를 볼 수 없다. 물은 그 틈새로 흘러가는데, 혹 가로세로로 꿈틀거리기도 하고 혹 거슬러 멋대로 쏘듯 내닫는데, 그 형상이 마치 지렁이가 꼬여 있고 벌레가 갉아먹는 듯하며, 돌아가는 것은 바퀴와 같고 그 격류는 화살과 같다"고 했다. 적당한 열거와 비유를 즐겨 사용함으로써 빼어난 경관과 내심 놀라고 혼백이 아찔했던 경계를 묘사하고 있다.

그리고 긴 구절 가운데서도 배열방식의 구절이나 단어를 일부 사용하는

데, 가령 「기구양사인서寄歐陽舍人書」 중의 구절이 그렇다.

마음은 선한데 행동이 아닌 경우도 있고, 뜻은 간사한데 겉은 정숙한 경우도 있으며, 선과 악이 서로 현격한데 실제로 지적할 수 없는 경우도 있고, 실상이 명분보다 더 큰 경우가 있는가 하면, 명분이 실상보다 꾸며진 경우도 있습니다. 사람을 기용하는 것도 이와 같으니, 도덕이 온축된 자가 아니면 어떻게 분변이 의혹스럽지 않으며 의론이 독선적이지 않을 수 있겠습니까? 의혹되지 않고 독선적이지 않으면 공변되고 옳은 것입니다[人之情, 有情善而迹非, 有意奸而外淑, 有善惡相懸而不可以實指, 有實大于名, 有名侈于實. 猶之用人, 非蓄道德者, 烏能辨之不惑·議之不徇? 不惑不徇, 則公且是矣].

여기에는 변려문을 약간 본뜬 흔적이 역력하다. 「전국책목록서」의 경우도 그렇다.

대개 법이란 변화에 적응하는 것이니 반드시 같을 필요는 없고, 도란 근본을 세우는 것이니 한결같지 않으면 안 된다[蓋法者所以適變也, 不必盡同, 道者所以立本也, 不可不一].

그리고 "도리가 믿을 만한 것인지 모르면서 설명이 쉽게 합치되는 것만 즐긴다[不知道之可信, 而樂于說之易合]"고 했고, 「자복주소판태상시상전차자自福州召判太常寺上殿箚子」에서는 "진퇴進退 어묵語默하는 것을 보고 기용하면 그 적당한 이를 얻지 못하는 일이 없으며, 화복禍福 사생死生의 연고로 임해도 그 마음을 감동시키지 못하기도 한다[用之于進退語默之際, 而無不得其宜, 臨之以

禍福死生之故, 而無足動其意]"거나, "세상의 일이란 비록 그 변화가 무궁하지만, 내가 기대하는 것은 그 반응이 한량없는 것이다[天下之事, 雖其變無窮, 而吾所以待之者, 其應無方]"라고도 했다. 「서위정공전후書魏鄭公傳後」의 "아주 공정하고 매우 바른 도란 남의 말을 없애어 자기의 잘못을 숨기거나, 사소한 사실로 임금을 몰래 만나는 것이 아니다[大公至正之道, 非滅人言以掩己過, 取小亮以私其君]"는 등의 구절은 어떤 것은 분명 변려구이고, 어떤 것은 부분적으로 변려체와 흡사하다. 물론 이것이 변려문을 모방한 것은 아니다. 대장對仗이 그렇게 정제된 것도 아니고 사조詞藻가 그렇게 화려한 것도 아니며, 게다가 구절 가운데 매번 중복되는 글자가 있으며, 특히 구절에 적지 않은 허자를 사용하고 있다. 허자를 대우구 안에 사용하는 것은 이 대우구의 군더더기나 딱딱한 것을 자연스럽고 원숙한 멋으로 변화시키고, 재차 산문행의 구절을 섞어 사용함으로써 말에 정제미와 굴곡미를 겸하도록 했으니, 이는 언어 사용에 있어 하나의 발전이다. 구양수는 고문작법에서 사륙문을 사용함으로써 사륙문의 면모를 일신시켰지만, 사륙문을 주로 조정의 제고문制誥文이나 관청의 서계書啓에 사용함으로써 그 사용을 크게 확산시키지는 않았다. 증공은 그것을 본래대로 되돌이켜 학술문과 정론문에 사용했으니 그 영향은 달랐다. 가령 정초鄭樵22의 「통지서通志序」에 "수많은 냇물이 다르게 흐르지만 반드시 바다로 모이니, 그래서 구주가 물에 잠기는 우환이 없고, 만국들이 길은 다르지만 반드시 중국으로 통하니, 그래서 팔황이 꽉 막힐 근심

22_ 정초(1103~1162): 남송대의 사학가이자 고문가. 자는 어중漁仲, 호는 서계일민西溪逸民이다. 고종의 부름을 받고 우적공랑右迪功郎과 예부·병부가각禮兵部架閣을 지냈다. 추밀원에 근무할 때 『통지通志』를 편수했다. 저서로 『통지』(200권), 『협제유고夾濟遺稿』(3권), 『이아주爾雅注』 등이 있다.

이 없다. 회통의 의미는 위대하다[百川異趣, 必會于海, 然後九州無浸淫之患; 萬國殊途, 必通諸夏, 然後八荒無壅滯之憂, 會通之義大矣]""대개 기초를 개척하는 사람은 거친 상태를 면치 못하고, 오로지 뜻을 잇는 선비에게 맡겨져서야 결점을 메우게 된다[大抵開基之人, 不免草創, 全屬繼志之士, 爲之彌縫]""학술이 구차한 것은 원류가 제대로 구분되지 않았기 때문이고, 서적이 흩어져 사라지는 것은 편차에 기강이 없기 때문이다[學術之苟且, 由源流之不吩, 書籍之散亡, 由編次之無紀]"라는 구절은 변려문이면서 산문이니, 변려문과 산문이 서로 융화되어 있다. 이후로 마단림·고염무·장학성의 일련의 학술문장들은 대개 이와 같다. 이로 보건대 증공의 이 같은 언어사용법은 후대에 그 영향이 매우 깊었다고 하겠다.

제8장

소식,
문장가들의 문장가

唐宋八大家　　**蘇軾**

강직한 성품과
호방한 글쓰기를 하나로 결합시키다
-소평전

　　소식蘇軾(1037~1101)은 자가 자첨子瞻인데, 원래 자평子平이라 불렸고 또 화중和仲이라고도 불렸으며, 호는 동파거사東坡居士이다. 소순의 아들로서 둘째였기 때문에 '소이蘇二'라고도 불렸다. 황정견의 시에 "적선謫仙을 불렀더니 소이가 왔네"라고 했다. 그러나 그의 형은 일찍 죽었고, 그의 동생 소철과 함께 나란히 문명文名이 있었다. 그래서 사람들은 그를 '장공長公'이라고도 불렀다. 그는 아버지를 미산眉山의 노인천老人泉에 묻고는 '노천老泉'을 자신의 호로 불렀는데, 하지만 송나라 사람들이 잘못 알고 '노천'을 소순이라고 여겼다. 후대 사람들이 소식을 존경해서 일찍이 '파공坡公' 또는 '파선坡仙'이라고 불렀으며, 일련의 필기나 시화소설詩話小說에서는 오히려 '소단명蘇端明' '소학사蘇學士' '미산眉山'이라고 일컫고 있다. 송 인종仁宗 가우嘉祐 2년에 진사가 되었다. 6년에 다시 직언극간과直言極諫科에 뽑혀 풍상부風翔府의 추관推官에 임명되었고, 임기가 찬 뒤에 소시召試에 천거되어 사관史館에 근무했다. 신종神宗 희령熙寧 초에 판관고원判官告院에서 태상박사太常博士로 옮겼으며, 개봉부開封府의 추관推官을 대리했다. 외직으로 항저우杭州의 통판通判에 임명되었고, 다시 밀주密州(지금의 산둥 성 주청諸城)·서주·후저우湖州(지금의 저장 성) 세 곳의 수령을 지냈다. 그러다 서단舒亶과 이정李定의 모함으로 황주黃州(지금의 후베이 성 황강黃岡)에 유배되었다. 철종哲宗 원우元祐 초기에 내직으로 한림학사가 되었다가 이내 항저우·영주·딩저우定州 등의 지방장관으로 나갔다. 중간에 잠시 들어와 단명전학사端明殿學士 및 한림학사 등에 임명되었으나, 모두 오래 있지 못하고 나갔다. 뒤에 다시 후이저우惠州·충저우瓊州에 유배되었고, 사면되어 풀려 돌아가다가 창저우常州에서 병으로 죽었다. 남송 효종 때 추서해서 문충공文忠公이라는 시호를 내렸다. 저서로는 『역전易傳』『서전書傳』『논어설論語說』『지림志林』과 시문집 및 『동파악부東坡樂府』(사집詞集) 등이 있다.

소식이 어렸을 적 아버지 소순은 병법과 정치에 관심을 가져 종종 집을 나가 유람했는데, 이 때문에 어머니가 독서하는 법을 가르치면서 그에게 "고금의 성패"에 관한 고사를 익히게 했다. 어머니는 일찍이 그에게 『후한서』「범방전范滂傳」을 익히게 했다. 범방은 태학생의 영수로서 환관들의 정치 간섭에 반대했다는 이유로 금고禁錮에 처해진 인물이었다. 소식은 이 고사를 듣고 크게 감동해서 어머니에게 "소자는 범방 같은 사람이 되고 싶습니다. 어머니께서 허락하시겠습니까?"라고 물었다고 한다. 열 살이 지나서 아버지를 따라 서울에 들어가 구양수·한기·부필 등의 명류와 학자들을 만났다. 스무 살 때에는 진사시에 응시해서 구양수와 매요신의 선발에 뽑혔는데, 증공과 동시에 급제한 것이었다. 이후 그는 다시 4년간 독서하고, 다시 "직언극간" 특과에 응시해서 합격한 뒤 비로소 정치에 참여했다. 그는 일찍이 "분연히 당세의 뜻을 품었고", 문장은 "가의와 육지의 상소문을 좋아해서 고금의 치란을 논하되 헛된 말이 없었다."(소철, 「동파선생묘지명」) 북송대의 빈약했던 국면에 대해 소식은 혁신적인 요구를 제시했다. 가령 「진책오편進策五篇」에서 말하길, "천하의 근심은 그런 줄 모르고 그러는 것보다 더 큰 것은 없습니다. (…) 치평治平하다는 소문은 있어도 치평한 실상은 없고, 우려할 만한 세력은 있어도 우려할 만한 모습은 없으며 (…) 그 병폐가 일어날 조짐이 깊다면 다스려야 하는 것은 대략 관습대로 소홀히 제거할 일이 아닙니다"라고 했다.(「책략일策略一」)

바로 그 자신이 뒤에 설명했던 대로 "대개 모두 인종에게 여러 정무에 힘쓰며 백관들을 살펴 독려하고 과감하게 힘써 행하도록 권면한 것"(『문집사략文集事略』 15권의 낭엽郞曄1 주 인용)과 같다. 그의 이런 책론을 읽다보면, 그는 당시의 사대부 가운데 비교적 "천하의 근심을 먼저 근심하는" 사람이었음이 느껴진다. 소식은 당시의 폐단과 가려진 우환에 대해서도 분명하게 살펴 말이 매우 절실했다. 그래서 취생몽사하거나 녹봉을 위해 직위에 연연하는 자와는 달랐으니, 범중엄과 왕안석이 개혁에 뜻을 둔 것과 어느 정도 비슷한 면이 있다. 다만 그는 왕안석의 희령변법 이전에는 독서하고 응시하는 일에 주력했다. 시험에 합격한 뒤로 비록 한 차례 풍상부의 판관을 맡았지만 한직이었다. 지부知府 진희량陳希亮이 그를 어린아이로 여겨, 소식은 "간혹 들어가 아뢰었지만 만나볼 수는 없었다"고 한다. 그래서 소식은 "중원절中元節"까지 "지부청知府廳을 지나다니지 않았다."(『소씨문견후록邵氏聞見後錄』2) 그러니 자연히 경

1_ 낭엽: 송대 주석가. 생몰년 미상. 『육선공주의陸宣公奏議』(15권), 『노천선생문집老泉先生文集』(12권), 『경진동파문집사략經進東坡文集事略』(60권)을 주석했다.
2_ 『소씨문견후록』: 소백온邵伯溫(1037~1134)이 『소씨문견록』에 이어 편찬한 필기집. 모두 30권으로, 경의經義·사론史論·시화詩話·신괴배해神怪俳諧한 일들을 수록하고 있다. 전록前錄에 비해 더 잡다한 내용들이 수록되었다.

험을 나누지 못해 민간의 정황을 별로 파악하지 못했고, 비록 개혁하려는 마음은 있어도 실제로 시대를 구제할 방도는 적었던 것이다.

왕안석이 희령신법을 시행할 때 소식은 약간의 반대 의견을 주장했는데, 이것도 이해할 만하다. 왕안석의 변법은 이재理財 방면에 주안점이 있었지만, 소식은 이재 방면에는 경험이 없었다. 자신은 아직 확실한 방안이 없어 왕안석의 변법에 대해 한동안 이해하기 어려웠고, 게다가 왕안석이 기용한 사람들 또한 전적으로 온당하지 못했으며, 또 소식이 존경했던 한기·부필·구양수 등 한때의 명류들도 그 당시 반대하는 입장에 서 있었다. 그래서 소식은 "다스리려는 것이 너무 성급하고" "인물의 등용이 너무 요란하다"[3]고 오해했다. 그러나 왕안석이 집정하고 있던 기간에 소식은 여러 차례 승진하여 이름난 고을의 지방장관으로 나갔으니, 왕안석이 그를 차별하지 않았다는 것을 알 수 있다. 소식은 또한 법령을 봉행해서 "일에 따라 민을 편리하게 했으며", 탕촌湯村을 개척하고 염하鹽河를 운행시켰을 때 비를 무릅쓰고 공사를 감독했으니, 행동에서는 거부했던 일이 없음을 알 수 있다. 만일 소식이 행동으로 신정을 거부했다면 이정과 서단[4]이 곧장 이를 근거로 죄를 씌웠을 것이니, 하필 글로 음해공작을 했겠는가? 왕안석이 정부에서 쫓겨난 뒤에도 이정과 서단 같은 부류들은 소식의 시 가운데서 장구를 찾고 들추어 "신법을 비난한" 죄명을 더하고, 심지어 "신하가 되지 않으려는" 마음이 있다고 해서 사지에 몰아넣으려고 의도했으니, 이것이 역사에서 말하는 '오대시안烏臺詩案'이다 (오대란 곧 어사대御史臺인데, 소식이 체포되어 어사옥에 하옥됐던 것이다).

3_ 『동파전집』 권51, 「상황제서上皇帝書」
4_ 서단(1041~1103): 송대 정치인으로, 자는 신도信道다. 신종 때 감찰어사가 되어 당시 어사중승인 이정과 함께 소식을 심문했다. 이 과정에서 '오대시안'이 발생했다. 『송사』 「간신전」에 수록되어 있다.

'오대시안'에서 신법을 비난한 시라고 지목한 것을 보면, 가령 소식이 '수리법'을 집행하기 위해 항저우로부터 후저우湖州에 이르기까지 조사하면서 "제방을 쌓아 물을 막는 것은 나의 일이 아니니, 한가로이 명계를 지나 태호로 간다네[築堤捍水非吾事, 閑迭茗溪入太湖]"라는 시구를 지었는데, 그들은 이것이 신법을 반대한 것이라고 했던 것이다. 송 신종이 알고는 "시인의 노래를 두고 어떻게 이처럼 논평할 수 있겠는가?"라고 했다. 그들은 또 소식이 「노송나무」를 읊은 구절 가운데 "뿌리는 구천에 닿도록 굽은 곳 하나 없어, 세상에서는 오로지 성난 용이 있는 줄 안다네[根到九泉無曲處, 世間唯有蟄龍知]"라는 대목을 "소식은 폐하께 신하가 되지 않으려는 마음이 있다"고 했으니, 명백히 해를 입히려는 의도가 있었던 것이다. 장돈章惇[5]도 비판하기를, "사람이 남을 해치는 데 꺼리는 것이 없음이 이와 같다"고 했다.(『석림시화石林詩話』) 이로써 알 수 있는 것은 소식이 황주로 좌천된 것은 왕안석의 신법을 거부했기 때문이 아니었다는 점이다. 왕안석 본인과도 아무런 관련이 없었다. 당시 왕안석은 일찍이 금릉金陵(지금의 난징)으로 물러나 있었기 때문이다. 소식이 왕안석을 반대한 바람에 황주로 좌천되었다고 설명하는 책이 있는데, 이는 사실과 부합하지 않는다. 소식이 황주로 좌천되었을 무렵에 왕안석은 오히려 소식의 문장을 높이 평가했으며, 소식 또한 문사 진관秦觀[6]을 왕안석에게 추천하려

---

5   장돈(1035~1105): 송대 정치인으로, 자는 자후子厚다. 희령 초기 왕안석이 집정했을 때 왕안석이 그의 재주를 아껴 편수삼사조례관編修三司條例官으로 발탁했다. 본래 성품이 강직하며 박학하고 문장에도 뛰어나, 초기 지방관리로 있는 것을 구양수가 추천해서 입조하게 되었다. 그는 왕안석의 변법을 직극적으로 지지했는데, 역시적 평가는 그렇게 좋지 못했다.

6   진관(1049~1100): 자는 소유少游, 호는 회해淮海다. 소문사학사蘇門四學士 중의 한 명이다. 원풍 8년(1085)에 진사가 되어, 원우 초기에 소식의 추천으로 비서성정자祕書省正字 겸 국사원편수관을 지냈다. 철종 때 신당이 집권하자 좌천되어 등주藤州에서 죽었다. 산문에서도 의론에 특히 뛰어났다. 저서로『회해집』이 있다.

소식

생각하고 있었으니, 그들은 여전히 왕래하고 있었음을 알 수 있다. 소식이 황주에서 강녕으로 돌아오자 왕안석은 친히 강변에 가서 영접했으며, 그 또한 왕안석의 집으로 가서 머물며 왕안석과 함께 산을 유람하고 시를 지었다. 왕안석이 그에게 강녕에 유거해서 자기와 이웃하며 살자고 권유하자, 그는 감동해서 이르길 "나에게 한몸 맡길 집을 찾으라 권하시니, 십 년 늦게야 공을 만난 게 한스럽구려[勸我試尋三畝宅, 從公已恨十年遲]"라고 했다. 물론 소식은 이미 신법에 대해 분명하게 이의를 표시한 바 있지만, 시간이 흘러감에 따라 경험이 더욱 깊어지고 사상과 인식이 변해서 신법을 보는 시각을 수정했던 것이다. 「여등달도서與滕達道書」에서 스스로 시인하기를, 본래 반대했지만 그러나 "이 마음이 환해져 나라를 근심하게 되었다"고 했으며, 다만 "말에 조금

오류가 있었지만, 약간은 이치에 맞는 것도 있다"고 했다. 뒤에 사마광이 신법을 완전히 폐지했을 때 소식은 신법 가운데 면역법만은 지키려고 해서 사마광·유지劉摯와 다투기도 했다. 그의 태도는 자못 정정당당했다.

소식은 비교적 인민들의 질고를 동정하고 인민들의 생산과 생활에 관심을 둔 사람으로서 인민들에게 유익한 일도 했다. 가령 서주에 있을 때 황허 강이 넘치는 일이 있었는데(당시는 황허 강이 서주로 흘러 지나갔다), 그는 비바람을 무릅쓰고 군민軍民들과 함께 제방을 쌓아 성내의 생명과 재산을 보호했으며, 그런 뒤에 또 오늘날의 샤오 현蕭縣 바이투 진白土鎮으로 사람을 보내 석탄을 캐게 하고, 아울러 「석탄가石炭歌」를 지어 그 일을 기록했다. 밀주에 있을 때에는 흉년을 만나 "버려진 아이를 거두어 길렀으며",[7] 수천 명의 사람을 살렸고, 항저우에 있을 때에는 시호西湖를 준설해서 사람들이 그가 쌓은 제방을 두고 '소제蘇堤'라고 불렀으며 지금까지도 그렇게 부르고 있다. 그는 소학교 시절부터 소나무 심는 일에 익숙해서 손수 수만 그루를 심었다고 말했고, 그후에 소나무 심는 법을 다른 사람에게 여러 차례 전수해주었으며 시로도 묘사했다. 황주로 좌천되었을 때에는 "손수 사과나무와 푸른 오얏을 심었고",[8] 또 고을 수령에게 '익녀溺女'[9]하는 낡은 관습을 고치자는 건의도 했다. 그는 매번 "어떤 일을 겪으면 크고 작은 것으로 따지지 않는다"고 스스로 말했으니(「답왕정국答王定國」), 이는 고대 사대부로서는 참으로 실천하기 어려운 일이었다. 그들 사대부는 "부귀에 급급하고" "빈천해질까 근심해서", 어디서

7_　『동파전집』권74, 「여주악주서與朱鄂州書」
8_　『동파전집』권17, 「화왕진경송매화차운和王晉卿送梅花次韻」
9_　익녀: 막 태어난 여자아이를 물에 집어넣어 익사시키던 일로, 남아를 선호한 관습에서 생긴 일이다.

든 그곳 백성들의 마음에는 "몸을 깨끗이 해서 스스로 만족하는" 사람으로 남아 있고, 벼슬살이에서 실의에 빠져 좌천이나 유배를 가게 되면 스스로 맑고 고상하기를 자부하며 민사를 돌보지 않는다. 그러나 소식과 같은 사람은 힘이 닿는 범위 안에서는 힘써 백성들에게 유익한 일을 하려고 하니, 분명 매우 장한 일이다. 다른 면에서 그는 또 구양수와 같이 "정치하는 것이 관대하고 대범하며" 청렴하게 처신했다. 그가 영주潁州에 있을 때에 어떤 사람이 준 시에 이르길 "십 리까지 뻗은 연꽃 비로소 피어날 때, 우리 공께서 이르는 곳 서호라네. 관사官事를 할라치면 서호 안이 훤하겠지만, 듣자하니 관청은 한가해서 일마저 없다 하네"라고 했으니,[10] 소식의 관대하고 대범한 풍모를 잘 묘사했다. 소식의 생활은 몹시 검소해서 시에서도 여러 차례 콩죽의 종류를 묘사했는데, 그는 "나물죽에 콩 기장도 배가 주려 먹으면, 그 맛이 팔진미의 음식과 같다"고 했다.(「답필중거서答畢仲擧書」)

그는 "미와 악이 나에게 있는데, 어떻게 사물에 부여하겠는가?"라고도 말했는데, 이런 사상은 실로 유심론적 불교학에서 비롯한 것으로, 다만 그 본뜻은 과분하게 향락을 추구해서는 안 된다는 것을 설명한 것이니, 이로써 그가 지켜온 청렴함을 보존했던 것이다. 그는 또 "요즘 군자들이 말하는 초연하게 깊이 깨달은 사람을 나는 알지 못한다"고 말하기도 했다.(「답필중거서」)

소식의 사람됨은 겸손하고 붙임성이 좋아서 특히 여러 번 유배를 갔을 때에도 사회 하층민들과 비교적 광범위하게 접촉했다. 백성들이 그를 동정해서 친근히 대했고, 그 역시 백성들과 가까이 지내며 존중했다. 황주에 있을 때에는 서생이나 술집 주인과 함께 '산중 벗'이 되었고, 떠나올 때에는 글을

10_ 나대경羅大經, 『학림옥로鶴林玉露』 권14.

지어 이별했는데, "강남 부로들에게 전해주오. 때로 고기 잡는 도롱이 보며 웃겠노라고"(「만정방滿庭芳」) 했으니, 정이 깊었던 것이다. 만년에는 담주儋州(지금의 하이난 성海南省)로 좌천되었다. 그는 그곳의 인민들과(거기에는 많은 여족黎族 형제들이 있었다) 함께 지내며 잘 융합했다. 백성들은 그에게 옛 이야기를 들려주었고, 아이들은 풀피리를 불며 그를 맞이하고 보냈으며, 늙은 할머니들도 그와 함께 웃음꽃을 피우며 얘기했다. 몇몇 서생은 소식에게서 문장을 배웠는데, 소식은 진지하게 가르쳐주었고, 한 서생을 독려하면서 "바다 먼 곳이라고 지맥마저 끊겼겠나, 흰색 도포도 끝내 파천황이 될 것을[滄海何曾斷地脈, 白袍終合破天荒]"이라고 했다. 그 서생은 뒤에 마침내 진사에 합격했으니, 하이난 지방 역사상 첫 번째 진사가 되었던 것이다.

소식은 하이난 섬을 무척 좋아해서 그 고장을 두고 "풍토가 매우 착하고, 인정이 물들지 않았다"(「둔재한람遯齋閑覽」)고 했다. 하이난 사람들도 그를 좋아해서, 그가 하이난을 떠날 적에 "십수 명의 부로들이 술과 안주를 가지고 배에까지 와서 전송하는데, 손을 잡고 눈물을 흘렸다"(「둔재한람」)고 하니, 이별을 아쉬워했던 것이다. 그가 북쪽으로 돌아가며 다위링大庾嶺산맥을 지날 적에 고개 주변에 사는 노인이 소자첨이 돌아왔다는 말을 듣고 기뻐하며 말하길, "하늘이 선인을 도왔다!"(「독성잡지獨醒雜志」)고 했다 한다. 이처럼 그는 인민들에 대한 애정이 깊었고 인민들도 그를 좋아했다.

소식의 생애가 복잡하면서도 풍부했듯이, 그의 사상 역시 복잡하면서도 풍부하다. 그 당시는 송대 이학이 흥기하던 시기로, 소식과 정이·정호 두 정씨가 동시대 사람이다. 다만 "소동파는 이학 사상과 상반되어, 이른바 촉蜀(소식)·낙洛(정이) 두 당의 논쟁이 몹시 첨예하게 대립했다."(펑샤오웨, 『중국문학비평』) 촉·낙 두 당이란 원우元祐 연간 이후 소식과 정이, 두 파 사이의 논쟁을 가리킨다. 판원란이 지적하기를, "구양수와 주돈이에 이르러 문과 도의 경계가 점차 벌어지더니" "소식에 이르러서는 문과 도가 완전히 분리되어, 문학을 도학에서 완전히 떼어내 독립시켰다"고 했다.(『중국경학사의 연변衍變』) 소식의 『역전易傳』 가운데 정주 이학과 극명하게 상반되는 논점이 허다하며, 뒤에 주희가 그를 '잡학'이라고 배척하며 조목조목 비판했던 것도 그가 정주 이학과 다르다는 것을 보여주는 대목이다. 소식은 이학을 믿지 않았을 뿐만 아니라, 거기다 분명 불교와 도교도 믿지 않았다. 소식의 사상은 '유·불·도 삼가의 잡동사니'가 아니었다. 그는 "사물에는 분명 자신의 이치가 있다"[11]고 인식했고, "사물을 눈으로 보고 귀로 듣지 않고는" "그것의 유무를 억측해서는" 안 된다고 생각했으며,(「석종산기石鐘山記」) 문장이란 "사물을 체득해서 형상으로 펼치는 것[隨物賦形]"[12]에 있다고 했으니, 이런 이론이 문학 방면에서 체현되었던 것이다. 그도 분명히 말했듯이 자신은 불교를 믿지 않을 뿐 아니라 승려를 경멸한다고 했다. 선종禪宗을 예리한 말로 지적하기를 "알지 못할 것에 힘쓰며, 틀을 설치해놓고 적에 대응하고, 모습을 숨긴 채 패배에 대비한다"고 했으니, 그는 그들의 그러한 논변술을 간파하고, 다시 "그들이 좇아 따르는 것을 헤아려 그 길을 역으로 막아" 승려들로 하여금 "얼굴빛이 붉어지도록"(「중화승상원기中和勝相院記」) 난처하게 만들기도 했다. 『묵장만록墨莊漫錄』 에는 소식이 진조陳慥에게 한 말이 기록되어 있는데, "공의 양생법은 바로 소자의 원각圓覺과 같으니, 해각법사害脚法師 앵무선鸚鵡禪이요, 오통기구五通氣毬 황문첩黃門妾이라 하겠습니다"[13]라고 했다. 여기에서 '황문첩'이라고 표현

11_ 『동파전집』 권76, 「답건수유괄봉의서答虔倅俞括奉議書」

12_ 『동파전집』 권100, 「논문論文」

한 것으로 보면 그가 불교를 배운 것은 유명무실한 일이었던 것이고, 이것을 자신도 인정한 것이다. 그런 면에서 소식은 사상적 방법에 있어 현학과 선학의 논변술과 인명학因明學을 흡수한 측면이 있지만, 도리어 그들의 방법으로 그들의 몸을 치유했던 것이다. 도교에 대해서도 그는 왕명을 받고 지은「상청 저상궁비기上淸儲祥宮碑記」에서 먼저 도교와 노장과 황로사상이 동일한 것이 아님을 지적하고, 또 지적하기를 가령 '청정'이라는 의미를 살펴보면 그것은 도무지 사원을 건립하는 것과는 맞지 않는다고 했다. 이 글은 절묘한 풍자문학이다. 그렇다고 소식이 언제 불교를 믿었던 것이겠는가!

소식은 단지 문학가였으며, 그가 계승한 것은 주로 굴원·가의·범방·도잠·이백·육지·한유의 문학전통이었다. 그는 "문사文士는 기를 위주로 한다[以氣爲主]"(「이태백비음기李太白碑陰記」)고 주장했고, 『맹자』에서 말한 "호연지기"(「조주한문공묘비潮州韓文公廟碑」)를 거듭 강조했으며, 강직한 사람됨과 호방한 글쓰기를 하나로 결합시켰다. 또한 "고금을 외고 설명하며, 시비를 살펴 논하는 것"을 결합시켰으니, 한유가 말한 "기운이 성대하면 말이 마땅해진다[氣盛言宜]"는 것에 비해 더 구체적이고 충실하다고 하겠다.

그는 이른 나이부터 "스스로 범방과 공융에 비겼고" "가의와 육지의 글을 좋아했으며" "만년에는 도연명의 시를 좋아해서 몇 차례 화답시를 지었다." (조공무, 『군재독서지』) 또한 이백이 고역사高力士를 깔아뭉개어 신발을 벗게 만든 것을 칭송하며 "기개가 일세를 덮었다"고 했다. 범방은 "선한 사람을 좋아하고 악한 사람을 미워하며" 조용히 죽었고, 공융은 "자신을 호랑이처럼 보

13_ '해각법사'는 부적과 정화수를 팔았지만 자신의 병을 낫게 하진 못했고, '앵무선'은 말은 할 줄 알아도 뜻을 이해하지 못하는 것이며, '오통기구'는 기구에 구멍이 사방에 나 있어 오르지 못하는 것이니, 이것 모두 '황문(내시)의 첩'과 같이 유명무실한 존재들임을 의미한다.

고, 조조를 쥐새끼처럼 보았으며",14 가의와 육지는 한나라와 당나라 때 학식을 갖춘 저명한 정론가였고, 도연명은 "도시락 밥에 표주박 물에 쌀독이 자주 비어도 편안해했으며",15 이백은 "자신을 굽히지 않고 남에게 간섭하지 않았고",16 한유는 "충실히 범간해서 군주의 분노를 샀고, 용맹하기가 삼군의 군사를 뺏을 정도"요, "팔대의 쇠약한 문풍을 일으켰다"17고 했다. 이들은 각기 시대가 달랐고 성격도 같지 않았으며, 행동과 성취도 모두 달랐지만, 소식의 생각과 행동 속에는 이것들이 하나로 융합되어 있었다. 첫째, "치란에 밝았으니", 민생에 유리한 것과 폐단에 대해 연구했고 정치개혁에 관심이 있었다. 둘째, 강직해서 굽히지 않았으니, 용감하게 자신의 지조를 굳게 지켰다. 셋째, "영리를 좋아하지 않았으니", 이것은 자신의 절개를 보존해서 "가는 곳마다 자득하지 않는 일이 없었다." 넷째, "자신을 굽히지 않았고 남을 간섭하지 않았으니", 곧 "부귀함이 음란케 하지 못했으며, 빈천함이 마음을 바꾸게 하지 못했고, 위엄과 무력도 그를 굽히지 못했던 것이다." 그는 한편 "참을성이 없어, 일찍이 '만약 고기를 먹다가 파리가 나오면 토하고 말지'라고 말했다"고 한다."(『곡유구문曲洧舊聞』) 또 한편 "내 눈으로 세상을 보면 한 명이라도 좋아하지 않는 사람이 없다"(『열생수초悅生隨抄』18)고 말하기도 했다. 그가 계급적 관점으로 사물을 분석하지 않았다고 볼 수는 없겠지만, 그는 민족문화 가운데 우수한 전통을 계승해서 솔직담백하게 스스로를 기만하며 남을 속이는 짓을

14_ 『동파전집』 권96, 「공북해찬孔北海贊」. 원 글에는 "視公如龍, 視操如鬼"로 되어 있다.

15_ 도잠, 『도연명집』 권5, 「오류선생전五柳先生傳」

16_ 이백, 『이태백문집』 권25, 「대수산답맹소부이문서代壽山答孟少府移文書」

17_ 『동파전집』 권86, 「조주한문공묘비」

18_ 『열생수초』: 남송 반한도인半閒道人 가사도賈似道(1213~1275)가 편찬한 필기집이다. 가사도는 이종理宗 때의 권신이자 중국 역사상 간신으로 이름이 있다. 이 책은 모두 100권으로, 국사와 관련된 패관소설을 정리한 것이다.

하지는 않았던 것이다. 이 점은 봉건 사대부들이 명리를 위해 수단과 방법을 가리지 않고 위선적이며 속되었던 점과는 근본적으로 다른 면이요, 또한 이 학가들이 억지로 꾸며 세상을 속이고 명성을 훔쳤던 것과도 아주 다른 면이다. 이런 강직한 기질은 호방한 풍격을 형성해서, 소식이 문학예술에서 다양한 성취를 이루도록 했다.

소식은 시와 산문, 사부詞賦, 서화에서 두루 그 시대 최고의 수준에 이르렀다. 그의 시는 북송대 시가발전에서 절정을 이루었다. 그는 생활 속에서 형상을 포착하는 데 가장 뛰어났는데, 가령 "대숲 너머 복사꽃 두서너 가지, 봄날 따뜻한 강물을 오리가 먼저 알아채네[竹外桃花三兩枝, 春江水暖鴨先知]"라는 시가 있다. 이 시를 두고 "오리가 먼저 알아채네"는 "거위가 먼저 알아채네[鵝先知]"라고 해야 한다며 비웃는 사람이 있었다. 그러나 곰곰이 생각해보면 이런 생각이 든다. "오리가 먼저 알아채네"라는 구절은 그가 생활 속에서 처음 포착해서 사용한 것으로, 이전의 작가 가운데 아무도 이렇게 말한 사람이 없지 않았던가? 재차 "거위가 먼저 알아채네"라고 한다면 단지 그것을 '탈환'해온 것일 뿐이다. 그는 시 속에서 이치를 설명하는데, 그 설명은 썩어빠진 교훈이 아니라 그가 생활 속에서 비로소 심각하게 느낀 도리들이다. 가령 "여산의 진면목을 모른다면, 단지 몸이 이 산속에 있기 때문이지[不識廬山眞面目, 只緣身在此山中]"라는 구절은 심오한 뜻을 쉽게 표현했을 뿐 아니라 또한 형상도 선명하다. 그는 산문의 수법으로 시를 짓기도 했는데, 「사주승가사탑泗州僧伽寺塔」의 경우 성조가 오르내리며 곡절하고[抑揚頓挫] 서사와 의론이 섞여 들어[夾敍夾議] 서로 엇갈리며 변화한다[穿揷變化]. 우선 지난날 이 고을을 지날 때 바람에 기도했던 "향불 꺼지지 않았고 깃대 번득이는 (…)" 상황을 묘사하는데, 만약 일반 사람들처럼 묘사했다면 아래에서 분명 직접 바람에 비는 것을 두고 "비는 일마다 신 또한 권태롭다"고 해서 거듭 한바탕 그 일을 개탄했을 것이다. 그러나 그는 여기에 하나의 의론을 삽입한 다. "지인至人은 무심하니 두텁고 엷은 차이 있겠나, 나 스스로 편한 대로 생 각하는 법. 밭갈 땐 비를 바라지만 추수 땐 화창하길 빌고, 가는 사람이 순 풍을 만나면 오는 자는 원망한다네. 사람마다 모두 기도가 이루어진다면, 조물주도 분명 하루에 천 번은 변덕스러우리." 비유가 매우 적절하고 말도 어울리며, 실제적인 사리를 들어 신학적인 속임수를 폭로하고 있으니 얼마 나 당찬가? "파란이 넓고 커서 변화를 예측할 수 없어"(여본중呂本中, 『동몽훈 童蒙訓』19), "산문작법으로 시를 짓는" 장점을 충분히 보여주고 있다. 또한 다 른 고체시들도 "크고 넓은 기상을 바탕으로, 지취가 심원하고"(육유의 말20), 또 사물과 경물의 묘사가 아주 정밀하며, 대장對仗이 우수하고 용사도 뛰어 났다. 다만 재능을 드러내고 학문을 펼치는 자리에선 때로 강운強韻을 많이 붙이고, 더러 시를 응답하는 도구로 사용해서 시의 맛을 잃어버리기도 했는 데, 그의 시를 배운 사람들은 이러한 점을 쉽게 배워 다투어 본받기도 했다. 원호문元好問이 "단지 시가 소(식)·황(정견)에 이르러 극진했다고 안다면, 푸 른 바다 넓은 강은 또 누구인가?[只知詩到蘇黃盡, 滄海橫流又是誰]"(「논시절 구論詩絶句」21)라고 했으니, 그 말류의 폐단을 지적해서 말한 것이다. 그렇다 고 소식이 재능과 학문을 뽐냈던 것이 "나쁜 선례"를 남긴 허물이라고 말하

19_ 여본중(1084~1145): 송대 시인이자 사학가, 이학가다. 자는 거인居仁, 호는 자미紫微 또는 동 래東萊선생으로, 강서시파의 한 사람이다. 그의 『동몽훈』은 모두 3권으로 후학들을 위해 봉건적 효사상을 핵심내용으로 담은 교훈서다. 『효경』『논어』『중용』『대학』『맹자』를 중심으로 그 내용 을 정리했다.

20_ 육유, 『위남문집渭南文集』 권15, 「시사간주동파시서施司諫註東坡詩序」

21_ 원호문(1190~1257), 『유산집遺山集』 권11, 「논시삼십수論詩三十首」

기는 어렵다.

그는 사詞 문학사에서의 위치도 또한 높다. 구양수의 사는 남녀의 정을 묘사한 것이 많아 비속한 표현을 면치 못했지만, 소식에 이르러서는 비로소 "화려한 모습과 향기로운 광택을 일거에 씻어버리고" "머리를 들고 고상하게 노래했으며"(유극장劉克莊[22]의 말), 또 "의미를 불어넣지 못할 것이 없어" 사의 문체를 해방시켜 사의 제재를 확대하고, 사의 경계를 풍부하게 했다. 명대에 장연張綖[23]이 사를 '완약婉約'과 '호방豪放' 두 부류로 나누었는데, 소식은 호방한 부류의 종장으로 인정받았다. 우리가 알기로 사는 시에 비해 완약한 편인데, 시 가운데 한 면을 취해 더욱 자세하고 세밀하게 묘사해서 슬픔에 잠긴 감정을 드러내며, 제재는 간단하지만 묘사가 완곡하니, 당과 오대五代로부터 구양수에 이르기까지 대략 이러했다. 소식도 처음부터 이러지 않았던 것은 아니지만 다만 여기에 그치지 않았으니, 그는 한 면만을 묘사하지 않고 다양한 면을 묘사했다. 가령 「염노교念奴嬌」에서는 눈앞에 펼쳐진 강산이 있고, 또 역사상의 인물도 있으며, 회고의 감개도 있고, 또 한 개인의 감회도 있어, 이것들이 하나로 융합되어 유용하게 활약하고 있다. 한 부분으로 보면 사이지만, 다양한 부분으로 보면 시라고 하겠으며, 장법을 보더라도 곧 산문의 묘사법이니, "산문작법으로 시를 짓는[以文爲詩]" 것이 사에서도 운용된 것이다. '호豪'란 기운이 세상을 덮고 있는 것이고, '방放'이란 마음대로 펼치는 것

22_ 유극장(1187~1269): 남송 시인이며 사인詞人. 자는 잠부潛夫이고, 호는 후촌後村이다. 진덕수眞德秀를 사사했으며, 관직은 공부상서에까지 올랐다. 만년에 가사도를 추종해서 아부하는 작품을 지어 비난을 받기도 했다. 저서로 『후촌선생집』 『후촌별조』 『후촌장단구』 등이 있다.

23_ 장연: 명대 시인이자 사곡가詞曲家. 생몰년 미상. 자는 세문世文이고, 호는 남호거사南湖居士다. 그는 『시여도보詩餘圖譜』에서 사체詞體를 '완약'과 '호방'으로 양분하는 논리를 제시했다. 밤낮으로 책을 읽다가 실명했다고 한다. 특히 두시를 좋아했으며, 많은 저술을 남겼다. 대표적인 것으로 『초당시여별록草堂詩餘別錄』과 『두공부시통杜工部詩通』이 있다.

이다. 다만 그것이 사에서였지 시나 산문이 아니었다는 사실이다. 물론 소식은 '호방'이라는 한 격만 지니고 있었던 것은 아니다. 「수룡음화장질부양화水龍吟和章質夫楊花」를 노래하면서 "꽃 같은 듯하면서 도리어 꽃 아닌 듯해서, 또한 아쉬워하는 사람 없어 떨어지려하네[似花還似非花, 也無人惜從敎墮]"라고 했으니, 한 면을 포착해서 자세히 묘사한 것이다. 대작가들의 표현방법은 다종다양하다. '호방'하고 '완약'하다는 것은 묘사방법상의 표현으로, 사공도司空圖가 『시품詩品』에서 풍격으로 말한 것과는 다르다. 그러나 풍격으로 보더라도 소식의 사는 역시 다양한데, 이 또한 그가 생활 속에서 형상을 포착하는 데 뛰어났던 것과 별다른 것이 아니다. "계곡의 풍월이 아깝거든, 아름다운 옥이 밟혀 부서지지 않도록 하세[可惜一溪風月, 莫敎踏碎瓊瑤]"(「서강월西江月」), "때로 유인幽人이 홀로 오가는 걸 보았더니, 아스라이 외로운 기러기 그림자였네[時見幽人獨來往, 縹緲孤鴻影]"(「강성자江城子」), "밤새 깊은 꿈에 홀연 고향으로 돌아가니, 작은 집 창에 정갈히 빗질하며 단장하는 (…)[夜來幽夢忽還鄕, 小軒窓, 正梳妝(…)]" "인생이란 다시 젊어지지 않는다고 누가 말했나, 문 앞의 강물은 서쪽으로 흐르는데[誰道人生無再少, 門前流水當能西]"(「완계사浣溪沙」)라는 묘사들은 구상이 섬세하고 착상이 독특하며, 이치가 새롭고 말이 적절해서 각기 특색이 있으니, "철판과 동비파로 '대강동거大江東去'를 부르는"[24] 그런 것이 결코 아니다.

그리고 한마디 할 가치가 있는 것은 그가 인재 기르기를 좋아했다는 사실이다. 그 무렵의 문인이며 시인이자 사인詞人이었던 황정견·진관·진사도陳師

---

24 왕산삼王珊森, 「안경대관정련安慶大觀亭聯」. 철판과 동비파는 가곡을 노래할 때 사용하는 악기이고, '대강동거'는 사패詞牌의 명칭인데, 곧 소식의 「염노교」를 가리킨다.

道·장뢰·조이도晁以道·모방毛滂 등은 모두 소식에게서 가르침과 도움을 받았다. 소식은 왕안석을 "사람으로 하여금 자신과 동질이 되게 하길 좋아한다"[25]고 평가했지만, 그 자신은 사람을 대하는 관점이 확실히 한 틀에 매이지 않았다. 진관과 황정견·진사도의 문풍은 서로 매우 달랐지만 모두 소식의 눈에 들었으며, 모방은 실수를 저지른 상황에 있을 적에 소식에게 발견되었다. 사실 이 몇몇 사람뿐 아니라, 북송 말로부터 남송 초에 이르기까지 일군의 문인·시인·사인들 대개가 직간접적으로 소식의 영향을 받았다.

남송 이후 명청대에 이르러 시인과 사인으로서 소식의 영향을 받은 사람이 매우 많은데, 그중 사 부분이 특히 그렇다. 그러나 산문 부분에서 그 영향은 더욱 컸다. 그후의 사론史論이나 정론 문장의 구성과 심지어 '팔고문' 첫머리의 파제破題와 승제承題까지 대체로 모두 소식의 문장을 전범으로 삼았다. 그래서 명대 사람들이 다시 편선한『삼소문범三蘇文範』,[26]『삼소문수三蘇文粹』[27]와 청대 사람들이 편찬한『고문관지古文觀止』[28]에 소식의 문장이 특별히 많이 선집되어 있으며,『삼소담三蘇談』[29]이란 책은 소씨 부자의 글을 전문적으로 평선評選한 것이기도 하다. 명청대의 소품문과 근대의 백화문도 역시 모두 소식의 소품문에서 받아들이고 참고하기도 했다.『소장공소품蘇長公小

25_『동파전집』권74,「답장문잠서答張文潛書」

26_『삼소문범』: 명나라 양신楊愼(1488~1559)이 선집하고 원굉도袁宏道가 평석한 것으로 모두 18권이다. 흔히『가락재삼소문범嘉樂齋三蘇文範』이라고도 한다.

27_『삼소문수』: 편저자 불명. 전후 서발문도 없다. 모두 70권인데, 소순문이 11권, 소식문이 32권, 소철문이 27권으로 구성되어 있다. 수록된 글도 대부분 의론문으로, 과거시험의 책론에 대비해서 편집된 것으로 보인다.

28_『고문관지』: 청대 오초재吳楚材와 오조후吳調侯가 편찬한 중국고대 산문선집이다. 대략 800여 편의 글이 수록되었는데, 중국 고대산문 입문서로서 청대 이래 가장 유행했다. 강희 33년에 편찬되었다.

29_『삼소담』: 청대 고부高阜가 편찬한 것이며, 모두 10권으로 소순문 2권, 소식문 6권, 소철문 2권으로 구성되었다.

『파선집』　　　　　　　『소장공합작』

品』,[30]『파선집坡仙集』,[31]『소장공합작蘇長公合作』[32] 같은 선집은 명대에 끊이지 않고 출간되었으니, 이러한 점을 잘 설명해주는 것이다.

　앞사람들의 기록에 따르면, 소식이 "지은 문장"은 당시에도 사람들이 중시했다고 한다. "재능이 붓 위로 떨어지면, 사해가 이미 모두 전하며 외웠고, 아래로는 여염집과 농가에서, 밖으로는 이적의 나라까지 그 이름을 모르는 자가 없었다"(『군재독서지』)고 한다. 송나라 휘종 "숭녕崇寧과 대관大觀 연간에는"

30_ 『소장공소품』: 명대에 소품문학이 성행하자 왕성유王聖兪가 집평輯評한 소식의 소품선집이다. 모두 4권으로, 만력 39년(1611)에 간행되었다.
31_ 『파선집』: 명대 이지李贄가 비선批選하고 초횡焦竑이 간행한 소식문선집으로, 16권 6책으로 간행되었다.
32_ 『소장공합작』: 명대 고계高啓와 이지李贄가 비점批點하고 정지혜鄭之惠가 평선評選한 것으로, 만력 47년(1619)에 간행되었다. 본집 8권, 보 2권, 부록 1권으로 구성되었다.

소식이 지은 "바다 바깥(하이난에 있을 때에 지은 것)의 시가 성행했다. 조정에서 금지했지만 상금이 불어 80만금에 이르렀고, 금지가 엄하면 엄할수록 더욱 널리 전파되어, (…) 사대부로서 동파의 시를 외지 못하면 곧 스스로 기상이 비었다고 느끼고, 사람들도 더러 운韻이 아니라고 했다."(『청파잡지淸波雜志』33) 또 소철이 왕명으로 변방에 갔을 때 변방사람들이 그의 형 소식의 이름을 알고 "사람마다 대소大蘇에 대해 물었다"고 한다. 남송 "건염建炎 연간 이후로 소씨의 문장을 높여 학자들이 두루 좇았으며, (…) 말하길 '소식의 문장에 익숙하면 양고기를 먹는 것이고, 소식의 문장에 생소하면 나물국을 먹는 격이다'고 했다."(『노학암필기老學庵筆記』) 그의 시문뿐 아니라, 그의 관복까지도 사람들의 주목을 받았다. 소식이 "담이儋耳에 있을 적에 (…) 비를 만나 농가에서 대삿갓을 빌려 썼는데",34 당시 사람들이 바로 그림에 그려넣었으며, 당시 사대부들도 "동파의 모자를 본떠 통은 높고 갓은 짧게 해서 그것을 '자첨양子瞻樣'이라고 불렀다."35 유명한 배우 정선현丁仙現36도 당시 궁내에서 연기를 할 때면 이것을 제재로 삼기도 했다. 남송 초 강서지방 농민봉기의 영수인 사달謝達이 "혜주를 함락시키고" "동파의 백학이 머문 옛 자리를" 보존하고 "육여정六如亭을 지어 양고기를 삶아 제사를 올리고 갔다"37고 하며, 여성黎盛이 조주潮州를 공격해서 함락시켰을 때 소식의 장서처藏書處는 보존하도록 주의시

---

33 『청파잡지』: 송대 주휘周煇(1126~1198)가 편찬한 필기집. 12권에 별지 3권으로 구성되었다. 주로 송대 명인일사名人佚事가 수록되었다. 송인들의 사라진 문학작품도 적지 않게 수록되었으며, 그 외 당시의 전장제도와 풍속 및 물산 등을 기록하고 있어 송대 연구의 좋은 사료가 된다.

34 비곤費袞(남송), 『양계만지梁溪漫志』 권4, 「동파대립東坡戴笠」

35 호자胡仔(1110~1170), 『어은총화전집漁隱叢話前集』 권40, 「동파삼東坡三」

36 정선현: 송대 잡극 배우. 신종에서 휘종 시기(1068~1106)에 주로 궁정 교방사教坊使로 활동해 흔히 '정사丁使'로 불렸다. 재능이 민첩하고 당시 정치인이나 사회풍속을 곧잘 풍자했다고 한다. 음율과 사에도 뛰어났다.

37 홍매洪邁(1123~1202), 『이견지夷堅志』 권10, 「적경동파賊敬東坡」

켰다고 한다.[38] 송나라 때부터 지금까지 도처에 동파 고사가 전해오며, 각종 희극에서도 동파 고사가 제재가 되는 일이 허다하다. 역사상 문인으로서 인민 군중이 아끼고 좋아한 사람으로 이백을 제외하고는 아마 소식을 먼저 꼽을 수 있을 것이다.

38_ 홍매, 같은 글

글은
곧 그 사람이다
- 문학론

"마음이 바르면 글도 바르다"

전해오길 어떤 사람이 소식에게 '글 짓는 방법'을 물었더니, 그는 "글을 지으려면 먼저 '의意'가 있어야 하니, 경전과 사서가 모두 나를 위해 사용된다"고 답했다고 한다.(『청파잡지』) 그가 제시한 "의를 위주로 한다"는 말은 '명도明道' '재도載道'와 비교하면 명확해진다. 앞에서 설명한 바와 같이 주돈이는 '문이재도文以載道'를 주장했는데, 싣는 것[재載]이란 단지 이학가들의 도이며, 문학을 '완물상지玩物喪志'하는 것으로 여겼으니, 실제로 이것은 문학의 역할을 부정한 것이었다. 이는 이학가들만 그랬던 것이 아니라, "한나라 이후 세유世儒들은 자신을 잊은 채 남을 추종하며 사책射策으로 결과決科하는(과거에 응시하고 명리를 구하는) 학문에 힘써, 그 말은 비록 성인을 등지진 않았지만, 모두 사장詞章에 빠져 실제에 적용하지 못했던"(「책총서策總序」) 것이다. 소식이 지적했듯이 한나라로부터 당나라에 이르기까지 일련의 유학자들은 공맹의 말을 빌려 여러 번 되풀이하고 진부한 것을 그대로 답습해서, 비록 "성인을 등지진 않았지만" 결코 마음으로 체득한 것이 아니어서 도무지 실용될 수 없었던 것이다. 소식이 보기에 이런 유학자들의 '재도'한 문학은 도리어 선진제자先秦諸子들의 '어어문장'만도 못했으니, 그들은 "비록 성인에게 통해 있진 못했지만, 모두 우뚝하게 실용될 수 있었던 것은 그 뜻이 진실된 것에서 나왔기(즉 자신의 마음의 체득에서 나왔기)"(「책총서」) 때문이다. 그는 또 당시 "유학자들이 빈말이 많고 실용성이 적은 것"[39]을 비판했다. 이런 비판은 아주 정확하고도 대담한 것이었다.

이렇게 보면 소식이 말한 '의'는 두 가지 의미를 띠고 있는데, 첫째는 마음의 체득[心得]이요, 둘째는 실용이다. 종합해서 말하자면 당시의 실제에 적합할 것을 요구한 것이요, 또한 자신의 독창적인 생각이어야 한다는 것이다. 소식이 "고금의 치란을 논평하며 빈말을 하지 않았다"(소철, 「동파선생묘지명」)는 것은 바로 이러한 주장을 실천했던 것이다. 주희는 소식의 문장을 싫어해서 "의론에 정당하지 못한 것이 있다"(『주자어록』)고 했다. 사실 이 점이 소식다운 점이다. 가령 소식의 말이 주공이나 공자가 말한 것과 같은 형태라고 한다면 소식의 문학이 무슨 필요가 있겠는가?

그러나 어떻게 하면 문의文意를 좋게 채울 수 있을까? 소식은 밭에 씨를 뿌리는 일과 아이를 기르는 일로 비유해서 "두루 관찰하되 간략히 취하고, 두텁게 쌓되 조금씩 풀 것"(「가설稼說」)을 지적했다. 이는 경험을 풍부히 쌓고 독서

39_ 『동파전집』 권75, 「여왕상서與王庠書」

를 많이 하며, "평소에 스스로를 길러 감히 가볍게 쓰지 않음으로써 완성될 것을 기다리는"(「가설」) 것이다. 왜냐하면 오직 견문이 넓고 인식이 심각해야 견식이 비로소 높아지고 입의立意도 비로소 청신淸新해질 것이기 때문이다.

그래서 의를 위주로 하는 것은 아울러 문장을 짓는 일에 의도를 두는 것이 아니다. 문장을 짓는 것은 그것으로 사람들을 놀라게 하고 총애를 얻는 도구로 삼는 것이 아니라, 자기의 "이목에 닿아서 이리저리 읊조리는 것으로 촉발되어" "그만둘 길 없어 짓게 되는" 것이다.(「강행창화집서江行唱和集序」) 이는 고인들이 "슬픔과 즐거움에 감응하여 어떤 일로 인해 발동된다"고 말한 것과 일치한다. 시가가 이렇다면 산문도 자연히 그러하다. 이 또한 실제로부터 설명되어야 하는데, 실제적인 역할이 있어야 하며, "고금의 치란을 논평할 때 빈말을 하지 않아야"(소철, 「동파선생묘지명」) 하니, 역시 문장이 실용에 절실할 것을 요구하고 있다. 그래서 경전과 사서를 예문으로 사용할 경우에는 "경전과 사서가 나를 위해 활용되어야지" "자신을 잊은 채 남을 추종하는 것" 이어서는 안 된다.

그리고 다시 "자기의 뜻이 진실된 것에서 나와야 한다"고 지적했으니, 글이란 그 사람과 같기 때문이다. 소식은 서법書法을 평론할 적에 유공권柳公權[40]이 말한 "마음이 바르면 글도 바르다"는 것을 두고 "이치가 참으로 그렇다"고 생각했다. 그가 다시 말하길 "세상의 소인들은 글씨 쓰는 것이 비록 잘 다듬어져 있지만, 그 정신에는 끝내 곁눈질로 아첨하는 뜻이 있다"(「서당씨육가서후書唐氏六家書後」)고 했다.

40　유공권(778~865): 당대 서법가. 자는 성현誠懸이다. 관직은 태자소사太子少師를 지내 당시 '유소사柳少師'라 불렸다. 특히 해서에 뛰어나 안진경과 함께 이름이 났다. 초기에는 왕희지를 배웠으나, 뒤에 다시 안진경과 구양순의 엄정한 자법에서 장점을 취했다.

이런 생각은 자연히 시문에도 통한다. 작문에서도 "마음을 바르게" 하는 것이 요긴한데, 요즘으로 말하면 사상적 수양을 강화하는 것으로, "일의 이해와 계산의 득실"에 대해 "깊고 신중히 생각해서" "생각이 말하려고 하는 것을 따를 것이니"(「책별서례策別敍例」 및 「책총서」), 그럼으로써 비로소 말하려는 의도가 모두 실제에 절실하게 되는 것이다.

또 그러기 위해선 물론 정확하고 생동적인 언어를 사용해서 표현해야 한다. 요컨대 "뜻이 도달한 곳에 필력마저 곡절하면 그 뜻을 다 표현하지 못할 것이 없다"(「춘저기문春渚記聞」[41]에 실린 소식의 말)는 것이다. 또한 마음과 말이 상응해야 말이 뜻을 다 표현할 수 있다. 어떤 유학자들은 고상하게 '왕도'를 이야기하면서 '인의'를 사치 삼아 말하지만, 애매모호한 것이 실상은 헛된 빈 말들이다. 그래서 소식의 비판이 매우 합당한 것이다. 이로써 그가 실용을 주장한 것에는 또한 겨냥한 바가 있었음을 알 수 있다. 훗날 주희는 소식이 "의론에 정당하지 못한 것이 있다"고 했지만, 그 말은 명백히 옳지 않다.

분방한 필력에 정밀한 관찰을 새겨라

소식이 말하길 "흔히 말은 뜻을 전달하는 것에 불과하니, 다듬어지지 못한 듯이 의심스러워도 결코 그렇지 않다. 대상의 미묘한 점을 찾는 일은 마치 바

41_ 『춘저기문』: 북송 하원何薳(1077~1145)이 편찬한 필기집. 모두 10권인데, 권1~5는 「잡기」로 도선이사道仙異事와 민간의 기문奇聞과 각종 참언이나 꿈·도술 같은 영험한 신방神方들을 잡다하게 수록했고, 권6은 「동파사실東坡事實」로 인용된 시문들이 더러 소식의 시문집에도 없는 내용이 있다. 권7은 「시사사략詩詞事略」, 권8~9는 「잡서금사雜書琴事」, 권10은 「기단약記丹藥」이다.

람을 매어두고 그림자를 잡는 것과 같아서, 이것을 마음으로 명확히 깨달은 자를 대개 천만 명 가운데 한 사람 만나기 어렵거늘, 하물며 입과 손으로 명확히 전달하는 일이야 오죽하겠는가! 이것을 두고 '사달辭達'이라고 한다. 말이 (뜻을) 전달할 수 있게 되면 그 글은 미처 다 쓸 수 없을 것이다"(「답사민사서答謝民師書」)라고 했다.

"마음으로 명확히 깨닫는 것"이란 객관사물을 정확히 인식하는 것을 가리키는데, 따라서 객관사물의 특정한 형상을 파악할 수 있고, 또한 뜻이 "대상에 걸맞게" 된다. "입과 손으로 명확히 전달하는 일"이란 객관사물과 사상 정감을 마치 땅을 가르듯 분명하게 언어로 표현해 전달하는 것으로, 곧 말이 "뜻을 다 표현하는" 것이다. 이것을 이루기가 매우 어려운 것은 주관과 객관 그리고 언어와 사상 사이에는 일정한 모순이 있기 때문이다. 육기陸機[42]가 일찍이 말하기를 "항상 염려스러운 것은 뜻이 대상에 걸맞지 않고, 말이 뜻을 다 표현하지 못한다는 점이다"(「문부文賦」)라고 했지만, 작가들에게는 이러한 능력이 필수적이다. 그러면 어떻게 하면 뜻을 다 표현할 수 있을까? 소식은 "내 글은 만 곡斛의 샘물과 같아 땅을 가려서 솟아나지 않는다. 평지에 있으면 도도히 콸콸 흘러 비록 하루 만이라도 천 리를 무난히 갈 것이요, 굽이진 바위를 만나도 대상에 따라 모양을 드러내어도 알 수 없을 것이다. 단지 알 수 있는 것은 마땅히 가야 할 곳에서는 늘 가고, 불가불 멈춰야 할 곳에서는 늘 멈춘다는 사실이다"(「문설文說」)라고 했다.

"도도히 콸콸"이란 마음 내키는 대로 함부로 말하는 것이 아니라, 반드시

---

[42] 육기(261~303): 서진西晉의 문학가이자 서법가. 자는 사형士衡이며, 당시 평원내사平原內史·좨주祭酒·저작랑을 지냈다. 동생 육운陸雲과 함께 '이륙二陸'으로 불렸다. 이후 '팔왕八王의 난' 때 역모죄로 죽임을 당했다.

"대상에 따라 모양을 드러내어" 상세히 묘사하고, 모양과 형태를 다 표현해서 실제 생활을 반영하며, 가고 멈추는 것이 모두 자연스러운 것에서 나와 어색하게 꾸며내는 것이 아니다. 그래서 '호방'함은 객기로 말미암아 만들어지는 '조호粗豪'함이나 다듬지 않아 '조방粗放'한 것과는 다르다. 소식이 스스로 "진방眞放함이란 본래 정미精微한 것임을 알았으니, 보통 꽃들이 객혜客慧를 자아내는 것에 비길 게 못 되네"[43]라고 했는데, 다시 말하면 객관적 사리로 정밀하게 분석해야만 정확하고 확실한 견해가 생기고, 그런 뒤에야 비로소 대담하게 그려나가 뜻대로 종횡무진하리라는 것이다. 또 말하자면 뜻을 다 표현하는 것은 생활에서의 '정밀한' 관찰을 통해 깊이 있게 체험하고 충분히 이해하는 것을 기초로 한다. 그러나 '분방한 필력'도 필요하다. 필력이 분방하지 못한 원인을 따져보면, 대부분 단지 모양만 비슷하게 하려 하고 뜻을 새겨 모방하려고 함으로써, 그로 인해 머리를 묘사한다는 게 뿔을 그리고, 지엽적일 뿐 전체를 이루지 못하기 때문이다. 소식이 그림에 관해 이야기하면서 "청컨대 그대는 붓을 놓아 긴 줄기가 되라"고 하고, "잔잔한 가지와 소소한 마디가 되는 것"은 반대했으니, 여기에도 이치가 있다.

언어의 이면으로 정신이 통한다

이미 "말은 뜻을 다 전달하지 못한다[言不盡意]"고 했지만 또 작가들은 반드시 말로 뜻을 다 표현하려고 하니, 이는 하나의 모순이다. 유협이 말하길,

---

43_ 『동파전집』 권22, 「자유신수여주용흥사오벽화子由新修汝州龍興寺吳壁畫」

"정은 글 바깥에 숨어 있다[情在詞外爲隱]"(『세한당시화歲寒堂詩話』44에서 인용)
고 했고, 황칸黃侃45은 이 '은隱'을 해석하기를 "대개 말은 뜻을 다 전달하지
못하기 때문에 반드시 넉넉한 뜻을 머금어 교묘함을 이룬다"(『문심조룡찰기文
心雕龍札記』)고 했다. 다시 말하면 언외의 뜻을 지닌 어휘를 사용해서, 표현하
기 어려운 경물과 전달하기 어려운 감정을 묘사하는 것이다. 소식의 말로 하
자면 "미묘함이 필묵 밖에 있다[妙在筆墨之外]"46는 것이니, 곧 흰 종이 위의
붓으로 정신을 전하는 데 뛰어나다는 것이다. 소식은「전신기傳神記」에서 어
떤 사람에게 초상화를 그려주는 과정을 설명하는데, 눈과 광대뼈와 뺨을 아
주 흡사하게 그리고, 그 나머지도 "비슷하지 않은 것이 없도록 해야 한다"고
한다. 다만 사람의 "의사(곧 정신)가 담긴 곳"에 주의해야 할 것인데, 때론 "뺨
위에 털 세 가닥을 덧붙임"으로써 "정채가 특별히 빼어남을 나타낼 수도 있
다"는 것이다. 소식의 설명에는 깊은 이치가 있으니, 사마천도 인물을 묘사할
때 종종 이와 같았다. 귀유광이 말하길, "『사기』에서 서사할 때 마치 한가한
이야기인 듯 몇 구절 늘어지는 대목이 가장 묘하다"고 했고, 또 "『사기』는 사
람을 이야기하는 듯하지만 본래 다른 사실을 이야기하고, 다시 또 다른 이야
기를 이어 말하기도 하며" "마치 요즘 사람들이 일상을 이야기하듯이 손뼉

44_ 『세한당시화』: 남송 장계張戒(생몰년 미상)가 지은 시문평론집. 본책은 일실되었고 현전하는
것은『영락대전永樂大全』과『설부說郛』에 수록된 것을 모은 것이다. 상·하 2권으로 엮였는데, 상
권에는 이론비평이 실려 있고 하권에는 오직 두보의 시에 대한 평론이 실려 있다. 장계의 시론에는
도학자의 색채가 드러나고 온유돈후함을 주장하고 있으며, 소蘇·황黃 시풍과 강서시파의 폐단에
대해 비교적 심각하게 지적하고 있다.
45_ 황칸(1886~1935): 중국 근대 문학가. 자는 지강季剛이고, 호는 량서우쥐스量守居士다. 일본으
로 유학 가서 도쿄에 머물며 장타이옌을 사사했다. 경학·문학·철학 방면에 조예가 깊었다. 귀국해
서 베이징대학·둥베이대학·진링대학 등에서 교수로 재직했는데, 베이징대학 시절에는 류스페이에
게 배웠다. 한편 양보쥔楊伯峻·첸첸판程千帆과 같은 현대 석학들이 그의 문하에서 많이 배출되었
다. 주요 저서로『황간논학잡저黃侃論學雜著』『일지록교기日知錄校記』『문심조룡찰기』등이 있다.
46_ 『동파전집』권93,「서황자사시집후書黃子思詩集後」

한 번 치고 또 이야기해가며 임의대로 말하기도 하고" "흥취가 있어 노래가 나오기도 한다"고 했다.(『사기총평史記總評』) 요범도 말하길, 「소상국세가」의 경우, '고제高帝가 일찍이 함양을 지나갈 때에 어떻게 나에게 유독 봉전奉錢을 두 번이나 보냈던가?'라는 구절에서, 태사공 자신의 말을 마치지도 않고 갑자기 고제의 말투로 전입시켰으니, 그림을 모사하듯 영롱하고 문법도 매우 특이하다"(『원순당필기援鶉堂筆記』)고 했는데, 이는 바로 소식이 설명한 말에 대한 예증이 될 만하다. 작가는 사물의 본질적 특성이 담긴 형상을 포착해서 생동감 있는 세부묘사로 독자들이 연상하게 함으로써 언외의 의미를 전달해서 눈앞에 펼쳐지도록 해야 한다. 다만 이것은 잔잔한 가지와 소소한 마디가 되는 것이 아니다. 소식이 「운당곡언죽기篔簹谷偃竹記」에서 말한 것처럼 "대나무를 그리려면 반드시 먼저 흉중에서 대나무를 이루어야지" "마디마디 그리고 잎사귀마다 겹친다고" 될 일이 아니다. 명확하게 설명하자면 "옛사람들은 정신과 흥취가 이르는 것에는 종종 뜻이 붓보다 먼저 이르기"(야오융푸, 『문학연구법』 권3) 때문에, 만일 단지 "운자 하나의 교묘함"과 "글자 하나의 기교"를 추구해서 새겨 다듬고 군더더기 말이나 붙여 온통 "숱한 조각 기워붙인 승려 옷" 모양을 이룬다면, 비록 찬란한 광채가 눈에 가득해도 실상 우아하지는 못하다.

문장은 자연스러운 것이 좋고,
심오해서 어려운 것은 거부한다

'자연스러움'이란 "대상에 따라 모양을 드러내는[隨物賦形]" 것으로, 객관

사물의 본래 모습을 실제로 반영하는 것이다. 소식이 말한 "의를 위주로 한다[以意爲主]"거나 "백묘白描로 정신을 전달한다[白描傳神]"는 등의 말은 모두 '자연스러움'이란 말로 개괄할 수 있다.

요컨대 자연스러움이란 "심오해서 어려운 것"을 반대한다. 우선 내용으로 말하자면 "심오해서 어려운 것"은 유학자들이 '도'에 대해 명백하게 파악하지 못한 데에서 비롯되는데, "이미 드러난 점을 논하는 것도 꽉 막혀 통하지 못하고, 미묘한 점을 논하는 것도 질펀해서 알아들을 수가 없으니", 이렇게 "알 수 없는 글을 짓는 데 힘써" 사람들로 하여금 높고 깊어 헤아릴 수 없는 것이라고 의심하게 했다. 그래서 "서로 속이면서 고상하다 여기고, 서로 익혀 심오하다 여겼다."(「중용론中庸論」) 특히 송대 이학가들의 문장을 보면 분명히 이러한 병폐가 있었으니, 소식의 이 말들은 그 점을 겨냥한 것이다.

물론 언어표현에서도 심오하고 어렵다. 짐짓 일부러 문장을 '기기괴괴'하게 묘사하는데, 더러 고자古字나 기이한 문구를 사용해서 이해하기 어렵게 만든다. 한유가 양웅을 추숭하자 그의 벗 번종사樊宗師가 매번 이렇게 기괴하게 했고, 한유도 경우에 따라서는 이것을 면치 못했으니, 앞에서 이미 말했던 대로다. 소식과 같이 과시에 응시했던 유기劉幾도 괴이하고 난삽한 글로 억지로 세속적 명성을 얻었다. 이런 문장은 당연히 자연스럽지 못하다. 앞에서도 이미 말했듯이, 구양수가 변화시키고자 했던 것은 바로 괴이하고 난삽한 것을 평이하게 바꾸는 것이었다. 그러나 소식은 이 점에 대해 더욱 정밀하게 논하고 있다. 소식은 "양웅은 심오하고 어려운 말로 얕고 쉬운 이야기를 꾸미는 것을 좋아했는데, 만약 있는 대로 말한다면 사람들이 다 알 수 있다"고 했으니, "심오하고 어려운 말을 좋아하"는 것은 양웅이 "이야기"하려는 것이 본래 아주 평이한 "얕고 쉬운" 것인데도 일부러 심오하고 어려운 말로 함으로써 사람들을 어리둥절하게 하려는 것이라고 지적했다. 그들이 심오하고 어려운 말을 쓰는 것이란 곧 몇몇 글자를 바꾸는 것으로, 늘 사용하던 글자를 보기 드문 글자로 대체해서 문구를 길굴오아佶屈聱牙하게 묘사함으로써 고인들이 말하는 형태를 모방하는 것이다. 소식은 또 지적하기를, "굴원이 『이소경』을 지음으로써 풍아가 다시 변했으니, 비록 일월과 광채를 다투어도 괜찮다"(「답사민사서答謝民師書」)고 했다. 굴원은 풍아를 모방하지 않았으니, 또한 어떻게 "심오하고 어려운 것을 좋아"했겠는가 하는 말이다. 소식이 심오하고 어려운 것을 반대하고 평이한 말을 쓸 것을 주장했던 것은 당시 문풍의 폐단을 겨냥한 것으로 구양수의 견해와 일치한다.

그러나 구양수의 문장은 비록 평이하지만 그래도 부족한 면이 있다. 금나라 왕약허王若虛[47]가 지적하기를 "『오대사』의 「논」은 곡절한 곳이 아주 많지만 더러 지리하게 얽혀 있고 혹은 흩어져 수습되지 못하며, 조사와 허자가 적절치 못한 곳도 많은데, 「오월세가吳越世家」의 「논」이 가장 심하다"고 했으니, 의미는 곡절해서 자세하지만 자연스럽지 못하다는 것이다. 그래서 왕약허는 또 "대개 하루에 천 리를 달릴 기세와 사물에 따라 형상을 드러낼 수 있는 능력으로도 논리가 모자라면 그쳐버린다. 일찍이 내달리는 것을 좋아하지 않았으니, 자신만만하게 뛰어나면서도 정갈하고 순수하기를 놓치지 않으려는 것인가?"라고 했다.(『호남유로집滹南遺老集』「문변文辨」)

이렇게 보면 소식은 한유와 구양수를 계승한데다 다시 새롭게 발전시켜 문

---

[47]_ 왕약허(1174~1243): 금대 문학가. 자는 종지從之이고, 호는 용부慵夫다. 원나라에 들어가서는 호남유로滹南遺老로 자칭했다. 일찍이 학문에 힘썼고, 장인 주앙周昂과 고문가였던 유중劉中을 사사했다. 장종章宗 승안承安 2년(1197)에 진사가 되고, 부주녹사鄜州錄事와 관성현령管城縣令 등을 거쳐 국사원편수관과 한림문자 및 저작랑을 지냈다. 저서로 『호남유로집』(45권 속1권)과 『호남시화』(3권)가 있다.

장을 '자연스러움'에 접근시켰다. 그러나 '자연스러움'이란 "무늬 없는 나무바탕[質木無文]"을 뜻하는 것이 아니다. 소식은 이것을 "흐르는 물과 흘러가는 구름[行水行雲]"[48]이나 "물과 돌이 서로 만난 것[水石相遭]"[49]으로 비유해서 특별히 "문리가 자연스러워 자태가 멋대로 생기는 것[文理自然, 姿態橫生]"[50]이라고 했으니, 이는 문장의 '문文'이 생동하는 것이라고 설명한 것이다. 그것은 문리가 필요 없다는 말이 아니며 또 자태를 따지지 않는다는 것도 아니고, 자태는 천변만화해야 하며 문리도 반드시 자연스러움에서 나와야 한다는 말이다. 쓸모없는 미사여구를 쓰는 것이 아니고 부자연스럽게 꾸미는 것도 아니며, 일부러 심오하고 어렵게 만드는 것이 아니고 또 우물쭈물 쑥스러운 태도를 지니는 것도 아니며, 언어표현에서 간편하고 용이하게 저절로 굴러가게 해서 "뜻이 이르는 곳에서는 필력이 곡절하게 발휘되어 뜻을 다 표현하게"(『춘저기문』에서 소식의 말을 인용) 하는 것이다.

48_ 『동파전집』 권75, 「여사민사추관서與謝民師推官書」. '행운유수行雲流水'의 표현을 가리키는 것 같다.

49_ 『동파전집』 권???, 「석종산기」. '수석상조水石相遭'는 '수석상박水石相搏'의 오기인 듯하다.

50_ 『동파전집』 권75, 「여사민사추관서」

이치와 정감을
자연스러운 언어로 표현하다
-예술적 성취

　소식의 산문은 성취한 것이 몹시 탁월한데, 특히 언어를 사용하는 면에서 자연스럽고 능숙하기가 '팔가' 가운데서도 가장 뛰어났으며, 당시와 후대에 미친 영향도 역시 가장 크다. 소식 산문의 예술적 특징은 이렇다.

글은 실용적이어야 한다

　소식의 어떤 문장은 확실히 '빈말'이 아니니, 가령 「간매절등장諫買浙燈狀」 같은 글은 비교적 잘된 한 편의 실용적인 문장이다.

　글의 첫머리에 황제가 정월 방등放燈을 위해 억지로 값을 깎아 등을 사는 것을 지적하며, "눈과 귀의 급하지도 않은 놀이를 위해 입과 몸에 반드시 필요한 자산을 뺏는다"고 하고, 이어 다시 "등을 파는 백성은 으레 호민이 아니다. 빚을 내고 이자를 물어 몇 년 동안 쌓였으니, 먹고 입는 것도 열흘 정도 바라볼 뿐이다"라고 분석했다. 그는 분명히 인민들에게 동정적이며 민생의 질고를 잘 이해하고 있었기 때문에 말이 매우 간절하고 진지하다. 그 다음에는 앞서 격앙되었던 것을 누르고자, "폐하께서는 백성의 부모로서 오로지 값을 보태어 귀중하게 사들이실 것이지, 어떻게 값을 깎아 천하게 만드십니까?"라고 한다. 그는 또한 등을 사는 것이 무용하다는 주장이 "값을 보태어 귀중하게 사들이라"는 자신의 말을 반박할 가능성도 있음을 고려하고 있었다. 게다가 그의 본의는 "귀중하게 사들일" 것을 주장하는 것도 아니다. 그래서 그는 다시 지적하기를, 만일 "그것이 무용하다는 것을 안다면 어째서 다시 찾으십니까? 후한 값을 치르는 것이 싫다면 사지 마십시오"라고 해서, 통쾌하기 그지없고 사리를 곡진하게 펼쳐 황제로 하여금 변명할 여지를 주지 않았다. 이것은 그가 불교도들에 대처해서 "따라 쫓아가는 길을 헤아려 역으로 미리 그 길을 막는" 논변법이다. 더욱 절묘한 것은 그가 여기에서 그치지 않고 한 걸음 더 나아가 "내탕內帑에 쌓아둔 것도 백성들의 힘이 아니면 누구의 힘이겠습니까?"라고 말한 점이다. 결과적으로 값을 깎는 것에 응하지 않았을 뿐만 아니라, 값을 보태는 것도 옳지 않으며, 등을 사는 것이 옳지 못할 뿐만 아니라, "유관遊觀하고 동산 꾸미고 잔치하며 하사하는 등의 일"에 모두 "근검절약하도록" 했다. 이렇게 함으로써 문장의 함의가 깊고 넓어졌다. 황진黃震51이 소식의 글을 두고 "민생의 질고를 서술해서 숭고한 지위에 있는 이들로 하여금(조정을 가리킨다) 여염 간의 애통한 사정을 보는 듯이 해준다"(『황씨일초黃氏日抄』)고 했으니, 이는 사실과 부합된다.

　소식의 글이 실용적인 면에 절실하고 말이 사람을 감동시키는 이유는 객관적인 사실과 문제의 핵심을 비교적 선명하게 이해하는 데서 비롯되며, 또한 그래서 말이 완곡하고 자연스럽기 때문이다. 가령「대설논차역불편차자大雪論差役不便箚子」에서는 먼저 "차역법差役法을 세상에서 불편하다고 여긴다"고 지적한다. 그렇다면 그것은 고칠 수 없는 것인가? 관건은 "대간臺諫의 몇몇 사람들이 고칠 수 없다고 여기기" 때문에 다른 "사람들은 두려워서 감히 말하지 않는 것이다"라고 한다. "대간의 몇몇 사람들"은 왜 "고칠 수 없다고 여기는" 것일까? 그는 또 "이들은 또한 다른 뜻은 없고, 사마광이 있을 때에는 사마광의 뜻에 부합되려고 했던 것이고, 그가 이미 죽고 나서도 망령되게 폐하께서 사마광의 말을 위주로 삼는다고 여긴 것"이라고 하며, 직접 그 관건이 황제에게 있음을 지적했다. 다만 그는 이어서 "단지 사마광이 지성으로 공심을 다했는지는 모르겠지만 본래 사람들이 부합해주기를 바랐던 것은 아니며, 폐하께서도 사심 없이 마음을 비우셨으니 어떻게 위주로 삼는 것이 있겠는가!"라고 했다. 이 단락의 의미를 명백하게 설명하기는 매우 어렵지만, 그의 말은 이처럼 완곡하고 자연스럽다고 하겠다. "지성으로 공심을 다하고" "사심 없이 마음을 비운다"는 것은 아주 높이 칭찬하는 말이지만, 오히려 완곡하게 충고하는 말로 적절하게 사용되어 함의는 비록 깊지만 지적하는 것은 아주 명백하다. 이어서 그는 다시 황제께 재상에게 명령해서 "차역법과 고역법雇役法 두 법이 각기 약간의 폐해가 있으니", 둘을 비교해서 조목을 나누어 진술해서 올리고, 사실에 따라 문제를 설명토록 하라고 요청했다. 그리고

---

51 황진(1213~1280): 남송 학자. 자는 동발東發이고, 호는 문결文潔 또는 우월于越선생이다. 보우寶祐 4년(1256)에 진사가 되고 국사관검열이 되어 국사와 실록 편찬에 참여했고, 광덕군통판廣德軍通判 등을 지냈다. 송나라가 망한 뒤 은둔해서 강학과 저술에 힘썼다. 주희의 학문을 모체로 하고, 섭적의 공리학功利學을 겸비해서 경세치용을 주장했으며, 심학의 공리공담을 비판했다. 저서로『춘추집해』『예기집해』『황씨일초』(97권), 『고금기요古今紀要』 등이 있다.

이어서 "하물며 농민이 관사에 오게 되면, 탐욕스런 관리와 교활한 서리들이 수많은 단서로 잠식해서 고용인부들과 비교해도 괴롭기가 열 배나 되고 (…)" 라고 하니, 확연한 사실에 근거해 당시에 통용되던 언어로 폐해를 극히 명백하게 설명해서 사람들이 쉽게 알 수 있게 했다.

다시 그의 「교전수책敎戰守策」을 보자. "오늘날 국가가 서북지방의 오랑캐(요와 하를 가리킴)를 섬기는 것은 해마다 백만 가지 계책을 위해서입니다. 받드는 것에는 한계가 있고 구하는 것이 끝이 없으면 그 형세는 반드시 전쟁을 치르게 됩니다. 전쟁은 필연의 형세입니다. 우리가 먼저 하지 않으면 저들이 먼저 할 것이요, 서쪽으로 나서지 않으면 북쪽으로 나서게 됩니다. 알 수 없는 점은 느긋이 해야 할지 빨리 해야 할지 먼 것인지 가까운 것인지의 문제이지, 요컨대 전쟁을 피할 수는 없습니다. 천하가 분명 병사를 일으키지 않을 수 없다면 일으키는 것을 점차적으로 할 수 없으며, 안락무사한 데서 백성을 부리다가 하루아침에 몸을 일으켜 사지를 밟게 된다면 그 우환을 헤아릴 수 없게 될 것입니다. 그래서 천하의 백성은 편안한 것은 알지만 위태로운 것은 모르며, 안일하게 할 수는 있어도 수고롭게 하지는 못한다고 하니, 이 점이 신이 이른바 대환大患이라는 것입니다."

이것이 바로 주희가 말했던 바처럼 소식의 글은 평이하게 이치를 설명해서 "문자가 명쾌하다"(『주자어록』)는 것이다. 그 속에는 생소한 글자라고는 하나도 없고 어떤 전고도 없으며, 심지어 연속된 형용사도 매우 적게 사용했다. 다만 음절이 조화롭고 언어가 유창하며, 억양이 질탕하고 명백하며 통쾌하기가 분명 "마치 용이 꿈틀거리듯, 잡아도 잡히지 않는 것과 같다."[52] 이처럼

52_ 장자張鎡, 『사학규범仕學規範』 권32, 「작문作文·동파여질첩운東坡與姪帖云」

평이하고 명쾌한 점은 수많은 단련을 거친 결과다.

생각의 운용이 원대하다

유희재가 말하기를 "'원대한 생각은 너른 영역에서 나오고, 고매한 자취는 일상적 윤리를 뛰어넘는다'고 하는데, 문학가로서 이러한 능력을 갖추면 곤란한 일을 당해도 모두 헤쳐나가고, 또 짐짓 곤경스런 상황을 만들어 현통顯通해나가는 묘용妙用도 꺼리지 않는다. 대소大蘇의 문장에 그런 면이 있다"고 했다. 또 "구양수의 글은 유유자적하며 여유가 있고, 소식의 글은 훤히 밝아 의심나는 곳이 없다"고도 했다.(『예개·문개』)

우리는 이 말이 소식 문학의 특징 가운데 한 면을 잘 설명하고 있다고 본다. 「유후론留侯論」을 예로 들어보자. 이 글은 장량張良이 다리 위의 노인에게서 책을 받은 사실을 논하고 있다(그 사실은 『사기』 「유후세가」에 나온다). 우선 앞머리에서 이렇게 묘사한다. "예로부터 이른바 호걸스러운 선비는 반드시 남보다 뛰어난 절개가 있다." 이러한 표현법은 벌써 보통사람들의 의표를 벗어난다. 그리고 이어서 "남보다 뛰어난 절개"에 대해 분석해나간다. "인정상 참을 수 없는 일이 있는데, 필부들은 욕을 당하면 칼을 뽑고 일어나 분연히 싸우지만 이것을 용감하다고 말할 수는 없다. 세상에 큰 용기를 지닌 사람은 갑작스레 닥쳐도 놀라지 않고, 이유 없이 덮쳐도 성내지 않으니, 이는 그가 지니고 있는 것이 대단히 커서 그 뜻도 아주 원대하기 때문이다"라고 한다. 이것은 유후와 관련된 말이다. 왜냐하면 "이유 없이 덮쳐도 성내지 않으며, 갑작스레 닥쳐도 놀라지 않는다"는 말은 "남보다 뛰어난 절개"를 구체적으로 설명하고 있기 때문으로, 이것이 유후를 평가하는 기준이기도 하다. 그가 사람들의 의표에서 벗어나게 묘사했던 것은 바로 그 자신의 넓고 원대한 것에서 착상했기 때문이다. 소식의 사론문史論文 가운데 「악의론樂毅論」「한비론韓非論」「가의론賈誼論」 등의 작품도 모두 먼저 높은 경지를 밟고 서서 논의를 제시하고 있으며, 그런 다음에 다시 구체적인 사건들을 분석한다. 이 글에서도 "자방子房(장량의 자)이 다리 위의 노인에게서 책을 받았으니, 그 일은 심히 괴이한 것이다"라고 하며 본제로 들어가고, 아울러 "그러나 또 진나라의 시대에는 은군자가 나와서 시험했던 것이 아닌가를 어떻게 알겠는가?"라고 해서 자신의 견해를 제시했다. 이어서 또 자기 견해의 근거를 서술하기를, "은밀히 뜻을 드러낸 까닭을 살펴보면 모두 성현들께서 서로 경계했던 뜻이다"라고 한다. 이것은 분명 다리 위의 노인이 책을 주기 전에 먼저 장량에게 다리 밑으로 내려가서 신발을 줍게 했던 것과 장량이 "노인과 약속을 하고는 늦은" 점을 꾸짖었던 사실을 가리키는데, 이른바 "은밀히 뜻을 드러낸다"고 하는 것은 기실 소식이 스스로 상상해낸 것이다. 그러나 일단 소식의 설명을 듣고 나면 우리는 확실히 "시험했던" 것이 가능하다고 느끼게 된다. 그러면 노인은 무엇 때문에 이처럼 장량에게 "이유 없이 덮치고" "갑작스레 닥쳤던" 것일까? 이 점에는 분석이 따라야 한다.

그는 우선 장량이 진시황을 살해하려고 계획했던 것에 대해 "세상을 덮을 재주로 이윤伊尹이나 태공太公과 같은 계획을 세우지 않고, 다만 형가荊軻나 섭정聶政이 했던 계획을 세웠다"고 해서, "분연히 싸우려는" 필부의 용기와 유사하다고 분석했다. 또 노인이 "거만하게 거드름을 피우며 심하게 그를 꺾었던" 것은 "능히 참을 수 있는 다음에라야 큰일을 할 수 있음"을 시험하려는 의도였고, 그 목적은 "소년기의 강하고 날카로운 기운을 단단히 꺾어, 조그마

한 분노를 참고 큰 계획을 성취하게 하려는" 데에 있었다. 이것은 모두 소식의 추상에서 나온 것이지만, 그 상상이 합리적이고 인정에 맞으며, 설명이 명백해서 사람들을 믿고 따르게 만든다.

그리고 주목해야 할 것은 그가 분석을 할 적에는 당시의 정세에 따라 분석할 뿐 아니라, 생활에서나 역사상의 사례를 들어 입증하기도 한다는 점이다. 그래서 한 걸음 더 나아가 하나라 "고조가 승리한 이유"와 "항저이 패배한 이유"를 분석해서 그 이유는 "참을 수 있는 것과 참지 못하는 것 사이에 있다"고 하고, 아울러 뒷날의 결과로 노인이 장량을 시험하려 했던 의미를 보충설명하고 있다. 그는 한 고조가 "능히 참은 것"이 "자방이 가르친 것"이었다고 하지만 역시 근거 없는 사실이며, 다만 그가 장량이 한 고조로 하여금 한신韓信을 세워 제왕齊王을 삼게 한 사실을 증거로 삼았다면 사람들을 이해시킬 수 있었을 것이다. 또한 그가 한 고조로 하여금 "온전한 창을 잘 준비시켜" "항우의 결점"을 기다리게 했더라도, 가능성이 없지 않았을 것이다. 소식은 비유를 설정하고 역사적 증거와 방증자료를 이용해서 정세를 분석하고, 자신의 구상을 입증해서 사람들로 하여금 "훤히 밝아 의심나는 곳이 없도록[昭晰無疑]" 했다. 산문창작의 면에서도 기꺼이 연구해볼 가치가 있다.

첫째, 구상이 넓고 원대하며 입론이 정밀해서 첫머리부터 독자를 사로잡아 사람들로 하여금 그의 지론이 당연하다고 믿게 만든다는 점이다. 가령 「가의론」의 첫머리에 "재능을 얻기 어려운 것이 아니라, 스스로 기용되기가 실로 어렵다"고 했으니, 명언이다. 또 반드시 알아야 할 것은, 이처럼 명백하고 쉬운 말은 작가가 수많은 역사 사실을 개괄하여 추상한 데에서 나온다는 사실이다.

둘째, 첫머리에 제시한 이론과 문장에서 논술한 사건이 서로 밀접하게 연관된다는 점이다. 다만 묘사하는 것이 천변만화한다. 가령 「가의론」에서 감개한 어조로 말하기를 "애석하다! 가생賈生은 왕을 도울 재능을 가졌지만 그 재능을 잘 쓸 수가 없었다"고 하면서 자연스럽게 주제를 끌어간다. 이것은 「유후론」의 묘사방식과는 다르다.

셋째, 어떻게 분석해서 논증하는가 하는 점이다. 예컨대 가생은 "그 재능을 잘 쓸 수 없었다"고 하는데, 먼저 어떻게 하면 그 재능을 잘 쓸 수 있는지 구체적으로 분석하기를, "대개 군자가 취하는 것이 원대하면 반드시 기다릴 것이요, 성취하는 것이 크면 반드시 참을 것이다"라고 하고, 그런 다음 공자와 맹자의 사례를 들어 입증한다. 그리고 바로 이어 다시 가생의 일을 분석해서 그가 "뜻은 크나 국량이 작고, 재능은 넘치지만 식견이 부족하다"는 것을 입증한다. 이는 「유후론」과는 또 다른 점이다.

넷째, 생각을 운용하는 것이 주도면밀해서 구석구석까지 생각이 미치고 있다는 점이다. 가령 「가의론」의 뒷 단락에서는 사람은 처신을 잘해서 자기 재능을 잘 사용해야 한다고 제시한 뒤 역으로 다시 "세상에 뛰어난 재능을 지닌 사람은 반드시 속세에 버려지는 결점이 있다"고 지적한다. 이렇게 함으로써 군주가 사람을 기용해 쓰는 일에 대해 약간 이해하게 되고, 비로소 그 재능으로 기용되게끔 한다. 이것은 「유후론」의 결말과 다른 점이기도 하다. 그러나 의론과 사실이 긴밀하게 결합되어 차츰차츰 나아가며, 문장의 필치가 자유분방하되 조리가 명석하고, 맥락이 분명하면서 삽화가 아주 많은 점에서 서로 비슷한 면이 많다.

소식의 다른 사론들, 가령 「무왕론武王論」「공자론孔子論」「범증론范增論」 등은 모두 일련의 역사 사실을 먼저 인용한다. 가령 「범증론」에서 "한나라가 진평陳平의 계책을 써서 초나라 군신들 사이를 벌려놓아 소원하게 했다. 그래서 항우가 범증이 한나라와 사통하는 것으로 의심해서 그의 권한을 빼앗았다. 범증이 크게 노해서 '천하의 일이 완전히 정해졌으니, 왕께서는 직접 알아서 하십시오. 저는 이 해골이라도 군졸의 대오로 돌아가기를 원합니다'라고 하고 돌아가다 팽성彭城에도 못 미쳐 등창이 발병해서 죽었다"는 사실을 개괄적으로 서술함으로써 본문에서 논하고자 하는 문제의 소재를 제시했다. 이어서 자신의 관점을 제시하는데, 가령 "소자蘇子가 말한다. 범증이 떠나간 것은 잘한 일이다. (…) 다만 일찍 실행하지 않은 것이 한스러울 뿐이다"라고 한다. 그런 다음 다시 질문을 던져놓고 분석과 논증을 해나간다. 이것은 위에서 설명한 묘사법과 똑같이 조리가 명석한 방식이다. 남송대로부터 사론을 짓는 작가들은 대개 이런 표현법을 사용했고, 결국 뒤에는 의론문의 상투적인 방식이 되고 말았다. 『고문관지』에는 소식의 의론문이 여럿 수록되어 있는데, 바로 이런 이유 때문이다. 우리가 이런 '상투적인 방식'을 두고 소식을 책망하지 않는 것은 모방하는 자들이 근본은 버리고 말단만을 좇아 진부하게 답습해서 글을 지었기 때문이다. 소식의 경우는 활발한 사상으로 살아서 생각의 맥락이 활짝 열려 있고, 필력도 능히 생각을 표현할 수 있어서 매 편의 문장마다 모두 당시 사람들의 의표를 벗어나면서도 또한 사람들의 의중에 있는 견해가 들어 있다. 특히 그는 의론문에서 가장 간단하고 명료한 표현법을 파악하고 있었기에 유희재도 "훤히 밝아 의심나는 곳이 없다"고 말했으니, 이러한 기법은 참고할 가치가 있다. 명나라 종성鍾惺[53]은 "소동파의 글이 있으면 전국시기의 글은 없애도 좋다"(「동파문선서東坡文選序」)고 했다. 물론 이 말이 전적으로 옳은 것은 아니다. 왜냐하면 우리는 역사를 단절시킬 수 없으며, 고인의 글에 대해 이렇게 평가를 할 수도 없다. 그러나 소식의 문장이 전국시기 제자산문의 우수한 전통을 계승하고 발전시켜 새로운 성취를 이루었으며, 당송시기의 산문예술을 높이 끌어올린 점에 대해서는 의심할 것이 없다.

논리의 한계를 뛰어넘은 시적 문장

이런 말이 있다. "고문으로 합당하지 않은 글이 없지만, 오로지 논설에는 합당하지 않다."(종성의 말) 우리는 이 말이 틀렸다고 생각한다. 고문가들이 말하는 일종의 유심론적 '성명性命'의 이理나 봉건윤리적인 이理는 진부하게 답습하고 공허하며 썩어 있어 어떤 문장을 적용해도 글이 좋지 않지만, 사물의 이치를 논설하는 데에는 고문이 뜻을 곡절하게 표현하기에 좋아 변려문보다 월등히 뛰어나다. 논설문은 세밀하게 관찰하고 정밀하게 분석하기가 어려우며, 구체적인 형상을 파악해서 묘사하는 데 제약이 따른다. 그러나 소식은 시적인 의미를 더해 묘사가 생생하다.

「전적벽부前赤壁賦」의 마지막 단락을 보면 설명하려는 이치는 몹시 미묘하지만 설명은 도리어 명백하며 형상하는 것도 선명하다. "객은 또한 물과 달에 대해 아는가? 가는 것이란 물과 같지만 그렇다고 가는 것이 아니며, 차고 기우는 것이란 달과 같지만 끝내 사라지거나 자라는 것은 아니라오." "가는 것"

53_ 종성(1574~1624): 명대 문학가. 자는 백경伯敬이고, 호는 퇴곡退谷 또는 지공거사止公居士다. 만력 38년(1610)에 진사가 되고, 공부주사工部主事와 남경예부의제사랑중南京禮部儀制司郞中을 지냈다. 그는 같은 고을에 사는 담원춘譚元春과 함께 당시를 평선해서 『당시귀唐詩歸』를 엮고, 또 수나라 이전의 시를 평선해서 『고시귀古詩歸』를 엮으며 경릉파竟陵派를 형성했는데, 당대에 '종담鍾譚'으로 병칭되기도 했다. 그는 대체로 칠자파七子派의 의고풍을 비판하면서 '성령性靈'과 '영심靈心'을 펼칠 것을 주장했다.

「전적벽부」

은 반드시 "가고" "차고 기우는 것"은 곧 "사라지거나 자라니", 이 점에는 의심할 것이 없는 것 같다. 그러나 비교적 넓은 공간과 오랜 시간에서 보자면, 강에는 여전히 물이 있고 하늘에는 여전히 달이 있으니, "그렇다고 가는 것이 아니며" "끝내 사라지거나 자라는 것이 아니"라고 볼 수 있다. 문제는 이런 설명방식이 정확한 것이냐 아니냐에 있는 것이 아니라, 그가 이런 생각을 했고 이런 말을 했다는 사실에 있다. 게다가 그가 이렇게 설명한 것은 다음 문장을 위해 마련됐다는 점이 중요하다.

그 아래에서 그는 한 걸음 더 나아가 이렇게 말한다. "대개 변화하는 점에서 보자면 하늘땅도 한순간이 아닐 수 없지만, 변화하지 않는 점에서 보자면 사물과 나도 모두 끝이 없는 것이니, 또한 무엇을 부러워하겠는가!" 이것은 위의 글에 이어서 더욱 개괄적으로 추상한 말이지만, 그러나 그가 뜻하고자 하는 바가 담긴 것은 아니다. 그가 이렇게 말한 취지는 이렇다. 사람은 반드시 세상을 벗어나 신선이 되기를 구할 것도 아니고, 또 인생이 짧다고 한탄할 일도 아니며, "부귀한 사람이 되려고 급급하다가" 인격을 상실해서도 안

될 것이니, 종합적으로 아래 글에서 말하고 있는 바와 같이 "참으로 내 인생이 소유할 것이 아니면 비록 터럭 하나라도 가져서는 안 된다"는 것이다. 하지만 강산과 풍월은 오히려 "가져도 다 없어지지 않고, 사용해도 고갈되지 않는다"고 한다. 그래서 적벽을 유람하고 강산을 감상해도 지켜야 할 청렴함을 유지할 수 있는 것이다. 앞뒤의 글을 종합적으로 살펴보면 이것이 글 전체의 핵심임을 알 수 있다. 이런 사상에는 진취적인 의의가 담겨 있으니, 탐욕과 절도와 출세를 위해 수단과 방법을 가리지 않는 태도는 "자기 소유가 아닌 것을 가지는" 것에 해당되기 때문이지 않겠는가? 과거에도 이 글을 분석해 논평한 사람들이 아주 많았지만, 현묘한 이치로 부질없는 이야기를 한 사람도 있었고, 생각이 소극적이라고 싫어한 사람도 있었는데, 기실 모두 원문을 제대로 읽지 못한 탓이다. 이 글을 두고 논하자면, 이처럼 심각한 의미와 추상적인 도리를 소식은 오히려 생동감 있고 구체적인 형상으로 가득 채운 가운데, 조금도 힘들이지 않고 묘사하고 시적인 의미를 풍부히 갖추었으니, 이는 확실히 시적인 산문이라고 하겠다.

소식은 본래 위대한 시인이며, 운율이 살아 있는 서정문에는 시적인 의미가 풍부해서 이해하기가 쉽다. 가령 「제구양문충공문祭歐陽文忠公文」에서 아직 구양수가 죽기 전의 모습을 말하기를, "군자들은 믿는 바가 있어 두려워하지 않았고, 소인들은 두려워서 하지 못하는 것이 있었습니다. 비유하자면 큰 강과 높은 산악은 그 움직임을 볼 수 없듯이, 그 공리功利가 사물에 미치는 것은 대개 셈으로 따져야 모두 알 수 있는 것이 아닙니다"라고 했다. 이것은 어떤 사실을 구체적으로 묘사한 것은 아니다. 그래서 그는 구양수에 대한 감정을 "위로는 천하를 위해 통곡하고, 아래로는 개인적으로 통곡합니다"라고 구체적으로 묘사함으로써 어쩔 도리 없이 감정을 털어놓았던 것이다. 또 그것은 추상적으로 개설하고 평술한 것이 아니다. 그렇게 하면 공허해져 글이 두서 없이 되고 마니, 시험 삼아 육조시대의 저명한 인물인 반악潘岳과 안연년顏延年의 뇌문誄文들과 비교해보면 드러날 것이다. 소식은 '군자'와 '소인'의 서로 다른 심리를 통해 구양수의 영향과 역할을 그려나갔고, 또 "큰 강과 높은 산악"에 비유해서 필묵으로는 묘사하기 어려운 '영향'과 '역할'을 형상해냈으니, 이러한 방식이 바로 추상적인 것이다. 따라서 그가 "위로는 천하를 위해 통곡하는" 심정이 충분히 전달되는 것이다. 이처럼 그의 개괄하는 능력과 상상하는 능력은 사람을 놀라게 하기에 충분하다.

이런 문장이 바로 시다. 남송시대 임정대林正大[54]는 일찍이 소식의 전·후 두 「적벽부」와 「서임화정시후書林和靖詩後」 「해당海棠」 「월야음행화하月夜飲杏花下」 등과 같이 시를 고쳐 글이 된 듯한 작품을 두고, 이런 문장은 본래 시라고 설명했다. 다시 말하자면 시의 기본 작법에 부賦·비比·흥興 세 가지가 있는데, 소식의 「힐서부黠鼠賦」의 탁물우의와 「추양부秋陽賦」의 촉경기흥觸景起興은 모두 아주 비근한 데에서 비유를 취했지만 우의寓意가 심원한 작품으로, 이 역시 시와 같은 산문들이다.

대상의 내면을 묘사한다

소식의 산문은 묘사를 핍진하게 하는 방법을 잘 쓰고 있어, 인물을 표현하

54_ 임정대: 생몰년 및 행적 미상. 자는 경지敬之이고, 호는 수재隨齋다. 저서로 『풍아유음風雅遺音』(2권)이 있다.

거나 경물을 표현할 때 더러 묘사 대목이 많지는 않아도 내밀한 면모가 살아 움직이곤 한다.

인물을 묘사한 「방산자전方山子傳」에서는 "내가 황주에 유배 갈 때 기정岐亭을 지나면서 마침 그를 만나게 되었다. 내가 '오호라! 내 친구 진계상陳季常이로구나. 어떻게 이곳에 계신가?' 하자, 방산자도 역시 당황스러운 듯 내가 그곳에 온 이유를 물었다. 내가 이유를 말해주니 고개를 숙인 채 말이 없다가 고개를 들고 웃고는 나를 끌고 자기 집에 유숙하게 했다. 집은 빙 둘러 싸늘했지만 그의 처자나 노비들은 모두 자득한 기색이 있었다"고 했다. 한낱 "오호라!"나 "당황스러운 듯"이라는 표현으로 뜻밖에 상봉하게 되어 놀라우면서도 기쁜 모습을 드러냈고, "고개를 숙인 채 말이 없다가 고개를 들고 웃었다"는 것은 그의 말할 수 없는 심정과 호방한 성격을 나타내고 있다. 또 "집은 빙 둘러 싸늘했다"는 것과 "처자나 노비들은 모두 자득한 기색이 있었다"는 것이 서로 대비되면서, 방산자의 정신적 면모를 드러내고 있다. 여기서 우리는 알 수 있다. 도연명이 "집은 빙 둘러 싸늘했다"고 표현한 것에는 스스로 "편안한 듯해서" 남들은 얻기 어렵다고 생각하게 만들지만, 방산자는 "처자와 노비들이 모두 자득한 기색이 있게" 했으니, 더더욱 쉬운 일이 아니지 않을까? 이것은 고개지顧愷之[55]가 "빰 위에 터럭 세 가닥을 더한다[頰上加三毫]"는 것과 똑같이 핍진하게 묘사하는 묘한 기법인 것이다.

그가 경물을 묘사한 글을 보자.

55_ 고개지(348~409): 육조시대 시인이자 화가. 자는 장강長康이다. 인물과 불상·금수·산수 등을 잘 그렸다. 화론에서는 전신傳神을 중시해서 '이형사신以形寫神'의 논리를 주장했다.

소식 필적

거처는 큰 강에 임해 있어, 무창武昌의 여러 산이 지척에 있는 듯이 바라보이고, 때로 일엽편주를 놓아 그 사이를 노닙니다. 비바람과 구름과 달이 아침저녁으로 흐렸다가 개었다가 천태만상을 자아내는데, 한 마디 말도 그 비슷한 것을 묘사할 수 없는 것이 한스럽습니다.

－「답상장관서答上長官書」

밤이 되어 옷을 벗고 자려 할라치면 달빛이 문으로 스며들어와 나는 흔연히 일어나 나간다. (…) 드디어 승천사承天寺에 이르러 장회민張懷民을 찾았다. (…) 함께 마당 가운데를 걸었다. 마당 가운데 물 가득 찬 연못은 부질없이 밝고, 물 가운데 수초와 빗겨 흐르는 것은 대개 대나무와 잣나무의 그림자다. 어떤 밤인들 달이 없겠으며, 어느 곳인들 대나무와 잣나무가 없겠는가? 다만 우리 두 사람처럼 여유로운 사람이 적을 뿐이다.

몇 글자 되지 않지만 안개와 구름이 점철되어 있고 정감과 경물이 서로 융합되어 있어 시적 의미가 언외에 넘쳐난다. 이것은 확실히 소품문 같은 신통한 필치다. 원굉도袁宏道[56]가 말하기를, "동파가 오도자吳道子의 그림을 평가하기를 '마치 그림이 그림자를 취한 듯 분방한 견해가 불쑥 나와 거슬러왔다가 순순히 가는 것이 각기 서로 올랐다가 내려가는 것과 같다'고 했는데, 나는 공의 문장도 역시 그렇다고 본다. 무녀가 장대 위를 걷고 시장통에서 아이가 구슬을 가지고 노는 듯이 분방한 마음에서 나오는 것을 수완이 받아들이지 않을 수 없었으니, 그중 뛰어난 것은 마치 맑은 하늘에 새가 날아간 자취나 수면 위에 남은 바람의 흔적과 같아, 하늘과 땅이 생겨난 이후로 이런 사람은 한 사람뿐이다"[57]라고 했다. 공안파가 소식의 작품을 중요하게 여기는 것도 이런 면에서 이해할 수 있겠다.

또한 문장 가운데 세부묘사를 삽입하기도 하는데, 가령 「왕정국시서王定國詩敍」에서도 "하루는 왕정국과 안복장顏復長이 도의道義로 사수泗水에서 유람하며 원산元山에 올라 피리 불며 술을 마시고 배를 타고 돌아왔다. 나 또한 술을 갖춰두고 황루黃樓에서 그들을 기다리며, '이태백이 죽은 뒤로 세상에 이런 낭만이 없어진 것이 삼백 년이 되었구나'라고 했다"는 대목을 삽입함으

56_ 원굉도(1568~1610): 명대 문학가. 자는 중랑中郎이고, 호는 석공石公 또는 육휴六休다. 만력 20년(1592)에 진사가 되어 오현吳縣의 지현知縣을 지냈다. 당시 의고문파의 문학에 반대하고 성령설性靈說을 주장하며 동생 원종도袁宗道·원중도袁中道와 함께 공안파公安派를 이끌었다. 저서로 『소벽당집瀟碧堂集』(20권), 『병화재집瓶花齋集』(10권), 『금범집錦帆集』(4권), 『해탈집解脫集』(4권) 등이 있다.

57_ 『원굉도집전교袁宏道集箋校』하 권41, 「직설조징권말織雪照澄卷末」

로써 내용이 더욱 핍진해졌다.

소식은 또 구어를 운용해서 묘사를 핍진하게 하는 데에도 뛰어났다. 가령 "만약 성은을 입어 전원으로 돌아가게 된다면, (…) 밤에 어느 마을에서 돌아오면 그대와 함께 장문莊門에서 마주앉아 오이와 볶은 콩을 먹을 텐데, 다시 그런 날이 올지 모르겠소"(「여왕원직서與王元直書」)라거나, "근자에 짧은 글을 하나 지었는데, 비록 유칠랑柳七郎[58] 같은 풍모는 없어도 스스로 일가는 되리라. 하하하! 수일 전에 교외에서 사냥할 때 잡은 것이 제법 많았지요. 그래서 노래 한 곡을 지어 동주東州의 장사로 하여금 손바닥을 치고 발을 굴리며 노래하게 하고, 피리를 불고 북을 두드리며 가락을 맞추니 자못 장관이었습니다"(「여선우자준서與鮮于子駿書」)라는 대목은 언어가 명료해서 묘사를 핍진하게 해준다.

명쾌한 언어가 자연스럽다

소식 산문의 언어는 구양수와 한가지여서 "유려하고 쉬운 데[流易]"에 장점이 있다. 다만 구양수가 비교적 느긋하다면, 소식은 명쾌한 편이다. 소식은 스스로 이렇게 말했다.

58_ 유칠랑: 북송대 사인詞人인 유영柳永(987?~1053)을 가리킨다. 완약한 유형의 사를 짓는 대표적인 작가다. 자는 기경耆卿이며, 형제 가운데 일곱째여서 '유칠柳七'이라고 불렸다. 인종 경우景祐 원년(1034)에 진사가 되어 둔전원외랑屯田員外郎을 지냈다. 대표적인 사작품으로 「우림령雨霖鈴」이 있다.

대개 문자는 어릴 때는 기상이 특출하고 채색이 현란하지만 점차 노숙해져 갈수록 평담해진다. 그러나 사실 그것은 평담한 것이 아니라 현란함이 지극해진 것이다. 너(자신의 조카)는 단지 나를 보고 이제 평담하다고 하지만, 전날 과거시험에 응할 당시의 내 글을 보지 못했더냐? 고하와 억양이 마치 용이 꿈틀거리듯 잡아도 잡히지 않는 것과 같다.

─「여질첩與侄帖」

분명히 지적하자면, 소식이 말한 '현란함'은 육조시대 문인들이 미사여구로 엮은 글과는 다른 것이며, "마음껏 분방하게 내달리기가 마치 흐르는 물이나 떠도는 구름과 같고, 괴이한 광채가 혼륜되어 있는"(방이지方以智,「문장신화文章薪火」[59]) 것을 두고 하는 말이니, 그래서 스스로 "고하와 억양이 마치 용이 꿈틀거리듯 잡아도 잡히지 않는 것과 같다"고 설명한 것이다. 그의 '평담함'은 평평해서 독특한 것이 없거나 담담해서 아무런 맛도 없는 무늬 없는 원목 같은 것이 아니라, 구어에 가까우면서 함축된 것도 많지만 더욱 자연스러운 것이다. 주희가 그의 글을 두고 "명쾌하다"고 했는데, '명'이란 사실을 논하고 이치를 설명하되 심오한 것을 알기 쉽게 말하고 유창하고 조리 있게 하는 것을 이르며, '쾌'란 세밀하게 분석하며 단도직입적인 표현을 많이 쓰되 태연하게 활약하는 것을 말한다. 종합하자면 표현하기 어려운 이치와 전달하기 어려운 정감을 마치 분명한 것인 양 털어놓는 것이다.

아래에서 다시 나누어서 설명해보자.

(1) 단어의 측면: 소식은 형상을 포착하는 데 뛰어나 스스로 훌륭한 말을

---

[59]_ 방이지,『통아通雅』권3

만들었다. 가령 "흰 이슬은 강을 가로질렀고, 물빛은 하늘에 닿았네[白露橫江, 水光接天]" "시원한 바람은 느긋이 불어와 물결은 일지 않네[淸風徐來, 水波不興]"(「전적벽부」), "달은 밝고 바람은 시원타[月白風淸]"(「후적벽부」), "물이 불어 도랑을 이루고[水到渠成]" "누런 띠풀에 하얀 갈대[黃茅白葦]"(「답장문잠서答張文潛書」), "천변만화千變萬化"(「정인원화기淨因院畫記」), "책을 묶어둔 채 보지 않으니, 이야기에 근거가 없다[束書不觀, 游談無根]"(「이씨산방장서기李氏山房藏書記」), "언뜻 쫓을라치면 곧 사라져버린다[稍縱卽逝]"(「운당곡언죽기篔簹谷偃竹記」), "늙기도 전에 먼저 쇠해버린다[未老先衰]"(「추무성시집서鄒茂誠詩集序」), "대나무를 이룬 것은 가슴에 있다[成竹在胸]"[60] "홀로 서도 두렵지 않다[獨立不懼]"(「묵군당기墨君堂記」), "씹을수록 맛이 난다[咀嚼有味]"(「장자평시서章子平詩序」) 등등. 우리가 현재 사용하는 어떤 성어들은 대개 직간접적으로 소식의 문장에서 오기도 했다. 또 위에서 열거한 것 외에도 "천하의 일호 같은 일[天下一毫之事]"의 "일호"라든가, "서로 경계하다[相與警戒]"의 "경계"라든가, "자연적으로 주리지 않았다[自然不飢]"의 "자연"이나, "본래 우연이다[本是偶然]" "가능하지 않은 것이 없다[無不可者]" "명성이 실상보다 지나치다[名過其實]" "실상이 명성에 비해 헛되다[實浮於名]" "반드시 이루기를 기약한다[期於必成]" "어렵고 심오한 것으로 얕고 쉬운 것을 꾸미다[以艱深文淺易]" "용고기가 돼지고기만 못하다[龍肉不如猪肉]" "참으로 볼 만하면 즐길 만한 것이 있다[苟有可觀, 皆有可樂]" "사생궁달도 그 지조를 바꾸지 못한다[死生窮達不易其操]" "글 배우는 사람은 종이 낭비한다[學書者紙費]" "이 이치가 반드시 그렇지 않은 것[此理之必不然者]" "힘은 격발된 것에서 생긴다[力生于所激]" "가

60_ 「운당곡언죽기」

는 곳마다 없는 것이 없다[無所往而不在]" 등등이 있다. 풍부한 언어의 보고일 뿐 아니라, 사람들에게 글을 엮고 말을 만드는 방법을 보여주고 있다.

(2) 구절 구조의 측면: 소식 문장의 글귀 구조는 매우 자연스럽다. 그러나 자세히 살펴보면 그 글이 퇴고推敲를 거쳤음을 알 수 있다. 「희우정기喜雨亭記」를 예로 보자.

> 정자를 '비 우雨'자로 이름 붙인 것은 기쁨을 기록하는 것이다[亭以雨名, 志喜也].

이것을 "'비 우'자로 정자를 이름했다[以雨名亭]"로 고쳐도 괜찮을까? 그렇지 않다. 정기亭記를 지은 것이기 때문이다. 사람들은 이 정자를 어째서 "희우喜雨"라고 이름했을까 생각하니, 먼저 정자에 대해 이야기한 다음 '비 우'자로 이름 지은 것을 설명할 것이라고 생각한다. 그렇다면 "희우라고 이름했다[以喜雨名]"로 고치면 어떨까 하고 생각해볼 수 있다. 그러나 아래에 "희"자가 있기 때문에 여기서는 생략할 수 있고, 게다가 "정자를 '희우'로 이름 붙인 것은 기쁨을 기록하는 것이다"라고 하면 말이 중복되어 음절이 조화롭지 못하다고 생각된다. 그는 사람들의 생각이 자연스럽게 이루어질 것을 고려해서 사람들이 쉽게 보고 입에 부드럽게 읽힐 수 있도록 했다.

글 끝에서는 "내가 (희우로) 내 정자에 이름 붙였다[吾以名吾亭]"고 했다. 그것은 위에서 희우라고 말했기 때문에 여기 "오정吾亭"에는 빼놓았지만, 자연스럽게 "희우"가 "오정" 앞에 놓이게 된다(여기서는 생략한 것이다). 이것은 사람들의 사고는 발전한다는 사실에 근거한 것이다.

(3) 다시 구절과 구절이 연결되는 면을 보자. 「희우정기」를 예로 보면, "정

희우정

자를 '비 우'자로 이름 붙인 것은 기쁨을 기록하는 것이다"는 구절 뒤에 이어서 이렇게 묘사한다.

> 옛날에도 기쁜 일이 있으면 곧장 사물에 이름 붙이곤 해서 잊지 않으려고 했다. 주공은 벼를 얻어 그 책에 이름 붙였고, 한나라 무제는 솥을 구하자 그해의 이름으로 붙였으며, 숙손은 적에게 승리하고는 그 아들에게 이름 붙였으니, 그 기쁨의 크기는 같지 않지만 잊지 않으려는 것은 한가지였다.

> 나는 일찍이 생각하기를 "옛날에도 기쁜 일이 있으면 곧장 사물에 이름 붙이곤 해서 잊지 않으려고 했다"는 대목을 빼고, 직접 "옛날에 주공이 벼를 얻어 (⋯)" 하는 것으로 들어갈 것이며, 또 "같지 않지만" 하는 말 아래에 "모두 사물에 기록해두어"라는 말을 보태둔다면, 세 층위의 변화를 두 층위로 줄이고 글자 수도 다섯 자 줄일 수 있으니, 더욱 간결하지 않을까 여겼다. 그러나 자세히 생각해보았더니, 이런 형태는 좋지 않다는 사실을 깨달았다. 왜냐

하면 사람들이 갑자기 "주공이 벼를 얻어"를 먼저 읽으면, 작가가 왜 이런 말을 하는지 모를 것이지만 바로 "모두 사물에 기록해두어"라는 구절을 읽으면, 작자의 의도가 드러나기 때문이다. 소식의 묘사방식을 살펴보면 점점 더 나아가는데, "옛날에도 기쁜 일이 있으면 곧장 사물에 이름 붙이곤 해서"라는 대목은 앞서 "기쁨을 기록한 것이다"는 구절을 이은 것이며, 아래에 "주공은 벼를 얻어 그 책에 이름 붙였고" 하는 대목은 분명히 "옛날에도 기쁜 일이 있으면 곧장 사물에 이름 붙이곤 했다"는 것을 입증하는 것이다. 구양수와 소식 이전에 목수穆修[61]와 장경張景[62] 등의 문인들은 단지 글자를 생략할 줄만 알았지 문학적 정서는 고려하지 않았으니, 그들의 성취가 구양수와 소식만 못한 데에는 이것이 원인의 하나였던 것이다.

(4) 다시 언어의 표현전달의 측면을 보자. 소식의 문장이 달의達意에 뛰어났다는 것은 앞에서 이미 자주 언급했으니, 여기서는 먼저 그 깊이와 변려체·산체散體 두 점에 대해 이야기하고, 이어 역사 인용과 비유의 활용에 대해 언급하겠다.

언어는 언제나 이해하기 쉬운 말로 의미를 전달하는 것이지만, 다만 "일이 쉬운 말로 전달되지 않는 경우"에는 반드시 "심오한 말이라야 비로소 전달될 수 있다." 벽불闢佛을 예로 들어보자. 한유는 말하길 화상들은 "밭도 가는 일 없이 먹으며, 옷도 짜는 일 없이 입는다"고 했으니 쉽고 평이한 말이다. 그러

61_ 목수(979~1032): 북송 산문작가. 자는 백장伯長이다. 진단陳搏을 사사해 춘추학에 뛰어났다. 대중상부大中祥符 2년(1009)에 진사가 되어 태주사리참군泰州司理參軍을 역임했다. 한유와 유종원을 추숭해서 그들의 문집을 직접 교정하고 간행했다. 남은 작품이 많지 않고 『전송문全宋文』에 20편이 수록되어 전한다. 저서로 『하남목공집河南穆公集』(3권)이 있다.

62_ 장경(970~1018): 북송의 문인, 학자. 자는 회지晦之다. 진종眞宗 함평 3년(1000)에 진사가 되어 방주문학참군房州文學參軍과 대리평사大理評事 등을 역임했다.

나 사실 그렇게 완전한 것은 아니다. 소식은 젊은 화상과 비구니들은 "힘들게 수고하고 비루해서 욕되기는 농부나 장인보다 더하다"[63]고 한다. 그러면 "집을 버리고 옷을 벗어버리며 머리를 깎는 자가 많다"는 것은 어떻게 해석해야 하는가? 소식은 이에 '장로長老'와 '사문沙門'을 구분해서 지적한다. 불도들은 "우리 사부께서 일러주신 계"를 진심으로 믿지는 않으니, 이들 '장로'는 "황당한 말을 하며 옷을 걸치고 자리에 앉아 태연자약하게 문답을 하는데"(실제로 이것은 몇몇 지주 승려에 해당된다), 사실 이들은 스스로를 기만하고 남도 속이며 일 없이 놀고먹는 무리들이다. 소식의 말은 한유의 말에 비해 더욱 심각하고 명쾌하다.

심각한 사리는 알기 쉬운 말을 써야 투명하게 전달될 수 있다. 앞에서 거론했던 「가의론」에서 "재능을 얻기 어려운 것이 아니라, 스스로 기용되기가 실로 어렵다"는 말과, 「유후론」에서 "세상에 큰 용기를 지닌 사람은 갑작스레 닥쳐도 놀라지 않고, 이유 없이 덮쳐도 성내지 않으니"라는 말, 또 「가설稼說」에서 "두루 관찰하되 간략히 취하고, 두텁게 쌓되 조금씩 풀 것"이라는 것, 「강행창화집서」에서 "옛날 글을 짓는 사람들은 지을 줄 안다고 해서 잘 짓게 되는 것이 아니라, 짓지 않을 수 없어 짓는 데에서 잘 짓게 된다고 여겼다"는 등등의 말은 모두 알기 쉬운 말들이지만, 말하기 어려운 의미를 전달하고 있으니, 어떤 곡진한 사정을 파악하기 좋다는 점에 묘미가 있다.

소식의 언어전달 기교는 배치가 뛰어나다. 변려문의 언어예술은 중점이 배치에 있다. 그러나 대장對仗으로 배치하는 것은 더러 누적되어 전환이 이루어지지 못해 잘못되곤 한다. 앞에서 우리는 증공이 허자를 변려구에 삽입하고

63_ 『동파전집』 권35, 「중화승상원기中和勝相院記」

변려구를 산문에 삽입한 것에 대해 언급했다. 이런 점에서 소식의 운용은 더욱 성공적이다. 가령 그는 「걸교정육지주의차자乞校正陸贄奏議箚子」에서 이렇게 말한다.

가만히 생각해보니 신하가 충성을 바치는 것은 의사가 약을 쓰는 것에 비유할 수 있습니다. 약은 비록 의사의 손에서 만들어지지만, 그 처방은 대부분 고인들에게서 전해진 것입니다. 만약 세간에서 이미 효과를 본 것이라면 반드시 자기로부터 만들어지지 않아도 될 것입니다.

이것은 완전한 변려구이지만 평이하고 유창하며 변화가 자유자재해서 산문구에 비해 도리어 의미를 전달하기에 뛰어나다. 그 쓰임이 산문 가운데 있으면서 변려구에 가까운 것, 가령 「초연대기超然臺記」 가운데 "사람의 욕구는 무궁하지만 내 욕구를 채워줄 사물은 한계가 있다"든지, 「의학교공거장議學校貢舉狀」 가운데 "규구준승規矩準繩 같은 척도가 없기 때문에 학문을 이루기가 쉽고, 성병聲病과 대우對偶가 없기 때문에 시험이 정밀하기 어렵습니다. 이루기 쉬운 학문의 의리로 정밀하기 어려운 시험관리에게 당부하십시오" 같은 대목은 모두 변려문이기도 하고 산문이기도 해서, 변려문과 산문이 서로 융합된 것이다.

소식은 또 역사 인용과 비유에도 뛰어났다. 그중 역사를 인용한 것으로 「위무제론魏武帝論」의 경우 "내가 남보다 나은 까닭을 알고 남은 자기가 나보다 나은 까닭을 모른다면, 천하에 대적할 자가 없다" 하고, 그 아래에서 인용하기를 "옛날 진나라 순식荀息은 괵공虢公이 반드시 궁지기宮之奇를 등용하지 않을 것을 알았고, 제나라 포숙鮑叔은 노군魯君이 반드시 시백施伯을 등용하지 않을 것을 알았으며, 설공薛公은 검포黥布가 반드시 상책上策을 내지 않을 것을 알았다"고 해서 세 건의 역사 사실을 차례로 인용했는데, 간단한 전고가 아닌데도 요점 있게 서술함으로써 한 번 보면 바로 알 수 있다. 서술 또한 매우 간결하기 때문에 주객이 전도되지도 않았다. 차례로 세 가지 사실을 인용한 뒤 다시 총괄적으로 분석해서, "이 세 가지는 모두 위험한 방법이지만, 곧장 침범해오더라도 저들은 장점을 사용할 줄 모를 것이며, 또한 내가 꺼리는 것을 할 줄도 모를 것이다. 그래서 해를 무릅쓰고 이익을 취하는 것이다"라고 지적한다. 이렇게 인용과 증명, 분석을 거치면 "남보다 낫고" "나보다 낫다"는 말의 심오한 의미가 알기 쉬운 것으로 변해버린다. 「대장방평간용병서代張方平諫用兵書」에서는 진秦·한漢·수隋·당唐 네 나라의 일을 차례로 예로 들었고, 「손무론孫武論 하」에서도 두 차례 당나라 사례를 들고 있는데, 생각이 비교적 심오한 상황을 말할 때면 그는 역사 사실을 인용해서 설명한다. 가령 「손무론 하」에서 그는 "천자의 병법으로는 장수를 부리는 것보다 중요한 것은 없다. 장수를 부리는 방법으로는 이익 되는 것을 열어주고 꺼리는 것을 준다"고 했다. 여기서 "이익 되는 것을 열어주고"라는 말은 비교적 명백하지만, "꺼리는 것을 준다"는 것은 실제로 이해하기 어렵다. 어째서 이해하기 어려울까? 그것은 그의 독창적인 견해이자 "자기에게서 나온" 말이기 때문이다. 이른바 "독창적인 견해"란 다른 사람에 비해 뭔가 심오한 것을 파악한 것으로, "남들이 못 본 것을 본 것이요", 자연히 "남들이 말하지 못한 것을 말하는 것"이다. 그래서 이해하기 어려운 것을 면할 수가 없다. 사람들이 이해하도록 하기 위해 소식은 먼저 의사가 약을 쓰는 하나의 비유를 들었지만, 내가 읽어도 아직 이해하기 어렵다. 그것은 "장수를 부리는 것"과 "약을 쓰는 것"의 성격에 차이가 있기 때문인데, 소식은 또한 그것을 설명하지 않았다. (여기에서 중요한 것은 다음 한 구절이 빠져 있다는 점이다. "양의는 약을 쓸 때 약에 독성이 있는 것은 먼저 금기해야 할 점을 알려주는 법이다.") 그러나 그가 들고 있는 역사 사실의 예, 즉 "헌종憲宗이 장차 유벽劉闢을 토벌하려고 할 때 고숭문高崇文이 아니면 기용할 수 없다고 여겼는데, 유옹劉澭은 고숭문이 꺼리는 사람이었다. 그래서 알리기를 '유벽을 이기지 못하면 유옹으로 대신 교체하리라!'고 하자, 숭문은 힘써 싸워 얼마 지나지 않아서 유벽을 사로잡았다. 이것이 천자가 장수를 부리는 방법이다"라는 대목을 보게 되는데, 그가 말한 '방법'에 대해 이런 예를 제시함으로써 명백하게 했다.

이런 한 예는 다음과 같은 사실을 나타낸다. 소식은 비유와 역사 사실의 예시(즉 사실의 인용과 비유)를 항상 동시에 사용한다는 점이다. 그의 비유는 또 종종 여러 가지 비유를 차례로 사용하거나('박유博喻'라고 한다), 어떤 경우에는 비유를 들고 나서 비유한 의미를 해설하기도 하는데, 앞에서 인용한 「걸교정육지주의차자」의 경우가 가장 뛰어났다. 「일유日喻」나 「가설稼說」 등의 작품도 차례로 비유를 들고(가령 "해"나 "잠수부"), 또 비유를 설정하고 나서 해설과 분석을 하고 있으니, 우언이 이러한 형식으로 발전하기도 했다. 이것의 역할은 말하기 어려운 의미를 명확하고 자연스럽게 전달하는 데 있다.

그가 인용한 사실과 설정한 비유는 대부분 자신에게서 나온 것이다(역사 사실도 역시 각색을 거친 것이다). 심지어 「형상충후지지론刑賞忠厚之至論」 가운데 "요임금이 이르길 용서할 것이 세 가지다"는 등의 말은 필경 자신의 생각으로 만든 고사이다. 문학이 허구라는 측면에서 그의 풍부한 상상력이 만든 표현으로, 사학史學의 입장에서는 허락할 수 없는 일이다.

소식의 산문에서 사실을 인용하고 비유를 설정하는 것은 표현전달에 보탬이 된다. 게다가 삽화가 많고 변화가 다양하니, 이른바 "마치 용이 꿈틀거리듯 잡아도 잡히지 않았던" 것이 더러 이런 점에 있었던 것이다. 이것은 또한 "사람들로 하여금 대응할 겨를도 주지 않고"[64] "사람을 이끌어 훌륭한 곳으로 들어가는"[65] 것이다. 그러나 자칫 평평하고 느긋해지기 쉬워 좋지 못하거나 산만해져버리곤 한다. 사람들은 한유의 산문을 조수潮水에 비유하고, 소식의 산문은 바다라고 하는데(즉 "한조소해韓潮蘇海"[66]), 그의 글을 자세하게 살핀 것이다.

소식은 자신의 신의新意와 창견을 제시하는 데 뛰어났는데, 더구나 말에 이치가 있고 자연스럽게 드러났다. 그러나 착오도 있었으니, 가령 「진황론秦皇論」 끝에 "대개 세상에서 편리한 것들은 속임수와 거짓이 비롯되는 단서이다"라고 했는데, 이것은 분명 오류이다. 그리고 그는 아버지와 마찬가지로 통치하는 방법에 대해 많이 말했는데, 그것은 봉건사회에서 봉건군주를 위해 생각한 것들이며, 지은 책론도 본래 과거응시를 위해 준비했던 것으로 그 스스로도 "젊을 적 작품을 후회한다"고 했던 것이다. 그러므로 이것은 구별해서 다루어야 한다. 그래도 그는 분명히 한 사람의 대작가이며, 언어의 거장이다. 그는 한유나 구양수의 산문언어를 새로이 높은 위치로 발전시켰으며, 연구할 만하고 귀감이 될 만한 작품을 많이 남겼다.

64_ 등춘鄧椿, 『화계畫繼』권3, 「헌면재현軒冕才賢」
65_ 유의경劉義慶, 『세설신어』「오탄伍誕」
66_ 양민휘楊敏輝, 「성세위언발盛世危言跋」

唐宋八大家

제9장

유심주의 문장가 소철

唐 宋 八 大 家　　蘇 轍

신중한
논조의 온건파
-소평전

소철蘇轍(1039~1112)의 자는 자유子由로 만년에 영빈유로潁濱遺老라고 자호했으며, 소순의 아들이요 소식의 동생이다.

이른 나이에 "학문은 부형을 스승으로 삼았고" "스스로 문사에 힘썼다"(「사제중서사인표謝除中書舍人表」)고 한다. 아버지를 따라 경성에 들어가서 구양수와 한기와 부필 등을 만났고, 장방평과 구양수에게 높은 평가를 받았다. 소식과 함께 진사시에 응시했고, 똑같이 직언극간과直言極諫科에 합격했다. 왕안석은 집정하자 제치삼사조례사制置三司條例司를 설치하여 변법을 준비하면서 일찍이 소철을 끌어들여 작업에 참여케 하려 했는데, 그러나 소철은 도리어 장방평 등의 인물들과 함께 반대자의 편에 섰다. 하남부河南府(지금의 허난 성 뤄양洛陽) 추관推官, 진주陳州(지금의 허난 성 화이양淮陽) 유학교수儒學教授, 남경南京(지금의 허난 성 상추商邱) 첨서판관簽書判官으로 나갔다. 소식이 황주에 유배되었을 때, 소철 역시 유배되어 균주筠州(지금의 장시 성 가오안高安)에 가서 염주세鹽酒稅를 감독했고, 다시 오늘날 안후이 성의 지시績溪 수령으로 옮겼다. 철종 초기에 사마광 일파가 집정하자, 우사간右司諫에 기용되어 중서사인中書舍人과 한림학사翰林學士를 거쳐 상서우승尙書右丞과 문하시랑門下侍郞에까지 이르렀다. 철종이 친정한 후 루저우汝州로 나갔고, 다시 균주에 유배되었다가 멀리 뇌주雷州(지금의 광둥 성 레이저우雷州) 등지로 좌천되었다. 휘종이 즉위하자 관작이 회복되어 내직으로 옮겨와 봉상태평궁鳳翔太平宮(도교 사원이다. 송나라 때 퇴직한 대관들에게 일상적으로 궁宮이나 관觀의 제거提擧라는 명의名義를 주고 일정한 봉급을 주고는 봉사奉祠라고 불렀다)의 제거提擧가 되었다. 채경蔡京이 나라를 맡은 뒤 봉사에서 파직되어 허주許州(지금의 허난 성 쉬창許昌)에 머물다가 그곳에서 죽었다. 남송 때 '문정文定'이라는 시호에 추증되었다. 저서로는『고사고古史考』『노자해老子解』『난성집欒城集』 등이 있다.

그는 이른 나이부터 책을 읽어 아버지 소순과 형 소식을 스승으로 삼았다. 독서에 힘써 매우 성실하게 했다. 그가 말하길 매번 "책 하나를 얻으면 거기에 빠져 읽되, 그것의 전傳(앞사람들이 해놓은 해설)을 구하지 않고 오직 그 책만 알았다. 알아보려 해도 알 수 없으면 반복해서 생각하다가 종일토록 알 수 없으면 그때 물러나 전을 찾아본다. 왜 그러는가? 마음에 들어가기 쉬운 것은 지키기가 견고하지 못할까 두렵기 때문이다"(「상양제제공서上兩制諸公書」)라고 했다. 이런 독서법이 좋은 것은 원문을 세심하게 감상할 수 있고, 묵은 해설에 구속되지 않는 점에 있다. 이것은 또한 '송학'의 풍토로, 소씨 부자가 모두 이러했다. 그러나 주관적인 억측에 기대기 쉽다는 약점이 있다.

그의 흥취는 소식처럼 그렇게 광범지는 않았다. 예를 들어 소식과 그의 아버지는 모두 글씨와 그림을 몹시 좋아해서 "매번 얻는 것이 있으면 참된 낙으로 여겼지만", 그는 도리어 "보아도 담담하게 거의 뜻을 두지 않았다."(『동파지림東坡志林』[1]) 열 살이 넘은 무렵에 소순이 그를 데리고 함께 성도成都 부윤인 장방평을 찾아가서 뵈었다. 장방평은 그의 형제들을 잘 알고 있어, "장자(소식)는 명민해서 더욱 사랑스럽고, 동생(소철)은 신중하다"(『서계당가록瑞桂堂暇錄』[2])고 했다. 이것은 그의 형제 두 사람의 성격이 서로 다르다는 것을 말한다. "신중하다"는 말은 소철의 성격을 아주 잘 표현한 것이며, 심지어 그의 정치적 태도와 문장 풍격을 이해하는 데도 두루 도움이 될 것이다.

물론 성격은 타고나는 것이 아니다. 소식은 비록 소철보다 두 살 위이지만, 네 살에 독서를 시작해서 소순의 호방한 생활의 영향을 다소 받을 수 있었다. 그는 어릴 적에 「범방전范滂傳」을 보고 흥취에 젖곤 했으니, 이것이 그 증거다. 소철이 컸을 때는 아버지 소순은 이미 성도 부윤과 왕래하며 촉 땅 유력인사의 일원이 되어 있었다. 소철은 아버지가 "생각을 바꿔 독서에 전념하게 된" 뒤로 아버지에게서 영향을 받은 것이 많았을 것이다. 특히 그는 장방평의 지우를 받은 것이 가장 깊어서 함께 지낸 것도 오래였고, 소철 자신도 "이른 나이에 이미 성도의 부윤을 알아, 만년엔 막하의 빈객이 되었네. 강서 땅에서 나를 노성한 아이로 대하더니, 일생 지기로 이 사람이 으뜸이네"[3]라고 했다. 소식은 호방하고, 소철은 신중한 것이 모두 우연이 아니다.

신중한 것이 불완전하면 일을 그르치게 된다. 소심할 정도로 삼간다거나

1_ 『동파지림』: 소식이 지은 필기잡설집. 원풍元豐에서 원부元符 연간 사이 20여 년 동안의 기록이다. 수록 내용은 사론史論과 잡설 등으로 다양하고, 전하는 판본도 여러 가지로 1권본·5권본·12권본 등이 있다.
2_ 『서계당가록』: 작가 미상의 송대 필기집. 『설부說郛』(명대 도종의陶宗儀 편) 등에 일부 내용이 전한다.
3_ 『난성집』 제3집 권1, 「추화장공안도증별절구追和張公安道贈別絕句」

곧이곧대로 일을 처리하는 것도 일종의 신중한 태도의 표현이다. 소철은 뒤에 균주로 좌천되었을 때 염주세를 감독했다. 그는 청렴하다고 자처하지 않았지만 있는 그대로 일을 처리해서, "낮이면 시장통의 소금과 술을 파는 곳에 앉아 돼지고기와 물고기에 세금을 매겨 시장 사람들과 저울을 다투어가며 스스로 힘썼으니"(「동헌기東軒記」), 그의 신중함을 볼 수 있는 일화다. 그러나 개혁시기에는 '신중함'이 더러 보수적인 방향으로 나가게 된다. 소철은 아버지나 형과 마찬가지로 북송의 나약함과 민생의 질고에 관심이 있어 일찍이 개혁하려는 뜻이 있었지만, 그는 생각하기를 개혁을 할 때에는 반드시 "천하로 하여금 이와 같이 할 것이라고 모두 믿도록 한 뒤 종사토록" 해야 한다고 여겼다.(「서론書論」) 사실 이것은 대지주와 대상인들이 모두 개혁에 동의하기를 기다린 뒤 개혁해야 한다는 것이었다. 그는 왕안석이 호민들의 겸병이 초래한 폐해를 간파했던 것과는 달랐으며, 도리어 "주현州縣 사이에 작거나 크거나 어디든 부민은 있으니, (…) 주현은 그들에 힘입어 강하게 되고 국가도 그들을 믿음으로써 견고하게 된다"고 했다. 분명히 지주와 힘센 유지들의 입장에 서 있었던 것이다. 그가 생각한 개혁은 "부자들로 하여금 자신의 부유함에 편안히 지내되 횡포부리지 않게 하고, 빈민들은 자신의 가난함에 안분하되 모자라지 않는 것"(「시병오사詩病五事」)이라고 여겼으니, 계급사회 가운데 특히 북송 인종의 시대는 지주계급은 이미 부패했고 당시 계급모순도 격해져 있었는데, 소철의 '삼가고 신중한' 논조는 단지 개혁을 반대하는 구실만 만들게 되었다.

신종이 즉위하고 왕안석이 집정했던 초기에 왕안석은 소철을 끌어들여 변법을 준비하는 기구인 제치삼사조례사의 업무에 참여케 했다. 그것은 대체로 소철의 나이가 젊고 문명도 알려진데다 또 어느 정도 개혁을 바라는 것으로 여겨졌기 때문인데, 그래서 왕안석은 소철이 변법 업무에 참여할 수 있을 것으로 생각했던 것이다. 그러나 왕안석이 청묘법의 초안을 제시하며 "이것은 청묘법이다. 제군들은 익히 의론해서 불편한 점이 있으면 보고할 것이요, 달리 의심치 말라"고 하면서 토론에 부쳤을 때, "다른 날에 소철이 보고하기를 '돈을 백성들에게 빌려주고 2푼의 이자를 내게 할 것입니다. 본래 백성의 곤궁을 구하자면 이자를 늘려서는 안 됩니다. 그러나 출납할 때 아전들이 간사한 짓을 하면 비록 법이 있어도 금지하지 못합니다. 돈이 백성들의 손에 들어가면 비록 양민이라도 이유 없이 허비하게 될 것이니, 납전할 때에 비록 양민이라도 기한을 어기지 않을 수 없습니다. 그렇게 되면 채찍질이 반드시 필요하고 주현의 일도 말할 수 없이 번거롭게 됩니다'라고 했다." 소철이 "출납할 때 아전들이 간사한 짓을 한다"고 말한 것은 이치가 있다. 봉건사회에서 관리와 아전은 대부분 크고 작은 지주들이기 때문이다. 그들의 손을 빌리게 되면 그들이 탐욕스럽게 떼어먹는 일을 피할 수 없다. 그래서 왕안석은 당시에 "그대 말에 이치가 있으니 천천히 의론토록 하겠다"(「영빈유로전潁濱遺老傳」)고 했다. 결국 상평법常平法(혹은 사창법社倉法)은 지방 유지들의 손을 빌려 시행되어, 출납할 때 그들도 똑같이 간사한 짓을 저질렀다. 소철은 이런 점을 예상하지 못했지만, 그도 본래 지방 유지들과 긴밀하게 연관된 처지였던 것이다. 그뒤 마침내 왕안석과 의론할 경우 "걸핏하면 견해가 달라" 청묘법과 균수법에 대해 모두 비판했다. 훗날 「자제주회론시사서自齊州回論時事書」에서 밝히기를 "청묘법이 시행되자 농가엔 남는 재물이 없고, 보갑법保甲法이 시행되자 백성들에겐 여력이 없고, 면역법免役法이 시행되자 공사가 모두 고달프고, 시역법市易法이 시행되자 상인들이 모두 병들었다"고 했다. 이것은 그와 장방평 등이 줄곧 신법에 반대했던 이유를 말해준다.

소철

　철종 원우元祐 연간에는 사마광이 집정하면서 신법을 모두 폐지시켰다. 이
때 소철은 관직이 문하시랑과 상서우승에 이르렀다. 왕안석이 등용한 여혜경
呂惠卿과 채경 등은 본래 소인이었고, 또 왕안석 본인이 재상에서 파직된 것
도 여혜경의 모함에 걸린 것이었다. 소철은 여혜경 등을 힘써 공격했다. 그는
또 왕안석을 배척하며 "희령 이후로 소인들이 권력을 잡았다"[4]고 하여 그 태
도가 소식과도 달랐다. 그러나 사마광이 역법을 폐지한 것과 다시 시부詩賦
로 선비를 선발하는 것 두 가지에서는 그 또한 "가볍게 바꾸어서는 안 된다"
고 주장했다. 이 당시는 두 파벌이 정견으로 다투는 데서 비롯되어 권력을 다
투는 것으로 변해 있었다. 그래서 채경이 대각에 오른 뒤 소철은 다시 유배
당했다. 당시 소철은 소식과 달리 불교와 도교를 진심으로 믿었다. 가령 그
는 생각하기를 "청탁淸濁이 일관一觀이요, 허실虛實이 동체同體인 다음에 사물

4_　『난성집』 후집 권13, 「영빈유로전하潁濱遺老傳下」

과 견주는 일 없이 지극한 청淸과 지극한 허虛가 드러날 것이다"(「왕씨청허당기王氏淸虛堂記」)라고 했고, 또 "몸과 마음은 본래 빈 것이고 만물도 역시 빈 것이니, 여러 가지 각기 다른 상相들은 모두 허망한 것이다"(「등헌설等軒說」)라고 했으며, 또 "하나가 천만이요, 천만이 하나이다"라고도 해서, "모두 심법뿐이다"(「동산장로어록서洞山長老語錄序」)라고 인식함으로써 객관적 존재를 부정하고 차별과 모순을 없앴으니, 이 자체가 철두철미한 유심주의다. 또한 그가 인성을 논한 것도 역시 소식과는 달라, 선종에서 "육조가 선을 생각하지 않고 악을 생각하지 않는다고 했으니, 희로애락이 미발한 것이다"라고 생각했고, "소자첨의 설명에는 의미에 불안한 점이 있다"(「논어습유論語拾遺」)고 여겼다. 이는 명백히 현학과 선학과 이학을 합해 일체로 만든 것으로, 주희도 소철을 두고 "우리 유학을 노자에게 결합시키고도 오히려 부족하다고 여겨, 아울러 석씨까지도 얼키설키 꿰매두었다"(「잡학변雜學辨」)고 했다. 과거의 평론자들은 소씨 형제에 대해 같은 점만 보았지 다른 점은 보지 않아 실제에 부합되지 않았던 것이다.

물론 소철과 소식에게는 공통점도 있다. 소철이 말하기를, 이른 나이에 "백가의 서적을 보며 이리저리 멋대로 기뻐도 하고 놀라기도 하며 읽지 않은 것이 없었으며", 독서하는 가운데 "삼대 이래 흥망치란의 순간에는 정신을 차리고 분석하기에" 주력했다. 한편 "우禹와 직稷이 일에 골몰했던 것"을 찬미하고, 시사에 관심을 두어 천하를 두루 구제하기를 희망했고, 또 한편 "안씨의 자손(안연顔淵)이 자락했던 것"으로 혼자 선행하며 몸을 보존했다.(「상양제제공서上兩制諸公書」) 그는 생각하기를 "평소에 마음을 수양하여, 스스로 외물에 기대하지 않는 것에서 만족한다면" "부귀해도 음란하지 않을 것이며, 빈천해도 근심스럽지 않을 것이요" "사생과 득실에 임해도 두렵지 않다"고 했다.(「오씨호연당기吳氏浩然堂記」) 이러한 태도는 개인적 수양에 주력하며, 품행과 기절을 강구해서 아주 작은 것도 비루하고 더러운 일은 하지 않았으니, 이는 소식과 같은 점이다.

소철은 문학사상에서도 '양기養氣'설을 주장했다. 그의 양기설의 주된 내용은 「상추밀한태위서上樞密韓太尉書」 한 편에 실려 있는데, 이 글은 그가 열아홉 살로 변경汴京(지금의 허난 성 카이펑)에 도착했을 때 지은 것이다. "문文이란 기가 모양을 이룬 것입니다. 그러나 문은 배워서 할 수는 없지만, 기는 길러서 이룰 수 있습니다. 맹자가 '나는 나의 호연한 기상을 잘 기른다'고 했는데, 지금 그의 문장을 보니 느긋하고 넓어 천지간에 가득한 것이 그 기의 작고 큰 것에 걸맞은 것입니다. 태사공이 천하를 다니며 사해와 명산대천을 두루 유람하고, 연월燕越 사이의 호준한 인물들과 교류했기 때문에 그의 문장이 소탕疏蕩해서 자못 빼어난 기상이 있는 것입니다. 이 두 사람이 어찌 붓을 잡고 이 같은 글을 배워서 그렇게 된 것이겠습니까? 기가 가슴속에 가득 차서 겉으로 넘쳐나고, 말에서 발동되어 그 문장에 드러나지만 스스로는 모르는 것입니다"라고 한다. "기운이 가슴속에 가득 차서 겉으로 넘쳐난다"는 것은 곧 한유가 말했던 "기운이 성대하면 말이 적절하다"는 생각과 같으며, "문은 배워서 할 수 없다"는 것은 그의 아버지나 형의 "일찍이 글을 지으려는 의도가 없다"는 생각과 같다. 하지만 그는 "기는 길러서 이룰 수 있다"고 말하고 이어 양기의 과정을 말했는데, 먼저 맹가孟軻와 사마천을 예로 들고 이어서 자신의 생활에서의 실제와 결부시켜 "저는 태어난 지 십구 년이 되었습니다만, 집에 머물며 교류한 사람이라곤 이웃 마을의 향당들에 불과하고, 본 것이라곤 수백 리 안에 불과하며, 올라서 내려다봄으로써 스스로를 넓힐 수 있는 높은 산이나 넓은 들도 없었습니다. 백가의 책을 읽지 않은 것이 없지만, 모두 고인들의 진부한 자취여서 나의 지기志氣를 격발시키기에 부족했습니다. 결국 여기에 파묻히고 말까 걱정되어 결연히 버리고 떠나와 천하의 기문과 장관을 찾아보니 천하가 광대하다는 것을 알았습니다. 진과 한의 고도를 지나고, 중난 산終南山·쑹산 산·화산 산의 높은 산을 마음껏 보았으며, 북으로 황허 강이 쏟아지듯 흐르는 것을 보니, 개연히 옛날 호걸들을 보는 듯했습니다. 왕도에 와서는 장엄한 천자의 궁궐과 많고 큰 창고들, 성지城池·공원들을 우러러보고는 천하가 크고 아름답다는 것을 알았습니다. 한림학사 구양공을 뵙고 굉변한 의론을 듣고 빼어나고 준걸한 용모를 보았으며, 문인과 현사 대부들과 함께 유람하고서야 천하의 문장이 여기에 모여들고 있다는 것을 알았습니다"(「상추밀한태위서」)고 했다. 독서와 유람과 견문을 넓히는 것이 양기養氣하는 것이라고 하는데, 한유가 어렴풋하게 "인의로운 사람은 그 말이 성대하다"[5]고 말한 것에 비해 분명히 진보된 면이 있다.

그러나 분명히 지적할 사항은 이것이 그가 열아홉 살이던 때 한 말이라는 것이다. 그러면 그 이후는 어땠을까? 그는 여전히 양기를 주목했는데, 단지 "왕양담박汪洋淡泊"한 것에 중점을 둔 듯한 면은 유가적 입장에서 보면 어쩌면 불가에서 요구하는 수양을 통해 물외物外에 초연하여 마음은 평화롭고 기운은 화평하기를 구한 것으로 보인다. 그러나 마음속에 또한 진정 "세상사를 버린 것"은 아니었으니, "빼어나고 걸출한 기운이 사라지지 않았기"(소식의 말)[6] 때문이다. 그의 사상과 성격에서부터 문학사상과 문장의 풍격에 이르기까지 분명하게 일치하는 점이다.

5　한유, 『창려집』권16, 「답이익서答李翊書」
6　소식, 『동파전집』권74, 「답장문잠서答張文潛書」

문장의 곡절에서
사리를 좇다
-예술적 성취

전개가 파란만장하다

유희재가 말하기를, "대소大蘇의 문장은 일사천리이고, 소소小蘇의 문장은 파란만장하다"[7]고 했다. 「황주쾌재정기黃州快哉亭記」의 마지막 단락을 인용해 보자.

선비가 세상에 태어나 그 마음에 자득하지 못한다면 장차 어디를 간들 병들지 않겠는가? 마음을 평탄히 해서 외물이 본성을 해치지 못하게 한다면 장차 어디를 간들 통쾌하지 않겠는가?

---

[7]　유희재, 『예개』 권1, 「문개」 204조.

이 글은 정론과 반론 두 방면으로 나누어 두 층위로 설명하고 있지만, 합쳐서 한 층위로 만들었으니 이론적으로 설명해도 이와 같다. 이어서 또 말한다.

지금 장군張君은 좌천되어온 것을 근심으로 여기지 않고 회계를 보던 여가에 스스로 산수 간을 노니니, 이는 그의 마음에 분명 남들보다 나은 것이 있어, 띠풀 문과 옹기조각 창문을 하고 살아도 흔쾌해하지 않는 것이 없다. 그러니 하물며 장강의 맑은 물에 몸을 씻고, 서산의 흰 구름을 어루만지며, 눈과 귀로 승경처를 다 봄으로써 자적하지 않겠는가? 그렇지 않다면 연이은 산과 뚝 끊어진 계곡, 넓은 숲에 고목나무는 맑은 바람에 흔들리고 밝은 달빛에 비추이니, 이는 모두 시인과 사색하는 선비들이 슬퍼하며 초췌해져 감당치 못하는 것으로, 어떻게 그 흔쾌함을 볼 수 있겠는가?

여기서는 먼저 장군의 행동을 표현하고, 다시 이를 통해 그가 "남들보다 낫다"고 추론했다. 그리고 다시 "남들보다 나은" 것으로 "흔쾌해하지 않는 것이 없다"고 판단하고, 나아가 강과 산의 승경과 관련지으니 저절로 "흔쾌"하게 된다. 그러나 여기에 그치지 않고 또 한 층위 더 나아가 지적한다. 만일 "남들보다 나은" 마음이 없다면 산수가 아무리 아름다워도 흔쾌하게 여기지 못할 것인데, 여기에서 암시하는 바는 장군이 이것을 "흔쾌히" 여기는 것은 스스로 "남보다 나은" 마음이 있다는 것이다. 여기에는 또 두 가지 층위가 있으니(각 층은 다시 몇 개의 층으로 나뉜다), 하나는 사실이고 하나는 평론이다. 완연하고 곡절해서 필봉이 아주 원활하고, 그로 인해 말하기 어려운 뜻을 전달하고 있으며, 또 여운이 넘치는 효과를 얻을 수도 있다.

소철 산문의 전개가 파란만장한 것[一波三折]은 의론문의 표현에서 더욱 두드러진다. 몇 가지로 나누어 살펴보자.

풍부한 변화로 사리를 철저히 밝힌다

그는 「군술君術·이二」에서 '간웅奸雄'의 속임수를 이야기한다.

세상의 군주들은 정말 선을 좋아하는 마음이 없는데, 다행히 선을 좋아하는 마음이 있다면, 세상의 소인들은 모두 그것을 팔아서 간사한 짓을 할 것이다. 어째서인가? 선을 좋아한다는 이름이 나면 선을 행하는 실상은 살피지 않는다. 세상의 선은 진실로 악이라고 말할 수 있고, 세상의 악은 진실로 선이라고 말할 수도 있다. 저들이 내가 선을 행하고 싶어한다는 것을 알면 더러 선으로 앞섰다가 악으로 끝맺기도 하며, 더러 세상의 악을 가리켜 선한 것이라고 꾸미기도 한다.

그가 말하는 것은 봉건사회에서 보이는 소인배들의 정황인데, 말하는 것이 매우 확실하다. 왜냐하면 그가 완곡하게 표현함으로써 은폐되어 있는 소인들의 마음을 그려냈기 때문이다.

그는 「상황제서上皇帝書」에서 "쓸모없는 관리를 내쫓을 것"을 주장했는데, 이 글에서 "삼사三司(재정을 주관하는 곳)의 관리가 세상에서는 많다고 여기지만 줄일 수 없음"을 지적했으니, 그 이유는 "나라의 회계는 중요하고 장부가 많기 때문"이라고 한다. 그렇다면 장부를 줄일 수는 없는 것인가? 그는 본래 "세상의 재물은 아래의 군현으로부터 전운사에 이르기까지 찾아 조사하면 충분히 손실되지 않을 것이다"라고 생각했는데, 그러나 송 왕조의 생각은 도리어 "전운사를 믿을 수 없다고 여겨 반드시 삼사에 이르게 해서야 안심했다." 그는 반문하기를 "정말 전운사를 믿을 수 없어 반드시 삼사가 맡아야 한다면, 삼사에서는 책무가 관리들에게서 이루어지지 않는 것이 없을 것인데, 어떻게 삼사의 관리가 전운사보다 더 중하단 말입니까?"라고 했다. 이 하나의 반문 문구에는 세 겹의 생각이 포함되어 있고, 또한 두 곳에서 전환이 이루어졌으니, 많은 변화로 뜻을 다 전하려는 의도에서 송 왕조의 입법사상의 터무니없고 가소로운 면을 지적했다. 이것을 제기하려면 장부를 줄이지 않을 수 없음을 설명해야 하고, 그래야 삼사의 인원을 감축하지 않을 수 없게 되는 것이다.

세상의 사리란 본래 이렇게 복잡한 것이지만, 파란만장한 표현법을 잘 사용함으로써 비로소 사리도 맑고 투명해지며, 특히 어느 정도 추상적 사리를 밝혀주기도 한다. 예컨대 그는 "대개 전쟁에서 이긴 사람들은 용기가 백배하고, 패배한 병사들은 영영 회복되지 못한다. 대개 싸움이란 기로 한다. 그래서 싸우지 않은 사람은 기가 쌓이게 되고, 싸우고서 지키는 사람은 기가 남은 것이다. 옛날에 싸우지 않은 사람들은 그 기를 길러 상하지 않게 했다"(「북적론北狄論」)고 했는데, 추상적인 양기를 비교적 명백하게 설명해주고 있다.

주장을 다양한 층위에서 논증한다

사리가 어지럽고 복잡한 까닭은 문장으로 묘사되는 것에는 줄기가 있고 가지가 있으며 가지 위에는 잎이 있기 때문이다. 하나의 큰 문제를 설명하자면, 항상 몇 개의 측면과 몇 개의 겹으로 묘사하게 되는데, 그 안에는 어느 정도의 삽입과 복선이 포함되어 있다. 그리고 어느 한 측면과 어느 한 겹을 묘사할 때에도 또한 많은 곡절이 있게 된다. 그래서 줄기는 가지나 잎과 서로 나뉘면서 서로 합치되니, 실제로 이것이 문장의 곡절曲折과 파란波瀾인 것이다. 그러나 지엽이 비록 많아도 그것은 모두 중심 줄기에 종속되고, 파란이 비록 장중하고 활달해도 그 의맥意脈은 찾아볼 수 있다.

소철의 「상황제서」를 두고 말해보자. 이 글의 주제는 "오늘날의 계책으론 재화를 풍부히 마련하는 것만 한 일은 없다"는 것이다. 그러나 그는 "재화를 풍부히 하는" 것에 대해 바로 이야기하지 않고, 먼저 "나라를 잘 다스리는 사람은 반드시 선후의 차례가 있어, 스스로 먼저 해야 할 것을 하고 나서 그뒤에 반드시 거행합니다"라고 말한다. 왜냐하면 세상의 계책은 복잡다단해서 "재화를 풍부히 하는" 이 일만 있는 것은 아니지만, 그는 가장 급한 일로 "재화를 풍부히 마련하는 것만 한 일은 없다"고 생각했다. 그래서 "재화를 풍부히 하는" 것이 우선임을 말하기 위해서 먼저 일에는 "선후가 있다"는 점을 말했던 것이다. 그렇다면 세상의 계책으로 왜 "재화를 풍부히 하는 것만 한 일은 없는" 것일까? 그는 이어서 "오늘날의 우환으로 재화가 모자라는 것보다 시급한 것은 없다"는 점을 논술한다. "재화를 풍부히 하는" 것은 어떤 것인가? 소철이 생산적인 것을 생각할 수 없었다고 할 수는 없으니, 그는 "일 가운데 재화에 해가 되는 세 가지를 제거할 것"을 제시했는데, "첫째는 쓸모없는 관리요, 둘째는 쓸모없는 병사요, 셋째는 쓸모없는 낭비"라고 했다. 이제 "왜 그런가?"와 "어떤 것인가?" 하는 질문을 통해 명백하게 설명되었듯이, 이 것이 글 전체의 주제가 되는 것이다.

그러나 아직 줄기만 있지 가지를 뻗지 못했으니, 각 요소는 모두 논증을 기다리고 있다. 논증을 할 때는 또 정론과 반론의 여러 측면이 있고, 각 측면마다 논점과 예증이 필요하며, 여기에는 분석과 논단, 비유와 묘사도 필요하며, 그 가운데에는 서술과 서정도 있어야 한다. 예를 들어 "오늘날의 우환으로 재화가 모자라는 것보다 시급한 것은 없음"을 논증하면서 먼저 "재화는 나라를 다스리는 목숨이요, 만사의 근본이다. 나라가 보존되고 멸망하는 것과 일이 성공하고 실패하는 것이 항상 여기에서 비롯된다"는 것을 제시하고 있다. 하지만 이것도 입증이 필요하다. 그래서 먼저 역사상에 "월충국越充國이 비변備邊의 계책을 논한 것"과 "제갈량의 귀신 같은 용병술로도 식량 보급로가 이어지지 않아 여러 번 아무런 공로도 없었다"는 것과 같이 정론과 반론의 두 사례를 들고 있다. 그럼으로써 "참으로 재화가 없으면, 비록 성현이 있더라도 반걸음의 효과도 없을 것"이라고 하고, 이어서 또 당시 서하에 군대를 파견했던 일에 대해 "재화도 없이 그 뒤를 다스리게 되면" "그 영토를 얻더라도 수습해 들이지 못하게 된다"는 사실로 입증했다. 그러나 이런 사실을 서술하려면 이 일의 시말을 명백하게 말해야 한다. 그래야 가지에 잎이 열리게 되는 것이다. 이런 면에서 보자면, 먼저 황제가 "서하가 신하답지 못한 데 대해 격분해서 군대를 파견할 계획을 세웠고, (…) 또 서하인들이 도리에 어긋날 정도로 잔학하며, 횡산橫山의 백성들이 괴로워하며 중국을 그리워하고 또 굶주림에 허덕이니" "계획이 잘못된 것은 아닌" 것이다. 그러나 "연변에는 몇 달 버틸 양식도 없고, 관중關中에는 한 해를 보낼 만한 비축도 없는데", 황제는 "태연히 이것을 근심하지 않아", 결과적으로 비록 "그 나라의 땅을 밟고, 그 백성을 포로로 잡았지만" "그 땅을 얻어도 보존할 수 없고, 그 사람들을 사로잡아도 신하로 삼지 못하니", 그 원인은 "재화도 없이 그 뒤를 다스리는" 것에 있다고 한다. 여기에서 다시 한 가지 말할 수 있는 것은, 소철은 매우 세심해서 그렇게 말하는 것이 별로 엄밀하지 못하다는 사실을 알았다는 점이다. 그래서 그는 특별히 "폐하께서 한 해 전에 계획하셨지만, 이미 일을 일으킨 뒤에는 그만두셨으니, 어쩌면 명분을 잃었다고 해서 후회하신 것입니까?"라는 몇 마디를 덧붙임으로써 논증이 원만해졌을 뿐 아니라 또한 설득력도 있다. 고와 금 두 방면의 사례를 합침으로써 자연스럽게 "재화가 부족한 것이 나라를 다스리는 데 있어 시급히 처리해야 할 일"이라는 결론을 도출했다. 이로써 논증이 명백한 듯하지만 당시의 사실을 두고 말하자면 아직 해결되지 못한 문제가 있다. 황제는 "비부祕府의 재화를 풀고 내군內郡의 세금을 옮겨" "연변의 3년 식량을 비축하게" 했던 것이다. 마치 "재화에 유의한 듯"하지만, 그는 "오히려 그렇지 않다"고 여겼다. "비부의 재화는 많이 가져다 쓸 수 없고, 내군의 백성들을 더욱 고달프게 할 수 없기" 때문이니, 이것은 "목전의 근심은 해결할 수 있으나, 장구한 계획은 될 수 없는 것"이다. 물론 그 "장구한 계획"은 그 아래의 글에서 논술하고 있다. 우리가 이 일부분을 통해 볼 수 있는 것은 줄기 안에 가지가 있고 가지 안에 잎이 있으며, 그 지엽이 무성하되 모두 줄기에 속해 있다는 것이다. 귀유광歸有光[8]이 "『사기』에는 갈래가 많다"고 했으며, "갈래는 마치 강물이 곧장 흘러가는 것과 같고, 거기에 또 갈래가 있다"고 했으니, 의론문이란 이와 같은 것이다. 소철의 글 가운데 사실을 논하는 작품에는 바로 이러한 것이 많다.

이러한 표현방식들이 좋은 점은 복잡한 사리를 상세히 설명해서 독자로 하여금 의문스러운 것이 없도록 하는 데에 있다. 물론 처음부터 끝까지 실마리를 잡아나가야 하는데, 바로 요내가 말했던 바와 같이 어린아이가 종이 연

---

8 귀유광(1506~1571): 명대 산문가. 자는 희보熙甫이고, 호는 진천震川이다. 가정嘉靖 19년에 거인擧人이 되었으나, 예순 살에야 진사가 되어, 장흥지현長興知縣·순덕통판順德通判을 거쳐 남경 태복시승南京太僕寺丞을 지내며 『세종실록』 편수에 참여했다. 산문에 조예가 깊어 일찍이 당송고문을 숭상했고, 당순지·왕신중王愼中과 함께 당송문풍을 주도했다. 저서로 『진천집』 『삼오수리록 三吳水利錄』 등이 있다.

을 날릴 때 풀면 풀수록 높이 날지만, 손에 쥔 실패로 수시로 거두어들일 수 있는 것과 같다.

서술과 서정을 융합한다

「상황제서」에서 "재화가 가장 급한 일이다"고 말한 대목을 예로 들어보자. 그는 "장구한 계획이 될 수 없다"고 말한 뒤 이어서 "대개 나라를 잘 다스리는 사람은 그렇지 않습니다. 재화가 가장 시급하여 만사가 모두 이것에 힘입는다는 것을 압니다. 그래서 항상 재화는 그 일을 감당하지만 일은 그 재화를 감당하지 못하게 되어야, 재화는 다 닳지 않으며 일도 구제되지 않는 것이 없습니다"라고 했다. 이것은 도리를 말한 것이다. 그러나 도리가 비교적 심오하기 때문에 이어서 비유를 든다. "재화란 수레나 말과 같고, 일이란 거기에 싣는 사물입니다. 사물을 싣는 사람이 항상 말에게는 수레를 가볍게 해주고, 수레에는 물건을 가볍게 해주면, 말은 힘이 남아돌고 수레는 공간이 남게 됩니다. 그런 뒤 흙탕물을 건너도 수레가 엎어지지 않고, 험한 비탈길을 올라도 말이 넘어지지 않습니다." 이 비유는 도리가 명백하게 설명되도록 한 것이며, 또 아주 구체적이고 생동감이 있다. 이어서 또 말한다.

지금은 사방의 재화를 모두 취하지 않을 수 없으니, 민력이 소진되고 나면 위에서 쓸 것이 부족해집니다. 평소에 염려해야 겨우 스스로 완비할 수 있습니다. 사변이 터지면 다시 헤아릴 수 없습니다. 낡은 수레와 지친 말에 비유하자면, 구릉 정도의 높이로 끌고갈 때면 다행히 근심은 없지만 그래도 감당치 못할까 염려되는데, 불행하게도 비가 쏟아지는 변고나 언덕과 계곡이 험한 곳을 만나면 그 근심은 필시 알 수 없습니다. 그래서 신이 깊이 생각하고 꼼꼼히 헤아려보니, 오늘날의 계획으로는 재화를 넉넉히 갖추는 것보다 급한 것이 없다고 봅니다.

여기에서 주장과 비유가 교대로 사용됨으로써 의론뿐 아니라 감정도 곁들여 설명되고 있다. 설명이 감정에도 합치되고 도리에도 합치되면, 황제로 하여금 나라를 근심하고 군주를 사랑하는 자신의 마음을 느끼게 만든다.

소철은 「신론新論·중中」에서도 북송은 "천하의 일이 인습에 따라 유지되다가 점차 쓸 수 없는 지경에 이르게 되면, 오히려 '백성을 기르는 것이 지극하지 못했다'고 한다. 강 가운데 배를 타고 가다가 노를 놓고 물길이 가는 대로 맡겨 소용돌이에 돌다가 섬이나 물가에 이르면 당연히 그렇다고 여긴다. 아무런 준비도 없기가 또한 너무 심하다"고 한다. 이 글은 이론과 사실, 본 주장과 비유, 서술과 서정이 하나로 융합되어 있다. 근대 위원魏源이나 옌푸嚴復[9] 및 탕웨이즈唐蔚芝[10] 선생 같은 일군의 산문가도 이런 방법을 종종 사용했다.

9_ 옌푸(1854~1921): 청말 계몽사상가이자 교육가. 자는 유링又陵이다. 1877년 영국에 유학했고, 1879년 귀국한 뒤 상하이 푸단공학復旦公學 교장 등을 두루 지냈다. 사회진화론적 관점에서 '고민력鼓民力' '개민지開民智' '신민덕新民德'에 의한 자강자립의 정신을 주장했다.
10_ 탕웨이즈(1865~1954): 본명은 원즈文治이고, 자는 잉허우穎侯이며, 웨이즈蔚芝는 그의 호다. 만년에는 여경茹經으로 호했다. 어려서 부친(당약흠唐若欽)을 따라 경서를 읽었고, 열여섯 살에 주학州學에 들어가 왕자상王紫翔을 스승으로 성리학과 고문사를 익혔다. 스물한 살에 강음江陰 남청서원南菁書院으로 가서 황원黃元과 왕셴첸王先謙의 문하에서 훈고학을 익혔다. 광서光緒 18년(1892)에 진사가 되어 호부강서사주사戶部江西司主事를 지냈다.

소박한 언어로 소묘하듯

우리가 앞에서 설명했듯이 '팔가' 가운데 유종원을 제외하고는 경물묘사에 뛰어난 사람이 매우 드문데, 이는 '팔가'들이야말로 변려문가들이 익혀서 사용했던 사조詞藻를 사용하지 않으려 했기 때문이다. 그래서 생생하게 묘사한다든지 글을 수식하는 데에는 어려운 면이 있었으니, 이는 마치 황금빛과 푸른빛이 산수를 떠나면 그 빛을 잃는 것과 같다. 그러나 소묘를 통해 뜻을 묘사하거나 발묵潑墨해서 정신을 전하려면 산수화처럼 그려내야 한다. 소철이 경물을 묘사한 글은 뜻을 묘사하고 정신을 전하는 산수화로서, 소박한 언어와 소묘의 수법으로 시의詩意가 풍성한 경색을 그려내고 있다. 가령 그는 서현곡棲賢谷의 경색을 묘사하기를, "산의 남쪽으로 올라 서현곡에 들어 갔다. 계곡 안에는 큰 돌이 많은데, 위태로운 상태로 서로 기대고 있었다. 물이 돌 사이로 흐르니, 그 소리는 우레와 같고 천승의 수레가 달리는 듯하다. 행자가 놀라 떨며 스스로 몸을 가누지 못하니, 비록 삼협의 험난함도 여기에 못 미칠 것이다. 그래서 그 다리를 '삼협三峽'이라고 했다. 다리를 건너 동쪽으로 산을 따라 물을 쫓아갔다. 물은 평평하기가 흰 비단과 같고, 큰 돌에 비껴 부딪히면 큰 수레바퀴처럼 빙 돌아 흘러 뒤집히며 솟아오르니, 물의 변화를 다 자아내었다. 집은 그곳 상류에 자리잡고 있어, 오른쪽으로는 석벽에 기대어 있고, 왼쪽으로는 강물을 내려다보고 있다. 석벽 위의 터에는 승당이 자리잡고 있었다. 거친 산과 기이한 바위들이 처마 위에서 날듯이 춤추고 있었다. 삼나무, 소나무, 대나무들이 멋대로 자라 있고, 파와 꼭두서니가 서로 얽혀 있다. 매번 큰 바람에 비가 내리면 집안의 사람들은 무너지지 않을까 의심하곤 했다"(「여산서현사신수승당기廬山棲賢寺新修僧堂記」)고 했다. 비록 형태를

무창구곡정

모사하는 것이지만 단지 산문의 언어를 사용했고, 단 하나의 사조도 사용하지 않았으며 심지어 형용사도 아주 적게 사용했지만, 도리어 사람으로 하여금 그 경계에 몸을 두고 있는 것처럼 느끼게 만든다. 그는 동태를 묘사해낼 줄 알아 연이은 봉우리와 바위를 활기차게 묘사했으며, 사람들의 색다른 감각에 의존해서 경계의 특이한 모습을 전하고 있다. 이것은 고문의 경물묘사에서 한 가지 방법으로 들 수 있다.

다시 그의 「무창구곡정기武昌九曲亭記」를 보면, 경물을 이렇게 묘사한다.

강의 남쪽에 무창의 많은 산이 있다. 비탈이 만연하고 계곡은 깊고 은밀하다. 그런 가운데 부도정사浮圖精舍가 있다. 서쪽엔 서산이 동쪽엔 한계寒谿가 있다. 산에 기대어 골짜기에 임해 있고, 쓸쓸히 속태를 벗어 거마의 자취가 이르지 않는 곳이다. 매번 바람이 멈추고 해가 뜨면, 강물로 숨을 죽인다. 자첨은 지팡이 짚고 술을 싣고 고깃배에 올라 물살에 흔들리며 남쪽으로 내려간다.

서산으로 가고자 소나무와 잣나무 사이를 지난다. 양장구곡을 지나 약간 평평한 곳을 만났다. 유객들은 이곳에 이르면 반드시 쉬어간다. 괴석에 기대어 무성한 나무그늘 아래서 머리 숙여 큰 강을 내려다보고, 고개 들어 언덕을 쳐다보며 곁눈으로 계곡을 보니, 풍운의 변화와 임록의 향배가 모두 좌우에 펼쳐져 있다.

이것은 유종원이 "안개 걷히며 해 뜨지만 사람은 보이지 않고, 이어차 한 가닥 소리 산수는 푸르구나[煙消日出不見人, 欸乃一聲山水綠]"[11]라고 노래한 것과 매우 흡사하다. 물론 이 묘사에서 "사람을 볼 수 없는" 것은 아니지만(사실 유종원의 시에도 사람은 있다. 그렇지 않다면 어떻게 "이어차 한 가닥 소리"가 있을 수 있겠는가?), 그는 마침 경물묘사와 인물묘사를 하나로 융합시키고 있다. "자첨은 지팡이 짚고 술을 싣고 고깃배에 올라 물살에 흔들리며 남쪽으로 내려간다"와 "산중에 두세 사람이 있어, 자첨의 복건을 보고 웃으며 맞이한다", 또는 "훨훨 혼자 가서 (…) 숲속의 꽃을 따고 산골의 과일을 줍고 물을 떠서 마신다"는 대목에서는 천진하고 순박하고 자연스러우며 진지한 인물과 "쓸쓸히 속태를 벗어버린" "깊고 은밀한" 골짜기가 십분 조화를 이루고 있다. 다만 잊어서는 안 될 것은 조금 멀리 나가면 세차게 흐르는 큰 강이 있다는 점이다. 그러므로 작중 인물의 심정은 염려스러워서 그다지 '초연'할 수 없다. 소식은 소철이 "기세가 좋고 담박해서 일창삼탄하는 성조가 있으며, 빼어나

11_ 유종원, 『유하동집』 권43, 「어옹漁翁」

고 걸출한 기상은 끝내 사라지지 않는다"(「답장문잠서」)고 했다. '초연'하다거나 '절속絶俗'하다는 것은 '담박'한 심정을 표현한 것이다. 다만 그 가운데 "빼어나고 걸출한 기상"이 있으니, 이 점을 잘 보아야 한다.

그의 「황주쾌재정기黃州快哉亭記」도 또한 묘사가 매우 좋다. 의론 부분에 대해서는 앞에서 이미 언급했다. 여기서는 경물묘사에 대해 이야기하겠다.

강이 서릉西陵을 빠져나오면 비로소 평지를 만난다. 그 흐름이 힘차게 달리며 뻗어가다가 남쪽으로 샹장 강湘水, 위안장 강沅水과 만나고, 북쪽으로는 한수이 강. 몐수이 강沔水과 만나 그 세력이 더욱 불어난다. 그러다 적벽赤壁 아래에 이르면 물결이 불어나니, 바다와 서로 흡사하다.

그는 과연 맑고 그윽한 절속의 경물을 묘사했을 뿐만 아니라, "큰 강물이 동쪽으로 흐르는" 장관을 묘사했는데, 다만 그는 내달리고 용솟음치는 장면을 묘사하지 않고 "물결이 불어나는" 것을 묘사하고 있다. 여기에는 기괴한 자구가 사용되지 않았으며 어떤 사조나 전고도 빌려 쓰지 않았고, 단지 꾸밈없이 소박하게 묘사했다.

그는 무창에서부터 눈을 놓아 서쪽으로 삼협을 바라보고, 남북 쪽으로 샹장 강·위안장 강·한수이 강·몐수이 강에 이를 것임을 생각하며, 그리하여 장강으로 흘러드는 장관을 표현해냈다. 말은 평담하지만 기세는 오히려 웅건하다. 만일 붓 가는 대로 강물을 계속 묘사해간다면 그것은 무창의 '쾌재정'을 묘사하는 것이 아니다. 그래서 여기에서 멈추고 아래에서 다시 묘사해간다.

정자에서 보이는 것은 남북으로 백 리요, 동서로는 삼십 리며, 큰 물결이 솟아오르고 풍운이 열렸다 모여들며, 낮에는 배들이 앞에서 출몰하고, 밤이면 어룡들이 아래에서 슬피 운다. 변화가 워낙 빠른 탓에 마음과 눈이 놀라 오랫동안 볼 수 없더니, 지금은 궤석 위에서 감상하고 있다.

이것은 정자에서 강을 바라본 것인데, 낮의 경치도 있고 밤의 경치도 있으며, 실제를 묘사한 것도 있고 상상한 것(어룡이 슬피 우는 것은 보고 들을 수 없는 것이다)도 있다. 역시 묘사가 장관이다. 이어서 정자에서 볼 수 있는 다른 방향의 모습을 묘사하는데, 그것은 산의 경관이다.

서쪽으로 무창의 여러 산을 바라보니, 산등성과 구릉이 기복을 일으키고 초목들이 줄지어 있으며, 해가 솟자 안개가 사라지니, 어부와 나무꾼의 집들을 모두 셀 수 있다.

여기서는 또 소묘의 방법으로 수려한 경색을 그려내고 있다. 전체적으로 보자면 큰 경치, 작은 경치, 먼 경치, 가까운 경치, 강물 경치, 산 경치, 움직이는 모습들, 고요한 모습들, 상상한 것, 실제를 묘사한 것, 장관이나 수려한 경색들이 종합적으로 아주 장관인 한 폭의 그림을 이루고 있다. 그리고 인물들의 넓고 담박한 마음과 초연하면서도 용솟음치는 심정도 느낄 수 있다.

'담박함'에는 가히 취할 만한 것이 있다. 제갈량은 "담박함으로 뜻을 밝힌다[淡泊明志]"[12]고 했다. 사람이 명리와 득실을 가볍게 보아야 비로소 사업을

12_ 제갈량, 「계자서誡子書」

이룰 수 있으니, 여기에는 적극적인 의의가 있다. 그러나 '담박함'의 다른 측면은 더러 "세상일을 버리게" 하기도 하고 인간들의 득실에 대해 조금의 관심도 없기도 하니, 실제 이것은 불가의 '색공色空'의 관념으로서, 한유도 「송고한 상인서送高閑上人序」에서 '담박함'의 결점을 지적하기도 했다. 앞에서 말했듯이 소철은 불교와 도교를 믿어 모순과 차별을 없애는 것에 힘써 노력했으니, 그가 "기세가 좋고 담박한[汪洋淡泊]" 것도 이와 깊은 관련이 있다. 그러나 명리를 가볍게 보고 더럽고 악착 같은 일을 하지 않아야 이것을 취할 수 있다. 게다가 그는 이런 가운데서도 강산을 노래했으니, 바로 "빼어나고 걸출한 기상"은 "끝내 사라지지 않는다"는 것을 보여주었다.

인물묘사가 극적이다

소철이 사람을 묘사하는 글도 역시 좋다. 「소곡전巢谷傳」의 묘사다.

(소곡은) 무예를 배운 사람을 보면 마음속으로 좋아했다. 소곡은 본래 힘이 좋았으므로, 결국 전날 배운 것을 버리고, 활과 화살을 쌓아놓고 말 타며 활 쏘는 것을 익혔다. 한참 만에 그것이 완성되었으나 과거에 붙지는 못했다. 서변西邊에 날래고 용감하며 말 위에서 활 쏘고 칼 쓰는 자가 많아 사방에서 으뜸이라는 말을 듣고, 진秦·봉鳳·경涇·원原 땅 사이를 유람하며, 이르는 곳마다 빼어나고 걸출한 이들과 사귀었다.

소곡이 이른 나이에 무예를 배워 멀리 유람한 사실을 간단히 개략적으로 서술하고 있는데, 이미 그 사람의 정신적 면모를 대략 보여주고 있다. 이어서 또 소곡과 한존보韓存寶의 관계로 한 걸음 더 나아가 그려나간다.

한존보라는 사람이 있었는데 이와는 더욱 가까웠다. 소곡이 그에게 병서를 가르쳤으며, 두 사람은 서로 금석과 같은 굳은 우정을 나누었다. 희령 연간에 한존보가 하주河州(지금의 간쑤 성 린샤臨夏)의 장수가 되어서 공로를 세워 희하명장熙河名將으로 불리었다. (…) 또 존보가 죄를 얻었는데, 자신이 반드시 죽을 것을 알고 소곡에게 말했다. "나는 경涇·원原 땅의 무부로서 죽어도 아까울 것이 없네. 그래도 처자들은 추위와 주림을 면해야 할 터이니, 내 주머니 속에 은자 수백 냥이 있는데, 그대가 아니면 전해줄 사람이 없다네." 소곡은 허락하고 곧장 변성명해서 은자를 품고 걸어가서 그 아들에게 전해주었다. 사람들은 이 사실을 알지 못했다. 존보가 죽자 소곡은 장화이 지방에 도피해 있다가 사면이 되자 비로소 나왔다.

여기에는 이미 전기소설 같은 형상을 갖고 있다. 이어서 소식 형제가 좌천되어 영남으로 갔을 때, 소곡이 일흔 살의 노인으로 쓰촨四川에서부터 만리를 걸어 광동 지방으로 방문 온 사실을 묘사하고 있다. 당시 "듣는 사람들은 모두 웃으며 제정신이 아니라고 했지만", 소곡은 정말로 그렇게 했던 것이다.

원부元符 2년 봄 정월에 매주梅州(지금의 광동 성 메이저우梅州)로부터 나에게 편지를 보내왔는데, "내가 만리를 걸어서 공을 뵈러 가는데, 뜻이 온전하지 못해서 지금 매주에 이르렀습니다. 열흘이 못 되어 반드시 뵈올 것이니, 죽어도 여한이 없을 것입니다"라고 했다.

이 한 대목은 사람을 몹시 감동시킨다. 그 아래에서도 "당시 소곡의 나이가 일흔세 살로 수척하고 병이 많았다"고 밝힘으로써 이 힘든 일을 해낸 갸륵함을 드러냈다. 소곡은 소철을 만난 뒤 "다시 하이난에서 자첨을 만나보겠다고 한다. 나(소철)는 그가 늙고 병든 것이 걱정되어 만류하며 '당신의 뜻은 좋습니다. 그러나 여기서 담주儋州(하이난을 송나라에서는 담주라고 했다)까지 수천 리 길인데, 다시 바다를 건너는 것은 노인으로서 할 일이 아닙니다'고 했지만, 소곡은 '나는 곧장 죽지는 않을 겁니다. 공께서는 저를 만류하지 마십시오'라고 했다." 이 대화는 인물의 성격을 더욱 두드러지게 표현한 것이다.

소철은 또 「맹덕전孟德傳」을 지었는데 이것은 소설과 흡사하다. 문장의 첫머리에서 이렇게 이야기한다.

맹덕은 신용神勇스런 은퇴한 병사다. 어려서 산림을 좋아했고, 병사가 되어 뜻을 이루지는 못했다. 가우嘉祐 연간에 진秦 땅을 지키고 있었다. 진 땅에는 명산이 많았다. 맹덕은 아내를 내보내고 자식은 남에게 주고는 달아나 화산산 아래에 도착해 옷을 칼 한 자루와 떡 열 개와 바꾸어 가지고 산으로 들어갔다. 스스로 생각하기를, '나는 금군禁軍으로 여기에 왔으니, 잡혀도 죽고 굶어도 죽으며 호랑이나 독사를 만나도 죽는다. 이 세 가지 죽음 앞에 내 다시 아쉬울 것 없다. 오직 산이 깊으면 가리라!'고 했다. 떡을 먹다가 떨어지자 풀뿌리와 열매를 주워 먹었는데, 하루 사이에 온갖 병이 들어 토하고 설사하고 배가 불러오는 등 겪지 않은 것이 없었다. 그러나 여러 달이 지나자 마치 오곡을 먹는 듯이 편안해졌다. 이렇게 산에 들어간 지 2년이 되어도 굶주리지 않게 되었다. 맹수를 만난 것도 여러 차례였지만 역시 죽지 않았다.

기이한 사람의 기이한 일이다. 그는 거듭 그 사람에 관한 이야기를 적어나
간다.

맹덕이 말하길, "맹수들은 사람의 기척을 알아 백 보의 거리가 안 되어서
는 엎드려 울부짓는데, 그 소리가 산골짜기를 진동시킨다. 나는 죽을 각오
로 움직이지 않았다. 잠시 있으면 호랑이가 솟아올라 덮칠 듯하지만, 수십
보 거리밖에 되지 않으면 멈추어 앉아 있다가 뒤로 조금씩 물러나며 귀를
늘어뜨리고는 가버린다. 시험해보니 모두 똑같았다"고 한다.

이 이야기는 사람이 호랑이를 두려워하지 않으면 호랑이도 감히 사람을 물
지 못한다는 옛이야기로, 호랑이의 동작을 묘사하는 것이 매우 세밀하고 생
동감 있다. 소철은 글의 끝에서 이렇게 분석하고 있다.

세상의 군자들은 모두 고려하는 것이 있기 때문에 존모하는 것도 있고 두
려워하는 것도 있어, 존모하고 두려워하는 것이 마음속에서 교차된다. (…)
그리고 그 형색이 얼굴에 나타나 사람들이 보면 알 수 있다. 그래서 약한
사람은 수모를 당하고 강한 사람은 웃음을 사 세상에 서질 못하고 만다.
이제 맹덕은 마음속에 고려하는 것이 없어 호연히 밖으로 발산되는 것을
스스로는 볼 수 없어도 사물들은 알아본다. 이런 도리로 미루어 가면 비록
세상 천지에 늘어놓아도 좋을 것이니, 맹수들이야 족히 말할 것이 없다.

소식은 이 글에 '서후書後'를 써주었다. 그 역시 어린아이나 취한들은 호랑
이를 두려워하지 않기 때문에 호랑이도 그들을 물지 않는다는 이야기를 적

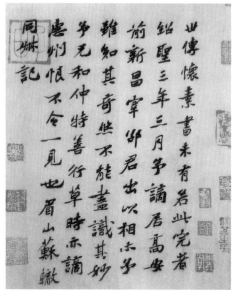

世傳懷素書未有若此完者
紹聖三年三月予謫居高安
前新昌宰邹君出以相示予
難知其奇然不能盡識其妙
予兄和仲特善行草時予謫
惠州恨不令一見也眉山蘇轍
同姦記

소철 필적

고 있다. 이어서 평론하기를, "이것은 사람이 호랑이를 이겨서가 아니라, 그 기세가 뒤덮었기 때문이다. 사람이 두려워하지 않는다면, 대개 어린아이나 술 취한 사람이 아직 뭘 모르는 때와 같아서 호랑이도 감히 잡아먹지 못하는 것은 그렇게 괴이한 일이 아니다"라고 했다. 소식도 이 문장을 감상했다는 것을 알 수 있는데, 그들 형제는 이것을 사회 속의 인간사와 관련지어 분석해서, 사심이 없으면 두려울 것도 없으며, 나아가 호랑이도 두려울 것이 없다고 했으니, 여기에 적극적인 의의가 담겨 있다.

소철은 몇몇 인물의 전지문傳志文을 남겼는데, 가령 소식을 묘사한 「망형자첨단명묘지명亡兄子瞻端明墓誌銘」은 소식이 서주의 수령일 때에 제방을 쌓아 홍수를 막았던 일을 기술하고 있다. "이때 강이 조촌曹村에서 터져 양산박梁山泊으로 범람해서 남청하南清河에 넘쳐나니, 성 남쪽으로 두 산이 빙 둘려 있고 백 보 되는 여량呂梁이 누르고 있어, 성 아래로 물이 돌아 불어나 언제라도 세려는 참이었다. 그래서 성이 장차 무너지려 하자 부민富民들이 물을 피해 다투어 빠져나갔다. 공이 말했다. '부민들이 빠져나가면 민심이 동요할 것이니, 누구와 함께 지키겠소? 나는 여기 남을 것이니, 물이 터져도 성을 무너뜨리지는 못할 것이오' 하고 그들을 몰아 다시 들어갔다. 공이 나막신에 지팡이를 들고 몸소 무위영武衛營으로 들어가 군졸의 장을 불러 말하길, '강물이 장차 성을 해치게 되면 일이 다급해진다. 비록 금군禁軍이라도 나를 위해 힘을 다해다오' 하니, 군졸장도 외치길 '태수도 흙탕물을 피하지 않으시니, 우리 소인들도 목숨을 바칠 때이다'라고 했다. 몽둥이를 들고 화오火伍 안으로 들어가 짧은 옷에 맨발을 한 무리들을 인솔해서 삼태기와 삽을 가지고 나섰다. 그리하여 동남쪽에 긴 둑을 쌓았는데, 머리는 희마대戲馬臺로부터 시작해서 꼬리는 성으로 이어졌다. 둑이 완성되자 물이 둑 아래에 이르러 성에 해가 미치지 않으니, 백성들이 마음으로 안심했다." 이런 묘사는 비교적 생동감이 있다.

제10장

'팔가' 이외의 당송산문

한유·유종원과
같은 시대의 작가들

우리는 이 책의 첫머리에서 방이지의 말을 인용한 바 있다.

당송팔가는 대동소이하지만 요체는 아순雅馴한 것에 있다. 학자들이 글을
배우려면 이 문으로 쫓아들어갈 것이요, 변화하는 데 이르게 되면 다시 눈
이 열리게 될 것이다.[1]

이 장에서는 '팔가' 이외의 당송산문을 소개하려고 하는데, 그 목적은 바
로 독자들이 안목을 여는 데 도움을 주고, 아울러 비교하고 감별하는 흥미
를 주려는 것이다.

1_ 방이지, 『통아通雅』 권수3, 「문장신화文章薪火」

한유와 유종원의 친구 가운데 유우석이 있었다. 자는 몽득夢得으로, 시인이자 철학자였다. 그의 「천론天論」은 소박한 유물주의 사상을 표현하고 있는데, 유종원의 사상과 유사하다. 그와 유종원은 같이 영정혁신에 참여했다. 그것이 실패하자 똑같이 유배되었으니, 바로 '팔사마八司馬'의 한 명이었다.

그는 한유에게 제를 올리는 글에서 "그대의 장점은 필기에 있고, 나의 장점은 논단에 있네. 창을 가지고 방패를 찌른다 해도, 끝내 곤란하게 하지 못하리!"[2]라고 했는데, "필기[筆]"란 그 당시의 서사문 즉 문예산문의 일종이었고, "논단[論]"이란 그 당시의 논설문으로 학술문이나 정론문의 범주에 속하는 것이었다. 그는 자신과 한유가 각기 뛰어난 장점이 있다고 생각했던 것이고, 이는 기본적으로 사실에 부합되는 말이기도 하다. 다른 사람들은 여기서의 "필"을 육조시대 사람들이 말한 "문필"의 필로 끌어다 붙였는데, 오히려 이상해서 통하지 않는다. 공자가 『춘추』를 편수하고 "필기할 것은 필기하고, 빼버릴 것은 뺐다[筆則筆, 削則削]"고 했는데, 이때 "필기"란 기사를 가리켜 한 말이다. 한유의 문장은 인물묘사에 무척 뛰어나다. 그러나 학술적인 의론문에서는 유우석과 유종원이 유물사상의 영향을 받아 그 성취가 약간 높다고 하겠다.

유우석의 문예산문에도 좋은 글귀가 있다. 『고문관지』에는 그의 「누실명陋室銘」이 뽑혀 있다. 또한 「구침지救沈志」에서는 한 노승의 입을 빌려 이렇게 말하고 있다. "대개 호랑이로 하여금 은혜를 알게 할 수 없는 것은 사람이 호랑이가 될 수 없는 것과 같다." 그래서 사람이 호랑이를 구해주면 "스스로 근심을 만들" 뿐만 아니라, "또 많은 사람에게 근심을 끼치는 것"이라고 한다. 이

2_   유우석, 『유빈객문집劉賓客文集』 외집 권10, 「제한리부문祭韓吏部文」

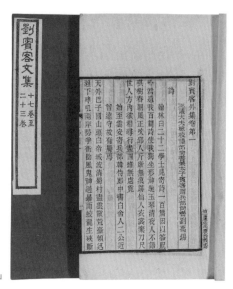

『유빈객문집』

어 지적하기를 "선한 사람이 근심 중에 있는데 구하지 않는 것은 상서롭지 못한 일이요, 악한 사람이 근심 중에 있을 때 구해주게 되면 상서롭지 못한 일이다"고 한다. 선을 선하게 여기고 악을 악하게 여기며 악을 제거하는 것을 강조하느라 말에 감정을 품고 있지만, 당연히 만나보기 어려운 작품이다. 그러나 「상국이공집서相國李公集序」에서 "하늘은 정기正氣를 위인들에게 맡겨 반드시 다듬어 세상에 빛나게 했다. 순수 온화한 기운이 가운데 왕성하게 쌓여서 맑은 쇳소리처럼 드러나 외모에 나타난다"고 했으니, 분명 이것은 동한시대 최인崔駰[3]과 채옹蔡邕[4]의 유풍이라고 하겠다.

백거이白居易는 자가 낙천樂天이고, 호가 향산거사香山居士인데, 유종원과의 교의가 매우 두터웠다. 그는 시인으로 칭송되었지만 산문에도 역시 뛰어났다. 송나라 주필대周必大[5]는 "향산의 시어는 평이하고 문체는 맑고 빨라, 마치 손 가는 대로 글이 이루어진 듯하지만, 간간이 그의 유고를 보면 지우고 고친 곳이 대단히 많다"(『문헌통고文獻通考』「경적고經籍考」에서 인용)고 했는데, "맑고 빠르다[淸駛]"는 것은 확실히 백거이 산문의 특색이다. 아래는 「한장이릉론漢將李陵論」의 한 대목이다.

처음에 보병들이 적의 진중에 깊이 들어가 적은 인원으로 많은 사람을 공격하고 지친 병사로 안일한 병사들을 깨뜨리며 거듭 붙어 거듭 이긴 것을 보면 어느 누구의 공로가 이보다 크겠는가? 그러나 병력이 다 떨어져 전의가 꺾이고 패색이 짙어지자 싸우다 죽지는 못하고 마침내 살아 투항했다. 아! 군명君命을 실추시키고 국위를 좌절시켰으니 충성스럽다고 말할 수 없고, 이적에게 몸을 굽혀 손이 묶여 포로로 투항했으니 용감했다고 말할 수 없다. 앞에서는 전쟁의 공훈을 잃어버렸고 뒤로는 집안의 명성을 무너뜨렸으니 지혜롭다고 말할 수 없고, 자신은 죄를 피했으나 화가 어머니에게 미쳤으니 효자라고 말할 수 없다. 조말曹沫과 범려范蠡를 끌어다 비유한 것도 또한 얼마나 잘못인가? 회계에서의 치욕은 범려의 죄가 아니며, 노나라의 수치는 조말이 반드시 복수할 수 있었던 것이어서 두 사람이 죽지 않았던

---

3   최인(?~92): 동한의 문학가이자 학자. 자는 정백亭伯이다. 어려서부터 총명해서 열세 살에 시·서·춘추에 정통했다고 한다. 박학다재했고, 젊은 나이로 태학에 들어가 반고·부의 등과 함께 명성이 있었다. 장제章帝 때에 「사순송四巡頌」을 지어 한조漢朝의 덕을 칭송했는데, 문사가 전미典美해서 장제의 신임을 얻었다. 그러나 두태후竇太后가 집정했을 때에 두헌竇憲의 방자함을 풍간하다 좌천되었으나 부임하지 않고 낙향했다. 대표작으로 「사순송」「안봉후시安封侯詩」「삼언시三言詩」 등이 있다.
4   채옹(133~192): 동한의 문학가이자 서법가. 자는 백개伯喈이며, 한나라 헌제 때에 좌중랑장左中郎將을 지내 훗날 '채중랑蔡中郎'이라 불렸다. 박학다재하고 경사經史·천문·음률에 두루 통했으며, 특히 사부에 뛰어났다. 「술행부述行賦」는 가장 대표적인 작품이다.
5   주필대(1126~1204): 남송의 정치가이자 문학가. 자가 자충子充이고, 호는 평원노수平遠老叟다. 여릉廬陵(지금의 장시 성 지안吉安) 출신이다. 스물여섯 살에 진사가 되었고, 서른두 살에 박학굉사과에 합격했다. 관직이 좌승상에 이르렀고, 익국공益國公에 책봉되었다. 육유·범성대·양만리 등과 깊은 교분을 나누었다. 시호는 문충文忠이다.

것이다. 그러나 이릉은 보잘것없는 몸을 구차하게 살리려고 거센 오랑캐들에게 제압을 당했으니, 아무리 구차한 생각이라도 또한 무슨 소용이 있겠는가? 오와 제는 월과 노의 적국이요, 흉노는 한의 외신外臣이다. 그런데 대한大漢의 장수가 선우의 포로가 되었으니, 이는 심히 원수를 길러 집안과 나라를 욕보인 꼴이다. 게다가 앞의 두 사람은 비록 죽지 않았어도 이릉처럼 살아 투항했다는 말을 듣지 못했으며, 두 사람이 구차하게 살아났어도 이릉처럼 부모에게 화가 미치는 일은 없었다. 그 본말을 헤아려보면 일이 같은 것은 아니며, 이릉이 "그들을 은근히 사모한다"는 것도 신하와 자식으로서의 의리를 크게 잃은 것이다.

말이 청신하고 평이하며 변문과 산문의 미감을 아우르고 있고, 한 단계씩 분석하며 점점 깊이 들어가면서도 오히려 빠르게 내려가는 것이 자연스럽게 이루어졌다. 한유나 유종원의 고문과는 다르지만 자기만의 특색이 있다. 「여산초당기廬山草堂記」에서 고송古松과 노삼老杉을 묘사하기를, "긴 줄기는 구름 바닥을 찌르고, 가지는 못을 덮고 있으니, 마치 깃대를 세운 듯, 덮개를 펼친 듯하여, 용과 뱀이 달리는 것 같다"고 했는데, 유종원이 경물을 묘사한 글과 흡사하다.

유우석이나 유종원과 교류가 비교적 깊었던 이로 여온呂溫이 있었다. 여온의 자는 화숙和叔이고, 또 다른 자는 화광化光이다. 그는 「제갈무후묘비기諸葛武侯廟碑記」에서 "민들은 일정하게 귀의하는 곳 없이 덕이 있는 곳을 귀의처로 삼으니, 어루만져주면 사모하고 학대하면 잊어버린다. 그 그리움은 잊어버리게 하지 못하며, 그 잊어버림은 그리워하게 하지도 못한다"고 했는데, 제갈량이 당시 단지 "세상에 고하기를 '나의 천거는 유종劉宗의 사욕을 위해서가 아

여온

니라 오직 백성을 살리기 위한 것이다. 조씨가 너희를 이롭게 하겠는가? 그러면 나는 그를 섬기겠다. 조씨가 너희를 해치겠는가? 그러면 나는 그를 제거하겠다'고 함으로써, 포악한 위나라가 핍박했던 민들로 하여금 기뻐하며 감동케 한 다음 군비를 닦아 틈을 엿보며, 의로운 명성을 오래도록 몰아갔지만, 함주咸州와 뤄양이 안정되지는 못했다"고 생각했기 때문이다. 뜻이 아주 참신해서 비록 사실 그대로 전달한 것은 아니지만, 그래도 작가가 "백성을 귀중하게 여기고 군주를 가볍게 여기는[民貴君輕]" 사상을 반영하고 있다. 단지 그는 어휘로 말을 만드는 것이 기괴하게 내달려, 윗글의 첫머리에서와 같이 "하늘이 한나라의 덕을 싫어해서 그 맥을 끊어버리고자 하니, 여러 민생이 도탄에 떨어지고, 사해에 물이 흩날린다"거나 "반드시 깨끗이 쓸어내어 삼국정립을 도왔고, 변화하고 소멸하니 손바닥 위에서 계획을 세우며, 하늘과 땅에서 싸우는 용들이 다시 구름과 비를 얻었다"고 하는데, 글이 몹시 어렵고 의미에도 역시 한계가 있으니, 육조와 초당대의 여풍이다.

한유의 친구 가운데 번종사樊宗師가 있었는데, 그의 자는 소술紹述이다. 『국사보國史補』[6]에 이르길, 당시 "문장은 한유에게서 기이함을 배웠고, 번종사에게서 난삽함을 배웠다"고 했다. 한유가 그의 묘지문을 지었는데, 그의 저서로 『괴기공魁紀公』 30권과 『번자樊子』 30권 및 시문 1000여 편이 있다고 했다. 다만 송나라 때에는 "남은 것이 여러 편뿐이지만, 읽어봐도 거의 구두를 뗄 수 없었다"고 한다.(진진손, 「직재서록해제」) 또 『국사보』에서 「강수거원지기絳守居園池記」를 보면 참으로 기이하고 어렵다. 그래서 본조(송)의 왕성王晟과 유침劉忱이 주해를 했다. 가령 '옥 같은 아름다움으로 푸른 물가에서 흘러 넘치니, 눈앞에 우뚝 솟고 귓가에 출렁이네'와 같은 말은 이전 사람들이 말하지 못했던 것이다"고 했으며, 구양수도 "이상하다 번선생은 괴이하고 멀구나. (…) 한 마디 말도 어려우며 숱하게 굽어 있네. 자신에게서 나왔지 답습한 게 아니라고 그 누가 말하는가, 구절이 끊어지는 것은 「반경盤庚」을 본받고자 한 것이네"[7]라고 했다.

구양첨歐陽詹도 한유의 친구였는데, 자는 행주行周이다. 「감로술甘露述」이란 글이 있는데, 거기에서 "아아! 하늘은 아득해서 그 사이에 영험이 쌓여 있고, 땅은 장구해서 그 사이에 귀신이 쌓여 있다. 영험함은 형체가 없고, 귀신은 육신이 없다. 형체가 없으면 말이 없고, 육신이 없으면 소리가 없다. 참으로

---

6   『국사보』: 『당국사보唐國史補』라고도 한다. 중당시기 이조李肇가 편찬한 것으로, 모두 3권이다. 당나라 개원開元과 장경長慶 사이 100년간의 각종 전고와 제도, 사회풍속과 물산 등을 기술하고 있어 당대 사회의 문물제도를 살펴볼 수 있는 자료다.
7   구양수, 『문충집』 권2, 「강수거원지絳守居園池」

기릴 것이 있으면 사물로 드러내고, 참으로 기릴 것이 없으면 사물을 헛되이 쓰지 않는다. 그 덕이 항구하면 그 사물도 항구하고, 그 덕이 드물어지면 그 사물도 드물어진다. 내가 감로에 대한 이야기는 들었지만, 감로의 형체는 보지 못했으니, 그 드묾이 너무 심하지 않은가. 오늘날 그대를 위해 내리니, 그대의 덕이 어찌 항구한 덕이 아닌가. 게다가 특이한 향기가 앞에 열리고 이상한 광채가 서로 펼쳐져, 둥근 구슬처럼 엉기고 광명은 달이 오른 듯하니, 더욱 견고하지 않은가"라고 했다. 내용이 '천인감응'의 신학에 관련되어 있어서 자못 말이 괴이하며 문장의 말에 근거가 없다. 그래서 난삽한 말이나 화려한 말로 글을 꾸미지 않을 수 없었던 것이다.

한유의 또 다른 친구인 이관李觀은 자가 원빈元賓이다. 아래는 그의 문장 「알부자묘문謁夫子廟文」의 첫머리다.

세재유훈世載儒訓인 농서隴西 이씨 관은 아룁니다. 바른 말로 정결히 하고 정결함을 붙잡아 제를 드리며 정성으로 바쳐 올리오니, 크게 다스린 지 13년 맹추孟秋 초하루에 면대를 갖춰 입고 묘당을 찾아들어왔습니다.

어구가 매우 어렵거나 구절을 끊어 읽기도 어렵다. 그러나 당시 사람들은 "한유와 겨룰 만하다고 여겼다."[8] 육희성陸希聲[9]이 "이관은 문사를 숭상했기 때문에 글이 논리보다 낫고, 한유는 자질을 숭상했기 때문에 논리가 글보다

8_ 『신당서』 권203, 열전 128 「문예전 하」
9_ 육희성: 자는 홍경鴻罄이고 , 군양둔수君陽遁叟로 자호했다. 당나라 쑤저우蘇州 출신으로 박학하고 글을 잘했다고 한다. 당나라 소종昭宗 때 급사중給事中과 중서문하평장사中書門下平章事 등을 지냈다. 『주역』에 해박해서 『주역미지周易微旨』(3권)를 지었으며, 이관의 문집인 『이원빈문편李元賓文編』을 엮었다.

낫다"고 했는데, 이는 분명 정확한 말은 아니다. 다만 이 말을 통해 당시 또 하나의 문풍을 엿볼 수 있다. 그리고 서로 비교해보면, 한유나 유종원 같은 문장을 만나기 어렵다는 사실을 다시 알 수 있다.

당시 산문작가 가운데 이덕유李德裕가 있었는데, 그의 자는 문요文饒다. 그는 「문장론」에서 이렇게 말했다.

위문제魏文帝의 「전론典論」에서 말하기를 "문장은 기를 위주로 한다"고 하고, "기의 청탁에는 근본이 있다"고 했는데, 이 말은 극진하다. 그러나 기는 꿰지 않을 수 없으니, 구슬과 옥도 엮어야 하듯이 꿰지 않으면 비록 곱고 아름다운 말도 금박金璞 같은 보물이 될 수 없다. 기를 분발시키는 데에는 기세를 건장하게 하는 것이 좋지만, 기세는 평온하게 하지 않을 수 없다. 만약 평온하게 하지 않으면 방탕하게 흘러 돌이킬 줄 모르게 된다. 마치 악기로 성대하게 연주하자면 반드시 희한한 소리로 절묘하게 해야 듣는 사람이 즐거워하는 것과 같고, 마치 냇물이 빠르고 세차게 흐르자면 반드시 사수나 회수와 같이 굽이 흘러야 보는 사람이 싫증나지 않는 것과 같다.
(…)
고인 중에 말이 고상한 사람은 대개 말을 절묘하게 다듬어도 마음 가는 대로 하지 음운에서 취하지는 않았으며, 뜻을 다 표현하면 그만이었지 글을 완성하면서 홀이냐 짝이냐에 얽매이지 않았다. 그래서 글에 일정한 곡조가 없었고, 글에도 번잡한 구절이 적었다. (…) 일월에 비유하자면, 비록 옛날부터 항상 보였던 것이지만, 그 광경이 항상 새로운 것은 그것이 영물이기 때문이다.

이덕유의 주장은 변문과 산문에 구애받지 말고 뜻을 다 표현하는 것에 주

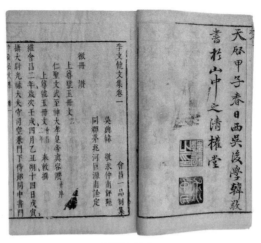

『이문요문집』

력하고, "광경이 항상 새로울 것"에 주력해야 한다는 것이다. 아래는 그가 지은 「호협론豪俠論」의 내용이다.

대개 협객은 평범한 사람이 아니다. 그래도 사람과 교제할 때에는 반드시 절의를 근본으로 여긴다. 의리는 협객이 아니면 서지 못하고, 협객은 의리가 아니면 성립되지 못하지만, 이것을 겸하기는 어렵다. 이른바 의리를 모르는 사람은 필부들의 사귐에 감동하고 군부君父의 명령만 살피니, 관고貫高가 한 고조를 위태롭게 한 것이 이 경우이며, 이익으로 삼는 자는 사악한 사람이고, 해치려는 자는 올바른 사람이니, 양왕梁王이 원앙袁盎을 죽이려고 했던 것이 이 경우이다. 이것은 바로 도적일 뿐이지 어떻게 협객이라고 하겠는가.

말이 분명하고 기운이 막힘이 없으며, 더구나 사리를 설명하는 데 뛰어나다.

우승유牛僧儒의 「선악무여론善惡無餘論」과 같은 논문은 이덕유의 논문이 분명하고 막힘이 없는 것과는 다르다. 그러나 「사변私辨」에서 말하길, "대개 성현은 사사로움이 없으며 스스로도 사사로운 것을 모른다. 어째서인가? 반드시 자신을 공정히 함으로써 남을 이롭게 하는데, 이는 일신을 사사롭게 함으로써 천하를 사사롭게 만들지 않기 때문이다"라고 하고, 또 "대개 세상 사람들은 젖먹이 아이나 마구간 말과 같은 어리석은 일을 되풀이하지 않으니, 진실로 자신을 공정히 함으로써 이롭게 하는 사람이면 누군들 이롭지 않은 것을 사사롭게 하겠는가"라고 했으니, 말이 실로 뜻을 곡진하게 전달하고 있다. 「견묘譴猫」와 「계촉인술鷄觸人述」 같은 그의 잡문들도 동물에 가탁하여 풍자하면서 자신의 주장을 드러내고 있는데, 다만 표현이 비교적 어렵다. "호두鄠杜 교외에 닭을 키우는 사람이 있는데, 그 닭의 크기가 오그라드는 무리들과는 달리 강하고 용맹한 물새들 가운데서 특별하며, 흘겨보며 재게 걷는데 속은 단호하고 겉은 과감하며, 비록 으르렁대는 맹견이나 용맹한 장사도 틈을 엿보다 몰래 치면 서로 깜짝 놀란다"는 말이 그렇다.

약간 지난 시기에 두목杜牧이 있었는데, 그의 자는 목지牧之다. 그가 논하기를 문장은 "뜻을 위주로 하고, 기를 보조로 삼으며, 사채辭采와 장구章句를 위병衛兵으로 여긴다. (…) 이 네 가지 중 문장의 고하高下와 원절圓折과 보취步驟는 주제가 가리키는 것을 따르는 법이니, 마치 새가 바람을 따르고, 물고기가 용을 따르고, 군사들이 탕과 무왕을 따르듯이 (…) 뜻대로 되지 않는 것이 없다"(「답장충서荅莊充書」)고 했다.

「전론戰論」과 같은 논설은 "병사가 취약한 것도 아니고, 식량이 부족한 것도 아닌데, 전쟁에 나서면 지고 돌아오니, 이것은 그 도리를 따르지 않았기 때문이다. 그래서 「전론」을 짓는다"는 말로 시작한다. 「수론守論」의 경우는

두목

"지난해 양하兩河에서 도적이 일어나 대신들을 잡아가두고 이천 석을 빼앗아갔다. 국가에서 그들을 처단할 것을 논의하지 않고 병사를 묶어둔 채 스스로 지키며, 도리어 대력大歷과 정원貞元 시절의 고사를 따라서 임시로 모면하는 정치를 행하고 있으니, 이것은 반역의 무리들이 멋대로 횡행하게 해서 끝내 근심을 부르게 될 것이다. 그래서 「수론」을 짓는다"고 했다. 두 논문은 모두 당시 번진이 할거하던 현실을 지적해서, "대사를 열거하여 논하고, 득실을 지적하여 펼친 것이다."10 「상론相論」에서는 '관상법'의 미신을 비판하는데, 문장 역시 간결하고 명쾌하다. 「장보고·정연전張保皐·鄭年傳」과 같은 서사문의 경우, 중간에 이광필李光弼과 곽자의가 묵은 유감을 풀고 서로 화해한 이야기를 삽입시킴으로써 생동감이 있다. 「두열녀전竇列女傳」과 「연장전燕將傳」에서는 인물묘사를 통해 번진할거에 반대하는 사상을 드러냈는데, 다만 소재의 인용이 적절하지 못하고 표현에서도 간결하고 세련된 맛이 적다.

10_ 『신당서』권166, 열전 91 「두목」

한유의 문인과
재전 문인

당나라 사람들은 흔히 "한이韓李"를 일컬었는데, '한'은 한유를 가리키고, '이'는 이고를 가리킨다. 이고의 자는 습지習之로, 한유를 좇아 고문을 배웠다(그는 한유를 형이라고 불렀다). 송나라 진진손陳振孫은 "습지가 짓는 글은 근원이 한퇴지에게 있었는데, 다만 재기가 그에 못 미쳤다"(「직재서록해제」)고 했다.

그의 「복성서復性書」는 송대 이학의 앞길을 연 글이며, 「제이부한시랑문祭吏部韓侍郎文」에서는 이렇게 말했다.

건무建武 시기 이후로 문장은 낮아지고 바탕도 잃었으며, 기상은 약해지고 근본도 무너져 표절하는 것도 부끄러워하지 않네. 화사하고 지엽적인 것에 힘써 주객이 뒤집힌 채 서로 오르더니, 형(한유를 가리킨다)이 나타나자 생각은 귀신이 움직이듯 화사함을 뽑아 제거하여 그 근본을 얻었네. 변화가 괴이해서 놀랍고 밀려오는 파도와 솟구치는 구름과 같네. (…) 배우려는 자들이 모여드니 문장이 크게 변화했네.

한유의 '고문운동'을 매우 높게 평가하려는 것이 그의 논평의 핵심이다. 「답왕재언서答王載言書」에서도 "어려운 것을 좋아하는 사람은 문장이 심오해야지 쉬워서는 안 된다고 하고, 쉬운 것을 좋아하는 사람은 문장이 잘 통해야지 어려워서는 안 된다고 한다. 이는 모두 정감이 한쪽으로 막혀 흐르지 않는 것이며, 문장의 소재처를 모르는 것이다"라고 했는데, 한유가 "어렵거나 쉬운 것 없이 오직 맞게 해야만 한다"[11]고 주장한 것과 기본적으로 같은 말이다. 다만 사람들은 그가 평이한 문장 쪽으로 기울어서, 황보식이 "기이한 것을 좋아한 것"과 다르다고 생각한다. 그의 저작으로는 『이문공집李文公集』이 있다.

황보식의 자는 지정持正인데, 「저작좌랑고군집서著作佐郞顧君集序」와 같은 글이 있다.

오吳 땅의 산과 물은 기상(『당문수』에는 '기장氣壯'이라고 했다)이 영숙英淑하고 괴려怪麗하다. 타이후 호太湖의 기이한 바위와 둥팅 호의 주실朱實(양매楊梅)과 화팅華亭의 청려清唳(학), 후추虎丘와 천축天竺의 여러 사찰은 고루 아름답게 빼어났다. 그대는 그런 곳에서 태어나 시원하고 경쾌함을 모아 성격으로 삼고, 맑고 매끄러움을 결합해서 자질로 삼고, 화려하게 빛나는 것을 토해내

11_ 한유, 『창려선생집』 권18, 「답유정부서答劉正夫書」

『황보지정문집』

어 글로 삼았다. 일가逸歌나 장구長句에 치우쳤어도 탁월하고 빼어나, 종종 마치 천심天心을 꿰뚫듯이 의외의 깊은 생각을 드러내어 사람을 놀라게 하는 말을 뱉어내니, 범상하게 도달할 수 있는 것이 아니어서 아주 통쾌하다.

익숙한 표현을 피하고 생경한 말을 하기 위해 고의로 글자를 바꿨는데, 가령 '산수山水'를 '산천山泉'으로 바꾸고, '함含'자를 '구呴'자로 바꿨으며, '선미鮮美'를 '선영鮮榮'으로 바꾸고, '금수錦繡'를 형용사로 사용했으며, 또 일부러 '1-2-1'의 보기 드문 구식을 사용했다. '천천심穿天心' '출월협出月脇'이라는 말도 독창적이어서 확실히 '괴려'하다. 그러나 그의 「논진봉서論進奉書」를 보자.

신은 듣건대 한 사람도 왕의 신하가 아닌 사람이 없고, 한 자의 땅도 왕의 소유가 아닌 것이 없으며, 산천임택에서 생산되어 자라는 것과 비와 이슬을 맞고 봄가을로 이루어지는 것 모두 왕의 재물이 아닌 것이 없으니, 참으로 지극히 공적인 마음으로 예외가 없음을 보여주셔야 합니다. 지금 국가에는 이미 공부公府가 있는데, 또 사적으로 쌓아두고자 주군州郡에서 공물로 바치는 것 외에 진봉하는 것이 서로 이르고 있으니, 천하를 집으로 삼음으로써 천하에 사적인 것이 없는 도리를 보여주는 것이 아닙니다.

말은 비록 부드럽지만 뜻은 강직하며, 문맥이 용어에 맞게 순조롭고 기운이 성대하고 말이 알맞아, 한유 문하의 제자가 되기에 손색없다.

또 심아지가 있었는데, 그의 자는 하현下賢이다. "항상 한유의 문하에서 놀았는데"(「군재독서지」), 이하·두목·이상은이 모두 그의 시를 본받았다. 「이신전李紳傳」의 경우 그 안에 이기李錡가 반란을 일으킨 때를 묘사하고 있는데, "급히 이신을 불러 종이와 붓을 주고는 그로 하여금 편지글을 지어 바치게 했다. 이신은 이기 앞에 앉아 거짓으로 두려운 듯이 붓과 종이를 잡고 벌벌 떨어서 서찰이 모두 제대로 글을 이루지 못하고 망쳐버렸으며, 수십 줄을 써 내려가다가 또 그렇게 해서 종이를 거의 다 써버렸다. 이기가 화가 나서 꾸짖기를 '어째서 감히 이러느냐. 너도 네 부친을 따라가고 싶은 거냐'고 하니, '제가 감히 살기 싫은 것은 아니지만, 단지 어려서부터 유가에서 자라 일찍이 병기 울리는 소리를 듣지 못했는데, 지금 갑자기 이런 소리를 들으니 정신을 어디에 둘지 모르겠습니다. 진실로 이렇게 두려워 떨기 전에 죽는다면 다행이겠습니다'라고 했다"고 한다. 이신의 기지를 묘사한 것이 마치 소설과 같다. 그의 「상중원해湘中怨解」는 전기소설에 속한다.

「표의자곽상表醫者郭常」은 사물에 가탁해서 풍자하고 있는데, 은밀하게 뜻을 드러내는 것이 한유와 유종원의 풍자 잡문과 비슷하다. 또 「축만목신부祝

「심하현문집」

橫木神父」와 「위인찬걸교문爲人撰乞巧文」은 모두 변려문체에 속하는데, 한유의
「나지신묘비羅池神廟碑」 가운데의 영신곡迎神曲이나 유종원의 「걸교문乞巧文」과
비슷하다.

손초孫樵의 자는 가지可之인데, 황보식의 문인이다. 소식이 말하길, "한유를
배우다가 이르지 못하면 황보식이 되고, 황보식을 배우다가 이르지 못하면
손초가 된다"[12]고 했다.

그의 「서포성일옥벽書褒城馹屋壁」과 같은 글은 첫머리에서 "포성역을 천하제
일이라고 한다"고 하고, 다만 "그곳의 연못을 보면 얕고 혼탁해서 더럽고, 배
를 보면 다 부서진 것을 이어 붙였다. 마당의 계단은 풀이 무성하고, 마루 난

12 소식, 『동파전집』 권75, 「사구양내한서謝歐陽內翰書」

간도 무너졌다"고 한다. "역리에게 물어보니", 역리는 "당시 다른 역에 비해 번성했다"고 말하지만, 이곳을 지나는 사람은 "저녁에 도착해서 아침이면 가버리니" "어떻게 아쉬워하는 마음이 있겠는가?" "배를 타는 경우 반드시 노가 부러지고 뱃전이 꺾이며 장식을 부수고 나서야 멈추었으며, 고기를 잡는다면 반드시 물이 마르거나 흙탕물이 일거나 물고기가 없어진 뒤에야 멈추었고, 처마 밑에서 말을 먹이고 집에 매를 재웠으며", 더욱이 "벼슬이 높은 사람은 점차 제멋대로 난폭해서 금지시킬 수 없었으니, 이로부터 날로 무너져 결국 이전과 같지 못하게 되었던 것이다." 역에는 비록 8~9명의 사람이 있지만, "손님을 접대하는 여가에 지붕도 손보아야 하니, 수천 명이 저지르는 일을 뒷바라지할 수 있겠는가?"라고 한다. 이어서 늙은 농부의 입을 빌려 "지금은 고을들이 모두 역이다"고 하는데 어째서인가? "조정의 관리 임명이 자사와 현령을 가볍게 여겨 빈번하게 교체하기" 때문이었는데, 그들은 지방의 병폐를 개혁하는 데 관심을 두지 않기 때문에 "내일 내가 떠나고 나면 이런 것이 무슨 필요가 있겠나?"라고 생각한다는 것이다. 그래서 단지 "울적하면 술에 취하고, 배고프면 배 채우고, 비단과 금을 쌓고는 교체되어 임기를 마치기만 반긴다." 게다가 "경질되는 틈을 기회로 교활한 관리들은 제멋대로 간교한 짓을 일삼으니" "백성들의 생활이 어렵지 않고 재화가 고갈되지 않으며, 호구가 흩어지지 않고 개간할 땅이 부족하지 않기를 바라는 것은" 자연히 "어려운 일"이 되고 말았다.

그는 또 「서하역우書何易于」라는 글에서 자사가 "배를 띄워 동으로 내려와" "백성을 모아 배를 당기게 했을" 당시 익창현령益昌縣令 하역우의 행동을 묘사하는데, "역우가 곧장 홀을 허리에 차고 직접 배를 끌어오르내리니, 자사가 깜짝 놀라 상황을 묻자 역우는 '마침 봄이어서 백성들이 밭을 갈거나 아니면 누에를 쳐야 해서 잠시도 시간을 뺏을 수 없습니다. 저는 현령이어서 당장 아무 일이 없기에 이 일을 할 수 있습니다'라고 답했다"는 등과 같은 일부 자세한 구절은 앞서 인용한 「서포성일옥벽」과 각도는 달라도 민생의 질고를 반영하고, 작가의 정치적 관심과 민에 대한 동정심을 표현하고 있다. 만당 시기에 사회모순은 더욱 격화되어 일부 문인들로 하여금 현실에 관심을 두게 만들었다. 손초 외에도 피일휴나 육구몽陸龜蒙과 사공도도 모두 한유를 추종해서 산문분야에서 새로운 발전을 이루었으니, 이어서 설명하기로 하겠다.

만당 시기의 산문작가

만당晩唐 시기의 작가로는 피일휴가 있다. 그의 자는 습미襲美이고, 한편 일소逸少라고도 했다. 피일휴는 「원화原化」에서 이렇게 말했다.

옛날 양주와 묵적이 길을 가로막자 맹자가 꾸짖어 환하게 길을 열었다. 그러므로 주공과 공자가 있음으로 해서 반드시 양주와 묵적이 있게 되었지만, 요는 맹자를 있게 하는 것에 있었을 따름이다. 지금 서역의 불교가 기반을 쌓고 근원을 숨겨 어지럽히기가 양주와 묵적보다 더 심하다. 이런 상황에 선비 가운데 과연 맹자 같은 이가 있는가? 천 년이 지난 뒤에야 유독 창려 선생 한 사람을 얻게 되었다. 팔뚝을 걷고 눈을 부릅뜬 채 수만 명의 사람 앞에서 꾸짖으면 그 말은 비록 실행이 되어도 그 도는 감당하지 못한다. 참으로 지체 높은 선비들에게 대대로 창려 선생이 있으니, 나는 그를 맹자와 같은 이라고 생각한다.

피일휴가 한유를 추숭하는 것이 극진한데, 특히 한유가 불교를 배척한 것을 높이 평가했다. 그 문장의 표현과 풍격 역시 한유와 흡사하다. 다만 그의 사상은 한유와 완전히 같지는 않았다. 가령 「원방原謗」에서 말하길, "오호라! 요순은 대성大聖이로되, 민들은 그래도 헐뜯는다. 그러니 뒷날 천하의 왕 가운데 요순의 정치를 실행하지 못하는 자가 있으면, 민들은 그의 목을 누르고 머리채를 잡아 욕을 해서 내쫓고 꺾어 멸족시켜도 심하게 여기지 않을 것이다"라고 했다. 이것은 『맹자』에서 "한 사람의 사내일 뿐인 주紂를 죽였다고 들었지, 임금을 시해했다고는 듣지 못했다"는 말과 같지만, 한유가 "신의 죄가 죽어 마땅하지만, 천왕께서는 거룩하고 밝으시다"[13]고 말한 것과는 아주 다르다. 이것이 고대 문화 가운데 민주정신의 정수다. 역사에서는 피일휴가 황소黃巢가 의병을 일으킨 일에 가담했다고 하는데, 이 글을 읽어보면 우연이 아니라는 것을 알 수 있다. 그의 「독사마법讀司馬法」과 「보흥전어補洖戰語」에도 역시 독특한 견해가 들어 있다. 「하무전何武傳」과 「조녀전趙女傳」 같은 서사문도 주제와 구성이 전기소설에 가깝다. 그의 저서로 『피자문수皮子文藪』가 있다.

피일휴와 같은 시대 사람으로 육구몽이 있었는데, 그는 삼오三吳 땅에 은둔해서 시로 이름을 알렸다. 아래는 그의 글 「송두로처사알송승상서送豆盧處士謁宋丞相序」의 한 대목이다.

13_ 한유, 『창려선생문집』 권1, 「구유조문왕유리작拘幽操文王羑里作」

육구몽

전날 승상께서 과거에 오르기 전 나이가 겨우 약관을 지났을 때, 구몽이 요행스럽게도 같이 어울리게 되어 그를 형으로 모셨는데, 깊은 친분을 허락하신 것을 노래로 형상했다. 승상께서 조정의 큰 선비가 되시어 시종侍從의 대열에 서셨는데, 구몽은 강호의 병든 늙은이가 되어 떨쳐 일어서지 못해, 쟁기 매고 밭을 갈기도 하고 배를 타고 고기를 잡기도 하며, 글 30편을 남겼고 책 수천 권을 두었지, 일찍이 제후들에게 벼슬을 구하지 않았기 때문에 도무지 내 이름과 자를 말하는 사람이 한 명도 없다.

변려문과 산문에 구애받지 않고, 구어('착著'자)도 사용하고 있다. 「강호산인전江湖散人傳」「보리선생전甫里先生傳」「서이하소전후書李賀小傳後」 등과 같이 인물을 묘사한 작품들은 모두 인물의 성격을 표현하는 데 주력하고 있다. 「야가자언冶家子言」「분봉대奔蜂對」「초야용대招野龍對」 등의 잡문들은 탁물우의

하고 있어 소품문으로서 좋은 작품이다. 그 가운데 대구를 맞추어 포진한 것[排比鋪陳]은 속부俗賦의 영향을 현저하게 받은 것이다.

당 말기 잡문에 능숙했던 이로 진암陳黯이 있었다. 「대하황부로주代河湟父老奏」와 「어폭설御暴說」 및 「목묘설木猫說」 같은 글은 번진의 할거와 권신들의 횡포와 관리들의 악행을 풍자한 것이다. 「화심華心」이란 글은 대식국大食國 사람 이언승李彦昇이 천거된 것을 기해서 지은 작품인데, 여기서 "대개 화이華夷를 분변하는 것은 마음에 달려 있으며, 분변하는 마음은 그 취향을 살피는 데 있다. 중국에서 태어났지만 행동이 예의에 어긋나면, 이는 형상은 화華이지만 마음은 이夷인 것이요, 이역夷域에서 태어났어도 행동이 예의에 맞으면, 이는 형상은 이이지만 마음은 화인 것이다. (…) 달라도 천거함으로써 융적들을 격려하고, 해와 달이 비추게 하여 모두 문명의 교화로 귀의토록 한다. 대개 그 마음이 화가 되면 같은 땅이 아니라고 해서 이라고 할 수 있겠는가?"라고 했으니, 문장이 완곡해서 의미를 전달하기에 충분하다.

당말 오대에 잡문에 능숙한 작가로 나은羅隱, 유가劉軻, 유태劉蛻, 심안沈顏 등이 있었다. 나은은 『참서讒書』를 지었는데, 방회方回[14]는 "모두 분해 번민하고 불평하는 말들이다"고 했다.

14_ 방회(1227~1305): 송말 원초의 저명한 시인이자 시 이론가로서, 강서시파의 일원이다. 자는 만리萬里이고, 호는 허곡虛谷이다.

구양수·왕안석 이전 및 동시대의 송대 산문

唐 宋 八 大 家

송대의 산문작가 가운데 가장 이른 사람으로 서현徐鉉이 있었다. 서현은 먼저 남당南唐을 섬겼으나, 뒤에 북송으로 귀래했다. "오계五季 말에 이르러 고문이 일어나지 않아 문장이 연국공燕國公(초당初唐의 장열張說15)과 소허공小 許公(소정蘇頲16으로 역시 초당 사람)에게로 거슬러 올라가버려 한유와 유종원 의 소리를 잇지 못했다."(『사고전서총목』17) 뒤에 진종과 인종 시기에 다시 양

15_ 장열(667~730): 당나라의 문학가·시인·정치가. 자는 도제道濟, 또는 열지說之다. 약관의 나 이에 태자교서太子校書가 되었고, 예종조睿宗朝에 동중서문하평장사同中書門下平章事를 지냈다. 현종 개원開元 초에 태평공주太平公主의 부마가 되지 않는다고 해서 파면되었다가 다시 중서령에 임명되었으며, 연국공燕國公에 책봉되었다.

16_ 소정: 당나라의 문학가이자 정치가. 자는 정석廷碩. 어려서부터 영민했고, 현량방정賢良方正 으로 천거되어 감찰어사監察御史와 신룡중천급사중神龍中遷給事中, 수문관학사修文館學士, 중서 사인中書舍人 등을 지냈다. 황제가 그의 글을 좋아해서 공부시랑工部侍郎에서 자미시랑紫微侍郎 이 되었다. 부친의 뒤를 이어서 작위에 책봉되어 소허공小許公으로 불렸다. 죽은 뒤 문헌文憲의 시 호가 내려졌다. 그는 문장으로 이름이 나서 연국공 장열과 함께 '연燕·허許'로 병칭되었다.

억이 있었으니, '서곤파西崑派'의 주요 인물로서 그 역시 변려문의 "느긋하고 고요하며 전아하고 넉넉함[春容典贍]"으로 당시에 이름이 있었다. 당시 문장은 대부분 한림원 관각에서 황제의 뜻을 따르는 데 달려 있어 황제를 대신해서 초고를 작성하는 것이었다. 구양수는 그런 문장을 더욱 싫어했다고 한다(유극장이 "비판碑版이나 주소奏疏가 고문을 찢어버리고 대우로 꾸몄다"[18]고 했다). 그리고 유균이 있었는데, 양억과 함께 명성이 있어 "양유楊劉"로 불렸으며, 글의 묘사가 역시 "모두 사륙체를 응용한 문장이었다."(『직재서록해제』) 그뒤에 송상宋庠이 있었는데, "그의 글은 대부분 관각 문장으로, 깊고 해박하며 빼어나서 윤수尹洙·구양수와 함께 길을 나누어 달렸다고 하겠다."(『사고전서간명목록』) 송상의 동생 송기宋祁는 글 속에 기이한 글자와 어려운 문구를 많이 사용했는데, 가령 『신당서』의 열전 부분을 지을 때에는 "조탁하고 다듬어 어렵게 만드는 데 힘썼으며", 다만 "그가 지은 시문은 해박하며 깊고 전아해서"[19] 그의 형과 흡사했다.

유균과 양억보다 앞서 유개柳開가 이미 '고문'을 시작했다. 유개의 자는 중도仲塗이다. 유개는 "학문에서는 반드시 경전을 받들었으며, 한유와 유종원의 글쓰기를 흠모해서, 견유肩愈라는 이름과 소원紹元이라는 자를 지금의 이름과 자로 고쳤으니, 스스로 성현의 도가 나아갈 길을 열 것으로 여겼던 것이다."(『군재독서지』) "송조의 고문 글쓰기가 유개로부터 시작되었지만, 문체가 어려웠다."(『직재서록해제』) 가령 「내현정기來賢亭記」 첫머리에 "학업과 문장과 행사에서 우뚝 일컬어지는 사람은 비록 오랜 옛날에 태어났다고 해도 누군

17_ 『사고전서총목』 권152, 집부 5, 별집류 5, 「기성집騎省集 30권」

18_ 유극장, 『후촌시화後村詩話』 권2

19_ 『사고전서총목』 권152, 집부 5, 별집류 5, 「송경문집宋景文集 62권 보유 2권 부록 1권」

들 그와 함께 어울리기를 바라지 않겠는가. 후세대에 태어난 것이 한스러울 뿐이다. 만약 같은 시대에 태어나 함께 우뚝 서고, 같은 능력으로 이름이 같이 알려졌더라도, 도리어 서로 알지 못할 수 있으며, 얼굴은 알지만 서로 모를 수도 있을 것이다. 내가 이 두 경우를 관찰해보니, 경사자집 가운데에도 더러 말이 단절되어 서로 대화하지 않기도 하고, 더러 말은 해도 서로 어울리지 못하기도 하는 경우가 많다. 내가 가만히 생각해볼 때 애석하지 않을 수 없다"고 한 것과 같은 경우이다.

유개의 제자 가운데 장경張景이 있었는데, 그의 자는 회지晦之이며, "유개를 스승으로 섬겨 고문을 배워서 이름이 한 시대를 울렸다."[20] 다음은 그의 「하남현위청벽기河南縣尉廳壁記」이다.

현위縣尉는 도적을 막기는 했지만, 민들이 도적이 되지 않게 하지는 못했다. 도적이 잠잠해진 것이 현위의 능력도 아니요, 도적이 일어났던 잘못이 현위에게 있는 것은 아니다. 위에서 고르게 다스리지 못해 아래에서 실정이 고달팠으며, 약한 자는 고달프게 죽고 강한 자는 좀도둑으로 살아가는 것이 도적들의 이치이니, 어떻게 도적질하기를 즐기는 것이겠는가? 민력이 고갈되지 않게 해서 민심이 편안토록 하고, 민물을 모자라지 않게 해서 민리民利를 풍성하게 해야 한다. 향리에 머물며 종족을 이룸으로써 어질기도 하고 친목도 있으며, 속이고 거짓을 일삼음으로써 책망도 있고 부끄러움도 있는 것은 민들의 이치이니, 누가 도적이 되려고 하겠는가?

20_ 조희변趙希弁(남송), 『군재독서후지』 권2, 「장회지집張晦之集 이십권」

의미는 명백하지만 표현은 비교적 어렵다. 또 목수穆修가 있었는데 자가 백장伯長이며, "진박陳搏을 스승으로 섬겨 그의 주역학을 전수했고, 이것을 이지재李之才에게 전했는데, 이지재는 소옹邵雍에게 전했다. (…) 어떤 이는 '『태극도』역시 목수가 진박과 충방种放에게서 전수받았다'고 한다."(『직재서록해제』) 다음은 목수의 「박주법상선원종기亳州法相禪院鐘記」이다.

동한의 운명이 장차 끝나려 할 즈음에 서역의 법률이 건너와 진송晉宋에 이르러 더욱 융성했고, 제량齊梁 시기를 지나면서 크게 번성해서, 천하를 이끌어 그 가르침을 따르게 했으니, 왕이 그 거처를 연 것에 비길 만했다.

변려문의 습관을 벗어나지 못한 것이 명백하다. 다음은 「정승정기靜勝亭記」이다.

앞으로 수십 보 사이에 협수夾樹와 원소畹蔬와 혜과蹊果가 있고, 혜과 밖으로 우뚝 솟은 활터가 있는데, 활터가 청상淸爽한 멋 가운데에 반드시 있어야 하겠는가? 그러나 정자로부터 아주 멀어서 정자에 크게 해가 되지는 않기 때문에 없어지지 않고 남아 있다.

표현이 역시 잘 통하지 않고, 또 편집구성에 뛰어나지 못하다. 다만 그가 한유와 유종원의 문집을 간행했기 때문에 송나라 사람들이 한유와 유종원을 표방한 것이 실제 목수로부터 시작되었다고 사람들은 말한다. 게다가 다음으로 전해져 윤수尹洙를 만났고, 윤수는 또 구양수에게 영향을 주었으므로, 『사고전서총목』에서는 "그의 공로가 적지 않다"고 했다. 그 당시 서곤파에 반대했던 석개石介가 있었는데, 그의 문장 역시 어려웠다. 석개가 존경했던 황희黃晞는 『오우자聱隅子』를 지었는데, "체재와 문구가 모두 양웅의 『법언法言』을 보고 모방한 것이다."(『사고전서미수서목제요四庫全書未收書目提要』[21])

목수 이전에 왕우칭王禹偁이 있었는데, 자가 원지元之이다. 섭적은 그의 문장을 "간결하고 전아하면서 고담古淡한 것이 윗대 3조(태조·태종·진종 시기를 가리킨다)로부터 그에 미칠 만한 자가 없었다"[22]고 했고, 임희일林希逸은 그가 "비록 오대 시절의 부미한 습성을 완전히 버리지는 못했지만, 의미가 이미 신실하기를 힘썼는데, 다만 전칙典則의 올바름을 터득하지는 못했다"고 했다.(모두 『문헌통고·경적고』에서 인용) 그리고 『사고전서간명목록』에서는 "처음으로 오계 시기의 다듬고 꾸미는 습성을 완전히 변화시켰으며, 또한 유개柳開처럼 기벽함을 일삼지는 않았다"고 했다. 임희일은 남송 사람이어서 이학의 '전칙'의 관점에서 보았기 때문에 "올바름을 터득하지 못했다"고 했다. 『고문관지』에 선집되어 있는 「황강죽루기黃崗竹樓記」와 같은 그의 글은 섭적이 "간결하고 고담하다"고 논평한 것에 적합한 듯하다.

구양수와 같은 시대에 범중엄이 있었는데, 그의 산문은 아주 좋아서 「악양루기岳陽樓記」는 만인의 입에 유전되었다. 당시에 '전기체'라고 비난하는 사람이 있었는데, 그의 글 속에 대우구가 일부 있었기 때문이다.

또 윤원尹源이 있었는데 자가 자점子漸이고, 그의 동생이 윤수尹洙로 자가 사로師魯이다. 다음은 윤원의 「답객문答客問」이다.

21_ 『사고전서미수서목제요』: 청대 완원 등이 편찬했다. 모두 5권으로, 175편이 수록되어 있다. 가경嘉慶 연간에 완원이 저장 순무사로 항저우에 있으면서 공사의 여가에 구전舊典과 비질祕帙들을 수집하고 찾았다. 이때 수집된 책들에 대해 『사고전서총목제요』의 격식에 따라 제요를 지어서 서적과 함께 황제에게 진상했던 것이다.
22_ 섭적, 『습학기언習學記言』 권49, 「여씨문감呂氏文鑑」

객이 나에게 말하길, "신하가 불충하기로는 어떤 것이 가장 큰지 감히 묻습니다"라고 해서 나는 "지나침이 없는 것이 큽니다"라고 했다. "지나치다는 말은 적절함을 잃은 것을 말합니다. 신하에게 이런 것이 있으면 일을 그르치고 정치에 해가 됩니다. 군자는 지나침이 없는 것에 뛰어난데, 그대는 이것을 불충이라고 하니, 의혹스럽습니다." "내가 말하는 지나침이 없다는 것은 정말 지나침이 없는 것이 아니라, 많은 사람이 지나치다고 여기지 않음으로써 공격할 만한 행적이 없는 것입니다. 왜 그럴까요? 자고로 신하로서 불충했던 사람들은 겉으로는 두려워하며 삼가 법도를 잘 따라서 총애를 차지하고 권력을 오래 유지함으로써 자신의 사특함을 이루었던 자들입니다."

말이 평이하고 분명해서 이미 구양수와 소식의 앞길을 열었다고 하겠다. 구양수 스스로도 자신의 고문 창작에서 윤수의 영향을 받았노라고 말했다.

또 유창劉敞이 있었는데 자가 원보原父이며 원주袁州(지금의 장시 성 신위新餘) 사람으로, 그의 동생 유반劉攽은 자가 공보貢父이다. 형제가 모두 해박하고 전아한 것으로 이름이 있었으니, "유창의 글은 더욱 영민하고 풍부하며, 옛 어구를 모방하기를 좋아하고"(『군재독서지』), 유반의 글은 "역시 모방에 세련되었으며, 『공양전』과 『의례』를 배웠다"(『주자어록』)고 한다.

왕안석의 친구 가운데 이구李覯와 왕령王令 등의 인물이 있었다. 이구의 자는 태백泰伯이고 남성南城(지금의 장시 성 쯔시資溪) 사람이다. 주희가 그의 문장을 두고 "자신감 가득한 가운데서 의론을 일으킨다. 첫 권의 「잠서潛書」와 「민언民言」이 좋은데, 옛날의 「잠부론潛夫論」과 같은 글이다"[23]라고 했다.

심괄沈括은 자가 존중存中이며, 자연과학자로서 『몽계필담夢溪筆談』을 지었다. 『사고전서총목』에서 그의 "학문에는 뿌리가 있으며, 지은 글 역시 넓고 풍부하며 전아하다"고 했다. 왕령의 자는 봉원逢原이다. 섭몽득葉夢得은 그가 "지은 시문은 아주 뛰어나, 대개 한낱 표현 자체에 뜻을 둔 그런 것이 아니다"[24]라고 했으며, 『사고전서총목』에서도 그의 「성설性說」 등의 작품을 두고 "스스로 일가를 이루었다"고 했다. 또 왕회王回가 있었는데 그의 자는 심보深父이며, 그의 문장은 "구양수를 종장으로 삼은 것이었다."[25]

23_ 주희, 『주자대전』 권65, 「논문」

24_ 『문헌통고』 권235, 경적고 62 「광릉집廣陵集 이십권」

25_ 『문헌통고』 권235, 경적고 62 「왕심보문집王深父文集 이십권」

소식 문하와
그뒤의 송대 산문

소식의 문하에 시와 산문 모두 뛰어난 이로 장뢰張耒가 있었는데, 그의 자는 문잠文潛이다. 섭몽득이 그의 문집 서문을 지었는데, "문잠의 글은 이른바 '마치 무언가 하려 하지만 무엇을 했는지 볼 수 없는' 그런 것이 아닌가. 온화하고 조용해서 급박하지 않으며, 느긋하고 여유가 있어 처음엔 마치 별 뜻이 없는 듯하더니, 사물에 접촉해서 변화를 만나게 되면 기복을 일으키며 잡았다 놓았다 자태가 백출하는데, 의미 속에는 밀면 앞으로 나가지 않을 수 없고, 두드리면 만들어지지 않을 수 없는 것이 있어, 마침내 담담히 고루 펴지고 조화롭게 어울려 결국 그 경계를 엿볼 수 없게 된다"26고 했다. 소식 역시 일찍이 말하길, "진관秦觀은 나의 기교를 배웠고, 장뢰는 나의 간이簡易함

26_ 『문헌통고』 권237, 경적고 64 「장문잠가산집張文潛柯山集 일백권」

을 배웠다"27고 했다. 장뢰는 「답이추관서答李推官書」에서 "문자의 일상적인 표현을 없애고 기괴하고 어렵게 하려고 애쓰는 것"을 비판하며 지적하기를, "글에 능한 사람은 분명 기이한 것을 위주로 하지 않는다"고 하고, "글을 배우는 처음에는 이치를 분명히 하는 것[明理]이 시급하다"고 주장하며, "양쯔 강과 황허 강과 화이허 강과 바다의 물은 이치가 실려 있는 문장과 같아서 기이한 것을 추구하지 않아도 기이해진다"고 했다. 특히 그는 기이한 것을 좋아하는 병폐를 지적하기를, "혹은 구절을 빠뜨리고 장章을 끊어 맥락이 이어지지 않게 하며" 혹은 "보고 듣기 드문 고서와 훈고에서 취한 뒤 겉을 입혀서 부합되게 설명하며" "혹 그 글자를 알아도 그 구절은 알 수 없고 그 장도 알 수 없으며, 반복해서 곱씹어보면 마침내 아무것도 없다"고 하는데, 폐단을 지적하는 것이 정곡을 찌르고 있다. 그 자신이 지은 글을 보자.

아아! 그대는 학문에 힘써 해박하고 민첩하기가 한 세상에 빼어났다. 책에 기록을 남긴 때로부터 공자·묵자 등 백가와 태사공이 기록한 것과 골목과 들녘에서 듣고 기록한 것하며, 먼 바깥에 이르러 음양과 귀신 등 크고 작은 수만 가지 일이 한 몸에 가득했다. 아래로는 율령에 이르기까지 늙은 아전들도 의심스러워하는 고사와 구장舊章 등 조정에서도 모르는 것들도 그대에게 묻고자 스승을 만난 것처럼 찾아왔었다. 줄줄이 꿰뚫으며 곁으로도 파고들고, 물길이 트이고 화살이 나는 듯했다. 한때 서림書林에서 여러 준걸들과 나란히 달렸으며, 집에 가득한 현인 호걸들도 그대를 좌장으로 여겼다.28

27_ 『문헌통고』, 위의 글.
28_ 장뢰, 『가산집』 권48, 「제유공보문祭劉貢父文」

의미를 극진하게 묘사하면서 비유와 대비를 섞어넣어도 원만하고 자연스러운데, 필력이 소식과 매우 닮았다. 송나라 때에는 그가 소철보다 낫다고 여긴 사람도 있었고, 청나라 때에는 그의 "탁월한 식견과 뛰어난 의론은 진소유秦少游(진관)보다 뛰어나다"(『예개』)고 말한 이도 있었다.

조보지晁補之도 장뢰와 같이 이름이 있었다. 섭몽득이 말하길, "웅건하고 빼어나며, 필력이 천균을 당기려고 한다"고 했다. 그의 「답외구병부두시랑서答外舅兵部杜侍郎書」는 두시랑이 소식이 "높은 기개로 변론을 좋아하는 것"을 괴이하게 여기고 있어서, 소식을 위해 해명해주고 있다.

스스로 성인이 아니고서야 각기 장점도 있고, 또한 단점도 있습니다. 백이는 성인의 반열에 있었지만 맹자는 오히려 백이는 국량이 좁아 군자가 본받지 않는다고 했습니다. 대개 맹자가 말하는 군자란 분명 공자처럼 "가능한 것도 없고 불가할 것도 없는" 뒤에야 될 수 있는 것입니다. 그렇지 않고 "망망히 떠나버리기를 마치 더럽혀질 것처럼 하는" 것을 두고 어울리지 못한다고 지적한다면, 대개 화를 생각해서 모욕도 참고 강직함을 꺾어 유연하게 만들며 바짓가랑이 사이로 빠져나오는 것도 묵묵히 지켜볼 수 있는 자라야 이런 논의를 면할 수 있을 겁니다. 국량이 좁은 자는 배척당하고, 또 불공한 자에게 죄를 씌우니, 배척당하고 죄를 쓰고도 성인의 대열에 드는 데 해가 되지 않는다면, 맹자의 마음을 대개 알 수 있겠습니다.

다음은 그의 「신성유북산기新城遊北山記」다.

신성(지금의 저장 성 퉁루桐廬)에서 북으로 삼십 리 거리에 산이 점점 깊어지고, 초목과 천석이 점점 그윽한 곳이 있다. 처음에는 그래도 말을 타고 갈 수 있다. 돌이 늘어선 사이로 곁에는 온통 큰 소나무들인데, 굽은 것은 일산 같고 곧은 것은 당간 같으며, 서 있는 것은 사람 같고 누운 것은 구렁이 같다.

실로 묘사하기 어려운 광경을 묘사하고 있다. 아래는 이 글 가운데 있는 말이다.

때는 9월, 하늘은 높고 이슬은 맑으며, 산은 텅 비어 달도 밝은데, 우러러 북두성을 보니 광채는 밝아 마치 사람 머리 위에 있는 것 같다. 창문 사이로 대나무 수십 그루가 서로 부딪히며 스산하게 내는 소리가 그치지 않는다. 대나무 사이로 매화나무와 종려나무가 빽빽한데, 마치 귀신 도깨비들이 머리카락이 우뚝 선 채 나란히 서 있는 형상과 같다. 몇몇 사람은 서로 돌아보며 깜짝 놀라 잠을 이루지 못하고, 동틀 무렵에 모두 떠났다.

깊은 밤 산중의 맑고 고요하며 어둡고 으스스한 광경을 그리고 있는데, 사람들이 말하지 못한 표현이 많다. 다만 지나치게 맑고 으스스해서 기이함을 좋아하는 허물을 면하기는 어렵다고 하겠는데, 뒤에 등장하는 "경릉파竟陵派"[29]가 대부분 이런 점을 배웠다.

소식의 문하에서는 또 황정견이 시로 이름을 크게 알렸고, 산문도 하나의

29_ 경릉파: 명대 후기의 문학유파. 대표작가는 종성鍾惺과 담원춘譚元春인데, 이들은 모두 경릉(지금의 후베이 성 톈먼天門) 출신이다. 당시 공안파公安派와 함께 성령설性靈說을 주장하며, 의고주의 문풍을 반대했다.

황정견

격식에 매이지 않았다. 「파해이문跛奚移文」의 경우, 파해(절름발이 종)가 "비틀거리고 허둥대는 꼴이 잘 달리지도 못하며, 이마는 처마 위로 삐져나오고, 발은 문지도리에 닿는다. 세 노파가 당겨도 오지 않고, 두 노파가 밀어도 가지 않는다. 주인은 달갑지 않고, 주모는 화가 나서 욕을 한다"고 했는데, 비유를 들어 전개하고 있으며, 익살스러운 말에 위엄이 서려 있어 왕포의 「동약僮約」과 비슷하다. 이 가운데 일부는 구어인데, 아래에서 다시 "반죽을 발효시키는 것은 비계처럼 뽀얗게 하고, 국수를 삶을 때는 물을 부어 끓이기를 신중히 한다"거나, "밥을 먹을 때는 이빨을 드러내지 않으려 한다" "칠일 밤낮 불을 끄는 일이 없었다"는 표현과 같은 경우는 소식의 소품문과 흡사하다. 또 그의 「발동파서첩후跋東坡書帖後」의 글이다.

소한림蘇翰林이 선성宣城 제갈제봉諸葛齊鋒의 붓으로 글씨를 썼는데, 성기기도 하고 촘촘하기도 하며, 생각에 따라 느긋하기도 하고 급하기도 하여 글자 사이로 아름다움이 백출한다. (…) 여주廬州(지금의 안후이 성 허페이合肥) 사람 이백시李伯時가 근래에 소자첨이 등나무 지팡이를 짚고 반석에 앉아 있는 모습을 그렸는데, 술에 취했을 때의 모습과 흡사하다. 이 그림이 천하에 묘해서 백시에게 자첨의 초상을 그려볼 것을 요구했는데, 우리가 모였을 때 자리에 펼쳐보니 마치 그 사람을 보는 듯해서 또한 하나의 즐거운 일이 되었다.

생각가는 대로 서술한 것이 마치 물이 흐르고 구름이 가는 것과 같아, 역시 소동파 산문의 영향을 받았음을 볼 수 있다.

남송 사람들이 『소문육군자문수蘇門六君子文粹』[30]를 엮었는데, 거기에는 장뢰·조보지·황정견 외에 진관과 이천李薦과 진사도陳師道가 있다. 『사고전서 간명목록』에서는 진사도를 "간결하고 근엄하며 치밀하고 엄격하기가 이고나 손초보다 못하지 않다"고 했다. 간결하고 근엄함을 설명하는 것이 상대적이겠지만, 다만 손초만은 못한 듯하다.

30_ 『소문육군자문수』: 모두 70권이다. 소식의 문도 가운데 '소문사학사'로 일컬어지던 진관·장뢰·조보지·황정견에 진사도와 이천을 추가해서 '소문육군자'라 칭하고, 이들의 산문을 수록한 것이다. 구성은 『회해선생문수』(진관) 14권, 『완구선생문수』(장뢰) 22권, 『제북선생문수』(조보지) 21권, 『예장선생문수』(황정견) 4권, 『후산거사문수』(진사도) 4권, 『제남선생문수』(이천) 5권으로 이루어져 있다. 본 책에는 편자가 기재되어 있지 않지만, 송대 진량의 문집에 서문이 수록되어 있어 그가 편찬한 것으로 전한다.

남송 이후의
산문

북송과 남송 시기에 종택宗澤[31]의 「걸회란소乞回鑾疏」, 이강李綱[32]의 「청입지
이성중흥소請立志以成中興疏」, 호전胡詮[33]의 「청주왕륜진회손근소請誅王倫秦檜
孫近疏」, 악비岳飛[34]의 「논회복소論恢復疏」, 왕십붕王十朋[35]의 「상효종소上孝宗疏」
등과 같은 작품은 뜻이 바르고 표현이 분명하며 기운이 성대하고 말이 옳
아, 창작법을 보면 모두 소식과 비슷하다. 그 뒤에 홍매의 「가헌기稼軒記」의 경

31_ 종택(1060~1128): 북송 말 남송 초의 명신으로, 자는 여림汝霖이며, 저장 성 이우義烏 사람

32_ 이강(1083~1140): 북송 말 남송 초 항금抗金 명신名臣으로, 자는 백기伯紀, 호는 양계梁溪
선생이다. 시문과 사에 뛰어나 생동감 있는 형상을 이뤄냈다. 저서로『양계선생문집』『정강전신록
靖康傳信錄』『양계사梁溪詞』등이 있다.

33_ 호전: 송나라 고종 때 진사가 되고, 추밀원 편수관을 지냈다. 항금파의 일원이다.

34_ 악비(1103~1142): 송대 무신. 자는 붕거鵬擧이며, '중흥사장中興四將'의 우두머리였다. 저서
로『악무목집岳武穆集』이 있다.

35_ 왕십붕(1112~1171): 남송의 정치가이자 시인으로, 자는 구령龜齡이고, 호는 매계梅溪다.

우 신기질을 묘사하기를, "본래 중주中州의 걸출한 인물로 충의의 정신을 품고 있어, 그의 명성이 남쪽 지역에 알려졌다. 제로齊虜(장안국張安國)가 반란을 일으키자 맨손으로 기병 오십 명을 데리고 오만 명의 무리 속으로 들어가 잡아묶어오기를 마치 교활한 토끼를 잡듯이 했고, 말에 재갈을 물려 관서로부터 회수로 달려가기를 낮밤을 쉬지 않고 먹지도 않았으니, 웅장한 소리와 영민한 기개가 나약한 선비들을 흥기시켰다"고 했는데, 묘사에 생동감이 있다. 이청조李淸照[36]의 「금석록후서金石錄後序」 역시 오랫동안 사람들의 입에서 입으로 전했다.

주희의 자는 중회仲晦이며 호가 회암晦菴으로, 「통감실기通鑑室記」를 썼다.

선비가 천하의 사업을 일으킬 수 있는 까닭은 그에게 뜻이 있기 때문이다. 그러나 재능이 없으면 그 뜻을 실현할 수 없고, 방책이 없으면 그 재능을 도울 수 없다. 그래서 옛 군자들은 이 세 가지를 겸하지 않은 이가 없었으며, 그럼으로써 세상에서 뭔가를 이룰 수 있었다. 하지만 이른바 방책이라는 것이 어떻게 음험하게 속이거나 조삼모사하는 것을 말하겠는가? 대개 사업에 처신하는 방책일 뿐이다.

(…) 한가한 날에 집 문 오른편에 방을 새로 마련해서 다른 물건은 전혀 두지 않고, 오직 『자치통감』 수십 권만 그 방에 둔 채 피워놓은 향과 마주앉아 하루 동안 여러 권을 읽었다. 대개 위아래로 몇 년 사이에 안위와 치란의 기미와 허실과 길흉의 변화에 있어서, 큰 것은 대강을 요약하고, 세세한

36_ 이청조(1084~1155): 송대 여성 사인詞人으로, 호는 이안거사易安居士다. 완약사파婉弱詞派의 한 사람이며, 시문작법으로 사를 짓는 것을 반대했다. 저서로 『이안거사집』이 있다.

것은 자세히 분석하니, 마음과 눈이 밝아져 경험하는 것마다 내가 사업에 대처하는 방책 아닌 것이 없었다. (…)

방 앞의 마루에서 여러 산을 내려다보고, 아래로 푸른 연못에 임할 때, 고을의 집들과 누대와 원림과 언덕과 못들의 경치와 달과 별과 비와 이슬과 바람과 안개와 구름과 사물의 기이함이 도리어 마치 마음을 깨끗이 씻어주고 정신이 들게 하는 것은 이 책을 읽음으로써 그렇게 된 것이다. 그래서 당장 '통감'으로 이름을 붙이고 나에게 기문을 부탁했다.

내가 들건대, 고금은 시간상의 문제이고, 득실은 사업상의 문제이며, 그것을 전하는 것은 책이고, 읽는 자는 사람이다. 사람이 책을 읽음으로써 고금을 꿰뚫고 득실을 결정하는 것은 인仁이다.

주희는 이학가인데, 이 글은 독서로 재능을 보완해야 한다는 점을 설명하는 데 착안한 것이다. 문장이 평이하고 아주 분명해서 뜻을 모두 전달하는 점이 구양수나 증공과 흡사하다. 그는 일찍이 증공을 위해 연보를 편집하기도 했는데, 그가 누구를 사숙했는지 알 수 있다.

주희와 같은 시대에 육유陸游가 있었으니, 그의 자는 무관務觀이요 호는 방옹放翁이다. 문장 역시 탁월한 대가였다. 아래는 「발이장간공가서跋李莊簡公家書」의 글이다.

이공께서 정사에 참여하시고 물러나 향리에 거주했을 때 내 나이가 스물한 살이었다. 때때로 돌아가신 아버지를 찾아오셔서 하루 종일 이야기를 나누셨다. 매번 진회秦檜에 관해 말씀하실 때에는 항상 '함양咸陽'이라 칭하셨고, 강개하고 분하신 기색이 얼굴과 말에 나타났다. 하루는 아침에 오셔

육유

서 같이 식사를 하시고 아버지께 말씀하시기를, "조상공趙相公(정정鼎)이 고개를 넘어갔다는 말을 듣고 근심에 슬퍼 눈물을 흘리셨다는데, 저는 그렇지 않습니다. 유배의 명령이 내려진 것은 은둔의 삶을 실행하는 것이지요. 어떻게 아녀자들이 하는 짓을 하겠습니까"라고 했다. 이 말을 할 때 눈은 횃불과 같고 목소리는 종소리와 같아, 그 걸출하고 강의한 기상이 사람을 흥기시킬 만했다. 그뒤 40년이 지나 우연히 공의 가서家書를 읽게 되었는데, 비록 바닷가로 옮겨갔어도 기상은 조금도 쇠퇴하지 않았으며, 거듭 훈계하는 말이 모두 백세에 모범이 될 만하니, 마치 "은둔의 삶을 실행하는 것"임을 말씀하실 때의 모습을 보는 듯하다.

또 「요평중소전姚平仲小傳」 등의 글은 간결한 필치로 강직한 기상을 묘사했는데, 인물이 살아 있는 것처럼 생동감이 있다. 표현도 간결하고 명백하며 대상에 따른 생동감 있는 묘사와 곡진한 의사전달에 뛰어나, 구양수와 소식의 작품과 매우 비슷하다.

육유와 같은 시대에 신기질辛棄疾과 진량陳亮[37] 등이 있었는데, 그들의 문장은 의론에 뛰어났다. 가령 신기질의 「심세론審勢論」[38]은 이렇다.

대개 오랑캐들의 땅은 명분상 비록 넓다고 해도 실상은 쉽게 쪼개어진다. 오직 군사적 위협이 없으면 형세에 따라 다스려 규합할 수 있지만, 한 번 소요가 일어나면 분노해서 분쟁을 일으켜 지역을 할거하여 벌떼처럼 일어난다. 신사辛巳의 변란에 소자파蕭鷓巴가 요遼에서 반란하고, 조개趙開는 밀密에서 반란하고, 위승魏勝은 바닷가에서 반란하고, 경경耿京은 제齊와 노魯에서 반란하고, 종친인 갈왕葛王이 연燕에서 반란하고, 그 나머지들도 분분히 있는 곳마다 그러했다. 이는 이미 명백한 증거이니 족히 염려할 것이 아니다.

명쾌하기가 소식과 매우 비슷하다. 진량의 문장 역시 의론에 뛰어났지만, 인물묘사의 경우 「중흥유전서中興遺傳序」에서 "백강伯康(용가龍可)이 열 개의 화살을 쏘기를, 첫 화살을 쏘아 과녁을 맞힌 다음 연이어서 화살을 쏘았는데, 열 개가 조금의 차이도 없었다. 차장次張(조구령趙九齡)이 놀라 '그대의 활솜씨가 이랬던가?' 하니, 백강이 '이 정도야 뭐 말할 게 있겠습니까? 천군만마의 머리와 눈이 시종 움직여도 마음으로 지목하면 반드시 적중시키는데, 하물며 이처럼 가만히 있는 과녁이야 맞히는 게 괴이할 리 있겠습니까?' 했다"는 대목은 묘사에도 뛰어났음을 보여준다. 이 글에서 또 "옛날 사마자장司馬子長이 사방을 두루 돌아다니며 옛 이야기들을 모아 『사기』 130편을 지었는데,

---

37　진량(1143~1194): 남송의 문학가. 자는 동보同甫, 호는 용천龍川이다. 저서로 『용천문집』 『용천사龍川詞』 등이 있다.

38　신기질의 『미근십론美芹十論』 중 제1편인 「심세」다.

그 문장이 만 가지로 변화하며 내달리고 있어, 보는 사람으로 하여금 마음이 굳건해지고 눈이 놀라게 만든다. 나는 어떤 사람이건대, 사람들로 하여금 사마자장의 문장처럼 나의 문장을 즐겨보게 만들 수 있을까?"라고 했으니, 그의 의향을 알 수 있다.

남송 이후 이학이 성행하면서 "어록체로 문장을 짓는" 일군의 사람들이 있었으니, "쓸모없고 썩어 문드러진 것이었다[冗塌腐爛]"는 비평을 받았다.(『사고전서총목』) 그러나 이학가 가운데 여조겸의 경우, 주희는 그의 '잡스러움'을 싫어해서 그에 대해 "관후한 사람이지만 어떻게 문자를 이뤄냈는지 모르겠으니, 자못 경솔한 사람 같다"고 했으니, 이 역시 이학에 정통하지 못했던 것이다. 위료옹魏了翁의 경우 『사고전서총목』에서는 "느긋하며 곡절다단하기가 자연스럽게 나온다[紆徐曲折, 出以自然]"고 했다. 주목할 점은 구양수와 소식이 언어를 구사하는 방면에서 이룬 성취가 영향을 끼친 것이 자못 크다는 사실인데, 가령 원열우袁說友[39]는 "사실을 논평하는 글은 곡절다단하고 표현이 쉬우며, 물정을 모두 살피고 있어 구양수와 소식의 문체를 갖추었다"고 했다.(『사고전서총목』)

그 당시 '영가학파永嘉學派'의 학자 가운데서 섭적은 "재능이 뛰어나고 학식이 넓어 말이 자신에게서 나오게 하는 데 주력했으며[語必己出]", 진부량陳傅良은 "다분히 실용문에 치중하되 치밀하고 준엄해서 자연스럽게 격조가 높고 우아했다[密栗堅峭, 自然高雅]." 역사학에 뛰어났던 정초鄭樵에 대해『사고전서

39_ 원열우(1140~1204): 자는 기암起岩, 호는 동당거사東塘居士다. 푸젠 성 젠안建安 출신이다. 송나라 소흥 10년(1140)에 태어나, 효종 융흥隆興 원년(1163)에 진사가 되고, 순희淳熙 4년(1177)에 비서승 겸 권좌사낭관權左司郎官에 임명되었고, 뒤에 임안부臨安府를 다스렸으며, 여러 차례 태부소경太府少卿과 호부시랑, 문안각文安閣 학사, 이부상서를 지냈다. 영종조에는 이부상서, 진동지추밀원進同知樞密院 등을 지냈다.

총목』에서는 "깊고 넓어 거리낌이 없어, 다분히 당나라 이관李觀과 손초와 유태와 유사하다"고 했는데, 지금 「통지서通志序」와 「이아서爾雅序」 등의 글을 살펴보면 실제로 괴이하고 난삽하게 글을 짓는 그런 부류는 아니며, 오히려 산문체 가운데 변려구를 사용한 것이 자연스럽게 운용되어 증공이나 소식의 일부 문장과 흡사하다. 시인 유극장의 경우는 『사고전서총목』에서 "문체가 아결雅潔하다"고 했다. 당시 일부 문인의 사상적 관점과 학문적 조예가 각기 달랐지만, 다만 모두 언어가 평이하고 조리가 있었으며, 기본적으로 "아순雅馴함"이라는 조건에 합치되었다. 앞서 잠시 고찰했던 남송시대의 문장은 세운 뜻이 참신하고 빼어나거나 제재가 매우 특이한 점에서는 혹 육조시대나 당나라 때만 못하지만, 용사用詞가 확고하고 글의 배치가 완정된 점은 육조시대의 화려함과는 다르고, 또 당말 송초의 난삽함과도 달랐으니, 이 점은 '팔가' 중에서도 특히 구양수와 소식이 중요한 역할을 했음을 뚜렷이 보여준다.

남송 말기에 이르러 문천상文天祥과 사고謝翶와 사방득 등의 인물들이 민족정기를 발휘시켜 문장을 했는데, 「지남록후서指南錄後序」나 「등서대통곡기登西臺慟哭記」나 「각빙서却聘書」 등과 같은 작품은 모두 아주 널리 유행했다.

원·명 이후의 정황에 관해서는 아래에서 짧게 언급하겠다.

이상으로 중당 시대로부터 송말에 이르기까지 '팔가' 이외의 일부 산문작가들에 대해 간략히 소개했다. 한 단락 또는 몇 단락의 문장을 인용해서 그들의 풍모를 대략이나마 살펴보았으며, 선인들의 평가를 끌어와 참고하기도 했다. (평가는 개괄적인 것이어서 전면적일 수 없으며, 종파와 문벌의 견해를 피하기 위해 『문헌통고』 「경적고」와 『사고전서총목』 또는 『사고전서간명목록』에서 많이 인용했다. 주목할 점은 이 평가들은 고인들에게서 나온 것이어서 몇몇 한계를 벗어나지 못한다는 사실이다.)

　이들을 소개한 목적은 사람들로 하여금 '팔가' 이외에도 좋은 문장이 없지 않다는 사실을 보여주기 위해서였다. 한 송이 꽃이 홀로 빼어났으며 "한길로만 가기를 힘썼기" 때문에 명대의 당순지·귀유광·모곤이나 청대 동성파 작가들처럼 그렇게 '팔가'를 존숭했다고 하는데, 물론 사실에 부합하지도 않으며 그 근거도 없다. 그러나 '팔가'의 역할과 영향이 심원했다는 사실에는 주목해야 한다. 가령 한유와 유종원 이후로 우수한 '잡문'들이 많이 있었는데, 그 가운데 귀유광과 방포로부터 기윤에 이르는 몇몇은 한유와 유종원의 일파라고 도저히 인정할 수 없다. 다만 우리가 생각할 수 있는 점은 이들이 한유와 유종원의 영향을 받았다는 것이다. 그래서 『문원영화』를 펼쳐보면 이런 문장이 한유와 유종원 이전에도 그다지 많지 않았으며, 한유·유종원과 그 후에 이르러서야 많이 나타났다는 사실이 드러난다. 또한 남송시대의 진량·섭적·신기질·주희·육유 등도 구양수와 소식의 일파는 아니다. 다만 문장을 두고 보자면 평이해서 전달이 쉬우며 곡진하게 생각을 표현하는 점은 기본적으로 한유·유종원·구양수·왕안석·증공 및 삼소의 영향을 받은 것이다. 진량은 『구양문수』를 편집했으며, 『소문육군자문수』도 진량이 엮은 것이라고 주장하는 사람도 있으니, 이것이 그 증거다. 그래서 문체나 어체의 측면에서 보면, '팔가'가 후대에 끼친 영향이 넓고 깊다는 것을 알 수 있다.

　다음으로, 한유와 유종원 이후 북송 초기에 이르기까지는 한편으로는 화려한 변려문체가 남아 있어 문격文格이 나약했으며, 또 한편으로는 장구章句를 얽어서 난삽하기를 힘쓰고 있었다. 앞에서도 이미 지적했듯이 조정에서나 관청에서는 변려문을 쓰지 않을 수 없었으니, 구양수와 소식도 자신이 한림에 재직하던 시절 제조문制詔文을 지을 때에는 역시 '사륙체'를 썼으며, 청대에 이르기까지 한림원에서도 마찬가지였다. 『사고전서』를 올리는 표문表文도 바로 '사륙체'로 작성되었다. 그러나 작가가 변려문을 변화시키는 데 있어 만일 진정하고 심각한 사상적 내용이 없다면 민간의 새로운 문학적 양식을 흡수할 수 없으며, 단지 문자 문제에만 착안한다면 괴벽한 쪽으로 치닫게 될 것이다. 다만 이 두 문제에 유념한다면, 구양수와 소식이 문장을 변혁하고 발전시킨 역사적 의의를 비로소 볼 수 있다. 『송사宋史』「문원전文苑傳·서序」에서는 단지 전자만 설명했을 뿐 후자에 대해서는 설명하지 않았다. 일부 문학사에서는 이 설명을 따름으로써 분명 전체적인 설명을 해내지 못했다. 그러나 후자에 대해 설명하지 않으면 구양수와 소식이 문장을 변혁하고 발전시킨 역할에 대해 분명하게 설명할 수 없다.

또 구양수와 소식 이후 송말에 이르기까지의 일련의 정황을 설명했다. 이로써 진량과 신기질과 주희와 육유로부터 정초에 이르기까지 그들의 글에서 구양수와 소식의 영향을 살피려했다. 거기에서 다시 논설문과 서사문 두 방면을 통해 설명을 보충해보았다. 『사고전서총목』에서 지적했듯이, 송대 예부에서 시행한 시험(곧 진사시)은 통상 한 차례 '논論'을 시험했으며, 태학의 옛 법에서는 "논과 책策을 함께 익혔으니", 그래서 당시 학사들은 고문 특히 소식의 문장(구양수와 소식 문하 문인들의 문장도 포함된다)을 많이 읽었고, 서점에서도 이런 종류의 책을 많이 찍어서 팔기도 했다. 이 점은 사실에 부합된다. 그러나 이뿐만이 아니다. 논문은 용도가 아주 넓어서 학술문이나 정론문이나 응용문에도 논설적인 요소가 많이 쓰인다. 구양수·왕안석·증공·소식은 자연히 한유와 유종원이 이 방면에서 풍부하게 제공한 창작경험을 공유하고 있었다. 기문과 서문에서도 '팔가'의 창작경험은 풍부하다. 우리가 시험 삼아 당나라 초기에 지어진 『남북사南北史』와 오대 시기에 지어진 『구당서』

와 『구오대사』에서 서사적 표현들을 살펴보면, 그것들은 남송 이후 여러 문학가와 명백하고 유창한 서사문과는 분명 다르다. 그래서 '팔가' 이외의 산문을 설명함으로써 안목을 넓히는 데 도움이 되고, 또한 '팔가'를 인식하는 데에도 도움이 되고자 했다.

제11장

'팔가'의 언어가
후대에 미친 영향

'팔가'의 문풍이
후대에 미친 영향

문학은 언어의 예술이며, '팔가'는 문학의 위대한 스승이자 언어의 거장들이다. '팔가'가 후대에 끼친 영향의 주된 점은 문학과 언어 두 방면에 있다. '팔가'의 문장을 우리가 표본으로 삼을 가치가 여기에 있다.

중국은 '화려함'과 '난삽함'의 유해한 문풍을 반대하고, 통속적이고 소박하며 자연스럽고 유창한 어체를 이루었다. 리진시黎錦熙[1] 선생의 말을 빌리자면 '보통고문普通古文'이라는 것인데, 곧 "입 안에서는 죽었지만 종이 위에서는 살아 있는"(『비교문법·서』) 것이다. 이런 어체는 옛날 문예산문에 적용하던 것인데, 특히 인물전기에서 그랬다. 다만 설라나 서사를 다룬 응용문과 학술

---

1   리진시(1890~1978): 현대 중국의 언어문자학자. 베이징여자사범대학·베이징대학·옌징대학 등지의 교수를 역임했다. 그의 『국어운동사강國語運動史綱』은 중국어운동사에서 백화문 보급에 앞장선 중요한 저술이다. 1934년 베이징사범대학의 '교육연구회'를 결성해 지도교수를 맡기도 했다.

문에 적용되었다. 이것이 적용될 수 있는 범위는 비교적 넓었기 때문에 후대에 미친 영향도 컸다. 오늘날 우리가 옛 전적을 읽으려고 한다면 먼저 이런 어체를 읽어내야 하며, 사설이나 총론·산문·보고서·전기문 등을 지을 때에도 여기에서 모종의 표현수법을 본받을 수 있다. 특히 '팔가'의 평이하고 유창한 문풍은 우리가 본받을 가치가 있다.

주지하는 바와 같이 '팔가'의 고문은 화려한 변려문을 거스르는 길을 열었다. 변려문의 득실에 대해서는 앞에서 이미 대략 설명했다. 앞서 육조시대의 변려문과 동한 시기 최인과 채옹의 판에 박은 듯하며 과장된 문풍과 연관해서 거론하고, 이른바 '팔대의 쇠락함'에서 '쇠락함'에는 여러 가지 의미가 있음을 지적했다. 즉 문학에 개성이 없고 인물묘사가 그 사람과 비슷하지 못하며, 기사문도 그 사실에 맞지 않고, 설리문이나 논정문도 의미를 유창하게 전달하거나 사정을 곡진하게 설명하기 어렵다고 했다. '팔가'들이 주장한 "말이 자신으로부터 나온다[詞必己出]"는 것은 기실 문언文言 중에서 사람들이 자주 봐왔던 알기 쉬운 말을 선택해서 사용하고, 또한 구어 중에서 일반 독서인들도 대부분 이해하는 말을 뽑아, 한어의 구법과 장법과 편법으로 구성하고 안배해서 "문맥이 용어에 맞게 순조로움[文從字順]"을 이루어내는 것이다. 그럼으로써 언어의 통속성과 자연스런 소박미를 표현해내고, 뜻을 충분히 전달하는 기능을 충분히 발전시켰다.

황종희가 말했다.

내가 고문을 보건대, 당나라 이후로 크게 한 번 변했다. 당나라 이전에는 문자가 화려했다면, 그 이후로 문자가 질박해졌으며, 당나라 이전에는 구절이 짧았다면, 그 이후로 구절이 길어졌고, 당나라 이전에는 마치 고산유

곡과 같았다면, 그 이후에는 평원이나 광야와 같아졌다. 대개 획연히 경계를 지른 듯하다.

—「경술집자서庚戌集自序」

"문자가 질박"해야 통속적이고 소박해질 수 있으며, "구절이 길어야" 조리 있고 유창하게 전달될 수 있다. "평원과 광야"로 형용한 것은 평이하고 자연스럽다는 것이다. 황종희는 언어학의 측면에서 당나라 이전과 이후의 차이점을 비교 분석함으로써 '팔가'로 대표되는 당송산문의 특색을 지적해냈다. 황종희의 설명은 기본적으로 실제에 부합된다.

여기서 잠시 설명해야 할 점은 문학이 당나라 시대에 큰 변화를 맞이했다고 할 때, 산문이 이와 같았다면 시 또한 이와 같았다는 사실이다. 사람들은 "시의 변화가 두보로부터 시작되었다"는 사실을 인정하지 않는가? 두보와 한유는 모두 중당시대에 살았으며, 그때는 중국 봉건시대가 전·후기로 나뉘는 시대였다. 사회경제 방면에서 변화가 있었으니, 문학 방면에도 역시 변화가 있는 것은 매우 자연스런 현상이다. 이런 변화는 역사발전의 과정이기도 하다. 산문에 있어서 이런 발전과 변화는 곧 사용하는 언어의 진보로 표현된다. 만일 복고파가 아니라면 이 점을 모두 인정할 것이다.

그러나 언어가 통속적이거나 소박해지기가 쉬운 것은 아니다. 그것이 쉽지 않은 이유는 창작수련과 기능과 기교의 측면을 제외하고도, 또한 이런 형식이 내용상 충실한 작품과 맞아떨어져야 하기 때문이다. 바꾸어 말해서, 만일 내용이 충실하지 못하면 아무리 통속적이고 소박한 언어를 사용해도 그 내막이 훤히 드러나고 만다. 그래서 과거의 허다한 문인 가운데 누구는 화려한 표현으로 초라한 것을 장식하기도 했고, 누구는 "어려운 말로 비루한 것을 꾸미기도 했다." 그뒤로 다시 기이하고 괴이한 곳으로 내달려 난삽해지고 말았다. 앞에서 말한 바와 같이, 한유와 같은 시대의 번종사樊宗師로부터 구양수와 같은 시대의 유휘劉輝에 이르기까지 기본적으로 모두 난삽한 길로 접어들었다. 이어 북송시기 고문운동의 선구자인 유개와 장경張景 같은 인물들도 역시 이 점을 면치 못했다. 그러나 구양수는 평이하고 느긋한 문풍으로 난삽함을 극복해냈다. 소식에 이르러서는 더욱 자연스러워져서, "경쾌하고 순조로워" 뜻이 모두 전달되지 않는 일이 없었다. 언어의 운용이 능숙한 경지에 이르렀음을 말해준다.

청나라 장사원張士元²의 말이다.

한나라 이래로 당나라의 한유와 유종원에 이르러 그 격식이 비로소 갖추어졌고, 송나라의 구양수와 소식과 증공과 왕안석에 이르러 그 변화를 모두 이루었다.

— 「진천초서震川抄序」

곧 '팔가'가 이 방면에서 이룬 역사적 공적을 지적한 것이다. 장사원은 또 아래와 같이 말했다.

송으로부터 원에 이르기까지 대대로 작가가 있었으니, 목암牧庵 요수姚燧와

---

2   장사원(1755~1824): 청대 문학가. 자는 한선翰先이고, 호는 노강鱸江이다. 진택震澤(지금의 장쑤 성 쑤저우 우장구吳江區) 출신이다. 건륭 53년(1788)에 거인舉人이 되었다. 고문사를 즐겨 귀유광을 사사했고, 왕기손王芑孫·진영秦瀛·진용광陳用光 등과 함께 고문을 연구했다. 저서로 『가수산방집嘉樹山房集』(22권)이 있다.

도원道園 우집虞集은 한때 더욱더 걸출했다. 명나라 정덕正德과 가정嘉靖 시기에 당응덕唐應德(당순지)과 왕도사王道思(왕신중)가 서로 고학古學으로 절차탁마했는데, 당응덕은 미산眉山(소식)을 배웠고, 왕도사는 남풍南豐(증공)을 배웠으니, 모두 뛰어난 인재다. 그러나 그 힘이 구양수·증공과 대항할 만하고, 기상은 반고·사마천을 따라갈 만하며, 마치 양쯔 강과 한수이 강이 민산岷山 산과 보산嶓山 산에서 발원하여 쉼 없이 도도히 흐르는 것과 같은 이는 희보熙甫(귀유광) 한 사람뿐이다.

-「진천초서」

주이존朱彝尊3 또한 이렇게 말했다.

대개 문장이 무너졌다가 당나라에 이르러 비로소 바른 곳으로 돌아갔고, 송나라에 이르러 비로소 순정해졌다. 송인들의 문장 역시 당인들의 시와 같이 이것이 아니면 사표를 얻을 수 없었다. (…) 여기에서 학자들도 그 대략을 터득할 수 있었다. 이무증李武曾의 재능으로도 원화元和 시기(한유와 유종원의 시기) 이전의 문학을 널리 알아낼 수 있는 것은 아니니, 단지 송나라 제가들을 취한 다음 원나라의 학경郝經, 우집虞集, 게혜사揭傒斯, 대표원戴表元, 진려陳旅, 오사도吳師道, 황잠黃潛, 오채吳萊와 명나라의 영해寧海 방효유, 여요餘姚 왕수인王守仁, 진강晉江 왕신중, 무진武進 당순지, 곤산昆山 귀

3_ 주이존(1629~1709): 청대 시인이자 학자. 자는 석창錫鬯이고, 호는 죽타竹垞다. 강희 18년(1679)에 박학홍사과博學鴻詞科에 들어가 한림원검토翰林院檢討가 되어 『명사明史』 편찬에 참여했다. 경사에 두루 통했고, 시사와 고문에도 뛰어났다. 특히 사詞에서는 강기姜夔를 추숭해서 절서사파浙西詞派의 수장이 되었다. 저서로는 『경의고經義考』 『일하구문日下舊聞』 『폭서정집曝書亭集』 등이 있다.

유광 등 제가의 문학을 합치시켜야 할 것이다. (…) 이와 같이 하면 문장이
둘로 나뉘지 않아, 이런 이치가 있게 될 것이다.

― 「여이무증논문서與李武曾論文書」

주이존과 장사원은 모두 하나의 종파를 표방한 사람들은 아니지만, 두 사
람 모두 '팔가'의 문학은 문장을 배우는 사람들이 "사표로 받아들여야" 할 것
임을 인정하고, '팔가'가 원·명 시대의 작가들에게 미친 영향을 지적했다. 그
러나 그들이 거론한 사람은 대부분 '당송파'에 속하는 작가들이다. 실제로
'팔가'의 영향력이 미친 바는 그의 설명에 비해 좀 더 광범위했다.

가령 명대의 양신楊愼[4]은 '진한파'로서 '팔가'와는 근본적으로 다르지만, 그
의 「효열부당귀매전孝烈婦唐貴梅傳」에서 당귀매가 핍박당한 것을 다음과 같이
묘사했다. "결국 뒤뜰 오랜 매화나무 아래에서 목매달아 죽었다. 아침이 되
어 시어미는 그것도 모르고 며느리의 방으로 들어가 매질을 하려고 했다. 손
에 뽕나무 지팡이를 들고 욕을 하고 들어오며, '나쁜 년! 일찍이 내 말을 따랐
으면 금이랑 비단을 얻어 향락을 누렸을 텐데, 이제 어쩌자고 이렇게 고생을
하려느냐' 하는데, 방에 들어오니 보이지 않아 이리저리 찾다가 매화나무 아
래에 와서야 그가 죽은 것을 알았다. 시어미가 대성통곡을 하니, 친지들이
꾸짖기를 '며느리가 살았을 때는 불효로 고발하더니, 죽어서야 어미 마음이
생기나보지. 어째서 그렇게 통곡을 하오' 하자, 시어미는 '며느리가 살았을 때
에는 그래도 내가 희망이라도 있었는데, 이제 죽어버려서 그 부상富商이 반

---

4   양신(1488~1559): 명대 문학가. 자는 용수用修이고, 호는 승암升庵이다. 명조 삼대재자三大
才子의 한 사람이다. 스물네 살에 장원으로 과거에 합격해 한림수찬翰林修撰이 되었다. 문자훈고
학과 민간문학 연구와 지방사 및 시문학 연구 등 다방면에서 방대한 저술을 남겼다.

드시 뇌물을 가져가버릴 것이니, 나는 금과 비단이 아까워 통곡하지 이 나쁜 년에게 통곡하는 게 아니오' 했다." 이는 '팔가'와 같은 언어를 사용한 것이다. 또 명대 하경명何景明[5]의 경우, 그는 '문필진한文必秦漢'을 표방했지만, 그의 「무공현지서武功縣志序」에서 "내가 강자康子의 글을 살펴보니, 그 지무地畝는 좁은 곳부터 넓은 곳으로, 호구는 적은 곳에서 많은 곳으로, 부역은 면제한 곳에서 징수하는 곳으로, 경비는 검약한 곳에서 사치스러운 곳으로 기록했으며, (…) 근본적인 것은 버린 채 지엽적인 것을 좇거나 바른 길을 벗어나 잘못된 곳으로 내달리는 격이다. 아아! 어찌 한 고을만 그러하겠는가?"라고 했으니, 평이하고 유창한 점은 분명 '팔가'와 같은 문체. 이런 설명은 '팔가'에게로 "한길로 가게 만들려는 것[勒一途之歸]"[6]이 아니라, '팔가'의 문장은 용사와 조구와 편장의 구성 방면에서 고대 한어 가운데 문언의 언어규율과 언어 사용의 관습을 반영했으며, 특히 한유·유종원·구양수·소식은 화려하고 난삽한 두 가지 병폐를 없애고 평이하고 유창한 문풍으로 바꿈으로써 언어묘사의 소박미를 실현했으니, 그 영향이 매우 컸던 점을 말하려는 것이다.

앞서 보았듯이, 남송인들의 문장에는 평순해서 잘 통하는 것이 많고 난삽한 병폐가 적은데, 이는 '팔가'의 영향에서 유래한 것이다. 물론 구양수와 소식 이후로 다시는 화려하거나 난삽한 병폐가 없었다는 말은 아니다. 명초의

5　하경명(1483~1521): 명대 문인. 자는 중묵仲黙이고, 호는 대복산인大復山人이다. 홍치 15년(1502)에 진사가 되어 중서사인을 지냈다. 정덕 초에 환관 유근劉瑾이 정권을 농단하자 병을 평계로 귀향해버렸다. 유근이 죽은 뒤 섬서제학부사陝西提學副使를 지냈다. 그는 명대 '전칠자'의 한 사람으로 '문필진한文必秦漢, 시필성당詩必盛唐'을 외치며 의고문풍을 주도했다. 저서로 『대복집』이 있다.
6　'늑일도지귀': 하나의 유파로 규정함으로써 그 틀에서 벗어나지 못하는 것을 의미한다. 청대 학자 정헌보鄭獻甫(1801~1871)가 당송팔대가의 선집이 문파를 형성하는 계기가 되었고, 결국 사람들로 하여금 편향된 견해를 갖게 만들었다고 비판했던 말에서 인용한 것이다.

송렴宋濂[7]은 이렇게 설명한다.

세상에 글을 쓰는 사람이 많지 않은 것은 아니지만, 신기한 것을 일삼는 자들은 들추어 끄집어내어 몰래 감추며, 일상적인 것을 고쳐 심지어 끊어 읽을 수 없게 만들고, 또 "알아보기 어렵게 비틀어 꼬지 않으면 고문이 아니다"고 말하며, 진부한 것을 즐기는 자들은 과시에서 사용하는 시들어 빠진 문체를 빌려다 이리저리 뒤섞어 그 단서를 보지 못하게 하고, 또 "천근하며 가볍고 순조롭지 않으면 고문이 아니다"고 말한다.

─「문원文原」

여기서 원말 명초에 있었던 병폐를 알 수 있다. 명대에 대해서는 황종희가 "공동空同(이몽양李夢陽)의 시대에 이르러 한유와 구양수의 도가 중천의 태양과 같아서 사람들이 이르고자 해도 도달할 수 없었는데, 공동이 진한문장설秦漢文章說을 내세워 한유와 구양수를 업신여김으로써 곁으로 서자를 내세워 정통의 자리를 빼앗으니, 마침내 쇠약해지고 잘못되고 말았다. 그뒤 왕세정과 이반룡이 뒤이어 일어나 지론을 더욱 심화시켜 세상 문사들을 불러모아 온통 한결같고 단조로운 것을 익히게 만들었으며, '고문의 법이 한유에게서 망했다'고 하고, 또 '옛날과 비교해볼 때 수사가 오히려 이치 때문에 상실되었다'고도 했으니, 육경에서 오로지 이치에 대해 말한 것을 모두 없앨 수

7　송렴(1310~1381): 원말 명초의 문학가. 자는 경렴景濂이고, 호는 잠계潛溪 또는 현진자玄眞子다. 고계高啓·유기劉基와 함께 '명초시문삼대가明初詩文三大家'로 불렸다. 주원장이 명을 세우자 강남유학제거江南儒學提擧로 부임했고, 주원장의 예빙으로 오경사五經師로 추존되어 명나라 개국문신이 되었다. 그러나 말년에는 그의 장손 송신宋愼이 역모가담에 걸려 겨우 죽임을 면하고 전가유방全家流放을 당했다.

있겠는가? 오랜 세월 장공초張公超의 오리무五里霧 도술을 배우는 데 물든 것처럼 지내다 죽은 인사들도 대개 그것을 제대로 배우지 못했을 뿐이다. 오늘날 사자四子에 대해 말하는 사람들은 이들을 동일한 유형으로 설명하지만 사실은 그렇지 않다. 공동은 『좌전』과 『사기』를 답습했는데, 『사기』를 답습한 곳은 끊어지고 이어지는 것이 기상을 해쳤고, 『좌전』을 답습한 곳은 밋밋해서 품격을 해쳤으며, 엄주弇州(왕세정)는 『사기』를 답습했는데, 마치 격식을 분류해서 주제에 따라 묘사해가며, 대복大復(하경명)은 습기가 가장 적은 편이지만 학문이 미진한 것이 애석하며, 창명滄溟(이반룡)은 동떨어져 나갔지만, 손초와 유태의 노예일 뿐이다. 이 사자가 이룬 것이 각기 길은 다르지만 그들의 의론은 같았으며, 잠시 남의 훌륭한 말을 빌려 기이하게 만들었으니, 어떻게 세상의 이목을 쉽게 속일 수 있겠는가"(「명문안서하明文案序下」)라고 했다. 명나라 전후 '칠자'의 병폐를 지적한 것이 아주 적절한데, 여기서 그들의 폐단이 "어려운 표현으로 천박함을 꾸며" "위고문僞古文"을 이룬 것에 있음을 지적했다.

물론 '팔가'를 숭배해서 "천근하며 가볍고 순조로움"을 추구한 사람들에게도 병폐가 없진 않았다. 그들의 병폐는 사상이 '진부'한 점에 있었으니, 지식은 얕고 견해는 좁아 단지 "의도가 파란波瀾하는" 가운데 "고인과 방불하려" 했으며(반뢰潘耒[8]의 말), 어떤 사람은 "오로지 장법과 사령詞令에서 찾으려고 한다"고 말했다.(왕완汪琬[9]의 말) 명대의 귀유광과 당순지로부터 청대 동성파

8_ 반뢰(1646~1708): 청초의 학자. 자는 차경次耕이고, 호는 남촌南村 또는 지지거사止止居士다. 서방徐枋과 고염무를 사사해서 경사經史·역산曆算·음학音學 등에 능통했다. 강희 18년에 박학홍사과에 들어서 한림원검토가 되어 『명사』 편찬에 참여했다. 시에도 능했고, 산문에는 논학論學의 작품이 많이 남아 있다. 저서로 『유음類音』 『수초당집遂初堂集』 등이 있다.

에 이르는 작가들이 모두 정도는 달라도 이러한 병폐를 갖고 있었다. 위희魏禧[10]는 "글을 짓는 방법으로 세상에 우뚝 자립하고자 한다면, 그 방도는 논리를 쌓고 식견을 연마하는 데 있으며" "문장을 두루 배워 이치를 아는 요점은 사무를 익혀 마땅한 때를 아는 것이다"(「답시우산시독서答施愚山侍讀書」)라고 했다. 소장형邵長衡[11]은 "문장을 배우는 사람은 반드시 먼저 문장의 근원에 이른 뒤에야 문장의 법을 연마하게 된다"(「여위숙자서與魏叔子書」)고 했다. 그가 말하는 "근원"이란 "독서에 있고, 양기養氣에 있다." 왕원칙王源則은 "문장은 지극한 품성을 골자로 삼고 문기文氣를 보조로 한다. 지극한 품성이 없으면 사람이 울거나 웃는 것과 같고, 원기가 없으면 인형에 의관을 입힌 것과 같으니", 반드시 "사람들이 보았을 때 마치 약이 병을 낫게 하는 것과 같고, 옷감과 곡식이 몸을 따뜻하게 하고 배를 부르게 하는 것과 같다"(「복육자신서復陸紫宸書」)고 하며 경세치용을 주장했다. "논리를 쌓고" "식견을 연마하며" "양기養氣하고" "독서하며" "경세치용"한다는 것은 모두 문장의 사상적 내용을 두고 하는 말로서, 그 의도는 당송파 말류의 폐단을 바로잡는 데 있다. 다만 경세치용을 두고 말하자면, 붓으로 글을 지을 때에는 여전히 '팔가'의 어체를 사용해야 한다. 가령 이강은 "명백하고 조리 있고 유창하며 반복곡절하

9　왕완(1624~1691): 청초의 산문가. 자는 초문苕文이고, 호는 둔암鈍庵 또는 요봉堯峰이다. 순치 12년에 진사가 되어, 호부주사·형부낭중·편수관 등을 지냈다. 저서로『요봉시문초』『둔옹전후유고』등이 있다.

10　위희(1624~1680): 명말 청초의 산문가. 자는 빙숙冰叔이고, 호는 유재裕齋다. 왕완汪琬·후방역侯方城과 함께 '청초산문삼대가'로 불렸다. 명이 망하자 은거했다가 뒤에 나와 강남을 유람하며 벗들과 교유하고, '명도리明道理, 식시무識時務, 중염치重廉恥, 외명의畏名義'의 학설을 주장했다. 저서로『위숙자문집魏叔子文集』이 있다.

11　소장형(1637~1704): 청대 문학가. 자는 자상子湘이고, 호는 청문青門이다. 강희 때 박학홍사과에 들어갔으나 곧 파직되었고, 다시 태학에 들어갔으나 뜻을 이루지는 못했다. 저서로『팔대산인전八大山人傳』『고금운략古今韻略』등이 있다.

게 해서, 성패를 서술하는 것이 훤히 눈앞에 있는 듯해야 합니다"(진준경陳俊卿,[12] 「양계선생집서梁溪先生集序」)라고 말한 적이 있는데, '팔가' 어체의 기능의 범위를 충분히 설명하고 있다. 그들의 문풍은 후인들이 귀감으로 삼기에 충분했던 것이다.

12_ 진중경(1113~1186): 송대 정치인. 자는 응구應求다. 소흥 8년(1138)에 진사가 되어, 천주관찰추관泉州觀察推官이 되었고, 이후 상서우복야·중서문하평장사 등을 역임한 뒤 소사위국공少師魏國公으로 물러났다. 본래 청렴한 성품에 예를 좋아했다고 한다. 문집 20권이 있다.

'팔가' 문장의 '법도'가
후대에 미친 영향

唐 宋 八 大 家

그들 문장의 '법도'는 실제로 사용하는 언어의 일정한 규율이며 그래서 일면 총괄적인 것이라고 할 수 있다.

왕완汪琬이 말하길, "대가에게 법이 있는 것은 바둑 기사에게 기보가 있고, 악공에게 절주가 있으며, 목공에게 먹줄이 있는 것과 같다. (…) 대개 개합開闔하고 호응하며 조종操縱하고 돈좌頓挫하는 방법이 갖추어지지 않은 것이 없으니, 지금 전해오는 당송시대 여러 대가가 대부분 이와 같다", 만약 "글자는 알되 구절을 모르거나, 구절은 알되 편을 모르면", 장차 "여는 것은 있어도 닫는 것이 없고, 부르는 것은 있어도 응답하는 것이 없으며, 앞과 뒤는 있어도 조종하거나 돈좌하는 것이 없게 되니", 결국 이것은 "흩어지지 않으면 어지러워지는 것이다"라고 했다.(「답진애공서이答陳靄公書二」) 위희도 "고인들의 법도는 목공들의 규구規矩와 같아서 어긋날 수가 없다"(「답계보초서答計甫草

482 ⊙ 문장 혁신

書」)고 여겼다. 「답중군유서答曾君有書」에서는 더욱 본질을 지적하고 있다.

나는(위희) 이치를 밝혀 쓰이도록 적용하는 것이 예나 지금이나 문장이 지어지게 된 본원이라고 생각합니다. "말이 다듬어지지 않으면 멀리 전해질 수 없다"고 했으니, 그래서 문장이 있게 되었습니다. 그러나 세상의 이치와 사무 중에는 말로 다 표현할 수 없는 것이 있기에 함축된 뜻이 있게 되었고, 직언하기 어려운 경우가 있기에 들쑥날쑥하거나 끊어졌다 이어지는 변화의 법칙이 있게 되었습니다.

세상의 법칙은 하나로 정해지는 일이 중요하지만, 그러나 세상에는 실상 하나로 정해진 법칙은 없습니다. 옛날 법을 수립한 사람들은 세상이 일정하지 않았기 때문에 일정하게 만들었던 것이며, 후대에 법을 활용한 사람들은 고인들이 일정했기 때문에 일정하지 않게 만들었습니다.

이 말이 적절한 것은 객관사물과 언어 사이의 모순을 통해 분석하고 있기 때문이다. 우리가 보기에 '팔가'가 말한 '법도'란 단지 한어를 사용하는 규칙의 일부다. 한어에서 사법詞法과 구법句法상의 일부 규칙에 대해서는 이미 총괄해서 설명했지만, 문장묘사에는 단지 사어詞語와 구절뿐만 아니라 모편謀篇과 포국布局·개합·변화도 중요하며, 사용 언어의 규칙도 있어야 한다. 이것에 숙달되면 비록 창작하는 문장이 다르거나 사법과 구법이 일정하지 않아도 경어와 명구를 만들어낸다는 것을 알게 된다. 그렇지만 사람들은 사법과 구법을 학습하지 않으면 안 되며, 물론 편장에 관련된 규칙이나 법도도 이해하지 않으면 안 된다. 편장에 관한 규칙과 법도를 이해하고 숙달되려면 고인들 특히 '팔가'들이 사용한 언어의 전범을 분석하고 종합해야 한다.

'팔가' 문장의 법도에는 분석하고 종합할 만한 어떤 것이 있을까?

어휘는 자신에게서 나와야 한다

이는 한어의 특징에서 비롯된 것이다. 탕란唐蘭이 『중국문자학』에서 설명하기를, 한어는 어휘를 구성하는 기능이 특히 뛰어나 두 글자가 합쳐지면 어휘가 된다고 한다. 탕란이 말하는 어휘에는 일반적으로 말하는 어휘와 어휘 구절도 포괄하고 있다. 물론 어휘가 부족한 경우가 거의 없지만, 반드시 어휘로 구절을 엮어 만들고, 그런 다음에 다시 편을 이어 만든다. 그래서 '팔가'들이 "어휘는 반드시 자신에게서 나와야 한다[詞必己出]"고 했던 것은 무엇보다 한어가 어휘를 구성하고 구절을 만드는 기능을 충분히 발휘시킬 것을 가리킨 것이다.

가령 소식은 「보회당기寶繪堂記」의 서두에서 이렇게 말했다.

군자는 사물에 뜻을 붙일 수는 있어도, 사물에 뜻을 두어서는 안 된다. 사물에 뜻을 붙이면 비록 미물도 낙을 삼을 수 있고, 비록 사물이 없어도 병이 되지 않지만, 사물에 뜻을 두게 되면 비록 미물이라도 병이 될 수 있으며, 사물이 없으면 낙을 삼지 못하게 된다.

여기서 "뜻을 붙인다[寓意]"는 말은 "뜻을 둔다[留意]"는 말에 맞서 쓰였다. 이전 사람들은 이렇게 대칭으로 사용한 적이 없었다. 『사해』에는 "우寓"자의 '기탁하다'라는 풀이 아래에 바로 이 어휘를 예로 들었다. "유의留意"는 「자객

열전」가운데 사용된 "주의注意"라는 말과 현격하게 다르다. 소식은 이전 사람들이 사용했던 어휘에 새로운 의미를 부여한 것인데도 사람들이 읽을 때 무난하게 이해할 수 있으니, 그것이 자연스럽게 이루어졌기 때문이다. 소식은 뒤이어 자신이 어렸을 적 글과 그림을 좋아한 이야기를 한다. "집에 보관하고 있는 것은 잃어버릴까 걱정되고, 남들이 소유하고 있는 것은 내 것이 못될까 걱정되었다. 이윽고 웃으며 '내가 부귀를 하찮게 여기면서 글을 소중하게 여기고, 생사도 가볍게 여기면서 그림을 귀중하게 여기니, 전도되고 뒤섞여 본심을 잃은 것이 아닌가?' 여기고, 이로부터 다시는 글과 그림을 좋아하지 않았다. 기뻐할 만한 것을 보게 되면 비록 때때로 다시 소장해두지만, 다른 사람이 가져가도 더 이상 애석해하지 않았다. 비유하자면 안개와 구름이 눈앞을 지나가고 백 마리의 새소리가 귀에 울리는 것과 같으니, 흔쾌히 접하지만 가버리고 나면 어찌 다시 생각하겠는가. 이로부터 이 두 물건은 항상 나의 낙이 되었지 병이 되지는 않았다"고 한다. 이 대목을 읽으면 '우의'와 '유의'의 구별이 저절로 명백해진다. 이 대목을 놓고 말하자면, 이 글 가운데 "잃어버릴까 걱정되고[唯恐失之]" "전도되고 뒤섞여[顚倒錯謬]" "안개와 구름이 눈앞을 지나간다[煙雲過眼]"는 말은 오늘날까지도 성어가 되어 글이나 입에 살아 전하고 있다(다만 "백 마리의 새소리가 귀에 울린다[百鳥感耳]"는 말은 유행되지 못했다). "가지소유家之所有, 유공실지唯恐失之, 인지소유人之所有, 유공기불오여唯恐其不吾予"와 같은 경우, 이해하기 어려운 단어는 하나도 없지만, 한 번 엮여 구절을 이룸으로써 묘사하기 어려운 심경을 서술해낸다. 요점이 간결하고 명백하며 구체적이고 생동적인 것이 어떠한 수식이나 전고로도 전달할 수 없는 정보를 전달해준다.

여기서 특별히 지적할 만한 것은 허자虛字 사용의 문제다. 바로 유대괴가

"문장은 반드시 허자가 갖추어진 뒤 신태神態가 드러난다"(「논문우기」)고 말한 것과 같은데, 이는 구양수의 「상주주금당기相州晝錦堂記」 서두에 두 개의 '이而'자와 「취옹정기醉翁亭記」 가운데의 '야也'자와 관련해서 앞에서 이미 설명했던 것이다. 아래는 또 한유의 「제십이랑문祭十二郎文」의 경우이다.

너의 지난해 편지에서 "연각병을 얻게 되어 갈수록 심해졌다"고 했는데, 나는 "이 병은 강남 사람들에게 늘상 있는 것이다"라고 했다. (…) 그런데 결국 이 병으로 삶을 마쳤단 말인가? 아니면 다른 질병이 있어서 이렇게 된 것인가?[汝去年書云: '比得軟脚病, 往往而劇.' 吾曰: '是疾也, 江南之人常常有之.' (…) 其竟以此而殞其生乎? 抑別有疾而至斯乎?]

다음은 소식의 「전당근상인시집서錢塘勤上人詩集序」의 내용이다.

(…) 공(구양수)의 이야기에 이르자 갑자기 눈물이 흘렀다. 근상인은 참으로 세상에서 찾는 사람이 없으며, 공 또한 근상인에게 은덕을 베푼 것도 아닌데, 그래도 눈물을 흘리며 잊지 못하는 것은 이익을 위한 것이라고 하겠는가? 나는 그 이후로 근상인의 어짊을 더욱 알게 되었으니, 그를 사대부들사이에 세워두어 공명을 이루는 일에 종사하게 한다면, 어쩌면 매우 심하게 공을 저버리는 것이 아니겠는가![(…)語及於公, 未嘗不涕泣也. 勤固無求於世, 而公又非有德於勤者, 其所以涕泣不忘, 豈爲利也哉! 余然後益知勤之賢, 使其列於士大夫之間, 而從事於功名, 其不負公也審矣!]

여기서 "기其" "억抑" "고固" "이而 (…) 우又" "소이所以" "기豈" "익益" 등의 글자

와 두 개의 "호乎" 자와 "야재也哉" "야也 (…) 의矣" 등의 허사는 어기와 맥락을
드러내고, 정신과 의태를 핍진하게 표현하도록 한다.

핵심을 향해 짜여진 말의 조리

고문가들이 의법義法을 설명한 것은 사실 말에는 모두 차례가 있어야 함을
요구했던 것이다. 야오융푸 선생은 "이른바 의義라는 것은 귀숙처가 있는 것
을 말하고, 법法이란 것은 기起도 있고 결結도 있으며, 호呼도 있고 응應도 있
으며, 제철提掇도 있고 과맥過脈도 있으며, 돈좌頓挫도 있고 구륵鉤勒도 있는
것을 말한다"고 했다.(『문학연구법』) 귀숙처는 곧 글 전체의 중심이다. 각 장과
각 부분은 긍정이든 부정이든, 말이든 사건이든, 방증이든 보충이든 상관없
이 그것의 배치는 모두 이 하나에 종속된다. 그래서 귀숙처가 있음으로써 비
로소 차례가 있으며 『문심조룡』 「부회附會」에서 "가지를 다스리려면 줄기를
바루어야 한다[理枝循幹]"고 했으니, "여러 가지 논리가 비록 번잡해도 도치
되어 어그러지는 일이 없으며, 많은 말이 비록 번다해도 어지럽게 흩어지지
않도록" 하는 것이다.

소식의 「가의론」을 보면, 첫머리에 "재능을 얻기 어려운 것이 아니라, 스스
로 기용되기가 실로 어렵기 때문이다"라고 했는데, 이것은 바로 『문심조룡』
에서 "첫 행의 말이 거슬러 글 속의 의도를 싹 틔운다"고 말한 것과 같이 입
론의 근거를 제시한 것이다. 이어서 "안타깝다! 가생은 왕을 보필할 만한 재
능으로도 스스로 자신의 재능을 사용하지 못했다"고 하여 글 전체의 중심
의도를 제시했고, 글 전체의 각 부분도 모두 여기로 귀숙하고 있다.

다만 귀숙처는 제목에 근거해서 부연하는 것이 아니다. 가령 구양수의 「상주주금당기」는 제목에 나타나 있는 "주금당"의 영광을 말하려는 것이 아니라, 오히려 "오직 대승상 위국공은 그러지 못했다"는 것인데, 곧 관록과 작위가 "한때 자랑하고 한 고을에 영광이 되는" 것이 아니라, "덕이 백성들에게 이르고 공로가 사직에 베풀어지는" 것으로 귀결함으로써 한기의 바람을 지적하고 있다. 이것은 문장의 경계를 높이는 것으로, '진부한 말'을 하는 것이 아니라 말에 구체적인 내용을 두려는 것이다.

덧붙여 한편 "주금"으로 집에 이름을 붙이고, 한편 "주금"으로 영광을 삼지 않는다는 점을 설명함으로써 문제가 복잡해졌다. 그런데 어떻게 "가지를 다스리려면 줄기를 바룬다"는 것인가? 구양수는 먼저 "벼슬을 해서 장상에 이르고, 부귀해져 고향으로 돌아오는 것"을 영광으로 여기는 것이 세속의 상정이라고 말하고, 이는 한기가 모두 "본래 소유하고 있는 것"이라고 하여 족히 영광이 되지 못한다고 했으며, 또 한기의 희망은 후대에 칭송되고 귀감이 되는 것이라고 말했다. 간결한 표현으로 번잡한 내용을 바로잡고 조리가 분명하니, 이것이 말에 차례가 있는 것이다.

차례가 있다는 것은 수식 없이 있는 그대로 서술하는 것이 아니다. 요내는 "대개 문장의 묘미는 내달리는 가운데 돈좌하고 돈좌하는 가운데 또 달리는 것에 있다"(「여요석보서與姚石甫書」)고 했으며, 야오융푸 선생도 "장군은 이제 전술로 상대를 이기려 하는데, 말을 타고 빙빙 돌며 활시위를 당기지만 쏘지 못해 아쉽네"[13]라는 말로 문장의 장법에 비유했다. 소식의 「이씨산방장서기李氏山房藏書記」 제1단락의 경우, 먼저 "상아와 소뿔과 주옥처럼 진기한 보물

13_ 한유, 「치대전雉帶箭」 시의 구절이다.

은 사람의 이목을 즐겁게 하지만 사용하는 데에는 적합하지 못하다"고 말하고, 다시 "금석과 초목과 생사生絲와 오곡과 육재六材는 사용하는 데에는 적합해도, 쓰면 닳고 취하면 다 없어져버린다"고 하여 서로 반대되는 의미로 글을 시작한 다음, "사람의 이목을 기쁘게 하면서 사용하는 데 적합하고, 써도 닳지 않고 취해도 다 없어지지 않으며, 현명한 사람과 불초한 사람이 가져도 각자의 재능에 따라 얻게 되고, 어진 사람과 지혜로운 사람이 보아도 각자의 분수에 따라 보게 되며, 재능과 분수가 달라도 구하면 얻지 못하는 것이 없는 것은 오직 서적이 아니겠는가?"라는 말을 드러낸다. 서적의 기능을 충분히 인정함으로써 장서의 필요성은 말하지 않아도 알 수 있다. 만약 보통 사람 같으면 뒤이어 장서에 관해 말할 것인데, 이렇게 되면 내용이 아주 빈약해지고 만다. 그러나 소식은 그렇게 하지 않았다. 그는 이어 "공자는 성인이셨어도 그의 학문은 반드시 책을 보는 것에서 시작하셨다"고 했으니, 이것이 바로 의중에 있는 표현이다. 기묘한 것은 그가 말이 여기에 이르러 마침내 제기하기를, 춘추전국시대에는 선비들 가운데 "육경을 본 사람이 몇 안 되었지만" 그래도 성취한 것이 매우 컸는데, "후세에는 서적도 더 많지만" "학자들은 더 구차하고 어설펐던 것은 어째서일까?"라고 한다. 더 기묘한 것은 이에 대한 답은 하지 않고, 이어 자신이 기억하는 어떤 노선생이 책을 구하기가 어려웠지만 독서하는 태도는 매우 진지했던 것을 떠올리며, 그러나 "후생으로서 과거 보는 선비들은 모두 책을 묶어둔 채 보지도 않으며 근거 없이 멋대로 말한다"고 하니, 다시 "어째서일까?" 하는 문제를 들추어낸다. 분명히 말해둘 것은 이런 문제는 이 글에서 답할 수 있는 것이 아니며, 여기에서 소식이 대답하지도 않는다. 다만 역사적이고 현실적인 사실을 묘사함으로써 독자들의 사색을 이끌어내고, 아울러 아래 대목을 위해 복선을 깔아두었다(글의 끝에 이르면 명백해진다). 그의 설명이 과다하고 원대한 것 같지만, 기실 설명이 고금을 넘나들며 어렵기도 하고 쉽기도 한 것이 서로 대조되면서, 아울러 시종 서적과 독서의 문제를 다루고 있다. 아이들이 연을 날릴 때 풀면 풀수록 멀리 날아가지만 그래도 연줄은 아이의 손 안에 있어서(요내의 말) 수시로 거둬들일 수 있는 것과 같다. 다음으로 이공택李公擇의 독서와 장서를 서술하면서 그에게 "인자의 마음"이 있음을 인정하고, 이어서 다시 붓을 들어 자신은 노쇠하고 병이 들어 "만약 몇 년의 여유가 있다면 아직 보지 못한 책을 읽고 싶다"는 것과 "내가 장차 늙거든 공택의 책을 모두 들추어보겠다"는 두 말을 종합했다. 그리고 "이에 나는 한마디 말을 함으로써 후인들로 하여금 옛날 군자들은 책을 보기가 어려웠지만, 오늘날 학자들은 책이 있어도 읽지 않는 것이 참으로 안타까운 일임을 알게 하노라"는 말로 결론을 맺음으로써, 각 부분이 일관되게 엮이게 하여 앞에서 말한 사실과 제기한 문제가 모두 한곳으로 귀결되도록 했다. 이 글에서 매번 한 단락이 거의 근거 없이 제기된 듯하지만(접속사를 사용하지 않았다), 단계를 따라 나아가 보면 의맥이 일관되고 단단하게 이어져 있으며, 이른바 "문장은 이어지지 않아도 의미는 이어진다"는 말처럼 파도가 겹겹이 밀려오듯이 크게 열렸다가 종합되어, 실마리가 분명하고 전후로 호응하니, 평순하게 있는 대로 서술하지는 않았지만 말에 차례가 있어 감상해볼 만하다.

방포는 구양수의 『당서』 「예문지·서」를 비평하면서, "이어지고 변화하는 지점을 찾아봐도 혼연히 흔적을 찾아볼 수 없으니, 비로소 글이 오묘하고 법이 정밀하다는 것을 알겠다"고 했다. 우리가 생각하기를, 소식의 「운당곡언죽기篔簹谷偃竹記」와 같은 글은 서술과 의론을 착종시키고, 이 일과 저 일을 교직시켜, 자유자재로 써내려가되 묘사마다 정취를 이루어내는 것은 언어를 숙련되게 운용하는 수준에 있음을 분명하게 보여준다.

다시 '아속雅俗'의 문제에 대해 말해보자. 분명 양신은 '문필진한'을 주장했는데, 그는 "아언으로 능히 뜻을 전달할 수 있다"고 했으니, 이는 고자와 고어로 오늘날 통용되는 말과 바꾸어야 하는 것으로 "어려운 말로 비루한 것을 꾸미는" 일이다. '팔가' 가운데 특히 구양수와 소식은 이런 방법을 일관되게 반대했다. '팔가'가 사용하는 말은 읽기 난삽한 진한시대의 말이 아니고 화려하게 다듬는 제량시대의 말도 아니며, 또 일부 지방의 방언도 아니다. 그들이 사용한 말은 일종의 통속적 문언이었다. 이런 언어 가운데는 구어로부터 온 것도 있는데, 가령 앞에서 설명한 한유의 「장중승전후서張中丞傳後序」 가운데 "남팔아! 남자는 한 번 죽을 뿐이니, 불의 앞에 굽힐 수야 없지 않겠느냐"라는 구절이 있는데, 이는 분명 정련을 거친 것이다. 이런 종류의 말은 소식의 문장에는 더 많다. 또 관청이나 상인들이 사용하던 말을 보편적인 문언으로 바꾼 것이 있는데, 가령 소철의 「논촉다오해장論蜀茶五害狀」에서 "관에서 각다権茶 제도를 시행한 이래 중한 법과 위협적 규제로 개인 간의 매매를 허락하지 않고, 억지로 등급을 나누고 저울을 높여 가격을 낮추며, 해가 바뀔 때마다 가격이 낮아져 지금은 단지 옛 가격의 절반이 되었습니다"라고 했다. 또 고서의 어구를 당시의 통용어로 바꾼 것도 있는데, 가령 소식의 「형상충후지지론形賞忠厚之至論」에서 "사악四岳이 '곤鯀은 기용할 만합니다'라고 했으나, 요는 '아니다. 곤은 명령을 따르지 않는 패륜 종족이다'라고 했다. 그러나 이윽고 '시험해보자'고 했다[四岳曰: '鯀可用', 堯曰: '不可, 鯀方命圮族', 旣而曰: '試之!']"고 했는데, 이것은 『상서』의 내용을 개작한 것이다. 또한 허자를 변려문의 어구에 사용해서 변문과 산문을 결합시킨 경우도 있는데, 증공의 「전국책목록서」에 "법이란 변화에 적응하려는 것이니 모두 같을 필요는 없지만, 도란 근본을 세우려는 것이니 하나같지 않아서는 안 된다[法者, 所以適變也, 不必盡同, 道者, 所以立本也, 不可不一]"고 했고, 소식의 「가의론」에서도 "대개 군자가 취하는 것이 원대하면 반드시 기다려야 할 것이 있고, 나아가는 것이 크면 반드시 참아야 할 것이 있다[夫君子之所取者遠, 則必有所待, 所取者大, 則必有所忍]"고 했다. 장타이옌은 "송나라 문인들의 변려체 역시 적지 않지만", 증공과 소식의 글에 "들어 있는 변려체는 제량시대 사람들과 다르지 않으며, 그만 못한 것도 당시의 사륙문 정도는 된다"(『국고논형國故論衡』)고 했다. 또 다른 방법으로, 소식은 한어의 말 속에 담긴 풍부한 함의를 이용하는 데 뛰어나, 모순과 통일의 변증법적 관계를 파악하여 말이 곡절해서 의미를 충분히 전달하게 했다. 「왕자불치이적론王者不治夷狄論」의 경우 "이적들은 중국을 다스리는 방법으로 다스릴 수 없다. (…) 그래서 다스리지 않는 방법으로 다스리며 다스려도 다스리지 않는 것 같은 것, 이것이 크게 다스리는 것이다"라고 했고, 「책별策別·무책난無責難」에서도 "어려운 일을 권하지 않는 것에 은근히 권하는 것이 있다"고 했는데, 조어가 기묘해서 사람을 탄복하게 한다. 듣건대 당시 배우들이 무대에서 공연을 할 때 이런 언어를 사용해서 사람들에게 환호를 받았다고 한다. 뜻을 전달하는 기교는 역사 사실을 인용하고 비유를 잘 설정해서 표현하는 것이다. 그래서 소식은 "역사 사실을 인용하는 것이 절실하고 정밀하며, 또 비유를 잘 설정해서 다른 사람들은 전달할 수 없었던 드러내기 어려운 정취를 그는 비유를 통해 드러내곤 했던 것이다."(중국번이 소식의 「대장방평간용병서代張方平諫用兵書」에 대해 논평한 말) 소씨 부자들이 역사 사실을 인용하는 방법은 역사 사실을 개작하거나 축소해서 사람들이 보는 즉시 알아보도록 했으며, 비유를 쓰는 방법도 더러 고사의 방식을 가져다 쓰기도 하고 더러 많은 비유를 번갈아 사용하기도 했으니(박유博喩라고 한다),

각기 다른 방법으로 뜻을 전달하려 함으로써 더욱 교묘해졌던 것이다.

간결하면서도 새로운 문체

(1) '팔가'는 개혁가의 자세로 문단에 출현했는데, 한유가 "팔대문학의 쇠퇴함을 일으켜 세우고" 구양수와 왕안석이 "고문으로 창도해서", 한편 육조시대의 곱게 꾸미는 습성을 바꾸고, 또 한편 당말 송초의 괴이하고 난삽한 문체를 바꾸었다. 이것은 역대 평론가들이 모두 공인하는 것이다. 꼭 지적할 점은 한유와 유종원은 "팔대의 쇠퇴함을 일으켜 세웠을" 뿐만 아니라, "팔대의 성과를 결집시켰다"는 점인데, 그들은 민간문학과 대중의 구어 가운데 일부 새로운 양분을 흡수하고, 이로써 인물이나 경물묘사와 사물에 가탁해서 정감을 서술할 때 새로운 창조와 성취를 많이 이루어냈다. 특히 간결한 표현을 운용함으로써 "문맥이 용어에 맞게 순조로워 각기 직분을 알게[文從字順各識職]" 해서 일종의 새로운 문체를 형성함으로써 후대에 끼친 영향이 컸다. 구양수와 소식은 화려하게 조탁하는 것에 반대했으며, 또 "어려운 말로 비루한 것을 꾸미는 것"에도 반대했다. 그들이 "고문으로 창도한 것"은 기실 옛것을 모방하는 악습과 투쟁하는 것이었다. 구양수가 유기劉幾(유휘劉輝)[14]의 글을 비평했던 것과 송기末祈[15]의 글을 조롱했던 것이 모두 이 점을 입증한다. 그들이 간결한 어휘와 평이하고 유창한 표현을 운용하는 것은 한유나 유종원보다 더 숙련되었으며, 어휘의 선택과 정련에서부터 편장의 결구와 안배에 이르기까지 어느 정도 완전하면서 자연스럽고 유연한 법도를 갖춤으로써 한어의 문언문에 규범을 더해놓았다.

(2) '팔가'들 사이가 비록 '대동소이하다'고 해도, 서로 따르거나 모방하지 않고 각자는 스스로의 모습을 지니고 있었다. 방포는 "옛날 문장에 능숙했던 이들은 반드시 모방하는 것과 단절했다. 한유는 「증부도문창서贈浮屠文暢序」에서 유자의 도로 글을 열고, 「증고한상인서贈高閑上人序」에서는 초서 문제로 글을 시작했지만, 병폐를 없애려는 의도를 은밀하게 붙였다. 만약 다시 답습한다면 독자들은 책을 덮어야 할지 염려스러울 것이다. 그래서 구양수는 따로 의미를 붙여 교제하면서 만나고 헤어지는 마음을 그 사이에 얽어두었으니, 이른바 각기 좋은 곳을 차지하고 있는 것이다"라고 했다. 방포의 이 말은 단지 한 가지 문제를 두고 한 말이지만, 본보기의 하나로 생각하고 본다면 깨우쳐주는 면이 아주 많다. 이 말은 '팔가'들이 서로 모방하지 않았다는 것을 알려주며, 또 어떻게 "각기 좋은 곳을 차지하고 있었는가"를 깨우쳐준다. 사실 북송 초기에 소순은 한유와 구양수의 풍격을 서로 다른 것으로 비교하고, 그들은 "단연코 일가를 이룬 문장이다"[16]라고 지적했다. 후대의 평론가들이 '팔가'의 문장을 비교 분석한 것이 아주 많은데, 가령 유희재는 『예개』에서 "태사공의 문장에서 한유는 웅장함을 터득했고, 구양수는 걸출함을 터

14_ 유기(1031~1065): 송대 문학가. 자는 지도之道이고, 뒤에 유휘劉輝로 개명했다. 여덟 살에 학문을 성취해서 '해내명사海內名士'가 되었다. 당시 문단에 서곤풍西昆風이 남아 있어 시인들이 사조를 일삼았는데 유기도 여기에 물들어 미려한 문장을 추구했다. 당시 구양수는 이런 문장을 반대하고 있었는데, 그가 지공거가 되자 과거문장에서 서곤풍을 배격하고자 서곤풍을 본받은 문장은 모두 선발하지 않았다. 어느 날 구양수가 유생들의 시험지를 평열評閱하다가 "천지알天地軋, 만물줄萬物茁, 성인발聖人發"이란 글귀를 보고는 사의辭意가 난삽한 것을 두고 격분하여 "이 글은 분명 유기가 지은 것이다"고 하고, 주필朱筆로 '비무紕繆' 두 자로 평했다. 뒤에 봉함을 열어보니 과연 유기의 것이었다고 한다.
15_ 송기(998~1061): 북송의 문학가. 자는 자경子京이다. 천성天聖 2년에 진사가 되어 한림학사, 사관수찬 등을 역임했고, 구양수와 함께 『신당서』를 편수했다. 그는 문장에서 기자奇字를 즐겨 사용했고, 조탁을 일삼아 난삽한 표현이 많았다.
16_ 소순, 『가우집』 권12, 「상구양내한제일서上歐陽內翰第一書」

득했다. 웅장한 사람은 곧고 민첩한 것을 잘 활용하기 때문에 발단에서부터 기이한 것이 나오는 것을 볼 수 있으며, 걸출한 사람은 느긋한 것을 잘 활용하기 때문에 실마리를 끄집어내어 묘한 곳으로 들어가는 것을 볼 수 있다"[17]고 했고, "한유의 문장은 물과 같고 유종원의 문장은 산과 같아서, '넓고 세차게 쏟아지듯' '텅 비고 그윽한 듯'하다는 말에서 두 사람이 각기 회심하는 바가 있을 것이다"[18]라고 했다. 또 "왕안석의 문장은 쓸어버리는 데 뛰어나고, 소식의 문장은 생성하는 데 뛰어났다. 쓸어버리기 때문에 높고, 생성하기 때문에 넉넉하다"[19]고 했고, "소식의 문장은 일사천리하고, 소철의 문장은 일파삼절一波三折한다"[20]고 했으며, "구양수의 문장은 느긋해서 여유가 있고, 소식의 문장은 밝고 분명해서 의심이 없다"[21] "한유의 문장은 의사가 굳고 곧지만, 구양수와 증공의 문장은 부드럽고 느슨하다"[22]고 했으니, 이런 비교 분석은 '팔가'를 이해하는 데에 매우 유익하다.

(3) 작가들이 서로 답습하지 않았을 뿐만 아니라, 같은 작가라 하더라도 시간이 흐르면서 변화가 있었다. 소식은 조카에게 주는 첩에 써주기를, "대개 문자는 어렸을 때에는 모름지기 기상이 높고 색채가 현란해야 하지만, 점차 늙고 숙련될수록 평담해져야 하니, 전날 과거에 응시한 글을 보지 않을 수 있겠는가. 고하와 억양이 마치 용이 꿈틀거리듯 잡아도 잡히지 않는 것과 같다"고 했으니, 소식도 젊었을 때의 문풍과 만년의 문풍이 달랐던 것을 알 수 있

17_ 유희재, 『예개·문개』 95칙.
18_ 위의 책, 177칙.
19_ 위의 책, 214칙.
20_ 위의 책, 204칙.
21_ 위의 책, 213칙.
22_ 위의 책, 220칙.

다. 유대괴도 말하길, "문장이란 변하는 것을 이른다. 한 책 안에서도 편마다 변하고, 한 편 안에서도 단락마다 변하며, 한 단락 안에서도 구절마다 변한다. 정신이 변하고, 기상이 변하고, 경계가 변하고 음절도 변하며, 구절과 글자도 변하니, 오직 한유만이 그랬다"(『논문우기』)고 했다. 이 설명은 신비로운 해석이 다소 불만이지만, 그래도 문장이 내용에서부터 결구에 이르기까지 각 편마다 특징이 있어야 하며, 어구도 무턱대고 따라 쓰는 것을 피해야 한다고 하는데, '팔가'들은 대개 이와 같았던 것이다. 소식의 「묵군당기」와 「운당곡언죽기」는 모두 글을 쓰기를 대나무 그리는 것과 같이 지은 작품인데, 묘사하는 것이 결코 한 가지가 아니다. 큰 작가는 모두 풍격이 다양한 법이다.

'팔가'에 대한 후인들의 논평

'팔가'와 도통의 긴밀한 관계

한유는 스스로 '도통'을 자임했다. 아래는 『신당서新唐書·예문지서藝文志序』의 말이다.

대력大歷과 정원貞元 시기에 훌륭한 인재들이 나타나 도의 진리에 몰입하고 성인의 경계에 푹 젖었는데, 여기서 한유가 창도하고 유종원·이호·황보식 등이 화답해서 백가를 배척하는데 법도가 삼엄하고, 아래로 위진魏晉에 맞서고 위로 한漢과 주周에 겨루더니, 당나라의 문장이 완연히 하나의 왕법王法이 된 것이 이때가 최고였다.

소철도 이렇게 말했다.

위진 이래로 남북조를 거치며 문장의 폐단이 지극했다. 비록 당나라 정관
貞觀과 개원開元의 시대가 성대했다 해도 떨쳐일으킬 수 없었는데, 오직 한
퇴지가 복고의 변화를 일으켜 퇴락의 물결을 막아 동쪽 바다로 흘러가게
해서 드디어 서한시대의 구풍을 회복시켰다. 그후 오대의 시대로 이어져
세상이 문장이라는 것을 모르게 되었다. 공(구양수)의 문장이 나타남으로
써 이제 옛 시대에 다시 부끄럽지 않게 되었다.

- 「구양공신도비」

『송사』「예문지서」에서도 이렇게 말했다.

국초에 양억과 유균이 당나라의 성률을 본떴다. 유개와 목수지穆修志가 옛
것을 변화시키고자 했으나 미치지 못했다. 여릉 구양수가 나타나 고문을
창도하고, 임천 왕안석과 미산 소식과 남풍 증공이 일어나 화답하니, 송나
라 문장이 날로 옛것을 회복하게 되었다.

청나라 초기에 주이존도 이렇게 말했다.

내가 젊어서 문장을 지을 때, 고인들의 자구를 본뜨기를 좋아해서 우린于
麟(이반룡)의 문체와 흡사하게 했는데, 얼마 뒤에 크게 후회했다. 문장을 짓
는 것은 내가 말하려는 것을 모두 말하는 것일 뿐이라고 생각한다. (…) 그
래서 한유와 구양수와 증공의 문장에 깊이 합치되어 보았다. (…) 내가 한

유와 구양수와 증공의 문장에 깊이 합치되었던 것은 그들에게 육예를 절충해서 도에 합치되는 말이 많기 때문이다.

— 「보이천생서報李天生書」

그러나 '도통'을 자임했던 주희는 도리어 다른 시각을 갖고 있었다.

맹자가 죽은 뒤로 천하의 선비들이 도를 알고 덕을 길러 내면을 채우지 않았기 때문에 문장도 결실이 없었다. 동한 이후 수당시대에 이르러 더욱 낮아지고 쇠퇴했다. 한유가 나타나 비로소 육예를 추종해서 「원도」 등의 글을 지었다. 그러나 그 글을 읽어보면 아첨하고 장난하고 방랑하는 데에서 나온 것이 적지 않다. 대개 근원이 되는 도는 한낱 그 대체를 말할 수는 있어도 탐구하고 실천하는 효과를 볼 수는 없다. 그래서 고인을 논평할 때 곧장 굴원과 맹가와 사마천과 사마상여와 양웅을 일등으로 여기지만 동중서나 가의는 언급하지 않는다. 당세의 폐단을 논하면서 말이 자신에게서 나오지 않아 결국 신성께서 사라지고 말았다고 탄식하지만, 스승과 생도 사이에 전하고 받는 때에 결국 도와 문을 쪼개어 둘로 나누고 말았다. 그 이후로 다시 수백 년 뒤에 구양수가 있었으니, 그 병폐는 역시 같다.[23]

— 「독당지讀唐志」

이학가들의 관점에서 볼 때 한유는 '도' 부분에서 '순정하고 또 순정한' 면

---

23   이 글은 저자가 주희의 글을 축약해서 인용한 것인데, "師生傳受, 未必裂道與文以爲兩物"은 "其師生之間, 傳受之際, 蓋未免裂道與文以爲兩物"을 축약하면서 내용이 잘못된 부분이 있어 수정했다.

이 부족하다고 보았기 때문에, 금나라 사람들은 "도는 정이천과 주자를 좇아 심학을 전하고, 문장은 한유와 구양수를 차지해서 고풍을 펼치리"(『추간대전집秋澗大全集』[24] 「추만귀잠유선생追挽歸潛劉先生」)라고 했고, 남송 사람들도 "구양수와 증공을 숭상하고 아울러 정이천과 주자를 취한다"(『후촌대전집後村大全集』[25] 「우재표주고문서迂齋標注古文序」)고 했다. 이런 생각은 줄곧 이어져 명대의 귀유광과 청대의 방포, 요내 등의 사람들에게 이어졌다.

이것은 무엇을 말하는가? 이것은 일면 '팔가'와 봉건적 도통(주로 봉건 종법을 옹호하는 것으로, 봉건적 정권과 종족권과 부권이 만들어낸 이론을 가리킨다)이 긴밀한 관계가 있음을 설명하는데, 진덕수 등이 '팔가'를 숭배해서 '정종'이라고 했던 것도 여기에서 출발한다. 일부 '팔가'의 문장을 배운 사람들은 그들의 사상이 봉건 예법의 범주를 벗어나지 못하는데, 도학을 독실하게 믿을수록 더욱 진부해져서 충효와 절의에 대한 말이 글에 가득 차게 되니, 따라서 조금이라도 생각이 있는 사람이라면 모두 불만스럽게 여긴다. 일부 학자는 근원을 탐구해서 '팔가'에게 책임을 묻기도 한다. 가령 장타이옌은 "세상에서 말하길, 임금을 높이고 신하를 낮추어 하찮은 충성으로 가르침을 삼은 것이 정주程朱에게 와서 비로소 심해졌다고 하는데, 이것은 옳지 못하다. (…) 당나라 말기에『춘추』를 해설하는 자가 날로 늘었는데, 임금을 섬기며 아첨을 다하는 뜻을 밝히려는 것이었다. (…) 그러나 정주는 오히려 시비와 여부를 변론했지만, (…) 구양수는 전적으로 명분에 의거했지 다시는 굽은 것과 곧은 것을 분변하지 않았다. 그가 손복孫複에 대해 칭송을 그치지 않았던 것도 바

24_ 『추간대전집』: 원나라 왕운王惲의 문집.
25_ 『후촌대전집』: 송나라 유극장의 문집.

로 소견이 일치한 것이었기 때문이다"(『학고學皐』 부록)고 했는데, 이는 자연스러운 것이고 크게 비난할 것도 아니다. 그러나 또 주목할 것은 '팔가'가 "도와 문을 쪼개어 둘로 나누었다"[26]는 점이다. 첫째는 그들이 군주권을 높이고 봉건윤리를 중시하며 절조를 소중히 여겼던 것인데, 이것은 그들의 역사적 여건에서 비롯된 것이다. 예컨대 한유는 번진할거에 직면해서 중앙집권을 옹호하는 데서 출발해 군주권을 강조했고, 심지어 "신의 죄는 죽어 마땅하나, 하늘이 훤히 아시는 바입니다"[27]라는 말을 하기도 했다. 구양수는 북송 시기 "두 오랑캐(요와 하)가 번갈아 침범한" 일을 겪었다. 그들은 통일의 문제와 군주권을 분명히 나눌 수 없었기 때문에 군주권을 강조하는 것과 통일을 옹호하는 것을 같은 일로 여겼으니, 이 또한 크게 비난할 일이 아니다. 봉건윤리와 절조를 소중히 여겼던 부분은 역사상 일정한 역할을 했던 것이다. 둘째는 그들이 "도와 문을 쪼개어 둘로 나눈" 면이 있다는 것인데, 그들의 문장은 봉건적 '도'와 서로 부합되는 것이 아니었다. 그들은 백성들을 동정하고 정치문제에 관심이 있으면서, 또한 "세속적인 것을 미워해서" "금강역사의 성난 얼굴" 같은 면도 있었으니, 한유의 「송이원귀반곡서」와 같이 당시의 장상들이 교만하고 사치하고 음탕했던 면을 폭로하기도 했다. 유종원의 「증왕손문」과 같은 글은 이미 많다.

26_ 주희, 『회암집』 권70, 「독당지」
27_ 한유, 『창려집』 권1, 「구유조拘幽操 문왕유리작文王羑里作」

'팔가'는 과연 '정종'인가

진덕수 이후 모곤과 방포는 '팔가'를 '정종'으로 여겼다. 그러나 완원과 같은 사람은 여기에 이견을 갖고 있었다.(완원의 「문언설文言說」) 가령 류스페이는 이렇게 말했다.

문학은 경학·사학·제자학 외에 별도의 한 체제다. 제량시대 이후 사륙체가 점차 흥행해서 성색聲色으로 서로 뽐내고 사조詞藻로 꾸며대어 아름답고 섬세하게 다듬으니, 문체가 역시 낮아졌다. 그러나 '침사沈思'와 '한조翰藻'설로 바로잡으니 변문체가 실로 문체의 정종이 되었다. 당나라 시대로 내려가 한유와 유종원이 이어서 일어나, 비로소 단행으로 배우排偶와 바꾸고, 심오한 데서 가벼운 데로 간결한 데서 번잡한 데로 나아갔으며, 변려가 서로 가지런한 글을 장단이 상생하는 문체로 바꾸니, 시가가 바뀌어 사곡이 된 것과 같은 이치다. 옛날 로마 문학이 흥성했을 때, 운문이 완전히 갖추어져도 산문도 있었으며, 역사시가 발달해도 희곡도 생겨났었다. 그러나 중국문학의 질서는 상황에 서로 부합되었다. 그래서 사물 진화의 통례에 따라 문체 역시 그 단계를 거쳤다. 한유와 유종원의 문장에는 제자서와 역사서의 흔적이 드물지만 전지傳志와 비지문의 작품은 앞사람들에 비해 더 아름답다. 그러나 문체로 보면 단지 고인들의 어투요 육조시대의 필적일 뿐이다. (…) 북송시대에 소식은 한유를 추종해서 "문장이 팔대의 쇠퇴함을 일으켜 세웠다." 명대로 내려와서는 학문이 공소空疎해서 육조 이전을 변려체로 보고 한유 이후는 고문으로 여기니, 문장의 체례를 다시 분변하지 않고 문장의 작법도 다시 따지지 않게 되었다. 근대에 문학하는 사람들은 "천하의 문장이 동성문인들보다 뛰어난 이가 없다"고 하며, 방포와 요내의 문장을 문장의 정궤正軌로 여기고, 이로부터 위로는 경전을 문장으로 여기고 제자와 역사문을 문장으로 여긴다. 이 이후로 속이 텅 빈 채 옛것을 업신여기는 무리들이 문장으로 스스로 빛내고 있지만, 문장의 진원은 상실했다고 본다.

　　　　　　　　　　　　　　　　　　　　　　　　－「문장원시文章原始」

　류스페이는 산문이 변려문을 대체한 것을 "사물 진화의 통례에 따라 문체 역시 그 단계를 그친 것"으로 보았는데, 그것이 말이 되든 글이 되든 문장이 되든 무슨 문제가 되겠는가? 그의 말 속에 모순이 있음을 볼 수 있다. 물론 그가 문학과 비문학을 구별한 것도 따져볼 만한 것이다. 한유와 유종원과 구양수와 소식은 '명도明道'와 '치용致用'을 강조함으로써 문학과 비문학의 경계에 대해서는 확실히 관심을 두지 않았다. 그래서 '팔가'의 문장에는 확실히 순수문학에 속하는 것이 적지 않고, 그 외에 순수한 문학에 속하지 않는 일부의 것은 분명 역사나 철학에 가깝지만, 그래도 그 안에는 약간의 문학적 의미가 담겨 있다. 훗날 고염무나 장학성 같은 사람들이 한유와 유종원을 두고 비판했던 논의들은 바로 철학가나 사학가의 안목을 한유와 유종원에게 요구한 것이었다. 이런 차이를 설명하는 것은 '팔가'를 평가하는 데 반드시 필요하다.

고문과 시문의 관계

'팔가' 중 특히 소식은 언어사용에 있어 숙련된 경험을 거친 일정한 격식을 갖추고 있었기 때문에 그들의 문장 특히 소씨들의 논설문은 비교적 모방하기가 쉬웠다. 그래서 남송시대에 『문장궤범』이 만들어지기도 했다. 당시 과거 시험장에는 "소씨의 문장에 익숙하면 양고기를 먹는다[蘇文熟, 吃羊肉]"[28]는 풍문이 있었으며, 당시 『소문범蘇文範』 등의 책을 편찬한 사람도 있었고, 남송 여조겸의 『동래박의東萊博義』는 논설방식이 종종 소식의 문장을 본받기도 했다. 뒷날 '팔고문八股文'의 파제破題나 승제承題 등의 방식도 소씨의 논설문을 개괄해서 만들어낸 것으로 볼 수 있다.

예를 들면 소식의 「가의론」에서 "재능을 얻기 어려운 것이 아니라, 스스로 기용되기가 실로 어렵다"고 한 것은 파제이고, "애석하다! 가생은 왕을 도울 재능을 가졌지만 그 재능을 잘 쓸 수가 없었다"고 한 것은 승제인 것이다.

그렇기 때문에 고문과 시문時文은 종종 뒤섞여서 이야기되곤 한다. 다음은 장타이옌의 말이다.

만약 앞에 가설을 두고 뒤에 결말을 두면, 기복하며 서로 조응하지만 오직 원만하지 못할까 염려되는데, 이것은 소식과 여조겸 무리들이 사람들에게 가르친 책봉策鋒의 방법에서 비롯되었다. (…) 일본인들은 시문을 배우지 않아 말하는 것도 이와 비슷하며, 눈으로 본 것도 대부분 송나라 문장이었으니, 그래서 소식과 여조겸 무리들이 실로 시문의 비조가 되었다. 그래서

28_ 육유, 『노학암필기』

『동래박의』

말하는 것 역시 이와 비슷하다.

—『문학논략文學論略』

소식이 논문을 작성한 방식과 방법을 시문時文 그대로 사용했기 때문에 소식을 '시문의 비조'라고 하는데, 이 말은 분명 사실에 부합되는 것이 아니다. 우리가 '팔고문'을 반대하는 것은 그것의 내용이 진부한 것을 답습하고 또 구성이 일정하며 말도 경직되어 있기 때문인데, 그렇다고 그만둘 수 없는 노릇이기에 문장에 반드시 법도가 있는 것은 아니라고 바꿔 말한 것이다. 게다가 장타이옌의 글에는 장학성이 "초학자를 위해 방법을 보여주는 것이므로 책임은 없다"고 한 말을 인용하고 있으니, 장타이옌 역시 '팔가'의 문장이 글을 처음 배우는 사람들에게 귀감이 된다는 사실을 인정하고 있음을 말해준다.

우리는 '팔가'의 문장은 '성현을 대신해서 말한다'(곧 공맹의 표현을 사용한 말이다)고 하는 시문과 다르며, 진한시대 산문을 모방한 '위고문'과도 다르다고 보는데, 그 차이점은 그들이 '사필기출詞必己出'했던 점에 있으며, 통속적이고 소박하며 자연스럽고, 또한 그들이 사용하는 언어가 한어의 문언문의 규율에 부합되며, 아울러 기계적으로 모방하거나 경직되지는 않았다는 것이다. 이것은 문학에서 특히 언어방면에서 우리가 수용하고 귀감으로 삼을 만하다.

어린 나이에 학교에 들어가 처음 문장을 읽었고, 흰머리가 되도록 책을 들추었어도 깊은 뜻을 다 깨닫지 못했다. 어리석어서 깨닫지 못한 것일까, 아니면 미묘해서 말이 어려웠던 것일까? 매번 옛사람들이 문장을 논평한 글을 보면, 이 일이 쉽지 않다고 탄식들 하고 있으니, 어째서일까? 문학과 도의 상관관계를 말하는 것은 이제 진부해져버렸고, 편장을 두고 평점을 매기는 것도 너무 사소하다. 식견이 높은 사람은 식상해서 말하지도 않고, 달통한 사람도 역시 웃으며 가까이하지 않는다. 게다가 문학을 하는 사람으로 전고典故에 통한 이가 적고, 역사를 공부하는 사람은 역시 사장詞章이 서툴다. 한학과 송학의 원류나 변려문과 산문의 득실에서도 한쪽만 부여잡고 있어 두루 통하는 논의가 못 되었다. 나 같은 천학이 어찌 감히 알 수 있겠는가?

그러나 일찍이 사우師友들을 따라 대략 방법을 알게 되었고, 비록 늙고 둔

해도 입으로 외기를 잊지 않았다. 전날 량시梁溪로 가서 공부하던 때를 생각해보니, 그래도 탕웨이즈 선생의 가르침을 얻어들을 수 있었고, 그뒤 호상滬上(상하이)에 있을 때에도 다시 모셨다. 선생께서는 서문을 써주시며 의리義理와 고거考據와 사장詞章을 아우를 것을 권면하셨는데, 논문에서는 더욱 두루 통하는 것을 중히 여기셨다. 첸쯔취안 선생은 한유를 배우는 데 뜻을 두어 '박학樸學'의 방법으로 한유의 문장을 논평했는데, 그것을 향해 나아가는 데 더욱 계발시켜주는 것이 많았다. 그뒤 다시 요중실姚仲實 선생과 원백기袁伯夔 선생 등의 가르침을 받았는데, 신리神理와 격률에 대해 많은 지적을 받았고, 그로 인해 '팔가'의 문집을 읽었으며 요내와 매증량의 글도 읽었다. 하지만 늙고 아둔해서 그 전모를 제대로 이해하지 못하는 것이 부끄러웠다. 항전 이후 부끄럽게도 지난대학의 교수 자리에 앉게 되어 문장을 강의했고 「예론例論」을 지었으며, 이것을 계기로 제가들의 글을 두루 보고 많은 학설을 탐구하게 되면서, 바다에서 물을 보는 격으로 넓고 넓은 세계에 대해 더욱 감탄했다. 스스로 부족하다는 것을 알았고, 아는 것도 적다는 점을 인정했다.

그리고 수십 년 동안 선생 노릇을 해왔다. 매번 청년들이 배우기를 청할 때면 문장에 대해 입을 다물지 못했다. 곰곰이 자구에 대해 생각할 때면 항상 어법에 관해 언급할 만한 것이 있는데, 어떻게 편장에 규율이 없겠는가? 사람을 알고 세상을 논평하는 것이 학자들의 급선무라면, 문장을 깊이 음미하는 것은 역시 가르치는 사람의 본분이다. 그래서 때때로 책을 읽거나 학문을 논할 필요성에서 득실이 되고 원류가 되는 것을 대략 살펴보았다. 마르크스레닌주의의 원칙에 따라 생각하고 역사학과 문자학 공부를 더함으로써, 성대한 시대의 문명을 만나고 어문학에 대한 교육방법도 이루게 되었다. 돌아보면 노병으로 인해 글을 쓰는 중에 그만두기도 했다. 첨아원詹亞園 동지는 소식과 소철에 관한 부분의 저술을 도와주었으며, 기건생紀健生 동지는 원고정리와 교정에 아주 부지런히 수고해주었다. 벗들의 도움에 힘입어 이 책을 완성할 수 있었다.

이 책에서 논술한 내용은 선인들의 것을 많이 인용했는데, 다만 구상에서 앞사람들과 차이가 있으니, 그 요점을 정리하면 대략 다음의 네 가지다.

첫째, 문학이 언어예술이라는 것은 이미 알려져 있으므로 언어문제로부터 문장으로 이야기해나갔다. 언어와 문학을 동일한 과목으로 보고, 어문발전의 과정을 살펴보았다.

둘째, '팔가'가 팔대의 폐단을 일으켜 세웠다는 것을 알고, 또 쇠퇴한 것이 아님을 안다면, 그들이 나름의 고유한 성과를 이루어냈다는 사실도 알아야 '팔가'의 우수성을 논할 수 있다.

셋째, '팔가'는 크게 비슷하지만 몇몇은 또 약간 차이가 있으며, 게다가 각자 근원이 있어 흐름은 같아도 층위가 다르니, 그들의 문장을 분석해서 각자의 득실을 비교해보았다.

넷째, 식견 높은 사람들의 주장을 수용하되 고금으로 나누지 않았고, 어리석은 내가 터득한 것도 얕고 비루함을 사양치 않고 서술해두었다. 또한 법도를 설명할 때 고루한 편견은 무시했지만, 글의 핵심을 논할 때에는 실제에 적합한 것을 찾으려고 노력했다.

중당中唐 문학의 변화 요인과 송대 왕안석 변법의 혁신에 관한 것은 사회·경제·사상사와 관련된 점이 많아서 전문적으로 연구되어야 하며 전문적인 서적도 있다. 그래서 여기서는 당대 학자들의 평설을 대략 인용하고 더 이상 상세히 다루지는 않았으며, 저술의 체례도 단지 이와 같을 뿐이다. 동성파나 양호파陽湖派와 같은 청대 산문과 '팔가'의 관계에 대해서는 별도로 저서가 있으니 여기서는 생략했다.

　노병과 건망증이 날로 심해진다. 사우들의 가르침을 생각해보면 늙도록 아는 게 없다는 사실이 부끄럽다. 겨우 아는 것만 서술했으니 살펴봐주시기 바란다.

1984년 8월

우멍푸

문장 혁신

1판 1쇄   2014년 3월 17일
1판 2쇄   2014년 12월 3일

지은이   우밍푸
옮긴이   김철범
펴낸이   강성민
편집   이은혜 박민수 이두루
편집보조   유지영 곽우정
독자모니터링 황치영
마케팅   정민호 이연실 정현민 지문희 김주원
온라인 마케팅 김희숙 김상만 한수진 이천희

펴낸곳 (주)글항아리 | 출판등록 2009년 1월 19일 제406-2009-000002호

주소   413-120 경기도 파주시 회동길 210
전자우편   bookpot@hanmail.net
전화번호   031-955-8891(마케팅) 031-955-1903(편집부)
팩스   031-955-2557

ISBN   978-89-6735-101-4   03800

글항아리는 (주)문학동네의 계열사입니다.

이 도서의 국립중앙도서관 출판시도서목록(CIP)은 e-CIP홈페이지(http://www.nl.go.kr/ecip)와
국가자료공동목록시스템(http://www.nl.go.kr/kolisnet)에서 이용하실 수 있습니다.(CIP제어번
호: CIP2014007113)